天津博物館藏

直報

天津古籍出版社

本書出版得到國家古籍整理出版專項經費資助

圖書在版編目（CIP）數據

直報 / 天津博物館藏. -- 天津 ：天津古籍出版社，2010.3
ISBN 978-7-80696-781-2

Ⅰ. ①直… Ⅱ. ①天… Ⅲ. ①報紙－匯編－天津市－清後期 Ⅳ. ①G219.295.2

中國版本圖書館CIP數據核字(2010)第040577號

項目總策劃：劉文君
責任編輯：楊蓮霞　倪　瑩
裝幀設計：王成福

直　報

天津博物館/藏
出版人/劉文君

*

天津古籍出版社出版
(天津市西康路35號　郵編300051)
http://www.tjabc.net
E-mail:tjgj@tjabc.net
天津市悟色印刷科技有限公司制作
天津市豪邁印務有限公司印刷
全國新華書店發行
開本787×1092毫米　1/8　印張438.5
2010年3月第1版　2010年3月第1次印刷
ISBN 978-7-80696-781-2
定價：18000.00圓（全十二册）

前言

李喜所

一、《直報》的總體風貌和生存環境

光緒二十一年正月初一日（1895年1月26日），《直報》在天津創辦，由德國人支持。之所以取名《直報》，有兩層含義，一取地意，天津爲直隸屬地，故名「直」，如「上海之報曰申，粵東之報曰廣也」；二取文意，直言直書，率性而爲，似大瀑布一瀉千里，猶天真幼童直言無忌；旨在「聯上下之情」，「廣中外之見聞」。簡言之，「在直言直，而顧名思義也」[1]。

《直報》早期的社址在紫竹林海大道老菜市汽燈房巷，後遷至紫竹林英租界海大道廣東路。《直報》爲日報，前期周日不出報，後期基本每天一期（號），而且將各號按頁累計編碼，很規範。早期每號四版，後期則增至八版。遺憾的是，目前還未找到一份完整的《直報》。《直報》究竟何時停辦，目前還難定論。一是從《直報》本身的記述中難以尋到相關記述；二是至今没有發現有關其停刊的文獻記載。就天津博物館所收藏的保存最全的《直報》來分析，最後一張報紙是光緒三十年二月初七日（1904年3月23日）。這是報刊走向繁榮的年代，各報之間的信息互享，轉載徵引，十分普遍。但從光緒三十一年（1905年）後有影響的報刊中難覓與《直報》相關的消息和徵引的情況，由此推論，《直報》可能在光緒三十年二月初七日（1904年3月23日）已經畫上了句號。

《直報》在版式設計、内容編排、廣告刊登、編輯發行等方面力求與鴉片戰争以來的近代報紙看齊，並有某些改進。版式雖然比較死板，但有固定格式，一般一半是社評、政治、時事、新聞，一半是廣告，其商業特色極其鮮明。内容則較已往的報紙豐富一些，主要有上諭、名臣奏折、時人評論、國内外重要消息、社會新聞、掌故、知識、笑話等，廣告則五花八門，應有盡有，包括車船時刻表、重要演出活動、貨幣兑换等，有一定的信息量。《直報》的編輯力量、發行渠道、經營狀況，因缺少資料，不得而知，但從整體風格上可以斷定，是一份商業報紙，有時還在頭版頭條刊登重要廣告，説明其將赢利放在第一位。

大凡一份報紙的立足，是多種因素綜合運作的結果。《直報》從創辦到光緒三十年（1904年）停辦，能够艱難支撑近十年，除了政治上的求穩之外，得益於新知識羣體的崛起、市民數量的增加、思想的活躍、前輩辦報經驗的借鑒以及社會公共文化空間的萌發。要辦報，首先要有一批長於報刊寫作的新知識分子，没有高水平的作者隊伍，報刊難爲無米之炊。而傳統社會的士人，其知識結構、基本素養、價值關懷幾乎和現代社會的報刊無緣，他們當然不可能成爲報刊的基本作者。隨着洋務運動的深入和新式學堂的涌現，包括留學生的派遣，一批具有現代元素的新型知識分子應運而生，在甲午戰争前後又逐步擴大，東南沿海的大都市尤其明顯，這就爲《直報》解决了作者的難題。《直報》能够吸引嚴復這樣的名流學者爲其撰稿，對提升其知名度頗有益處。要辦報，其次要有相當的讀者，也就是市場。洋務運動引發的傳統社會結構的分化和新的社會階層的崛起，尤其是新興市民階層的涌現和逐步擴大，爲報紙的生存奠定了根基。新生的市民階層由於與工商業活動和分工越來越細的城鎮生活聯系緊密，其較達官貴人和廣大的貧苦百姓更注重信息和知識，自覺不自覺地喜歡報刊這樣的新生事物。而像天津這樣的大都市，在地域不斷擴展和工商業日益繁榮的推進下，市民的數量和質量也蔚爲可觀，《直報》依托天津，面向東南沿海，就有了基本的市場保證。要辦報，再次還要有活躍的思想氛圍，一潭死水，没有思想浪花的衝擊，報紙就缺少靈氣，失去生命力。衆所周知，甲午戰争之後，恰是中華民族猛醒的關鍵時期，各種思想之活躍，多種聲音之表達，前所未有，《直報》與之呼應，生命力不斷攀升。此外，在《直報》問世之前，已經有一百八十多種中外報刊在廣州、上海、北京、天津、武漢等大城市創辦，雖然經營狀况理想的不多，但經驗教訓十分可貴。特别是光緒十二年（1886年）天津《時報》的創辦與經營，直接爲《直報》提供了範例。甲午戰争之後，緊接着就是戊戌維新運動，思想的解放和新知識分子的活躍，各種社團的問世，漸漸催生了一個介於上層和下層之間的封建傳統社會所缺乏的中間地帶，即社會公共文化領域。這個公共空間最適合報紙生存，《直報》無形中有了難得的助推器。不過，公共文化空間的興起和發展，更離不開報刊這樣的可以聚集人氣和傳播新知的自由平臺。從這個角度看，《直報》既是社會公共文化領域的産物，也是其繼續拓展的重要動力。《直報》的十年，經歷了甲午戰争、戊戌維新、義和團運動、八國聯軍戰争和早期的清末新政，動蕩和革新的雙重變奏，促使社會公共空間一步步擴大，《直報》所生存的社會文化環境也在亂中求進，逐步轉好。

二、《直報》的政治訴求和文化取向

在晚清基本没有言論自由的情况下，報刊爲了生存，衹能在不觸犯清政府政治底綫的範圍内，力所能及地表達政治追求。於是，《直報》選擇了在「政治中立」的前提下，堅守民族立場，籲求社會變革。

《直報》有一種强烈的愛國情節。面對民族危亡，宣傳抵抗外侮，保衛國土，維護民族尊嚴。甲午戰争中，《直報》不斷發表消息、時評和社會反映，集中揭露日本侵略者的侵略野心和所犯下的殘暴罪行，呼籲清政府抗戰到底，並從戰敗中總結經驗教訓。《直報》一針見血地指明日本「征韓論」的實質是要侵略中國，其「大陸計劃」則真實地道出了企圖霸占中國的野心。《直報》還通過對國際法的具體研究，抨擊日本發動甲午戰争完全違背了國際法的基本準則〔二〕。光緒二十一年三月初九日（1895年4月3日），《直報》專門發表了一篇《問日本師出何名》的時評，有理有據地論證了日本發動的完全是「不義之戰」〔三〕。當清政府朝野上下議和之風盛行之時，《直報》不隨波逐流，力主抗戰到底，明確指出：「能戰則弱者可以化而爲强，不能戰則盛者即變而爲衰。」〔四〕其後，又發表《論中國宜急戰不宜遽和》的評論，旗幟鮮明地表示：「戰之權在我，和之權在人，我苟有可戰之具足以勝人，則彼則力竭計窮請成於我，不言和而和乃可恃。」〔五〕日軍占領臺灣後，《直報》一方面報道臺灣民衆的抗日活動，一方面揭露日軍的無耻暴行，一篇《臺輪增價》的報道中稱日本官兵「奸淫民婦，肆行搶掠，並禁民間於夜深人静不准閉户，俾日兵可以任意入内，效禽獸之所爲，違者格殺勿論」〔六〕。《馬關條約》簽訂後，《直報》連發《征倭議》等數篇文章，從軍事制度、思想文化、戰略戰術、將官指揮等多層面探討甲午戰争失敗的原因，結論是：「支那今日之敗亡，乃支那人之自敗、自亡，非日本人之能敗亡人國也。」〔七〕這種論斷觸及要害，發人深省。

光緒二十六年（1900年）的八國聯軍戰爭，清政府受重創，幾乎國將不國。《直報》於此十分關注，一是大量報道戰爭的信息，引起國人的警惕；二是透露清政府對義和團運動的態度和戰爭的決策，同時密切注視慈禧太后亡命西安，讓讀者了解真相；三是及時披露《辛丑條約》談判過程與條約的各種版本，使大衆獲知條約談判的內情；四是揭露八國聯軍燒殺搶掠的殘暴，還有聯軍從北京搶劫珍貴文物到天津變賣的細節，激發愛國熱情和民族自覺。整個八國聯軍戰爭時期，《直報》展示的是一種滿腔義憤和喚起救亡的民族情懷。這些記述，無疑還是研究這段歷史難得的珍貴史料。例如，對於被包圍在北京使館內的洋人情形，《直報》記云：

被困之初，偶於鄰近空屋中搜得米麥甚多，足資使館中九百人及教民兩千四百人兩月之用，不然，我儕必餓死無疑。……至七月十七日起，敵人始間日來攻，誠爲幸事，否則藥彈早罄，安能坐待救援洋兵於八月十四日入京，倘再遲二十四下鐘，時我儕已皆殉命。因敵人掘一地道在英使館屋下，計長五十四邁，當此道一發，定殺百人，婦孺輩麇集鄰房，必無所逃命，從此攻入俄法美三使館，亦甚易易。……兹將死傷人數列後：英人八十二員名，死三人，傷十九人；俄人八十七員名，死四人，傷十九人；美人五十八員名，死七人，傷十人；德人五十一員名，死十二人，傷十五人；法人四十八員名，死十一人，傷二十二人；奥人三十五員名，死四人，傷十一人，意人二十九員名，死七人，傷十二人；日本人二十五員名，死五人，傷二十人。〔八〕

此記述來源於法國駐華公使，比較可信。文中還對日軍所扮演的卑劣角色也有真實的寫照，其稱：

是役也，日人之功最著，聯軍來京指引一切者，日人；使館被圍，設法通訊天津者，亦日人；回溯聯軍陷北倉後尚待增兵，日人慫恿之始决意。〔九〕

研究八國聯軍戰爭，像上述有關聯軍內部的資料，得來實屬不易。

愛國精神如果能够進一步升華到理性，必然呼籲變革，在晚清尤其如此。晚清那些理性的愛國者，從來都將愛國和學習西方、改造社會緊密融合在一起，無論改革派還是革命派，皆一脉相承。《直報》在張揚民族主義的過程中，自覺不自覺地宣傳改良現狀。甲午戰争後，維新變法迅速升温，康有爲、梁啟超、嚴復等改革派極其活躍，《直報》即與之呼應，推進改革。嚴復幾篇爲變法維新大造輿論的文章，如《論世變之亟》《原强》《原强續篇》《辟韓》《救亡决論》等，都首先在《直報》發表〔一〇〕。對維新派建學會、辦報、創立新式學堂、上書清政府等活動，《直報》有許多報道。有些記述，爲其他文獻所不載或少載。例如，對强學會的組織過程和最後解散的報道就比較系統，少見；對官書局的成立和演變及其章程的記述，也較詳實，珍貴。《直報》對官書局很推崇，稱其「日以翻譯西書、傳布要聞爲事」〔一一〕；對梁啟超主持的譯書局也贊揚有加，記云：「近來中國風氣大開，諸事振作，創舉西學，養育人才，尤爲第一要務。日前召見舉人梁啟超，派辦譯書局事務。……從此人文蔚起，蒸蒸日上矣！」〔一二〕《直報》還載録了《匯報章程》《京師大學堂章程》等，較多地報道了政變發生的背景和具體過程。總之，《直報》幾乎和維新派同呼吸，對戊戌維新運動的發展有一定的推進。但其畢竟不是維新派辦的報紙，爲了自身的利益，在慈禧太后發動政變後，發表了一些詆毁康有爲等維新派的文章，還專刊一篇《討康有爲檄》，稱康是「亂臣賊子」〔一三〕。有關唐才常自立軍反抗的報道，也完全站在清政府的立場。不過，從總的傾向來看，《直報》仍然是關心和支持社會變革的。光緒二十七年（1901年）後，清政府啟動新政，在軍事、教育、經濟、官制、法律等方面進行改革，《直報》密切關注，發表了不少積極呼籲改革的評論和消息，對設立商部和發展工商業的新政策尤其感興趣。平心而論，《直報》是追求改革的，但不超出清政府所許可的範圍。

《直報》的文化取向，直接受其政治訴求所左右，鍾情於新知識、新思想，熱心於介紹西方的新文化。歐美的一些科技動向、新産品、新教育等，《直報》都有所評介。《直報》在光緒二十四年八月二十八日（1898年10月13日）曾刊登一篇《日球地球月球淺説》，簡明扼要地講述了太陽在宇宙中的位置，地球的自轉和公轉，月球和地球的關係，白天與黑夜轉換的原理和月亮發光的原因，對普及現代天文知識大有益處。《直報》的廣告中，也注意推介科技含量較高的産品，推薦學習新知識的學校，呼籲購買新書和新雜誌。光緒二十四年八月二十三日（1898年10月8日）的書刊廣告中，有《自强新論》《中西時務要領》《洋務時務匯編》《格致鏡原》《算學大成》《通商始末記》等書，有《昌言報》《廣智報》《知新報》《農學報》《蜀學報》《東亞報》《格致報》《譯學報》《萬國公報》等報刊。《直報》青睞新知，於此可見一斑。從辦報本身的發展出發，《直報》對西方的報刊文化推崇之至。一篇名爲《説報》的時評，盛贊英國及西方報業之發達，其云：

報館之設，多至不可數計，其閲報之人則自國君以至黎庶，無不日購一紙，以資披覽，故倫敦泰晤士之報，日售數十萬紙，稱最有名矣。其餘類此者，尚有十餘家，其小者不計其數。英國若此，他國可知，英京若此，他城更可知。蓋其視報之重要，爲出納王命，聯屬上下之關鍵矣。然泰西之報，自季報、月報、禮拜報以及日報，其體例甚嚴，而日報尤爲鄭重，執筆之人亦益嚴格謹慎，不敢稍參以私意，况妄造黑白變亂是非哉！[一四]

這樣的介紹，不僅爲國人了解西方報業文化提供了資訊，而且傳達了新的思想觀念。

值得一提的是，《直報》對西方的基督教文化也十分推崇，一篇《正人心論》的時評，居然核心是論述上帝主宰人心，其稱：

天之生人所以維持宇宙配三才而備萬善者也，善者何道，心也。道心者何，上帝也。上帝者何，吾心之主宰也。吾心有此主宰，則五官位焉，百骸充焉，四體安焉，九竅和焉。詩曰，上帝臨汝，勿貳而心。書曰，惟皇上帝降衷下民。衷即心也，故曰心之主宰。上帝以此錫爾下民，於是人人心中有一上帝矣。雖然人人心中有一上帝，而人人心中失其上帝，失其上帝斯失其主宰矣，斯失其心矣。失其心，則念不正，放僻邪侈，皆足爲心之累。心之關係大矣哉！[一五]

《直報》雖然如此看重上帝，但畢竟不是基督教的報紙，宗教文化衹是偶爾涉及，所占比重極少，和傳播新思想相比，僅是九牛一毛。如前所述，《直報》是嚴復發表政見的重要平臺，嚴復考察西方、反思中國所凝練的一些代表新文化的新見解，常常發表於《直報》。就嚴復而言，一生最大的貢獻是向中國人介紹了進化論，傳遞了「物競天擇、適者生存」的新理念，給國人新的思維和新的追求。而這些新思想的展示，除《天演論》外，集中反映於前述在《直報》發表的那五篇文章。毫無疑問，這五篇文章是研究嚴復思想極重要的依據。但仔細查閱，目前流行的文本和《直報》的文本有些不同。顯然，流行本[一六]是後來經嚴復修改的。以《原强》爲例，流行本不僅較《直報》本的内容增加了一半，而且一些表述也有明顯的改動。如介紹達爾文的《物種起源》一書時，流行本叫《物種探源》，《直報》本則是《物類宗衍》；達爾文書中最重要的兩篇文章，流行本是「其一篇曰物競，又其一曰天擇」，《直報》本則是「其一篇曰争自存，其一篇曰遺宜種」；書中的核心觀點，流行本爲「弱者常爲强肉，愚者常爲智役」，《直報》本爲「弱者當爲强肉，愚者當爲智役焉」。像這樣的改動，還能舉出不少。由此不難發現，《直報》

不僅力所能及地傳播新文化，而且爲研究文化傳播過程以及嚴復思想的發展軌迹留下了少見的第一手資料。

三、信息傳遞與社會關懷

信息量是衡量一份報紙影響力的重要尺度之一。在《直報》生存的那個年代，信息流通渠道有限，獲取信息難度很大。但和同時期的報刊相比，《直報》的信息傳遞還屬前列。以光緒二十六年十二月初三日（1901年1月22日）的報紙爲例，發布的信息包括名臣奏摺一份，内容是官員的補録問題；時事記要七條，包括慈禧太后在西安、電召軍門馮子材、德國駐上海領事上書上海商會、俄國在東北的活動、香港議會開會、吏部檔案被毁、廣東海豐匪徒起事；京津新聞十五條，主要有北京消息一條，記述游民鬧事；餘皆天津消息，包括日本人强拆民居、鼓樓有人搶劫、英租界不准擺攤賣貨、意大利兵欺壓百姓、義和團壇主被捕、女子投河、無賴嫖娼、盜賊騙截商販、日兵在望海樓用冷水澆行人被凍成冰柱、租界巡捕抓人、冒充聯軍劫財霸女等；福州新聞兩條，馬尾船廠裁人和開設官銀局；各國新聞一條，講日本政府人事變動和一地方郵電局開業；京報補録一條，披露光緒二十六年九月初四日（1900年10月8日）孫中山發動惠州起義的一些情況。由上觀之，這些消息涉及朝政、外交、國際、社會、民生、經濟等許多方面，有一定的信息量，可以吸引社會各方的關注，尤其是天津那些社會新聞，粗綫條地再現了八國聯軍佔領天津時的社會混亂，民不聊生。即使是幾乎佔《直報》一半的廣告，也對認識那時的社會、民生有所補益。仍以光緒二十六年十二月初三日（1901年1月22日）的《直報》爲例，除在一版頭條刊登日本横濱正金銀行和法國法蘭西銀行的兩則廣告外，從五版到八版共刊登廣告五十條，其中商業類二十七條，餐飲、照相、牙醫、錢幣兑换、火車、輪船時刻表等生活類廣告十四條，學堂、售書兩條，相面一條，聲明、告白等六條。這種分布，大致反映出天津作爲工商業大都市的一般風貌。

關注社會是報紙生存的又一個重要支撑點，《直報》在這方面也頗用心。但在晚清限制新聞自由的制約下，《直報》對社會干預的力度很小，基本停留在對社會現象的客觀報道，比較突出的是關心社會治安、自然灾害和日常生活等。

《直報》幾乎每天都有盗賊、土匪和不法分子攔路搶劫、欺壓平民的消息，特别是八國聯軍佔領天津、北京之後，社會治安壞到了極點，人們連起碼的生存安全都難保證。光緒二十六年十二月十四日（1901年2月2日）北京的幾則消息稱：

「自聯軍入城後，所有各項鋪面被搶掠一空，迨至軍務稍平，各巷被搶空鋪，均粘貼報單，收買洋圓，兑换銀兩，比比皆是」，企圖變賣店鋪，逃出京城。「天安門外兩旁，朝房甚多，自聯軍入城後便無人管守，所有檐梁柁柱窗櫺，均被洋兵拆毁，糜爛不堪入目。」「前門外草廠二巷居住郭某者，於聯軍入城携眷避難時，因其女公子年甫二九，姗姗弱體，舉步維艱……遺落家園，迨洋兵結隊闖入院中搜劫，該女畏懼，恐遭意外，服毒殉命。」

類似這樣的報道，俯拾即是。《直報》的這些記録，再現了在那種國破家亡的年代，國人隨時都有殺身之禍。

人禍之外，《直報》還記録天災。舉凡水災、旱災、風災、雹災、火災、瘟疫等災害，《直報》都有報道，而且不止京津地區，涉及東北、西北、西南、廣東、福建、河南、山東等許多地方，幾乎囊括全國。和災害相關的是報道天氣的異常和傳染病的消息。這些珍貴的災情史料，對今天防災減災也有某種借鑒意義。如光緒二十六年十二月二十七日（1901年2月15日）報道天津紅橋火災時云：「本月念四日晚十點鐘時，紅橋擔頭關地方不戒於火，當時火烟衝天，是處水會齊集，極力灌救，始獲撲滅。」此處所講的水會，是天津居民自發組織的民間救火團體，在應對火災中發揮了積極有效的作用，很值得研究總結。

《直報》更關懷民衆的日常生活，即使是衣食住行等生活瑣事，都有一定程度的反映。《直報》有不少關於衣服流行的介紹，包括面料、樣式、做工和色彩等。至於吃的方面則更多，甚至還就螃蟹的吃法做過專門介紹[一七]。住的方面相對較少，大多停留在房屋尤其是店鋪的買賣和置換上。出行方面，對新的交通工具如火車、鐵路、輪船、洋車等有所涉及，内容有限。和日常生活相關的一些民生問題，《直報》則異常關心，如物價包括糧價、肉價、菜價等，常有報道。催糧納税方面的消息也有，有一則催糧文告的三字經，俏皮而通俗，却比較真實，其云：

勸爾民，完糧早，完了糧，多少好，人不欺，官不找，保不催，差不擾，鷄不驚，狗不吵，穿粗衣，行也好，吃淡飯，肚也飽，試問爾，何等好。不完糧，多煩惱，火簽出，飾差保，鎖到縣，受刑拷，一面枷，示衆曉，親戚駡，朋友笑，妻兒怨，累二老，不花錢，難取保，受凌辱，如糞草，試問爾，惱不惱。爾懷民，素純良，未到任，我已曉，苦積習，相沿早，迭出示，預先告，好百姓，已遵教，奈愚民，多執拗，來年完，不爲遲，今年完，恨太早，那知道，例載明，年内清，年内掃。當今世，時事艱，軍需緊，國帑少，不加徵，待爾好，應完糧，何不早，上憲催，牌又到，寅時解，不過卯，爾小民，當共曉，勸爾民，除固弊，有多糧，完多少，早赴櫃，莫取巧，制串回，樂逍遥。粗粗語，細思討，願吾民，完糧早。[一八]

順口溜軟硬兼施、威脅利誘，從一個側面揭示出官府的凶狠，百姓的無奈。

天津的妓女問題，《直報》也記述一些，其中一則消息講：

大凡水陸碼頭，則有青樓曲巷，故此津郡娼窑向不能禁，惟其上等者，向在侯家後一帶，次則西關，再次河北，城内絶少。近來竟無地無之，居民稠密之區亦有娼窑，即如城内武學一帶，皆明目張膽開設娼窑，竟與居民環立相間。〔一九〕

此外，津城的文化娱樂和夜生活，在《直報》中也可尋到。夜間流連茶樓酒肆和曲藝場所者較多，觀戲者也不少。戲曲基本是直至今天仍流行的傳統劇目，如《回荆州》《拾玉鐲》《八大錘》《三上轎》《玉堂春》《醉寫》等。

總而觀之，《直報》是十九世紀末二十世紀初晚清尤其是天津社會文化變遷的一幅縮影。

〔一〕《直報説》，《直報》，光緒二十一年正月初一日（1895年1月26日）。
〔二〕《接續〈論倭兵不義〉》，《直報》，光緒二十一年正月十三日（1895年2月7日）。
〔三〕《問日本師出何名》，《直報》，光緒二十一年三月初九日（1895年4月3日）。
〔四〕《論中國宜急戰不宜遽和》，《直報》，光緒二十一年二月二十九日（1895年3月25日）。
〔五〕《論中國宜急戰不宜遽和》，《直報》，光緒二十一年二月二十九日（1895年3月25日）。
〔六〕《臺輪增價》，《直報》，光緒二十一年六月二十日（1895年8月10日）。
〔七〕《支那辨亡論》，《直報》，光緒二十一年五月初一日（1895年5月24日）。
〔八〕《譯法國畢大臣致外務部大臣書》，《直報》，光緒二十六年十二月初六日（1901年1月25日）。
〔九〕《譯法國畢大臣致外務部大臣書》，《直報》，光緒二十六年十二月初六日（1901年1月25日）。

〔一〇〕這幾篇文章分别刊登於《直報》，光緒二十一年正月初十日至十一日（1895年2月4—5日），光緒二十一年二月初八日至十三日（1895年3月4—9日），光緒二十一年三月初四日（1895年3月29日），光緒二十一年二月十七日至十八日（1895年3月13—14日），光緒二十一年四月七日至五月二十六日（1895年5月1日—6月18日）。

〔一一〕《益聞録》，《直報》，光緒二十四年四月十二日（1898年5月31日）。

〔一二〕消息，《直報》，光緒二十四年五月二十四日（1898年7月12日）。

〔一三〕《討康有爲檄》，《直報》，光緒二十四年八月十五日（1898年9月30日）。

〔一四〕《説報》，《直報》，光緒二十四年九月二十九日（1898年11月12日）。

〔一五〕《正人心論》，《直報》，光緒二十四年八月十四日（1898年9月29日）。

〔一六〕這裏的流行本指學界比較認同的《俟官嚴氏叢刻》，讀有用書之齋光緒二十七年（1901年）南昌木刻本。

〔一七〕《食蟹宜知》，《直報》，光緒二十四年八月初三日（1898年9月18日）。其中講：「已涼天氣，食蟹後忌飲涼水，倘不小心，患即不測。近聞津城内外，因此致疾者，指不勝屈，惟金家窑一帶，數日間連殤四命，可不懼哉！猶記《紅樓夢》中詠食蟹詩云：『性能寒胃定須薑。』按，薑性陰寒，宜鮮食、熱食，最忌隔宿冷食。」

〔一八〕《催科文告》，《直報》，光緒二十六年十二月十四日（1901年2月2日）。

〔一九〕《娼窑何多》，《直報》，光緒二十六年十二月初十日（1901年1月29日）。

編印説明

一、原版《直報》祇有創刊號報頭「直報」二字做套紅技術處理，他處均爲黑白印刷，此次影印依照原樣復制出版。

二、此次影印《直報》始於光緒二十一年正月初一日，止於光緒三十年二月初七日，因中間有缺失，爲了便於讀者查閲，影印按月份做了輯頁。

三、原版《直報》報頭有「大清光緒三十年」「新正月」和「廿」字樣，爲統一需要，此次影印將目録和頁眉統一改爲「光緒三十年」「正月」和「二十」。

四、光緒三十年正月十六日等五日首頁有「今日本報另印附張不取分文」，此次影印遵從原稿，將「附張」附在正版後。

五、原版報紙光緒三十年開本與此前開本不一致，爲了整套書成品尺寸一致，此次影印將原版面分爲兩個版面並在頁眉標註有「（一）」「（二）」以示區分。

六、天津博物館藏《直報》原件有極個别處版面内容不完整或有後人塗寫痕迹，此次影印遵從原件。

總目録

壹

光緒二十一年正月

光緒二十一年正月初一日……〇〇〇三
光緒二十一年正月初三日……〇〇〇七
光緒二十一年正月初四日……〇〇一一
光緒二十一年正月初五日……〇〇一五
光緒二十一年正月初六日……〇〇一九
光緒二十一年正月初七日……〇〇二三
光緒二十一年正月初八日……〇〇二七
光緒二十一年正月初十日……〇〇三一
光緒二十一年正月十一日……〇〇三五
光緒二十一年正月十二日……〇〇三九
光緒二十一年正月十三日……〇〇四三
光緒二十一年正月十四日……〇〇四七
光緒二十一年正月十五日……〇〇五一
光緒二十一年正月十七日……〇〇五五

光緒二十一年正月十八日……………………〇〇五九
光緒二十一年正月十九日……………………〇〇六三
光緒二十一年正月二十日……………………〇〇六七
光緒二十一年正月二十一日…………………〇〇七一
光緒二十一年正月二十二日…………………〇〇七五
光緒二十一年正月二十四日…………………〇〇七九
光緒二十一年正月二十五日…………………〇〇八三
光緒二十一年正月二十六日…………………〇〇八七
光緒二十一年正月二十七日…………………〇〇九一
光緒二十一年正月二十八日…………………〇〇九五
光緒二十一年正月二十九日…………………〇〇九九

光緒二十一年二月

光緒二十一年二月初一日……………………〇一〇五
光緒二十一年二月初二日……………………〇一〇九
光緒二十一年二月初三日……………………〇一一三
光緒二十一年二月初四日……………………〇一一七
光緒二十一年二月初五日……………………〇一二一
光緒二十一年二月初六日……………………〇一二五
光緒二十一年二月初八日……………………〇一二九

光緒二十一年二月初九日……………………………………一〇一三三
光緒二十一年二月初十日……………………………………一〇一三七
光緒二十一年二月十一日……………………………………一〇一四一
光緒二十一年二月十二日……………………………………一〇一四五
光緒二十一年二月十三日……………………………………一〇一四九
光緒二十一年二月十五日……………………………………一〇一五三
光緒二十一年二月十六日……………………………………一〇一五七
光緒二十一年二月十七日……………………………………一〇一六一
光緒二十一年二月十八日……………………………………一〇一六五
光緒二十一年二月十九日……………………………………一〇一六九
光緒二十一年二月二十日……………………………………一〇一七三
光緒二十一年二月二十二日…………………………………一〇一七七
光緒二十一年二月二十三日…………………………………一〇一八一
光緒二十一年二月二十四日…………………………………一〇一八五
光緒二十一年二月二十五日…………………………………一〇一八九
光緒二十一年二月二十六日…………………………………一〇一九三
光緒二十一年二月二十七日…………………………………一〇一九七
光緒二十一年二月二十九日…………………………………一〇二〇一

光緒二十一年三月

光緒二十一年三月初一日……………〇二〇七
光緒二十一年三月初二日……………〇二一一
光緒二十一年三月初三日……………〇二一五
光緒二十一年三月初四日……………〇二一九
光緒二十一年三月初五日……………〇二二三
光緒二十一年三月初七日……………〇二二七
光緒二十一年三月初八日……………〇二三一
光緒二十一年三月初九日……………〇二三五
光緒二十一年三月初十日……………〇二三九
光緒二十一年三月十一日……………〇二四三
光緒二十一年三月十二日……………〇二四七
光緒二十一年三月十四日……………〇二五一
光緒二十一年三月十五日……………〇二五五
光緒二十一年三月十六日……………〇二五九
光緒二十一年三月十七日……………〇二六三
光緒二十一年三月十八日……………〇二六七
光緒二十一年三月十九日……………〇二七一
光緒二十一年三月二十一日……………〇二七五
光緒二十一年三月二十二日……………〇二七九

光緒二十一年三月二十三日……〇二八三
光緒二十一年三月二十四日……〇二八七
光緒二十一年三月二十五日……〇二九一
光緒二十一年三月二十六日……〇二九五
光緒二十一年三月二十八日……〇二九九
光緒二十一年三月二十九日……〇三〇三
光緒二十一年三月三十日……〇三〇七

貳

光緒二十一年四月

光緒二十一年四月初一日……〇三一三
光緒二十一年四月初二日……〇三一七
光緒二十一年四月初三日……〇三二一
光緒二十一年四月初五日……〇三二五
光緒二十一年四月初六日……〇三二九
光緒二十一年四月初七日……〇三三三
光緒二十一年四月初八日……〇三三七
光緒二十一年四月初九日……〇三四一
光緒二十一年四月初十日……〇三四五

光緒二十一年四月十二日……〇三四九
光緒二十一年四月十三日……〇三五三
光緒二十一年四月十四日……〇三五七
光緒二十一年四月十五日……〇三六一
光緒二十一年四月十六日……〇三六五
光緒二十一年四月十七日……〇三六九
光緒二十一年四月十九日……〇三七三
光緒二十一年四月二十日……〇三七七
光緒二十一年四月二十一日……〇三八一
光緒二十一年四月二十二日……〇三八五
光緒二十一年四月二十三日……〇三八九
光緒二十一年四月二十四日……〇三九三
光緒二十一年四月二十六日……〇三九七
光緒二十一年四月二十七日……〇四〇一
光緒二十一年四月二十八日……〇四〇五
光緒二十一年四月二十九日……〇四〇九

光緒二十一年五月

光緒二十一年五月初一日……〇四一五
光緒二十一年五月初二日……〇四一九

光緒二十一年五月初四日……〇四二三
光緒二十一年五月初五日……〇四二七
光緒二十一年五月初六日……〇四三一
光緒二十一年五月初七日……〇四三五
光緒二十一年五月初八日……〇四三九
光緒二十一年五月初九日……〇四四三
光緒二十一年五月十一日……〇四四七
光緒二十一年五月十二日……〇四五一
光緒二十一年五月十三日……〇四五五
光緒二十一年五月十四日……〇四五九
光緒二十一年五月十五日……〇四六三
光緒二十一年五月十六日……〇四六七
光緒二十一年五月十八日……〇四七一
光緒二十一年五月十九日……〇四七五
光緒二十一年五月二十日……〇四七九
光緒二十一年五月二十一日……〇四八三
光緒二十一年五月二十二日……〇四八七
光緒二十一年五月二十三日……〇四九一
光緒二十一年五月二十五日……〇四九五
光緒二十一年五月二十六日……〇四九九

光緒二十一年五月二十七日……………………〇五〇三
光緒二十一年五月二十八日……………………〇五〇七
光緒二十一年五月二十九日……………………〇五一一
光緒二十一年五月三十日……………………〇五一五

光緒二十一年閏五月

光緒二十一年閏五月初二日……………………〇五二一
光緒二十一年閏五月初三日……………………〇五二五
光緒二十一年閏五月初四日……………………〇五二九
光緒二十一年閏五月初五日……………………〇五三三
光緒二十一年閏五月初六日……………………〇五三七
光緒二十一年閏五月初七日……………………〇五四一
光緒二十一年閏五月初九日……………………〇五四五
光緒二十一年閏五月初十日……………………〇五四九
光緒二十一年閏五月十一日……………………〇五五三
光緒二十一年閏五月十二日……………………〇五五七
光緒二十一年閏五月十三日……………………〇五六一
光緒二十一年閏五月十四日……………………〇五六五
光緒二十一年閏五月十六日……………………〇五六九
光緒二十一年閏五月十七日……………………〇五七三

光緒二十一年閏五月十八日……○五七七
光緒二十一年閏五月十九日……○五八一
光緒二十一年閏五月二十日……○五八五
光緒二十一年閏五月二十一日……○五八九
光緒二十一年閏五月二十三日……○五九三
光緒二十一年閏五月二十四日……○五九七
光緒二十一年閏五月二十五日……○六○一
光緒二十一年閏五月二十六日……○六○五
光緒二十一年閏五月二十七日……○六○九
光緒二十一年閏五月二十八日……○六一三

叁

光緒二十一年六月

光緒二十一年六月初一日……○六一九
光緒二十一年六月初二日……○六二三
光緒二十一年六月初三日……○六二七
光緒二十一年六月初四日……○六三一
光緒二十一年六月初五日……○六三五
光緒二十一年六月初六日……○六三九

光緒二十一年六月初八日……………………○六四三
光緒二十一年六月初九日……………………○六四七
光緒二十一年六月初十日……………………○六五一
光緒二十一年六月十一日……………………○六五五
光緒二十一年六月十二日……………………○六五九
光緒二十一年六月十三日……………………○六六三
光緒二十一年六月十五日……………………○六六七
光緒二十一年六月十六日……………………○六七一
光緒二十一年六月十七日……………………○六七五
光緒二十一年六月十八日……………………○六七九
光緒二十一年六月十九日……………………○六八三
光緒二十一年六月二十日……………………○六八七
光緒二十一年六月二十二日…………………○六九一
光緒二十一年六月二十三日…………………○六九五
光緒二十一年六月二十四日…………………○六九九
光緒二十一年六月二十五日…………………○七○三
光緒二十一年六月二十六日…………………○七○七
光緒二十一年六月二十七日…………………○七一一
光緒二十一年六月二十九日…………………○七一五

光緒二十一年七月

光緒二十一年七月初一日……〇七二一
光緒二十一年七月初二日……〇七二五
光緒二十一年七月初三日……〇七二九
光緒二十一年七月初四日……〇七三三
光緒二十一年七月初五日……〇七三七
光緒二十一年七月初七日……〇七四一
光緒二十一年七月初八日……〇七四五
光緒二十一年七月初九日……〇七四九
光緒二十一年七月初十日……〇七五三
光緒二十一年七月十一日……〇七五七
光緒二十一年七月十二日……〇七六一
光緒二十一年七月十四日……〇七六五
光緒二十一年七月十五日……〇七六九
光緒二十一年七月十六日……〇七七三
光緒二十一年七月十七日……〇七七七
光緒二十一年七月十八日……〇七八一
光緒二十一年七月十九日……〇七八五
光緒二十一年七月二十一日……〇七八九
光緒二十一年七月二十二日……〇七九三

光緒二十一年七月二十三日……〇七九七
光緒二十一年七月二十四日……〇八〇一
光緒二十一年七月二十五日……〇八〇五
光緒二十一年七月二十六日……〇八〇九
光緒二十一年七月二十八日……〇八一三
光緒二十一年七月二十九日……〇八一七
光緒二十一年七月三十日……〇八二一

光緒二十一年八月

光緒二十一年八月初一日……〇八二七
光緒二十一年八月初二日……〇八三一
光緒二十一年八月初三日……〇八三五
光緒二十一年八月初五日……〇八三九
光緒二十一年八月初六日……〇八四三
光緒二十一年八月初七日……〇八四七
光緒二十一年八月初八日……〇八五一
光緒二十一年八月初九日……〇八五五
光緒二十一年八月初十日……〇八五九
光緒二十一年八月十二日……〇八六三
光緒二十一年八月十三日……〇八六七

光緒二十一年八月十四日……〇八七一
光緒二十一年八月十五日……〇八七五
光緒二十一年八月十六日……〇八七九
光緒二十一年八月十七日……〇八八三
光緒二十一年八月十九日……〇八八七
光緒二十一年八月二十日……〇八九一
光緒二十一年八月二十一日……〇八九五
光緒二十一年八月二十二日……〇八九九
光緒二十一年八月二十三日……〇九〇三
光緒二十一年八月二十四日……〇九〇七
光緒二十一年八月二十六日……〇九一一
光緒二十一年八月二十七日……〇九一五
光緒二十一年八月二十八日……〇九一九
光緒二十一年八月二十九日……〇九二三

肆

光緒二十一年九月

光緒二十一年九月初一日……〇九二九
光緒二十一年九月初二日……〇九三三

光緒二十一年九月初四日……〇九三七
光緒二十一年九月初五日……〇九四一
光緒二十一年九月初六日……〇九四五
光緒二十一年九月初七日……〇九四九
光緒二十一年九月初八日……〇九五三
光緒二十一年九月初九日……〇九五七
光緒二十一年九月十一日……〇九六一
光緒二十一年九月十二日……〇九六五
光緒二十一年九月十三日……〇九六九
光緒二十一年九月十四日……〇九七三
光緒二十一年九月十五日……〇九七七
光緒二十一年九月十六日……〇九八一
光緒二十一年九月十八日……〇九八五
光緒二十一年九月十九日……〇九八九
光緒二十一年九月二十日……〇九九三
光緒二十一年九月二十一日……〇九九七
光緒二十一年九月二十二日……一〇〇一
光緒二十一年九月二十三日……一〇〇五
光緒二十一年九月二十五日……一〇〇九
光緒二十一年九月二十六日……一〇一三

光緒二十一年九月二十七日……一〇一七
光緒二十一年九月二十八日……一〇二一
光緒二十一年九月二十九日……一〇二五
光緒二十一年九月三十日……一〇二九

光緒二十一年十月

光緒二十一年十月初二日……一〇三五
光緒二十一年十月初三日……一〇三九
光緒二十一年十月初四日……一〇四三
光緒二十一年十月初五日……一〇四七
光緒二十一年十月初六日……一〇五一
光緒二十一年十月初七日……一〇五五
光緒二十一年十月初九日……一〇五九
光緒二十一年十月初十日……一〇六三
光緒二十一年十月十一日……一〇六七
光緒二十一年十月十二日……一〇七一
光緒二十一年十月十三日……一〇七五
光緒二十一年十月十四日……一〇七九
光緒二十一年十月十六日……一〇八三
光緒二十一年十月十七日……一〇八七

光緒二十一年十月十八日……一〇九一
光緒二十一年十月十九日……一〇九五
光緒二十一年十月二十日……一〇九九
光緒二十一年十月二十一日……一一〇三
光緒二十一年十月二十三日……一一〇七
光緒二十一年十月二十四日……一一一一
光緒二十一年十月二十五日……一一一五
光緒二十一年十月二十六日……一一一九
光緒二十一年十月二十七日……一一二三
光緒二十一年十月二十八日……一一二七

光緒二十一年十一月

光緒二十一年十一月初一日……一一三三
光緒二十一年十一月初二日……一一三七
光緒二十一年十一月初三日……一一四一
光緒二十一年十一月初四日……一一四五
光緒二十一年十一月初五日……一一四九
光緒二十一年十一月初六日……一一五三
光緒二十一年十一月初八日……一一五七
光緒二十一年十一月初九日……一一六一

光緒二十一年十一月初十日……………………一一六五
光緒二十一年十一月十一日……………………一一六九
光緒二十一年十一月十二日……………………一一七三
光緒二十一年十一月十三日……………………一一七七
光緒二十一年十一月十五日……………………一一八一
光緒二十一年十一月十六日……………………一一八五
光緒二十一年十一月十七日……………………一一八九
光緒二十一年十一月十八日……………………一一九三
光緒二十一年十一月十九日……………………一一九七
光緒二十一年十一月二十日……………………一二〇一
光緒二十一年十一月二十二日…………………一二〇五
光緒二十一年十一月二十三日…………………一二〇九
光緒二十一年十一月二十四日…………………一二一三
光緒二十一年十一月二十五日…………………一二一七
光緒二十一年十一月二十六日…………………一二二一
光緒二十一年十一月二十七日…………………一二二五
光緒二十一年十一月二十九日…………………一二二九
光緒二十一年十一月三十日……………………一二三三

伍

光緒二十一年十二月

光緒二十一年十二月初一日……………………一二三九
光緒二十一年十二月初二日……………………一二四三
光緒二十一年十二月初三日……………………一二四七
光緒二十一年十二月初四日……………………一二五一
光緒二十一年十二月初六日……………………一二五五
光緒二十一年十二月初七日……………………一二五九
光緒二十一年十二月初八日……………………一二六三
光緒二十一年十二月初九日……………………一二六七
光緒二十一年十二月初十日……………………一二七一
光緒二十一年十二月十一日……………………一二七五
光緒二十一年十二月十三日……………………一二七九
光緒二十一年十二月十四日……………………一二八三
光緒二十一年十二月十五日……………………一二八七
光緒二十一年十二月十六日……………………一二九一
光緒二十一年十二月十七日……………………一二九五
光緒二十一年十二月十八日……………………一二九九
光緒二十一年十二月二十日……………………一三〇三

光緒二十一年十二月二十一日……一三〇七
光緒二十一年十二月二十二日……一三一一
光緒二十一年十二月二十三日……一三一五
光緒二十一年十二月二十四日……一三一九
光緒二十一年十二月二十五日……一三二三

光緒二十二年正月

光緒二十二年正月初五日……一三二九
光緒二十二年正月初六日……一三三三
光緒二十二年正月初七日……一三三七
光緒二十二年正月初八日……一三四一
光緒二十二年正月初九日……一三四五
光緒二十二年正月初十日……一三四九
光緒二十二年正月十二日……一三五三
光緒二十二年正月十三日……一三五七
光緒二十二年正月十四日……一三六一
光緒二十二年正月十五日……一三六五
光緒二十二年正月十六日……一三六九
光緒二十二年正月十七日……一三七三
光緒二十二年正月十九日……一三七七

光緒二十二年正月二十日……一三八一
光緒二十二年正月二十一日……一三八五
光緒二十二年正月二十二日……一三八九
光緒二十二年正月二十三日……一三九三
光緒二十二年正月二十四日……一三九七
光緒二十二年正月二十六日……一四〇一
光緒二十二年正月二十七日……一四〇五
光緒二十二年正月二十八日……一四〇九
光緒二十二年正月二十九日……一四一三
光緒二十二年正月三十日……一四一七

光緒二十二年二月

光緒二十二年二月初一日……一四二三
光緒二十二年二月初三日……一四二七
光緒二十二年二月初四日……一四三一
光緒二十二年二月初五日……一四三五
光緒二十二年二月初六日……一四三九
光緒二十二年二月初七日……一四四三
光緒二十二年二月初八日……一四四七
光緒二十二年二月初十日……一四五一

光緒二十二年二月十一日……一四五五
光緒二十二年二月十二日……一四五九
光緒二十二年二月十三日……一四六三
光緒二十二年二月十四日……一四六七
光緒二十二年二月十五日……一四七一
光緒二十二年二月十七日……一四七五
光緒二十二年二月十八日……一四七九
光緒二十二年二月十九日……一四八三
光緒二十二年二月二十日……一四八七
光緒二十二年二月二十一日……一四九一
光緒二十二年二月二十二日……一四九五
光緒二十二年二月二十四日……一四九九
光緒二十二年二月二十五日……一五〇三
光緒二十二年二月二十六日……一五〇七
光緒二十二年二月二十七日……一五八一
光緒二十二年二月二十八日……一五一五
光緒二十二年二月二十九日……一五一九

陸

光緒二十二年三月

光緒二十二年三月初一日……一五二五
光緒二十二年三月初二日……一五二九
光緒二十二年三月初三日……一五三三
光緒二十二年三月初四日……一五三七
光緒二十二年三月初五日……一五四一
光緒二十二年三月初六日……一五四五
光緒二十二年三月初八日……一五四九
光緒二十二年三月初九日……一五五三
光緒二十二年三月初十日……一五五七
光緒二十二年三月十一日……一五六一
光緒二十二年三月十二日……一五六五
光緒二十二年三月十三日……一五六九
光緒二十二年三月十五日……一五七三
光緒二十二年三月十六日……一五七七
光緒二十二年三月十七日……一五八一
光緒二十二年三月十八日……一五八五
光緒二十二年三月十九日……一五八九

光緒二十二年三月二十日……一五九三
光緒二十二年三月二十二日……一五九七
光緒二十二年三月二十三日……一六〇一
光緒二十二年三月二十四日……一六〇五
光緒二十二年三月二十五日……一六〇九
光緒二十二年三月二十六日……一六一三
光緒二十二年三月二十七日……一六一七
光緒二十二年三月二十九日……一六二一
光緒二十二年三月三十日……一六二五

光緒二十二年四月

光緒二十二年四月初一日……一六三一
光緒二十二年四月初二日……一六三五
光緒二十二年四月初三日……一六三九
光緒二十二年四月初四日……一六四三
光緒二十二年四月初六日……一六四七
光緒二十二年四月初七日……一六五一
光緒二十二年四月初八日……一六五五
光緒二十二年四月初九日……一六五九
光緒二十二年四月初十日……一六六三

光緒二十二年四月十一日……一六六七
光緒二十二年四月十三日……一六七一
光緒二十二年四月十四日……一六七五
光緒二十二年四月十五日……一六七九
光緒二十二年四月十六日……一六八三
光緒二十二年四月十七日……一六八七
光緒二十二年四月十八日……一六九一
光緒二十二年四月二十日……一六九五
光緒二十二年四月二十一日……一六九九
光緒二十二年四月二十二日……一七〇三
光緒二十二年四月二十三日……一七〇七
光緒二十二年四月二十四日……一七一一
光緒二十二年四月二十五日……一七一五
光緒二十二年四月二十七日……一七一九
光緒二十二年四月二十八日……一七二三
光緒二十二年四月二十九日……一七二七

光緒二十二年五月

光緒二十二年五月初一日……一七三三
光緒二十二年五月初二日……一七三七

光緒二十二年五月初三日……一七四一
光緒二十二年五月初五日……一七四五
光緒二十二年五月初六日……一七四九
光緒二十二年五月初七日……一七五三
光緒二十二年五月初八日……一七五七
光緒二十二年五月初九日……一七六一
光緒二十二年五月初十日……一七六五
光緒二十二年五月十二日……一七六九
光緒二十二年五月十三日……一七七三
光緒二十二年五月十四日……一七七七
光緒二十二年五月十五日……一七八一
光緒二十二年五月十六日……一七八五
光緒二十二年五月十七日……一七八九
光緒二十二年五月十九日……一七九三
光緒二十二年五月二十日……一七九七
光緒二十二年五月二十一日……一八〇一
光緒二十二年五月二十二日……一八〇五
光緒二十二年五月二十三日……一八〇九
光緒二十二年五月二十四日……一八一三
光緒二十二年五月二十六日……一八一七

光緒二十二年五月二十七日……一八二一
光緒二十二年五月二十八日……一八二五
光緒二十二年五月二十九日……一八二九
光緒二十二年五月三十日……一八三三

柒

光緒二十二年六月

光緒二十二年六月初一日……一八三九
光緒二十二年六月初三日……一八四三
光緒二十二年六月初四日……一八四七
光緒二十二年六月初五日……一八五一
光緒二十二年六月初六日……一八五五
光緒二十二年六月初七日……一八五九
光緒二十二年六月初八日……一八六三
光緒二十二年六月初十日……一八六七
光緒二十二年六月十一日……一八七一
光緒二十二年六月十二日……一八七五
光緒二十二年六月十三日……一八七九
光緒二十二年六月十四日……一八八三

光緒二十二年六月十五日……一八八七
光緒二十二年六月十七日……一八九一
光緒二十二年六月十八日……一八九五
光緒二十二年六月十九日……一八九九
光緒二十二年六月二十日……一九〇三
光緒二十二年六月二十一日……一九〇七
光緒二十二年六月二十二日……一九一一
光緒二十二年六月二十四日……一九一五
光緒二十二年六月二十五日……一九一九
光緒二十二年六月二十六日……一九二三
光緒二十二年六月二十七日……一九二七
光緒二十二年六月二十八日……一九三一
光緒二十二年六月二十九日……一九三五

光緒二十二年七月

光緒二十二年七月初二日……一九四一
光緒二十二年七月初三日……一九四五
光緒二十二年七月初四日……一九四九
光緒二十二年七月初五日……一九五三
光緒二十二年七月初六日……一九五七

光緒二十二年七月初七日……一九六一
光緒二十二年七月初九日……一九六五
光緒二十二年七月初十日……一九六九
光緒二十二年七月十一日……一九七三
光緒二十二年七月十二日……一九七七
光緒二十二年七月十三日……一九八一
光緒二十二年七月十四日……一九八五
光緒二十二年七月十六日……一九八九
光緒二十二年七月十七日……一九九三
光緒二十二年七月十八日……一九九七
光緒二十二年七月十九日……二〇〇一
光緒二十二年七月二十日……二〇〇五
光緒二十二年七月二十一日……二〇〇九
光緒二十二年七月二十三日……二〇一三
光緒二十二年七月二十四日……二〇一七
光緒二十二年七月二十五日……二〇二一
光緒二十二年七月二十六日……二〇二五
光緒二十二年七月二十七日……二〇二九
光緒二十二年七月二十八日……二〇三三

捌

光緒二十四年閏三月

光緒二十四年閏三月初一日……二〇三九
光緒二十四年閏三月初二日……二〇四七
光緒二十四年閏三月初三日……二〇五五
光緒二十四年閏三月初四日……二〇六三
光緒二十四年閏三月初五日……二〇七一
光緒二十四年閏三月初六日……二〇七九
光緒二十四年閏三月初七日……二〇八七
光緒二十四年閏三月初八日……二〇九五
光緒二十四年閏三月初九日……二一〇三
光緒二十四年閏三月初十日……二一一一
光緒二十四年閏三月十一日……二一一九
光緒二十四年閏三月十二日……二一二七
光緒二十四年閏三月十三日……二一三五
光緒二十四年閏三月十四日……二一四三
光緒二十四年閏三月十五日……二一五一
光緒二十四年閏三月十六日……二一五九
光緒二十四年閏三月十七日……二一六七

光緒二十四年閏三月十八日……二一七五
光緒二十四年閏三月十九日……二一八三
光緒二十四年閏三月二十日……二一九一
光緒二十四年閏三月二十一日……二一九九
光緒二十四年閏三月二十二日……二二〇七
光緒二十四年閏三月二十三日……二二一五
光緒二十四年閏三月二十四日……二二二三
光緒二十四年閏三月二十五日……二二三一
光緒二十四年閏三月二十六日……二二三九
光緒二十四年閏三月二十七日……二二四七
光緒二十四年閏三月二十八日……二二五五
光緒二十四年閏三月二十九日……二二六三

玖

光緒二十四年五月

光緒二十四年五月初一日……二二七三
光緒二十四年五月初二日……二二八一
光緒二十四年五月初三日……二二八九
光緒二十四年五月初四日……二二九七

光緒二十四年五月初五日……二三〇五
光緒二十四年五月初六日……二三一三
光緒二十四年五月初七日……二三二一
光緒二十四年五月初八日……二三二九
光緒二十四年五月初九日……二三三七
光緒二十四年五月初十日……二三四五
光緒二十四年五月十一日……二三五三
光緒二十四年五月十二日……二三六一
光緒二十四年五月十三日……二三六九
光緒二十四年五月十四日……二三七七
光緒二十四年五月十五日……二三八五
光緒二十四年五月十六日……二三九三
光緒二十四年五月十七日……二四〇一
光緒二十四年五月十八日……二四〇九
光緒二十四年五月十九日……二四一七
光緒二十四年五月二十日……二四二五
光緒二十四年五月二十一日……二四三三
光緒二十四年五月二十二日……二四四一
光緒二十四年五月二十三日……二四四九
光緒二十四年五月二十四日……二四五七

光緒二十四年五月二十五日……二四六五
光緒二十四年五月二十六日……二四七三
光緒二十四年五月二十七日……二四八一
光緒二十四年五月二十八日……二四八九
光緒二十四年五月二十九日……二四九七
光緒二十四年五月三十日……二五〇五

拾

光緒二十四年六月
光緒二十四年六月初一日……二五一五
光緒二十四年六月初二日……二五二三
光緒二十四年六月初三日……二五三一
光緒二十四年六月初四日……二五三九
光緒二十四年六月初五日……二五四七
光緒二十四年六月初六日……二五五五
光緒二十四年六月初七日……二五六三
光緒二十四年六月初八日……二五七一
光緒二十四年六月初九日……二五七九
光緒二十四年六月初十日……二五八七

光緒二十四年六月十一日……二五九五
光緒二十四年六月十二日……二六〇三
光緒二十四年六月十三日……二六一一
光緒二十四年六月十四日……二六一九
光緒二十四年六月十五日……二六二七
光緒二十四年六月十六日……二六三五
光緒二十四年六月十七日……二六四三
光緒二十四年六月十八日……二六五一
光緒二十四年六月十九日……二六五九
光緒二十四年六月二十日……二六六七
光緒二十四年六月二十一日……二六七五
光緒二十四年六月二十二日……二六八三
光緒二十四年六月二十三日……二六九一
光緒二十四年六月二十四日……二六九九
光緒二十四年六月二十五日……二七〇七
光緒二十四年六月二十六日……二七一五
光緒二十四年六月二十七日……二七二三
光緒二十四年六月二十八日……二七三一
光緒二十四年六月二十九日……二七三九

拾壹

光緒二十四年八月

光緒二十四年八月初一日……二七四九
光緒二十四年八月初二日……二七五七
光緒二十四年八月初三日……二七六五
光緒二十四年八月初四日……二七七三
光緒二十四年八月初五日……二七八一
光緒二十四年八月初六日……二七八九
光緒二十四年八月初七日……二七九七
光緒二十四年八月初八日……二八〇五
光緒二十四年八月初九日……二八一三
光緒二十四年八月初十日……二八二一
光緒二十四年八月十一日……二八二九
光緒二十四年八月十二日……二八三七
光緒二十四年八月十三日……二八四五
光緒二十四年八月十四日……二八五三
光緒二十四年八月十五日……二八六一
光緒二十四年八月十六日……二八六九
光緒二十四年八月十七日……二八七七

光緒二十四年八月十八日……二八八五
光緒二十四年八月十九日……二八九三
光緒二十四年八月二十日……二九〇一
光緒二十四年八月二十一日……二九〇九
光緒二十四年八月二十二日……二九一七
光緒二十四年八月二十三日……二九二五
光緒二十四年八月二十四日……二九三三
光緒二十四年八月二十五日……二九四一
光緒二十四年八月二十六日……二九四九
光緒二十四年八月二十七日……二九五七
光緒二十四年八月二十八日……二九六五
光緒二十四年八月二十九日……二九七三

拾貳

光緒二十四年十二月

光緒二十四年十二月初七日……二九七九
光緒二十四年十二月初十日……二九八七
光緒二十四年十二月十二日……二九九五

光緒二十五年正月

光緒二十五年正月二十三日……三〇〇五

光緒二十五年九月

光緒二十五年九月十二日……三〇一五

光緒二十五年十月

光緒二十五年十月三十日……三〇二五

光緒二十五年十一月

光緒二十五年十一月初十日……三〇三三

光緒二十六年十二月

光緒二十六年十二月初三日……三〇四三
光緒二十六年十二月初四日……三〇五一
光緒二十六年十二月初五日……三〇五九
光緒二十六年十二月初六日……三〇六七
光緒二十六年十二月初七日……三〇七五
光緒二十六年十二月初八日……三〇八三

光緒二十六年十二月初九日……三〇九一
光緒二十六年十二月初十日……三〇九九
光緒二十六年十二月十一日……三一〇七
光緒二十六年十二月十二日……三一一五
光緒二十六年十二月十三日……三一二三
光緒二十六年十二月十四日……三一三一
光緒二十六年十二月十五日……三一三九
光緒二十六年十二月十六日……三一四七
光緒二十六年十二月十七日……三一五五
光緒二十六年十二月十八日……三一六三
光緒二十六年十二月十九日……三一七一
光緒二十六年十二月二十日……三一七九
光緒二十六年十二月二十一日……三一八七
光緒二十六年十二月二十二日……三一九五
光緒二十六年十二月二十三日……三二〇三
光緒二十六年十二月二十四日……三二一一
光緒二十六年十二月二十五日……三二一九
光緒二十六年十二月二十六日……三二二七
光緒二十六年十二月二十七日……三二三五

光緒三十年正月
光緒三十年正月初九日……三二四四
光緒三十年正月初十日……三二六〇
光緒三十年正月十一日……三二七六
光緒三十年正月十二日……三二九二
光緒三十年正月十四日……三三〇八
光緒三十年正月十六日……三三二四
光緒三十年正月十七日……三三二八
光緒三十年正月十九日……三三四八
光緒三十年正月二十一日……三三五二
光緒三十年二月
光緒三十年二月初四日……三三七〇
光緒三十年二月初五日……三三八六
光緒三十年二月初七日……三四〇六

天津博物館藏

直報

壹

天津古籍出版社

光緒二十一年正月

直報

光緒二十一年正月初一日
西歷一千八百九十五年正月二十六日　禮拜六

直報說　漕運新議　憲節到京　清卒邀恩
欽憲抵津　大兵雲集　愼固吾圉　津勝成軍
威防足恃　要口宜防　津門市景　氣球起重
羊城百話　苗兵過揚　漢口官報　京報節錄
告白照登

直報說

光緒二十有一年春王正月元旦本埠直報館開張第一日也萬象更新四方送喜各中頌禱之詞禮畢客起而問曰貴館奚爲以直名也曰新聞之例名由地起津固直屬在直言直亦猶夫上海之報曰申粵東之報曰廣也曰甚哉先生之言之也鴻才卓識馳譽中外東南各報館重椽筆遂能價貴洛陽何也中西設報之始體例雖殊中西閱報之人性情則一聞譽言則無荷同臭味聆忠諫則藥名疑鴆毒徑遂而行鑿枘不入稱心而語逆耳取譬諸觀水平流洄洑人皆狎而玩之若瀑布直懸奔如烟海則駭而却走已譬之種木柔條夭繞人即羅而珍之若喬柯直聳高矗雲霄則棄之不顧己方今負文冠之望者踵門展滿譽墓金多大都宛轉隨人軒輕任我技止此而利市三倍固海內所共知者矣今乃標幟壇坫欲于語言文字之間追三代之直道以期挽回於萬一載胥匪今積重難返蒙敢斯疑願終受教於是啞然而笑曰吾敢乎哉客胡爲者今夫水一泓隱伏萬里迴瀾疊浪層波瀠洄紆折或東之直行一瀉而衝突難禁勢固然也然使于出泉之始即過之而失其本性必不能直達於四海今夫木勾萌甫坼一已立交枝㩁葉葱蒨扶第譏其直生一搖而本根即撥人易曉也然使於出土之初即熏歷之以促其生機必不能直上乎千尋反本尋源人同此理童稚笑啼無僞愚嗜喜怒皆眞況是直道與生俱來率性而行初非矯揉造作也明矣今居中國察人倫政教俗風俗盛居由義無俟迂談夫報館者固所以翼政教整齊風俗在昔中國之清議之所由興而西人竊師其意以聯上下之情誼以廣中外之見聞以隱杜夫朝廷壅蔽欺飾之積習禮失而求諸野於是乎良史之直筆民逸士共起而持之泰西國俗君民共治尙守古昔盛世刑賞與衆共之之休風故君國大各報館主筆人亦得入議院與聞退而直書其事登報以傳得失是非之故使人人了然於胸中是故閭閻之疾苦直書之則玩視民瘼者咸懼矣疆埸之利害直言之則貽誤戎機者必懲矣臣子之忠奸官司之賢佞直敘其事而植黨背公者無所容其瞻徇與蒙蔽矣上而朝廷隱微之端下而草茅瑣屑之情亦必據事直陳縱君父亦難隱諱于是上下內外同心交儆而不敢恣意任情侈游觀之美忘節制之規廢度支之數致啓奔競熒惑奸譽迎合之弊堂陛泰交懍直而勿犯之縞帶答循直以報怨之常是非之公同付三代此則報館高賢直道共行之美舉不以婞直招人之尤不以訐直翹人之過古之遺直吾見其人爲之執鞭所欣慕矣顧自比年以來風氣漸開報館林立崇論宏議日新月盛雖人情好諛惡直當事者時懍懍以直見黜爲慮然行習既久朝野上下將咸喜其直諒之益則由西法以復古道至於三代直道之隆不難也天津爲　京畿劇郡又華洋薈萃之地也耳目環伺聽覩廣集即首善之區開自强之治尤以周知民隱備悉敵情爲先務識能多立報館務求直言斯萬里之遙如在戶闥彼此之情勿閡即敢爲欺蔽者亦無能逃其指摘所謂扶翼政教整齊風俗之微權其關繫豈淺尠哉即在直言直而顧名思義已戛戛其難之矣聞客言既以自勵還望　閱報諸君子交相勉焉知我罪我直指勿吝

漕運新議　○漕糧乃天庾正供曩因河道淤淺改由海運而河運仍未盡廢不過海運多於河運者數倍耳現在倭人搆衅戰端己與海運漕糧恐有阻滯昨經御史管廷獻奏請畧稱所有河運惟自陶城埠至臨清二百餘里幾同乾河不易疏濬何若將此二百餘里改建鐵路以火車運糧即就直隸湖北現有之工作移緩就急等語已奉　旨交部議奏現由大部議覆是否可行仍須與漕運總督及納漕各省督撫並經過各省會議如果可行再由部嚴定章程云

憲節到京　○雲貴總督王夔石制軍奉　詔晉京由鄂泝江而上至揚州換舟至清江遵陸北上已於臘月二十七日安抵都門即日具安摺入覲矣

潰卒邀恩　○督辦軍務恭親王以軍務緊急所有潰軍逃勇亟宜變通章程辦理按律固應軍法從事惟若輩均有器械隨身若操之過急必致挺而走險現在錦州土匪變亂不無若輩溷迹其間茲擬近畿一帶如有此輩即着防營會同地方官嚴拿解交通永霸昌道審明再行解赴本處酌辦至關內外一帶則當查明該敗軍逃勇沿途若無滋生事端仍准留營効力奮勉圖功或俟軍務稍鬆妥為遣散等因奏請　諭旨現已通行各省各路統兵員一體遵辦

欽憲抵津　○欽差大臣節制關內外各軍本任兩江總督劉峴莊大帥臘月二十一日請　訓出都由陸路啓節二十八日午刻蒞止津上行轅在南斜街江蘇海運局對門暫駐襜帷聞不日即乘火輪車前赴榆關也

大兵雲集　○前新疆巡撫魏中丞統帶湘軍十營復派周副將玉堂及營務文案委員嚴太守金清來津招募馬隊刻已招齊赴防○廣東高州鎮余軍門虎恩奉　命赴鄂招集舊部振字三營隨又奉　旨招募十營湘軍虎勇等營共作十旗由清江遵陸北上沿途適遭風雪兵勇跋涉殊覺艱苦現在已行抵津門○前安徽壽春鎮宋軍門統帶數營於前日暫住楊柳青鎮不久當移紮要隘

慎固吾圉　○天津留防淮練各軍兵力太單昨由各營統領會議以為與其另行招募新營何若就現有各營每哨添勇二十人什長一人各營均行照辦較之新招費省易練聞已稟請　爵相批示爵相以足兵必先足食飭下支應局司道妥議如果需餉無多當可照辦矣

津勝成軍　○曹藎臣軍門克忠奉　命督辦津郡團練已招募三十營名津勝軍駐紮小站一帶逐日操練以備援應各軍軍中除洋鎗之外並練習抬鎗各營技藝漸臻純熟沿海倘有倭人窺伺當可隨機策應矣

威防足恃　○臘月廿二三等日倭船在成山頭攻撲被砲台轟擊各有損傷倭人旋由榮城登陸冀襲威海丁禹庭軍門聞警痛哭誓師與幇辦洋員馬格祿慶士理倪額森等籌商禦敵之策馬慶二君嫻於海戰水路已防如鐵甕南岸幸有戴孝侯觀察偕洋員瑞乃爾統率數營屯紮要隘觀察謀畧素優兼之瑞君教練有法屹若長城日來倭探四出恐有一場惡戰聞當道已電速東撫赴威助勦倭雖猖獗遇此雄師當不得逞其狡計也

要口宜防　○距小站百十里有海口曰祁口口門水深八九尺不能泊巨艦淺灘亘十餘里春秋三季沮洳甚既不可舟又不能馬惟冰凍則便於登岸其地本駐一守備汎兵百十人近因防倭駐梅統領馬步隊兩營兵力既單而倭於日前窺伺冀欲在該口遵陸離距小站一日程有曹軍門在後路而倭船砲堅利倘經猛撲恐非一二營所能敵禦也

津門市景　○天津為畿輔大郡華洋巨埠往年歲雖有水患而歲底市景尚稱豐盛客歲臘杪街市貨攤月半尚寥寥無幾及至祀灶前後始有年意鄉人之購貨者尚不如往年之多而各貨價值則較往年昂貴倍蓰白米每包十千數百文白麪每斤八九十文至百二十文不等猪肉價更奇貴小除夕之晨每斤售津錢二百八十文白菜每十六斤售津錢四五百文尤可怪者大葱每斤價須七八十是真從來所未有詢之市儈皆以為民間因歲儉諸從儉嗇而來往兵勇非肉不飽非麪不食以致價值奇昂銀價則日跌日小每銀一兩易津錢二千九百有零反比往年價賤今值歲轉青陽惟願國泰民安時和物阜以蘇民困耳

氣球起重　○西人有以橡皮氣球起水中沈溺船隻者近有人復將此法畧為更改非但可以起船且可起巨石於水底其功用

尤大法以帆布爲球十尺對徑實以橡皮上下護以銅板中有一鐵管管上皆孔下接白鉛器一具中藏炭氣放入水中即可鼓氣入球然後將球繫於船身兩旁鐵上則浮力自能升船出水近有一石重一萬八百磅沈於水中深及三丈亦以此法起而出之云

羊城官話　○廣東臬憲額玉如方伯升任河南布政司循例具摺謝　恩陳請　陛見聞定於封印前後交卸起程迤摺北上遞遺臬司印務督憲擬委雷瓊道楊懿卿觀察署理然未奉明文不知確否也○新任撫憲馬中丞由京請　訓出都遵陸南下現聞憲旌已行抵江西將次度嶺入粵計程臘月中旬即可到省履任南番兩邑宰已雇工匠將撫署修飾一切供張亦皆備辦撫轅巡捕各官亦向督憲稟辭馳往南雄迎迓矣○候補府王太守秉恩借補廣州協副將李副戎先義均經兩江總督張香帥奏請調往差委聞香帥移文來粵飭令太守與副戎迅速赴江並招募廣勇數營攜帶前來以備調用太守奉文後即會商副戎開招一俟招足便可起行凡勇目皆選粵人任之因其言語相通易於約束也○升任福建鹽法道廣州府張潤生觀察蒞以來勤政愛民口碑載道茲因榮升有期行將去任都人士久蒙恩澤咸切攀轅臥轍之思聞府屬各縣士民皆製備德政牌傘鏡送以誌愛慕甘棠召伯之章眞可爲太守諷詠矣○督辦欽廉防務雲南提督馮萃亭宮保現奉有　密諭飭令統率舊部馳赴江南防堵宮保忠心報國聞命欣然遂招集舊日得力將領回欽州部署一切平時練有敢死士卒數千人茲擬再招募數千合成一萬之數宮保定於年內先來省一次與制軍面商機宜俟開正後即行起節聞　朝廷之有此諭係由張香帥所密保者按宮保績佐中興威名久播前於援越一役尤着戰功此次奉命專征定能張國威而滅醜類彼藐爾倭奴有不聞風膽落哉○闈姓定章凡中式彩銀限以簪花後十五日開派本科武舉人已於十一月初一日簪花而闈姓彩銀則延至臘月初五日開派衆人以其顯違定章咸抱不服日向各廠爭論各廠知衆怒難犯恐釀禍端遂改於上月二十五日開派矣

苗兵過揚　○貴州古州鎮一衡三鐘軍槐統率苗兵將次由揚州北上茅簷蔀屋咸欲一瞻大帥威儀無日不雀跂鷺翹佇候旌節臘月初二日江都甘泉兩邑宰接上站傳單知鎮軍已由京口渡江即日可到爰派丁差妥爲照料一面出四言告示黏貼通衢略謂大軍過境切勿□皇□毫無犯賣買照常是日傍晚前站飛馳而至初三日晨大隊由瓜洲登陸迤邐入南門魚貫綴行至三义閣前尋覓客寓兩邑宰派人告營哨官弁謂爾軍人衆恐客寓窄狹不敷似仍宜另覓空闊寺院俾得安身於是營哨官弁相率至城外小南海天寧寺等處暫駐一宵當入城時各鋪戶咸惴惴然不敢偪視繼見其入市購物循規蹈矩而不爭較價錢言語雖不能通然舉止平和毫無喧囂獷悍之氣於是人皆樂與之易且有爭攬生涯者各兵皆不用號衣一律穿天青介呢袷褂足登快鞋年皆在三十左右每至一處居人圍觀如堵有好事者與之談自云丁統領待我等如手足一般甘苦與共我等皆願爲效力誓殺倭奴復指所穿呢袷曰此皆統領恩典在漢口製成頒給內係絲綿及頭髮輕而且暖頗利出征統領既報效　國家我等自當拚命報效統領云云語雖俚直然忠義之氣已可於言外見之已泊午後又到有穿　黃號衣者若干人衣上號補大書貴州古州鎮衡中營親兵先至者語人曰親兵至則統領節麾將至矣我等明晨即先拔隊北上云或曰此次到揚者約有三營尙有數營日內亦可馳抵京口又聞鎮軍甲申年安南之役頗着聲威麾下三軍萬衆一心同仇敵愾吾知蕞爾倭國當必聞風膽裂不敢交綏矣

漢口官報　○武昌牙厘總局彭實菴觀察於上月廿九日榮蒞漢關新任所遺牙厘總局一差業由鄂撫譚中丞札委候補道清觀察接辦已於月初交接矣○長江水師許軍門春發奉鄂撫譚中丞札委前赴湘省招募雄師數營訓練成軍以備防剿倭奴之用○江漢關道憲惲菘耘觀察升任鄂藩其瀛眷於初二日渡江新任漢關道彭實菴觀察瀛眷亦於是日渡江由龍王廟起岸太夫人乘坐八人大轎排道進署夫人公子在後隨行江中砲艇升旗鳴砲極茶火之盛○陳佑民方伯新簡直隸藩司其暫署鄂藩者爲漢關道惲菘耘觀察已於上月廿九日接印方伯部署行裝於本月初三日赴撫轅辭行乘坐滿江紅船用洞庭春小火輪拖帶前赴鎮江遵陸北上於五點鐘時啓行鄂江兩岸文武員弁升旂鳴砲恭送如儀

京報節錄

○○李鴻章片　再前因津防緊要迭經天津司道督飭紳商籌捐添募蘆勇四營一切營制仿照天津練軍章程辦理所需經費由紳商

集捐支給按照新海防事例給獎先後　奏奉　諭旨允准在案目前軍務緊急津郡密邇　京師為各路餉械總滙之區根本所繫尤關重要茲據司道等轉據天津紳士候選運同高振鏞等稟請仍照光緒十年團防章程在於闔津水會中挑選精銳抽練一千人按日操演藉資保衛即責成署天津道呂耀斗督率認眞操防其口糧薪費等項按照練軍章程酌減支放所需經費已由天津紳商捐集銀八千餘兩仍由府縣接續勸捐應用事竣核實造報並請照添募蘆勇奏定原案由運司酌議請獎應需鎗械子藥等項飭局籌撥應用理合附片具陳伏乞　聖鑒謹　奏奉　硃批該部知道欽此

○○陝西道監察御史奴才敬祜跪　奏為關防郎中二缺改歸本處調補歸併事權以昭畫一恭摺具陳仰祈　聖鑒事竊奴才恭查盛京戶部銀庫掌關防郎中係三年差缺　東陵掌關防郎中係六年調缺均由吏部咨取各衙門郎中帶領引　見請　旨簡用惟此項缺分由京部調升人員但恐人地生疎無裨要務既至任事後事務熟習轉瞬又屆期滿　盛京　東陵各部人員按咨調京升轉匪易雖有可造之才竟至終身廢棄請　旨飭下吏部量為變通章程將兩項關防郎中改歸本處由該管堂官在郎中班內已屆題銷試俸者揀員請補期滿更換庶事權歸併兩有裨益矣奴才為疏通缺分起見是否有當伏乞　皇上聖鑒訓示施行謹　奏奉　旨已錄

○○敬祜片　再戶部三庫郎中員外郎差缺向由宗人府內閣六部理藩院各衙門咨取人員帶領引　見請　旨簡調一任三年期滿更換乃近來由緞顏兩庫調補銀庫者顯有情託致滋夤緣之弊或有十滿遲延多日維時既久實難再遲始行報滿復以咨取人員未齊為詞每任如此情形相率效尤三庫要差豈可遂其取巧之私置於不聞應請　旨飭下管理三庫大臣嗣後不得以緞顏兩庫人員調補銀庫●滿人員亦不准報滿遲延以符定制而杜弊端奴才既有所聞何安緘口謹附片具陳伏乞　聖鑒訓示謹　奏奉　旨已錄

○○洪　品片　再臣前奏稅釐兩局需用委員自總辦而外曰寫票曰查驗曰帳房此皆漢嗇夫之職請一切以候補人員總辦則委道府州縣其寫票查驗帳房等務則委之佐雜及未入流各員已蒙　飭部施行但此事既歸官辦其功過須有考核某事某人承管其姓名應先報部立案若現辦各差無職之人有願捐納官職者必須令其親身赴部報捐驗看方許派委似此差務歸核實臣為位置閑員推廣捐例起見伏乞　皇上聖鑒謹　奏奉　旨已錄

○○步軍統領片　再整飭營務賞罰固貴嚴明激勵羣材功過必期至當茲查有藍翎補用遊擊前南營西珠市口汎都司曾崇蔭前因所屬堆撥無人看守查夜弁兵空誤經巡視北城御史恩溥等奏參奉　旨交部議處旋據兵部議以降一級調用不准抵銷在案惟該員曾於光緒十九年四月內會同右營拿獲盜犯恩祿等一案七月內拿獲盜犯破頭李六等一案九月內會同北營拿獲盜犯劉立莊等一案十一月內會同右營拿獲盜犯張二丫頭等一案十二月內會同左營拿獲盜犯張伏受等一案本年二月會同北營拿獲盜犯李添才等一案又會同左翼拿獲盜犯李漢臣等一案均經奴才衙門訊取供招奏交刑部審辦現經刑部先後奏結共計斬梟斬決盜犯二十一名前聲明拿獲各案出力員弁由各該衙門自行請獎等因知照前來查該員平日當差勇往緝捕尚稱得力從前緣事被議尚屬咎有應得厥後奮勉圖功不無微勞足錄且各案獲盜之員弁例得由奴才等照章酌核保獎雖該員業經離任未便獨令向隅合無仰懇　天恩准將降一級調用前南營都司曾崇蔭開復降調處分以昭策勵之處出自　逾格鴻施謹　附片陳請伏乞　聖鑒謹　奏請　旨奉旨已錄

直報

光緒二十一年正月初三日　第二號
西歷一千八百九十五年正月二十八日　禮拜一

上諭恭錄　征倭議　請辦疑似　閩拜停止
居奇宜斷　勝倭的信　欽憲行期　觀察來津
分別定罪　烟台來電　管規森嚴　未免冒失
雜番過蘇　京報節錄　告白照登

上諭恭錄

十二月二十九日　上諭已革道員龔照瑗前因旅順船塢失陷避至烟臺降旨拿交刑部治罪茲據刑部奏稱該革員現解送到部請旨辦理等語龔照瑗應得罪名即着刑部嚴行審訊按律定擬具奏欽此　上諭雲貴總督王文韶着派充幫辦北洋事務大臣欽此

征倭議

夔雲周鐵珊稿

大抵天下事防範於未來則易張皇於猝發則難出人之不意則勝落人之後著則敗今日征倭之舉尤其彰明較著者也方倭人搆釁伊始議者皆謂藐彼倭奴敢抗王師螳臂當車無難滅此而朝食也而留心時務洞悉夷情者則以為不然何也倭人包藏禍心已非一日改裝易服效法泰西不惜重貲多購戰艦凡操練槍礮製造藥彈無不曲盡西法之妙而精益求精是以十年生聚十年教訓未嘗輕試其鋒一旦尋釁肆擾兵連禍結遂有一發而不可遏之勢蓋其蓄志與中國為難非若跳梁之寇可以一鼓而擒也久矣而惜乎我之燭奸不早籌備已遲猝然發難戰守並無足恃人人但存一輕敵之心牢不可破可勝浩歎哉中興以來文玩武嬉曾胡左彭練兵之規模幾於蕩然無存欲購船械則阻於庫款欲興西法則格於部議欲談洋務則駭人聽聞即沿海各省設局設廠設公司設學堂而封疆大吏精神專注於斯者寥寥無幾並不實事以求是祇圖勉強而塞責且錄用未嘗破格鼓勵難資領袖曾少偉人濫竽從事以故經營有年而真能有用之人才實難其選因循積弱相忍為國武備廢弛將不知兵外侮一至招軍募勇訓練無素望風輒逃故大局之壞壞於牙山之初敗平壤之再潰九連城之屢北旅順之又陷而不知實壞於中興以來優游無事之二十餘年也目前北洋門戶已失封河在邇竊料倭人利於速戰急欲求成必將以海軍游弋於大沽口外以陸兵直攻榆關希圖城下之盟冀遂要挾之計事勢如此敵氛猖獗百倍我軍銳氣久挫人心日餒禍變竟不知伊於胡底此誠危急存亡之秋也大沽榆關水陸均關緊要必挑選精銳以扼守決一背城之戰而京畿東南一帶尤必節節填紮重兵以為聲援然而取勝之道則固有不專恃乎此者蓋今日取勝之道當先鑒於致敗之由事機雖處於極變畫策不外乎至常謹陳末議八條詳列如左

一曰寬資格國家用人每拘資格此庸才所以得志而豪傑所以灰心也如前敵諸將以馬鎮玉崑為優每戰身先士卒屢破勁敵倭人大受懲創頗畏避之此刻授以專閫豈不大快人心乃為資格所限令大將之才終受屈抑甚可惜也宜破除資格無論官階大小但能出奇制勝為強敵所畏即畀以重任不惟三軍之氣可以鼓舞而敵人凶燄亦當稍戢

一曰審調度漢時守令皆久於其任吏治蒸蒸行軍亦何獨不然漢納根督率海軍鴨綠江之戰我船雖失四艘而倭人亦沈三船勝敗相當不可謂非洋將之功漢納根受傷醫痊後仍願督船再戰乃忽改練陸軍海軍於是藉口洋將不來逃回威海坐視旅順失守可為寒心推原其故皆調度乖方也嗣後水陸各軍統帥但能得力即無妨責其成功庶免治絲而棼

一曰籌義餉用兵半載財殫力痛度支告匱專借洋債殊非經久

之謀查近年來各省災荒籌辦賑濟集欵至數千萬金今刀兵之浩劫烈於水旱外寇之奇禍甚於飢荒似宜仿照籌賑辦法用以籌餉各省設局凡捐義餉之人照海防四成例再遞減二成奏請立案其獨捐千金者專摺請奬海內忠義之士以及乘時而取功名之人踴躍偕來則餉源可以不竭矣　一曰用洋將漢納根督率海軍廠有成效此今日共見者也前洋將華爾收合蘇滬之潰軍游勇練成槍隊助平髮逆與有功焉既屢試而屢效何妨推廣行之宜密電出使大臣在外洋招募能勝統帥之任者十餘名優以重薪令其暫入華籍將屢潰之各軍挑出數十營交洋將操練餉項畧爲從優一轉移間而敗軍皆勁旅也　一曰募壯丁以兵數而論日本不及中國遠甚然而不能取勝者貴精不貴多耳方今天津流落乞丐老病殘疾之人亦皆應募烏合之衆雖百萬何濟於事不過虛糜糧餉而已似宜明定章程每兵須年在三十上下每日能行百里手舉百觔身無宿疾方可入選而口糧不妨稍優蓋與其加兵不如加餉此至理也　一曰買快船昔俄土之役英人袒土阻俄俄商皆捐巨貲助國家造成快船欲擾英國東方商務我中國豈無急公好義之人特無人爲之提倡耳查華人之流寓外洋者實繁有徒一聞中國被島夷所困必羣起憤心如密電出使大臣在外洋勸捐集欵買快船數艘添配華人爲水手礮手再請洋將駕駛東來直攻日本橫濱神戶大阪等要害口岸此天外奇兵也　一曰興製造槍礮藥彈軍務之大端平日不甚經意有事則須購於外洋微特其費不貲亦且失時廢事中國原不少聰明才智之士有能自造機器者有能自造槍礮者有能製造子藥者有能以化學造成炸藥爲水雷地雷之用者如果出示招徠許以破格重用或給以重賞則沿海各省之奇才接踵而來而軍火不可勝用矣　一曰辦團練平髮逆之功成於團練爲近古以來之創格而實可永遠奉行天津已遵　旨辦團矣更應奏請　飭下各省府廳州縣通商大埠一律舉辦團長當由各地方公舉或爲識時俊傑或爲林下耆紳或爲著名義士必衆望素孚方足勝任與地方官分庭抗禮認眞籌辦而省會郡城各設總局爲領袖以期聯絡一氣如此則勇於赴敵之義家喻戶曉不惟可禦外侮即內地土匪亦必無敢乘機騷動此舉以征倭而論雖屬緩不濟急而中國固柢深根之道實未有善於此者

請辦疑似　○客臘　皇上以中東戰禍既興兩國軍民未免慘遭鋒鏑　天心仁愛允各大臣之請簡使議和如　天之量中外臣民同深慶幸聞有某侍御獨上封章請辦疑似畧謂罷兵通商是謂議和償費予地是謂屈服和可言屈服則不忍言冒和之名而實出於屈服則尤萬萬不可之事並謂目今兵刀漸厚軍械將齊正可力戰以復侵地使敵知我志在必戰而後和和尚易言若一味言和敵窺我怯其要挾不知伊於胡底禍患亦不知所極云云說者以爲侍御忠肝義膽實寇萊公一流人物惜未見邸鈔不識果有此奏否援有聞必錄之例採錄報端質諸識時務之君子

團拜停止　○都門爲各行省人材薈萃之區每值新年各部院各衙署各卽其會館公所與團拜之舉所以聯鄉誼論交情甚盛典也本年因海疆不靖　皇上軫念前敵將士身列戎行冰雪交加裂膚墮指　聖心鑒其艱苦於客臘明降　諭旨將所有歲底年初各項筵宴概行停止曾見邸鈔　天心仁愛前敵諸軍聞之得勿感深流涕乎於是都門各部院各衙門自長官以及庶僚皆出知單將各省例應團拜一槪蠲免惟是各會館各飯莊生意未免減色矣

居奇壟斷　○津郡頻年疊遭水患客歲又值海疆不靖以致米麪異常昂貴昨將歲暮糧價略登報端詳按其事非來源不裕實奸商之壟斷居奇也計白米每石津錢十四千白麪每百斤八千至十二千不等小麪每百觔亦至六千數百乃數十年未有之價去歲雖海疆有事而輪船運米依然照常各屬產麥亦稱中稔各糧店囤積如山居心盤剝以致貧民艱食似此若不由官府剴切禁止增價其窮黎當不堪設想矣再則津邑善舉甚夥每遇地面濟貧等事從未聞該糧行有倡捐之舉現值倭亂鹽當各商均各納捐而糧行獲利尤鉅應如何捐輸[illegible]餉之處似亦應一律照辦以昭平允亦巨欵也

勝倭的信　○倭人在榮城登岸已志昨報茲悉年內二十八日倭人探隊距威海三十里地方與我軍探隊相遇彼此猛戰將倭兵擊斃數百名生擒倭將三名解赴威營電信傳來軍民雀躍查威海南岸有戴孝侯綏鞏軍駐紮軍勢甚盛又有孫軍門金彪所統各營互相聯絡若彼此同仇敵愾倭雖甚狡恐萬難得志也

欽憲行期　○劉峴莊大帥蒞津以來賡籌方畧調遣各軍所部湘營已陸續由火車載赴榆關尅日馳往前敵聞帥節有初六日榮程之說未知確否幫辦大臣吳清帥聞已於初二日拔隊東征矣

觀察來津　○袁慰亭觀察於客歲偕周廉訪同赴前敵籌辦轉運等事風雪載途備嘗艱苦昨於年前二十八日節麾戾止稟謁爵相並謁　欽憲面聆訓示聞小作勾留仍由鐵路馳去榆關也

分別定罪　○倭人擒獲廣布偵探窺我運籌在彼爲行軍要著必不可少之事而我華人食毛踐土宜如何敵愾同仇乃貪得倭賕不顧天理此其人之肉尚足食乎劉五於去歲正法後所供之戴某汪某于某經邑尊李大令分別研訊各得眞情戴實通倭已於年內梟示聞汪于之罪可從末減當以軍徒從事噫觀此處分人可不自愛厥頂踵哉

烟台來電　○昨接西友烟台來電云英法德美各兵輪因威海現有戰事烟台密邇租界商務所關因各派兵登岸保護云按通商口岸泰西各國皆有租界各商貲產寓焉各國豈不自相保護可保無虞中國所駐之兵儘可移往要隘化無用爲有用也

營規森嚴　○南洋大臣張香濤制軍自查閱長江一帶砲臺之後嚴加整飭令各營弁兵務須遵照華洋管帶之命又從外洋添請西員八十餘人每日教習操演西法其中以丹國者居多如有弁兵不遵約束許以軍法從事湘軍營餉向以四十日一發近奉張相帥之命遵照淮軍章程按月支給並每名加銀一兩以示體恤其在吳淞及楊子江一帶防守砲臺者每名加銀五兩又於南洋兵輪中挑選精於測量者四百名派往吳淞又選一千二百名派往江陰鎮江南京各口砲臺以增兵力兵帥之籌畫江防可謂無微不至矣錄字林報

未免冒失　○浙省寥穀帥因倭氛未靖內外防營各有專司又恐各屬防範稍疎札飭委員一名於各府州縣地方嚴加訪察該員奉札後由省起程去歲十二月下旬已抵鎮邑盤浦地方暗加審顧詎料營軍撞見誤認爲奸細旋將該員拘而縶之該員亦不介意任伊綑縛迨送至鎮邑衙門邑宰觀其動靜甚爲疑惑即速來電稟明提憲張軍門嗣接軍門覆電方知並非奸細實係撫憲委員遂將該員釋縛並以軍務緊嚴等語以慰之聞現下尚寓於鎮海官客棧內逾日踵門拜謁並賀新禧者絡繹不絕云

難番過蘇　○十二月初六日午前蘇州胥門外護城河中忽來南灣子大船六艘船中人皆係朝鮮服式約有二百餘名並無女子年皆三十以外即最老者亦未逾五十船上均高插黃布旂一面大書朝鮮難番字樣其最大之船頭上有門燈二盞上書浙江布政使司委員八字舟泊大碼頭午後即紛紛登岸至市上購物或入茶肆品茗或至酒家沽飲一若素稔中國禮讓者所用洋錢亦皆市上所通行並無少異各處遊行毫無顧忌至傍晚時傳聞葑門外亦有此等船七艘停泊城河中或謂由浙省大憲委員送往京都者或謂送回本國者道經蘇地暫泊一宵至其究竟如何須俟訪明續錄

京報節錄

○○御史陳其璋片　再各省官員赴部驗看吏部先將捐保各案逐一詳查並令取具同鄉京官印結聲明並無違礙情弊監生出身者加具識認一結查係合例方准驗看引　見奉　旨發往之准給照赴省當差定例綦嚴不容稍有含混乃近聞各省人員竟有未經驗看先行到省謀差其身家之是否清白捐案保案之是否核准均不得而知而遽行差委殊非慎重名器之道且目下各省分發紛紛請停擁擠情形較前更甚合例者多年需次尚不能倖獲一差而此等不合例之員反得濫邀差委其何以持情法之平而關謗議之口　朝廷澄清仕路綱紀肅然萬一此等人員經手貽誤而脫身潛逃其官階之有無未曾詳究亦何從而處分之相應請　旨飭下各省督撫破除情面凡未經驗看及本班尚未引　見人員一概不准差委並不得以一人而兼數差庶委用不至偏枯而吏治藉以整飭矣謹附片具陳伏乞　聖鑒訓示施行謹　奏奉　旨已錄

○○頭品頂戴兼護湖廣總督湖北巡撫臣譚繼洵跪　奏爲勘明各州縣被淹受旱情形懇請省徵漕糧恭摺仰祈　聖鑒事竊准戶部咨省徵漕糧於地丁摺外另摺候　旨遵照又准戶部頒發釐剔錢糧積弊章程內載災區初報即令聲明免省銀糧數目以除積弊等因遵辦在案湖北本年夏秋之交江漢水勢盛漲低田被淹高阜之區又因雨澤愆期間受亢旱飭據該管道府確勘輕重情形既經臣另摺

奏請緩徵錢糧南米等項惟咸寧嘉魚漢陽黃陂孝感沔陽黃岡蘄水黃梅廣濟潛江天門應城江陵公安石首監利松滋荊門等十九州
縣衛有應徵本年及節年漕糧若責令照常輸納民力實有未逮據署湖北布政使陳寶箴督糧道岑春蓂轉據該管道府結報會詳請緩
前來合無仰懇 天恩俯准將被淹較重之咸甯縣一都等六都內之艾家墩等二十二處嘉魚縣宣化等四里內之二十二甲漢陽縣白
釜池等十二區黃陂縣牛湖等四十五社沔陽州梅公等一百二十三官垸黃岡縣道觀河等十四區蘄水縣金家灘等三十三區黃梅縣
白湖下等六鎮內之胡家圩等三十二村莊考田鎮內之白馬寺等二村莊謝灘鎮內之梅家口等處廣濟縣泰東下鄉內之童司牌等三
十八村莊靈西鄉內之欒木橋等二十三村莊潛江縣馬昌等十一垸彭家等二十垸天門縣漳灘等十三垸內之十七甲石泉等八垸內
之十八甲趙家上等十七完內之二十四甲上古下等四完內之四甲應城縣葉嘴等五團區江陵縣築支等二十六完荷湖等九十七完
六安縣毛一等十四里並刁一等十八里內之四十四甲石首縣民旺等十六完並一都等十四坊完內之三十六甲監利縣大蘇湖等九
十五完松滋縣下八上八三都並下五等十都荊門州青一等十四哥內汊河等六十七區又受旱較重之咸甯縣一都等七都內之下好
橋等二十處孝感縣天爵上下等二十社內各社甲天門縣方嶺等四十六完內之一百六十八甲半監利縣馬保等三十三完荊門州平
四等二十一圖內之團林鋪等三十五區共應徵光緒二十年漕糧正耗米一萬九千六百五十四石五斗五升六合六勺援照光緒二十
一年帶徵原省節年漕糧省至二十二年秋後遞展一年帶徵文武昌縣伸一等十九里神四等八里原省節年漕糧蒲圻縣坪下等二十
二團內任家橋等一百二十四處原援十六年曹糧亦請省至二十一年秋後帶徵又沔陽州尚有民欠未完光緒十九年曹糧正耗米一
百八十三石一斗四升三合五勺黃岡縣尚有民欠未完光緒十九年曹糧正耗米九百石四斗二升五勺又蘄水縣尚有民欠未完光緒
十八年曹糧正耗米三千四百二石二斗四升二合四勺均因節年被水無力完納請一併省至光緒二十一年秋後限一年帶徵以廣
皇仁而紓民力所有勘明咸甯等州縣被淹受旱情形請省徵曹糧緣由遵章開具各屬請省曹米細數清單恭摺由驛具陳伏祈
皇上聖鑒再湖廣總督係臣兼護毋庸列銜合併陳明謹 奏奉 硃批另有旨欽此

○○楊昌濬片 再據甘肅皋蘭縣知縣張詳會詳稱據庫車回部郡王阿密特之子頭等台吉瑪木提稟報伊父阿密特引 見並進
貢物由京回牧於光緒二十年十月十七日行抵蘭州因長途往返積受風寒忽患脚腫兼得痰症醫治罔效於十一月二十三日在省寓
病故等情由縣轉報前來臣查前准理藩院咨該回王阿密特在京呈請借支五年俸銀奏奉 諭旨准其支借咨由戶部給放等因該回
王行抵蘭州又以川資不敷請借俸銀臣當飭甘肅藩司在於新疆應分新餉項下借發湘平銀一千兩以資就道並咨新疆撫臣飭司在
於該回王應領項下查扣歸欵在案茲據報該回王病故並稱身後蕭條臣查該回王現年七十四歲京旋到甘中途病故殊堪憫惻除飭
司另籌給撥柩路費銀二百兩以示體恤並飭府縣妥爲照料後事及派員護送靈櫬前進暨分咨外所有庫車回王阿密特在省寓病故
緣由謹附片具陳伏乞 聖鑒謹 奏奉 硃批另有旨欽此

○○憲銘片 再奴才憲銘於光緒十七年十一月初一日蒙恩補授察哈爾都統當經奏明請將奴才次子理藩院候補主事義俊攜帶
任所帮辦家務在案恭逢癸巳 恩科奏明回京鄉試中式第七十七名舉人現屆乙未科會試之年擬即飭令奴才之次子義俊回京應
試俟試畢仍飭回署除咨行部旗理藩院查照外謹附片陳明伏乞 聖鑒謹 奏奉 硃批知道了欽此

告白 永慶昇平 續永慶昇平 萬年青初二三集 人間樂 富貴錄 續施公案 彭公案 第三才子 第一奇女 醉
茶志怪 花月姻緣 珠村談怪 續今古奇觀 挑燈新錄 巧合奇寃 醒心編 稱寶錄 開闢演義 姚元之先生竹葉亭雜記
徐沅青太史宋艷 春秋會義 五十名家尺牘 皆大歡喜 石印全圖、 文美齋謹啓

敬啓者本館現於本年元旦出報因排報之鉛字各路之採訪主筆之西儒須開河後方能齊集姑先按日出報四幅以饜 諸公
望報之懷二月之望即照舊例仕商告白減價三個月以廣招徠其餘各事均循中西報館章程辦理特此啓知伏祈 公鑒
直報館謹啓

直報

光緒二十一年正月初四日　第三號
西歷一千八百九十五年正月二十九日　禮拜二

上諭恭錄　俄國疆域攷　委解槍械　海疆有備
添練砲隊　營規照登　失慎例志　索詐宜懲
撞騙脫逃　需材孔殷　溥帥言旋　招募新軍
臺省紀事　橫濱來信　名正典刑　京報節錄
告白照登

上諭恭錄

上諭載瀾奏右翼關稅一年期滿正額無虧盈餘未能足額一摺着戶部核議具奏欽此　上諭長麟奏左翼關稅一年期滿正額無虧盈餘未能足額一摺着戶部核議具奏欽此　上諭禮部奏遵議大學士張之萬捐銀贍族可否賞給扁額請旨辦理一摺張之萬克承先志捐銀一萬兩出借生息爲宗祠祭祀之需並贍族中貧乏洵屬孝義可風着賞給御書扁額一方交張之萬祇領以示嘉獎欽此　上諭福潤奏甄別庸劣不職各員一摺安徽代理甯國通判試用直隸州知州吳德懋擅離職守專事鑽營績溪縣知縣姜惟寶審斷草率不洽輿情候補知縣吳守誠行爲卑鄙心地糊塗績溪縣訓導吳坊鑾干預公事志趣不端均着即行革職霍邱縣知縣惠恩才欠開展人地不宜着開缺另補以肅官方餘着照所議辦理該部知道欽此　上諭御史溥松奏順天大宛兩縣向有冒籍槍替等弊雖經在學臣嚴行禁止弊端歷久難防近聞廣東等省並有假手吏胥賄託冒籍或冒充該學廩增附生之名僱人入場中式後改歸原籍情事請飭查辦等語着禮部查明具奏欽此

俄國疆域攷

俄羅斯天下之大國也茲則控乎百萬地則跨乎三洲雖多荒漠之區不毛之地要其輿圖恢廣固足以雄視一方矣夫中國之版籍東抵庫頁島西至喀什噶爾北限於興安嶺南極於崖洲幅幀孔長亦已遠邁隆古而以視俄則猶未及不特中國未及也英之屬地幾欲徧於地球城池不可謂不多疆域不可謂不廣而猶居於俄下蓋論土地之大俄固首屈一指矣考其本國建於歐羅巴洲而屬地有隸於亞細亞洲者有居於亞美利加洲者其在歐羅巴洲者南至黑海及高加索山北枕冰洋東至裏海及烏拉嶺西抵普奧邊界及波羅的海經線自中國京西五十三度起至九十四度緯線自赤道北三十八度起至七十度國中畧分七省一大俄羅斯省省中共分十九部曰墨斯科曰拉的迷曰尼內諸弗哥曰利森曰加婁牙曰斯摩稜科曰都拉曰當波弗曰痾勒曰窩羅尼曰占爾斯克曰哥羅斯馬曰日羅斯拉曰的威爾曰北斯哥曰痾勒內曰窩羅達曰諸弗哥曰亞干日各部中以墨斯科最爲繁盛樓臺閎麗風俗奢華蓋俄之舊都也一小俄羅斯共轄四部曰幾富曰查尼俄曰布多洼曰色羅伯斯其地則在大俄之東南一南俄羅斯分爲五部而在大俄小俄之南曰加底里諸曰端可沙曰擣里達曰給爾孫曰比沙拉比五部中尤以給爾孫商務獨稱懋盛蓋其海口痾德沙爲俄之第三埠頭也一東俄羅斯即瀛環志畧所稱加揠俄也其地爲古之回國明時爲俄所併而分五部首曰加森貿易極盛稼穡咸宜又有新比斯克奔薩維得加白爾摩金礦之饒爲通國所未有一西俄羅斯計分八部曰威那曰明斯克曰窩希尼曰哥德諸曰目希里曰威得比斯科曰北亞里曰波多里大都山清水秀田土豐腴一波蘭向屬波蘭及查遮倫後爲俄人所奪亦分爲八部曰馬索維曰魯伯林曰三多迷曰加拉哥曰波羅哈曰加里斯曰亞

烏斯多曰波達拉給其地與西俄相接故亦統名之曰西俄羅斯波蘭部一波羅的分爲五部曰彼得羅堡卽今之都城也建於尼瓦河口雖僻在海澨而城郭頗極崇宏曰芬蘭曰里窩尼曰孤蘭曰斯多尼皆在西北隅爲波羅的海又有阿蘭數島亦屬於俄此俄之歐洲疆域大畧也其在亞洲者則分二部曰高加索曰西伯利亞高加索居亞細亞之西而分九部曰日爾日曰義米勒多曰明哥里曰是爾灣曰亞爾美尼曰達其但曰古里利曰西爾加西曰高嘉索其地北界歐洲俄之東部南接波斯西抵黑海東連裏海經線自中國京西六十六度起至七十九度緯線自赤道北四十度至四十五度西伯利亞則據亞洲之北境北枕冰海南界蒙古滿洲西則毗連歐洲東則俯瞰大洋海經線自中國京城偏東七十四度至偏西五十六度緯線自赤道北四十五度至七十八度全境分爲東西二土其東曰也尼斯科曰義古斯科曰亞古斯科曰痾哥斯科曰堪察加西曰德波斯科曰多木斯科曰痾𣂮斯科其南則有古里利二十五島此俄之亞洲疆域大畧也其在亞美利加者共分九省最大者爲亞律森餘多荒蕪不治惟新闢一地曰新阿干日商務漸見繁興其全土北倚北冰海南接太平洋西連白令海峽東抵英國屬地經線自中國京東七十七度起至一百零三度緯線自赤道北五十四度起至七十二度地非不廣而山嶺𢌞環土多荒落蓋亦苦瘠之區也此俄之美洲疆域大畧也以上三洲之疆域若以華里計之約合七千五百八十九萬二千八百五十一方里其版圖之式廓如是不誠大莫與京哉

委解槍械　○前黑龍江將軍依軍憲咨請神機營發給槍械神機營於十二月二十日發出抬槍五百桿排槍五百桿共一千桿飭委員護軍參領隊官成翔護軍參領委官慶連等押解前往計裝大車五六十輛赴津乘火車前赴榆關候依將軍委官迎提似此軍器犀利當可一戰矣

海疆有備　○滄州鹽山一帶亦屬沿海之區天津道呂觀察因海防緊要不可稍留罅漏且該處爲長盧南告產鹽之地因與運憲會商遴委前署滄州縣刺史孝先前往查勘現己由縣君勸辦聯庄團勇千餘人並由縣刺史募勇一營在滄鹽一帶扼要散布逐日抽調演練洋鎗不按營制仿驛站式分作三十餘棚築土台以資瞭望設馬匹以資探報星羅棋布晝夜不休營勇與民團互相聯結是足以有備而無患己

添練砲隊　○管帶督標親兵營王少卿鎭戎奉檄招募砲隊一營作爲督標親兵左營前經在教場開招由鎭戎親自挑選人皆精壯城市油滑一流概不入選不日當可成軍

營規照登　○分統湘軍鐵字副中左右等營方　擬定營規十六條　一臨陣退縮者斬　一聞金不進者斬　一亂報軍情者斬　一謠言惑衆者斬　一結盟會拜者斬　一拐逃軍械者斬　一強姦婦女者斬　一擄掠民財者斬　一故違軍令者杖　一隊伍參差者杖　一金鼓失次者杖　一旌旗欠整者杖　一貪食洋烟者杖　一聚賭抽頭者杖　一酗酒凶行者杖　一強賒壓買者杖

失愼例志　○月之初二日午夜侯家后渡口西某宅不愼於火焚去草房三間幸該處火會齊集即時撲滅不致禍延鄰家亦幸矣際此新年花炮到處皆有居家者務宜愼之又愼

索詐宜懲　○邇來軍務倥偬往往有藉差訛索者年前常見往來車輛指稱需運軍米軍裝持官車局名片在河北諸店中訛詐給錢卽放不然則任意凌辱經邑尊李大令並營務處官車局委員飭差緝獲數名在案此風稍戢不料日昨又有營勇數名忽到河北三順店具有由都發來車輛突然進店將店主並車戶呼出聲稱要車往山海關運軍米店主知其技倆卽云山海關現有火車可運不必要車兩相喧嘩店主寡不敵衆令人赴縣報案若輩知事己敗鬨然而散店主亦遂寢其事云

撞騙脫逃　○本埠五方雜處人類不齊日昨估衣街某估衣鋪內忽有乘騎馬而來者扈從甚盛煊赫異常自稱是某營官王姓在該鋪揀選鮮明皮衣十餘件共値價錢三百餘吊卽時付銀票百兩票係本街所出錢鋪掌卽令人到錢鋪查兌無訛及至照票人回時該鋪夥正與伊差官爭論餘欠之項王某反喜成怒立將差官大肆辱罵且聲言斥革等情並責飾夥餘項爲數無多何必如此見小喝令將銀票索回鋪夥如在夢中卽將銀票交付清楚該鋪掌以爲買賣既成可以少沾餘潤卽屢用甘言撫慰王某餘怒少息飭差仍將原票

交付舖掌接票以爲業經照驗故亦不甚介意及至晚間持票向本舖兌銀詎料王某已於八點鐘取銀遁矣卽時遣人四出偵尋早已鴻飛冥冥不知所之矣

需材孔殷　○張香帥移督兩江之際適値防務吃緊之時圖治勵精惟幹員大可恃耳香帥旁搜博採不拘成格除陳觀察允頤徐直刺賡陛任別駕杰及現署中協俞協戎厚安皆係專調甯畀以要任外邇又札調江蘇候補府吳太尊德章知縣黃大令庭暨陳守戎厚濂差遣委用刻已先後抵甯赴轅稟見惟尚未知委辦何事耳按太尊前在福建充船政局總監工兼督辦石船塢事宜大令亦在船政局當差陳守戎則在皖省帶領練軍砲營兼爲督操槍砲總教習香帥知人善任量能器使必能收指臂之效也○總辦兩江營務處桂鄉亭觀察嵩慶現以防務方殷關係緊要遇事盡心竭力不避艱難深爲張香帥倚重惟是差綜理一切事件極繁察觀兼有水師學堂及下關擊驗兩差深恐智慮有窮照顧不到委候補縣藍慶雲峯明府采錦提調營務以分勞貴蓋其所以知之者爲有素矣

漕帥言旋　○漕督松峻峯漕帥奉　旨晉京祝　嘏在都辦事已竣循例　陛見奉　旨着仍回本任在京仕宦咸爲賀喜漕帥應酬一切辦理行裝辭別各同寅頗爲忙碌惟先令瀛眷公子人等預期南下由陸按站而前十一月初五日已抵清江惟聞漕帥定於十一月二十日出京到署之期正在臘鼓鼕鼕萬家掃室時候清河縣葛大令得此消息速卽派差將漕署修飾一新云

招募新軍　○江西省垣經德中丞出示招軍專選武生以充行伍聞新軍現已招募成行計共人數六十名類皆桓桓將士糾糾武夫均足備干城之選其號衣係用竹青小呢製就四圍鑲以元色洋絨前後大書撫部院親軍小隊字樣刻下給發軍裝日在教場操練以期漸臻純熟惟開差與否則尚不得而知未識大憲將若何調度也

臺省紀事　○台北自防務戒嚴後疊奉大憲札諭以倭奸遍布各省或投營充作勇丁或改裝託爲僧道行蹤詭秘私訪軍情亟宜通飭嚴拿在案近日有司衙門及製造軍械營防團練各局皆於壁間懸一玻璃匣內裝大小相片兩紙印就倭奸面貌有仍是日本裝束者有已改中國裝束者蓋卽前次北省拿獲倭奸搜出之各奸照像也并懸賞格如有人按圖拿獲酬以鉅金臺民見之恨不卽獲倭奸以膺重賞以爲此輩若來卽我等儻來之富貴至矣歡欣踴躍咸鼓舞於不自知臺地民心大可想見○臺省所築鐵路經前撫憲劉省三爵宮保奏准創辦從台北府城迤邐至新竹苗栗一帶逕過大甲溪而抵台南無事則利商民有事則便轉運此誠中外通商以來未有之創舉也迨後宮保乞休林下繼其後者仍是實力奉行以故行李之人咸稱靈便惟南路之龜崙嶺與北路之五六堵等處皆於高山之中洞開一路寬僅丈許遇有風雨暨山水暴發之時土石卸下輒阻車行雖經隨時修葺而旣糜公費復碍馳驅終覺未歸盡善茲當局憲姚西牧司馬蓀差之始整頓一切鐵路總巡福建候補經歷白燚軍錫九前後在工數載深　鐵路易損之故皆由包工者承修不力所至糟呈條陳數則若者當修若者當省於未雨之時作綢繆之計其言皆切中時弊司馬虛衷採納照章施行所有龜崙嶺及五六堵等處前因雨水冲損者現已一律修竣事半功倍堅固逾恒可謂一勞永逸矣

橫濱來信　○橫濱來信謂轉接朝鮮京城電報云高王於前日協同大小文武各僚咸穿公服至前王陵寢祝禱稱高麗自今以後當爲自主之國云云沿途經過各地皆有兵勇與巡捕護衛故頗整齊嚴肅又電云東學黨首目三名近爲民人所殺故刻下高兵咸分軍追襲四散搜拿云○又九點越四十分鐘來電言是日倭相伊篤在議院會議謂倭人屢獲仗皆因軍兵胆壯且君民一心之故現當再求整頓軍火一切以期有益國家議院中人無不悉心傾聽議畢始散○又電云高麗大院君之孫現奉高廷派充駐日欽使想不日當卽起行矣

名正典刑　○客臘江垣新建縣署奉到省憲飭封文書着斬泰和縣要犯一名八點鐘時邑令何梅閣明府升坐大堂馬步兵丁皆手持槍械羅列兩旁然後將該犯提出畧詢數語卽令綑縛押解至德勝門外少頃南昌府尊臬憲等以及文武官弁皆呵道先後繼至何明府上前請令隨飭劊子手行刑只見手起刀落該犯已身首異處斬訖各官均紛紛鳴騶回署惟犯之名姓及犯何案情關防嚴密均不可得而知人謂該犯面目猙獰臨刑時毫不畏懼大有視死如歸之概其爲教匪酋長無疑也

京報節錄

○○奴才榮祿等謹 奏爲續獲 交拿人犯請 旨交刑部歸案審辦恭摺仰祈 聖鑒事光緒十七年十二月初七日承准軍機大臣字寄奉 上諭有人奏京城匪徒肆橫請嚴拿訊辦等語據稱匪徒引人入教拜會結盟又有倉匪積蠹盜財致富甚至糾集多人豈有洋槍刀械尋毆勒贖種種不法亟應嚴拿懲辦着步軍統領衙門順天府五城御史將片內所指匪徒刁岐即刁鳳鳴等按名嚴拿送部訊辦以靖地方原片一件着鈔給閱看將此各諭令知之欽此遵 旨寄信前來經前任步軍統領福錕等飭派旗營員弁將案內人犯官司匠即王一又名一兒即成伏東與天劉寶山即劉寶善又名劉子康即劉子庚等二名拿獲於光緒十七年十二月二十二日恭摺奏交刑部審辦在案並聲明未獲各犯督飭旗營一體嚴拿務獲茲准總理各國事務衙門片稱據英館繙譯面稱有人持同善堂煖廠捐册到館募捐事屬可疑當將送捐册人送交官廳連捐册等件一併轉解前來奴才等查該犯高順即平永德又名平二即平成又名平伏即平瑞雲又名識嘴軍師平福確係 交拿案內逸犯且係屢次撞騙銀兩刑部擬徒之犯今胆敢潛逃來京揑造捐册前往英館募捐希圖詐財實屬不法已極其該犯到案供有李永恒代繕捐册刊刻板片傳訊李永恒供不知情顯係有意避就至原奏所稱匪徒結盟糾黨尋毆勒贖各節再四研詰該犯恃無佐証堅不吐實亟應一併嚴切訊究相應請 旨將高順即平永德又名平二即平成又名平伏即平瑞雲又名識嘴軍師平福連傳訊之李永恒一併交部歸案審明辦理未獲各犯仍飭嚴緝獲日補送刑部爲此謹 奏請 旨奉 旨已錄

○○奴才榮祿等謹 奏爲拿獲持械鬬毆攪擾庫儲匪犯請 旨交刑部審辦恭摺仰祈 聖鑒事竊於本年四月間奴才衙門接准管理戶部三庫事務衙門片稱四月十二日奉 上諭着戶部每屆庫期先行知照步軍統領衙門增添弁兵彈壓以懲兇頑而慎庫儲等因欽此查銀庫向有廂黃正黃正白三旗派委章京帶領兵丁在庫值班看守此次奉 旨增派弁兵彈壓自應欽遵辦理片行嚴飭派出弁兵每屆開庫日期在戶部銀庫後門外協同本庫值班官兵等實力稽察倘有不法匪徒不遵約束即行拿獲究辦等因前來奴才等當即嚴飭該地面暨所派之弁兵等一體嚴加稽察認眞彈壓務期有犯必獲以招愼重茲據左翼副翼尉德瑞等帶同弁兵在戶部門外拿獲持械鬬毆匪犯松林連山吉祥等三名連起獲順刀一把一併解送到部奴才等督飭司員詳加審訊據松林供係正紅旗滿洲英祺佐領下護軍挑充善撲營頭等布庫得有六品頂戴藍翎伊表弟富有充當庫兵因有人時常向其訛詐令伊跟同上庫隨時護庇經富有給伊錢二三十吊不等本年十二月初一日伊跟隨富有上庫富有差伊在戶部門外等候有素識連山吉祥向伊尋衅連山持拿順刀向伊毆砍吉祥拉勸即經官人拿獲連順刀一併解案連山供係正黃旗蒙古慶連佐領下護軍在庫兵富有家傭工每月工銀二兩松林吉祥攏斜常亦均跟隨富有上庫富有每月給松林工銀三十兩給攏斜常工銀二十兩攏斜常因此與松林有嫌託伊向松林毆砍吉祥在旁拉勸即經官人拿獲解案實不知攏斜常逃往何處吉祥共係鑲紅旗滿洲桂亮佐領下護軍在庫兵富有家傭工每月工銀一兩松林連山斜常亦均跟隨富有上庫本年十二月初一日在戶部門首松林與連山分爭連山持拿順刀向松林毆砍伊在旁拉勸即經官人拿獲解案各等供查松林連山吉祥身係旗人輒行保護庫兵已屬不安本分復敢在庫儲重地持械鬬毆尤屬有干例禁亟應嚴行懲辦以儆兇頑相應請 旨將松林六品頂戴藍翎護軍連山吉祥護軍均行斥革交刑部審明辦理未獲之 斜常仍飭嚴緝獲日補送刑部爲此謹 奏請 旨奉 旨已錄

敬啓者本館現於本年元旦出報因排報之鉛字各路之採訪主筆之西儒須開河後方能齊集姑先按日出報四幅以饜 諸公望報之懷二月之望即照舊例仕商告白減價三個月以廣招徠其餘各事均循中西報館章程辦理特此啓知伏祈 公鑒

直報館謹啓

直報

光緒二十一年正月初五日　第四號
西歷一千八百九十五年正月三十日　禮拜三

上諭恭錄　洋務用人議　都門防務　寬籌接濟
累見一斑　薇節將臨　形迹可疑　疎而不漏
胆大包身　辦理不善　履冰宜戒　揚州固圉
奚整其旅　官銀設局　武林官話　京報節錄
告白照登

上諭恭錄

上諭己革直隸提督葉志超由公州退回平壤並未接仗迨行抵平壤後又復漫無布置節節潰退前經降旨拿交刑部治罪茲據刑部奏稱葉志超現已解送到部請旨辦理等語革員葉志超應得罪名即着刑部嚴行審訊按律定擬具奏欽此　上諭恩澤奏邊疆需員請飭調善委等語已革記名提督方春發已革參將張錫祿七品小京官聯瑛丁憂山西和順縣知縣曹廷杰着直隸湖廣各總督荊州將軍飭令該員等迅赴吉林交恩澤差遣委用該部知道欽此　上諭翰林院侍讀王懿榮奏請回籍幫辦團練並請酌帶援兵一摺王懿榮着准其回籍辦理登州團練事宜以衛桑梓至請帶記名提督王鴻發馳援一節王鴻發係總兵馬心勝營中分統此軍以歸牛師韓統帶業經劉坤一調赴榆關所請着毋庸議欽此　上諭福錕奏假期屆滿病仍未痊懇請開缺一摺福錕着賞假兩個月毋庸開缺欽此　上諭裕祿奏查明失守地方各員開單分別參辦並自請議處一摺奉天鳳凰等廳州縣地方各官均未能實力守禦咎有應得所有單開之劉繼勳等五十九員均着革職查辦按例分別治罪裕祿身膺疆寄備禦未能周密着交部議處餘着照所議辦理前經降旨將東邊道宜麟鳳凰城守尉佑善鳳凰廳同知章樾署安東縣知縣榮禧革職查辦尚未覆奏着裕祿迅速審辦按律治罪毋稍遲緩該部　道單併發欽此

洋務用人議

從來非常之事必得非常之人有非常之人而後可任非常之事今之洋務可謂非常之事矣非常之事而以尋常人處之人人知其不可也故中國自通商以來知辦理洋務之不易是以內有總理各國事務衙門之設外有特簡各國使臣之命南北洋大臣又各加以辦理通商事務之兼銜外洋各埠亦皆有分設領事官之職足見我　國家深謀遠慮知充是選者非博洽不足資問答非明通不足審經權非持重不足知　國體非燗理不足服民心以致慎選賢良旁求俊彥故今日當是任之大臣尚有不能稱職者哉　朝廷之知人善任固無論矣獨是外省辦理洋務者可異矣何也蓋以今之應此選者非於候選候補中入選擇而充之者乎緣其人既非讀書出身又或貲緣干進圖按年薪水之厚貪三年保舉之榮其初心已不可問即或有一二熟習洋務者亦不過少識西字畧通西語居游於互市之地與西人相往來因而聆其言識其事耳抑或徒恃他人以為功拾其口頭之陳言牙後之餘慧假耳為目即詡詡然揚眉吐氣自以為洋務中之老手而問其足跡至海外者乎則曰未也問其眞識西字通西語者乎則曰未也問其能諳各國情形并見繙譯行世諸書者乎則又曰未也若是者彼既一無所長而居然以洋務老手自命吾不知其欺人乎欺己乎以此項人選派辦理洋務有不敗事者幾希矣況今日洋務更為多事之秋辛卯春沿江教案層見疊出從前之蕪湖宜昌丹陽等處蔓延數千里之遙識時務者莫不有杞人之憂矣所幸者長江各大

憲之坐鎮於其間而選派辦理之諸公又皆一時妙選其於洋務講求有素始能迎機而導挈領提綱不數月而遂完結不然則選派不得其人各案不知伊於胡底矣然則居今日而欲選派辦理之人果以何者爲稱職耶鄙意以爲其要有三一曰首通語言文字也夫言語者心之聲也文字者事之表也凡人心有一事必藉言語以達之欲商一事必賴文字以通之未有言語不通文字不諳而能辦交涉事件者也乃今之辦理洋務皆係華人泰西語言文字素未講求一旦以之選充此任辦理事件及會晤時所恃者無非通事爲傳遞繙譯爲解人而已殊不知凡事之一一躬親者其中成敗尚難預料況一事一言皆須出諸舌人之口彼即於其中舞弊朦混而當局者茫無所知不啻退處於無權況今之爲通事者不讀詩書不知禮義不諳 國體不顧聲名遇事則必塡其慾壑而後快要之洋人於此輩亦且鄙賤之狎侮之奈何中國反賴其驅使哉果辦理者如得語言文字熟習之員而一言一事無不可對面商榷又何待通事繙譯爲哉故曰其要一也一曰次在出洋遊歷也夫中土雖與泰西通商日久而歐墨諸國皆在數萬里外書不同文車不同軌風俗之各異誠如風馬牛之不相及也而中土之士大夫深居簡出又係恒情爲問出洋遊歷者有幾人哉夫既不能親歷各國土地焉能知各國風俗既不能知各國風俗更焉能知各國人情人情不諳辦理將何以措手耶蓋泰西與中國人品雖異而情理則同即辦理洋務亦不外情理二字人果能遊歷一番各國之風土人情俱能了然於胸中則一事之來先有主宰彼或挾其奸詐我動之以情投以不順我正之以理彼之處事焉能出乎情理之外乎況我所與之言辭議論皆係由彼國閱歷而來彼既見我有此卓識自不敢起輕視之心遇事必循循就範一舉手而無不成矣故曰其要二也一曰更貫精通西例也夫有國者之有律例自古然也中國律例載有成書彰彰可考辦一案行一令鮮有不合乎律例者而泰西猶是國也豈無一定之西例可循哉特中國未之知耳中國既安於不知而泰西即欺我以不知所以辦理交涉之案彼往往有强辭奪理避重就輕之舉即如曩者上海法捕亞沙泥之案已可概見更觀美國苛待華人中國亦付之無可如何甚至美生私裝軍火一案上海雖有會審公堂又督委有人而中國仍須延狀師威金生者始能赴西按察司處控告會審時華官并不能從旁參贊一辭由此觀之非緣華官不諳西例之故乎不然華官豈不可與之互相辨駁又何必待狀師始能與之搆訟哉故曰其要三也然則居今日而欲選派辦理之員非有此三者不可然而以中國之大居今日欲得此三者兼全之士亦何難哉夫我中國同文方言館之設已歷多年其中豈無出類拔萃之士特無如學成之後未能善用之耳光緒十三年奏派出洋遊歷諸君十六年期滿回華雖於洋務熟諳各有著述惜未奉有辦理洋務之命有才莫展矣今果新創一格以同文方言館之才識出衆者俟其學有成效考試一二等者選派出洋遊歷使將各國之風土人情律例詳細採擇得於心者筆於書限滿回華之後復將其心得著述者詳加考核果係眞能熟諳確然有據不致徒事虛名然後由總理衙門出奏保其官職分派南北洋通商之埠專當洋務差使即歸各督撫管轄則言語文字既精又復端其品性定其操守練其識力內有百折不磨之志外有圓通權變之明剛而能柔柔而能剛庶乎大受勿驚小受輒效而洋務之事有不蒸蒸日上者吾未之信也如是辦理洋務方克稱職而各大憲之選派賞識非虛矣或曰辦理洋務亦惟大臣是恃至於選派之隨員亦不知等諸誰何之數是無足重輕也鄙意以爲不然所謂大臣者不過總其事觀其成而已而分猷效職不貴各有其人乎譬如州縣一官其職雖微其任綦重何也惟其與民近始得通上下之情不啻督撫之耳目股肱也今之洋務辦理者亦猶之州縣也各大憲之選派可不愼哉

都門防務　○桂公前由榆關統率禁旅回京各旗營分布於冀州南苑等處排日操練洋槍皆能發必命中又神機營步隊八營馬隊八營由豐軍帥丞都統統帶分駐蘆溝清河一帶人皆精壯亦逐日演練一洗旗營習氣此外又有田鎭軍等綠營馬步分紮京西北附近地方俱各如火如荼軍容甚盛至五城團勇人數甚多穿靴帶帽仍平時式樣以之巡城緝捕似可得力

寬籌接濟　○足兵必先足食海疆有事餉項必須寬籌前奉 上諭令戶部條具覆奏行文各省督撫通盤籌核直隸前由藩憲裕方伯擬議自光緒二十一年起將文武官員養廉核扣三成已通飭在案旋經兩江總督劉部堂擬議三條第一文武官員除扣三成養廉外仍應量力捐輸如能獨自捐至鉅萬即專摺奏請破格給獎候補中充當優差人員亦當一體照辦第二條查昔年髮逆作亂軍需浩繁富紳商賈捐輸甚鉅今仍宜令各該督地方官妥爲勸捐不准零星勒派倘富紳如有獨捐鉅欵者亦即專摺具奏破格給獎以上二條

由部核准第三條凡貿易中安坐能獲二分以上之利者莫如典舖擬將各省各典舖現存架貨核算令捐一月利息此條由部議令各典舖各捐銀二百兩今復議除二百兩之外若有多捐者亦一體給獎並查該典舖除河南鄭工預交二十年典稅仍准遞年抵扣並非公中捐輸外仍由各省督撫體察情形辦理等因由戶部行文各省查照俟通共捐有成數以一半留作本省防剿軍需之用以一半報部候撥

畧見一斑　○曹軍門克忠督辦團練津勝三十營業已成軍已紀昨報茲悉軍中所用除演練洋槍之外以抬槍能以擊遠廣爲收集復以製造匪伊朝夕且所費不貲是以將天津三營舊存抬槍通行借用今聞又向大沽六營將存而無用之抬槍全數借去一則可濟急需一則大可省費軍門素稱知兵即此軍械一節已畧見一斑矣

薇節將臨　○直督駐津以來保定省會藩臬各憲每於新年來津賀歲本屆因海氛不靖曾奉督轅通飭非有要公不得擅離而藩憲事繁任重有不能不與督憲面商之事因於初二日由保省啓節大約日內即可抵津矣

形迹可疑　○昨西沽忽來二男子攜一青年婦人貿貿然尋覓宿處巡勇覩其形迹可疑因向前盤詰該男女手忙脚亂不知所云當即一體帶局由委員送縣訊究一名宋西運一名劉鳳其俱交河縣人婦人爲李劉氏京城人是拐是販不難訊得實情已

疎而不漏　○津門混混之風甲於他省李樗霄大令嫉惡如仇迭經大懲小戒此風稍戢有崔喜者去年春間因訛周姓不遂即率衆羣毆將田老扎傷身死並將大陳扎傷當經邑尊嚴緝懼法逃避後聞劉姓將案承認伊仍潛回候家后居住野性不馴詎天網恢恢臘月間因偷竊之案被守望局拿獲送案究辦想可革面洗心矣

胆大包身　○竹竿巷某洋貨局之夥高姓於日昨午後手攜包袱一個行至滕蘿架胡同背後突來一人出其不意將高推倒即將包袱搶去高大聲喊救經路人攔住人贓俱獲送交鄉甲局懲辦其人名劉二亦可謂胆大包身矣

辦理不善　○每值歲除好善樂施之人或帶米票或攜錢帖獨行踽踽於僻巷窮檐之下訪極貧戶暗爲施與不言名姓施當其戹感之者淪肌浹髓從未有所攜無多而張明較著及至半途而廢宜乎人不以感而以老拳奉敬也年前小除夕夜色昏黃間有操本地口音二人不知爲何局司事手攜昏票一札由南門外沿城根查問貧戶任意散給有得有不得者至中途昏票已盡回至葫蘆罐矣一年老貧婦人衣服襤褸龍鍾已甚掣一捨票者之裾始而央懇繼而哭詈捨票者亦怒容可掬攪作一團旋經人將守望局勇喚來始解紛而散噫老婦惡賴可恨而捨票者似亦辦理不善也

履冰宜戒　○昨天雨點鐘時河北新浮橋迤西有一無名男子肩挑空擔似是負販還家者不由浮橋正路行走希圖捷逕貿貿然履冰而過不意冰上有網魚者鑿空數處結凍未實一經步履冰開而陷當時雖有見者急呼往救而層冰峨峨一洞無底其人不知何往祇剩空擔一副橫擱冰際吁慘矣

揚州固圉　○揚州城內管帶老湘營合字營章紫春軍門其後駐紮五台山巡防彈壓昕夕宣勞邇以東氛不靖匪類乘間煽惑軍門密飭營兵嚴爲儆備一面廣招耳目諮訪人言以期慎益加慎比又得督憲札諭令格外嚴密稽查軍門奉文後一一擘畫定妥并親至教堂面爲安慰保護維密智勇兼全經緯宏濟亞夫細柳無以過此

妥整其旅　○刻因倭氛不靜南洋江海各防倍加嚴密京口保統制前曾督勇操練前後膛槍砲數月以來技藝嫻熟近日保統制又親赴教場督率各軍演習數次計中靶者約有八成之譜保帥深爲嘉許因請常鎮道呂觀察鎮江府彥太守海防同治錫直刺等同詣大小教場校閱合演馬步各陣軍容齊整如火如荼觀察等均顧而樂之大加犒賞

官銀設局　○自中日失和以後各省招勇團練餉調頻聞而餉銀來源終嫌未濟雖各督憲援奉部文息借商欵奈日來甚屬寥寥張香帥深悉利弊因委桂薌亭方伯總設官銀號一所額其名曰金裕與城中江義和鼎泰豫昌生昌鼎茂春和等各銀號往來更委前辦支應局吳觀察炳祥爲會辦號設金陵城內秤錘巷閒每月出入至少須得二十餘萬云

武林官話　○候補主簿羅少尹奉營務處札委前往乍浦勘估砲臺基趾並令與統領楊軍門一同勘視庶命中及遠不難預

光機官也〇温處道宗湘文觀察於初四日稟辭赴任〇楚軍左旂把總周翊戎長桂熟悉營制標下健兒咸深威服廖中丞委帶全隊分紮帆寯鎮以資防守〇候補縣丞吳二尹傑于淮南鹽捐案內捐免補本班以知縣用仍留原省〇浙省候補知府莊太尊入寶吏治精明宦祈以來歷辦要差深爲上憲器重糧憲鄭芝巖觀察因倭人肇釁海運滬局一差辦理尤非易易特委莊太尊總理其事諒莊太尊成竹在胸一旦勝任愉快不難措置裕如也

京報節錄

〇〇經筵講官太子太保大學士管理兵部事務臣額勒和布等謹 奏爲遵 旨議奏事內閣鈔出山西巡撫張煦 奏竊臣承准軍機大臣字寄本年九月二十七日奉 上諭奎英奏綏遠城將軍克蒙額私娶屬下士默特蒙古驍騎校巴圖納遜等出入衙門肆行無忌復敢串通本旗蒙女配與克蒙額之子爲妻請將士默特蒙古驍騎校巴圖納遜額德力庫綏遠城廂紅旗滿洲佐領巴圖隆阿正藍旗滿洲防禦吉瑞一併革職等語所奏是否屬實着張煦確切查明據實具奏毋稍徇隱原片着鈔給閱看將此諭令知之欽此遵 旨寄信前來臣遵即劄委雁平道恩霖馳往綏遠城確查茲據稟覆馳抵該處傳集人證飭調將軍署內冊檔督同委員按照原參各款逐細查訊將軍克蒙額年逾八旬生有三子戍丁後俱先經物故其家丁王蓉甫因克蒙額晚年乏嗣央託商民彭萬春長全等媒說納巴圖納遜之姊孫氏爲妾光緒十四年八月過門並非爲妻佐領巴圖隆阿等均無商約勾串情事惟孫氏過門時克蒙額派佐領巴圖隆阿防禦吉瑞迎娶是實巴圖納遜額德力庫係孫氏母家親屬非經將軍傳喚來署向不私自擅入並未干預公事至克蒙額親子均故惟收巴彥珠拉爲義子籍隸陝西光緒十五年五月經孫氏央媒爲巴彥珠拉娶士默特驍騎校珠力杭阿之女爲妻並非巴圖納遜等媒合串娶等情稟覆前來臣明查密訪悉與該道等所稟無異克蒙額身任將軍輒納所轄士默特驍騎校巴圖納遜之姊爲妾復爲其義子巴彥珠拉娶士默特驍騎校珠力杭阿之女爲妻巴圖納遜將其姊孫氏給克蒙額爲妾珠力杭阿將其女給克蒙額義子巴彥珠拉爲妻私娶部屬婦女均屬違例滿洲廂紅旗佐領巴圖隆阿正藍旗防禦吉瑞聽從迎接孫氏過門士默特蒙古 驍騎校額德力庫聽傳出入衙署亦屬不知避嫌應如何分別懲處之處恭候 聖裁再克蒙額等恭逢 恩詔事犯在前合併聲明等因光緒二十年十一月二十五日奉 硃批該部議奏欽此欽遵到部查文職例載官員私娶部民婦女爲妻妾者降三級調用私罪又定例議處官員例無正條援引律文定議又律載官員犯不應重杖八十私罪降三級調用各等語此案綏遠城將軍克蒙額身任將軍輒納所轄士默特驍騎校巴圖納遜之姊爲妾復爲其義子巴彥珠拉娶士默特驍騎校珠力杭阿之女爲妻巴圖納遜將其姊給與克蒙額爲妾驍騎校珠力杭阿將其女給克蒙額義子巴彥珠拉爲妻均屬違例綏遠城廂紅旗滿洲佐領巴圖隆阿正藍旗滿洲防禦吉瑞聽從迎接孫氏過門士默特蒙古驍騎校額德力庫聽傳出入衙署不知避嫌據山西巡撫張煦查明謹奏欽奉 諭旨交該部議奏自應查例議處惟臣部則例內並無恰合專條應請將綏遠城將軍克蒙額比照文職例官員私娶部民婦女爲妻妾降三級調用私罪例議以降三級調用士默特蒙古驍騎校巴圖納遜珠力杭阿額德力庫綏遠城廂紅旗滿洲佐領巴圖隆阿正藍旗滿洲防禦吉瑞均照官員犯不應重律杖八十私罪降三級調用例各議以降三級調用均係私罪毋庸查級議抵再克蒙額等事犯雖在 恩詔以前惟所得處分係屬私罪例應實降均不在准免之例合併聲明所有遵 旨議奏緣由是否有當伏乞 聖鑒訓示遵行謹 奏請 旨奉 旨已錄

直報

光緒二十一年正月初六日　第五號
西歷一千八百九十五年正月三十一日　禮拜四

述俄國疆域論　諭旨行色　神靈呵護　雙雄蒞止
王事分勞　臘火紀餘　錢業生色　梟匪聚衆
兵勇滋事　姑蘇客話　自相矛盾　懸賞示勸
高麗紀事　京報節錄　告白照登

述俄國疆域系之以論

昨攷俄羅斯國全境登諸報牘有客見之造廬問曰俄羅斯力大勢雄爲亘古所未有豈其建國之初即如此部落雄壯疆域寬宏乎曰非也唐以前其地爲薩爾馬西不過西北之散部及唐懿宗咸通年間有酋長祿利哥者拓土地築城池是爲立國之始傳至烏拉的米爾及雅羅斯雅譬畫經營規模畧具而其地猶未甚廣及至有明中葉如西歷一千五百零五年俄國全境亦僅七百零五萬六千方里越二十八年增至八百九十六萬四千方里又越五十一年增至二千三百八十五萬方里洎乎有明之季增至二千九百九十五萬二千方里較之創業之初固已大逾數倍然猶未甚寬宏也我朝康熙十五年俄又闢地多處計共四千九百零三萬二千方里康熙二十一年則拓至五千零五十六萬二千方里雍正三年拓至五千二百四十七萬方里乾隆三十五年拓至五千六百零八萬八千方里嘉慶五年大至五千八百十九萬四千方里道光五年大至六千零十萬二千方里咸豐五年大至六千七百零九萬七千二百五十方里同治六年大至六千七百八十一萬四千二百八十方里光緒四年大至七千五百八十九萬二千八百五十一方里以視三百年前己增地十倍有奇是知俄國部落之衆非始而即廣由漸而廣也疆界之大非始而即大由漸而大也不特回部各邦受其虎噬即歐洲諸國亦被其狠吞又不特歐洲諸國被其狠吞即中國邊隅亦遭其蠶食蓋興兵搆怨奪地爭城固俄人之長技也其與各國齟齬之事幾於書不勝書而就咸豐同治以後觀之其佔西域回部及日本之地自同治六年至光緒四年共有八百零七萬八千五百七十一方里歐洲諸國波蘭約被佔二百十六萬八千四百八十七方里土耳其西境約被佔一百二十三萬三千五百九十四方里土耳其東境約被佔六十七萬五千二百二十五方里兩共計一百九十萬零八千八百十九方里波斯約被佔五十二萬四千八百八十方里瑞典全境向有三百零七萬七千六百二十二方里而被俄佔去其半故今瑞典瑙威合爲一國亦僅二百五十九萬八千九百三十九方里而已統計俄人所佔之地以回部爲最多咸豐四年以前既奪回地四百零九萬七千六百三十一方里同治六年以後又奪回部等八百零七萬八千五百七十一方里相隔不過二三十年而回部之地竟被侵奪如許之多則推之數十年數百年前更可想見此俄之部落所以由稀而衆俄之疆界所以由小而大也夫俄人整軍經武向來不留餘力無非挾席捲囊括之志爲長驅遠駕之謀隆至今日而其講求武備整飭軍機尤爲有利必興無弊不革琿春擬設大船塢里茅擬創軍火局西伯利亞一帶更開辦鐵路分三段興工第一段由湯姆斯克至歐庫斯克第二段由歐庫斯克之興凱湖邊米梳甫甚年至斯脫留聽茳克年第三段由鴉十數璧河旁之砵忌拉甫士甚年至海參崴年將來功成之後由彼得羅堡至我中國邊界捷如影響速若置郵今復以中日搆兵陸續添調鐵甲兵輪數十艘添駐馬步砲隊數十營己抵琿春一帶嗚呼此其心計果何爲哉我中國北邊防務在昔即當悉心周畫竭力綢繆勿使有隙可圖勿令他族逼處迄於今日東方已困於封豕長蛇北鄙尤虞有鯨吞鳩占岌岌乎有不可終日之勢矣嗚呼噫嘻

謫臣行色 ○安曉侍御以言獲罪謫戍軍台羣欽聖主之矜全並憫直臣之愚戇聞其荷戈出塞囊無一錢都門公卿士大夫下至里魁市儈不謀而同醵金以壯行色並投贈詩文甚夥海上倦客五律二首立言得體共推壓卷友人舉以見示今錄報端以供衆覽詩云朝綱千古重家法百王隆 主聖惟思孝臣愚杜竭忠聽鼙憶長樂列燧照離宮君勿憂多壘疆圻勖望崇又狂直過梅福 慈仁宥杜根累朝不殺士百爾定驚魂諫草焚清夜朝衫裹淚痕相思關塞隔天際暮雲昏

神靈呵護 ○昨有友人由奉省來津據云去歲臘月望間有倭兵三四千人闖入盛京界內意欲攻其不備奪據老東陵該處本有駐防五營于姓統領所用軍械俱是抬鎗統領聞報即將該營調齊擇一山峰隱藏俟倭人臨近火速開鎗攻擊倭人傷斃者約有五百餘人生獲者數人于是狂竄出境旋據生獲之倭人供稱此次敗退並非祇因被槍所擊因見各山頭之兵約有數萬恐寡不敵衆是以狂奔等語觀此可見陵寢重地必有神靈阿護也云云未稔果有此事否爰照有聞必錄之例登之以供衆覽

雙旌蒞止 ○署藩憲潘梅園方伯由省動身日期已登昨報連日風伯揚威塵沙撲面憲節於今晨甫抵津沽茶座在西門外育黎堂闔城印委各官以及三營練軍皆往迎迓以江蘇會館暫作行轅○署清河道朱觀察臻祺於初三日已經抵津行台在縣署前某公館日來晉謁 爵憲拜謁同城並接見屬僚有山陰道上應接不暇之勢

王事分勞 ○曹軍門總統團練津勝三十營會同前福建藩司張駐紮小站督軍操演王雲舫少司馬鄧善卿總戎仍駐津僧王祠另募勇二百名守護糧台以資轉運

臘火紀餘 ○侯家後張姓兄弟三人以小本經營家稱小有上年臘初張仲與兒娶婦花轎進門即遭火患焚斃多人內有街隣開水舖之張八者見火起即奮然入內拉出二孩復又闖入則火已封門葬於火窟按張八平素爲人並非端正說者以其非爲救火其中另有別情死後其妻即藉端索詐張氏兄弟因念其人已遭慘死何必再起訟端因浼人說合給張妻津蚨三百千並月給薪水三千俟其子及歲再爲停止詎張八之妻慾壑難填居然興訟旋經官斷張八係自尋死所與人無尤除照例給以衣棺之外餘無養贍吁貪得健訟者可以鑒矣並聞所娶新婦當誕生之日其母家即遭回祿今于歸夫家甫經入門即全家焚燬奇事奇事

錢業生色 ○往年歲底年頭市面每有荒閉等事除夕前後並有無賴輩藉事生風乘機掠物上年本郡歉收錢店尤恐擠軋又值大兵過境以致錢盤漲落無常現錢短絀生意中殊費周折果於二十七八等日傳言某號將閉某號將荒以致存帖之家無不惶惶奔走幸各錢舖維持大局能以預事先防未遭疎失新年以來亦極平安說者以如此年景竟無倒閉之事錢業可謂之生色矣

梟匪聚衆 ○鹽山縣屬狼坨子地方本係海港客臘有失風鹽船二隻停泊鹽梟數十人聞風前來各持器械欲上船搶掠該處武汛以官運船隻亟應保護飭令兵丁開放洋槍迎擊該匪被創潰逃詎未及數日匪黨竟聚集百數十人槍械俱全以一半拒敵官兵以一半搶隨武汛兵本不多只得盡力抵禦而該匪即將鹽船上鹽斤錢文等物搶掠一空呼嘯而去似此胆敢聚衆抗拒官兵硬行搶掠可謂兇惡已極其有地方之責者宜如何綏靖以安閭閻耶

兵勇滋事 ○津門大兵雲集雖各營各統領軍令森嚴該勇丁不敢公然犯令而人數衆多每至上街購物換銀不無恃強情事昨南門外有羣勇見一青年婦人踽踽獨行胆敢羣相戲謔經街坊齊集始免於難又昨夜十一點鐘時紫竹林牌坊外升毓厚錢舖忽來兵勇二十餘人聲言換銀取錢將該舖所存現錢百餘吊全數攫去該舖只二人守櫃默不敢聲幸銀櫃未動祇得忍氣聽之

姑蘇客話 ○龍大宗師月前行文蘇屬年內歲考一節桐子露太守奉文後即行知三首縣王葉淩三司馬以爲日過迫備辦不及求請桐太守稟請俟今春舉辦及奉批回未蒙允准憲旌於客臘即須按臨外間官場傳說紛紛謂龍大宗師因倭奴有南侵之說已將瀛眷送回省垣度歲西街試院不敷居住暫假湖南會館作行台客臘先考生員今春再考童生惟提調一差仍委劉蘇二公已見明文○中日構衅以來各路調兵防剿需餉孔多疊奉戶部行文各省督撫轉輸殷實富戶並勸假商欵以資接濟奎大中丞現委沈旭初丁蘭生周子迪三觀察爲總辦此外另委同通州縣九人分赴蘇松常鎮太所屬各縣勸捐刻已紛紛就道○江蘇藩轅牌示照得嘉定縣知縣張

樞迴避遺缺查有候補通判孫毓驥堪以酌委代理

自相矛盾　○倭人在高辦事極爲棘手凡高國忠義之人均不肯受其節制故倭主特飭大鳥回國另派井上馨到高辦理善後事宜井上以大鳥所辦不善因將政務盡行更變并立新法是以政事更多不妥前此大鳥圭介曾將通倭之高員十七人託言倭主之命另立一軍機處及井上接辦後悉行裁去另派四人爲軍機大臣未幾又將四人裁去現聞高國大院君亦被井上馨監禁深宮不准有人探視蓋井上初到之時大院君頻往謁見佯爲悅服實懷二心後被井上察出故有此禁然井上禁令雖嚴而高麗內外臣工仍接踵於大院君之宮可見倭人在高究未能懾服人心也再聞高麗有一僞王名金介南建僞都於全羅道所行政事及一切號令頗見齊整

懸賞示勸　○倭奴犯順以來侵擾北洋以致旅順等處被其據守聞倭奴尚不滿欲因北洋冰凍兵輪往來不便故而揚言欲侵南洋經兩江督憲張香濤制軍傳檄沿海各口加意戒嚴並添募勇壯以資防禦茲經張制軍電諭賞格着蘇松太兵備道劉觀察刊印傳諭沿海各統帥如遇倭艦闖入即行迎頭痛擊毋稍寬蹤所有應賞條例抄錄於後　欽命二品頂戴署理蘇松太兵備道監督江南海關製造局總辦劉爲懸賞事照得倭人無故渝盟妄自稱兵神人共憤溥海同仇前已欽奉　諭旨嚴飭統帥厚集雄師迅速進勦遇有倭人輪船駛入各口即行迎頭痛擊悉數殲除等因欽此沿海各屬並經遵照憲檄轉飭實力籌辦民團各在案茲又奉到　督憲電諭特懸賞格以示鼓勵各宜戮力同心共邀懋賞本道有厚望焉切切特示　計開

一殺敵至數千人大勝者共賞銀十萬兩正　一燬一倭船或奪一倭船大鐵甲者共賞銀十萬兩次者共賞銀五萬兩正　一防營嚴守要隘打退陸路敵人獲勝者共賞銀三萬兩正　一打燬商輪木殼改作兵輪者共賞銀二萬兩正　一打燬魚雷水雷船者共賞銀二萬兩正　一打燬敵船除軍火外悉以充賞　一打燬及奪獲敵划一隻殺倭寇至十名以外者共賞銀一千兩正　一殺一倭寇以首級報功者賞銀五十兩正　一將領營官殺敵致果除提賞銀外酌量情形稟請破格保獎

高麗紀事　○高麗東學黨痛宗社之覆亡誓興師而復辟雖明知卵石不敵而猶斬木爲兵揭竿爲旗拚與倭奴一決高下卒能奪已失之舊日城池重還一片乾淨土目下其黨羽翼甚眾一夫夜呼應者四起收回城邑已有數處倭人現雖據守高土其能安枕無憂哉又聞高廷現擬向倭奴借銀五百萬元此事決非的確倭奴添兵增餉現已力竭勢窮安有餘銀兼顧他國況高國在廷諸臣以倭奴所行不義仇之幾若不共戴天豈有向之求借之理此說也其爲出自倭奴揑造蓋已顯而易見矣

京報節錄

○○經筵講官太子太保大學士管理兵部事務臣額勒和布等謹　奏爲遵　旨議處具奏事光緒二十年十二月初六日內閣奉　上諭前據長順奏釋回太監董雙福等騷擾驛站當經　諭令恩澤飭沿途各站按名查拿解交慎刑司嚴訊懲治茲復據增祺奏稱董雙福等於伯都訥以上各站勒索商民多處請　旨懲辦等語釋回太監竟敢沿途騷擾勒索實屬目無法紀着內務府查明該太監等如已解到即飭慎刑司嚴訊從重懲治倘尚未到京即先行經過省分嚴令迅速解送毋任在途逗遛黑龍江差官驍騎校巴彥珠拉雲騎尉玉慶於該太監等沿途滋事既未能隨時彈壓又不即行稟報雖據供無分錢故縱情事究屬不合巴彥珠拉玉慶均着交部議處欽此欽遵抄出到部除釋回太監董雙福等查拿解京即飭慎刑司嚴訊懲治之處臣部行文各該將軍內務府遵照外查定例官員親身押解人犯全無約束以致解犯詐財生事不法者革職私罪等語此案黑龍江解差官驍騎校巴彥珠拉雲騎尉玉慶於該太監等沿途滋事未能隨時彈壓又不即行稟報雖無分錢故縱情事究屬不合欽奉　諭旨交部議處應照將解差官驍騎校巴彥珠拉雲騎尉玉慶均照押解人犯全無約束以致解犯詐財生事押解官革職私罪例議以革職至未經查出之該管上司例有處分應由該將軍查取職名送部核議其雲騎尉玉慶所遺世職應否明該將軍照例辦理所有遵　旨議處緣由是否有當伏乞　聖鑒訓示遵行謹　奏請　旨奉　旨已錄

○○頭品頂戴江蘇巡撫奴才奎俊跪　奏爲丹徒等縣運河開浚完工查明在事出力員弁懇　恩分別給獎恭摺開單仰祈　聖鑒事竊照鎮江府丹徒丹陽二縣運河淤塞大爲民病經奴才會商督臣派員駐工督率民勇分段興挑業將履勘開浚情形並聲請俟全工告

並將出力員弁擇尤保獎恭摺具 奏欽奉 硃批着俟工竣後准其酌保數員毋許冒濫該部知道欽此欽遵在案旋據督辦委員候補道韓慶雲稟報於本年三月二十九日全工挑竣當經派委署常鎮通海道蔡鈞會同該道逐段驗收自鎮江府西門外浮橋起至丹徒鎮橫閘口止計工長三千三百七十餘丈一律疏通並無草率偷減情事隨即啓壩放水商民咸稱利便計實挑岸土河土一十四萬九千餘方共用土方夫價營勇賞犒及築壩戽水等項銀九千九百餘兩在於司庫賑餘項下核實動支茲據蘇藩司會同水利總局司道查明在事尤爲出力者一十六員名擬請分別獎勵開單詳請具 奏前來奴才伏查丹徒丹陽二縣運河爲浙江二省通行要津舟楫往來農田灌溉咸資利賴而地段袤延險工多有且開辦之際又値春雨連綿施工不易在工員弁均屬不避勞怨踴躍從事用能河流順軌暢行無滯且工歸實在款不虛糜不無微勞足錄相應將尤爲出力各員弁酌請獎勵繕清單恭呈 御覽合無仰懇 天恩俯准敕部覈明給獎以昭激勸再候補道現署江蘇按察使韓慶雲記名提督陳基湘蘇松鎮總兵張景春在工籌商調度督率員弁勇夫逐段開挑疏治得以迅速完工均屬卓著勞勩可否將該三員並懇 敕部議敘之處出自 聖恩除將各該員履歷咨部查照並將勞績稍次各員分別咨部給獎暨由外酌獎外謹會同兩江總督臣劉坤一恭摺具陳伏乞 皇上聖鑒 訓示謹 奏奉 硃批該部議奏單併發欽此

○○奴才慶裕跪 奏爲交卸都統篆務遵 旨來京 陛見恭報起程日期仰祈 聖鑒事光緒二十年十一月初五日承准軍機大臣字寄光緒二十年十一月初三日奉 上諭禮部右侍郎志銳着卽回京當差其總管練軍事均着毋庸舉辦至熱河地方應辦事宜着責成崇禮妥爲經理慶裕卽來京 陛見將此由四百里各諭令知之欽此遵 旨寄信前來跪聆之下均卽欽遵奴才於初七日交卸後卽日起程來京遵 旨陛見所有欽奉寄諭緣由理合恭摺具 奏乞伏 皇上聖鑒謹 奏奉 硃批知道了欽此

○○奴才榮祿等謹 奏爲拿獲結夥持械搶劫拒傷事主盜犯請 旨交刑部審辦恭摺仰祈 聖鑒事竊據左營參將趙長春游擊王漢池督率署都司李振祜守備牛得源會同南城副指揮王桂芬西城紳士吳正琯等帶同目兵在左安門外地方將結夥持械放槍拒傷事主搶劫盜犯趙四卽趙椿兒王二卽王二格李三卽李老黑拿獲並起獲現贓賊具等物傳同事主崔文祥一併解送前來奴才等督飭司員詳加審訊據趙四卽趙椿兒供係通州人光緒十二年九月間因偷竊經本州拿獲訊明刺臂懲辦本年九月二十六日夜與王二李老黑均用手巾朦頭分持洋槍刀械至廣渠門外南陽莊地方闖入一家院內放槍入室燃火照亮用刀將事主婦人砍傷搶得衣服錫器等物攜贓逃跑至天明時走至左安門外地方經官人將伊等拿獲連起獲現贓並洋槍等件一併解案王二卽王二格供係大興縣人李三卽李老黑供係通州人均供認與趙四結夥持械搶劫住戶家衣物屬實事主崔文祥供係大興縣人在廣渠門外南陽莊地方居住本年九月二十六日夜伊家被賊進院放槍入室燃火照亮用刀將伊妻砍傷搶去衣服錫器等物曾赴本汛並南城坊呈報今經官人獲賊傳伊赴案認贓具領各等供查趙四卽趙椿兒原係因案刺臂之犯今復膽敢結夥持械拒傷事主肆行搶劫實屬藐視刑章兇悍異常王二卽王二格李三卽李老黑均供認結夥持械搶劫屬實亦屬同惡相濟亟應一併嚴切訊究除將事主崔文祥取保聽候刑部傳質外相應請 旨將趙四卽趙椿兒王二卽王二格李三卽李老黑等三名交刑部審明辦理至原拿之員弁等均能跟蹤踹緝將此案盜犯全行弋獲向屬緝捕迅速可否俟刑部定案時聲明請 旨准由奴才等擇優量予鼓勵之處出自 皇上逾格 恩施爲此謹奏請 旨奉

旨已錄

敬啓者本館現於本年元旦出報因排報之鉛字各路之探訪主筆之西儒須開河後方能齊集姑先按日出報四幅以饗 諸公望報之懷二月之望卽照舊例報價因用洋紙每份售制錢十文仕商告白減價三個月以廣招徠其餘各事均循中西報館章程辦理特此啓知伏祈 公鑒 直報館謹啓

直報

光緒二十一年正月初七日　第六號
西歷一千八百九十五年二月初一日　禮拜五

文字源流考　口腹累人　安於磐石　開廠日期
實惠均霑　愚不可及　臨時用強　兇犯稽訴
自速其死　克壯軍威　革員就獲　稟啓照錄
京報節錄　告白照登

文字源流考

文字之變亦屢矣自依類象形言之則爲文自形聲相益言之則爲字文者物象之本字者孳育而生也當夫鴻濛初闢制作未精離結繩創於燧人書契造於伏羲猶未足語文明之盛及黃帝史倉頡始造文字當其始仰觀奎星圜曲之勢俯察龜文鳥迹之形而作蝌蚪文其頭粗其尾細宛如蝦蟆子形此爲文字之祖文字外又謂之書者則以書於竹帛而言之也古之書法其類不一龍書作於伏羲穗書作於神農雲書作於黃帝鸞鳳書作於少昊蝌蚪書作於高陽及高辛則作人書唐堯則作龜書夏禹則作鐘鼎書務光則作倒薤書文王則作鳥書史佚則作虎書武王則作魚書凡此書法之變更皆因文見義者也六書之法始於周禮一曰象形如日字外以象其體之圓內以象其無定之黑影月字內以象地影下則象其闕而又有一字兩形者如沓從水而沓又加一水或從口而國又加一口是也二曰指事凡古文兩體之字一體爲字一體非字或兩體皆非字但可察其意而未嘗有會合之意者爲指事如一在一上爲上一在一下爲下之類是也三曰會意如信武之類人言爲信止戈爲武而又有會兩象形字以爲意會兩指事字以爲意會一形一事以爲意會形聲之字以爲意者皆爲會意之妙用四曰諧聲凡字之形體相近不可別者皆諧之以聲以示區異如江河湖海同從水松柏楊柳同從木形既相近必諧其聲以分之故江河湖海可以同謂水而水不可同謂江河湖海也松柏楊柳可以同謂木而木不可同謂松柏楊柳也五曰轉注凡建類一首文意相受左右相注謂之轉注如老之別名有耄耋者耇悉以老爲首而取類於老則皆從老字轉注而成者也諸如此類難以褸述六曰假借凡一字兩用者爲假借如匪盜匪也而易曰匪寇婚媾則是借匪爲非矣視瞻視也而詩曰視民不恌則是借視爲示矣他如長短之長借爲長幼之長樹木之樹借爲樹立之樹假借之用更無窮也厥後科斗古文一變而爲篆再變而爲隸篆有大小之別隸則秦漢不同無何隸變而爲草無何草變而爲眞介眞草之間者則有行書窮八分小篆之徵者則有飛白蓋大篆始於周宣王時爲史籀所作故亦稱籀書書共五十篇並行於世及秦李斯見大篆流傳既久不免亥豕辛羊於是去其冗繁編爲小篆一名玉筋篆一名八分小篆此篆所以大小各別也秦隸始於程邈覃思十有餘年去大篆之繁複而作隸書意主簡易不尙體勢及賈魴三倉蔡邕石經諸作起而漢隸乃興矩折規旋頗見經營慘淡此隸所以秦漢不同也西漢元帝時史游作急就篇解散隸體隨意直書祇存字之梗概是爲草書因草創而名也後人工草書者又各立名不同有章草有今草有小草有游絲之草有散草飛草而皆不外乎草書也眞書則由王次仲所作初名八分八分者割李篆二分而取其六割程隸八分而取其二也後人則謂之眞書楷書然而似眞非眞似草非草則有劉德昇之行書其書與楷書相間流行故謂之行書飛白書則爲蔡邕所作邕見匠人施堊帚因而有悟遂作是書晉王右軍父子蕭子雲宋仁宗李唐卿並稱飛白能手然觀梁武帝之言曰蔡邕飛而不白羲之白而不飛則知飛白之書未易臻於極步也我　朝人文蔚起小學昌明凡探文字之奧禮書法之長者幾不可以更僕數懿歟休哉誠文治之光華也已

口腹累人 ○客歲順天各屬被災甚廣來京就食者較多屢經奏蒙 皇恩加賞米石以果窮黎之腹梁家園百善堂粥廠於去冬開廠後每日放粥一次人數已極形擁擠歲除一日照例於放粥外每名口加給饅首二枚是日自朝至於日昃老幼男婦羣集如蟻較平時多至數倍司事者有應接不暇之勢而領饅之貧口爭先恐後竟致踏斃數人噫市肆之熙來攘往者非為口腹之人乎而此疲癃殘疾者流以爭先得二饅首死於非命口腹之累人可勝嘆哉

安於磐石 ○自倭人在成山頭登岸我軍力遏兇鋒互有勝負刻下雖在封凍期內而大沽海口為京師屏障防範宜嚴南灘一帶尤關緊要曾建長墻一道以備緩急聲氣相通前已派營駐紮茲恐又撥調十數營填紮其地以資防堵按大沽海口本為天險且台砲槍械一切無不精利鎮守該處之將領皆屬久於其任平日講求防務聯絡兵民時無或懈想倭人早經窺悉未必敢冒昧沖犯而海疆自戒嚴以來該口各將領均日不暇食夜不安眠本此志以禦倭奴當可安於磐石矣

開廠日期 ○本郡河東小鹽店備濟社西門外延生社每冬施饘百日該項經費備濟社由厘捐項下動用延生社由鹽個項下動用備濟社東至大王莊西至鴿子集南至小神廟北至陳家溝延生社東至閘口西至永豐屯南至養病院北至佟家樓兩廠食饘者各有兩萬餘戶新正初六日開廠每日按票領饘各路婦孺負囊而歸者無不頌聲載道云

實惠均霑 ○本埠西營門外各村莊頻年被水災民衆多至冬尤難覓食雖有冬撫不敷接濟新正初旬振德店義泰昌等各紳富派妥實友人前赴各村詳查戶口按人數多寡施給玉米麪票或五斤或十餘斤不等令持票向城內儀門口恒昌米局支取每日計需玉麪數百千斤目今糧米騰貴糊口維艱有此善舉實惠均霑無怪頌聲載道已

愚不可及 ○歷年新正初八日玉皇閣大佛寺如意菴呂祖堂等廟皆作吉祥道場通城士庶婦女乘車赴廟絡繹不絕姓氏年庚塡註疏表以為增福延壽解厄消災之計噫人生命運自有定數豈虔誦經咒禱祝羣星所能邀福消災歟其愚不可及矣

臨時用強 ○任邱縣東退昌鹽店向在縣屬劉莊設有分店銷賣鹽斤店夥張姓臘月某夜張已就寢忽聞撥門聲知有梁上君子即大聲喊捕詎賊竟闖門而入持械嚇禁除搶鹽若干外並將錢文衣物搜羅一盡比時鹽巡從夢中驚覺相率出捕轉被拒傷賊即携贓而逸倏賊走後喊同街隣跟蹤追捕已去如黃鶴杳不可及矣

兇犯稽誅 ○交河縣王官屯商進顯者務農為生有父有妻汔可小康一家團聚上年冬間忽於某夜有賊撬門進顯之父商得朝聞聲喊捕賊竟砸門衝入將進顯之妻何氏搶劫而走得朝由後追嚷被賊刀剁斃於門外進顯既痛父死非命又念妻無端被擄痛不欲生急赴縣署喊控適值邑尊公出當由縣尉驗訊立飭捕役跟踪嚴緝迄今被搶之婦尚無下落查交邑民風素稱强悍似此毀門入室搶人斃命尤屬目無法紀若不嚴緝正兇按律懲辦何以安閭閻而保衛地方耶

自速其死 ○萬惡淫為首姦與殺近古訓昭垂而人顧不知戒懼者何哉訪事人云西門外張子堯胡同居住張景元者不知作何事業因與賈八者相厚常行來往妻子不避詎賈包藏禍心因見張妻美麗調戲成姦為日既久被張知覺迫臘月間張偽為出門者囑妻謹守門戶賈探知乘便續舊正在海誓山盟之際張忽突如其來手執利刃毀門而入一刀一個雙雙剁斃張即自行投縣請驗噫似賈者豈非自速其死歟可不懼哉

克壯軍威 ○李軍門先義前奉張香帥札派至粵招募勁旅四千名號曰廣義軍刻下業已招齊特於前日起程北上又有王觀察秉恩素諳兵畧為香帥所賞識此次延往江南襄理防務爰與李軍門同舟共濟馳赴石城聞兩君俱有大將才香帥擬使之統帶十二營分駐要隘唐人樂府云但使龍城飛將在不教胡馬度陰山正可為兩君誦也

革員就獲 ○旅順逃官衛汝成落水遇救不知何往已見 爵憲奏摺云該革員籍隸安徽恐潛回鄉里請 飭安徽巡撫查拿等因茲有山東友人來津據稱該革員果由陸路欲遁歸故土行至泰安縣地方其姪先被縣令訪獲復由其姪引線將該革員擒拿不日當解京治罪

稟啓照錄 ○總理各國事務衙門王大臣鈞鑒敬稟者竊福越南勁旅實有數萬入關之初只准帶一千一百人皆福揀選於平日者也自到粵以來頻年裁撤福屢次哀求未能邀准今僅存三百去夏奉 旨帶勇渡台防守始招潮勇一千名分作兩營此係閩浙總督飭募廈門烏合之衆倉猝成軍以之言戰誠不足以禦敵耳且日人蓄志數十年一旦犯我此其平日之講求訓練整頓營伍可知矣豈以夙輕訓練之衆我以倉猝之軍與之言戰雖名將亦束手無策法人之役前車可鑒福到台以來極力籌商防務俾得稍酬高厚無如台灣孤懸海外口岸甚多必南北聯絡爲一氣始可言守故隨時會商藩臬深籌善後之計福前在越南時有與法人慣戰之部曲三千人及舊時有名將領數人意欲招此軍到台南扼守兼爲北援前曾咨商閩督次及粵督言辭懇切近於哀求後復向台撫均未蒙允准只以從緩商量爲辭迄今全無成竟復商台南營務處亦不見許當此之時旣無糧餉何能招軍言念於此不禁痛哭此皆由福平日有統軍之名無統軍之實不善聯絡致兵軍不精今兩奉 特旨以北路軍情緊急命福北上福非敢遲延實因所部無人不敢冒昧從事或自請罷斥又近於規避非福之志也福一介武夫蒙 皇上至優至渥之恩位至方面當入關之日即思 國家有事之秋誓以報 國雖萬死不辭況又蒙 皇上命以幫辦台灣防務任艱責重何敢自外生成嘵嘵瀆陳自取罪戾竊以今日之勢有不敢不剴切敬陳免受欺罔之罪者使福率爾北上不察敵情之虛實不度己力之勇怯成敗之機等於呼吸如天下萬世何伏祈憲臺逾格矜全懇乞據情代奏俾福免受冒昧之罪歟 君之誅爲今之計可否將臺南之福軍兩營與臺撫商之設法先載往申取道清江北上一面准福回粵招集舊部數營赶行北上查探軍情地勢並揀選將領數員請飭粵督在粵運兩庫撥銀八萬配足軍械陸續北上俟勁旅集齊再行會合宋軍迅速進剿惟是福舊部遣散已久當此沿海招軍或投營仍當弁勇或歸農商一旦招之北征雖以福之恩信亦有不可強者以南人赴北先難受北地風霜若照各省行糧發給則各人皆願在鄉井充當誰肯離鄉背井遠道從戎今福再四籌思惟有照楚軍成例酌加五成俾各人踴躍入伍易於成軍迅速北上滅此小醜然福又有慮者福與北省大吏素未往來亦無私意一旦銜 命北征糧餉軍火在在均關緊要設使稍有貽悞則福一身不足惜如大局何福到後奏報軍情均用電達設有遲延則害不淺可否仰懇 天恩將福軍交與北洋大臣李鴻章節制此後糧餉軍火皆有專責一切軍情逕電該大臣衙門俾得易於轉達不至阻隔伏乞將福下情代爲轉奏請 旨遵行福現由南渡北在滬會臺北府候 旨合併聲明南澳鎭劉

京報節錄

○○巡視北城山西道監察御史臣齊蘭兵科掌印給事中臣唐椿森跪 奏爲恃符霸佔抗法咆哮恭摺糾參仰祈 聖鑒事竊於本年十一月間臣城宣武門外南橫街地面華嚴寺廟內住持僧人澹遠毆斃工人李大一案當經正指揮前往相驗並飭嚴緝兇僧旋移送主部辦理在案查華嚴寺兇僧潛逃無人住持深恐奸宄溷跡擾害地方因思臣城迭次遵 旨添募練勇舊設分局房屋狹隘不敷辦公查看華嚴寺較爲寬闊又在臣城適中之地作爲練勇分局殊於地方有益惟廟內尚有租戶一係李姓一係永成翠花局臣等因歲暮吃緊當經出示曉諭限三日挪移以便練勇分駐即巡查聲勢聯絡詎李姓暨翠花局並未挪移出示後突有文姓從中包攬盤踞廟內門外黏貼銜條故意嘗試臣等聞報同深駭異復親赴廟內查看該文姓挺身咆哮勢極兇橫語多悖謬其人不安分已可概見據稱官名文治係四川駐防旗人戶部筆帖式差使顯係恃符藐玩倘該筆帖式文治爲兇僧澹遠佔廟抗官澹遠逃踪文治即係知情若文治與澹遠毫無瓜葛何以未經赴城呈明緣由胆敢於出示後抗法遷入廟內其爲憑空覇佔無異況嚴諭後復敢任意咆哮實屬目無法紀若不從嚴懲辦將無以儆効尤而靖地方相應請 旨飭下刑部傳文治到案嚴訊懲辦以息刁風謹合詞恭摺具陳伏乞 皇上聖鑒謹 奏奉 旨已錄

○○巡視北城事務山西道監察御史奴才齊蘭跪 奏爲內庫重要責有攸歸宜定限制以杜弊端恭摺具陳仰祈 聖鑒事竊奴才伏讀本月十六日奉 上諭內務府銀庫司員差滿時着該堂官即行帶領引 見奏請更換不准率請留任以符定制而杜弊端欽此查內務府六庫司員各缺事務繁重每任二年向由該堂官於七司三院司員揀選正陪帶領引 見期滿更換奴才近聞前任銀庫郎中繼祿

升任卿班後是缺懸至兩月並未揀定此因循之積習相率爲常非此一任如是甚有此庫將屆報滿該堂官復又揀定彼庫擬正者亦復以此庫而奏調彼庫者名爲以資熟手實則各遂私謀毫無顧忌挾勢交爭其弊之由來奴才揆以事理實緣內務府差缺各項使令由本衙門承辦從無駁詰從無查核遇事之關通輾轉巧於作用即有敗露經人指摘或因分財不均或有爭缺挾嫌議論皆然人詒笑柄若不嚴定限制痛除積習尙復成何事體相應請 旨飭下總管內務府大臣嚴定章程比照戶部三庫差滿扣足十年方准再任庫差緞庫衣庫皮庫磁庫茶庫缺出隨時報滿秉公揀選操守淸潔之員擬定正陪請簡不得任意遲延以重庫務而除積弊奴才管見所及是否有當伏乞 皇上聖鑒 訓示施行謹 奏奉 旨已錄

○○御史齊蘭片 再粤海關監督任滿均應即行來京奴才近聞前任監督聯捷早經任滿年餘之久並未起程來京任意逗遛其中顯有交代不淸情弊請 旨飭下兩廣總督嚴催該監督聯捷趕緊交代淸楚迅速來京至前任監督德生亦應請淸理交代俟新任監督文珮到任亦即來京嗣後前後任交代應定限期倘有不依限之員立卽參辦謹此附片具陳伏乞 聖鑒謹 奏奉 旨已錄

○○大理寺卿浙江學政臣徐致祥跪 奏爲新中舉人衆論不孚據實糾參恭摺仰祈 聖鑒事竊浙省文闈積弊已經數十年壘蒙嚴諭整飭前任撫臣崧駿實力奉行一二科來弊爲稍淸臣本科奉 命代辦監臨仿照前科章程辦理親自周歷稽察弊先去其太甚然號內槍替之習不敢必其盡絶也查有新中湖州府烏程縣俊秀監生沈毓麟富家紈袴平日放浪冶游不事學業此次倖獲十儁輿論譁然臣復密加訪問僉謂其素不能文卽錄科卷亦係在場內倩人代擒似此衆口一詞臣不敢不據實 奏參應請 旨飭磨勘官將該舉人正場及錄科卷嚴核文理筆跡是否相符並請 飭下禮部查明癸巳科周學熙湯寶霖等成案另行請 旨在 殿廷專覆一場卽由該部行文浙省速傳該舉人迅速赴京聽候覆試並請 飭派監試大臣嚴密查看其眞實不難水落石出臣既有所聞不敢辭失察之咎謹自行檢舉恭摺具陳伏乞 皇上聖鑒訓示謹 奏奉 硃批禮部議奏欽此

○○領侍衛內大臣臣載瀛載瀅謹 奏爲據情代 奏請 旨事今據臣等所屬正白旗漢軍藍翎侍衛宋春華呈稱宋春華年二十七歲係陝西人由武進士授爲藍翎侍衛派在 大門當差現因倭氛不靖侵我邊陲臣民同深義憤犬馬猶思圖報宋春華備職宿衛出身弓馬年力正強馳驅堪備願赴前敵軍營効力等因具呈前來竊臣等代爲轉 奏伏查該侍衛呈請願赴前敵軍營投効臣等不敢壅於 上聞相應請 旨可否發往何路軍營効力之處恭候 欽定爲此據情代 奏伏乞 皇上聖鑒謹 奏請 旨奉 旨已錄

直報

光緒二十一年正月初八日　第七號
西曆一千八百九十五年二月初二日　禮拜六

上諭恭錄　論西洋行軍用諜要鈔　大帥行期
威海軍情　民情愛戴　首犯未獲　豐年兆瑞
捉賭得賞　訛索滋事　澤及乞丐　移孝作忠
談兵彙紀　京報節錄　告白照登

上諭恭錄

上諭李秉衡奏特參庸劣不職各員一摺山東候補知縣郭秉鈞賄通書吏舞弊營私候補知縣朱鏞嗜利詐人心術狡詐均着即行革職候補知縣鄭桐性耽遊戲甘爲人愚着以縣丞降補代理觀城縣知縣即用知縣李子春好事紛更輿情不洽惟文理尚優着以教職歸部銓選試用巡檢柴宗樾藉差招搖不知檢束前署新城縣典史分缺先補用典史范棣蓀抑勒事主被人告發均着即行革職以肅官方該部知道欽此　上諭李秉衡奏請調員辦理防務等語廣西署平樂協副將王寶華着張聯桂飭令迅速前往山東交李秉衡差遣委用欽此　上諭御史鍾德祥奏上駟院卿增潤與福森布及郎中錫麟扶同作弊員外郎景昌補缺由於錫麟賄託廐長織昌於應發銀兩米豆無不尅扣五圈馬匹不足額數甚多請飭查辦等語着懷塔布按照所參各節確切查明據實具奏欽此　上諭御史鍾德祥奏請釐正特旨班人員補缺章程等語着吏部議奏欽此

論西洋行軍用諜要鈔

孫武有言知己知彼百戰百勝至用間一篇尤三致意可見振古如茲兩軍相當以偵探虛實爲第一要義捨此無以運攻守之謨然終莫如今日西洋用諜之法爲至精且密也蓋西人平日於時事本極留心凡中國士大夫所置爲漠不相關者彼獨汲汲孜孜尋根究柢儲爲有用之學而以沾故紙糟粕之中若我輩所爲則西人所弗屑也自其素性已然故戰事一興其精力愈奮方兩國釁隙將開未開之頃偵諜業已四出昔拿破侖第一有言爲將能知敵情而其情不爲敵所知者能滅人國兩軍相當不知敵所欲爲者軍必破將必虜當其弟爲西班牙王時拿破侖致書云如軍情未明進止未定欲得其地之郵局及地方官民以決事機雖爲動三四千人專爲此事可也則其緊要可知近來歐洲各國或戰部或外部莫不有詗諜專司至日本則已設十餘年專探中土時事以及收購各處詳細行軍地圖迹其狡謀已非一日而我秉鈞諸公傲然弗以爲意也凡大將領兵赴敵牒費邱山其國未嘗置議其術約而言之一曰本軍巡哨二曰突捕生口三曰招徠降人四曰詢問土著五曰截取文書六曰搭漏電報七曰廣募探子統帥之人必精擇詳審一明辨難惑沈毅不泄之員以司軍探之事若所統軍多則於遠部增設一二員極多至於三員而止此種簡派之事除統帥及受委之員而外第三人皆不與知益無論左右親近及所統營下諸人矣其受委之人必能粧痴佯愚虛實兼用令人視爲平常兵官其人須通敵國言語文字方爲合用往往各國一時難於軍中得如此合用人材即以此任畀之繙譯官但無論何等人密充是任其人應在三四十許人心平氣和通達物理人情能用參伍鈎稽見此識彼之術者方爲上選凡敵國風俗民政彼宜周知敵軍規制尤所爛熟至敵所有某將某弁性情學問能事如何皆所素悉此等人員皆遠與本國政府密通近與本軍統帥暗接所探的實軍情分頭密報前言七種探事其第一種係統帥及各營官臨陣哨探之事其餘六事則募用探子爲最難大抵十探一眞便算財不虛糜此軍之幸最要所用諸探人人各不相知更要令人人自信獨吾爲探吏無餘八

作爲探之人或出忠愛之人或外國之人爲利而動或一人之身兼爲兩國探子此等末項探子若遇得著覺其情於本國而善用之更有無窮之妙也待牒情意須極寵渥如果深得要害眞倚事後千金萬金之賞亦所不靳此較之懸格購敵無益軍事徒犯公法徒招公憤者其愚智眞不啻相萬也蓋萬金之賞於一國所去有限如因之而獲大勝之仗其價豈只百萬也哉凡用探皆當付以合同信物如身帶一洋錢記明錢係某年某號或用常看小書中間第幾頁扯落以爲質驗此等物件只取平常不可新異用過一番便須更換如本軍有專派人員在局外國界傳遞探事彼此須預約口號以便會面認識大抵放探愈多愈深得報愈密愈廣互相比較日得眞情又須擇于有電報處所派員總司急遞方爲有益大抵用探之時錢財萬勿計較蓋探者有時又須用深所費亦或不訾又探人寫信須用一種化學特製之紙得有消息用藥水寫上後又用平常黑墨蓋寫別語此信須個中人方知用何藥水刷泡隱字乃現出可讀如探遞所過之國係我本國或係友邦自無難處如專差遣送須用誠樸鄉人勿用市井油滑信須寫在極薄紙條捲好藏入蠟丸或鵝翎管中則一身之中隨處可以想法收藏無虞被人搜去有時無特製之紙可用但用檸檬擠汁用新筆寫上硬紙到時只須用火熨之便字字可見又搭漏電報之法須其人略曉打報身邊藏一種盈握偷電器具隨時隨地搭在綫上則此綫當時所過之報無不周知得此項人十餘衆藏匿敵國敵營之中雖密碼難知而民間常電所論軍情可以全收掌握矣且此人可寄謊電並布風謠令敵守所不必守攻所不當攻此南北在旗戰爭時用探祕術也即此可知統帥之人一切應敵舉動須用無限關防不但不許敵人得知且本軍及左右之人皆不令有察覺蓋本軍所知敵人未有不知者也爲將者不須用言語明欺士卒但無言作用便可令吾所欲爲全軍不覺也又不但本軍欲行之事宜極愼密即吾所得敵情亦不可令本軍知覺是故捕獲生口各國兵法例不許餘人查問捉著時便須送到統帥處屏人密詰蓋事情爲一軍悉知之事敵人無有不知知之亦未嘗不變計且恐將計就計尙何資吾運籌之用也哉以上所列用諜之法不過大畧至臨時神而明之在諸將帥刻找屢戰之後倭且以我爲土木偶人兵法虛虛實實此用間一絶大機會也所列縱未必皆爲有用然亦當悉彼之所學於西法者云何嗣後倘有西人臨陣用兵諸方當謹就所知所聞詳列登覽俾諸君知彼操何術而來我輩所得以裨益時局者如是而已

大帥行期　○欽差大臣劉峴莊大帥原擬初六日榮程嗣以調遣兵勇籌防布置諸事尙多待理改期十三日啓節所部各軍則己陸續由火車駛赴榆關馳往前敵矣

威海軍情　○頃有友接據電信云南幫砲臺己經奪回海軍出戰擊沉倭船三艘水陸兩軍均打勝仗倭人已逃避無蹤惟海軍中之洋員陣亡者不少云未知確否姑錄之以供衆覽

民情愛戴　○前任府憲綿岱東太守創立清泉公所剔除積弊使民利商府經廳繆鏡泉參軍綜理其事毛錢毛帖有犯必懲久爲市廛所欽服昨闔郡錢商敬送匾額曰一方戴恩衣冠齊楚笙管嗷嘈赫耀街衢觀者如堵僉稱恩之感人己非一日云

首犯未獲　○景州辛庄有文童李丹齡者昆仲二人兄己物故向有寡嫂乜氏同居平日頗稱和睦詎於上年冬月夜間忽來數人越牆進院將氏室窗戶砸毀將孀婦搶刦而去及李聞知喊捕賊己遠逸李即報案請緝當蒙州尊驗訊立飭捕快嚴緝當即拏獲趙狗子也三等二犯據供聽憑土着李明山囑使幫同搶人至於李將婦搶去現在何處該犯堅不吐實迄今被搶之婦及首犯仍無着落似此糾人搶刦孀居之婦殊屬目無法紀若不嚴拏懲辦何以儆効尤而安閭里耶

豐年兆瑞　○津郡一帶及各州縣各村莊屢年非水即旱民無蓋藏客冬雪澤又稀三農正深焦盼幸新正初二初三等日雨雪紛紛間外屬有深及數尺者至春融時大可播種春麥可慶豐收矣

捉賭得賞　○守望總局巡查某弁夜間行至東門外南城根有該處土棍王三祘奎元設局聚賭抽頭該弁即將二人抓獲並將賭具一併送縣嚴辦聞該局總辦因該弁勤勞認眞賞給津錢六十餘吊云

訛索滋事　○賭博久干例禁雖新正元旦之期俗稱天下同樂亦不得肆無忌憚在街市開局也有徐七王二者在道署後居住於署前設立骰局昨有某署護院捕盜勇甲乙丙三人向之勒索錢文徐七王二敬以老拳甲乙丙將徐七王二打傷血流被面經道憲呂

光緒二十一年正月初八日
直報
第二版
〇〇二八

觀察聞知飭員拿辦並派值日班差役持片送府未知如何審訊容俟訪錄

澤及乞丐 ○本埠西門外濟急粥廠設立已有多年每冬施粥百日以惠窮黎又自除夕至新正初五日止每日每口加賞津錢一百文昨日開廠照前施放至春融時始停止每冬救活千餘人可謂無量功德

移孝作忠 ○金陵人徐少卿者其父於髮捻擾亂時曾以汗馬功保至都守迨釋甲歸來無以爲業左對孺人右顧稚子窮愁抑鬱遂以病死時徐年方十餘齡涕泣見血里人稱之後以手藝營生而年已長大蠅頭微利不足供其揮霍遂舍本業事武斷以漁利鄉里頗側目焉惟生有血性事母極孝人有憐其貧而獻金爲母壽者必頓首謝曰苟富貴無相忘母病篤刲股進之得愈當順直告災時徐賭勝得數十金歸以奉母母以其不義而却之徐遂悉數充入賑欵母既憐其孝而又惡其不法也遇事輒加裁抑使不得逞徐因之益貧幾至過午不炊近日倭奴犯順其父執有在北方爲將領者徐欲往依之以母年老不敢遠離其母知之乃喚徐謂之曰人誰不死特患不得所耳兒若能爲 國効忠則兒爲義士我爲義母雖死亦復何憾否則菽水之養專取給於招搖撞騙吾甚不樂有汝不才子也徐意遂決因而邀其同類四五人至酒肆中歡呼牛飲與酣攘臂而起曰亡父生時仗劍從戎上馬殺賊下馬作露布迄今言之猶覺凜凜有生氣某屢欲繼父之志所以遲遲不果者以有老母故也今母以大義相責某已志在必行但壯士此去未必生還昔人有百口累卿之語敢以老母相屬同類諾聲如雷徐復舉酒相酬泣數行下飲罷徐歸家束裝策馬徑去壯哉此漢以視身膺閫寄而畏死不前者眞有大淵之別矣然使家無賢母亦無以玉成之也

談兵彙紀 ○倭奴猖獗以來兩江營兵之拔幟北上者不勝屈指當由大憲派員招募新兵分別填駐又於兵力稍薄之處添兵屯守統領營帶各員逐日督率操演務成勁旅署督憲張香帥鄭重防務又派萬總戎本華劉總戎本桂王軍門衍慶等先後分往楚鄂等省再募若干營以資調遣可見省垣兵力已厚有備無患令於崇明江陰吳淞鎮江及淮揚等處亦皆勁旅雲屯大有氣吞東海之勢邇聞香帥續接北洋軍書調取二十營前往助剿遂令某某等營尅日首途此數營皆係三湘子弟身強力健技藝純熟定卜所向有功也○兩江營務處一差早經張香帥札委桂薌亭觀察總辦觀察以刻下防務吃緊誠恐精神或有不到之處爰委水師學堂提調沈仲禮太守幫辦一切太守能操西語幹畧甚優日前又奉香帥之命偕同洋員四人前赴江陰設立一局藉以策應各路砲台蓋因江陰爲長江要隘實與各砲台聲息相通故也並聞水師學堂頭班學生四十人肄業有年於算學管輪駕駛等事頗能通曉太守特選四人挈之同行其長於管輪駕駛者則擬派往輪船精於測量者則擬派往砲台分別委用俾收指臂之效○南洋製造局軍械山積自北洋開戰後解往應用源源不絕現聞香帥委員於鎮江清江浦兩處各設一局專司轉運事宜凡軍械之解往北洋者由金陵啓行交與鎮江局查核數日派船解至清江浦局再由清江轉解北上如此辦理不但沿途防維責有專歸亦無稽延情事誠一妥善之法也

京報節錄

○○頭品頂戴廣西巡撫臣張聯桂跪 奏爲監犯越獄脫逃於五日限內拿獲審明照例議擬恭摺仰祈 聖鑒事竊臨桂縣秋審情實絞犯莫二連於光緒二十年六月廿五日夜越獄脫逃臨桂縣知縣汪煥墀奉委赴陽朔地方會同查勘電杆先期公出該縣典史張琴督飭丁役人等追緝汪煥墀據報馳回會營嚴緝即於六月二十八日縣屬堯山將該犯莫二連拿獲當經臣恭摺奏參請 旨將管獄官臨桂縣典史張琴交部議處臨桂縣知縣汪煥墀會勘電杆先期公出有事由月日可稽逃犯係五日限內拿獲應否免其處分並請 勅部核議一面批司飭府行提犯卷禁卒人等研審據實擬辦光緒廿年十月十二日奉到 硃批刑部議奏欽此當即轉行欽遵去後茲據署臬司張人駿轉據桂林府督同讞局委員提該犯莫二連並禁卒人等審明議擬由司覆審詳解前來臣提犯研鞫緣莫二連籍隸臨桂縣光緒十七年十月二十一日聽從莫良一起意糾同莫四五等發掘明臣張同敞墳塚露出骸骨又先於十七年九月十七日聽從莫良一糾邀挖竊張許氏墳墓開棺見屍均已得贓賣錢分用旋經該前縣訪聞勘驗獲犯審依發掘常人墳塚開棺見屍爲從無論次數絞監候例擬絞監候奏准部覆亡入本年秋審情實發司收禁派禁卒李安周四一看守光緒二十年六月二十五日晚該縣典史張琴赴監收封

監時該犯莫二連刑具完固收監籠封鎖飭令禁卒李安周四一在籠外住宿更夫秦福王積鳳支更巡邏是夜五更時候風雨大作李安等困倦睡熟更夫秦福王積鳳同赴更寮避雨該犯莫二連乘間扭斷鐐銬扳脫籠柵扒上瓦面踰墻逃逸更夫驚覺喊同禁卒追捕不及報經典史張琴督捕無蹤時該縣汪煥墀先期奉委赴陽朔地方會勘電杆於二十五日起程二十六日在陽朔七塘地方接據該典史稟報馳回會營勘訊嚴緝該犯莫二連出獄後潛至西門城脚由水竇鑽出城外逃至縣屬堯山地方天明時因見有人來往不敢行走藏匿巖內夜間偷挖地上紅薯充饑旋經該縣會營派兵役督同典史張琴暨禁卒李安等於是月二十八日馳至山上搜拏將該犯莫二連拏獲押解回縣訊供通稟由司道府揭請　奏　恭批飭提府審辦茲據桂林府會督讞局委員將該犯莫二連及禁卒等審明議擬由司詳解前來臣提犯覆鞫據供前情不諱詰因畏罪獨自起意潛逃禁卒人等實係依法看守一時疎忽並無鬆刑賄縱情弊嚴究不移案無遁飾查例載犯罪囚禁卒獄乘間踰墻脫逃原犯絞監候應入情實人犯改爲立決又監犯越獄如獄卒果係依法看守一時疎忽偶致脫逃百日限內能自捕得准其免罪各等語此案莫二連係犯絞監候情實之犯乘間越獄脫逃旋經捕獲自應照例問擬莫二連合依犯罪囚禁在獄乘間越墻脫逃原犯絞監候應入情實人犯改爲立決擬改爲絞立決禁卒李安周四一依法看守並無鬆刑賄縱情弊實係一時疎忽致該犯莫二連越獄脫逃已於百日限內將犯捕獲還禁應與更夫秦福王積鳳均免治罪業經革役仍不准復充　管獄官於監禁絞候重犯不能小心防範致被乘間越獄脫逃疎忽之咎難辭業於五日限內拿獲兩功抵奪管獄官臨桂縣典史張琴前已請　旨交部議處有獄官臨桂縣知縣汪煥墀先期公出確有事由月日可稽應否免其處分亦已陳請　勅部核議應候部議飭遵除全案供招送部外所有審明議擬緣由恭摺具　奏乞伏　皇上聖鑒　勅部核覆施行謹　奏奉　硃批刑部速議具奏欽此

○○張煦片　再甯武府知府吳鴻恩澤州府知府周天爵隨同臬司張汝梅進京祝　嘏禮成業已回省自應飭回本任以重職守茲據藩臬兩司會詳前來除咨部查照外理合附片陳明伏乞　聖鑒謹　奏奉　硃批知道了欽此

中西書院告白　本書院設立跑馬路已歷八年前因新年放假茲定於正月初十日開館擬招新學生一班欲學者即來本書院報名可也此佈

蓋自唐花之設歷有年矣歲除之前各花局鬥麗爭妍異常炫燿而本莊之所以銷聲斂迹正欲待時而動耳茲於各花局凋零之候正本莊炫麗之時現於花窨中用暖氣烘培各色牡丹已異常鮮艷千紅萬紫洵爲未有之奇而且本莊輕於利市格外價廉望諸君遊展重臨不惜金錢賞玩庶不負本莊巧奪天工之意矣

樂長春主人謹啓

告白　永慶昇平　續永慶昇平　萬年青初二三集　富貴緣　續施公案　彭公案　第三才子　第一奇女　醉茶志怪

花月姻緣　續今古奇觀　巧合奇寃　醒心編　竊寶錄　開闢演義　姚元之先生竹葉亭雜記　徐沅靑觀察宋艷　春秋會義

五十名家尺牘　皆大歡喜　徐沅靑觀察醫方叢活　曾惠敏公全集　日本新政考　日本師船表　日本史畧　湘軍記

東三省地圖　日本地圖　亞西亞圖　後四才子　南北宋　東西漢　後英烈傳　草木春秋　後聊齋　三續聊齋　子不語

奇中奇　後列國　後三國　說唐征西　飛龍傳　綠牡丹　笑中緣　英雲夢　七俠五義

文美齋謹啓

啓者敝莊發兌書帖圖譜由申揀選印精裝良紙張潔白廉價出售早蒙　官紳士子垂靑賜顧特由旱班運到新出各種地圖時務各書名目繁多不及備載寄售宋板唐文粹竹葉亭雜記孫過庭書譜欲通知時事者　駕臨購取可也

天津北門外萬壽宮迤東嫏嬛書莊謹啓

敬啓者本館現於本年元旦出報因排報之鉛字各路之採訪主筆之西儒須開河後方能齊集姑先按日出報四幅以副　諸公望報之懷二月之望即照舊例報價因用洋紙每份售制錢十文仕商告白減價三個月以廣招徠其餘各事均循中西報館章程辦理特此啓知伏祈　公鑒

直報館謹啓

直報

光緒二十一年正月初十日 第八號
西曆一千八百九十五年二月初四日 禮拜一

論世變之亟　大帥行期　更換統帶　晦官逞兇
車夫可憐　履冰宜慎　貪利忘害　尙愼旃哉
責在家督　貴有治人　東倭雜記　京報節錄
告白照登

論世變之亟

嗚呼觀今日之世變蓋自秦以來未有若斯之亟也夫世之變也莫知其所由然强而名之曰運會運會既成雖聖人無所爲力蓋聖人亦運會中之一物既爲其中之一物謂能取運會而轉移之無是理也彼聖人者特知運會之所由趨而逆覩其流極唯知其所由趨故後天而奉天時唯逆覩其流極故先天而天不違於是裁成輔相而置天下於至安後之人從而觀其成功遂若聖人眞能轉移運會也者而不知聖人之初無有事也即如今日中倭之搆難究所由來夫豈一朝一夕之故也哉嘗謂中西事理其最不同而斷乎不可合者莫大於中之人好古而忽今西之人力今以勝古中之人以一治一亂一盛一衰爲天行人事之自然西之人以日進無疆既盛不可復衰既治不可復亂爲學術政化之極則蓋我中國聖人之意以爲吾非不知宇宙之爲無盡藏而人心之靈苟日開瀹焉其機巧智能可以馴致於不測也而吾獨置之而不以爲務者蓋生民之道期於相安相養而已夫天地之物產有限而生民之嗜欲無窮孳乳寖多鐫鑱日廣此終不足之勢也物不足則必爭而爭者人道之大患也故寧以止足爲教使各安於樸鄙顓蒙耕鑿焉以事其長上是故春秋大一統一統者平爭之大局也秦之銷兵焚書其作用蓋亦猶是降而至於宋以來之制科其防爭尤爲深且遠取人人尊信之書使其反覆沈潛而其道常在若遠若近有用無用之際懸格爲招矣而上智有不必得之憂下愚有或可得之慶於是舉天下之聖智豪傑至凡有思慮之倫吾頓八紘之網以收之即或漏吞舟之魚而已暴顋斷耆頹然老矣尚何能爲推波助瀾之事也哉嗟乎此眞聖人牢籠天下平爭泯亂之至術而民智因之以日窳民力因之以日衰其究也至不能與外國爭一旦之命則聖人計慮之所不及者也雖然使至於今吾爲吾治而跨海之汽舟不來縮地之飛車不至則神州之衆老死不與異族相往來富者常享其富貧者常安其貧明天澤之義則冠屨之分嚴崇柔讓之教則囂凌之氛泯偏灾雖繁有補苴之術萑苻雖夥有勦絕之方此縱難言郅治乎亦用相安而已而孰意患常出於所慮之外乃有何物泰西其人者蓋自高顴深目之倫雜處此結衽編髮之中則我四千年文物聲明已渙然有不終日之慮逮今日而始知其危何異齊桓公以見痛之日爲受病之始也哉夫與華人言西治常苦於難言其眞存彼我之見者弗察事實輒言中國爲禮義之區而東西朔南凡吾王靈所弗屆者舉爲犬羊夷狄此一蔽也明識之士欲一國曉然於彼此之情實其議論自不得不存是非善否之公而淺人怙私常訾其譽仇而背本此又一蔽也而不知徒塞一己之聰明以自欺而常受他族之侵侮而莫與誰何忠愛之道固如是乎周孔之教又如是乎公等念之今之夷狄非猶古之夷狄也今之稱西人者曰彼善會計而已又曰彼擅機巧而已不知吾今兹之所見所聞如汽機兵械之倫皆其形下之粗迹即所謂天算格致之最精亦其能事之見端而非命脈之所在其命脈云何苟扼要而談不外於學術則黜僞而崇眞於刑政則屈私以爲公而已斯二者與中國理道初無異也顧彼行之而常通吾行之而常病者則自由不自由異耳夫自由一言眞中國歷古聖賢之

所深畏而從未嘗立以爲教者也彼西人之言曰唯天生民各具賦畀得自由者乃爲全受故人人各得自由國國各得自由第務令毋相侵損而已侵人自由者斯爲逆天理賊人道其殺人傷人及益蝕人財物皆侵人自由之極致也故侵人自由雖國君不能而其刑禁章條要皆爲此設耳中國理道與西法自由最相似者曰恕曰絜矩然謂之相似則可謂之眞同則大不可也何則中國恕與絜矩專以待人及物而言而西人自由則於及物之中而實寓所以存我者也自由既異於是羣異義然以生粗舉一二言之則如中國最重三綱而西人首明平等中國親親而西人尚賢中國以孝治天下而西人以公治天下中國尊主而西人隆民中國貴一道而同風而西人喜黨居而州處中國多忌諱而西人衆譏評其於財用也中國重節流而西人重開源中國追淳樸而西人求驩虞其接物也中國美謙屈而西人務發舒中國尚節文而西人樂簡易其於爲學也中國誇多識而西人尊新知其於禍災也中國委天數而西人恃人力若斯之倫舉有以中國之理相抗以竝存於兩間而吾實未敢遽分其優絀也　此稿未完

大帥行期　○都門訪事人來函云欽差大臣節制各軍劉大經略請訓出都已逾旬日前敵軍情十分緊急日盼大帥節麾猶如望歲聞有某侍御封章言事微嫌帥節稽延諭令速出關等語按峴帥抵津不過十日既屬總統師干一切布置不得不益加詳愼且所部各營已陸續就道運轉機密非外人所知纔祇一旬何得謂之延緩現聞已諏定十二日啓行元夜奪崑崙古來佳話行見節旄所指定有一番奇勛偉業也

更換統帶　○倭人釁開兵端本郡自去秋即辦防堵經綱商王益齋觀察倡集捐欵稟請　督鹽憲奏派署天津鎮吳軍門爲統領挑練千人名曰薦勇計正副兩營駐紮海大道之雙港地方勤加操練數月以來已著成効惟吳軍門公務繁多兼之舊傷復發力難兼顧深恐貽悞事機厥咎非細因即稟請　傅相改委接統現已札委統領樂字營馬隊梅東益軍門管帶於初六日到營視事按梅軍門統領馬隊駐巡滄鹽一帶已二十餘年巡緝撫綏不遺餘力兵民極爲愛戴即今又兼統薦勇自必勝任愉快

哨官逞兇　○日昨有某營哨官哨長偕往西門北書場聽大鼓書消遣至夕陽在山興盡而返忽稱遺失當票一紙率領哨下勇丁多名持械尋至南馬道捕役下處將捕役甲乙二人大肆毆打隣右聞聲解勸詎勇丁皂白不分將勸解人劉某用斧頭斫傷並有刃傷數處呼嘯散去該捕已將受傷之人抬往縣署請驗聞邑尊已函稟該營滋事之哨官哨長送營務處懲辦矣

車夫可憐　○本郡東洋車初興之時車輛無多車價甚昂每一車日得千文數百文不等儘能仰事俯蓄迨至繁興以後城廂內外多至四五千輛車價因而頓減甚或終日街頭不得一飽者亦可憐矣近來大兵過境各兵勇視此異製他省所無因亦高興雇坐照道里給價者固不乏人有一種無賴兵勇往往不名一錢向之索値則以老拳從事昨閙口大街一肩不付車錢及向其討要反遭毆打該車夫多係無業窮民按月尚須納捐竟有全家賴此餬口者其事極勞其情極苦所願從征勇士鑒此苦情勿惜蠅頭以彰虎炳幸甚幸甚

履冰宜慎　○客冬津郡天氣和煦雖三九亦無大冷玉河上下西河雖皆結冰殊不堅實業冰槎者橫衝直撞每肇禍端昨有友人自靜海來爲言河中層冰較往年亘不及半所乘冰槎動輒蹈險幾乎險遭不測囑爲登報普告乘冰槎及履冰而渡者愼益加愼是亦衛生之一道也

貪利忘害　○天津駐防各軍操場向有示禁不准閒人拾取彈子蓋恐偶爾不愼觸彈斃命也近來大兵過境雲集水流每有暫住一二日者擇地操練打靶無知小民爭拾彈殼以取微利雖經各該營出示禁止若輩貪利忘害置若罔聞昨西窰窪孫姓之子年十六歲身手本極伶俐見有打靶者爭先恐後伏行檢取詎被彈子擊中登時斃命以爭區區薄利而冒不測之險爲父兄者何其漠不關心至於此極耶

尚愼旃哉　○客冬有東門內程姓子年十七歲賴孀居之祖母生母撫育得以成人以小本營生爲事計其人性執因索欠不得致成心疾某日之夜就醫回家途遇巳員某委官言語之間觸官怒責百四十棍本以病軀後膺重責歸去即斃投經道署委訊令即棺殮嗣有任魯仲連者出爲調停令某官給養贍貲作爲罷休迄已月餘尚未了結吁有責人之柄者尚愼旃哉

責在家督　○津郡天后宮神靈赫濯四方之進香祈禱者常年如市每屆天后宮元旦闢廟之期善男信女膜拜神前尤如恒河沙數其中以婦女爲最多第查婦女入廟燒香久干例禁而上年水旱成災外鄉無業游民匿跡於津門者已屬不少兼之大兵過境街市如蟻若聾亦有入廟觀瞻者每於婦女叢中挨挨擠擠殊屬不成事體倘再滋生事端咎將誰委有家督之責者所當嚴行禁止倘因燒香致禍悔將莫及況焚香叩禱原屬一片致誠之心只要心虔自有神佑又何必親身入廟所願家督各督其家有地方之責者出示嚴禁庶可安帖無事乎亦地方之福也

貴有治人　○國寶所貴者流通所禁者銷毀廣東前因制錢短少經張香帥設局用淨銅鼓鑄字畫分明銅質精潔民生實利賴焉自香帥移節湖廣數年以來銅錢雖照常開鑄而街市從未見新錢究其故蓋因有一種奸商將新錢帶赴海外銷燬售與銅廠較以錢易銀稍有利益嗟乎　國家設立爐廠不惜工本鑄此新錢冀便民也而奸商圖一己之私不顧公家之利害此其肉尚足食乎然有治法尤貴有治人不能不責望于巖巖爲民上者

東倭雜記　○倭奴肇亂以來本館添派熟悉彼國情形之友人前往偵訪昨日得來簡云大阪商船會社宇治川丸於倭歷十二月十二號拖帶天赦丸帆船由馬關出口行經愛媛縣風早郡船內忽然火起黑烟一捲人貨俱空計船內共有三十餘人或在煨燼之中或赴波濤之內所存者惟船板數片而已○橫濱十六番復興昌洋服店主董阜成自遭倭亂閉店而回倭歷十二月二十號東京朝日新聞忽造作謠言云董返申江華官疑是諜人致全家六人悉被殺害無中生有殊可笑也又有寧波人王漆園匿迹東京日本橋暗偵機密倭官飭線人四處嚴緝務獲究懲實則王早已回華刻在南潯縣爲幕友云○倭歷十二月八號黃昏時巖手縣千厩　字本　三丁目尖火延及一丁目四丁目等處火光四射烈燄迷天至次晨九點鐘時始息計焚去百餘戶郵便局警察署同遭回祿之災○有名哈西拉丹米者譯爲半白玉昔年樹豔幟於　沱江上花光人面掩映生姿王謝名流屢綦常滿今已垂垂老矣夏間嫁水谷榮之助爲室浮梁茶客重利輕離秋月春風未免等閒虛度乃挈家至橫濱埠設酒肆於華人街一百四十六番時藉阿芙蓉膏爲引蝶招蜂之計倭歷本月二十夜突有巡差　門而入時適有華人數輩在室中短笛橫吹聞警之餘飛步逃脫祇獲哈西拉丹米以去由警察署押送裁判所定以監禁六年○小林眞太郎爲長野縣第十九國銀行支配人家有巨貲優游自得近者聞倭主欲重開議會强偪民間籌備軍需深恐耗損家貲乃入暗室中持刀自刎亦可憐已　錄中報

京報節錄

○○尚書銜安徽巡撫臣福潤跪　奏爲審明游勇搶刦得贓按例分別定擬並先照章就地正法以昭炯戒恭摺仰祈　聖鑒事竊據渦陽縣詳報事主李書奎家被搶行刦得贓一案先經該縣張樹建會營勘緝獲犯相和尚即相浮謹相江即相憪與張馬三名訊據供認係該犯相和尚起意糾邀相江等行刦本案得贓該犯張馬臨時畏懼不行事後亦未分贓並究出相和尚相江等二犯係已革游勇另犯從刦事主孔昭殿藥店得贓不諱即經備錄供招稟經前撫臣沈秉成以案情重大批飭鳳潁道札委蒙城縣知縣胡肇祺會同該縣覆訊明確將相和尚相江等二犯先行就地正法梟首示衆並將行刑日期具報在案茲據該縣以逃犯李一等屢緝無獲先就現犯張馬覆訊議擬由府詳經鳳潁道核明移由署臬司丁峻轉詳到臣詳加覆核緣相和尚即相浮謹相江即相憪與張馬分隸渦陽及河南柘城等縣相和尚相江先俱在營當勇因事遣革與張馬游蕩度日先未爲匪犯案光緒十九年二月廿四日該犯等在該縣石弓山地方先地會遇素識在逃之李一楊蕣張蘇張茹田學朱奪田馬各道貧難相和尚稔知李書奎家道殷實起意糾刦得贓分用各犯允從即於是夜二更時分在僻處會齊相和尚携洋鎗相江帶小刀張馬徒手餘各分帶洋鎗刀械不等一共十人行至中途張馬心中畏懼乘間落後逃回相和尚等偕抵事主門首翻墻進院撞開二門進內刦得銀錢衣物開門逃跑同逸至僻處點贓俵分各散事主投保報經該前署縣張建會營勘緝獲犯相和尚等到案訊悉前情並究出相和尚與相江均係已革游勇另犯從刦事主孔昭殿藥店得贓不諱錄供稟經前撫臣沈秉成批道委員覆審明確將該二犯先行就地正法梟示在案茲據該縣以逸犯李一等屢緝無獲先就現犯覆訊議擬由府詳道移司核

議轉詳前來奴才覆查此案既經　顯道核明無異應即擬結查律載強盜已行但得財者不分首從皆斬又例載共謀為強盜夥犯臨時
畏懼不行事後不分贓　杖一百又光緒十三年通行強刦之案但有一人執持洋鎗在場者不論曾否傷人不分首從均擬斬立決梟示
各等語此案相和尚等以遣革游勇輒敢起意糾刦事主李書奎家入室搜贓實屬不法自應按律問擬相和尚即相浮謹相江即相僎雨
應如該府司所擬均合依強盜已行但得財者不分首從皆斬律各擬斬立決該犯相和尚執持洋鎗應照通行各加梟示該犯等向有
夥刦事主孔昭殿藥店得贓一案罪名相等應歸此案擬結業已照章先行正法應毋庸議張馬聽糾夥結臨時畏懼不行事後亦未分贓
亦應按例問擬張馬應如所擬合依共謀為強盜夥犯臨時畏懼不行事後不分贓者杖一百例擬杖一百事犯到官均在光緒廿年八月
十六日恭逢　恩詔以前所得杖罪應請援免後再犯加一等治罪餘訊無另犯窩夥竊刦別案及同居親屬分贓牌保得規包庇情事
逃後亦無知情容留人家應與該犯張馬在外為匪無從覺察之原籍牌保均毋庸議失察相和尚為匪之牌保照例提責失贓照估追賠
器械洋鎗小刀供棄免追逸犯李一等飭緝獲日另結此案首夥十人謹於疏防限內拿獲首夥三名疏防職名飭取另參孔昭殿藥店被
刦一案飭縣另行詳辦除供招咨部外理合恭摺具　奏乞伏　皇上聖鑒　勅部核覆施行謹　奏奉　硃批刑部議奏欽此
○○德馨片　再本年七月間德化瑞昌二縣因山洪陡發沖倒房屋淹斃人口沙塞田畝經臣飭司籌欵委員前往賑撫前於月報雨水
情形案內先後奏報在案茲據署藩司裕昆詳所有前奏籌發德化瑞昌二縣賑撫銀兩當即在於米穀釐金項下籌發庫平銀三千兩札
委試用知縣吳政修領銀一千兩帶往德化縣補用知縣劉均領銀二千兩帶往瑞昌縣會同各該縣確切查明被災戶口將銀照債易錢
核實[illegible]放嗣據該二縣會同委員以散放完竣稟奉批飭另行造册出結詳稱報銷又經由司轉飭遵照茲查此項米穀釐金銀兩前於
光緒十六年經牙釐總局詳奉　奏明在於湖口卡總抽出境米穀釐金另欵存儲專備本省賑濟等項之用今于米穀釐金內撥發德化
瑞昌二縣水災賑撫銀兩核與奏案相符等情詳請具　奏前來臣覆核無異除咨戶部查照外所有德化瑞昌二縣猝被水災已查明發
欵撫恤緣由理合附片陳明伏乞　聖鑒訓示謹　奏奉　硃批戶部知道欽此

蓋自唐花之設歷有年矣歲除之前各花局門麗爭妍異常炫燿而本莊之所以銷聲斂迹正欲待時而動耳茲於各花局凋零之
候正本莊炫麗之時現於花窖中用暖氣烘培各色牡丹已異常鮮豔千紅萬紫洵為未有之奇而且本莊輕於利市格外價廉望諸君遊
展重臨不惜金錢賞玩庶不負本莊巧奪天工之意矣　樂長春主人謹啓

告白　永慶昇平　續永慶昇平　萬年青初二三集　富貴錄　續施公案　彭公案　第三才子　第一奇女　醉茶志怪
花月姻緣　續今古奇觀　巧合奇寃　醒心編　繡寶錄　開闢演義　姚元之先生竹葉亭雜記　徐沅青觀察宋[illegible]　春秋會義
五十名家尺牘　皆大歡喜　徐沅青觀察醫方叢活　曾惠敏公全集　日本新政考　日本師船表　日本史畧　湘軍記
東三省地圖　日本地圖　亞西亞圖　後四才子　南北宋　東西漢　後英烈傳　草木春秋　後聊齋　三[illegible]聊齋　子不語
奇中奇　後列國　後三國　說唐征西　飛龍傳　綠牡丹　笑中緣　英雲夢　七俠五義　文美齋謹啓

啓者敝莊發兌書帖圖譜由申揀選印精裝良紙張潔白廉價出售早蒙　官紳士子垂青賜顧特由旱班運到新出各種地圖時
務各書名目繁多不及備載寄售宋板唐文粹竹葉亭雜記孫過庭書譜欲通知時事者　駕臨購取可也
天津北門外萬壽宮迤東嫏嬛書莊謹啓

本直報分處寓城內天津府署西三聖菴西紫氣堂粱子亨便是　諸君賞鑒閱報賜一字函分送不悞敝處由上海寄津新聞
報紙　字林滬報　代送申報各樣報紙均有十庶官商賜顧多蒙賞閱　直報分處粱子亨謹啓

敬啓者本館現於本年元旦出報因排報之鉛字各路之採訪主筆之西儒須開河後方能齊集姑先按日出報四幅以餐　諸公
望報之懷二月之望即照舊例報價因用洋紙每份售制錢十文仕商告白減價三個月以廣招徠其餘各事均循中西報館章程辦理特
此啓知伏祈　公鑒　直報館謹啓

直報

光緒二十一年正月十一日　第九號
西曆一千八百九十五年二月初五日　禮拜二

上諭恭錄　續論世變之亟　滬督行期　委購槍械
聯絡漁戶　荷戈瞻行　大令維新　新春誌喜
嚴防祁口　嚴押候辦　紅帖欺人　慝歛貽殃
義薄雲天　蘇臺捐議　京報節錄　告白照登

上諭恭錄

上諭英廉奏假期屆滿病仍未痊懇請賞假並派員署理差使一摺[illegible]紅旗漢軍副都統英廉着即行開缺欽此　上諭前據刑部奏革員張照與拿解到部當交刑部嚴訊按律定擬具奏茲據御史蔣式芬奏稱確訪該革員委棄旅順實在情形請歸案訊究等語即着按照該御史所指各節歸入前案一併嚴訊具奏欽此　軍機大臣面奉　諭旨奉天府府丞兼學政李培元奏內地抬槍爲行軍利器請飭各省設法製辦兼造內地火藥酬以重賞等語着　部議奏欽此　上諭巴克坦布等奏請將偷竊官物人犯交部審辦一摺所有拿獲之劉米順着交刑部嚴行審訊按律懲辦欽此　[illegible]廂紅旗漢軍副都統着長萃補授欽此　上諭巡視北城御史齊蘭等奏粥廠窮民擁擠斃命一摺上年十二月三十日梁家園粥廠照章加放饅首貧民人數過多爭先恐後致被擠斃多名覽奏殊堪憫[illegible]業經該城分別查驗撫恤因思各城皆有粥廠着各該御史轉飭紳董嗣後務當妥定章程盡心經理並多派人夫設法照料以全善舉而恤窮黎欽此

接續論世變之亟

自勝代末造西旅已通迨及　國朝梯航日廣馬嘉尼之請不行東印度之師繼至道咸以降持驅夷之論者亦自知其必不可行羣喙稍息於是不得已而連有廿三口之開此郭侍郎罪言所謂天地氣機一發不可復遏士大夫自怙其私求抑遏天地已發之機未有能勝者也自蒙觀之夫豈獨不能勝之而已蓋未有不反其禍者也惟其遏之愈深故以禍之發也愈烈不見夫激水乎其抑之不下則其激也不高不見夫火藥乎其塞之也不嚴則其震也不迅三十年來禍患頻仍何莫非此欲遏其機者階之厲乎且其禍不止此究吾黨之所爲蓋不至於滅四千年之文物而驅致於瓦解土崩一渙而不可復收不止也此眞泯泯者智慮所萬不及知而聞斯之言未有不指爲奸人之言助夷狄恫喝而扇其燄者也夫爲中國之人民謂其有自滅同種之爲所論毋乃太過雖然待鄙言之方西人之初來也持不義害人之物而與我搆難此不獨有識所同疾即彼都人士亦至今引爲大詬者也且中國蒙　累朝列聖之庥幅員之廣遠文治之休明度越前古遊其宇者自以謂橫目冒耏之倫莫我貴也乃一旦有數萬里外之荒服島夷鳥言夔面飄然戾止叩關求通所請不得遂爾突我海疆虜我官宰甚而至焚燬宮闕震驚　乘輿當是之時所不食其肉而寢其皮者力不足耳謂有人焉伈伈俔俔低首下心講其事而咨其術此非病狂無恥之民不爲是也是故道咸之閒斥洋務之汙求驅夷之策者智雖闇於不知術或操其己促然其人謂非忠孝節義者徒殆不可也然至於今之時則大異矣何以言之蓋謀國之方莫善於轉禍而爲福而人臣之罪莫大於苟利而自私夫士生今日不覩西洋富強之效者無目者也謂不講富強而中國自可以安謂不用西洋之術而富強自可致謂用西洋之術無俟於通達時務之眞人才皆非狂易失心之人不爲此然則印纍綬若之徒其必矯尾厲角而與天地之機爲難者其用心蓋可見矣善夫姚郎中之言曰世固有寗視其國之

危亡不以易其一身一瞬之富貴故推鄙夫之心固若曰危亡危亡尚不可知即或危亡天下共之吾奈何令若輩志得而自退處無權勢之地乎孔子曰苟患失之無所不至故其端起於大夫士之怙私而其禍可至以亡國滅種四分五裂而不可收拾由是觀之僕之前言過乎否耶噫今日倭禍特肇端耳俄法英德旁午調集此何爲者此其事尚待深言也哉尚忍深言也哉詩曰其何能淑載胥及溺又曰瞻烏爰止心搖意鬱聊復云云知我罪我聽之閱報諸公

滇督行期　○雲貴總督王夔石大帥奉
旨幫辦北洋頃接都門來信云夔帥大約十三日請
訓十五日出都抵津復駐紮何處再爲定奪等語按夔帥風歷中外二十餘年老成碩望人所共欽今幫辦北洋與爵帥共事一方韓范同舟當不讓古人專美已

委購槍械　○總統關內外各軍欽憲劉大帥諏定十三日出關已紀昨報茲聞大帥因軍中需用槍械尚不足數札委邑尊李大令代買抬槍二百桿子彈十萬顆每桿發價十五兩限日購齊運赴軍前應用又營中需用書手亦札飭大令招募諳練公務字迹端正書寫迅速之人十二名限日赴營務處報名考驗批取

聯絡漁戶　○前署滄州縣慕韶刺史孝先奉道運兩憲委赴滄鹽一帶勸辦聯莊鄉勇頗有成效已登昨報茲悉又募勇丁作爲嚮報既可探事又可禦敵誠屬一舉兩益刺史復以海港紛歧該處漁船大小不計其數酌定章程各給執照准其演練火槍抬槍隨時候調昔年所稱槍排得勝者即此類也況漁戶皆係土著保家念切自可圖功是亦團防中一善策也

荷戈贈行　○昨登謫臣行色五律二章閱者皆以爲立言得體茲又有無補時報人七絕一首錄之以供衆覽詩曰　一疏驚大
天語溫忠肝義膽照千秋荷戈出塞君恩重從此胡銓專美不

大令履新　○署獻縣朱珊淵司馬自去歲蒞任以來適值水災徧野撫恤災民廣籌賑欵不遺餘力太夫人迎養在署樂善爲懷出貲助賑全活無算詎於客冬仙逝司馬丁憂闔屬蒸民同聲一哭現經憲委孫大令清華前往接替已於初六日榮程赴任矣

新春誌喜　○每屆日麗風和春回大地實人生一大快事新正初十日辰刻立春初九日迎春春牛牧童由天后宮進東門文武各衙署前行走至府署始停府憲沈太守率所屬印委各官行二拜六叩禮禮畢隨炮名曰穩春春牛藍頭藍蹄黃身黑尾牧童皂衣皂鞋手持紅番蔴藜燈一個說者以爲春牛乃隨煬帝牧童不知何許人俗稱岳麻子曰包公之子自係無稽之談然自此春光明媚天壤間又見一番更新氣象所願迅埽欃槍一階如祇
聖天子億年無疆之業不禁百頓首以頌之

嚴防祁口　○小站之南祁口海港前經倭船游弋曾紀報端茲悉上憲以該口現值冰凍淺灘一片淤沙皆經凍實難免倭人窺伺除飭津勝三十營分半移駐該口復於昨前兩日派豫靖六營前往塡紮軍容如火如荼倭人縱有狡謀平原接戰非其所長若果放胆前來當必使之隻輪不返也

嚴押候辦　○昨道憲呂觀察拿獲署前開賭之徐七王二並護院勇訛索錢文一併送府一則已紀前報茲悉府憲沈太守即日審訊訛索錢文直言不諱將甲乙丙飭頭班皂役各責五百板徐七頭顱木傷一處王二腰腿木傷兩處經仵作查驗屬實取保醫治候痊照例懲辦先將護院勇三名帶鐐嚴押

紅帖欺人　○本郡每屆新年士庶往返拜賀均懷挾紅紙錢帖分給孩童賞與僮僕以示吉利即觀劇購燈亦已紅帖爲簡便無如近年以來竟有遊手好閒無賴之輩藉紅帖爲謀騙者捏造字號開寫數十百張故將住址刷印糢糊到處浼人使用以錢數無多人皆爲其所誤迨至持帖取錢每以悍婦應門支延時日甚或隱匿不見日久竟成廢紙歷日府憲洞悉其奸屢經出示禁止所以安閭閻而杜欺騙甚惠政也殷實出帖之家更宜遵示認眞辦理何得陽奉陰違依然仍出紅帖以致各項鋪戶以及奸民無賴等有所藉口豈非抗違憲諭自貽伊戚耶出紅帖者愼勿故態復萌也

匣斂貽殃　○交河縣屬泊頭章傑三者家資富足捐有職銜前因其父逝世章即從豐入殮所有衣衾極爲華麗並以珠寶等物納諸棺內發引時又極爲熱鬧因而被匪人垂涎於去臘被賊將墓柩刨毀棺開屍露所有珠寶概行刼去迨守墓之人知覺飛速報知章

聞信痛恨欲死即行前往驗視立行赴縣報案雖蒙邑尊勘驗尙未悉能弋獲贓賊否

義薄雲天 ○近日上海廣肇公所潮州會館粵東士民出有檄文一道貼示壁間由友人抄寄照錄以供衆覽畧謂倭人無故啓釁擾我藩屬殺我兵民侵我疆土凡有人心莫不同憤故自軍興以來粵東全省設立忠義堂捐金助餉踴躍輸將百粵子弟環甲執兵以待號召無非欲迅掃妖氛湔除國恥前林君國祥力戰牙山以少擊衆死而復生鄧公世昌奮不顧身大鹿島之戰以一艘燬倭一艦以死報國忠義凜然不愧百粵男子況今中國各路大兵雲集糧械山積倭奴勞師襲遠餉運維艱死亡枕藉此正天亡之時也從此好男兒一鼓作氣乘險據塞固壘深溝爲堅壁淸野之計以老其師彼倭奴進不得戰退無所掠然後以精銳絕其糧道搗其中堅將使片甲不回隻輪不返埽欃槍而淸妖孽復藩屬而報國讎豈非普天臣民之一大快事哉不謂本省竟有不肖某某辜恩誤國全身保家不思修我戈矛同仇敵愾遽欲靦然面目泥首求和將令五嶺蒙羞珠江貽恥粵東數百年忠義之名直欲斷送此人之手凡我同鄉誰不切齒痛恨茲聞欲到滬江如有假館廣肇公所潮州會館請即鳴鼓而攻荷戈而逐勿使貪人敗類辱我邦家若自慚形穢別營棲身亦不准認爲同鄉與之晉接有渝此言神明共殛特檄佈聞粵東士民公具云云聞張貼未。即被同帮老成扯去即此可見粵人之尙義也

蘇臺捐議 ○蘇省舉辦息借商欵一節刻聞己有端倪計九邑典當九十六所合共捐借兩項得銀十萬兩錢業各店共借銀一萬五千兩洋貨二萬兩布莊五萬兩顧繡二萬兩綢緞五萬兩醬園米店二萬兩絲行三萬兩其餘各業亦有認借者均由各公所董事齊集欵項呈繳藩庫

京報節錄

○○福潤片 再據徽甯池太廣道袁昶禀稱側聞江海各防需餉浩繁該道祖父袁明誠父袁世紀遺命撥存產業資財留爲地方善舉如有軍需緊急即可報効輸忱現惟謹奉先訓將遺下資財湊集庫銀報効軍餉曹平銀五千兩刻日解交省城支應局兌收等情當經臣飭令批解藩庫存儲俟有便員搭解戶部交納充餉臣查定例士民人等捐銀至千兩以上實於地方有裨益者均請 旨建坊給予樂善好施字樣茲該道袁昶念切時艱仰承先志捐助軍需銀五千兩實屬見義勇爲有禆時局相應仰懇 天恩俯准該道袁昶爲其故祖父袁明誠故父袁世紀在本籍自行建坊給予樂善好施字樣以示 旌奬而昭激勸除咨戶禮二部外謹會同署兩江總督臣張之洞附片具陳伏乞 聖鑒訓示謹 奏奉 硃批着照所請該部知道欽此

○○張聯桂片 再定例未經筮仕人員如捐過班分發各省令該督撫詳加察看試用一年期滿如果才堪勝任即據實奏明留於該省遇有相當缺出酌量題補等因茲查有分缺先補用知縣李恒業已試用一年期滿據藩臬兩司出具考語詳請留省照例補用前來臣詳加察看該員李恒業精明練達辦事勤能歷奉差委並無貽誤應請留於廣西遇有缺出照例補用除將該員履歷送部外謹會同兩廣總督臣李瀚章附片陳明伏乞 聖鑒訓示謹 奏奉 硃批吏部知道欽此

○○尙書銜安徽巡撫臣福潤跪 奏爲特參知縣虧短交代欵項請革職拿問監追查抄恭摺仰祈 聖鑒事竊照安徽省交代自准戶部奏定新章飭令悉依例限交收結報如有遲逾虧短即行照章參辦等因迭經通飭遵辦並由藩司隨時實力整頓嚴催淸結其有欠交銀欵屢催不解各員均經先後詳請 奏參分別追繳在案茲查有撤任繁昌縣知縣葉鴻基係浙江慈谿縣人前在該縣任內經徵接徵光緒十七八九二十等年分地丁存俸驛站津倉魚蘆各課南米豆折漕糧米折正雜正耗及附儲欵除抵實短少銀二萬四千八百餘兩疊次由司嚴札飭催勒限完解該員任意玩延猶復藉詞支飾據署知縣查明欠數開具摺結詳由該管道府揭報署布政使阜鳳林會同署按察使丁峻詳請 奏參前來臣查州縣交代正雜錢糧絲毫均關 國帑不容稍有短欠乃該員在任時既不隨時報解迨交卸後又復任催罔應有意拖延所有虧短欵項爲數甚鉅亟應從嚴參辦以肅功令而儆玩愒相應請 旨將繁昌縣知縣葉鴻基即行撤缺革職拿問監追提集經手丁胥人等從嚴審訊究明是侵是挪按律勒追擬辦該員歷過任所寓所有無資財寄頓飭司嚴密查封一面由臣

飛咨浙江撫臣迅飭查抄該員原籍家産儘數估變[illegible][illegible]抵以重庫款所遺緊昌縣員缺安徽省現有應補人員應請留外揀補以示分省吏部戶部暨浙江撫臣查照外謹會同兩江總督臣張之洞恭摺具陳伏乞　皇上聖鑒　訓示謹　奏奉　硃批另有旨欽此

〇〇尚書銜安徽巡撫臣福潤跪　奏爲安徽省候補人員仍形擁擠請再展停分發一年以冀疏通恭摺仰祈　聖鑒事竊查安徽省前因各項候補人員擁擠日甚　奏請停止分發一年嗣屆期滿仍未疏通上年十一月間經前撫臣沈秉成會摺　奏請展停分發一年旋准吏部議覆自光緒十九年十二月二十四日限滿之日起再停止分發一年俟一年期滿後即行照常驗看分發等因光緒二十年正月二十一日具　奏奉　旨依議欽此轉行遵照在案茲查自十九年十二月二十四日起至本年十二月二十四日止展限一年已屆期滿自應循照部議即行照常驗看分發惟念請停分發原爲疏通候補人員整頓吏治起見乃自停分以後州縣佐雜僅出三十餘缺而當將停未停之際各該員聞風赶辦爭先稟到以及各項正途並應補人員由部籤掣到省者竟四十餘員是徒有停止之名並無疏通之實瞬屆展限期滿若使分發遂開捐則報捐指省者又將接踵而來實有人滿之患補署固屬無期差委亦難徧及困守日久流弊易滋即使甄別加嚴隨特淘汰而去者不敵來者之數仍未足以清治源臣與藩臬兩司體察情形公同商議擬請將捐納保舉兩項自道府以至未入流等官俟二十年十二月二十四日一年期滿後再展停分發安徽一年庶已到省者逐漸疏通而未至者免其壅滯於澄敘官方之道稍有裨益其在部籤掣各項正途人員仍請照常分發以示區別而符定章據署布政使員鳳林署按察使丁峻會詳請　奏前來臣謹會同署兩江總督臣張之洞恭摺具陳伏乞　皇上聖鑒訓示謹　奏奉　硃批吏部議奏欽此

〇〇譚鍾麟片　再福建閩安協副將員缺接准部咨以儘先副將鍾紫雲題補奉　旨允准行令送部引　見等因查閩安係省城咽喉防務最爲吃重該員鍾紫雲先行委署是缺辦理南北岸砲台兼帶恪靖營勇駐防海口深資得力未便更易生手向來帶兵在營人員先給署劄歷經　奏准有案合無仰懇　天恩俯念海防緊要准將該副將鍾紫雲暫緩北上先給署劄發領以昭信守俟防務稍鬆再行給咨送部謹附片具陳伏乞　聖鑒訓示謹　奏奉　硃批着照所請兵部知道欽此

蓋自唐花之設歷有年矣歲除之前各花局鬥麗爭妍異常炫燿而本莊之所以銷聲斂迹正欲待時而動耳茲於各花局凋零之候正本莊炫麗之時現於花窖中用暖氣烘培各色牡丹已異常鮮艷千紅萬紫洵爲未有之奇而且本莊輕於利市格外價廉望諸君遊展重臨不惜金錢賞玩庶不負本莊巧奪天工之意矣

樂長春主人謹啓

告白　永慶昇平　續永慶昇平　萬年青初二三集　富貴錄　續施公案　彭公案　第三才子　第一奇女　醉茶志怪

花月姻緣　續今古奇觀　巧合奇寃　醒心編　竊寶錄　開闢演義　姚元之先生竹葉亭雜記　徐沅青觀察宋[illegible]春秋會義

五十名家尺牘　皆大歡喜　徐沅青觀察醫方叢活　曾惠敏公全集　日本新政考　日本師船表　日本史畧　湘軍記

東三省地圖　日本地圖　亞西亞圖　後四才子　南北宋　東西漢　後英烈傳　草木春秋　後聊齋　三[illegible]聊齋　子不語

奇中奇　後列國　後三國　說唐征西　飛龍傳　綠牡丹　笑中緣　英雲夢　七俠五義　文美齋謹啓

啓者敝莊發兌書帖圖譜由申揀選印精裝艮紙張潔白廉價出售早蒙　官紳士子垂青賜顧特由旱班運到新出各種地圖時務各書名目繁多不及備載寄售宋板唐文粹竹葉亭雜記孫過庭書譜欲通知時事者　駕臨購取可也

天津北門外萬壽宮迤東娜嬛書莊謹啓

本直報分處寓城內天津府署西三聖菴西紫氣堂梁子亨便是　諸君賞鑒閱報賜一字函分送不悞敝處由上海寄津　新聞報紙　字林滬報　代送申報各樣報紙均有士庶官商賜顧多蒙賞閱

直報分處梁子亨謹啓

敬啓者本館現於本年元旦出報因排報之鉛字各路之採訪主筆之西儒須開河後方能齊集姑先按日出報四幅以饜　諸公望報之懷二月之望即照舊例報價因用洋紙每份售大錢十文仕商告白減價三個月以廣招徠其餘各事均循中西報館章程辦理特此啓知伏祈　公鑒

直報館謹啓

直報

光緒二十一年正月十二日　第十號
西歷一千八百九十五年二月初六日　禮拜三

上諭恭錄　論倭兵不義　虎旅出關　威事照譯
北路軍情　薌憲回省　海軍無恙　榆關防務
冰嬉宜慎　獍爲梟伏　蘇省官報　粵東籌欵
西報彙紀　京報節錄　告白照登

上諭恭錄

上諭陝西布政使着張汝梅補授劉㮚着補授山西按察使欽此　上諭兵部奏遵議甘肅提督李培榮處分議以降二級調用公罪可否准其抵銷請旨一摺李培榮着改爲革職留任即回甘肅提督本任其所帶防營着歸江西九江鎮總兵宋朝儒接統欽此　上諭李秉衡奏特參榮城失守救援不及各將弁請旨懲辦等語上年十二月二十五日倭人由落風港登岸撲陷榮城縣城該處所駐各營或迎戰不力或救援不及均屬咎無可辭候補副將何得勝戴守禮候補參將趙得發候補都司葉雲升試用巡檢徐撫辰五員均着暫行革職仍令帶罪圖功以觀後效其榮城縣失守文武官員並着確查具奏欽此　上諭劉樹堂奏故員遺愛在民請將政績宣付國史館一摺河南已故候補知府光州直隸州知州姚國慶前在光州任內適值奇荒捐廉設廠收養流民全活甚衆匪首徐中義聚衆起事該員率勇擒獲搜捕餘黨地方賴以安堵其他善甚多在任十餘年輿情愛戴洵屬循良卓著准其將事蹟宣付國史館立傳以彰政績該衙門知道欽此

上諭江西督糧道員缺着劉汝翼補授欽此

論倭兵不義

倭東海之陋國也跡其國俗多春秋吳越之舊斷髮而文身黑齒而雕題其女子通侻婾姣逃嫁寄猳則越勾踐棲山生聚之餘教也其男子游俠借軀陷胸封腹有要離慶忌之遺風焉游其都市大道高樓尋倡所居爲之主者搢紳先生而大日本皇帝分夜度之貲以爲國賦榜懸圖畫點演優劇强半皆自殺之事拖腸流血始爲其似繼用其眞場後常備西醫以俟敷藥纏帛西人深譏其俗而其民方以此相高弗能改也曩者有倭欲垂名史册以傳後世至走焚其國太廟罪人既得臨刑顧謂吏曰死固吾所不識孰簡者於我如何著筆也吏曰當特書盜焚太廟而已乃大懊喪諸侯大猾各養死士用以自衛報仇搶其利者猶屠者之貨肉而彼謝謝然曰壯士壯士當今俄皇東遊時有壯十充巡兵名爲衛客憤俄之瞰其國也刺之不殊倭皇及舉國之民大慹懼一夕民致書問俄皇安否者至數千幾萬緘五六女子雉經左右梁桓樹木間以爲國恥已極不可復生也其俗之不審輕重趨死如鶩如此泰山鴻毛非所辨矣咸豐初年英人通商之舉先我而次及倭三戰三北而互市開千八五四年斯德爾麟定約於長崎千八五十八年額羅金偕約於橫濱於是通商遣使之事旁午輿矣大將軍廢權歸守府之舊君其民末即服也於是與民爲誓二十年以後所不與一國共治者有如明神乃易西服損舊政一是唯西人之爲師其不願者聽爲遺民優游弗得仕也赴歐洲游歷肄業者歲數十百人多故諸侯及貴族子弟蓄其志遠追趙之武靈王近效俄之比得爾然而政革過驟民不能和更張繁興度支日匱而操政柄者弗之卹也原其輕於變舊之故蓋倭雖立國千餘年其始也狉狉獉獉質少本

國之文物其先所用不過中土之餘烈耳夫中之與西等皆外來於彼何擇一旦覩一勝之威幡然盡棄周孔釋迦之遺改而從西法固其所也然其所則所傚亦不外西人之粗迹形似間有一二薊識之士而一齊衆楚不勝羣咻故雖規模爛然然考其國俗則輕死嗜殺不恥不仁實猶蠻夷之舊俄皇之事前言之矣更前數年北洋海軍巡游諸島無端小憤乘人不備截殺我之兵弁水勇數十百人有化之國固如是乎嗟乎此幸施之中國耳　此稿未完

虎旅出關〇劉大帥啓節日期已兩紀報端所部湘軍各營亦均於前數日陸續振旅先行玆又有兩江督標護軍中左兩營爲暢軍門金龍統率昨已移軍鐵路由火車運往榆關聞隨節各員定於今日午夜遄發帥節則於十三日黎明時啓行矣

威事照譯〇頃接西字探信云威海陸路先前曾打勝仗現在南北兩路砲台俱已入倭人之手推原其故砲台兵丁平日操練打靶等事俱極有準一經臨敵則軍情萬變全在將領胸有成見若統領無應敵之方則兵勇之技已窮祇得逃遁其如何被陷詳細情形尙待查考刻下威海陸路一帶俱爲倭人所奪海澳口外又有倭之水師中國海軍共有十五船被圍澳內劉公島有二千餘人日島有兵一哨皆在倭人圍困之中島上船上之人應知已成死症欲逃不得非力戰不可斷無坐以待斃之理英國水師見中國海軍船之最堅者當敵奪砲台之際即駛近該台竭力猛攻將台擊毀甚爲欽佩以爲非此不能求治蓋倭既盡得陸路援兵已難接應海軍困在澳內糧食子藥有用盡之時若不於此死中求活則糧盡援絕不得不樹白旗雖其初志以死自誓而時至萬難恐不能免今該船既能往擊砲臺則是已得生機若再能見船擊船見臺擊臺雖不能如大鹿島之戰祇須有大鹿島一半之功倭水師亦必敗退駛回修理則重圍可解若劉公島日島之兵亦努力堅持與海軍相表裡當可轉危爲安矣刻下電線若通固可將此意告之島上船上若已阻滯所顧海軍諸君設法以擊敵船自開生路也

北路軍情〇前敵祇聶軍門宋宮保兩軍與倭竭力支拄人數本不甚多現聞有調聶軍門回守山海關之說前敵豈非更嫌單薄是否屬實姑照錄之

藩憲回省〇署藩憲潘梅園方伯來津稟謁爵相面商要公到津日期已登前報方伯前在天津綰理機器局多年凡屬下僚莫不以仰瞻顏色爲幸是以薇節蒞津旬日除稟謁爵轅而外肏拜同城司道接見屬員幾至日無暇晷公事已畢於十一日辰刻命駕旋保陽矣

海軍無恙〇倭人自去歲由榮城登陸意在窺伺威海壘經戴孝侯觀察督率各營奮勇接戰而倭抵死不退南帮砲台統領劉超佩怯敵退縮倭人遂將南砲台奪去以致北砲台孤立無援雖努力支持攻擊無如倭砲無雨力竭被陷幸劉公島守禦尙嚴海軍各船相輔而行足資抵禦市上謠傳海軍被虜並無是事緣海軍船隻共有十餘號子彈充足中外將領俱經大敵萬不能爲倭所算也

榆關防務〇山海關外自吳清帥統帶勁旅馳赴前敵欽憲所統湘軍亦陸續前進現在所駐關外者有仁勝義勝等三十餘營如虎如羆十分雄勇軍械亦極充裕諒爾倭奴不敢以正眼覷也

冰嬉宜愼〇往屆冬令封凍之際各河皆封獨三岔河口中間一段水色晶瑩俗謂之陷河不知何所取義去冬天氣較和該處更有春江水暖之概四外則一望冰凌冰槎絡繹昨有童子五六人各用竹片兩塊踏於足下另用柳枝爲撑桿在冰上往來馳驟樂不可言詎一童用力過猛如飛而駛竟撑入陷河之內衆往援救已杳無蹤影不知誰氏子因戲斃命可不戒哉

煙窟爲梟伏〇東門外邱家胡同某甲年及而立素性狡猾不務正業其父以骨董爲生近年頗爲獲利甲恃溺愛益形放蕩既有煙霞之癖尤好挾邪之游終日出煙窟入娼窯別無他事又與無賴輩爲伍昨甲赴某土娼處肆歡詎登徒好色不名一錢該鴇未免加以白眼甲老羞成怒立邀無賴數人將該窯器俱砸毀乃該鴇綽號白毋狼覩甲如此欺侮狼性大發即赴甲家拚命甲見來勢洶洶以閉門拚待之該鴇無奈只得搬運零磚碎瓦隔墻亂擲一日二三次甲畏不敢問惟有央人說合頂香陪禮始行罷休說者以爲甲殆也鴇鳥梟也爲梟伏亦世之奇事爰錄之以博一粲

蘇省官報 ○藩轅牌示照得准補靖江縣縣丞汪善藻又准補崇明縣貊貔司巡檢劉澤寰均堪飭令赴任 知縣何紹聞謝奉委善後局幫辦文案差 臬轅監印揭傳淵稟知會委兼海防營務處差遣 蘇驛報得許大人靈柩今日卯時過無錫○知縣范樹恒謝奉委兼充海防營務處支應差 本班儘先即用知縣范揚芳安徽人到省 藩憲黃明日衙期止轅 儲憲吳諭十三日赴甯衙期止轅○署長江水師提督彭到即辭行 指省分發江蘇候補知府何維樸湖南人到省 指分江蘇試用布理問楊文煜浙江人 五品藍翎分發江蘇試用巡檢吳從光廣東人均到省○首府桐稟知本日考校九邑武童外場 知州蔣金生專丁來省稟知欽差出使俄國大臣王奏調出洋差遣辭○藩轅牌示照得太倉州知州程其珏因案開缺查有記名直隸州知州蔣體梅堪以請補 通判孫毓驥謝委代理嘉定縣事 四品銜補用直隸州候補知縣邵文炳由甯來奉委辦鹽貨捐局 又陳元鑄奉江藩臺厘捐總局委調辦吳淞驗補捐局

廣東籌欵 ○粵省大憲前准戶部欽奉 諭旨飭借商欵五百萬兩即在省垣設局開辦昨計粵海關稅務司所塡股票已收得銀一百六十八萬七千餘兩現由大憲派委分往各府屬竭力籌辦肇慶府屬亦已奉到憲諭勉爲籌措探聞高要縣各當鋪每所派繳銀五百兩押舖每所派繳銀二百五十兩旣抒報効之忱復收子母之利想端溪殷富無不踴躍輸將也

西報彙紀 ○俄京電報云俄皇即位後孜孜求治救弊扶衰其行政務得人心故能使舉國臣民咸深愛戴即前此素昧尊君之義者亦爲之幡然改圖矣英皇敦請俄皇及俄后賁臨英國俄皇允之近約於西歷本年六月即可稅駕英京英廷得此消息即預議迎迓事宜欲與日前欵接德皇威林同一優異云○英京來電云日本近備兵士曾延德國武員爲之教習現以各健兒可使從戎特升德國旗互相慶賀○近日倫敦西字報云前時高陞輪船被燬之事現已請公正律師數人秉公判斷矣○英京來信云英國善權子母之人近聞中倭兩國有議和之耗竊揣中國必向外洋貸欵莫不持籌握算爭攬利權竟有預擬節畧以期捷足先登者倘中國願以稅關作抵則五千萬磅英金可以咄差立辦觀此情形可知中國籌欵之易與日本判若天淵果由此摩厲以須則掃蕩寇氛誠無難事彼所云議和賠餉特倭人冀倖之詞耳

京報節錄

○○經筵講官刑部尙書臣松溎等謹奏爲審明革員罪狀按律定擬請 旨遵行仰祈 聖鑒事光緒二十年十二月十一日准 盛京將軍裕祿派撥委員押解已革總兵衛汝貴咨送到部當經收禁於十三日具奏奉 旨以可否 簡派大臣會審抑或由臣部按例治罪之處請 旨辦理奉 上諭已革總兵衛汝貴統帶盛軍臨敵退縮以致全軍潰敗並有尅扣軍餉縱令兵勇沿途搶掠情事降旨拿交刑部治罪茲據刑部奏稱衛汝貴現已解送到部請旨辦理等語革員衛汝貴應得罪名着刑部嚴行審訊按律定擬具奏欽此查已革甯夏鎮總兵衛汝貴於十月初五日奉 旨革職拿問交刑部治罪當由臣部恭錄 諭旨移知 盛京直隸等處行令迅將衛汝貴押送前來嗣經節次電催復於十一月十二日奉 旨嚴催着沿途查明該員行抵何處迅即押解來京毋任逗遛等因旋復經人奏參奉 旨交幫辦北洋軍務四川提督宋慶查明覆奏於十一月二十一日奉 上諭已革總兵衛汝貴平時待兵寡恩此次赴朝鮮援勦不能約束弁勇縱令到處騷擾以致民人怨謗種種罪狀實爲僨事之尤等因欽此現交臣部嚴行審訊臣等以案情重大遵即遴派司員飭令從嚴訊鞫據衛汝貴供稱係安徽合肥縣人統帶盛軍多年向在小站屯紮本年六月間奉調赴朝鮮援勦共帶步隊十二營前往馬隊五營陸續進發當率十營駐紮平壤留兩營與豐陞阿所帶各營同駐安州該革員與馬玉崑同在平壤城外西南地方駐紮扼守大同江沿左寶貴駐守北門外八月十二三日曾與倭人接戰屢獲勝仗十四五日倭人渡江四路來攻伊等兵力不支左寶貴旋經陣亡又因兵餉缺乏子藥不敷於十六日晚經總統葉志超傳令齊退到安州亦未紮住直退至義州復過鴨綠江始行停留至淮軍餉章坐糧每年止發九個月行糧始行補足十二個月伊奉調後共領餉銀二十四萬兩交卸時除開放馬步隊口糧購辦贏馬車輛途中船價各項外尙餘銀米約八萬兩移交後任並無尅扣在平壤退兵每人所餘子藥三四十個不等各等語臣守查衛汝貴身爲盛軍統帥其奉派率師援勦駐守平壤責任綦重如果所帶兵勇平時訓練有方何至臨敵潰退據稱十二三日倭人兩次撲犯均被該革員獨力擊退迨十四日倭人分兵四出轉致

不能抵禦竊恐無此情理即葉志超係屬總統伊係奉令退軍獨不思該員所帶步隊已足十二營兵力不爲不厚其時尚有馬玉崑左寶貴各營分守要隘儘可聯絡聲勢力保堅城就令小有挫衄亦何至奔北至數百里之遙且安州尚有馬步數營亦足以供策應果能奮勇爭先督兵力戰豈葉志超所能牽掣況與宋慶查奏情形迥不相符所供與倭人接戰屢獲勝仗顯係飾詞搪抵如謂兵餉缺乏子藥不敷該革員奉調後所領餉銀二十四萬兩亦不爲不多據稱交卸時尚餘銀米約八萬兩在平壤退兵時每兵所剩子藥約三四十個不等且與倭人相持不過數日何至缺乏如此所供尤不足信至尅扣兵餉及縱兵擄掠各節雖均孔無證據惟宋慶原奏內稱衛汝貴平時待兵寡恩赴韓援剿後路押運車輛弁勇既無約束未免沿途騷擾以致聲名狼藉其在韓境滋擾尤甚韓民怨謗實深則該革員平日之尅減軍糧漫無約束以致兵丁沿途騷擾自不得謂非實在確據反覆究詰該革員亦無從置辯仍不肯認咎臣等竊維軍無紀律即爲遺敗之因待士寡恩斷難責以用命該革員平時於軍務既漫不經心臨事又復節節退縮反委咎於葉志超冀卸重罪且徇其私意難保非因葉志超尚未到案希圖與質對藉以延宕時日居心尤不可問既經欽奉 諭旨交臣部按律治罪未便任令再事狡展應即擬結查律載領兵官已承調遣逗遛觀望不依期進兵策應因而失誤軍機者斬監候等語此案已革總兵衛汝貴統帶盛軍歷有年所乃平日刻薄寡恩毫無約束迨奉調往援平壤與馬玉崑等分駐各城外並不能互相犄角及左寶貴被倭人攻擊又不能親爲救援以致左寶貴陣亡平壤亦棄置不顧相率奔逃退營至數百餘里而貽誤大局厥罪實無可逭按失誤軍機與失陷城寨二罪均應擬斬自應從一科斷已革甯夏鎮總兵衛汝貴合依領兵已承調遣逗遛觀望不依期進兵策應因而失誤軍機者斬律擬斬監候該員尚有尅扣軍餉縱兵擄掠情事誠如 聖諭種種罪狀實爲僨事之尤若不從嚴懲辦殊不足以伸 國法而儆效尤應如何加重之處恭候欽定所有臣等審擬緣由謹恭摺具 奏請 旨奉 旨已錄

中西書院告白　本書院設立跑馬路已歷八年前因新年放假茲定於正月初十日開館擬招新學生一班欲學者即來本書院報名可也此佈

蓋自唐花之設歷有年矣歲除之前各花局門麗爭妍異常炫耀而本莊之所以銷聲斂迹正欲待時而動耳茲於各花局凋零之候正本莊炫麗之時現於花窖中用暖氣烘培各色牡丹已異常鮮艷千紅萬紫洵爲未有之奇而且本莊輕於利市格外價廉望諸君遊展重臨不惜金錢賞玩庶不負本莊巧奪天工之意矣　樂長春主人謹啓

告白　永慶昇平　續永慶昇平　萬年青初二三集　富貴錄　續施公案　彭公案　第三才子　第一奇女　醉茶志怪
花月姻緣　續今古奇觀　巧合奇冤　醒心編　竊寶錄　開闢演義　姚元之先生竹葉亭雜記　徐沅青觀察宋論　春秋會義
五十名家尺牘　皆大歡喜　徐沅青觀察醫方叢活　曾惠敏公全集　日本新政考　日本師船表　日本史畧　湘軍記
東三省地圖　日本地圖　亞西亞圖　南北宋　東西漢　後英烈傳　草木春秋　後聊齋　三續聊齋　子不語
奇中奇　後列國　後三國　說唐征西　飛龍傳　綠牡丹　笑中緣　英雲夢　七俠五義　文美齋謹啓

啓者敝莊發兌書帖圖譜由申揀選印精裝良紙張潔白廉價出售早蒙　官紳士子垂青賜顧特由早班運到新出各種地圖時務各書名目繁多不及備載寄售宋板唐文粹竹葉亭雜記孫過庭書譜欲通知時事者　駕臨購取可也　天津北門外萬壽宮迤東嫏嬛書莊謹啓

本直報分處寓城內天津府署西三聖菴西紫氣堂梁子亨便是　諸君賞鑒閱報賜一字函分送不悞敝處由上海寄津　新聞報紙　字林滬報　代送申報各樣報紙均有士庶官商賜顧多蒙賞閱　直報分處梁子亨謹啓

敬啓者本館現於本年元旦出報因排報之鉛字各路之採訪主筆之西儒須開河後方能齊集姑先按日出報四幅以饜　諸公望報之懷二月之望即照舊例報價因用洋紙每份售大錢十文仕商告白減價三個月以廣招徠其餘各事均循中西報館章程辦理特此啓知伏祈　公鑒　直報館謹啓

直報

光緒二十一年正月十三日　第十一號
西曆一千八百九十五年二月初七日　禮拜四

上諭恭錄　續論倭兵不義　燈景減色　教習潛逃
機局開工　貪利受辱　選拔從軍　命案紀聞
聊示薄懲　招募文士　示諭照登　維揚勸捐
營示彙錄　新式利器　京報節錄　告白照登

上諭恭錄

上諭福潤奏已故知縣遺愛在民請將政蹟宣付史館一摺已故安徽望江縣知縣王寅清歷署鳳台太和霍邱宣城英山壽州等州縣大志清勤循聲卓著居官十九年凡有益於國計民生者無不實力推行洵屬政跡流傳久而弗替着准其將事實宣付國史館立傳以表循良該衙門知道欽此　上諭張煦着來京陛見山西巡撫着胡聘之暫行署理欽此

接續論倭兵不義

此中民敝久矣當塗知歛民脂膏以供般樂已耳誰爲蒼赤保其性命身家也者倭見吾民往在秦墨加與美洲諸島爲夷所戕害者數千人中國未嘗念也故悍然敢於爲此使其施諸他族彼以保民性命財產爲有國專責者則倭此舉以亡其國有餘然此弗具論第以是觀之倭之所得於西者淺深廣狹皆可見矣更政以還時逾二紀執政者知民智之尚未足以擇紳也故議院之設特遲遲之其民咸怨以爲倍盟於是議院遂舉而無如黨論蠭起政莫適從議院羣紳且聚且散民以爲有議院而不用是猶之獨行獨斷也魁首羣扇民益不和降迨往年其內亂之不作者特一間耳東藩之韓天下之輭國也其民貧瘠至於無以亣雖實由吏道汙獨魁創侵漁暴厲慘酷各國與通咸以謂政俗□謬不容不易新聞寫布徧於五洲當此之時固我中國之莫大機會也倘能取其泰甚白其罪而正之則不特宋祖所謂救此一方之民且主屬之分愈明而義聲可以震天下失此不圖而倭始得伺其隙矣況又有人焉者藉齮齕爲國生事於其閒而中朝大官轉賞其有以尊國體又不幸而高麗有金玉均磔尸一事而倭乃益憤至去年五月兩國相見不以玉帛而以兵戎而事遂決裂而不可收拾矣嗚呼可勝痛哉可勝恨哉雖然使倭誠爲韓則中國撤兵細商之言何不可納十年之前中國於韓無故尙許倭以公保謂今日者倭兵去韓之後中國必食言而不受商倭將誰欺欺天乎欺萬國乎夫挾兵議約無異民閒恃強勒券大不韙之事也至於高升之轟沈其行事實無異於海賊天下有化之國自識之士皆當爲倭恥之由此觀之倭名爲韓非爲韓也專主生事鄰封以救內亂而已今有人於此其家之子弟兇悍不馴長者慮其犯上且謂猛獸得人當止遂使尋釁封殺老年畏事之鄰翁倭之所爲何以異此聞嘗察倭今日之所爲其精神意慮用於戰事者特少半耳其大半則以使事爲尤亟藉口四出造飾矯誣務使歐墨諸邦信其此舉不獨用以正高麗且將以正中國然倭休矣自明識之士用至公之理言之倭將自正之不暇尙何暇使人自由以正鄰國也哉譬之於人倭發熱狂走者也中國偏枯癱瘓者也若從其傷人害物言之偏枯者尙可聽其自由發狂者必須嚴加禁錮今日之東事直風狂兒來打痲木公耳謂之曰義戰斷斷乎其不可也

燈景減色　〇本埠民俗浮華爭妍鬬勝甲于他省歷屆新正上元佳節永豐屯觀音庵神戲一棚茶店口火神廟神戲一棚河北

關七大寺關帝聖駕出巡百會雲集魚龍曼衍熱鬧非常而北門外各街舖戶燈彩五光十色各獻技能十三十四十五十六等夜金吾不禁月色如銀與燈光鬥麗男婦游觀人山人海有通宵達旦之勢今正大兵過境恐釁事端各舖戶益加謹慎竟不敢如往年之繁盛矣

教習潛逃 ○候補道戴孝侯觀察統領綏鞏軍駐紮威海衛業經多年平時愛惜士卒威惠兼施並設立學堂講求武備去年倭人肇釁兵船屢駛近威海觀察重申紀律宣示大義士卒素仰德患莫不奮勇圖功至歲杪警報頻傳雖人心惶惶而軍益思奮惟砲法學堂之正教習瑞乃爾先事告退觀察尚不在意詎未及數日幫教習已保儘先把總楊榮章項國楨古崇光王化鎮等四人並未稟明擅自潛逃觀察聞知立派弁勇跟追未獲遂飭稟明北洋大臣將此四人斥革並知會各省各軍營詳為嚴查不准投效嗟乎國家養兵千日用在一時楊榮章等平日叨食皁薪臨事居然潛遁 國家又何樂有此教習較之漢軍門大鹿島之役奚啻天壤也哉

機局開工 ○本埠南門外海光寺機器總局歷年上元節後諏吉興工目今因軍務倥傯器械短絀早開工一日可多製槍械若干上憲飭於昨日開工各廠工匠人等俱振刷精神齊赴該局工作矣

貪利受辱 ○自軍興以來凡在津招募兵勇即就本地製辦軍裝由各洋布舖承辦每有尅扣剝削情事以致物劣價昂圖裕私囊不恤軍苦茲聞去冬有宮北某號洋貨舖包辦某軍棉衣袴若干件言明一概新料工資較優務要堅細詎至呈交時即經總辦者驗出內有敗絮舊棉等物不禁大怒立傳該號舖掌而該舖掌知事不佳即令舖夥前往總辦以為軍裝如此作弊可恨已極若按軍律自問當得何咎茲姑從寬示懲將該夥送至某局棍責以儆效尤迨事後該舖掌聲言係經手者從中抵盜而經手者言係舖掌舞弊究竟莫衷一是貪利營私固咎有應得嗣後承辦者可以鑒矣

選拔從軍 ○前報紀劉欽帥札縣挑取書手茲悉由李樽霄大令挑送十五名郡尊沈太守挑送十名蒙欽憲面試收錄縣書五人府書三人每名每月給薪水十二金俱於日內整裝出關昔人云一登龍門聲價十倍被挑諸君何以異是他日凱撤歸來衣冠書錦不禁拭目望之

命案紀聞 ○嘗思姑媳何異母女而為人姑者每視女則掌上明珠視媳無殊眼中荊棘動輒勃谿甚或媳為姑虐自尋短見比比皆是可勝浩歎茲訪事人來言河東地藏菴後朱姓家兄弟二人父沒母存俱有家室仲婦不得志於姑時遭呵責仲亦與妻不洽頻占脫輻之爻十一日不知何事姑又大肆雌風媳訴於所天復遭挫抑竟投水缸斃命媳之母家聞信率領五六十人先將朱家搗砸旋即控縣成訟

聊示薄懲 ○每屆臘尾正初到處賭風大作滋生事端者亦實繁有徒本年因軍務緊急各路兵勇由津經過恐生事端各段局員奉憲札飭嚴禁賭博西門外賭風最盛經第八段局員查知於昨午飭巡丁四名各穿號衣持棍趕散並諭若再蹈故轍定即送縣嚴辦不貸云

招募文士 ○衝鋒禦敵非猛士不能而露布運籌又非文士不可自倭人肇釁侵我北邊各營由各省奉調而來者客歲迄今絡繹不絕其始各營將領未嘗不延聘以筆墨為生涯者治文書實幕府迨長途僕僕缺掌風塵體弱者或因病稽留膽怯者或聞警落魄以致近日各營拔隊出關襄贊乏人到處招募惟望有志之士投筆從戎上可以報國下可以榮身班定遠豈異人任哉

示諭照登 ○鐵路官商總局 諭軍民人等知悉照得大軍東征各營局所弁勇取道火車赴關均由各該管之營所發給印單到站驗換免票以利遄行乃近有不肖弁勇膽敢持免票登車包庇搭客而客商人等亦敢於朦混均圖影射車腳業往本總局查獲數起分別懲辦枷責示衆在案合行諭仰該弁勇人等嗣後如再有以免票包庇搭客一經查出定即將包庇免票之人分別送交營務處懲辦貪其包庇之搭客須按照所搭坐位價值加十倍議罰如有不遵一併送究勿謂言之不預也切切毋違此諭 光緒廿一年正月初十日

維揚勸捐 ○息借商款經戶部奏准後通飭各省一律遵辦江甯已設立總局開辦在案茲上游以揚城為繁庶之區富紳碩賈薈萃於此特委朱大令文炳至揚會同地方官剴切勸諭一面請本城紳士襄同辦理並飭將城廂富戶姓氏先行開送告示外又另黏一

紳署請如有慷慨之士報効巨欵即由大府專摺奏請照加福建臺灣林維源之例破格錄用查林維源於光緒五年報効銀五十萬由花翎道員蒙 恩賞給三品銜及一品封典並獎其子弟光緒十年報効銀二十萬奉 旨林維源著以四五品京堂補用欽此云云江南地大物博想接踵而起者當不乏人也○戶部續議籌餉章程頒行各省揚城地方官奉到大憲行知後遵將本城土藥典商兩欵開辦一面出示通衢曉諭各省一面照會典業領袖李紳士業陳趙兩紳會同辦理典當無論新開舊設每典捐銀二百兩外按照存架資本捐息一月惟照海防捐例給獎土藥無論大小每店捐銀三百或謂土店一項資本充牣者不難解囊報効而在小本營生之輩則不免大費躊躇然靜言思之似亦不難該店繳此捐後自必於貨價增高貨價既高貧苦者不禁而自戒有力者祇知品味評香當不吝此戔戔之價是於募捐中隱寓戒烟之意故大部毅然定以此數己不知費幾許心思幾番籌畫矣

營示彙錄 ○總理兩江營務處桂示三軍列隊且肅靜我作歌兒說你聽昔日有位曾中堂得勝歌兒當號令方今倭寇肆猖獗臨陣殺賊貴勇決胆要放壯心要雄忠義之氣鬼神懾三軍能仗忠與義曾致倭奴定喪氣但須操演習營規軍中紀律時牢記賊來切莫亂驚慌安放鎗砲好提防開放鎗砲要把穩看見賊船打個准打船雖說多快利我逸彼勞多便宜不可亂放炮和鎗不中賊船便驚慌我能中賊賊胆怯賊人雖衆何難當臨陣勝敗在一刻祇分胆壯與胆怯彼我同是骨肉軀軍械技勇無分別我若奮勇彼必退我若退時無躲避臨陣脫逃有軍法如何殺賊獲名利同心合力得保舉高官厚祿賞不次軍務之際見豪傑功名富貴當及時英雄不過有本領鍊胆鍊力鍊技勇方今破格用奇才男兒有志當自奮我今仿作得勝歌勸你鼓勵莫蹉跎殺退倭奴得富貴功成名立笑呵呵○總理兩江營務處桂示諭爾鄉民生計艱辛胼胝卒歲瑣碎經營誠恐遊勇倡誘難民入鄉恣擾搶奪橫行柴薪蔬菜硬取强爭 民懦弱何以聊生茲諭爾等勿畏兒横倘敢不法捆送來城立予懲辦保衛農氓本處執法决不容情

新式利器 ○美國非拉特而非耶非報言美副將金司近在紐約之惠勒脫砲臺新製吸鐵石大砲二尊其法用鐵板一塊進於砲後形如馬蹄四圍羽長數十英里之電線外裹麻繩兩端接一電機下置電池用時將電氣接於大砲遂借吸力開放按吸鐵石共有二種一產礦中名爲磁石一用電氣製成即此法也聞此吸鐵炮力量甚大能於六英里外撼動輪船上羅盤蓋輪船往來海面全賴羅盤故此炮置諸炮臺上敵船斷不能近豈非軍中利器哉

京報節錄

○○經筵講官太子太保大學士管理兵部事務臣額勒和布等謹 奏爲遵 旨嚴議議處具奏事內閣抄出光緒二十年十二月十八日內閣奉 上諭宋慶電奏蓋平於十五日失守請將總兵章高元徐邦道嚴議並自請治罪等語章高元駐守蓋平於賊犯該州時接仗一未能得力徐邦道赴援遲緩均屬咎無可辭山東登州鎮總兵章高元直隸正定鎮總兵徐邦道均着交部嚴加議處宋慶調度無方着一併交部議處欽此欽遵到部查定例海賊登岸侵犯城池殺傷兵民專汛兼轄統轄官未能即時擒獲者俱革職公罪提督降二級留任公罪帶罪圖功又失事地方專管官聞賊已經申報兼轄統轄官聞報退縮不前者俱革職私罪又定例官員失守城池統帶兵勇所得處分不准查抵又定例派往出兵官員遇有議處之案應行革職者於議處本內將該員應否開缺留營効力或作爲兵丁効力之處聲明請旨各等語此案蓋平失守章高元駐守蓋平於賊犯該州時接仗未能得力徐邦道赴援遲緩宋慶調度無方欽奉 諭旨章高元徐邦道均着交部嚴加議處宋慶着一併交部議處應請將山東登州鎮總兵章高元照海賊登岸侵犯城池殺傷兵民專汛兼轄統轄官未能即時擒獲者革職公罪例議以革職直隸正定總兵徐邦道照失事地方兼轄統轄聞報退縮不前者革職私罪例議以革職章高元徐邦道欽奉 諭旨交部嚴議例應加等惟臣部例止革職無可再加四川提督宋慶應照海賊登岸侵犯城池提督降二級留任公罪帶罪圖功例議以降二級留任帶罪圖功再該員雖係公罪惟事關失守城池所得處分照例不准抵銷章高元徐邦道應否開缺留營効力或作爲兵丁効力之處聲明請 旨伏候 聖裁所有遵 旨嚴議議處緣由是否有當伏乞 聖鑒訓示遵行謹 奏請 旨奉 旨已錄

○○二品頂戴署雲南布政使按察使臣岑毓寶跪 奏爲撫臣因病出缺循例由驛馳陳請 旨迅賜簡放以重職守恭摺仰祈 聖鑒

寄緯兼護雲貴總督雲南巡撫譚鈞培氣體素强近年來兩足染受潮濕不時浮腫雖舉動需人扶掖而旋發旋愈秋間奉 命兼護督篆該撫臣體念時艱黽勉從事臣每衙參進謁見其精神言語速爽如常詎於本年十一月初旬親赴校塲操演偶感風邪咳嗽不止尋復痰涎壅滯神志昏迷醫藥罔效延至二十四日午刻因病出缺當將總督巡撫關防二顆並 王命旗牌等件敬謹封固存庫兩衙門日行事件查照成案暫由臣代行代印伏查撫臣譚鈞培由翰林歷官京外擢任封圻調撫滇疆閱時八載兩權督篆於邊防吏治鹽政諸要務俱能認眞整頓今乃遽爾溘逝凡屬官民同聲嘆惜其身後事宜臣與署臬司英奎署糧儲道李璧錫鹽法道普津督同府縣妥爲照料所有雲南巡撫員缺緊要除先經電請總署代奏外相應請 旨迅賜簡放其雲貴總督印務並請 簡員護理以重封疆謹將撫臣因病出缺緣由是暨家屬該到遺摺循例恭摺由驛馳 奏乞伏 皇上聖鑒再據該家屬呈報撫臣現存長子譚啓宇係候選道贈侍任所次子譚啓緒係己丑 恩科舉人在京會試三子譚啓瑞係翰林院編修現請假回滇省親孫譚家棟譚家炳均幼合併陳明謹 奏奉 硃批另有旨欽此

○○譚鍾麟片 再福建興化府知府李耀 因病請假遺缺應即遴員接署查有試用知府游普蔭才具穩練辦事細心堪以委署據藩臬兩司會詳前來除咨部外謹附片具陳伏乞 聖鑒謹 奏奉 硃批吏部知道欽此

○○依克唐阿片 再花翎三品銜在任候補知府鳳凰廳同知署遼陽州知州徐慶璋奴才前率師過境値大兵雲集之際即見其勇於任事措置裕如迴因各城淪陷人民紛紛遷徙該員獨鎭靜不驚竭力舉辦鄉團遼屬一帶人心賴以初安又能於大高嶺分水嶺兩軍之後飭團保衞軍火抬送傷亡官兵奴才前草河嶺各戰後路深資其力此次率師援遼晤商軍事其洞悉戎機尤爲文職中不可多得之員現辦遼屬鄉團頗著成效而寬甸鳳凰各界獵戶團民自備軍器起義剿賊者均多呈請願隸奴才部下似此同仇敵愾未始非該員籠絡有方値此軍情吃緊需材孔亟合無仰懇 天恩特加獎勵以服衆望而結人心之處出自 逾格鴻慈奴才未敢擅擬謹附片奏 聞恭候 聖裁乞 聖鑒謹 奏奉 硃批徐慶璋着交軍機處以知府記名請 旨簡放欽此

蓋自唐花之設歷有年矣歲除之前各花局鬥麗爭妍異常炫燿而本莊之所以銷聲歛迹正欲待時而動耳玆於各花局凋零之候正本莊炫麗之時現於花窖中用暖氣烘培各色牡丹已異常鮮艷千紅萬紫洵爲未有之奇而且本莊輕於利市格外價廉望諸君遊展重臨不惜金錢賞玩庶不負本莊巧奪天工之意矣

樂長春主人謹啓

告白 永慶昇平 續永慶昇平 萬年靑初二三集 富貴錄 續施公案 彭公案 第三才子 第一奇女 醉茶志怪
花月姻緣 續今古奇觀 巧合奇寃 醒心編 竊寶錄 開闢演義 姚元之先生竹葉亭雜記 徐沅靑觀察宋監 春秋會義
五十名家尺牘 皆大歡喜 徐沅靑觀察醫方叢話 曾惠敏公全集 日本新政考 日本師船表 日本史客 湘軍記
東三省地圖 日本地圖 亞西亞圖 後四才子 南北宋 東西漢 後英烈傳 草木春秋 後聊齋 三□聊齋 子不語
奇中奇 後列國 後三國 說唐征西 飛龍傳 綠牡丹 笑中緣 英雲夢 七俠五義

文美齋謹啓

啓者敝莊發兌書帖圖譜由申揀選印精裝良紙張潔白廉價出售早蒙 官紳士子垂靑賜顧特由早班運到新出各種地圖時務各書名目繁多不及備載寄售宋板唐文粹竹葉亭雜記孫過庭書譜欲通知時事者 駕臨購取可也

天津北門外萬壽宮迤東娜嬛書莊謹啓

本直報分處寓城內天津府署西三聖庵西紫氣堂梁子亨便是 諸君賞鑒閱報賜一字函分送不悞敝處由上海寄津 新聞報紙 字林滬報 代送申報各樣報紙均有士庶官商賜顧多蒙賞閱

直報分處梁子亨謹啓

敬啓者本館現於本年元旦出報因排報之鉛字各路之採訪主筆之西儒須開河後方能齊集姑先按日出報四幅以饗 諸公望報之懷二月之望卽照舊例報價因用洋紙每份售大錢十文仕商告白減價三個月以廣招徠其餘各事均循中西報館章程辦理特此佈啓知伏祈 公鑒

直報館謹啓

直報

光緒二十一年正月十四日　第十二號
西歷一千八百九十五年二月初八日　禮拜五

更正昨報　論前敵哨探　諭旨逸事　日人用間
海軍平安　擬設電線　法求盡善　茶園鬧事
冰床宜禁　憲示照錄　京報節錄　告白照登

更正昨報　○昨報載教習潛遁一則內有正教習瑞乃爾先事告退一語此事係採訪誤報其實大錯未經主筆者過目否則早經刪去緣瑞君先前因病值威海無事曾經告假七日旋因倭人侵威立卽帶病言歸防所並無先事告退情事如瑞君者可謂忠於所事者矣合亟更正以誌不敏

論前敵哨探

臨陣最難而最有關係者無過前敵哨探一事將帥所當與本軍員弁兵勇時時極力講求使知一軍安危勝敗全視此等勇怯利鈍如何而效力　國家無逾此事也軍得力則軍心常安敵人一切舉動時時皆在將領目中斷無被敵掩襲之事卽或軍事不利亦可冀爲善敗不至潰亂失伍不可收拾是以軍中平日須預爲部勒如何分遣如何更代以均勞逸至臨時奉令前往之人須巡視所部之人不准有絲毫鬆懈方爲盡職也大抵一軍之出如一手然五指中開其當指尖五處哨探之軍也當五指中節之處聲援策應者也指第一節哨軍之後勁也而當腕之處乃爲一軍全部紮營駐守之處是故哨軍之用於敵則藉以常知其情於我則得所防蔽使吾情不至爲敵所窺其布置前後左右多寡遠近全看本軍兵力與臨敵情形如何大抵分布愈遠愈妙入敵地愈深愈佳但須策應有方毋爲敵所掩捕可耳故探軍一事正似盲者之行杖與鼠賊之看風若不逼近敵營緊躡敵人便無用處也西人有言曰探不離敵萬事無一失彼非不知此是險事然行軍之事何從避險但要所全者大則小失人馬亦所不辭西人用兵於事勢順手時其探軍馬小隊有前離本營十餘里之遠者其布置如扇頭而本軍居扇紐之處聰明將弁見微知著巡邏偵察於敵之舉動意向可以無所不知刻下倭軍極講此事往者其探軍至海城不外十餘騎耳而舉城皆搖棄而逃遁眞可歎也哨軍分出每一隊用一聰明有膽哨官領之所恨我軍此等勝任小將官最爲缺乏諸國所用皆貴家少年讀書有識有胆之人而我之營哨各官皆粗人奴隸之輩身分先輕才識又短自然做不出奇功偉業亦然常流中豈無奇才彼外國一軍三萬餘人之中須用上等哨官千餘人皆讀書明理文武兼備之人中國向不栽培一時那得有此而用之此時只得姑思其次諸將領隨時隨地留意人才獎勵器使勉爲其難而已一隊出探兵弁子藥口糧須敷二十四點鐘之用食物須帶熟者水瓶常滿哨官須帶千里鏡一管小羅經一架時表一個硬紙日記薄一本鉛筆一枝又最要者本處詳細地圖一張凡此皆須於出隊時留心點齊缺一不可者也今假如一軍一萬人赴敵由三路進發先鋒一軍視地形敵勢如何分配約在四五千人上下常法須先一日拔隊卽近敵之時離正軍至少亦須十餘里之遠哨軍者先鋒中輪流迭出之小隊也繪補地圖捕捉生口瞭望敵營皆屬鋒軍應盡之職步馬並用按伍輪流不得偏有勞逸輕裝飄忽其衣被輜重除必不可少者皆須留與後勁看管如無統將專囑號令哨官可自擇便地駐紮扼守步兵前排一字疎陣不可緊聚馬兵分遣前入鄰近村庄山林專爲巡邏探敵之事本哨將官須時時與左右各哨接氣得有敵情互相知會西

洋一部之軍將士上下共計千一二百人大約中國兩營之譜一部鋒軍分爲八隊四隊留爲儲軍四隊值日巡探而此四隊又各分半隊半爲前哨策應半爲值班探哨如地面開曠一部探軍橫遮地段在二千碼以上一千碼以下約中國三里半之闊但地面開曠則馬隊哨軍尤爲得用蓋人眼離地較高所瞭更遠而馬足靈速更易梭巡尤便避敵是以一部馬軍六百人可當步兵千二百人之用若山林回互地面崎嶇則馬隊不可用必用步兵而後可也部署探鋒之事以兩大事爲主腦探知敵情巡視地段要矣遮蔽本軍敵來有備乃爲更要爲將領者當使無論敵來何時吾皆有以應之爲前鋒者當使敵欲攻我正軍全部非盡殺前鋒勢必不可故正軍得以常安而敵營忽來可以從容准備不致倉皇失措使當日扼守平壤諸將稍知此道則何致節節貽誤如此哉平常地段前鋒儲軍前距正營約八百碼之遠策應之軍更進四百碼而前敵哨軍步隊更前三四下碼而邏軍散隊則相機進退不可拘泥定法矣如用馬隊則前數可以倍之先鋒營官每至天晚切須更換强壯新班出哨而黎明之時尤爲吃緊蓋軍事常於侵晨起事也凡得敵情皆須審度緩急隨時報知主將所報實事實報不可畧有增飾儲軍之中可帶馬礮兩枝以備擋掃敵人追截之用大抵鋒軍哨隊當全軍紮營止宿之時較之行綸之時兵力須當加厚而地段無險可扼難以據守者亦須較有險可扼者爲多但所謂險要不必正如常人所謂關隘水澤方爲險要坡陀起伏又如地家所謂開帳吐舌處正是今日兵家上等要地不可不爭者也

謫臣逸事　○頃接京師訪事人來信云安侍御自蒙　恩譴發軍台都人士以侍御亮節清風家本寒素台費一切所需不貲自大僚以及末秩甚至市魁走卒亦醵金以壯行色侍御一概璧謝惟平日道義之交稍有資助無不謹領所最奇者有開車廠之某甲與侍御素無來往聞侍御被譴之信即探聽擬往幾台即專人至該台預備行館並於沿路中火歇宿地方預爲布置周妥即詣侍御之門將一切情形告知門者並稱小人於今並無干求之事獨天壤間忠義之氣人所從同侍御劾忠小人慕義毫無別故言畢即去追之已杳又有一不知姓名人踵門求見門者向索名刺其人以爲我非求人情者且斯時亦無可求之事因有話與爾主講說必須見面門者爲通侍辭之其人以爲若不見我我寧死於此亦不歸矣門者又爲之告侍　不得已出見乃素昧平生者因問曰何事見教其人曰好好願君無負此初心君寒士也此行無異登仙然世路崎嶇非財莫濟我非盜者今備若干金爲君壽君幸納無他言惟願君無負此初心也語畢如飛奔出挽之不止問姓名亦不答侍　回看客坐存某號若干兩銀帖一紙此事已傳徧都門因錄之以供衆覽可謂之奇人奇事也已

日人用間　○行軍以用諜用間爲先務日本之諜已流布中華固人人知之矣近有一事似是用間詳錄之以質是否去年冬月津關稅司德璀琳君奉命赴東議和本屬難事實亦奇險而德君忠愛性成毅然前往迨至東之日即奉後命速其歸來是以未及與議即返滬竇未發一言未見一人固亦人人知之者有徐建寅者記名道員也其人以冶鐵出身頗知鐵性捐納一官上焉者以其從事於鐵廠也委以總理機器局之任洊保至道員去年東事起不知何人汲引奉命閱視北洋師船由津而威海而上海回至都門所查師船是否可用作何奏對不得而知獨奏稱德某此次赴東不但不請息兵反令日本增兵等語詢其此言從何得知則以爲歸途乘新裕船船上水手告稱聞諸日本賤役者嗟乎以方面之尊而竟詢謀於水手是可謂不恥下問者矣夫德君在華二十餘年凡事力爲贊助今茲東人肇釁始謀極爲老成迨至戰事已開晝夜運籌不遺餘力惜乎籍隸外洋不得柄用然料事之明謀國之忠早爲日人深憚似此請日增兵之謠顯係日人畏其從中主持兵事大不利於東洋故爲是言以相離間耳不料我監司大員虛懷若舜聽從於水手等人得此機密豈非中國幸事雖然日人用間之方不可謂其不知先務已

海軍平安　○威海陸路砲台爲倭所奪劉超佩聞已逃竄無蹤戴宗騫已仰藥自盡海軍被困澳內形勢固極可危若果海軍將帥出死力以抵拒吾知倭之海軍前者已受夷傷徒以困獸猶鬥之義此番決不敢與我軍相見再輔以劉公島日島地阱砲互相猛攻自不難轉禍爲福市間謠傳殊不足信姑竢捷音當浮大白

擬設電線　○祁口地方現關緊要日前曾調津勝軍豫靖軍前往駐紮曹軍門現已到防因恐倭船前來窺伺一切應變機宜必須與北洋籌商往返馬遞恐稽時日稟請　爵相設立電線俾得消息靈通有備無患聞已飭電報總局添設電杆即日馳往掛線矣

法求盡善 ○近因秦西軍火短絀來路不易有某侍御奏稱中國舊日二人抬槍頗能及遠請飭各省各營如法製造以濟要需曾見邸報現在天津經過各軍己有抬槍隊伍津勝軍及蘆團多半改用抬槍即劉欽憲亦飭造二百桿軍前聽用聞改舊日火繩爲銅帽誠屬便捷惜承造者俱用馬掌鐵卷製又係人工筒內未必一律光滑既恐炸裂裝藥彈又不能多致遠不過二三里說者以爲若用羅馬鐵板以機器卷製鐵質既精復用鏇牀淨卷膛內光潔無比即可裝藥二兩餘裝子二兩及遠當在六七里外更無炸裂之虞未識是否姑照登之

茶園鬧事 ○本郡西南城外養病院前同樂茶園自新正之初即招慶順和班在園演戲人角衣妝均各出色往觀者爭先恐後昨日扮演拾鐲一齣生旦情致逼眞突有一人喝采褰衣撩袖與會淋漓不防將茶碗掀翻濕同坐者之衣兩相口角旋即飛壺擲碗登時鼎沸有任魯仲連者出爲解勸兩造仍不舒服相率而赴訟庭焉

冰床宜禁 ○津郡自封凍後行人來往喜乘冰槎較車馬既速且逸惟交春令則萬不可坐緣冰得陽氣而酥若稍不經意易於塌陷爲害不淺昨南營門外有四人同坐一冰床行至橋下冰忽塌落幸該處水淺雖四人衣履盡濕尚不致葬入冰窟所願有保衛生民之責者嚴禁之也可

憲示照錄 ○漢口信云軍需孔急需餉浩繁鄂撫譚中丞奉到廷寄在茶糖二色內加抽釐金二成暫濟需餉俟軍務平定即行停止中丞即出示曉諭照錄如左 爲出示曉諭事案照承准軍機大臣字寄光緒二十年八月二十三日奉上諭戶部奏籌餉緊要續擬數條請旨遵行一摺茶葉糖斤加釐各條均着照所請行該將軍督撫等務當共體時艱認眞舉辦嚴飭所屬妥慎經理等因奉此並准戶部鈔錄原奏咨行到鄂查原奏內開一茶葉糖斤加釐查中國利源鹽課而外以茶課爲大宗近年以來印度產茶日本產茶頗於華茶有礙而其色味之勝行銷之暢終遠遜於華茶故雖酌加釐斤斷不慮洋茶之浸灌查各省茶釐有按外引按箱按担之異其取之業戶取之引地取之商販辦法亦復不同擬令各省就現在抽釐數目再行加抽二成至糖斤一項俞謂熬煮得法其利與鹽相埒東南數省銷售尤多亦擬照各省就向設局卡處所無論紅白蔗糖等名目均於照常抽釐之外每糖一斤加抽二成此兩項加抽釐金成數無幾不難舉行應以半年將加抽數目另款彙存專案報部聽候撥用仍令先行曉諭各商軍事一平即行停止等因當飭司局查議通飭舉辦去後茲據藩臬兩司善後牙釐各總局會議詳覆鄂省茶釐一項向係銀錢並收應俟新茶上市即遵部一律加抽其向抽糖釐之漢口沙市宜昌等三局應即飭令專就落地一項遵章加抽二成專款存儲以備要需等情前來除批飭各省釐局一律遵辦外合行出示曉諭爲此示仰各屬茶糖商販人等一體知悉爾等當知茶糖加釐乃因倭氛不靖征兵雲集餉需浩繁暫時加抽以資接濟軍事一平即當停止此係奉旨加抽之件務各共體時艱遵章於正釐之外加完二成毋得隱瞞偷漏致干罰辦切切特示

京報節錄

○○總管內務府謹奏爲遵旨覆奏事恭照光緒二十年十二月二十一日內閣奉上諭御史齊蘭奏內庫重要宜定限制以杜弊端一摺據稱內務府六庫司員向由該堂官揀選引見期滿更換近聞有此庫將屆報滿該堂官復揀選定彼庫擬正亦有以此庫而奏調彼庫者各遂私謀毫無顧忌請飭嚴定章程等語着總管內務府大臣嚴定章程具奏欽此遵查臣衙門則例內載嘉慶五年二月軍機大臣議覆奏准給事中恩治條奏三庫郎中六庫員外郎照戶部三庫之例遇有缺出以及期滿者於各司處郎中員外郎內保舉數員帶領引見恭候欽定仍於三年期滿更換又例載三庫郎中六庫員外郎等年滿轉出之員即與新轉之員所遺之缺對調如係由銀茶二庫三年期滿轉出者扣足十年方准再轉其在庫未及二年即行升任或遇出差等事遇缺仍准轉補如在庫己逾二年者即行開缺扣足十年方准再轉至皮磁緞衣四庫轉出者不論年分遇缺即准轉補各在案查臣衙門遇有各庫缺出除銀茶二庫按照定章扣足十年方准再行轉補外其皮磁緞衣四庫年滿司員向無例定年限如遇各庫缺出准與各司處司員一體遴選帶領引見總期人地相宜庫務有裨臣衙門既有成例可循應毋庸再行定章至由此庫奏調彼庫一節查庫差繁簡不一或因一時未得其人間有奏請調補者係因地

擇人起見臣等公同商酌嗣後遇有庫差缺出必先儘各司處應轉人員內詳加揀選務求合例勝任者以之轉補倘一時實無勝任之員再由臣衙門奏明辦理所有臣等遵 旨覆奏緣由伏乞 皇上聖鑒爲此謹 奏奉 旨已錄

○○江南道監察御史奴才宗室溥松跪 奏爲餉賑廢弛亟宜整頓仰祈 聖鑒事竊維養兵以餉爲先救災以賑爲重當此癘氣不靖饑饉頻仍 朝廷宵旰勤勞於養兵救災之事無不實力奉行隨時整頓該管官當如何愼重奴才風聞廂藍旗滿洲學習印務叅領雙林居心貪鄙任意把持每月散放該旗兵丁銀餉伊必按名尅扣湊至三節始分一次遇有該旗領米事件復侵漁中飽不恤人言遂至各兵丁餬口維艱道路以目光緒十七年因侵吞米價案內經前任都統恩承撤去該員印務旋經貪緣要路復委令職近更肆無忌憚又儲濟倉監督溥英富新倉監督王廷本人品卑下聲名平常每遇放收米石無不從中勒索近於順屬應領賑米藉端訛詐辱詈委員順天候補縣丞景湧沛並有扣銀八百兩之議似此品行不端等員若不嚴行叅劾何以恤兵民而重財帑相應請 旨飭下廂藍旗滿洲都統倉場侍郎據實查明照例懲辦以昭炯戒奴才爲整頓餉賑起見恭摺具陳仰祈 皇上聖鑒 訓示施行謹 奏奉 旨已錄

○○頭品頂戴山西巡撫臣張煦跪 奏爲綠營守備交代朋馬虧短銀兩請暫行革職勒限補交恭摺仰祈 聖鑒事竊查晉省綠營內有朋合銀兩在官兵俸餉馬乾項下扣存由各該營守備每歲由司庫請領以備隨時添補馬匹及朋帳一切之需遇有任卸歸入交代核算不得絲毫入己原所以重餉項而備急需也乃積久相沿經手者不無挪用接任者每多瞻徇相率效尤視爲如常以致遇有馬匹缺乏無欵添補茲查有業經休致前大同左營守備扎克唐阿在任七年倒馬二十一匹前署大同左營守備候補守備胡應信在任二年倒馬一十二匹該二員俱曾領過朋銀並未買補亦未將馬價移交後任經大同鎮總兵咨揭到臣屢經札飭迄未補交殊屬玩延相應請 旨將休致守備扎克唐阿候補守備胡應信暫行革職勒限四個月照數補交如該員等如數補足再由臣奏請開復倘逾限不交或不足數另行從嚴叅辦以肅營制所有綠營守備虧短朋馬暫請革職勒限補交緣由謹恭摺具陳伏乞 皇上聖鑒訓示謹 奏奉 硃批着照所請兵部知道欽此

出售

本行發售各式保險檯燈座燈並牆掛手照等並有大小紅毛片洋鏡一切均照置本出售倘 諸君欲購者請來本行賬房而商可也此佈

正廣和洋行啓

蓋自唐花之設歷有年矣歲除之前各花局門麗爭妍異常炫燿而本莊之所以銷聲歛迹正欲待時而動耳茲於各花局凋零之候正本莊炫麗之時現於花窨中用暖氣烘培各色牡丹己異常鮮艷千紅萬紫洵爲未有之奇而且本莊輕於利市格外價廉望諸君遊展重臨不惜金錢賞玩庶不負本莊巧奪天工之意矣

樂長春主人謹啓

告白

永慶昇平 續永慶昇平 萬年青初二三集 富貴錄 續施公案 彭公案 第三才子 第一奇女 醉茶志怪

花月姻緣 續今古奇觀 巧合奇冤 醒心編 繡寶錄 開闢演義 姚元之先生竹葉亭雜記 徐沅青觀察宋豔 春秋會義

五十名家尺牘 皆大歡喜 徐沅青觀察醫方叢話 曾惠敏公全集 日本新政考 日本師船表 日本史畧 湘軍記

東三省地圖 日本地圖 亞西亞圖 後四才子 南北宋 東西漢 後英烈傳 草木春秋 後聊齋 三續聊齋 子不語

奇中奇 後列國 後三國 說唐征西 飛龍傳 綠牡丹 笑中緣 英雲夢 七俠五義

文美齋謹啓

啓者敝莊發兌書帖圖譜由申揀選印精裝良紙張潔白廉價出售早蒙 官紳士子垂青賜顧特由旱班運到新出各種地圖時務各書名目繁多不及備載寄售宋板唐文粹竹葉亭雜記孫過庭書譜欲通知時事者 駕臨購取可也

天津北門外萬壽宮迤東嫏嬛書莊謹啓

敬啓者本館現於本年元旦出報因排報之鉛字各路之採訪主筆之西儒須開河後方能齊集姑先按日出報四幅以饜 諸公望報之懷二月之望即照舊例報價因用洋紙每份售大錢十文仕商告白減價三個月以廣招徠其餘各事均循中西報館章程辦理特此啓知伏祈 公鑒

直報館謹啓

直報

光緒二十一年正月十五日
西曆一千八百九十五年二月初九日　禮拜六
第十三號

續論哨探鋒軍事宜　頌聲載道　搶案彙紀
罔人最要　自戕其民　新軍拔營　逃兵相詐
後悔何及　可以鑑矣　甄別譯生　京報節錄
告白照登

續論哨探鋒軍事宜

探隊營官須用極機警有膽之員帶隊前進指揮何處屯紮後隊何處駐立策應後乃親帶探鋒兩班前往近敵之處各與指示如何藏伏探望一路前進自當極意隄防查探有無伏寇並相度可以埋伏之林莽地段不可稍有大意並察驗何處可以扼據以備倘或敵過回我應折回何處扼守與彼爭鋒探軍須極寂靜不准聲張不准亂伍如前入村庄秋毫不得擾犯如駐紮之處遇有橋梁山谷常法不可越過駐紮第令邏兵邏騎常常往探假如遇有林木之區邏兵須列林外而探隊在後約一二百碼駐紮如臨陣時將軍令其扼守本林木地段則後隊便須進前依邏兵所立處橫排成列如令截河為守沿河要害係橋梁及津涉等處向例敵人過江多擇向我反弓之地吐舌向敵者利我火器敵若知兵必不用也相察情形當自悟扼守之法矣大抵凡帶探隊營官無論騎步前到一處便當思我是其地主人不但所紮之地須要細心相度如左右礮火所及之高處各路至此之路徑險易廣狹係用步抑用馬之地以及礮隊能否由此前來應於何處與鄰哨及後路通信皆要一一區畫通信之法外國陸軍刻皆晝用鏡號夜用電燈號我軍不能用亦可晝用旗號或約明手法如海軍所用依電報暗碼傳之夜用馬遞所有叢木榛莽之區以及山坑凹路凡可以聚敵藏寇處所皆應時常查驗如或兵弁難信便須營官親行並需擬敵情應於何處用何法攻我如此自能胸次了然不至為敵暗算即使黑夜敵來刦我亦能胸具成算料理裕如矣探鋒駐紮之後邏步邏騎不可過多布列亦不可過遠恐多則易為敵人所覺布列過遠則力單而易為敵人截刦也須知邏事所重在探在遮不在戰鬥只要敵人來路處處在我眼中敵人舉動時時為我察覺能窺敵而不為敵所窺斯為上上若地段前面有山坡起伏邏騎須往山前如其不便則山後高處須用一隊守探更須布置策應救護以及如何收回之法以防敵人撲攻探軍橫布四出其勢須如所謂常山之蛇互相策應救援無使敵人截取生口又更不可過疏致敵人黑夜潛進無能覺察邏兵所立之處須遠藏伏之區如要自入伏地須得邏騎先探為要大抵凡邏之出無論或步或騎有雙無單蓋設不幸一人失險其一可以歸報出援也帶隊將官須時時親至巡視夜間每邏換班時即須親巡一遍至黎明時更屬緊要必須自行假如左近有高大廟屋寺塔之類日間須遣一眼力極好機警乖覺之人攜帶遠鏡常居其上至於夜間設前面有山坡起伏邏兵須居伍處庶若有人過山人影露天可以盡見也再者各國常法日間邏兵所用常少日間及有月之夜槍刀不許插上恐刀光掩閃易被敵人覺知至天氣昏黑及無月之夜則槍刀必須上好左右鄰哨相去之地務宜可以相望至於夜間輪流巡哨由左至右各至鄰哨交接之處而止但靜夜氣清之時則以勿多攪動為佳耳語須極低聲邏兵吸烟乃為厲禁一隊分為四班其班每點鐘一換邏班至少須用三班方可輪流而得休息營官夜間巡視哨兵之時須與邏者同進前頭約五六十步四外踏看周妥方回故軍中置哨得法其堅無異金城而其用則有過之有警便知一也遮蔽後隊二也敵情盡得三也敵不能窺四也全軍大隊可以從

容賺敵五也地利詳盡六也有伏必覺七也此事不講雖百萬之軍不足恃耳切記切記無論白日夜間一哨所駐之地有人進前須只許一人單進不許羣來須待看明實係本軍口暗號明白方准近前如遇外人夜間潛至身邊不帶兵器者亦須令立時站定否則開槍或由遊哨報知或後班輪換時將此人送到營官由營官送到值日戰將如係日間立用旗語或手號報知策應後隊或左近哨隊將官立時進前無論何等外人或降人或探子或遞戰書皆須即時送到後隊不許餘人胡問多談如係停戰白旗哨官須立時看守此等人一面傳信到營候令進止所立之處須令面向敵營毋令得以窺佔本軍地段如令送到後隊須用厚布纏蔽此人雙眼然後徐繞詭道進營即係前敵兩軍交接之事不涉大營而值日戰將亦當另派一員監聽何事何語如係遞遞書信哨官給與收條其人即遣疾回不容逗視如主將要看送信本人其進營一按前法掩眼繞道如係降人或本軍探子哨官察看不許兵弁多問蓋一則軍情不容衆著二則人經問答之後往往厭於更詳轉使將領細詢時難於得實此等須即時送到中營聽憑值日戰將如法處分不可孟浪也凡邏軍守立之地遇有敵人前來彈壓不止者即須開槍即以報驚敵前進不止槍聲須連響不歇俟敵退方止如我哨爲敵所逼須行退回須用緩退不可狂奔羅軍每排兩人之中總須一個槍中不空與排兵迎隊一律辦法遲速之間須有分寸須知死却無妨勿令敵人生得而已假如倉猝之間槍中出有毛病不可施放便須急呼左右及後隊救援或高挑戰帽令人望知赴援假令有人爲敵所執抑或有人棄軍降敵便須急報值日戰將知情並及左右鄰哨知道也凡選擇鋒軍其人須用軍中上選良弁精兵愈險差事須愈上脚色充當方冀軍中大受其益如愛惜好手不令冒險不特貽誤事機而且損人必衆因衆人斷不能做得巧事徒令軍情敗露豈唯無益而已向來軍中好漢最高興當此險差但須酬以厚賞吝則敗矣又哨軍前弁須挑目力及遠之人能夜視近視之人須令營幹別項軍事又哨軍須另設一隊遊軍專司接通各哨並聯絡策應儲軍之事又哨軍橫列疏排須如弓抱本營如地勢相宜兩翼可以向前者不在此論再敵人攻我常法先收兩翼故有時須於遠所特設兩隊與兩翼相爲犄角兩翼常張則正營益固益安矣

頌聲載道　○去臘楊柳青紳士會同縣委在籌賑局領去津錢八千吊棉衣褲一千套並由紳商集捐津錢一千吊棉衣褲七百餘套自十二月二十九日起至新正初五日止紳士會同汛官縣委等在該鎮藥王廟安寶散放計極貧戶約有六千數百名口每大口給津錢一千文小口五百文次貧戶計有一萬餘名口每大口津錢五百文小口二百五十文均各實惠均霑無遺無濫宜其有口皆碑頌聲載道矣

搶案彙紀　○任邱縣生員杜冀之以耕讀爲業家資頗裕置有騾馬數頭去臘某夜忽來賊數人越牆而入杜聞聲喊捕工人田姓出爲查看被賊所傷該賊即大開重門手牽騾馬並攜贓而逸杜只得報縣請緝當蒙勘驗飭捕嚴緝在案未悉能物還原主否○又該縣民人賈十攜帶銀兩乘騎至韓村地方有事突遇步賊人各執器械攔路大喝留買命錢宥爾一死否則送往閻羅府核算帳目賈正驚懼不知所措該賊即上前打倒將牲口及銀錢全數刼去賈亦報案請緝似此盜賊橫行行旅有戒心矣○又張家灣西街恒和錢舖於前夜被賊多人毀門入室搶去銀錢等物該舖夥等因見各持槍刀利器未敢聲喊只得任其飽掠而逸賊去查點失物開單報案未知能即緝獲否

甯人最要　○倭人游弋祁口人心惶惶其實該處防範周密倭人未必敢於輕試其謠言肆起者皆因滄鹽一帶向爲梟匪出沒之區當此有事之秋該匪等布散流言煽惑人心冀圖搶刦耳前報紀縣慕韶刺史奉札在滄鹽等處安設塘撥糾合漁團是亦收拾地面極善之策若再能將平日縱不畏法之徒籠絡駕馭收爲我用則以盜治盜亦一家良法想刺史深謀遠慮定有以鎮定人心也

自戕其民　○玆有某甲在前敵某營當差現奉差來津適有某乙詢問軍務以爲我國兵將如此之多器械如此之利何以倭人猖獗至此眞令人索解無從也甲云既承詢當詳言之論我國現有兵勇較倭實多數倍無如倭人每於交戰時無不奮勇爭先槍砲子彈及身不稍退避主帥深疑其事因於交戰時設計活捉二人當即訊問該倭怒目直視强悍不懼大有顛狂之狀因飭分別監禁至次日復又提訊該倭即崩角在地求饒性命問其交鋒時何以强梁若此據供世人無不惜生怕死惟我等每至臨戰主將均給服丸藥一顆即不

覺胆力俱壯除死方休及至藥力消散則亦畏懼等語當將該倭按以軍法云云按醫家有壯藥服之令人狂死倭人祇知取勝先致其人民於死地天理何在行見其無噍類己

新軍拔營○幫辦奉天軍務唐軍門仁廉在馬廠招募二十營早己成軍因在馬廠操練是以尙未東行現已操練純熟於本月十二日夜間先開三營隨卽逐日拔營道出津沽不日當可齊集查此軍是否留防津門抑擬赴北塘或逕出榆關容探明再報

逃兵相詐○自倭人啓釁各處招集新軍調派防軍客臘迄今由津經過者不下數十百起無不器械精利旗幟鮮明令人驚心動魄多半乘坐火輪車駛往山海關外駐紮惟值天氣嚴冷關外較內地尤甚復又雨雪載途從征之苦自不待言乃新集之軍旣不諳紀律復不明忠義一經出關雖未見敵竟有潛自逃歸者昨西門外有年逾不惑者一人冒充某營差官向逃兵索詐銀錢逃兵知其詐也欲以老拳旋經旁人解勸並問詐人者究係何營則詐人者亦屬逃兵不覺無顏抱頭鼠竄

後悔何及○婦女入廟焚香久干嚴禁而愚民無知以爲非至廟親自膜拜則神弗佑也以故習俗相沿牢不可破本年正月大后宮香火極盛有不遠數百里而來者第今年海氛不靖兵勇雲屯各處遊觀時所或有縱不滋事而各廟宇之擁擠較往年爲甚婦女何可冒昧前往昨有西門外王姓婦携一五齡之子乘車至廟拈香一轉瞬間所携之子卽不知去向其時人山人海萬頭攢聚喊破喉嚨亦無踪影聞該婦祇此一子己痛不欲生悔無及矣

可以鑑矣○鬼魅之事儒者弗道而秦西尤以爲渺茫茲錄一事以戒後妻之虐前子者非敢據以爲新聞也據訪事云河東水梯子某甲織襪爲業妻育一女己四歲客臘復因產身亡甲因女無母娶再醮婦詎婦不但不撫育前女反挫折之致女每飯不飽厭厭無生氣幸同居者垂憐得以不死昨據隣人聲稱婦於夜間見鬼言是前室因虐女太甚行將索命婦懼甚許爲超度並允以後善視其女鬼始去云云父母愛子之心無間幽明世固有此靈鬼乎哉

甄別譯生　○金陵同文館設立多年自楊誠之觀察督辦以來愛才若渴諸生樂其啓迪執經問難相愛若師友因是學業日有成效觀察前奉叅派進京祝　嘏返棹白門正月下半年甄別爰命題如期課試試凡三日照章呈送督憲張驗定並加獎許當今時務宜重西算格致之學觀察命題蓋於諸生有厚望焉題列如左○漢文譯英文題　韓退之與汝州盧郎中論薦侯喜狀　日本商務全恃中國不宜啓釁論○漢文譯法文題　節譯蘇明允上韓樞密書　御將者天子之事也至此先王所以威懷天下之術也　通商致富說○英文譯漢文題　釋日月食並作圖　紡織機器圖解○法文譯漢文題　氣學大凡並輕氣球解　寒暑表說○漢文題　擬王子淵聖主得賢臣頌　拿破侖第一論　句股平三角解　地圓說　問北洋旣冰防倭南下南洋海口甚多應扼要者何處南洋兵輪素弱應更置者何端砲爲定物敵在砲界外則無用矣船爲動物利於迎追故船猶砲之翼足而管駕者又爲船砲司命北洋管駕都由學生出身乃臨陣鮮效其故安在利械久推火砲泰西製造最精者幾家砲用彈藥設有二十六生的及十七生的二砲以開花彈放之彈重藥重各應若干試類舉之砲最遠界五十里以攻距我二十七里之船應用何角度能測之歟彈之穿甲深數視其重積力能推之歟有明戚繼光爲剿倭名將所撰紀要新書有可行於今日者幾端諸生學究中西其各臚列以對毋隱

京報節錄

○○經筵講官禮部尙書臣宗室崑岡等謹　奏爲遵　旨議奏事內閣抄出直隸總督李鴻章奏現任東閣大學士張之萬呈稱世居南皮建有宗祠支派蕃衍春秋祭饗費用支絀族中貧困不能自給者頗多故父在日嘗思增益祭欵兼濟貧乏有志未逮之萬渥荷　國恩服官中外數十年俸廉所存積成銀一萬兩恪遵遺訓捐入宗祠借與族人按月生息計歲得銀七百二十兩添備宗祠祭祀之需以五百餘兩爲本支高祖以下三支贍助窮困擇族中公正誠實者二人經理議定章程存祠由縣加結造册詳司核明詳　奏前來查大學士張之萬克承先志捐銀一萬兩出借生息爲宗祠祭祀之需兼贍族中貧乏洵屬孝義可風查咸豐八年吏部右侍郎張祥和捐出贍族奉
上諭着加恩賞給御書匾額等因欽此光緒九年原任兵部尙書許庚身十七年現任吏部侍郎徐用儀十九年調任台灣巡撫邵友濂均

以捐產贍族經歷任浙江巡撫劉秉璋咨駁先後　奏請蒙　恩賞給扁額在案張之萬事同一律可否准照成案　賞給御書扁額以示嘉奬等因光緒二十年十二月初八日奉　硃批禮部議奏欽此欽遵到部臣等查例開凡士民人等捐資贍族田粟准值千兩以上者均請　旨建坊給予樂善好施字樣聽本家自行建坊如有應行　旌表而情願議叙者由吏部核議等語又咸豐八年吏部右侍郎張祥河捐田贍族經臣部以該侍郎係二品大員若僅照紳民捐田之例辦理似無區別奏請由吏部核給議叙嗣經吏部奏稱大員捐田贍族例內並無作何項議叙明文等因奉　上諭前因吏部右侍郎張祥河捐田贍族當經諭令該部核給奬叙茲據奏稱大員捐田贍族並無作何項議叙明文亦無辦過成案請旨遵行等語張祥河捐田千畝養贍宗族古誼可風着加恩賞給御書扁額以示嘉奬欽此又查近年成案原任兵部尙書許庚身戶部右侍郎今調任吏部左侍郎徐用儀福建台灣巡撫邵友濂均因捐田贍族由該督撫援案　奏請經臣部先後議覆欽奉　諭旨賞給扁額各在案今大學士張之萬克承先志捐銀一萬兩出借生息爲宗祠祭祀之需兼贍族中貧乏洵屬孝義可風核與　旌表之例相符既據直隸總督援案奏懇　恩施可否援照侍郎張祥河等成案賞賜　御書扁額以示嘉奬之處恭候　欽定所有臣等遵議緣由謹恭摺具陳伏乞　聖鑒爲此謹　奏請　旨奉　旨已錄

〇〇尙書銜安徽巡撫奴才福潤跪　奏爲甄別庸劣不職各員請　旨分別革職開缺另補以肅官方恭摺具　奏仰祈　聖鑒事竊求治以得人爲要安民以察吏爲先奴才到任後每於接見屬僚披閱公牘靡不留心核其政跡証以平日聲名即需次人員遇事差遣亦觀其行止趨向以分優劣其　庸劣不職者互應認眞甄劾督同兩司隨時察訪查有代理甯國通判試用直隸州知州吳德懋擅離職守專事鑽營績溪縣知縣姜維寶審斷草率不洽輿情候補知縣吳守誠行爲卑鄙心地糊塗績溪縣訓導吳鴻鑾干預公事志趣不端以上四員未便稍事姑容相應請　旨將吳德懋姜維寶吳守誠吳鴻鑾一併革職以示懲儆又查有霍邱縣知縣惠恩才欠開展人地不宜並請開缺另補奴才爲整飭吏治起見是否有當謹　恭摺具　奏伏乞　皇上聖鑒訓示再所遺績溪霍邱等縣員缺安省現有應補人員應請扣留外補合併陳明謹　奏奉　硃批另有旨欽此

出售

本行發售各式保險檯燈座燈並牆挂手照等並有大小紅毛片洋鏡一切均照置本出售倘　諸君欲購者請來本行賬房面商可也此佈

正廣和洋行啓

蓋自唐花之設歷有年矣歲除之前各花局鬥麗爭妍異常炫燿而本莊之所以銷聲歛迹正欲待時而動耳茲於各花局凋零之候正本莊炫麗之時現於花窖中用暖氣烘培各色牡丹已異常鮮艷千紅萬紫洵爲未有之奇而且本莊輕於利市格外價廉望諸君遊展重臨不惜金錢賞玩庶不負本莊巧奪天工之意矣

樂長春主人謹啓

告白　永慶昇平　續永慶昇平　萬年青初二三集　富貴錄　續施公案　彭公案　第三才子　第一奇女　醉茶志怪
花月姻緣　續今古奇觀　巧合奇冤　醒心編　竊寳錄　開闢演義　姚元之先生竹葉亭雜記　徐沅青觀察宋鑑　春秋會義
五十名家尺牘　皆大歡喜　徐沅青觀察醫方叢話　曾惠敏公全集　日本新政考　日本師船表　日本史畧　湘軍記
東三省地圖　日本地圖　亞西亞圖　後四才子　南北宋　東西漢　後英烈傳　草木春秋　後聊齋　三續聊齋　子不語
奇中奇　後列國　後三國　說唐征西　飛龍傳　綠牡丹　笑中緣　英雲夢　七俠五義

文美齋謹啓

啓者敝莊發兌書帖圖譜由申揀選印精裝良紙張潔白廉價出售早蒙　官紳士子垂青賜顧特由旱班運到新出各種地圖時務各書名目繁多不及備載寄售宋板唐文粹竹葉亭雜記孫過庭書譜欲通知時事者　駕臨購取可也

天津北門外萬壽宮迤東娜嬛書莊謹啓

敬啓者本館現於本年元旦出報因排報之鉛字各路之採訪主筆之西儒須開河後方能齊集姑先按日出報四幅以餐　諸公望報之懷二月之望即照舊例報價因用洋紙每份售大錢十文仕商告白減價三個月以廣招徠其餘各事均循中西報館章程辦理特此啓知伏祈　公鑒

直報館謹啓

直報

光緒二十一年正月十七日　第十四號
西歷一千八百九十五年二月十一日　禮拜一

上諭恭錄　紡織開源說　關東大雪　東邊信息
燈事寂寥　婦女搶糧　王事賢勞　營示照錄
洋車拐帶　服藥宜慎　戲園又鬧　先聲奪人
暹羅郵耗　京報節錄　告白照登

上諭恭錄

上諭自上年軍興以來朝廷每念從征士卒冒險衝鋒勞苦情形時深軫念着各路統兵大臣嚴飭各將領等於所部兵勇務當優加體恤以期踴躍用命倘有尅扣軍餉虐待兵勇情事經朕訪聞或被人參奏定當執法嚴懲決不寬貸該統領等其各凜遵毋忽欽此　上諭前任青州副都統德克吉訥由參領簡授烏魯木齊領隊大臣在塔爾巴哈台布倫托海科布多等處征剿多年洊升副都統前因病准其開缺賞食半俸茲聞溘逝軫惜殊深加恩着照副都統例賜䘏任內一切處分悉予開復應得䘏典該衙門察例具奏欽此　上諭理藩院奏蒙古親王捐輸軍需銀兩請旨獎勵一摺該親王情殷報効洵屬急公科爾沁扎薩克和碩圖什業圖親王色旺諾爾布桑保着賞換黃韁欽此　旨多羅貝勒載潤回[illegible]褂護着即收回欽此

紡織開源說

紡織爲民生大利不但可以裕國也並可開衣食之源不但可以阜財也並可爲强盛之本然則紡織之道宜講求也明矣邇來洋紗洋布出貨日衆進口日增中國固有之利權半爲所奪良由西人講究其法不遺餘力運以精心試觀各國紡織之器逐漸加增紡紗不外乎挺子當西歷一千八百餘年英已有挺子三千六百萬根俄二百餘萬根法四百餘萬根奧一百五十餘萬根日耳曼二百餘萬根近來又增其半矣織布機器之衆以英爲最當西歷一千八百十三年僅有二千四百座現已增至四十餘萬座其餘各國少亦有數萬座此其所以紡織紗布運至中華操奇計贏有增無已也今中國生齒日繁需布頗衆苟不多購機器添設局廠安能塞彼漏卮查紡紗工作分十二層曰打花去土曰彈花成片曰梳棉成帶曰引棉成條曰初成鬆紗曰引長曰紡緊曰經紗曰緯紗曰絡紗成縷曰合縷成句曰提檢廢棉織布工作分六層曰絡經曰理經曰漿縷曰織縷曰摺布曰印花其工甚細允宜增添機器擴充廠基以開絕大利源也然而織布之法既能精染布之法尤宜講邇來進口洋布所染花樣莫不巧妙新奇前歲又織成洋摹本洋縐遠視幾若絲成實則仍用紗織因而大獲其利今中國布局所織大都斜紋粗布又未織染各種花紋是爲憾耳苟欲妥籌盡善當多紡細紗多織細布及洋摹本甯綢以合時宜而廣銷路並宜備染布機器自行染成各項新式花樣且染機宜用簡使者有一種用紅銅面輥輪雕刻花紋輪下有盛印料之槽汽機轉動其輪輪面即入槽內收顏料而輪出槽之處有小鋼刀刮去渣滓惟花紋處顏料僅存將所染之布捲於木輪令穿入印花輪下比及由下而上仍捲於木輪而染已成矣其靈妙如此仿而用之亦奪彼之工巧擴我之規模也尤有說者紡織紗布全賴流通之遠貿易之多方可擴之彌宏持之彌久其法在乎多設分肆除先設於通商各埠外餘如城鄉市鎮及西北各省內地或自行開局或寄售於布莊皆能獲利蓋以中國之貨售於中國之人即轉運於各省近不過數百里遠亦僅數千里較之洋貨入口遠涉重洋船脚保險需費頗巨者貿易自分難易成本亦判重輕則價值必廉銷場必旺迨至出貨已多然後再派輪船運售於東南洋及朝鮮等處實足以獨擅利權所要者須辦理得

勿使質纔不及彼之精幅面不及彼之闊花樣不及彼之新則獲利之豐可以操券而待矣

關東大雪　○山海關外遼瀋一帶每屆冬令墮指裂膚去年秋冬之閒倭人攻樸金復等邑我大軍絡繹出關今正初旬又天降大雪平地深及數尺其嚴寒酷冷更可想見倭國地處東方四時和暖今侵入之國兵卒將率自貽伊戚聞凍斃者日有數百行見不死於砲火而死於冰雪當亦倭人自取之也

東邊信息　○倭自攻我鳳皇九連遂及金復海蓋妖氛猖獗朝野震驚自去冬由湘鄂皖豫調來各軍皆出山海關以資抵禦各大帥因時冬令士卒衝鋒冒雪艱苦備嘗將口糧照尋常加給一倍冀可馬騰士飽頃有人自關外來云現在我軍馬步砲隊雲屯霧帀各處聲勢頗爲聯絡馬餉每匹有七兩者有九兩者步餉有四兩五自五兩者較平時俱各有增無減各營兵勇無不銘統帥之恩惜銀儈及米麥中人居奇壟斷銀價日見跌落米價日形增漲且所售大米皆攙水礫糠以致人皆不能下咽餉項雖則增加士卒仍虞饑饉彼錢儈米業中人天良何在哉

燈事寂寥　○年年本郡元宵自新洋貨街起至針市街竹竿巷家家啓彩戶戶笙歌十四十五十六三日夜闔城男婦無不興高采烈皆欲蹋偏六街每街心鰲頭攢聚其閒以估衣街鍋店街北門口爲尤熱鬧蓋以街道窄狹遊人之東來西去者至此無不氣喘力疲擠軋片時甫得轉動洵昇平瑞事北方一大佳節也本屆海氛不靖徵調偏於二十三行省師旅往來盈千累萬不必官家禁止而民間適聞威海噩耗孰不椎心抱恨以故此三日夜家家閉戶處處息燈游六街三市者未免黯然神傷已

婦女搶糧　○國以民爲本民以食爲天往年本郡及順屬水旱偏災官家設局平糶所以防糧業之居奇饑民之爭鬨也本屆水災較往年稍減曾蒙　皇上天恩發銀發粟令地方官妥爲接濟皆見邸報無如本屆大兵過境食之者衆而東糧南糧又經阻滯以致米麪價值日見騰貴大米每包十餘千文白麪每百斤十餘千文即粗糧玉米麪亦售六十八文一斤雖經官爲定價每斤六十文奈來源不多去路甚暢甚至侵晨尚可購得午後即已烏有此本埠城內外近日情形也聞鹹水沽白塘口一帶米麪舖大小四家因麪價過昂於日昨有鄰村婦女約數百口各攜布袋一擁而進將米麪一埽而空饑饉之餘復有兵擾以致斯民乏食宜其挺而走險也

王事賢勞　○欽差大臣節制關內外各軍劉峴帥昨在津曾委前山西太原鎮何總戎鳴高自天津前往山海關查勘沿海要隘茲聞此差頗爲繁鉅所有天津北塘以及灤州永平凡界濱海沿邊要隘均須詳細查看繪圖貼說以備布置其已經設有防營者兵馬若干及備防軍需各局現存火藥子彈若干均須詳細造册其有要隘未經設防者亦須詳查形勢應如何防守總期毫無罅漏令後路步步爲營以免疎失是以何總戎奉委以來僕僕道途不遑寢食無論鉅細皆親身閱歷擬俟將一切周查明妥馳赴前敵銷差

營示照錄　○統理信勝全軍兼帶中右二營記名簡放總鎮翁勇巴圖魯魯爲　出示嚴諭事照得本統帶中右二營現在開行赴奉路途甚遙該兵丁等曉行夜止謹隨隊伍各宜恪守營規不許藉端滋事遺害地方逢市貿易不得強賒押買務須軍民相安各宜功名爲重至嫖賭洋烟強取硬奪尤爲軍法所不容爾兵丁其各遵循幸勿以身試法倘敢故違准其扭稟本統領言出法隨決不姑寬而沿途市鎮軍營買賣亦應公平交易不得高抬市價切切毋違懍遵特示　光緒二十一年正月十四日

洋車拐帶　○本埠東洋車最多價又最賤人樂乘以代步初不虞有拐帶之事訪事云津地風氣與他處廻異不論大家小戶凡眷屬出門皆無接送之人然亦從無差錯詎昨聞南頭窯某姓家因送外甥女回家雇有最熟識之康二東洋車送去三日後甥女家人來接某方知被拐遂同女父即至康二常住店中追問來歷皆云亦一日未回伊並無妻室在此等語某悔恨莫及欲稟縣又恐遲誤遂急浼可靠親友偵騎四出尚無蹤跡究不知能珠還合浦否

服藥宜慎　○訪事云昨有文昌宮前楊姓者自冬臘問即患時症延其妹壻董醫診治頗見效驗近日據醫云再服一劑即當勿藥矣詎服後病者即人事不知合家驚惶復延董醫至請再診脈醫言毋庸當是藥舖舛錯不然何至如此變動可將藥渣取來一一查檢知爲藥舖所誤爲害不淺於是楊之妻偕其胞弟等各持利刃至該藥舖拚命幸該號因新正尚未開市其門常扃不得闖進旋經街鄰攔

阻堝力勸解伊始悻悻而歸並云我家病人尚有呼吸之氣倘遭不測萬不干休云云噫藥店中人可不慎哉

戲園又開 ○西頭廣慶戲園自新正開演以來因有名角觀劇者盈門日盛一日昨有由馬場調來兵勇在內不但不給戲價而且在內任性戲耍該園主人恐遮眾人眼目力為禁阻詎伊等即以茶碗茶壺飛擊致將該園夥計二人頭顱擦傷觀劇者恐遭拖累一鬨而散茶戲之錢均未收得該園東欲往該管統領處控訴經人勸住尚未知能息事否

先聲奪人 ○劉淵亭軍門奉 旨幫辦臺防後即委姚劉兩員總理行營營務處帶同將備回粵添募福軍五營赴臺防堵擬至惠潮招募兩營東莞陽江等處招募兩營仍將原紮瓊狗嶺龍泉崗之舊部調往湊足五營其惠潮所招者在於汕頭取齊餘則在粵垣取齊茲聞東莞陽江各勇陸續到省借駐東校場社稷壇及風火神廟等處聽候定期拔隊赴防乃近日每有匪徒假冒福軍在外滋事為該軍營務處訪聞移請南番兩邑侯示諭屬民嗣後如遇此等匪徒搶擄滋鬧務宜窮追送辦如道經營旁可即喊同哨弁幫拿以杜弊混而肅營規該軍之紀律嚴明即此可見矣○廣西提督蘇熙堂尚書元春原籍廣東寄寓湖南提督粵西九易寒暑桂林士庶倚若長城茲者洋氛東起侵擾 陪都尚書忠義填胸奏請興師討賊荷蒙 恩准啓節東來羊城大憲業已差官往迎暫假仰忠樓天馬巷陸路提督行臺以駐禮帷一俟旌麾抵省與督憲李筱帥會商一切後即當整備軍械督隊北征聞尚書所帶壯士約有六七千名皆前時鎮南關外建立奇功者至其軍裝除快鎗外並有德國行營大砲數十尊似此兵強器利奚難滅倭朝食哉○馮萃亭宮保整旅北征曾聞江督張香帥以廣勇可靠咨之宮保再飭麾下員弁回粵添募壯丁五萬名宮保深以為然刻已派人馳返欽廉等處開招一俟成軍即當赴甯總調行見陣成鵝鸛士盡熊羆藐爾倭人不亡何待

暹羅噩耗 ○聞暹羅國世子於某日因疾仙遊國人甚為震動按暹羅立儲之例不以嫡長為衡惟就諸王子中擇賢嗣位新喪之世子名花基連希士為暹王長子生於一千八百七十八年六月二十七號至一千八百八十七年正月始正位青宮聞數月前暹王亦抱恙瀕危近日始能視事茲者又有喪明之痛而外人之窺伺者已非一日人心之震動殆由此歟又聞暹王尚有嫡次子名戈士地生於一千八百八十一年此外又有側庶子數人年俱幼稚云

京報節錄

○○頭品頂戴署理福建台灣巡撫布政使臣唐景崧跪 奏為審明致死一家二命兇犯按例定擬恭摺仰祈 聖鑒事竊查前代理新竹縣知縣劉威驗報民人蕭乞食奪取幼孩林擡娘銀牌致死林擡娘姊弟一家二命一案當經前撫臣邵友濂批飭審擬解勘去後茲據署新竹縣知縣范克承審明議擬由府解經台灣道兼按察使銜顧肇熙勘轉前來臣親提覆鞫緣蕭乞食籍隸新竹縣與已死幼孩林擡娘並其弟林招貴素識無嫌光緒二十年二月十八日下午時分蕭乞食至東門外看戲林擡娘林招貴亦在該處玩耍蕭乞食見林擡娘項上掛一銀牌意欲奪取到手賣錢花用因戲場人多不便當買花生一包與林擡娘林招貴同食哄誘林擡娘等走至北湖地方蕭乞食四顧無人硬將林擡娘銀牌卸下奪過轉身逃走林擡娘林招貴從後哭討並稱回家後定欲告訴父母找其不依蕭乞食起意致死滅口即將林擡娘林招貴一併推落北湖河溝同時被淹殞命 乞食回到戲場將銀牌賣與過路不識姓名人得錢花用嗣經屍親林煥找問蕭乞食供出前情報經該前縣葉意深驗訊稟報旋即交卸代理縣劉威抵任訊供通詳批飭審解劉威未及覆審卸事該署縣范克承抵任接准移交提犯審明議擬由府道勘轉到臣親提覆訊據供前情不諱究詰不移案無遁飾查例載殺一家非死罪二人者斬立決梟示酌斷財產一半給被殺之家養贍等語此案 乞食因奪取幼孩林擡娘銀牌被林擡娘同其弟林招貴哭討並稱回家後定欲告訴父母找其不依輒敢起意致死滅口將林擡娘林招貴一併推落河溝被淹身死實屬不法查圖財謀殺十歲以下幼孩台灣搶奪殺人均斬梟與殺死一家二命者罪名相同自應從一科斷按例問擬蕭乞食應依殺一家非死罪二人者斬立決梟示例擬斬立決梟示左面刺兇犯二字仍查明該犯名下有無財產分別酌斷一半給付屍親收領以資養贍買贓之不識姓名人請免查究銀牌估價照追給領屍棺飭埋無干省釋除備錄全案供招咨部外所有審明定擬緣由理合恭摺具 奏伏乞 皇上聖鑒飭部議覆施行謹 奏奉 硃批刑部速

議具奏欽此

○○太子少保頭品頂戴閩浙總督臣譚鍾麟跪 奏爲遴員請補海外陸路副將恭摺仰祈 聖鑒事竊照福建台灣台東協陸路副將係斷邊鈌部咨輪用儘先人員查部定補鈌章程台灣鈌出先儘台地實鈌保有升階並在台收標人員按班補用如有前項無人揀選台灣得有勞績保舉並會署各鈌咨部有案之候補人員請補等語臣詳加遴選除台營現無實鈌有升階及收臺標例各項副將無從請補外其內地儘先補用陸路副將名次在前之楊曉春文占魁朱有元易松榮朱長陞均未歷過臺地黎澤海現經飭查有無下落朱芳伐朱必伐賀吉祥均與是鈌人地不宜未便遷就補惟查有現在臺灣差遣之留閩儘先副將葉永輝年五十三歲浙江山陰縣人由勇目隨軍剿匪着績遞保花翎儘先叅將 奏准留閩收標補用旋於臺灣剿辦回匪出力案內保獎光緒十七年正月二十八日奉 旨着以副將留閩儘先補用己准部咨註册序補該員年力强健辦事奮勇歷在臺灣得有勞績保舉並署臺營叅遊各鈌現帶永字營勇丁在臺灣防堵於臺灣風土民情尤爲熟悉以之補授是鈌副將洵堪勝任與例亦屬合無仰懇 天恩俯念臺東協副將員鈌緊要准以留閩儘先副將葉永輝補授俟部覆到日給咨送部引 見除飭取履歷另行咨部外臣謹會同署理福建臺灣巡撫臣唐景崧兼管福建水師提督陸路提督臣黃少春合詞恭摺具陳伏乞 皇上聖鑒 飭部議覆施行謹 奏奉 硃批兵部議奏欽此

○○新授江蘇學政臣龍湛霖跪 奏爲恭報微臣接印任事日期仰祈 聖鑒事竊臣蒙 恩命簡放江蘇學政於九月初十日請 訓仰蒙 訓誨周詳莫名欽感旋即束裝就道維時因山東一帶積水未消遂自備資斧改由通州僱舟乘至德州始行歸入正站十一月初十日行抵江陰駐署十二日准前任學臣溥良飭委江陰縣學教諭秦毓麟齎送江蘇學政關防一顆並案卷移交前來當即恭設香案望闕 頭祗領任事伏念江左爲人文彬蔚之區學政有風化轉移之責臣自愧散材每懷祇懼惟有悉心校閱矢愼矢勤博採通才嚴防弊竇庶幾明揚士類佑啓人文以仰副 聖主作育甄陶之至意再臣經過直隸山東境內及江蘇淮揚鎭各府地方民情安謐足以上慰宸廑所有微臣到任接印日期謹繕摺具 奏伏乞 皇上聖鑒謹 奏奉 硃批知道了欽此

○○溥松片 再吏治之廢興係乎人才之升降奴才恭閱浙江學政徐致祥摺內聲稱浙江新中舉人沈毓麟不事舉業輿論譁然並請旨飭部嚴定章程以得眞實等語想見 國家掄才大典至微至重奴才溯查順天大宛兩縣向有冒籍槍替等弊雖經歷任學臣嚴行禁止遵辦在案而弊竇百出歷久難防奴才近聞廣東等省紈袴子弟假手順天府學胥吏人等賄託冒籍或買充該學廩增附生之名倩人入場中式後改歸原籍似此弊端若不嚴行禁止誠恐卑下人等皆得竄入冒籍跨考則出身不正流品混淆吏治何能有益懇請 飭下順天府學政順天府尹札行該學教授等確切查明有無冒籍買名跨考等弊出具切實甘結以杜假冒而得眞才庶流品淸而吏治起矣附片具陳伏乞 聖鑒訓示施行謹 奏奉 旨已錄

出售

本行發售各式保險檯燈座燈並牆挂手照等並有大小紅毛片洋鏡一切均照置本出售倘 諸君欲購者請來本行賬房面商可也此佈

正廣和洋行啓

告白 永慶昇平 續永慶昇平 萬年靑初二三集 富貴緣 續施公案 彭公案 第三才子 第一奇女 醉茶志怪
花月姻緣 續今古奇觀 巧合奇寃 醒心編 竊寶錄 開闢演義 姚元之先生竹葉亭雜記 徐沅靑觀察宋鑑 春秋會義
五十名家尺牘 皆大歡喜 徐沅靑觀察醫方叢話 曾惠敏公全集 日本新政考 日本師船表 日本史畧 湘軍記
東三省地圖 日本地圖 亞西亞圖 後四才子 南北宋 東西漢 後英烈傳 草木春秋 後聊齋 三續聊齋 子不語
奇中奇 後列國 後三國 說唐征西 飛龍傳 綠牡丹 笑中緣 英雲夢 七俠五義

文美齋謹啓

敬啓者本館現於本年元旦出報因排報之鉛字各路之採訪主筆之西儒須開河後方能齊集姑先按日出報四幅以饜 諸公望報之懷二月之望即照舊例報價因用洋紙每份售大錢十文仕商告白減價三個月以廣招徠其餘各事均循中西報館章程辦理特此啓知伏祈 公鑒

直報館謹啓

直報

光緒二十一年正月十八日　第十五號

西歷一千八百九十五年二月十二日　禮拜二

孟春故事　嚴防海口　軍有起色　大帥蒞津

撥隊彈壓　軍行肅紀　途有荆棘　愼勿騷擾

履冰宜謹　賭博宜禁　賭與盜近　馳馬受傷

滌除不詳　武林冬景　揚城紀事　京報節錄

告白照登

孟春故事

昔堯有天下首重人時舜有天下首齊七政月令孟春天子以布德行惠尙書孟春輶人以木鐸徇于路與養立敎皆始於春語曰一歲之功在於春今天下猶古天下舉行故典實事求是惟孟春其時與或曰否事貴因時喜新厭故不切時者雖有經典明文於世無益只以取厭孟子曰智者無不知也當務之爲急當務云者其謂時事非故事明矣方今敵𠚯張𤏲中外沸騰將士枕戈冰雪慘裂我 皇太后 皇上軫念時艱 萬壽免受頤和園慶賀元旦罷張某某處宴一切奉行故事之典 詔悉除去其識時務者或言選將或言練兵或言製械或言籌餉曾未聞有以奉行故事之說進者昔蜀漢劉繇王朗論安言計動引聖人羣疑滿腹衆難塞胸今歲不戰明年不征使孫策坐大遂幷江東武侯病之今予舉孟春故事引尙書考月令無乃蹈劉王覆轍而爲南陽所隱痛乎余正色曰否否天下之事大矣禮樂兵農政務繁重總之民爲國本食爲民天苟無歲何有民苟無民何有君蕞爾倭奴偶然犯順不過兵政之一端倘因此舉一廢百民將不堪國孰與立彼夫春生秋殺四時迭運天道也陰之極卽陽之始天不以歲寒而易運政豈以因兵而廢農兼廢禮樂乎且卽兵政一端而論人第知言戰而不知言所以戰晉士蔿曰禮樂慈愛戰所需也魯曹劌謂莊公察獄以情可以一戰苟廢農則食奚足廢禮樂則信安在無食無信徒言足兵將見設額有兵按籍無兵肆害有兵捍患無兵故有九年之蓄國無小不患不完無七日之糧軍雖衆不能不潰聚同心之三千人未有不與聚離心之億萬人未有不敗蓋能贍軍然後能制軍能敎士然後能得士民情也野馬也平居無事束以御轡則不敢肆足至大敵當前人人惜而法制無權雖鞭之長不及馬腹平日御轡蕩然矣御轡弛則馬性見法制弛則民情見設非感於深恩激於義氣疾則生變縱則揚去耳孔子與端木論政必不得已則首先去兵議減而不議增眞聖賢斷不迂腐蓋留一兵以耗民脂不如去一兵以節民用去無益之兵正以保有信之民耳孰謂民事可緩於兵政乎至我 皇太后 皇上免受賀罷張宴悉除故事正爲節費以藏富於民若夫勤民之政則又細巨畢舉惟不及時焉有君如此凡厥公卿士庶更宜如何及時盡心力以仰答我 皇太后之憂勤與我 皇上之宵旰乎哉或聞而意解曰善命書簡端以當木鐸之徇爰泚筆而錄之

嚴防海口　○頃接都門來信云昨日軍機大臣奉 旨現在威海失守寇勢益張所有直隸山東沿海處處可慮竄擾著北洋大臣李山東巡撫李嚴飭沿海地方官妥速籌辦團練鄉勇以資捍禦務須實力認眞辦理不得虛妄塞責等因欽此仰見我 皇上顧慮周詳愼重防務所望有地方之責者務當振刷精神竭力辦理等語合亟錄之以供衆覽

軍有起色　○玆聞劉欽憲到關後因奉 命節制關內外諸軍督辦防剿事務並幇辦北洋海軍卽檄行水陸統兵各帥速將統領營哨各官銜名所部馬步隊兵勇若干以及所操是何器械其糧餉軍火由何處支領均須詳細造册送核聽候調遣觀此可知欽憲定

有一番調度若能鼓勵將帥激勸士卒我軍定必嶄有起色

大帥莅津　○雲貴總督王夔石大帥奉　旨幫辦北洋已登昨報帥節十三日　請訓十五日由京動身十七日午後甫抵津沽闔城印委各官以及三營練軍皆往迎迓茶座行臺暫假吳楚公所夔帥老成碩望人所共欽值此時事艱危與傅相和衷共濟當必有以謐海疆而安黎庶也

撥隊彈壓　○日昨鹹水沽白唐口婦女搶糧曾紀報端鎮憲吳毓峯軍門以爲婦女因飢掠食無足深怪第恐海河一帶別生事端稟請傅相不日挑選三營練軍二百名以資彈壓云

軍行彙紀　○幫辦奉天軍務唐軍門在馬廠所練各軍前已陸續來津茲悉於十七日由津開赴榆關○廣西臬司胡廉訪所招之定武軍本祗三營昨又招得一營馬隊刻又開招尚須再步隊五營砲隊兩營營官一爲何姓一爲穆姓聞俟成軍後開往前敵○功字四營駐紮蘆臺統領爲楊軍門軍令森嚴昨有逃兵三名被本哨捉獲軍門命以洋槍擊斃然後梟首示衆○陝西提標永與軍八營昨已到津者馬隊三營人馬極爲雄壯住河東各店頃已開往火輪鐵道即日駛往榆關

途有荊棘　○張姓者不知何處人與夥友結伴同行至吳橋縣屬鄭庄之西突遇馬賊二人步賊四人各持洋槍利刃將張等喝住立即搜取銀錢及驢上所載行李並驢一併搶去張等無可如何只得徒手同至縣署報案雖蒙勘驗究竟過路之人何能待緝因此各各雙鎖眉峰作菩薩低頭另尋生活經訪事遇見各述情形不勝浩歎因贅報端

愼勿騷擾　○軍興以來征調頻繁皆由天津過境藉火車以期迅速惟近日以來該兵勇一經登車即百般糟踐不知是何居心且吸烟飲酒火燭又不自愼該車均有軍火附載倘稍不愼其害匪輕且該兵勇恃有護符竟敢包攬客貨不准查問及至自不小心遺失物件轉向車站百般索擾種種流弊筆難罄述查現當軍務吃緊所最關緊要者莫如電線火車自應愼益加愼各路統兵大員務當嚴飭消弁認眞約束令其各守軍律勿得擾害庶保軍械而利遄行是爲至要

履冰宜謹　○河東小鹽店渡口不知誰氏之子在未凍之陷河淹死並南牆外人落水窟已兩登前報昨又有三十餘歲一人又在三岔河口踏冰而過塌陷河內其人向對岸拚命狂撲無如冰已融化不堅隨撲隨沉後又連聲喊救而兩岸人等無法可施盡皆束手蓋知冰已酥軟斷難從井救人其人遂漸墜下觀其衣服似外鄉妝飾當此春融履冰者愼之

賭博宜禁　○每屆臘尾年頭到處賭風大作滋生事端者亦實繁有徒目今侯家后一帶各處賭局林立有剝衣勸贖情事賭風日起盜風亦日盛有地段之責者其可忽諸

賭與盜近　○昨據訪事云城內戶部街有某姓之子不務正業父兄約束甚嚴而其子具飛走本領與無賴爲伍終日非賭即嫖近以新正賭負家中偷竊無所得只得偷諸鄰右其鄰某姓家亦小康不虞其子之至也夜失於防竟被竊去衣飾若干某子即攜向押店質錢詎鄰翁適在押店閒談見某子所攜之衣飾正是自家物件因將其執獲詢所從來其子知事識破崩角在地鄰翁本欲送之官裡去於經其父兄前來始將原贓取回作爲罷論姦近殺賭近盜諺此良信

馳馬受傷　○日昨綿綿細雨詩詠如酥自朝及夕春泥滑滑行人步履維艱西門南大街有遊春少年年及而立驅馬閒閒攬轡自得正興高采烈之際忽馬蹄被滑倒翻在地致少年頭破血出口不能言半晌方知人事經僕人雇手車載至其家延醫調治云

滌除不祥　○本埠西門外永豐屯黃姑巷津郡之古剎也每屆上元闔廟之期郡城之紅男綠女散步其中俗稱走百病以爲邀福消災之舉其日鼓樂喧天燈彩燦目頗有太平景象至其地者皆可滌除不祥云

武林冬景　○稽查候潮門城門一差前係守備莊以臨辦理茲緣城門於客臘初九日晚失火臬司王廉訪當另委守備陳德華府代於十三日到差莊守戎旋於是日至各當道處銷差○准補甯波府經歷程君祥溥在浙聽鼓多年僑寓護國寺內攜帶一僕以供指臂之用某僕性極勤謹能得主人歡是以相隨多年未嘗更換日前程君赴會某同寅家歸時已星橫月落官鼓鼕鼕矣啓扉而入見某僕

僕息在床毫不知覺程君以其熟睡喚至再三仍無聲息近前撫視則已體冷氣絶不禁大駭奔告其友姚君某甲代爲營辦一切并喚某僕之兄前來料理無如赤手空空毫無貲助身後事只得由程君一人代爲辦理噫當程君出門時某僕尚無恙迨深夜歸來遽爾名登鬼籙人生若朝露豈不信然　杭垣十三日之晚知足亭地方喧傳不戒於火一時人聲鼎沸奔走紛紜登樓瞭望但見火光融融異常猛烈不一時火燄漸淡各處水龍星馳赴救約有七八駕之多迨至火場則已烟消燼滅僅焚去草屋一間而已至次晨萬安橋西陀佛弄又兆焚如被焚者亦係草屋惟殃及之物較前晚爲鉅連日疊遭火患何祝融氏之興高采烈耶○中日構釁需餉浩繁浙省紹屬鹽商捐需迄今尚未繳齊運司惠都轉當委仁和場邊鹺尹前往催繳想各義商定能踴躍輸將也

揚城紀事　○揚城彌勒菴橋左近有仇姓者宦裔也寄居此間有年本月某日下午忽一北方口音男子推門而入問主人在家否女傭阻止不理適老主母聞聲而出曰客問誰曰拜爾家主人曰小兒墓木拱已多年何勞下問男子聞言默然良久曰既如此吾且畧憩片刻言畢探囊出九節鞭主母曰客毋爾吾家以針黹餬口景況蕭條旋取青蚨百翼曰既承枉駕以此爲贈何如男子笑而不答主母厲聲曰客去休如再不自便吾即招四鄰來奉陪也語次即向女傭暗使眼色傭會意急奔而出男子見之隨亦持錢揚長逸去迨衆鄰至其人已不知何往衆得悉情由咸曰此江湖猾賊也尊府既不相識不應給錢待我輩至即可將其擒逐主母曰否吾亦知其爲猾賊奈吾家應門無五尺童使得含恨而去伊必不甘恐與寒舍不利不若畧施小惠爲得計也雖然吾仍不可不防當立招親串來家作伴一時聞者咸服太夫人之膽識過人云○揚城蕭家井東首某姓家一子一女在門前嬉戲一轉瞬間忽然不見其父母驚駭非常四出尋覓毫無影響夫婦正在互相詬詈忽見素識之某媪攜兩孩來曰爾等毋吵非吾則小孺生均入拐匪手矣緣吾有事出城至徐凝門街見兩孩泣不止旁一老婦促之吾細視是爾家子女急問何以至此女曰此婦帶吾等來看龍船吾急回顧則婦已奔逸某姓夫婦見雙珠返櫝喜出望外奈家貧無以爲謝惟叩拜而已拐匪大都係男子乃婦人亦有此手段眞令人防不勝防有子女者尚其格外留心哉　錄申報

京報節錄

○○臣孫家鼐臣陳彝跪　奏爲敬陳順屬冬撫完竣接辦加撫情形籲懇　天恩賞發來年春撫米石以廣　皇仁恭摺仰祈　聖鑒事竊臣衙門於本年十月二十七日開單具奏冬撫情形一摺本日奉　上諭着照所請於永定門外之大紅門大興通州交界之定福莊各設粥廠一所賞給京倉米一千石即行分領煮放等因欽此仰見　聖主軫念斯民有加無已歡呼夾道感激同深現距上次具奏已近兩月各屬冬撫陸續稟報完竣其中有併放一次者有官紳分放兩次三次者辦法不一數目多寡亦不能盡同約以極貧每人得實錢四五百文至一千二三百文爲率大抵官辦之處印委教雜不過數人又多有本任公事僅能每鄉抽查數村每村抽查數戶紳辦之處一邑之地多者至十數人各認數村分投赶辦逐戶清查是以官辦則戶口較多而每戶每人所得轉少紳辦則戶口較少而每戶每人所得轉多此其大較也至加撫一事業經擇災重之區酌發銀欵開辦另繕清單恭呈　御覽原辦武清東安之南紳褚成煒因事南歸改延南紳王以安等接辦實抵冬撫甫竣並霸州保定文安大城加撫均由修撰黃思永延友往辦甯河加撫赶辦不及已由編修高賡恩會商黃思永併入春撫開辦薊州香河仍由楊福璋程丹桂永清仍由黃思永錢開祜等一手經理現在有已報散完者有正在查放者約於歲杪初春一律竣事米廠二處按期散放容俟撤廠後另摺具陳城內又經京紳邵椿年夏敦復創設餘善堂一所總計本年開辦煖廠六處收養外來災民約萬餘人而節年例開之廠尚不在內合境民情均極安謐堪慰　宸廑現距新麥登場尚須四五個月青黃不接爲日方長春撫之需自應寬爲籌備計兩淮商捐尚餘十五萬兩湖南漕折報解四萬兩備荒經費一欵廣西全數解到廣東解到一萬兩其餘各省多寡不等均已報解近又蒙　恩賞發江蘇海運折色漕糧十二萬石順天四成約可得十三萬餘兩各屬災黎渥荷　鴻施春撫銀欵無虞支絀惟現在河冰凍合南來米糧日少京城內外奏蒙　恩准設局平糶市價幸未加漲而探聞近畿一帶村鎮竟有一次市集之期僅到雜糧石許者雖現已經臣等酌派員紳四出購買以備春撫搭放而能買若干尚無把握查上年辦賑迭次蒙　恩賞米幾及十萬石本年春

撫仍蒙　賞給五萬石本居災情雖較上年稍減而小民望　恩幸　澤積有歲年臣等亦知來年漕運折解者多　天庾正供關係要重何敢屢行上瀆惟是災歉頻仍時艱方亟民爲邦本食爲民天可否仰懇逾格　鴻慈賞發春撫賑米之處出自　聖裁所有冬撫完竣接辦加撫並預籌春撫銀米緣由理合恭摺具陳伏乞　皇上聖鑒訓示再臣家鼐現在請假合併陳明謹　奏奉　旨已錄

○○陝西學政臣趙惟熙跪　奏爲恭報微臣接印任事日期叩謝　天恩仰祈　聖鑒事竊臣蒙　恩簡放陝西學政跪聆　聖訓後遵即束裝就道十一月十九日行抵三原縣城二十日准前任學政臣黎榮翰飭委三原縣學教諭吉劭將學政關防並書籍文卷齎送前來臣當即恭設香案望　闕叩頭祗領任事訖伏念學政實輶軒使甄陶是所專司秦中古帝王州鍾毓夙稱極盛元氣近雖未復而通經實不乏人時局殆値多艱則養士尤期致用求經濟必根學問始爲明達之才先器識而後文章不尚浮夸之士如臣愚闇深懼弗勝惟有恪遵　訓誨認眞拔取嚴密關防矢愼矢勤以期仰答　高厚鴻慈於萬一所有微臣感激下忱並接篆任事日期除恭疏　題報外理合繕摺具陳再臣經過直隸境界二麥葱蔚糧價漸平入晉以後連得大雪數次一律深透可卜豐收民情均極安謐合併附陳伏乞　皇上聖鑒謹　奏奉　硃批知道了欽此

○○鹿傳霖片　再准部咨道府州縣無論何項勞績保奏歸入候補班人員到省予限一年察看才具分別補用等因茲查有補用同知張守正於光緒十九年十二月二十六日到省試看一年期滿例應照章甄別據署藩臬兩司會詳前來臣查該員張守正才識明練堪以繁缺同知留陝照例補用謹會同陝甘督臣楊昌濬附片具陳伏乞　聖鑒謹　奏奉　硃批吏部知道欽此

○○奴才鳳銘跪　奏爲循照舊章稽查廢員年終彙奏仰祈　聖鑒事竊照道光二十四年奏准稽查廢員章程內開嗣後飭令張家口三廳協領及地方文武各官在於口內一帶居民旅店寺院庵觀剴切曉諭凡有投宿之人務須細心盤查設遇廢員潛跡進口立即稟報徵辦如口內居民實無容留廢員情事按季由該管地方官結報備查並於年終彙奏一次以昭核實等因歷經遵辦在案今光緒二十年按季據三翼協領張家口都司萬全縣知縣等稟報廢員並無私行進口及口內亦無容留情事各具印結呈報前來奴才復委張家口管站部員榮堃出口往查廢員均在口外各台尙屬安靜所有文武各官循照章程稽查廢員茲屆年終彙奏之時理合恭摺奏　聞伏乞　皇上聖鑒謹　奏奉　硃批知道了欽此

○○唐景崧片　再埔裏社通判潘文鳳前在福建石碼通判任內於光緒十五年間　大計曾膺保荐現經吏部催調本應送部引見惟埔裏社僻處內山民番交錯撫綏巡緝在在均關緊要現値籌辦海防攘外尤須安內該員到任以後措置裕如實未便遽易生手致滋貽誤合無仰懇　天恩俯准該員潘文鳳暫緩引　見容俟防務稍鬆再行給咨送部是否有當謹會同閩浙總督臣譚鍾麟附片具陳伏乞　聖鑒訓示謹　奏奉　硃批著照所請吏部知道欽此

出售

本行發售各式保險檯燈座燈並牆掛手照等並有大小紅毛片洋鏡一切均照置本出售倘　諸君欲購者請來本行賬房面商可也此佈

正廣和洋行啟

告白　永慶昇平　續永慶昇平　萬年青初二三集　富貴錄　續施公案　彭公案　第三才子　第一奇女　醉茶志怪
花月姻緣　續今古奇觀　巧合奇冤　醒心編　鐲寶錄　開闢演義　姚元之先生竹葉亭雜記　徐沅青觀察宋鑑　春秋會義
五十名家尺牘　皆大歡喜　徐沅青觀察醫方叢話　曾惠敏公全集　日本新政考　日本師船表　日本史畧　湘軍記
東三省地圖　日本地圖　亞西亞圖　後四才子　南北宋　東西漢　後英烈傳　草木春秋　後聊齋　三續聊齋　子不語
奇中奇　後列國　後三國　說唐征西　飛龍傳　綠牡丹　笑中緣　英雲夢　七俠五義

文美齋謹啟

敬啟者本館現於本年元旦出報因排報之鉛字各路之採訪主筆之西儒須開河後方能齊集姑先按日出報四幅以餍　諸公望報之懷二月之望即照舊例報價因用洋紙每份售大錢十文仕商告白減價三個月以廣招徠其餘各事均循中西報館章程辦理特此啟知伏祈　公鑒

直報館謹啟

光緒二十一年正月十八日
直報
第四版

直報

光緒二十一年正月十九日 第十六號
西歷一千八百九十五年二月十三日 禮拜三

倡勇氣說 召回使者 東海風聞 大纛言歸
學堂開課 開印例志 燈事餘聞 疏通道路
客店興隆 李代桃殭 破鏡重圓 思患豫防
船事轇轕 京報節錄 告白照登

倡勇氣說

法爲意所生猶之灰爲火所化求灰於火可立而待求火於灰則不可必之數矣夫戰勇氣也集義而生一誠無僞誠則明明則誠生於其心發於其事不獨衝鋒陷陣如火之不可嚮邇舉凡如何設伏如何策應如何偵諜隨時贍勢誠心以求自可動中機宜何也彼兵之失利者或以貪而受人之誘或以詐而受人之愚或以昏怯而受人之欺侮此皆不可以爲勇實皆不可以言誠世未有誠而貪者人私財於己以爲利我公利於人以爲義未有誠而詐者人御衆以勢相轄我御衆以心相見未有誠而昏怯者人心有所蔽則多忍我意無不公則生明人以偷生而膽薄我以理縮而氣剛勃勃莫遏炎炎直上誰得而誘之愚之欺之侮之乎本是氣以相感則誠者無不相應以誠不誠者無不可化爲誠我用我法反手可轉不勇爲大勇可以寡可以衆可以戰可以守否則恃法而不恃人古今戰書汗牛充棟其法雖愈變愈奇愈奇愈精用非其人則寡無不怯衆無不紛戰無不覆守無不潰矣蓋死法難以拘生人非法或適於法意一視主是政者爲何如耳溯自車戰變而爲馬步弧矢變而爲礮石春秋以來伍員范蠡輩陸戰復增以水戰漢伐南粵定朝鮮與三國赤壁之役水戰力多至晉之王濬以樓船下益州以平吳隋楊素乘五牙大艦以平陳唐太宗時徐勣以水師伐高麗似水戰之强勝於陸戰乃宋之岳忠武以陸軍擒水賊楊么之輪船於洞庭韓世忠於黃天蕩使力士以巨鈎曳敵船而沉之則水師又不能不爲陸軍所制而虞允文則又以水師禦敵采石成中興業元張宏範以水師戰崖山成一統謨勝國戚繼光俞大猷復屢用水師禦倭寇我 朝咸同間因平粵匪設長江水師迹其先後多勝少敗是水師又非不足恃也近年增設海軍船用鐵甲礮用快砲開古今未有之奇操有勝無敗之算械利餉足將廣兵多似應一往莫禦矣不意東征以來勝敗無常失機促地豈非以師其法不如師其意師克在和而不在衆與夫天下之大古今之遙無異人也無異心也遇桀紂則暴遇湯武則仁故一人善射白夫抉拾要在有以倡之矣往者江甯淪賊窟爵相李公上議於曾文正以爲不克江甯不能辦四方之賊不克江蘇不能辦江甯之賊願募輪船載萬人由上海直擣蘇州賊猝無備可一舉而殲也文正壯之由是而江淮下游閩越以次俱下所謂先發者制人後發者制於人我一路攻彼必十路防我之兵愈集愈厚彼之兵愈分愈薄厚則所向無前薄則有瑕可搗我之氣愈振愈揚彼之氣愈挫愈餒也卽如去歲大鹿島一戰鄧總戎世昌開足機器直撞倭船倭船立毀後雖遇害實以衆寡懸絕非戰之罪而倭鋒大挫其不敢正視我海軍者職是之故此水師之勇氣實諸公有以倡之也至現在陸軍前敵宋老帥慶三聶軍門士成徐總戎邦道馬軍門玉崑等兵實不多類皆與士卒絕甘分少能得人之死力故其氣敵望而畏之若夫身爲將領樹旆旂羅弓矢武夫前呵從者塞途赫赫中權擁兵書講新法而惟利是喻其心不可以反問其禍必至於橫生氣之所招勢有必至一旦遇警伏鉦鼓避羽毛如赤子之畏人而兩手先自抱其頭人之望之固將玩股掌而寢皮食肉矣是其勇不足以一死生實其誠不足以定是非明不足以辨利害夫鷙

織繭而身處於中故自衛而適以自縛蛛織網而身居其外故制物而不爲物制苟其事至無奈恃法不足以相持戰亦失不戰亦失與其閉戶而坐以待失畏死適自速其死何如背城借一拚死而猶可望生誰非臣子誰無身家又況巖巖之勢萬民所瞻顧不能仗大義倡勇氣激衆志以成城而坐視時艱同歸於敗彼丈夫我亦丈夫不畏一時不畏萬古乎

召回使者 ○頃接都門訪事來信云我 皇上軫念生靈不忍慘罹烽燧因允調停之議遣使東行近聞該國以戰事正在得手以爲一舉可以成功居然不納使者驕矜極矣蔑以加矣我 國家有召還使者之說所願中外臣民一德一心同仇敵愾振興義憤滅此朝食試觀歷次恤軍之詔我 皇上慈愛之情溢於行間字裡讀之者有不同聲泣下者乎噫

東海風聞 ○日前接西電云威海海軍船隻被圍澳內爲魚雷所轟等語又有言定鎮兩甲艦及濟遠廣丙一號魚雷等船均已出險將倭船擊沈一艘者頃又有信息劉公島礮台甚爲得力與山東陸軍水陸夾攻將倭兵擊斃數千者議論紛紜莫衷一是總之彼客我主我逸彼勞統兵大員若能動心定性再加一忍自無不轉敗爲功之理況山東之章軍門已由東撫奏調回援不日虎旅歸來雖沿海小有疎失當不難即爲收復也

大纛言歸 ○倭人攻犯威海北洋沿海各區關係緊要如洋河口北塘大沽等處雖經布置周妥尚無有威望夙著之大將爲之統率恐啓戎心聞爵相已奏調聶功亭軍門回援海疆不日歸來各海口當安於磐石惟聞軍門於本月十二三等日連獲勝仗現雖拔隊進關而倭人素讋虎威當不敢越雷池一步也

學堂開課 ○本埠經 傅相設立水師管輪武備各學堂造就人材法良意美年例封篆之日肄業諸生給假一月歸省父母以示體恤俟開篆後期各令回堂肄習舊業今日爲開篆吉期聞各該堂學生均各衣冠楚楚赴各堂叩謁總辦教習等人振刷精神專心學習當此海氛不靖各該生蒙 朝廷豢養之恩荷 傅相栽培之德務當精一乃心認眞肄習儲作海陸兩軍有用之材有厚望焉

開印例志 ○新正十九日卯時開印之期向例封印由小署以及大署開印由大署以及小署今晨本埠同城印委各官皆詣督轅稟賀輿馬紛紛無異元旦旋即各署彼此往拜亦國家儀制也所最忙碌者聽鼓各員脚靴手版東馳西驟自黎明以迄卓午枵腹趨公舉欣欣曰稟見稟賀吾不知何所取義而云然也

燈事餘聞 ○本埠上元佳節因大兵過境街市燈景大爲減色已誌前報然尚有數處燃燈稍爲點綴昇平者所以街市仍形擁擠婦女遨遊絡繹於道復有駐津各營兵勇三五成羣沿街瞻仰尚稱安靜惟另有一種頭纏大布身無號掛者究不知是兵是勇手舉極大魚燈順街行走迨至宮北一帶有二小車上坐少婦金釵颭鳳高髻盤螺前驅執翰林院銜燈莫知誰家眷屬致被若輩團團圍住該小車輾轉多時未能走脫幸由河東來查夜大兵數隊一直沿大街望西行走遂將擁擠之人沖開似此元宵之夜又値過兵之時稍有知識之婦女自應斂跡閨門免得拋頭露面乃竟公然乘車持燈作汗漫之游無怪其遭此困辱也有家督之責者愼之愼之

疎通道路 ○本埠自興東洋車以來愈推愈廣街道本極窄狹以致街巷無處無之其帶河鎭海兩門日日擁塞不通行人甚爲苦事至其撕破衣服沾染襪履尙屬餘事輕則輒傷腿足重則死於非命亦屬數見不鮮至於打仗鬥毆更難枚舉兼之此時正在軍書旁午所有各署台局均在城內發運糧餉器械尤不能稍爲躭延至軍務公文要事更不得片刻遲滯而車輛之多幾至沿路難過若不設法疎通貽悞恐非淺鮮或量爲裁減或嚴定地段不准如野馬奔馳不受羈勒是亦一善政也

客店興隆 ○客歲秋後疊調頻仍各省將領統率各軍由南北上自西而東皆由津郡經過西門外河北大街窰窪各客店皆屬衢途動輒有人滿之患以致行旅客商至此無棲身之地現在敵氛更熾各省將領奉劉帥宋帥札調榆關者仍絡繹不絕各客店仍形擁擠雖皆不信宿而去而一時來往亦實莫能容矣然生意較之鄉會試年盈絀有上下床之別

李代桃殭 ○津門之放小帳者名曰打印子山西人爲之居多其法借錢十千文書摺十二千文分作一百日收清逐日持摺向借主取錢即在摺上蓋一印字或印一圈以還債輕而易舉於小本營生者甚便也據訪事云鄉祠前某印子房派夥至某姓家打印子其

家祇夫婦二人夫肩挑貿易按日歸在家候印子詎印子夥竄婦有姿頓生邪念調笑百端婦忍而未發夫歸告之商定次日報復夫隱於僻處以誒詎打印子者乃另一人來夫不察覩其至即突出拳脚交下婦連呼非是而夫仍不聽至其人臉青鼻腫竭力呼救鄰人至甫得解開詢其何故蓋李代桃殭也其夫可謂之鹵莽滅裂者矣

破鏡重圓 ○武清縣農人張某者去春娶妻琴瑟調和以年穀不登無以糊口至冬只得携妻來津覓食經媒媪荐於城內王姓傭工張仍即回里迨臘月杪販賣粉條來郡藉便探妻至王姓門據云僅在此一月即告辭歸去張聞言不勝驚異然亦無可如何惟有在津尋訪下落日昨忽遇同鄉某甲因向詳述甲聞言曰是矣我已見之然尚不可知確否相與計同至落馬湖地方囑張急覓一客店告知即有眷屬前來遂偕張至某妓院張妻果在見張即淚隨聲下細述被誑之由甲聲言告官張即攜妻而出該鴇見甲勢洶洶不敢致詞祇得聽其自去現已領回鄉里

思患豫防 ○廣東南海三江司屬黃姓其人者父已早歿孀母尚存而家業汔可小康久為匪人所注目日前卜吉娶鄰鄉某氏女為室賓朋畢集眷屬盈庭鄉中無賴子某甲頗具空空妙手於鑽穴穿窬飛簷走壁之技無所不精附近鄉閭受其害者固已不鮮被獲遊刑亦不祇一次矣近瞰知黃為孀婦之子既無伯叔終鮮兄弟承父遺蔭年少無知平時生意皆外戚司權即婚儀亦其母舅代理則凡內外親屬之來賀喜者諒難盡識廬山乃於新婦三朝歸甯之夕輕肅衣冠於更魚兩躍時直詣黃家闖進客廳雜於賓客中與衆周旋談笑自若俄而託言睡魔擾繞即入室登榻而眠各客均以為黃之戚友也不之疑迨夜靜更闌人皆睡熟甲乃潛起將賓朋衣服納布囊中啟扉而出家人皆未之知惟黃母老成持重思患豫防早於鄉中犒賞更練添設夥伴晝夜梭巡迨甲由黃家負贓而出驚動村犬猖猖而吠更練聞聲先伏暗陬以察動靜俄見甲負囊急竄形狀驚慌知為竊盜來也亟吹號筒衆夥馳至將甲拘獲以告黃家賓朋聞報起查各物遺失甚多開列失單啟囊驗視數皆符合贓證顯然翌晨集紳商議衆以趙璧既歸不必控究將甲遊刑並斷其足筋免貽後患如黃母者亦可謂既明且哲者矣

船事轇轕 ○臺地前奉電 旨截拿濟倭商船已派南琛斯美等輪於 湖一帶洋面拿獲英船一艘名曰巴山帶至基隆搜出軍火實據方在查辦不知如何釋放至申後竟仍令開往東洋此在中國大度包容於懷柔遠人之道情義兼盡該輪應當如何感激既頌
皇仁復戴憲德乃不謂此輪自抵倭後經其船主稟由駐滬英領事備文照會江海關道憲謂臺地前於此船違例扣留今應索償諸費一疑給銀三萬兩了事一或將受損各貨開單邀請公正人核算道憲詰其索償原委係緣何項公法領事移覆謂巴山船被中國南琛等輪帶進基隆被扣擱淺十四日因搜查之故船貨俱損及赴滬入塢修理既延多日復糜諸費是以務必償還等語按前者當截獲此船時經前撫憲邵大中丞派員會同在臺稅務司馬君赴基隆查驗曾由馬君電稟謂倭貨均在下艙其上半艙皆係運申之件搜查節節為難後來又經船主將艙封閉不使往查甚至手持鳥槍自擊倡死抵賴故中丞擬請在臺英領事會審英領事照覆若照敝國章程果獲濟私之船即將桅截斷再行按律治罪云云是則該船違例濟倭耳目昭彰衆據確鑿今雖借詞訛詐想唐署中丞剛方嚴直秉正不阿當有法以處此也

京報節錄

○○鍾德祥片 再各直省外補官員特旨班為最優以致鑽營取巧流弊日滋前經御史張仲炘條奏此風亦恐未能驟息臣維此項人員補缺章程亦當及時釐正查銓選則例內開 特旨人員遇有缺出悉准酌量先儘補用不積缺等語詳其文義凡酌量之缺准其先儘補用若非酌量之缺即不得藉補意在言下顯而易見如知縣中升調之五項所遺選缺係按班輪補之缺即應按班輪用不得將特旨班人員攙入酌補相應請 旨飭令吏部知照各省嗣後一律照例辦理其餘酌補之缺自道府以下亦不准連用特旨數人如此則巧宦之伎倆庶期無所復施而鑽營之風應從此漸息矣謹附片具陳伏乞 聖鑒訓示謹 奏奉 旨已錄

○○鍾德祥片 再上駟院有攻駒之費實不過給考牧之成馬匹即沙參差自有堂官稽查本無庸過事糾彈臣原可置之不問乃自本年夏秋以來節次恭奉 上諭詰責上駟院馬匹欽遵在案夫以供 御之乘黃為 九陛鑾和大體所關況當 天威咫尺之地何以屢

續嚴飭而尚不知敬長如此弄法也臣於是始留意訪查且臣亦頗能相馬也每見該院羣出游步馬匹多駑散下品心益怪之近來風聞上駟院卿增潤與郎中錫麟六同作弊如上年十一月間員外郎慶瑞出缺例用應升人員乃增潤及福森布忽以一當差不及二年並無花樣之候補員外郎景昌叙補外間傳說此專由錫麟賄託而來無不詫異又聞錫麟與西騾圈廐長職昌領出庫銀數萬兩放給草價乃所放不及四成廐言嘖嘖怨謗沸騰幾於無人不知而又無人敢言且聞職昌兼充兩圈廐長凡應發銀兩豆米無不尅扣爲日已久衆口指摘僉以謂堂司姻婭上下狼狽把持盤踞奸賄叢雜不可究詰果如所聞則院馬安得不疲瘦差事安得不遺誤且聞戈什哈五圈馬匹不足額數甚多該堂司各官向不肯認眞查究此又得賄含糊互爲朦蔽不問可知夫公事之壞始於奸欺而法令之行必先貴近臣今劾及院馬似乎涉於瑣碎然欲爲　朝常整肅馴卿自應請　皇上嚴治貴近所有增潤錫麟職昌等應如何查辦之處恭候　諭旨飭行理合附片伏乞　聖鑒訓示謹　奏奉　旨已錄

〇〇臣王懿榮跪　奏爲鄉邦危迫有關大局仰懇　天恩賞發回籍帮辦團練並酌帶援兵馳救事竊臣籍隸山東福山縣地處濱海烟台即其所屬東距威海百八十里爲渤海南路緊要關鍵此地一失大局瓦裂臣李秉衡公忠廉介中外交推惟復任未久兵力又單淮軍水師倚恃李鴻章不遵該撫約束故致自榮城失陷之事臣家有老母年己七十有三一聞此信神魂飛越登萊商賈旅食京師者約省三十餘萬人之多人人有身家之念海隅有警兵團不給衆情惶惑若市面一空轉滋搖動亦必須先有以鎮定其心臣父前任四川成綿龍茂七松理懋兵備道先臣祖源於咸豐十年任部員時曾經督辦山東團練大臣杜翻奏調回籍專辦登州海疆一帶團練臣於斯時年己十六歲跟隨周歷各口故與鄉人夙昔洽熟二三豪俠皆所周知惟有仰懇我　皇上逾格天恩准臣回籍會同撫臣辦理團練兼事招慕惟事機已迫非有得力軍幹迅速赴援不足濟急查現有營帶永興軍記名提督王鴻發爲臣同祖堂弟前隨伊犁將軍金順在新疆西北兩路轉戰二十餘年刻下同總兵馬心勝所帶馬步八營已抵近畿臣接其來信亦深以鄉邦爲亟憤恨切齒蓋威海爲天津門戶威海若再不保則天津萬無可守之理避實擊虛知登州兵力較單故擾我東防以掣全局此次由成山登岸者係倭寇之第三軍共一萬五千餘人聞李秉衡電請截留丁槐一軍己蒙　俞允但營伍尚少器械未齊深恐不足以資防剿亦且緩不濟急倭寇倘由陸路西擾則南北阻梗漕糧軍火接濟不通何以自立臣愚爲留此八營於畿輔軍力之厚薄不足輕重而登州屬無不舉奉天對岸海面路路可達若任其游弋時有擊動亦萬非李秉衡一人所能奔顧誠使鴻發馳援威海或足以保重地而救孤軍至臣桑梓私念烏鳥下情猶屬其小焉者如蒙　俯允准臣回籍臣即帶同王鴻發星夜馳援較之遠調他軍自必親切得力所有臣迫切下情不顧冒昧籲懇　皇上俯准施行則沿海一帶生靈皆出自　聖恩天賜臣侍直　內廷受　恩深重一俟海氛稍靜臣將團練事宜歸併撫臣即行回京當差不勝悚惶待命之至伏祈　皇上聖鑒謹　奏奉　旨已錄

敬啓者本館現於本年元旦出報因排報之鉛字各路之採訪主筆之西儒須開河後方能齊集姑先按日出報四幅以饗　諸公望報之懷二月之望即照舊例報價因用洋紙每份售大錢十文仕商告白減價三個月以廣招徠其餘各事均循中西報館章程辦理特此啓知伏祈　公鑒　直報館謹啓

直報

光緒二十一年正月二十日 第十七號
西曆一千八百九十五年二月十四日 禮拜四

上諭恭錄 再倡勇氣說 綬帶輕裘 軍令森嚴
洋醫開院 士飽馬騰 滋鬧未成 徒抱佛脚
細故輕生 姑蘇官話 學示照登 防軍易統
澎湖防務 京報節錄 告白照登

上諭恭錄

上諭葆初奏假滿病仍未痊懇請開去差使一摺葆初着准其開去委散秩大臣差使欽此

再倡勇氣說

客有關心時事者曰昨讀貴報倡勇氣一篇剴切直陳筆有生氣不覺戚戚怦怦也抑吏有請者今事亟矣威海不守 皇上著北洋大臣暨山東巡撫嚴飭沿海各處認眞辦團設非有迅速之奇策徒拘常法苟且因循誠恐迂遠不足以濟急請抒卓見[illegible]竹直書以破欵啓寡聞之說曰吁有是哉以人告人當前即是世無遠人之道正不必別尋奇策也雖然誠非宁言所可盡予不憚煩今試爲予再言之夫天下之勢自天子以至於庶人猶一身也上之於下必使無尺寸膚之不關於心下之於上必使如兩手足之目衞頭目其政非一端其求非一日而其要則一氣相感不恃有莫逃之法惟恃有相繫之情不恃有高遠之名惟恃有眞切之實何謂不恃法而恃情也法於國家甚於有衆之兵戎情於國家實爲無形之元氣我 朝自中興而後庶物咸熙通商以來萬邦和睦朝野無事中外相安儒臣以文采自矜武將以勳名相耀廟堂之法律嚴而明簿書之科條詳而盡尊者例處於尊上之人不肯顧其下賤者例安於賤下之情莫由差於上各肆其意各逐其私惟此兢兢不敢違例之意充塞於兩大致上下之氣不相屬而其權則一諉之幕與吏弊中生弊奇外出奇公庭大典稽首屈膝之外無他求行伍奇才雁行鵠立之間擢上將一旦有事即有一二豪傑之士阻於關防而建策莫由限於資格而事權不屬而脂韋隨俗之輩貪緣干進轉得以庸碌博高官奸猾當孔道事至無奈則一斷而不可收拾雖使孔孟復生無能爲役何也法愈密情愈漓法密如兵戎之可畏情漓則元氣難復也所謂不恃有莫逃之法惟恃有相繫之情者此也何謂不恃有高遠之名惟恃有眞切之實也名之於事體猶火之光也實之於事體猶火之膏也屢加其膏則其光可待不時之需第揚其光則其膏可使立時而盡自中華法泰西兵制鎗炮則式取其新新之中恒雜以故行陣則形取其似似之中未認其眞平居則地雷魚雷等件僅具空名臨時則地雷魚雷之施莫彰實用舢艫十里旌旗蔽空其勢甚張其實莫掾其象甚大其志則卑總之西人於軍務有進而無休我兵於軍務得半而輒止爲其事而無其功有其名無其實徒作無益以害有益耳所謂不恃有高遠之名惟恃有眞切之實者此也此二事者籌之於平日則優然有餘求之於臨時則茫然無措曩者晨星雖隕碩果猶存知我海軍之事萬萬不敵強鄰也每建一議遣一船非格於部議即撓於言官以爲非祖宗之成法慮國帑之虛糜也事至於今頓成掛髀之歎所可幸者惟有中土人心素知親上人之有實學至性奇材異能者一聞 國恥死不甘休雖尚未立有殊勳而心頗不以庸人自命倘假以五丈之旗一旅之衆厚其餉異其數知以國士無不以國士報之十室之邑必有忠信左文襄彭剛直鮑武襄諸公固不必擇地而生間時而出也此實我 國家數百年養育之 恩淪肌浹髓少成若性非他國所可冀及況我 皇上

軫念時艱開誠布公湛恩汪濊仁心仁聞婦孺之夢寐咸欽言及時艱同聲義憤現在各路雄師厚集豈無國士其人屬以大權展其驥足趁此餉需充裕練兵募士製械添船振臂一呼雲集響應氣之所感當不止二三豪傑也又況重賞之下必有勇夫爲急就之章將見有各營精爲甄拔千金之士百金之士充其欲而濟其私自必有感激思奮者再於額餉之外臨陣時另加一[illegible]赳赳武夫有不爲主將効死者吾不信也嗟乎與其藉寇兵而資盜糧聚財而置之無用孰得孰失必自能辨之者客曰善一揖而退爰泚筆而再紀之

緩帶輕裘 ○湘撫吳愙齋中丞自新正初間拔隊出關移紮錦州之石牌店所統各營陸續隨節到防尚未見敵計中丞自湘北來幕府宏開有一技之長者皆爲羅致凡詩畫名家篆籀能手以及鐘鼎圖書莫不以重聘留營平日演習打靶發必有中與中丞有相知之雅者詢悉志於此藝已一十五年即以之教帳下健兒互較優劣昔劉越石之運甓習勤羊叔子之輕裘緩帶中丞兼而有之轉瞬春融倭人未必甘於蠖屈倘兩軍相見吾知中丞幕下禮待而祿優之者必有獻奇技而操勝算者佐中 建平倭之績也

軍令森嚴 ○曹藎臣軍門自移軍小站後操練精勤營規嚴肅凡吸烟嗜酒之徒一概驅逐各營管帶奉令惟謹洵堪謂之爲節制之師也昨聞有某營務處因病向友人借用洋藥爲軍門所知潛於某夜偕某他出飭親兵至其帳內將器俱悉數取去次日即喚某之親隨相責數百插箭游營以爲嗜烟者戒聞某已無顏再見軍門抱頭鼠竄而去

洋醫開院 ○本埠紫竹林海大道設立洋醫藥館已有年所爲馬招濟君創始醫藥兼施積年以來救活者不下數百萬人口城廂內外無不口碑稱頌而今嗣其業者爲戴君照舊施治尤屬不辭勞瘁自臘尾停治後日昨又復開館已見有扶病而來者爭先恐後視中外爲一家戴君有焉

士飽馬騰 ○客歲倭奴啓釁以來各省將領無不奮勇爭先思得滅此朝食老湘軍李統領所帶各營由南北上分紮於楊村河西務張家灣碼頭等處各營官聯絡一氣以資防禦昨南運總局發去軍裝數百箱分撥各營應用槍械精而器無不備糧米足而士不虞飢飽彌且此往此故館倭人敢正眼覷哉

滋鬧未成 ○本郡侯家後一帶妓館林立昨午有游勇三五成羣尋花問柳在某妓館因爭坐位致相口角各各摩拳擦掌努力忿爭幸值查街官兵經過進內彈壓各游勇聞風抱頭鼠竄

徒抱佛腳 ○人情於求神佛護佑其愚誠不可及已有友人自北門外竹竿巷經過見中間墻壁粘貼黃紙一張大書特書現値海氛不靖無論宅舍鋪戶以及恭關寺院等每晨在院中向東南方恭排香案焚香叩祝 上界諸佛下界羣仙慈航普渡可望轉危爲安同享太平如不信者悔之無及云云當此人心惶惑竟有此種愚人公然書紙張貼讀之令人噴飯即以神佛而論亦可謂之急來抱佛腳耳有何益哉

細故輕生 ○北門外油漆顏料店皆山西人某鋪內有曹姓者年逾弱冠不務正事在外非賭即嫖該鋪掌因與伊父至交且又同譜常相勸導曹置若罔聞仍蹈故轍或早出夕回甚至連日不歸種種情形該鋪掌不能禁止至臘底債台山積無力支持及至今正被辭出號伊父知其所爲不善並不假以詞色詬曹因無顏立足在外吞服洋烟遂至該號與同人閒話一時毒性上沖昏於地下衆人急救並馳告其父曹父立至聲稱孽由自作於人無尤僱東洋車載之歸家不逾時斃命該鋪掌念曹父耿直可嘉即備衣衾爲之棺殮云

姑蘇官話 ○現任太湖協鎮田副戎明山由太湖東山防所來蘇謁見撫臬兩憲稟商要公小作勾留即率砲艇六艘前赴江震一帶查緝○京口都統保統帥由鎮來蘇舟泊胥門碼頭命駕入城至各大憲衙門拜會各憲答拜如禮○日前蘇撫憲曾委中營哨弁吳守戎桂芳前赴京口領取新購槍砲並至金陵製造局領取子藥茲聞守戎已抵蘇銷差所有承領各件均送至軍裝局驗收

學示照登 ○欽命提督江蘇全省學政刑部右堂龍 爲出示觀風事照得東南行省勾吳是爲奧區文學薪傳言氏於斯肇翺蓄其沐揖讓之閎澤此邦代有聞人導聲明於儒麻自昔門多通德豈不以星分斗次風雷騎吞作之期地闢延陵山澤壘匯常之瑞故其文明之化亘爛燭於海隅巨麗之稱極揄揚於天下謂非 聖天子甄培濡育與夫都人士鼓勵權忻其能若是之蒸蒸日上者耶今者恭

膺 熙命視學是邦讀亭林之書式古懷於崑圃叩寥經之室馨師法於江涓卓爾通方則幷包萬有裴然述作則妙絕時人是以訓詁詞章俱享偉業方興天算彪有成編瀨厥芳徽旣賞心若晤壽其遺籍又僂指難終是知黌舍高材實生作者瓌林髦秀蔚有傳人蓋盛時經籍之光彪炳凝於南國鴻筆棟梁之選磅礴積於東林也前者典試滇南及門喜獲多雋衡文江右入室劇有羣英逮夫移節於七閩之鄉問俗于五華之嶺則又人擅荆璧家[illegible]隋珠覽其爲文具有不可一世之概程其所詣卓有上陵千古之思使者晚道是懟寡聞爲恧惟此區區力拔眞才之意與夫懃懃勉人劬學之誠軒輶所臨寤寐莫釋差幸彼都篤志之彥遐方慕道之儒咸能奮礪壯圖躋登瓌業同念囊昔亦復喜而靡有涯也然則遠壤偏陬得人之盛猶復如此況大江南北夙號人文淵藪者乎且夫通都窮邑胡地無才春雪秋螢何士不學其有半生劬苦淪蠹帙於巖扉一介單寒困虫彫於里衖懷才不試述藝尠聞士氣未伸儒風曷暢使者憫之幸値 聖明之朝胡復蓬蓽自匿抑思平昔讀書學道何爲者耶各言爾志庸獨讓於聖門咸盡厥長詎具陳於太史使者實有爭先快覩之願焉若夫標獵虛聲擬撫模學特浮華爲能事背器識而罔從細爲身心之慼大爲風俗之累此邦多士度未必有此而使者興賢勵學之至意又有不憚苦口申誡者矣邇者海疆多事邊燧屢驚多士求志有年自負何若奮翮 皇衢濯鱗 天路此其時乎除將題紙另交各該本府飭發外爲此出示曉諭三州八郡按部所臨曷爾髦英幸無惜墨特示

防軍易統 ○滬尾防軍中營管帶爲湖南人王君鳳岐王於邵大中丞在任時充當撫轅武巡捕及中丞調署湘撫之際適有滬尾水師守備缺出委令署理未幾復兼帶是營到差以來不免有空額浮冒等弊現値倭氛不靖唐署中丞極力整頓營伍賞罰秉公徵聞王之劣迹特于月之初六日密飭會辦營務[illegible]防等事賴觀察鶴年私帶委員數人微服赴滬將所駐定海防軍隘勇分別點驗直至委員莅營營中方始得悉倉皇無措呈請弁勇冊籍逐一點名其間整齊嚴肅者固多而老弱備數與乎缺額不足之營亦復不乏觀察暨諸委員據實回稟中丞不數日將王撤退其營勇五百名汰弱留强補入新正營中作爲福建海壇協余致廷協戎之座營協戎即新調來台統領定海先鋒副防軍等營者也又有新設之砲台衛隊一營同日札委本轅隨員喻君若德管帶至向駐滬尾南岸隘軍等營統領黃槐谷游戎聞亦坐老弱充數之弊將奉憲檄撤差人言如此然尚未見明文不知確否

澎湖防務 ○台灣爲南洋數省門戶澎湖卽爲台灣一處門戶福建台灣之於澎湖猶天津山東之於烟台敵兵至此未爭台灣先爭澎湖卽我軍於此欲防台灣亦必先防澎湖法人一役可爲前車之鑒署撫憲唐中丞有鑒於是故將台南北防務布置妥協急委前在滬尾統帶定海右副等營之朱幼懋太尊精選所部定海右衛隊兩營並飭在福建長門等處添募勁旅千人以作澎湖防軍副由太尊督率前後營至澎湖分別要隘處所擇地防守且旋勘得澎湖幅員遼闊四面又瀕臨大海無險可守全在兵力以壯聲威因稟請中丞另增募勇六百名添防沿海一帶以固軍心中丞允之已飭弁赴閩省招齊刻在厦門地方候斯美快輪由申開回繞道至厦順便載回澎湖又聞朱太尊部下之衛隊營管帶范君世欽現因防務不甚得力已飭候補叅將郭君向馨接帶矣

京報節錄

○○頭品頂戴貴州巡撫奴才崧蕃跪 奏爲審明鎭營哨長因疑姦謀殺差弁身死按律定擬恭摺仰祈 聖鑒事竊査前據興義府知府石廷棟稟報本年四月初十日夜安義鎭標親兵哨長補用游擊歐有科將差弁劉洪毅殺傷於十七日因病身死當經奴才會同督臣王文韶具摺請 旨將該弁歐有科革職審辦欽奉 硃批着照所請該部知道欽此恭錄行司轉飭去後茲據該府覆審解司由署臬司黃元善審明解勘前來奴才提犯覆鞫緣歐有科籍隸台拱廳由軍功歷保補用游擊投入安義鎭標効力派充親兵哨長與已死鎭署差弁劉洪毅素相認識同院居住劉洪毅與歐有科之妻黃氏見面不避光緒二十年三月間歐黃氏欲出外作客託素識之曹女工代借包帽在房敘話被歐有科撞見疑有勾引私情當將歐黃氏斥罵不准與曹女工往來次日歐黃氏在院澣衣劉洪毅走過向歐黃氏詢問昨日吵鬧情由適歐有科由外回歸瞥見歐黃氏卽不言語劉洪毅走開歐有科疑劉洪毅與歐黃氏有姦又將歐黃氏斥詈追後憶及心中

貝氣屢欲將其致死洩忿四月初十日夜二更後毆有科在院內馬刀鐮草見劉洪毅大門尚未關閉房內燈尚未熄蹤至劉洪毅床邊用刀亂砍劉洪毅聲喊劉王氏聞聲趨視毆有科當時逃跑報經該府獲犯驗明審辦詎劉洪毅醫治不愈於十七日因傷殞命復經驗報批飭審解提犯訊明前情不諱究詰委因疑姦謀殺致斃並無起釁別故亦無同謀加功之人案無遁飾查律載謀殺人造意者斬監候等語此案已革游擊毆有科因疑劉洪毅與伊妻黃氏有姦起意將其迭砍身死實屬謀殺自應按律問擬毆有科合依謀殺人造意者斬律擬斬監候秋後處決照例刺字無干省釋除供招咨部查照外所有審明按律定擬緣由謹恭摺具陳伏乞　皇上聖鑒　勅部核覆施行謹　奏奉　硃批刑部議奏欽此

○○張煦片　再前據霍州直隸州知州德生詳報州民張光昌因被都司職銜朱郁紳控追補帳本銀被押愁急莫釋潛赴該州大堂用刀自戕咽喉身死一案當經前署河東道陶迺珏檄委洪洞縣知縣白昶驗明詳報並經臣批司飭委前署平陽府知府錫良移提人卷審辦去後嗣據錫良詳稱訊明朱郁紳誣告張光昌匿帳未交補本銀兩該州提訊兩造供詞各執將張光昌看押禮房查追帳目以致張光昌被誣愁急潛赴該州大堂用刀自戕殞命屬實等情臣查德生職司民牧於州民誣告帳項事件並不即時訊明剖斷輒行濫押釀命實屬咎有應得現在錫良業已卸任調赴山東差遣當飭候任平陽府知府馮鍾岱覆審確情妥擬報解相應請　旨將霍州直隸州知州德生先行解任聽候查辦除檄司遴員前往接署外謹附片具　奏伏乞　聖鑒訓示謹　奏奉　硃批著照所請該部知道欽此

○○太子太保頭品頂戴陝甘總督臣楊昌濬跪　奏為甘肅各屬夏秋禾苗被災情形暨應蠲緩銀糧草束數目謹繕清單恭摺仰祈　聖鑒事竊照甘肅各屬本年被災情形業經臣　奏奉　硃批知道了即著飭屬妥為撫恤毋令失所欽此當經欽遵行司照辦茲據甘肅布政使沈晋祥據蘭州平涼甯夏西甯四府並涇州直隸州陸續會勘結報前來查被災較輕之皋蘭縣狄道州沙泥州州判平涼縣甯靈臺西甯縣並續報被水之大通縣等七屬既經該府會勘明確例不成災所有應徵錢糧已飭照舊徵收內有實在窮民所種糧食猝被偏災情形不免拮据或由該州縣捐欵撫恤或酌借社糧俾貧補種秋禾水冲房屋橋梁亦經該州縣捐廉飭修淹斃人口捐貲飭埋自可毋須另籌賑撫至沙泥州判被水冲去摩雲驛號房二間馬棚四間業已照例發給修復房價銀六兩以資修理惟河州金縣靈台碾伯等四處被災分數不一除由該州縣酌借社欵撫恤外所有被災地畝應行分別蠲緩正耗銀七十六兩四錢二分一厘正耗糧七百二十八石八斗九升五勺番貝糧九石六斗九升四合七勺草一千四百五十一束四分六厘又金縣草一十斤一十二兩四錢一分開具清單呈請察核具　奏並聲明文縣續報被旱情形是否成災飭行階州直隸州會勘尚未據結報又碾伯大通二縣屬被水冲沙壓地畝能否墾復刻難預定俟該縣等查明詳覆到日另案辦理等情前來臣覆查無異除批司分飭被災各處隨時察看如來春青黃不接民力拮据即行稟請籌欵撫恤毋任失所外理合繕具清單恭呈　御覽伏乞　皇上聖鑒　飭部查照施行謹　奏奉　硃批户部知道單併發欽此

出售

本行發售各式保險檯燈座燈並牆挂手照等並有大小紅毛片洋鏡一切均照置本出售倘　諸君欲購者請來本行賬房面商可也此佈

正廣和洋行啓

告白　永慶昇平　續永慶昇平　萬年青初二三集　富貴錄　續施公案　彭公案　第三才子　第一奇女　醉茶志怪
花月姻緣　續今古奇觀　巧合奇寃　醒心編　繡寶錄　開闢演義　姚元之先生竹葉亭雜記　徐洄青觀察宋豔　春秋會義
五十名家尺牘　皆大歡喜　徐洄青觀察醫方叢話　曾惠敏公全集　日本新政考　日本師船表　日本史畧　湘軍記
東三省地圖　日本地圖　亞西亞圖　後四才子　南北宋　東西漢　後英烈傳　草木春秋　後聊齋　三聊齋　子不語
奇中奇　後列國　後三國　說唐征西　飛龍傳　綠牡丹　笑中緣　英雲夢　七俠五義　文美齋謹啓

敬啓者本館現於本年元旦出報因排報之鉛字各路之採訪主筆之西儒須開河後方能齊集姑先按日出報四幅以餍　諸公望報之懷二月之望即照舊例報價因用洋紙每份售大錢十文仕商告白減價三個月以廣招徠其餘各事均循中西報館章程辦理特此啓知伏祈　公鑒

直報館謹啓

直報

光緒二十一年正月二十一日　第十八號
西曆一千八百九十五年二月十五日　禮拜五

讜言　京師得雪　公使例賀　封章言事
賫濟災民　光華復旦　署理督篆　凱歌載道
宜著號衣　差役擾累　賭博宜禁　客店受騙
心無掛礙　潯陽[illegible]帛　京報節錄　告白照登

讜言

今夫風俗之大致善與惡而已政治之大權用與棄而已宰斯世者將使有用而無棄必使有善而無惡顧或謂齊其政不易其俗抑或謂風俗與化移易斯二說也其義似相背而實相成竊嘗思之政不易俗蓋言布政之始也與化移易乃言致化之成也其義固似背而非背其權則惟視乎宰斯世者之相時以爲治也天下之風俗至不齊矣約而言之大率南柔而北剛剛則氣象近於游俠夫朝廷有秩祿爵邑本足以牢籠天下之豪俊當其未嘗入彀之際旣不能槁項以老於布褐勢不得不以游俠恣其意故相士者往往略驪黃采神駿舉凡齷齪小謹與世浮沉而取榮名者槪置弗顧而瓌偉磊落非常之材爲名位所遺者則夾袋貯之津門游俠之酋也咸豐癸丑粵匪犯順津無備寇突至大令謝雲航公身率民衆冒矢石出關迎敵驟馬直前賊益蜂聚公伏打生架銃於路左右齊發一擊而斃逆無算賊遁入靜境是役也公之先鋒親兵皆游俠子公屢戰屢捷深入賊窟無後繼身受數創病莫與游俠某某力負之戰且走公不忍相累僞言欲溺遽投冰窖某某義不獨生俱自刎勾蠅戾邱其人歟雲航公歿爲明神載祀典建祠津門游俠某某侍立焉游俠可少乎哉漢司馬子長著史記游俠爲立傳說者謂其發憤之所作固矣然卽傳中之人論之如朱家少爲信陵君客當楚漢之爭賣繒屠狗者皆取封侯而家獨超然無所預旣談笑而脫季布將軍之阨終身不見也雖魯仲連奚以加之郭解雖時扞當世之文網然大下知與不知皆慕其名若使之效功於世豈遽出絳灌下哉若斯之倫所在皆有一視宰斯世者之用與不用耳聖賢之馭天下也常使天下懷欣欣待用之心力行不倦無自棄之意故設高爵厚祿以待斯世之才不才使皆踴躍自奮扳援而來惟其才之不逮上不能納忠效信次不能拾遺補闕外不能備行伍攻城野戰下不能積日累勞以供指臂者不能至於其閒餘則自儒生貴族迄閭閻寒賤各得以奔走是途徐試之以定棄取焉俾知不可以妄干也然後勉强於功名俾知不至於必不得也然後恒其心以向上久而不懈此馭世者所以鼓舞人才日化於善之至術也彼夫梗頑不化之人逆之殺之不爲過若第以其細行不矜或本非小人悞陷於罪而遂絕其進取毋令自新彼將恣意妄行無所顧惜肆其忿毒以殘害吾民是又宰斯世者之過計非獨風俗之憂也頃聞道路傳言鍋匪私議凝趁風鶴潛聚萑苻有無莫須不能不慮所有如何查拏如何閑禁如何招撫之處或由當路政府預爲出示喝破其謀爲民父母定不忍坐視子弟之犯法而不之救倘自示之後一道同風將見才固才不才亦才善固善不善亦善齊其政不易其俗而風俗之與化移易者固可拭目而待矣

京師得雪　○都門自元宵前一日卽彤雲密布時雨時雪霑衣欲濕襆去紅塵十丈至二十日早七點鐘復又雪花如掌飛舞半空至午甫止得雪寸餘市上人來頗患泥濘難行矣

公使例賀　○各國駐京公使每屆新年擇期朝賀以昭中外睦誼本年定於正月二十日早十點鐘英德俄美各國欽差皆於法

國使署齊集各乘綠呢大轎同赴東華門內候旨經總理各國事務王大臣照例致謝各公使旋即各歸府第甚盛事也

封章言事 ○現接都門訪事人來信云有某侍御奏請飭下直隸山東凡沿海要隘速爲設立電線建築高臺多置極遠之千里鏡極鉅之大快砲抬槍等械並於後路已有各營再爲添募演練較易蓋以新募之軍操練各項器械不但有需時日且恐操法不一不如以新軍入於熟軍之中熟軍人人皆諳練法即可時時講究易於精熟並於抬槍等械用內地火藥攙合洋火藥較易購辦然務須講求極猛極遠極精是爲至要云云此摺篇幅甚長皆目前要著惜未發抄容俟將全摺續錄等語合亟照登是亦防務之要領也

貲遣災民 ○去歲畿輔被水各縣災民咸來京就食不下數萬名口現交春令恐鬱蒸之氣致釀春溫貧民受病因分別散放銀米各遣歸本籍通州三河武清香河等處貧民業已出京惟附近京城各村庄飢民仍留各廠食粥

光華復旦 ○鄂閣直督部堂合肥李相國客歲以平壤大事自請議處奉旨革職留任蓋以將領失機仿武鄉侯自貶之義也茲悉恭奉恩命開復革職處分並賞還三眼翎枝黃馬褂授爲全權大臣赴東洋議事行見老成謀國之忠必使中日易兵戈爲玉帛兩國蒼生太平同享跂予望之

署理督篆 ○頃閱官場消息昨晨督署接奉電旨李 著授爲全權大臣所遺直隸總督著王 暫行署理等因欽此同城各司道以及印委各員三營將領皆赴節轅叩賀並至吳楚公所稟賀接印之期當亦不遠容俟續錄

凱歌載道 ○正定鎮憲徐見農軍門久歷戎行身經百戰實統領中出色人員昨有由營來津者據稱本年新正十二三等日軍門在海城地方與倭奴接戰擊斃數千名口連日復又屢獲勝仗倭奴聞風喪胆凱歌之聲已傳徧遼瀋云

宜著號衣 ○本郡自上元節後天氣和暖且陰多晴少細雨如絲各處均已開凍以致街市淤泥不堪行人頗以爲苦東洋車更屬拖泥帶水動輒滋生事端訪事云昨東浮橋有一車夫偶爾不慎泥濺某營勇鞋襪該勇即揚掌向車夫面上打去將其鼻口打破立即血流如注而又踢之以脚該車夫立即身倒經人將營勇勸走回視車夫已暈絕不省人事逾半時許始甦據稱被踢陰處痛徹於心幾乎斃命言畢兩目淚流衆遂僱車一輛帶其自拉之車而去噫該車夫雖不小心而該勇亦不應如此毒打殆傷及性命將如之何近來兵勇在街行走者甚多爲公爲私不穿號衣令人無從辨識殊出於營規之外也

差役擾累 ○楊村驛乃係京津要站差務殷繁從前因有差派車輛鄉民受害情事是以立有官車局即以管帶雲字營馬隊王軍門兼管鄉民車戶兩受其益迨去冬王軍門爲津團分統將車局交卸即歸武清縣管理仍循舊章並無更易無如近來差務更繁竟有差役局役赴鄉捉車聲言今非昔比或重勒鄉民或訛索車戶稍不如意即百般辱罵甚則以黑鎖加頸因此被擾不過祇得煩人說合以孔方了事據此則邑尊並不知情皆差役等狐假虎威之事鄉民車戶值此荒年已屬艱難困苦若再遭擾害更何以堪想賢令聞知必嚴行查禁也

賭博宜禁 ○訪事云茲有穿守望局號衣者二人手執毛錐帳簿向南門外一帶小店娼窰斂取錢文言明現在大兵過境恐其滋事必須我等巡查護持俾爾等得保安靜遂將某門某姓俱寫於帳上按月取給若干云云吁無怪乎小店娼窰較前聚賭尤甚蓋已有人包庇故敢於肆無忌憚然賭乃盜媒所望該管者嚴查勿忽耳

客店受騙 ○昨聞河北大街某店中正月初有張姓來店寄住帶銀一封約四十餘兩恐有遺失交店主收存旋在包內取出一錠託店主代爲換錢以資日用店主不之疑也日昨張又同一人來店並攜來綢緞洋布包兩個共核錢八十餘吊語店主云此人跟來取錢此時銀價日落一日吾有存銀暫且不換所該貨錢請店主暫爲應承俟至三五日後定必送還或令來取店主信之詎張早已設心權騙倫隙將衣物移挪他處一去不回店主以有銀在尚不虞有他故迨布店來取貨價始恍然大悟將存銀至錢店兌換皆屬贗鼎再覓其踪已如黃鶴

心無掛礙 ○粵垣巡防營統帶李芷香大令近以半邊岡義塚事宜託淮軍忠義祠住持僧道岸代理人皆謂此係善舉宜付之

慈悲佛子耳然猶知其一未知其二也客有稔悉此僧來歷者以告人曰道岸俗姓李名琪番禺縣臘水鄉人少任俠好抱不平有聶政家
風本望族遇有不了事咸藉世好之力爲之排解以故目空一切性情愈豪或恐其釁萌釀禍勸令從戎遂以軍功起家官至守備統帶省
城內河緝捕巡船少年喜事之心至此已消却一半矣時李星衢中丞移撫陝西命李護送比返泊舟於梧州府東門外該處有寺名冰井
者勝朝建文東遊寄迹之所也頗具園林之勝李往登眺老僧年爲貴人以禮相欵與語大合僧自言向有徒三人皆以干犯清規逐去前
車可鑒不敢輕收弟子故至今無人補缺而老病頹唐行將圓寂寺內頗饒田產不知付與誰何李曰宦海風波無處不險虎飛食肉之念
久已全灰師能爲我剃度否僧曰君是富貴中人何可作是想李曰功名妻子轉念皆空插足紅塵徒事擾擾何如將煩惱絲盡行削去以
享齋魚粥鼓之樂耶僧曰君念已决則此一遊也亦有前因我不敢作佛門墨棒遂爲李削髮改名道岸迨兵士尋至則已成頂上圓光矣
士詫異而去李之家室聞報大驚然亦挽回無術由是李爲佛門弟子紅樓夢中寄生草一曲正堪移贈未幾老僧死道岸爲該寺住持詎
料該郡劣紳素涎寺內之田產常思褫取因有老僧在不敢遽發今老僧已死前徒已亡道岸又廿披剃而無度牒遂乘機攘奪之道岸不
廿與之興訟奈勢力不敵訟不得直竟被擯出是時不僧不俗無處可歸如返穗垣寄足於華林寺又因未有衣鉢例難掛單幸華林之住
持僧勤安憐之授以度牒復藉平日僚友之力重修燕塘之牛王廟使之棲止後又徙往東校場淮軍忠義祠內李大令以其爲過去中人
故以此事相託也　錄新聞報

潯陽雁帛　○九江鎭標選鋒營兵丁所有弓箭槍砲以及各色技藝平時無不操演嫻熟而刀牌尤爲擅長昨聞鎭憲周德泉軍
門奉督憲張香帥飭調籐牌教師當於左右兩營挑選最精之籐牌兵四名札委標下前營把總史長發帶赴金陵聽候香帥差遣用史把總
遵即部署一俟某兵輪由鄂返潯即行束裝附往按史把總由行伍出身技藝精工有膽有識謁見之下定邀香帥賞鑒也○自倭奴犯順
以來各處整頓防務不遺餘力九江鎭憲周德泉軍門飭令選鋒左營周棣山協戎右營傅春海協戎新勁營劉清泉參戎飛虎營范坤元
總戎逐日督率兵勇在校場操演朝朝砲聲隆隆刀光閃閃眞有如火如荼之概周棣山協戎並捐廉設立月課飭該營左右中三哨馬步
兵按期打靶以察勤惰協戎親自校閱優者賞給錢文劣者酌予薄懲以期鼓勵士氣俾成勁旅而固江防噫潯營如此鄭重雖有勁敵亦
不敢正眼相覷矣

京報節錄

○○經筵講官刑部尚書臣松溎等謹　奏爲官員解送到部日期恭摺奏　聞事光緒二十年十一月二十一日內閣奉　上諭宋慶奏
遵旨查辦統將被參各節據實覆陳一摺已革直隸提督葉志超由公州退回平壤並未接仗沿途所報戰狀盡係虛捏逗行出平壤又復
漫無布置即行潰退其安州尚有馬步八營可資策應該革員並不扼守安州乃竟退過鴨綠江實屬統馭無方大負委任葉志超着拿交
刑部治罪等因欽此抄出到部當經恭錄　諭旨行令　盛京將軍直隸總督並幫辦北洋大臣將葉志超迅卽押解送部茲據直隸總督
李鴻章及幫辦北洋軍務四川提督宋慶分派委員直隸候補知縣曹景成及河南候補都司高維勛會同將已革直隸提督葉志超於十
二月二十八日午刻解送到部查該革員葉志超係武職大員案情較重可否　簡派大臣會同臣部審訊抑或就宋慶查奏各情遵照欽
奉
諭旨按例治罪之處請　旨定奪爲此恭摺具陳伏乞　皇上聖鑒訓示謹　奏奉　旨已錄
○○經筵講官太子太保大學士管理兵部事務臣額勒和布等謹　奏爲遵　旨議處具奏事軍機處交出督辦軍務王大臣片奏據總
統秦安軍甘肅提督李培榮稟稱燕郊防營勇丁因哨官索取扣存伙食銀兩糾衆滋鬧拔去餉銀當卽查明情形卽將逃勇姚復勝王占
魁二名拿獲正法未獲各勇一面嚴緝請將營哨各官分別革懲並自請議處前來查該哨官於扣存伙食銀兩並不當時給發以致勇丁
糾衆滋事該營官未能力爲彈壓均屬咎有應得應請將該營官游擊銜留甘肅補用都司吳運城山東候補參將李運陞哨官藍翎守備
谷有才均卽革職以示懲警李培榮雖未在營究有統轄之責應一併交部議處等因光緒二十年十二月二十三日軍機大臣面奉　諭
旨督辦軍務王大臣奏營勇搶銀滋事請將未能彈壓之營哨統轄各官分別懲處等語游擊銜留甘補用都司吳運城山東候補參將李
運陞藍翎守備谷有才均着卽行革職甘肅提督李培榮着交部議處餘依議欽此欽遵交出到部除游擊銜留甘補用都司吳運城山東

候補參將李連陞藍翎守備谷有才革職之處註冊外查定例官員給餉稽遲營弁侵扣以致兵譁係提督總兵標兵譟變該提督總兵失察者俱降二級調用公罪等語此案燕郊防營勇丁因哨官扣存伙食銀兩並不當時給發以致勇丁糾衆滋鬧搶去銀兩甘肅提督李培榮有統轄之責欽奉 諭旨交部議處應請將甘肅提督李培榮照給餉稽遲標兵譟變之提督失察者降二級調用公罪例議以降二級調用係屬公罪例准抵銷可否准其抵銷之處恭候 欽定所有遵 旨議處緣由是否有當伏乞 聖鑒訓示遵行謹 奏請 旨奉

旨已錄

○○巡視北城山西道監察御史臣齊蘭兵科掌印給事中臣唐椿森跪 奏爲紳捐粥廠加放饅首窮民擁擠斃命恭摺仰祈 聖鑒事竊於光緒二十年十二月三十日臣城正指揮陳文熙詳報據梁家園粥廠紳士等報稱該廠每年冬間放 六個月以濟窮民歷辦多年光緒二十年九月二十一日照章開廠放粥人數約在二千左右十二月三十日歲暮加放饅首舉辦有年不意人數過多較之往年加倍有餘而窮民又皆爭先恐後以致擁擠壓斃女大口九名男小口十五名女小口十四名共計大小三十八名等情臣等聞報親往查看壓斃情形殊堪憫惻查該廠向係自行捐辦地面甲捕祇在門外彈壓不許諠譁滋事至廠內事務皆該紳督同司事廠夫經理舉辦多年向無意外之虞查所報壓斃人口均在廠內後院該廠夫向祇十二人廠內地勢不寬而窮民聞加放饅首爭先恐後該廠廠夫不敷照料以致擁擠太甚計醫治復蘇六名外共壓斃大小口三十八名總緣該廠未能先事預防然歷辦多年均相安無事實亦意料之所不及臣等當飭正指揮傳集屍親眼同相驗據屍親攔驗者十之八九令具攔驗甘結存案屍身由該廠棺殮安置北城義地浮厝願領屍棺聽其自便並飭該廠籌款從厚撫卹屍親業經照辦均屬妥協嗣後該廠務須擴充地勢照料周密嚴諭該紳等悉心籌畫多派司事廠夫以昭慎重除咨明刑部存案外理合恭摺奏 聞伏乞 皇上聖鑒謹 奏奉 旨已錄

○○李秉衡片 再查有 賞還原銜前吏部主事盧昌詒於光緒十五年因議處御史屠仁守案內經都察院議處革職是年來至山東前撫臣張曜委辦河工十六年張曜恭摺 恩詔奏請送部引 見未邀 俞旨該員在山東河工前後五年堵口搶險無役不從本年十月赴京隨班祝 嘏十二月初 日奉 旨賞還原銜臣查該員品端識卓講求經世之學籌辦兵事盡力盡心危險辛勞不少退卻洵爲多事可倚之員合無仰懇 天恩准留臣營差遣委用俾資臂助出自 鴻慈謹附片具 奏伏乞 聖鑒訓示謹 奏奉 硃批着照所請欽此

○○李秉衡片 再用兵之道選將爲先臣籌辦海防以來留心物色其克膺良將之選者實不多覯茲查有現署廣西平樂協副將王寶華樸誠勇敢臣昔官廣西知之最深東省防務方殷需才孔急合無仰懇 天恩飭下廣西巡撫轉飭該員迅速來東以備戰守於防務必有裨益謹附片具 奏伏乞 聖鑒訓示謹 奏奉 硃批另有旨欽此

敬啓者本館現於本年元旦出報因排報之鉛字各路之採訪主筆之西儒須開河後方能齊集姑先按日出報四幅以饜 諸公望報之懷二月之望即照舊例報價因用洋紙每份售大錢十文仕商告白減價三個月以廣招徠其餘各事均循中西報館章程辦理特此啓知伏祈 公鑒

直報館謹啓

直報

光緒二十一年正月二十二日　第十九號
西曆一千八百九十五年二月十六日　禮拜六

上諭恭錄　中日兵釁原始　團防嚴密　突如其來
南船來信　先事預防　請平糧價　直瞽轉餉
勸修土圩　添設護衛　報名投考　入險口險
澤及飛潛　是耶非耶　以死報國　設計撞騙
踴躍從軍　京報節錄　告白照登

上諭恭錄

上諭譚繼洵奏甄別庸劣不職各員一摺湖北通山縣知縣劉煥章任性妄爲濫刑科罰宣恩縣知縣王志章任意苛派民怨沸騰均着即行革職以肅官方餘着照所議辦理該部知道欽此

論中日兵釁原始　知津小吏稿

中日啓釁之由雖早有言之者愚謂不舉其確實之證據則空言未足取信於天下凡報館立論固將遠達各洲非僅取快於一國之人無貴偏袒掩飾諱爲平心實按之去夏日本致書我　朝大意謂欲與亞洲重在居中之高麗兩國須各遣使代爲改政易俗云云未及覆而大鳥公使遽請入覲因致啓釁日遂揚言歸咎於我之不答其誤信者甚至如香港大會律師多有以日爲是不知我　朝所以未即答者因公法雖不許強預別國內政而日言由高興亞之說則又似有理而必無成所以准駁兩難遽定耳謂必無成者何也日之學西或譏其徒得皮毛姑弗深論即使果已登堂入室然以本爲西國之英比之則非啻若羿之愈於逄蒙不待言矣土耳其與英接界英念其足爲過敵之外蔽故昔年見俄將滅土不憚公然出助其誠心愛惜而力爲保全固過於日之與高矣然亦只能力爲保全不能使其改政自強至今依然此土國爲然則以英所不能成於土者而謂日能成於高乎日廷何不自量而夢夢若此豈非別有不可言之陰謀而佯借代爲改政之名乎奈何西律師徒見高之政宜亟改而遂爲日所欺蒙有不反爲日所竊笑乎且日固以興亞自命者也乃內欺其民外欺諸國稱兵倖勝昧於知足知止竟不恤拒美之居閒今華之誇者曰我人衆喪十萬若無事彼喪萬人即危矣日之誇者曰我兵精危必在華愚則謂姑弗論其後果誰危也此所喪之十萬與萬人孰非亞洲之人乎則即使日果能如願相償而此舉究爲興亞乎抑敗亞乎是非別有陰謀必不致言行相悖若此念西人雖或喜日之步趨惟謹遂多暱而偏袒之曲恕之然以地球之大應必有至公至明之人能辨其是非虛實者

團防嚴密　○京師五城練勇局每城原設勇丁五十名現因海氛不靖客歲五城院憲會議在前門外琉璃廠土地祠義倉設立團防總局每城招募勇丁五百名日間分段巡街夜間巡捕盜賊盤查奸宄正月十九日　皇上大祀　祈穀壇先於十七八日除壇門前八旗京營兵丁紮搭帳棚守護外五城練勇共計二千五百名均在天橋一帶排隊伺候以壯軍威而資拱衛

突如其來　○京師宣武門內安福胡同有劉某者新列膠庠沾沾自喜於正月二十日開賀紳士以及諸親友齊來道喜並送賀儀劉某衣冠齊楚居然新貴氣象其寓所則張燈結彩鼓樂喧闐正在熱鬧之際突來一禿丐撞門而入態甚蹣跚氣甚勇猛挺身直入旁若無人與之青蚨不受與之酒肉亦不食究所從來亦不答詢經紳士等欲將該禿送官究辦該禿即飄然而去杳無蹤跡其隣人傳爲笑柄論者謂該禿與劉某必有瓜葛意者重有所請有不可明言者歟然突如其來如神龍之見首不見尾斯亦奇矣

南船來信　〇每屆北洋冰泮南中輪船得電信後即日北來本屆因海上兵爭前數日謠傳輪船有暫行停放之說聞之者無不人心惶惶蓋因商貨流通地方賴以生色倘果海程阻滯則米麵一項已覺來路不易況各種日用之需皆賴南中滙注即食力之徒亦賴起卸貨物以為生活頃悉怡和太古等輪船公司俱於月之二十五日在申江結關屈指月杪月初津上可望船到不但信息靈通即各項商貨皆源源不斷矣

先事預防　〇昨報紀逃勇互相詐騙一則茲悉西門外一帶遊手好閒及形跡可疑之人甚夥三五成羣交頭接耳不知所為何事日來有人來自西關詢之皆稱似勇非勇身無號衣而口音南北不同為數不止千百蠅營狗苟攢聚於賭局娼寮動輒揎衣露掌呶呶向人似非善類當此外患未平人心惶惑倘羣不逞之徒滋生事端地方何堪設想若竢焦頭爛額何如曲突徙薪謹述所聞質諸關心時局者幸勿河漢斯言

請平糧價　〇本埠南米銷路甚廣每年販運者甚夥客歲雖日本稱兵海氛不靖而南米之來仍源源不斷較歷屆有增無減詎奸商貪得無厭抬價居奇歲底每包價值三兩一二錢新正陡漲至三兩四五近日益形昂貴至三兩八九而白麪玉米麪高粱等亦逐日加價似此情形貧民糊口維艱難免不激成內變且大兵雲集米糧若此之貴兵勇亦難保其不藉口滋事倘釀亂階誰執其咎所願有地方之責者出示定價不准居奇無形之轉移一方受賜誠匪淺鮮也

直藩轉餉　〇本任廣西臬司胡廉訪燏棻奉派督辦東征糧臺籌理前敵糧餉軍火等事廉訪復以時事孔艱非練兵不足以資禦敵因創立定武軍招募勇士數千人委舊日屬弁統率教以兵法近復添募馬隊砲隊聞不日當添足十營在河東陳家溝駐紮廉訪慎選管帶現雖祗有二營而管帶之員已數易其選日昨操演兩軍攻戰之法豎大旗一面以奪得蝥弧者為勝軍士互相努力演畢各歸隊伍說者以為廉訪於兵事實有見地將來定成節制之師惟聞東征糧臺一席已奉　特簡新任直藩陳佑銘方伯寶箴督辦不識廉訪仍回是差抑專任練兵要務俟有續聞再為登報

勘修土圩　〇天津土圩從前經　僧忠親王創建周圍約六千數百丈計三十餘里嗣因屢被大水沖塌復經司道各憲集商捐欵重修較前規模宏闊工程堅固蒙　督憲奏明立案分為三大段責任司關道分段兼管每年查看補修以期永久上年防務吃緊鎮憲吳軍門顧慮周詳且因商賈多居城外外圩關係實屬緊要即飭城守營徐都戎履勘勘得道憲所管段內亟須補修當委費君繼武詳查適時屆嚴冬不易取土只可緩辦現値春融復委查看諒不日即可興工一律鞏固吳軍門洵為一方之保障已

添設護衛　〇自倭人猖獗以來風鶴之聲朝朝數至凡彈壓地方護衛衙署在在均關緊要昨署津海關道憲黃花農觀察稟請傳相添募小隊以資護衛定于新正二十一日在西門外如意菴內開招註冊入格者即編入隊伍號褂上寫護衛字樣以明不能外調想郡民素稱好勇際此軍務繁興既可効力又在本地兼可保衛身家自必樂於從事也

報名投考　〇本埠輔仁問津三取各書院闔郡舉貢生監歷年於新正二十四五等日赴書院報名註冊以候考期茲悉輔仁書院二月初三日甄別每月則三八兩課闔城印官輪流考課問津三取兩書院於二月初二日甄別每月則二六兩課惟鹽運司一人主政列優等者膏火獎銀為數甚鉅以故各生童努力潛修文風日盛洵培養人材之第一要義也

入險出險　〇日昨狂風大作天氣極寒無異三九氣候河冰雖未盡化其勢已岌岌可危知命者甯繞遠路不敢步履而過也北門外老菓子店前有年及志學之徒猶有童心攜書赴館踏冰較捷且可嬉戲詎行至河心忽然塌陷幸棉衣甚厚入水不沉有人經過瞥見急以腰帶向前施救其人援帶而上遍身水濕形如鱗甲恐寒氣偪膝急乘洋車赴家烘取煖幸矣哉履冰者可以鑑矣

澤及飛潛　〇本埠紳富樂善好施每冬施放棉衣米麵以及錢文等項各善舉筆難罄述茲悉新正中旬北門外各紳富廣集巨欵設立放生會一處如北門外鳥市有鳥即放北關口魚船有魚即放鳶風魚躍各得其所於以見津門善人之多也

是耶非耶　〇訪事云河北紅橋地方有蕭姓農人夫亡遺子五歲婦聘得外鄉某姓女為童養媳一家三口頗不寂寞詎予於去

歲病斃婦即以養媳爲養女聘於某商爲妻尚未迎娶該處土覇某甲聞女美暗中設法欲得而甘心焉昨爲某商親迎之期甲偵知之先一時遣多人用花轎冒充某商來娶者婦不察竟被抬去迨商轎令始知爲匪人所騙婦欲赴縣鳴冤甲復遣人邀回講說刻下尚未了結云云此事據訪事人來言未知確否若果的實則某甲欺騙孤孀目無法紀試問應得何罪耶

以死報國　○吳文譽字宜亭湖北竹谿縣人由監生援例以典史待次安徽平日隨班聽鼓未嘗妄事營求一子甫遊庠家事順豫會倭人釁興兵奪取朝鮮駸駸內犯官軍屢戰失利中外震悚文譽憂之知其家事有湘軍將領募勇於皖者文譽請效力行間拒弗納忠憤益無所發舒一日步出縱楊門外投於江時光緒二十年十月二十六日也家人得其屍面目如生探懷出所自書謂食毛踐土數十年不能爲　國家滅茲醜類願死爲厲鬼殺賊聞者莫不哀之嗟乎倭人以蕞爾小國踞蕭封竊畿輔凶燄日張是固爲秉節鉞專閫外者所當痛心疾首視爲不共戴天之仇若文譽一卑官耳遠在數千里之外非有典守之責刑賞之臨徒因忠憤所激慷慨出於一死是誠乾坤正氣之所留遺抑足徵　朝廷培養之澤之厚而士之負氣節蓄忠悃者不以下僚微秩自恕也彼臨事而圖苟免者獨何心哉

設計撞騙　○蘇州閶門內和義公滙祟莊擋手閣某山西人也年逾大衍人皆呼爲閣老板本月某日以事返梓里雇定某甲之舟先將行李箱籠搬上共計貨物約值銀二三百兩之譜甲謂閣曰現屆新正且程途迢遞途中恐有不測老板盍向鏢局一保庶幾萬無一失閣善其言即令甲往鏢局關說逾時甲偕一自稱張姓者到船點驗謂係鏢局中人當約定翌日啓椗是夜閣仍回本莊歇宿翌晨與各夥揖別登舟不料舟中物件悉已搬空不覺大駭甲曰適間張先生來言閣老板現在局中令我將船中物件如數取去以憑局中點視給票是以我等不疑詎被取去矣於是閣趕至鏢局細詢局中茫然不解並無半點影響當將船戶某甲送至總捕署請究劉司馬訊供之下甲一味含糊司馬問曰爾所謂張先生者究在何處喚來答稱在鏢局內喚得司馬以此事情節支離悉心研詰遂飭嚴閱二下鐐之久訊得係甲串合圖吞遂飭地甲收入局所靜候嚴比

踴躍從軍　○台灣基隆銘軍營務處向由撫民理番同知兼攝月前方樾亭太尊奉飭回同知本任查得基隆爲海口要衝五方雜處金沙煤礦公事繁劬自海防告警以來兼辦地方團練深恐顧此失彼不免疏虞爰向大憲婉辭兼攝營務處以致此差日久虛懸有六品蔭生孫君道義者爲原任福建陸路提督孫庚堂軍門之哲嗣年方弱冠有志請纓近由原籍投効來台現統基隆定銘各軍張月樓軍門本係庚堂軍門之舊部相見之下追念先型又見公子少年英俊壯志可嘉遂爲禀准撫憲即以銘軍前敵營務處一差相委他日折衝禦侮建蹟海疆一以光耀前人一以報答知己將胥於　公子望之已

京報節錄

○○李秉衡片　再榮城縣失守情形臣於光緒二十年十二月二十八日專摺馳　奏在案臣查榮城所駐五營內閻得勝葉雲升兩營派防倭島戴守禮一營派防裏島僅徐撫辰趙得發兩營紮榮城縣城西二十五日倭人由落風港登岸直撲縣城徐撫辰等兩營向東迎戰倭衆我寡勢太不敵迫　得勝等兩營赶到被倭開砲猛擊倭人遂蜂擁入城戴守禮一營隨後始由裏島拔出均屬救援不及惟城既失陷該將弁等究屬未能得力未便姑寬相應請　旨將候補副將閻得勝戴守禮候補叅將趙得發候補都司葉雲升試用巡檢徐撫辰五員一併暫行革職均令帶罪圖功以觀後效除榮城縣文武官員查確另行具奏外謹附片馳　奏伏乞　聖鑒訓示謹　奏奉　硃批另有旨欽此

○○裕祿片　再寬甸縣知縣劉繼勳署岫巖州知州陳榮昌署復州知州高乃聰署海城縣知縣徐鉞金州廳同知談廣慶均因地方失守業經奴才具摺奏叅革職查辦所遺員缺查有試用知縣陶應潤樸實明練堪以接署寬甸縣知縣候補知縣吳鼎徵才具幹練堪以接署岫巖州知州正任開原縣知縣祥瑞明白曉練堪以接署復州知州候補知縣吉利謹愼勤能堪以接署海城縣知縣試用同知劉朝鈞年力强盛堪以接署金州廳同知除分檄飭遵外理合附片具陳伏乞　聖鑒謹　奏奉　硃批吏部知道欽此

○○頭品頂戴河南巡撫臣劉樹堂跪　奏爲已故知州政蹟卓著遺愛在民籲懇　天恩宣付史館立傳以彰循績而順輿情恭摺仰祈

聖鑒事竊據光州直隸州知州袁鎮南詳己故前任知州姚國慶以知縣分發河南隨營防剿積功保升直隸州知州同治四年委署爽州政平訟理未竟設施得代以去八年委署光州直隸州俗悍民强夙稱難治該故員下車伊始即能正躬率屬除暴安良吏畏民懷翕然稱治旋値瓜代民有去思十年　題補斯缺士民聞之交相慶幸該故員亦以恐辜民望心精力果圖治愈殷養教兼施寬猛互濟光緒八年十月卒於任該故員前後在任十餘年善政孔多更僕難數其尤在人心目者有如光緒三四年間普豫奇荒該州幸免災祲而流民轉徙襁負不絕道殣相望該故員惻然動念設廠收養撫摩咻噢躬自經理病給醫藥歿爲棺瘞迨歲轉資遣全活者數十人取費不下四千緡皆自捐廉至今大河以南窮鄉僻壤尚有身被其澤追維往事感而泣下者又如該州爲豫南門戶界連皖北從前有捻匪肅數承平以後伏莽未盡該故員平時緝捕巡防不惜勞費光緒七年夏天時亢旱人心惶懼該故員周歷轄境巡察彈壓未幾所屬之息縣人徐中義乘閒思逞勾結潁亳一帶匪徒千餘人約期起事該故員偵知密約防軍以巡哨爲名爲掩捕計除中義知事洩不待羽黨之集竪旗踞寨以圖抗拒該故員親率練勇冒雨圍攻卒能拴捦首逆搜捕餘黨經營善後歷時三四月地方安堵無驚事經前撫臣奏報有案論者謂非該故員應機先發將恐勢成燎原非僅一邑一州受其蹂躪也至如修石岸以資保障勸積穀以備災荒增設義塾教育孤寒保訪忠節闡揚幽隱民信相孚政無不舉事蹟具在成效昭然節據紳士湖北候補道凌卿雲江蘇候補同知盧宗齡等以遺愛難忘亟由該州造具該故員履歷事實冊結詳經南汝光道移咨署藩司桂霖核明具詳呈請　奏懇立傳前來臣伏讀同治六年十一月二十四日奉　上諭祁寯藻奏弭盜安民必資循吏請分別表彰錄用一摺嗣後大吏務宜加意防察其有政績官聲在人者着奏明宣付國史館編入循吏列傳等因欽此近年各督撫臣遇有大小臣工政績卓著遺愛在人者一經　奏請無不仰邀　恩准立傳表彰今該故員姚國慶任任有年舉所臚陳雖似牧民常分然苟非實心爲政入人者深則人往風微奚能久而弗諼臣雖到豫未久溯查該故員經歷前撫臣兩次保存是其循良著績信而有徵早邀　宸鑒至其剿辦徐中義一役臣綜稽原案該故員迅赴戎機消弭巨患保全地方民生厥功非細誠有未可泯沒正如祁寯藻原奏所云弭盜安民必資循吏適相脗合核諸近年奏請立傳成案亦屬相符現據紳民籲詞陳請目係出於愛戴之誠合無仰懇　天恩俯准將己故道員用河南候補知府光州直隸州知州姚國慶在任政績　宣付史館立傳以彰循績而順輿情除冊結咨送國史館查照並咨部外相應恭摺具　奏伏乞　皇上聖鑒　訓示謹　奏奉　硃批另有旨欽此

○○福建按察使世襲三等子奴才張國正跪　奏爲恭報奴才回任日期叩謝　天恩仰祈　聖鑒事竊奴才遵　旨入　都　覲班祝嘏仰荷　賞賚優加並蒙　召見兩次　訓示周詳感戀之忱匪言可喻　陛辭後十一月初一日起程二十八日航海抵閩奉督臣譚鍾麟檄飭回任十二月初三日准署臬司督糧道陳鳴志將印信文卷移交前來當即恭設香案望　闕　頭祇領任事伏念奴才知識淺陋渥受　聖恩溯曾四攝藩條茲復重膺臬篆愧仔肩之久任察吏冀以安民撫時局之多艱靖內方可攘外惟有勉竭駑駘益矢勤奮遇事稟商督臣實心經理不敢稍涉因循以期仰答　高厚鴻慈於萬一所有奴才回任日期並感激下忱謹繕摺恭謝　天恩伏乞　皇上聖鑒謹　奏奉　硃批知道了欽此

直報

光緒二十一年正月二十四日　第二十號
西歷一千八百九十五年二月十八日　禮拜一

上諭恭錄　論回教　正月分缺單　部示照錄
接篆日期　榆關近信　官場紀事　募勇兩志
重申令甲　憲示照登　析津氣候　兌銀肇釁
車翻兩紀　吞煙自盡　捉獲生口　白門紀事
京報節錄　告白照登

上諭恭錄

上諭德馨奏特參縱勇沿途滋擾之守備請交部議處一摺廣東候補守備宋葦飛經李瀚章派令前往皖北招勇赴粵路過江西省城及南康大庾等縣縱令勇丁沿途捉船毆人強搶號馬種種騷擾該守備並有捏搶訛索情事似此縱勇肆擾貪婪暴橫殊屬大干軍律宋葦飛着先行革職由李瀚章派員押解江西交德馨嚴行審訊按律懲辦以儆效尤欽此　上諭福裕奏假期已滿病難速痊請開缺回旗調理一摺奉天現係軍務省分該府尹行抵中途屢次藉病奏請開缺顯係意存規避奉天府府尹福裕着即勒令休致欽此　上諭吏部兵部會奏遵議處分一摺山東巡撫李秉衡着照部議降二級留任不准抵銷提督孫萬林總兵李楹均着照部議即行革職准其留營効力以觀後效欽此　上諭德馨奏特參營弁請分別開缺革職等語江西文英營都司宋桂生才欠開展人地不宜着開缺留於江西遇有相當缺出另行請補剛字營差弁候補千總張得貫行為荒謬不知檢束着即行革職以肅營伍餘着照所議辦理該部知道欽此　上諭德馨奏特參庸劣不職各員一摺江西彭澤縣知縣劉先甲辦案草率才具平庸着開缺以府經歷縣丞降補德安縣典史錢寶瓊人地不宜着開缺另補金谿縣學教諭劉邦彥私心太重課士無方新淦縣學訓導熊子沂居心險詐干預公事均着即行革職以肅官方餘着照所議辦理該部知道欽此　旨裕興着加恩賞給委散秩大臣欽此

論回教

喇嘛與回回教皆來自西方入於中國行為似同宗旨實異蓋一則竊釋教之緒餘一則樹釋教之勁敵喇嘛祇行於西藏漠北回回則蔓延天下到處皆然楊朱墨翟之徒聖世所不容者也請先攷其淵流次論其得失按明史言天方國一名天堂相傳回回教之祖曰馬哈麻首於此地行教後即葬焉墓頂有光日夜不息後人遵其教久而弗衰故人皆向善國無苛擾亦無刑罰上下安和寇盜不作西士稱為樂國又云默德那回回祖國也地近天方相傳其初國王謨罕驀德生而神靈盡臣服西域諸國諸國尊為別諳爾猶言天使也此回回設教之始其教入中國自隋開皇中國人撒哈八撒阿的幹思葛始明用回回曆其法亦起自開皇新唐書回紇傳唐元和初回紇再朝獻始以摩尼至其法日晏食飲水茹葷屏湩酪舊唐書憲初紀二年正月請於河南府太原府置摩尼寺許之至明宣德間天方始入貢與回回教合為一此回回教入中國之始也其教宗旨以祈禱念經事天膜拜為教以不食豬肉衣服紅赤為戒迹其所為大都詭秘不倫於儒釋耶穌教外別立一幟而又依附三者以神其說冀動人之聽聞其教之行為有不足信者三焉儒教之有孔子生為至聖千古一人也乃彼教欲人信其說亦尊謨罕驀德為至聖未生時父額有珠丸之相既誕而胸有天使之文及長入山更有元石之瑞尊為至聖同於孔子生有靈異同於聖人此依附儒教以自尊其教其僭妄不足信者一也釋氏之有釋迦戒殺放生誦經奉佛六根俱淨五蘊皆空彼教欲人信其

說也立教亦以事天爲本而無像設每日向西虔拜每歲齋戒一月不食犬豕肉無鱗魚牲非同類殺不食色非白與黑不衣此依附釋教而畧變其說其詭譎不足信者二也耶穌教之有摩西預言耶穌爲先知見於舊約書其教以七日爲禮拜不拜偶像設爲天堂大路之說彼教欲人信其說也乃謂摩西預言模罕驀德爲先知呫嘞經載模罕驀德上九重天事所言諸天之主皆耶穌教中所言之人禮拜亦以七日爲期而在耶穌教禮拜日後之第五日無畫像設惟事膜拜詐言天使以欺世人此依附耶穌教而變本加厲其誕妄不足信者三也夫模罕驀德初創是教其時泰西各國耶穌教已盛行故別創一門以自高異乃所行仍不異耶穌所言仍不離釋教而反自尊為至聖以與儒教爭衡人不自量固如是乎况以不識字之人而著書以娶富寡之人而立教其陋劣更不待辨矣方今內地各府廳州縣無不有清眞寺禮拜寺蔓延頗廣則收拾愈難徒黨日多則內憂日亟非我族類其心必異其在新疆及南邊界者尤防鈎引猓夷潛通異國中懷叵測不可不慮遠觀張格爾之變近鑒喀什噶爾之役思患預防除惡務盡其斯爲保邦之要也夫

光緒二十一年正月分缺單　○鹽運司長蘆天津分司査光泰故　知縣江蘇昭文沈熙丁　山西鄉寧陳吉晃近　安徽績溪姜惟寶革　河南鞏縣蘇國華　山東安邱文郁　廣東定安李家焯俱丁　州判山東德州周煇故　典史四川灌縣陳元植革

部示照錄　○戶部爲嚴行曉諭事本部堂近日風聞各堂車輛夫役向本部書吏勒索銀錢査車輛夫役勒索銀錢大干例禁種種惡習殊屬痛恨若不嚴行懲辦何以安良善而儆刁風爲此示仰闔署書吏知悉嗣後各堂車輛夫役人等如有勒索銀錢將其人扣留立即呈報送交刑部從重治罪亦不准書吏私給銀兩希圖了事倘經査出一併究辦各宜凜遵毋違特示

接篆日期　○王夔石大帥奉　旨署理直隸總督己恭紀昨報茲聞官場人言定於二十五日午時接印　爵相俟部署一切然後入都俟有的音再行續錄

榆關近信　○頃有榆關友人來津據稱劉峴帥抵關後籌防調遣竭力圖維將各軍之精壯者調赴前敵某爲先鋒某爲接應有條不紊法密令嚴即布置後路亦步步照顧毫無罅漏其激勵將領兵弁一秉至誠用能同聲感奮俱願爭先殺敵當無退縮之虞亟稱風聞倭人於前敵各營會下戰書約於本月廿七日大戰之說想經此番整頓我軍勇氣百倍當可一戰成功爰錄所聞以供衆覽以慰人心

官塲紀事　○新簡直隸布政使陳右銘方伯寶箴日前請訓出都昨已禮帷蒞止因奉　特旨綜理湘軍轉運未能前赴保陽接篆藩司一缺據官場傳說由周玉山廉訪升署現署臬司之朱觀察因改省費尚未交清於臬事例不合應即交卸是缺由運司季士周都轉接署現署藩司之潘梅園觀察仍回清河道本任惟運司一缺有某觀察接署之說候見轅抄再爲續錄

募勇兩志　○昨報登關道憲在如意菴開招一節茲悉係招募五百人以四百人駐馬家口上防護大道以一百人駐關署前防護而署現已成軍人極精壯洵爲新軍之出色隊伍關憲思周慮密保障一方宜乎口碑之載道也○又日前三岔河駐紮之水師營奉傅相札招募水軍三百名亦已足額聞此軍令在水中操演後門槍礮並搭浮橋過河等事由統領自行教練即以長龍三板爲營不日當成勁旅

軍中令甲　○從來行軍之道行如水流止如山立不准喧譁不許騷擾法至嚴也近日援兵雲集多半由鐵路赴關以圖便捷乃兵勇等動輒滋事甚至登車爭先後購物斷價値種種不法筆難罄述頃聞劉峴帥由關外發來示諭嚴禁各該營滋鬧坐車發價買物付錢若敢仍前恃衆生風定按軍法從事等語想經此番告誡各該營弁等官當嚴馭其下不敢復蹈故轍己

憲示照登　○欽命二品頂戴署理直隸分巡天津河間等處地方兵備道加十級紀錄二十一次呂　爲出示曉諭事照得糧米爲民食大宗囤積居奇均屬有干例禁本道訪聞津郡各糧食店近因妄聽謠言輒將米石囤積不肯零售以致糧價日益昂貴貧民受害匪淺亟宜嚴行曉諭以安市廛除札飭府縣一體査禁外爲此示仰闔津各糧食商戶人等知悉刻下海防綏謐並無警信轉瞬開河商輪各船連檣北上食米源源而至民間不得妄聽謠言遍生疑慮爾等開設各糧食行店者仍須照常貿易毋得冀獲厚利藉辭漲價倘再有奸商藉端漁利囤積居奇抬高市價或零星升斗不肯出售一經本道査出定即提案照例懲辦決不寬貸其各宜凜遵毋違特示

析津氣候　○本埠天氣自入新年逐漸融和河冰多半消化二十一二等日雨雪紛紛北風爲吼寒氣砭人肌骨無異三冬海河一帶逢灣處復又凍合俗稱河反凍歲大有未稔果驗否今日風止雲收天清日朗爲新歲第一佳日市肆之熙來攘往者絡繹於途雖有風鶴之聲尚無礙於農商本業也

分銀釁鬩　○昨鍋店街某錢店有陝西營勇四五名賣銀因分兩不符原數兩相爭論該勇用算盤擊傷舖夥頭顱血流如注該舖夥亦將兵勇毆傷並奪下號褂一件即赴該統領喊控

車翻兩紀　○昨晚有一富家子某姓者坐東洋車行至單街子西口將近河邊時當天黑不辨高低車夫稍涉大意連車帶人一併倒翻河下幸水淺祇將渾身衣服濕透經車夫救之上岸已淋漓不堪又有坐洋車者西駛如飛而自西來者亦行如箭激兩車相碰將人撞下倒地氣絕經人灌救一時許方甦乘洋車者可不慎歟

吞煙自盡　○訪事云日昨西門內分府東塘子胡同後李姓婦年逾而立以開水舖爲生涯房東段某每日赴該舖收租錢二百文本年煤價大漲又兼風雪交加生意減色所入尚不敷房租二十日午後段又赴舖取租一時未能足數因此口角李婦鬱氣不舒即於是晚潛至自己住室吞服阿芙蓉膏家人知之解救不及于二十一日夜毒發身死由地方稟報邑尊委員相驗旋經四隣調處令段某出資厚殮並以婦女諸多不便且係服毒自盡攔請免驗云

捉獲生口　○新正十二三等日海城等處屢獲勝仗已紀前報昨有友人由關東來津據稱生獲倭人數十名不日解津再辦先誌報端以供衆覽

白門紀事　○前任淮揚道桂薌亭觀察向在金陵總辦水師學堂兼下關掣驗差務嗣經督憲張香帥派委總理兩江營務處才長心細措置裕如茲復俾以防營支應局會辦之差此局本由吳觀察炳祥總辦香帥以爲餉銀重地關係非輕一人管理或難勝任因有是命以一人而兼四差責重事繁觀察眞賢勞矣哉○金陵卜橋某村前夕突來匪徒十餘人明火執仗欲至某姓家封掠四處民團聞警蠭集施放洋鎗遙遙相擊匪徒因恐衆寡不敵呼嘯而散團勇在後窮追弋獲匪徒六人解縣又有小寒村某姓家已被匪徒衝入擊傷頭顱擄取衣物團勇聞信四出兜拿獲住匪徒兩人亦即送縣懲治時當春令宵小繁多若無團勇必致釀成巨案雖謂民團不足恃哉○前日有某少年身御重裘至攀桂軒浴堂洗澡竊匪見而垂涎因即隨入先行沐浴待至少年脫衣入內該竊已浴畢而出竟將少年衣服及棉鞋等物穿去比少年出不見衣服遂向該堂索賠店主無可爲計即遣偵騎四出追尋該竊以棉鞋過小步履維艱去路未遙即被獲住扭回剝還衣服少年又將該竊縛於庭柱痛加鞭責店主怒猶未息欲割其耳後經夥伴阻止然後釋之使去

京報節錄

宮門抄　上諭恭錄前報○二十日吏部　翰林院　侍衛處値日　侍衛處引　見一名　明安　明桂各假滿請　安　直隸藩司陳寶箴請訓　恩慶請假十日　掌儀司奏二十一二十三日祭　奉先殿載津載振行禮　召見軍機　陳寶箴　本日　皇上升文華殿　美國使臣田貝　俄國使臣喀希尼　英國使臣歐格訥　德國使臣紳珂　法國使臣施阿蘭　義國使臣巴爾迪　比國使臣陸彌業日斯巴尼　亞國署使臣梁威理賀年覲見○二十一日戶部　通政司　詹事府　廂黃旗値日　無引見　剛毅　載瀛　啓侯各假滿請　安　裕興謝授委散秩大臣　恩　八額駙續假五日　錢應溥請假十日　李端棻請假五日　召見軍機　熙敬

○○山東巡撫臣李秉衡跪　奏爲東省設立車局接遞南來各軍過境兵差酌擬章程敬繕清單恭摺仰祈　聖鑒事竊臣於光緒二十年十月二十二日接總理各國事務衙門電開本日奉　旨現在軍情吃緊亟需車船其大兵齊集迅赴戎機聞南來各軍車船均係自辦以致雇覓艱難行程遲滯即着直隸兩江江蘇安徽山東河南湖北各督撫迅即沿途設局派員代雇車船酌量數站一換毋庸逐站更換致稽時日並須寬爲給價准其作正開支以利軍行而免擾累倘沿途地方漫不經心致滋貽誤定將該管各官查明按照軍律嚴辦不貸

欽此欽遵臣駐紮烟台當經恭錄電行司局轉飭遵辦並因東省接遞南來兵差自沂州府屬入境應以蘭山蒙陰泰安齊河德州五州縣爲一路濟甯州入境以濟甯東平茌平平原四州縣爲一路統由德州轉運出境責成各牧令設立車局認眞經理毋庸另派委員以節縻費一面檄飭善後局妥擬章程去後茲據該司道等詳稱蘭山等九州縣業己分飭一律設局惟查東省州縣本無額設車輛其贏馬大車亦素無行棧向來應付一切差徭悉由官辦非若直隸山陝等省歸於民間經理是以咸豐同治年間各路大兵過境曁此次湘淮各軍自江皖而來皆由沿途州縣雇覓莊戶車輛挨站更替今既設局喂養長車接遞兵差數站一換以一州一縣之地各軍接踵而至勢難遽集多車非責成隣封州縣協濟不可其協濟車輛應由設局州縣移會鄰封先期雇備撥送喂養銀兩在途則歸協濟之州縣支給到局則歸局中核發並隨時稟報立案以備行查後作正開銷或設局州縣力能自辦無從待隣封協車即從其便儻有藉詞諉卸致誤軍行定即遴旨從嚴參辦以儆玩忽每局長車均不得過六十輛該牧令等既可隨時添雇復准鄰封協濟不能漫無限制也其支銷脚價銀兩東省辦有同治年間軍需章程每車一輛每百里除例銷正價銀一兩先期到站一日回空一日各給料草銀五錢共正銷銀二兩加六成帑費銀一兩二錢由外攤廉捐補經前撫臣閻敬銘 奏准核銷在案現在欽奉 特旨遵辦所有沿途設局代雇車船寬爲給價准其作正開支自應核實報銷不必拘牽舊案再有攤廉歸補名目免致州縣轉得支銷正雜徒以攤廉作捐終累庫欵核司道等公同參酌情形稍事變通擬請每車一輛每行百里給脚價銀一兩回空之日亦按百里給餧養銀八錢坐住日給餧養銀八錢係屬長車並無先期到站名目如此項正價各營自行開發即扣除車價銀兩如各營未經發價即照數支銷回空坐日仍由設局州縣照章應付其鄰封協濟每車百里回空坐亦各給銀八錢一體作正開支凡在未經設局之先各州縣挨站更換應付車輛爲數己屬不少自當截清界限各歸各項應以欽奉 電旨恭錄飭辦後統於十月二十八一律設局之日起作爲新章分別造報仍飭將每次用過車數取具各營印文收據爲憑隨時稟報倘移查不符照數删除當時未報者概不准銷仍將造報不實之州縣立予參處以杜浮冒而重庫帑擬議章程四條詳請 奏咨前來臣逐加覆核或援引舊例或變通成案欵不虛糜車歸核實均屬有條不紊除咨部外理合敬繕淸單恭摺具 奏伏乞 皇上聖鑒訓示謹 奏奉 硃批着照所請該部知道單併發欽此

○○四川學政三品銜山西道監察御史臣吳樹棻跪 奏爲恭報微臣到任接印日期叩謝 天恩仰祈 聖鑒事竊臣蒙 恩簡放四川學政於九月初四日請 訓仰蒙 召見 訓誨周詳跪聆之下莫名欽感遵即束裝就道於十一月二十四日馳抵四川省城准前任學政臣瞿鴻禨委員將學政關防並書籍文卷齎送前來臣於二十九日恭設香案望 闕叩頭祗領任事訖伏念川省地大物博山川之鍾毓代出英賢節經歷任學臣加意整頓文風蒸蒸日上類多講求樸學顧人才之成尤視乎薰陶之術如臣檮昧任懼弗勝惟有勉竭愚誠倍加勤愼潔清自矢時嚴臨深履薄之心奮勉以圖莫得紀明行修之士庶幾稍策駑鈍以仰副我 皇上殷殷訓導之至意所有微臣到任日期並感激下忱除恭疏 題報外謹繕摺叩 天恩再臣刻將公事稍爲料理擬於明春先考成都省棚以次按試川東各府州合併聲明此次沿途經過地方年穀順成民情均極安謐堪以仰慰 宸廑伏乞 皇上聖鑒謹 奏奉 硃批知道了欽此

直報

光緒二十一年正月二十五日　第二十一號
西歷一千八百九十五年二月十九日　禮拜二

上諭恭錄　行冰瑣記　廉官須知　派知貢舉
節相晉京　督示照登　欽憲示諭　軍行彙紀
局員更調　會文甄別　燕貢檢驗　培養人材
大開茶肆　整頓錢法　京報節錄　告白照登

上諭恭錄

上諭前經降旨將軍營失事各員拿交刑部治罪並迭次飭催查拿速解除業經拿解到部及准令留營効力各員外現尚有趙懷業衛汝成黃仕林三人未經拿解到案該革員等獲咎甚重豈容日久潛匿即着直隸總督安徽江西各巡撫一體嚴拿務獲迅即派員押解來京毋任逗遛並着福潤德馨將趙懷業等三犯家產先行查抄欽此　上諭前因在事諸臣交章參劾葉志超一軍在城歡等處接仗所報獲勝情形均係虛揑請將保案撤銷當諭令宋慶確查具奏茲據宋慶奏稱該軍所報牙山抵韓城西北之金化遇倭戰剿一節查無實據其在城歡一戰提督聶士成督隊戰剿身先士卒提督江自康總兵譚清遠副將馮義和參將許兆貴遊擊魏家訓聶鵬程都司徐兆德守備王臣遊擊孫禮達均係接仗出力着仍照原保給奬候選道吳學廉遊擊毛殿揚總兵葉玉標會勘敵所保係涉徇情着即將保案撤銷都司戴長榮守備解俊卿僅查策應知府張雲錦知縣劉長英金慶慈縣丞任家佑知縣范汝康同知史雲佳係充當文案等差並無戰功足錄所得奬敘着先行撤銷俟軍務肅清另行核奬以昭核實而免冒濫該部知道欽此　上諭德馨奏續獲匪目審明懲辦請將出力人員保奬等語上年正月間圍攻永甯案內匪目邱懷亡潛匿龍泉縣北鄉經該署縣鄧宣猷會同把總羅慶雲分帶兵役團勇馳往掩捕將該犯拿獲審明正法所有在事出力之調署龍泉縣事永豐縣知縣鄧宣猷龍泉營把總羅慶雲即着德馨奏請奬勵其逸匪犯三祥等仍着飭屬嚴拿務獲究辦該部知道欽此　上諭給事中洪良品奏駐藏幫辦大臣訥欽於去年十一月初六日請訓至今尚未出京等語着兵部該旗查明具奏欽此　上諭奉天府府尹着善聯補授欽此

行冰瑣記

粵稽天一生水首列五行物非水不能生民非水不能活水之時義大矣哉顧天本以水育民物亦或以水害民物自古迄今洚水之患無時蔑有無處不然而中土之北直則尤甚何也南方地暖夏秋積水至冬則涸北直地寒夏秋積水至冬則冰民困於水苦已難堪民困於冰毒尤慘烈小民怨咨此又不能不抱憾於天之莫可如何者也乃若鑑於古今治水之道則不宜究天而究人蓋嘗考水之爲物也用之則爲利棄之則爲害南方惜水如金用也北方畏水如虎棄也胡爲棄北方地多平衍陸耕習慣一遇山河盛漲無蓄瀦容與之所下游海潮偶然上托則上必潰決永定滹沱其著者去歲　皇上軫念民艱特派欽差治永定而永定安瀾惟滹沱一水尚無定策其上下被災之處如順屬之文大津屬之青靜諸縣頓易平原爲澤國頻受水災莫享水利其在五六月間天尚溫暖被災者散之四方以就食至冬天嚴冷無處可存不得不仍攜細弱歸守門戶頹垣破屋敗竈無烟雖　皇恩浩蕩恃賑難給饔飧因聚一村或數村仰求富民借資製網箔以漁爲活雖冬初春初不憚薄冰大雪大風無分晝夜遺黎苦哉其尤慘者去歲靜西冰結後行人來往咸慶鏡清砥平忽被風吹水立

冰喞飛行至村邊有物觸激頃刻壘駕勢等山巖嶔忽迸裂衝牆倒壁棟折榱崩細弱爲壓或冰由屋內地中凸起破壁而出村村相似屈指不勝畫以水爲陽氣乘陰而動於其中其字中畫本一陽流動之象故瀕水者寒極則地面固陰冱寒凝結爲冰而陽氣在下一冲直上冰腹鉠裂其聲似雷其形似帶北方水國年年如是甚則爲灾今正自初三五七等日夜以來靜西多有行冰之處房屋坍塌相繼竪立受灾漁戶人與箔網盡付逝波其不幸之幸者則數十人坐茅以漁結草廬於冰上夜被行冰拖去不計道里及明抵村落而此冰一塊不破尙可冀救以生否則莫與問東流矣當極寒之際而澤腹不堅冰解人陷細究其故由於上游蘇莊汁苦水塢楊家口等處決口經歲並未堵塞以致冰未消於北岸波已漲自前溪水溜冰活遇風便解居是鄉者岌岌殆哉客有行靜西冰上者入險出險投宿鄰村聞有嫗哭慟甚詢知嫗男以避水難從軍東征喪鋒鏑嫗夫業漁墜冰窟吁一被水患不死於兵輒死於冰慘矣其父老語曰雍正間濬清淀池上諭令引渾河別由一道入河勿使入淀蓋以淀爲定水恐其溜散沙沉淀病即河病一河病諸河皆病也昔陸大令龍其治衛河人或以其無水開河迂而無當及河成雨集水且至赴壑如歸稼無傷近年爲除文汙水患議於沿莊開河靜尹陳公以培稟請爵相李咨行署督憲張剗除河埝河套展足三百丈取土河內濬河即以修堤費省民安數載安瀾雨洵豐稔自是之後水失其道莫濟吾灾久矣今夫陰陽風雨晦明天之六氣也人感之則生疾必使天無六氣而人始無疾豈理也哉彼水患者縱罷天荒實由人廢安得寇老復來而與吾爲治也哉客聞而嘆曰書云人無于水監當于民監又云若蹈虎尾涉於春冰言爲政之宜慎也若此冰窟可以爲鑑矣於是爲冰鑑篇韻語鏗鏘類河滿子惜篇隘不能盡登僅錄其記亦足以鑑矣

簾官須知　○乙未正科會試於三月初六日凡係開列具題內外簾之文武大小官員俱於是日黎明各備朝服行禮齊集　午門外聽候宣　旨凡點入簾者一體謝　恩即同入貢院如有一名不到者聽禮部查參○禮部具題內外簾大小各官宣　旨不到者一面參處一面請　旨換入其不在開列之中而　點出者該部專差官人傳同該員速來不許托詞稽延其應到不到之員部臣瞻徇不參被他人參出將該部一併議處本部行文吏部將考差人員註明籍貫開具清單咨送禮部隨本具題恭候　簡用

派知貢舉　○乙未正科會試經禮部奏請派出知貢舉楊蓉圃副憲頤現官都察院左副都御史稽察左翼覺羅官學廣東茂名縣人乙丑進士　宗室溥玉岑閣學良現官內閣學士兼禮部侍郎銜正藍旗人進士

節相晉京　○傅相拜全權之命本擬二月初間啓節聞因　廷旨催促改期二十七日就道頃聞本日午刻交卸申刻即命駕北上隨節赴都者計文武巡捕各二員內差官四名外差官六名其餘戈什等數名輕車減從星馳就道練軍馬步各隊已於二十四日午夜先至浦口祗候即送同城各官於茶座拱候謹按傅相蒞津二十餘年每值晉京閱伍等事一經定期啓行無不風雲四起說者以爲風虎雲龍之象昨日天氣清和今憲節遄征忽又風雲大作行見鈞麾所指海宇嚮風天下太平吾儕小民不覺抃舞頌之

督示照登　○欽差大臣督辦北洋海防通商事宜太子太傅文華殿大學士直隸總督部堂一等肅毅伯李爲　出示嚴禁事據鐵路官商總局稟稱自軍興以來鐵路運兵轉餉無不加意防範無如日久弊生近時常有不肖弁勇搭坐火車妄行騷擾毀竊器具任意作踐或吸烟遺火不顧火燭倘隨車運有軍火擧禍匪輕或將兵票包庇搭客希圖矇混影射車腳或不自小心遺失銀物來站滋鬧種種不法查禁難周若不嚴行禁止則火車血本甚巨不堪擾累等情呈請示禁前來查鐵路創興原爲便兵調餉利國便民起見該官商各局解費竭蹶萬分豈容不肖弁勇人等肆意滋擾從中漁利除分別咨行各營局所營務處暨通飭鐵路沿途該管地方官一體查禁外合行曉諭爲此示仰各營弁勇人等知悉嗣後爾等如有不遵該局行車章程犯有前項情弊擾害車務准由該局飭行該站長車守人等分別稟送營務處及該管營局所地方官嚴行懲辦决不姑寬本大臣言出法隨毋得以身嘗試自干嚴究切切毋違特示

欽憲示諭　○欽差大臣頭品頂戴幫辦海軍事務南洋通商大臣兩江總督部堂碩勇巴圖魯劉爲　出示諭禁事照得調赴榆關管勇本備本該勇丁應坐火車自應各坐本等車位不得混行乘坐乃近聞赴關管勇竟有爭坐上等火車之事甚至有將同鄉親友私行包攬搭坐火車及將車上物件作踐損壞實不成事亟應禁止除分別咨行飭遵外合行出示諭禁以後赴關各營弁勇乘坐火車不准

再有前項情事其由關回津者均應遵照倘敢故違一經查覺定干究懲不貸其各凜遵毋違切切特示　光緒二十一年正月二十日

軍行彙紀　〇皖軍程統領招募二十五營現己成軍駐紮通州逐日操練〇山西太原鎮何統領統帶晉軍二營幷左旗馬隊於本月二十四日抵津暫住河東客店日內即開往榆關〇鐵路旁所駐陝西永興軍於昨晨乘輪車開去數營其餘軍亦陸續前往〇第二大由清江運來軍械計裝大車五十餘輛於本月二十二日早搭輪車運赴山海關交收〇駐紮北塘通永鎮總兵吳軍門育仁於昨早乘火車抵津叩送傅相並展謁署任北洋大臣侯稟商公務仍附輪回防

局員更調　〇昨守望局總辦候補府吳春生太守札十三段委員盧薌孫大令調至七段本任七段委員鄧如松調至五段因五段委員沈士蓀大令現丁母憂照例開差其十三段一差札委前署楊青司之陸鴻甫暫行署理近來軍務緊與大兵雲集恐地方痞棍勾引外匪滋生事端吳太守飭各段委員認眞巡緝不准稍有疎懈並嚴禁賭博以淸盜源誠屬一方保障也

會文甄別　本月二十二日關道憲黃花農觀察甄別會文書院舉人文題克己復禮爲仁一日克己復禮天下歸仁焉詩題肇陣横埽千人軍得軍字五言八韵各孝廉於辰刻到院午後即交卷畢事

蒸骨檢驗　〇訪事人云靜海縣所屬唐官屯地方鄭某與王二之妻王李氏成姦已非一日適王二病篤鄭某煎藥私攙水銀王服藥即身死控經縣府訊究昨府憲沈太守赴靜海親自查訊帶有差役仵作人等定于二十五日蒸骨檢驗太尊由刑部司員一麾出守於此等案件定能無枉無縱一經驗出實情恐姦夫淫婦斷難倖逃法網也

培養人材　〇天津大關由稅務項下動用欵項設立義塾五處大王廟般若菴等處以十五人爲額每人自入塾日起每日給玉麪一斤衣服鞋襪按季更換紙張筆墨按日支領塾師每季束修三十五吊每年茶水煤炭錢二十吊昨日入塾照舊誦讀培養人材盡善盡美他處無玆德政也

大鬧茶肆　〇河北鐵橋下茶館內有哈哈腔戲因戲價無多聽戲之人因亦不少每日皆有擁塞之勢昨有金家窰某甲乘興觀劇無意中將某乙鞋襪踐踏沾泥甲即以好言慰問詎乙怒不可遏連聲大罵並用茶碗摔向甲面將臉擦破甲亦憤甚二人揪扭撕打旋經衆人將甲勸走未逾時甲邀來四五人復將乙拉至門外拳脚交下頭臉俱破乙遂抱頭鼠竄而去聞晚間兩造必邀人羣毆以分勝負云

整頓錢法　〇台灣錢法之壞甲於他省市中通用竟有攙雜碎錢形似泥沙者後經有司設法整頓一律行用制錢商家稱便現值大軍雲集城廂內外人數倍蓰市儈之徒又思從中漁利每易一洋向日至少須錢九百五六十文者漸而跌至二三十文又漸而跌至九百文客臘閒竟有一二舖戶任意減至八百數十文者雖經淡水縣高懸禁示仍是陽奉陰違省憲洞悉其奸思欲維持市面因念劉省三爵宮保在任時曾飭善後局委員前赴香港等處購買小洋數百萬元發兌市中商民大便令擬變通其法於製造局中添建製造銀洋廠鼓鑄小洋施行於市此廠現已告成業奉藩憲顧緝廷方伯札委黄君璿荆爲監督鄭君世球專司收發從此推行盡利彼奸商旣無從攙用小錢即短價諸弊亦可不禁自絕矣

京報節錄

宮門抄　上諭恭錄前報〇正月二十二日禮部　宗人府　欽天監　正黄旗值日無引見　崑岡　廖壽恒　那公信　侯嵩山　常明各假滿請　安　崇光請假十日　禮部奏派知貢舉　派出楊頤　溥良　召見軍機　崑岡　廖壽恒

〇〇經筵講官理藩院尚書都統臣啓秀等謹　奏爲請　旨事據哲里木盟長科爾沁札薩克和碩圖什業圖親王色旺諾爾布桑保報稱近聞邸鈔見有喀爾喀部落王公等捐輸軍需銀兩仰邀　恩施者甚多伏思色旺諾爾布桑保世受　聖恩毫無報稱且自光緒十六年間色旺諾爾布桑保承襲王爵後又復屢蒙　慈施賞挑　御前行走　賞戴三眼花翎　賞用紫韁　賞穿帶膆貂褂元狐端罩此皆慈施逾格自問何人獲此　曠典而圖報無由實深悚愧現當海疆多事正爲臣子報効之時今色旺諾爾布桑保情願籌備庫平銀三

千兩報効軍需之用畧紓臣子微忱懇請援照喀爾喀部落王公捐輸章程可否代爲具奏請　旨賞換黃韁等因前來臣等查蒙古漢土貝勒貝子公等捐輸銀兩至五千兩以上者照例隨時　奏明請　旨現有報捐軍需之案悉經臣院援照戶部會同臣院議覆庫倫辦事大臣奏以口外待賑哲布尊丹巴呼圖克圖廟宇不戒於火請欵復修　奏明開辦蒙古捐輸准以四成實銀兌收照例議給獎叙均奉諭旨允准遵行在案茲圖什業圖親王色旺諾爾布桑保報捐軍需實銀三千兩臣等核計該王所捐銀兩數目按四成計之在例數五千兩之上自應照例隨時　奏明請　旨至應如何　恩施之處伏候　聖裁臣等未敢擅擬其所捐銀兩一俟　命下擬即查照前案由臣院先爲兌收咨明戶部聽候指撥所有蒙古親王捐輸聲明請　旨緣由伏乞　皇上聖鑒訓示遵行謹　奏請　旨奉　旨已錄

○○理藩院尚書都統臣啓秀等謹　奏爲請　旨事據喀爾喀扎薩克和碩親王特固斯瓦齊爾等呈報蒙古世受　聖恩毫無報稱前准庫倫大臣咨開口外一帶被災哲布尊丹巴呼圖克圖廟宇焚燬工待欵孔殷經戶部會同理藩院　奏准開辦蒙古捐輸按四成實銀上兌照蒙古捐輸章程核奬等情扎薩克和碩親王特固斯瓦齊爾情願捐實銀三千兩請　賞用黃韁扎薩克多羅郡王多爾濟帕拉穆情願捐實銀三千兩請　賞用黃韁貝子銜扎薩克輔國公達什拉布坦情願捐實銀三千兩請以貝子銜世襲扎薩克輔國公德里克多爾濟情願捐實銀二千兩請　賞加貝子銜貝子銜扎薩克頭等台吉呢朗瓦爾情願捐實銀三千兩請以貝子銜世襲聲明所捐銀兩請作軍需之用交梅楞羅普桑赴院呈交卽請由院轉　奏仰懇　恩施並各聲明從前得過　加恩差使等項呈報前來臣等查蒙古漢王貝勒貝子公等捐輸銀兩至五千兩以上者照例隨時　奏明請　旨其隨時　加恩向有　賞用黃韁紫韁挑在　御前　乾清門差使並給予王貝勒貝子公等加銜及已得加銜准其世襲等項均係歷奉　特旨恩施非臣院所敢擅擬惟現有報捐軍需之案悉經臣院援照戶部會同臣院議覆庫倫辦事大臣奏以口外待賑哲布尊丹巴呼圖克圖廟宇不戒於火請欵復修奏明開辦蒙古捐輸准以四成實銀兌收照例議給獎叙均經　諭旨允准遵行在案今據三音諾彥部落扎薩克和碩親王特固斯瓦齊爾報捐實銀三千兩車臣漢部落扎薩克多羅郡王多爾濟帕拉穆報捐實銀三千兩扎薩克圖漢部落貝子銜扎薩克輔國公達什拉布坦報捐實銀三千兩三音諾彥部落扎薩克輔國公德里克多爾濟報捐實銀二千兩扎薩克圖漢部落貝子銜扎薩克頭等台吉呢朗瓦爾報捐實銀三千兩臣等核計該王等所捐銀兩數目按四成計之均各在例數五千兩之上自應照例隨時奏明請　旨謹繕單註明該王等從前得過各項　加恩差使恭呈　御覽應如何　恩施之處伏候　聖裁其所捐銀兩一俟　命下擬即查照前案由臣院先爲兌收　咨明戶部聽候指撥所有蒙古王公等捐輸聲明請　旨緣由伏乞　皇上訓示遵行謹　奏請　旨奉　旨已錄

○○譚鍾麟片　再福建臬司張國正入都祝　嘏於本年十一月二十八日旋閩當卽飭回本任署按察使事本任督糧道陳鳴志仍飭回糧道本任福建鹽道龍錫慶升授湖北按察使奉　旨卽赴新任毋庸來京請訓欽此自應交卸赴鄂所遺鹽道篆務委候補道延年署理各專責成理合附片具陳伏乞　聖鑒謹　奏奉　硃批吏部知道欽此

直報

光緒二十一年正月二十六日 第二十二號
西曆一千八百九十五年二月二十日 禮拜三

上諭恭錄 論練軍宜聯絡保甲舖民 官樣文章
添設水會 相節行程 威海實紀 網開三面
此軍足恃 請領軍餉 懸示照登 營規照錄
膽大包身 小店宜懲 金陵客話 京報節錄
告白照登

上諭恭錄

上諭廷雍着調補奉天奉錦山海道兼按察使銜欽此 上諭步軍統領衙門奏拿獲結夥持械搶劫盜犯請旨交部審辦一摺所有拿獲之成桂即伏連黃成祿即小黃萬福即萬三張玉珍即張十兩等四名着交刑部嚴行審訊按律懲辦未獲之瑞五一名仍着飭限嚴緝務獲究辦欽此 上諭劉秉璋奏總兵因病出缺懇恩優卹一摺四川建昌鎮總兵劉士奇於咸豐年間投効軍營在江蘇湖南貴州等省迭著戰功洊膺專閫上年因病出缺着加恩照軍營立功後在任病故例從優議卹該部知道欽此 上諭李鴻章奏道員力竭自盡請旨優卹等語已故總領綏鞏軍記名遇缺簡放道戴宗騫以書生從軍垂二十年持身廉正任事忠實歷經李鴻章吳大澂先後奏保此次扼守威海砲台誓以死守嗣因衆寡不敵力竭台亡從容引決實屬臨難不撓深堪憫惻戴宗騫着照道員陣亡例從優議卹以慰忠魂該部知道欽此

論練軍宜聯絡保甲舖民

談世故者往往言天下之變每出於所備之外防之而其患益劇如草怒生刈其一莖歧出四五此辯士之游談未嘗身入其中一爲深長計議也果計議之則患將潛消於無迹而人不知何益劇之有哉蓋明者見禍於未萌智者避危於無形禍固多藏於隱微而發於人之所不備而弭於人之所先覺者也語曰與其有患而無備孰與有備而無患孔子云臨事而懼好謀而成行軍如是何莫不然況當賊氛未靖時時吃緊處處戒嚴近敵之處利在戰遠敵之處利在防戰宜神速防宜持久戰宜減卒倍糧欲其精防宜安民合衆欲其密戰則前矛中權後勁宜如前後足之進退相隨防則保甲舖民練軍宜如左右手之相應否則兵愈多心愈歧防愈密計愈疏猶治絲而棼之意外之虞實出於此今中土之所憂者四而東洋不與焉曰饑民曰土匪曰逃兵曰奸宄此中土之通患而津門則尤甚何也津門爲畿輔名郡水陸交衝旱潦歉熟之處向攜老幼以就食津固饑民所企嚮好勇鬥狠之流各立朋黨以吐氣津固土匪所薈萃敗軍走卒之徒幸藉津梁以駐足津固逃兵所棲隱游手好閒藉端生事之輩樂得莠良雜處以肆其誘嫖誘賭誘盜之技爲潛蹤避影之區津又奸宄之淵藪而混迹者也幸而無事則休養生息容身其間奸謀或蓄而不發一旦有警則時有所激勢有所乘一鬨之間不崇朝而流毒四野不可收拾所謂逃兵土匪饑民者又未嘗不連類而興如火燎原也夫天下無小奸不引大盜小大之名特以其事機敗露由科輕重之後別之耳其殘忍貪很目無法紀之心初固未嘗少異也執政者惟以其小不足畏故變雖小其禍嘗足以亂天下若待其既形而始制則法雖嚴其蔓每至於不可圖若事權不一人心不和則防雖密其患恒至於四出奸謀之不豫操之不常則始善而其弊終至於無濟今當路既知其然矣設保甲以重稽查寫舖勇以重守望復各處添派練軍晝夜巡邏以重守禦可謂至周至密矣所望總統練軍舖民保甲之官紳幸勿各執成

見彼此不相下患難不相恤則和衷共濟勵精圖治歷久如新以弭盜以安良以保國家以重職守知之不惑任之有餘推爲己之心以爲民即以爲民之心以爲國於己有益於民有益於國有益是孝子是悌弟是義士是忠臣是大丈夫是奇男子造福一方即造福四海造福一日即造福萬年頃聞二月間擬徹巡查練軍竊抱杞人之憂用爲芻言之獻以備觀風者之采擇焉

官樣文章　○安徽省應解光緒二十年兵部驛站飯食銀一千兩由大憲差委試用通判王鴻賓押解抵京於本年正月二十二日赴兵部當月司投納文批聽候示期兌收矣○正月二十二日午刻內廣儲司銀庫開放三旗侍衛月費銀一千兩內廷各門各項值班官兵口分兩個月銀一千三百三十餘兩香燈媽媽等口分兩個月銀三百餘兩○戶部山東司示傳吉林請領防餉銀兩委員驍騎校忠常等知悉本庫現於正月二十五日開放爲此示傳該委員等務於是日辰刻赴部庫支領毋悞○鴻臚寺爲咨疏事本寺現在辦理啓疏奏請　皇上升殿所有升遷調補加級紀錄暨開復處分寬免罰俸賞還銜翎以及議准抵銷革職留任降級留任等項應一體謝　恩相應咨行各衙門查明有無應行謝　恩人員務于五日內造具滿漢銜名印冊咨送本寺以憑繕入啓疏事關大典勿遲勿漏○山西巡撫派委試用巡檢張文桂等管解本年正月分加復餉銀十萬兩於正月二十一日抵京赴戶部當月司掛號聽候銀庫示期驗收○上駟院爲咨行事本部現懸阿敦侍衛一員缺自應循例咨取三旗侍衛揀選充補以重要差相應咨行侍衛處即於三旗侍衛中開送數員即日咨覆以便揀選

添設水會　○莊邸及熙大司農文都統制立少司農慶給練等議就西城內創立水會捐貲購置水龍汲桶水櫃旗幟號燈之類擬於西四牌樓北當街廟內設立總局添募練勇常川駐此以便夜間分段巡邏惟常年經費浩繁擬令各段舖戶按月量力捐貲以期久遠每段擬派一二舖家充作首事經理會務遇事每舖各出一人赴局執事亦善舉也

相節行程　○二十五日午時　李相國卸篆後即束裝北上因軍務緊急本擬兼站而行無如風沙大作路阻行人輿役及前驅人等俱有迷途之歎在漢口茶座稍歇片時抵楊村歇宿已在黃昏以後云

威海實紀　○日前威海失事中西信息相傳不一未敢信以爲實登諸報章茲有人自東來據稱南北岸砲台被陷之後倭人設計闖入澳內定遠鐵甲首先知覺開砲猛轟已被魚雷攻入其餘各船俱不及開砲計被魚雷轟沈者定遠鐵甲一艘靖遠來遠兩快船威遠兵輪一艘共四隻被倭拖去者計鎮遠鐵艦濟遠平遠快船廣丙兵輪又東西南北中邊六鎮大小共十隻刻下已將管帶兵弁送回烟台矣噫嘻中國整頓海防建立海軍費帑數千萬兩一旦地爲倭踞船爲倭擄十餘年來心力財力付之汪洋可勝歎哉可勝惜哉

網開三面　○劉峴帥抵關後即派胆識兼優者偵探倭營詳細情形昨據回稱所有冒死冲鋒者多係我國子民或被倭以重貲誘雇或以勢力迫脅相從以及潰軍逃勇悉數收納用爲前敵一經入其營中即剪去髮辮並用顏色塗面再改其裝束令人殊難識別其精壯者選作敢死之軍力弱者即驅之爲奴或搬運軍火糧食或鍘草喂馬造飯等事稍不如意即百般捶楚實若不堪言即有心逃歸者因臉面被塗不能洗去恐中國各營見之必殺惟有忍苦偷生等語大帥聞此情形憤恨已極因即飭承迅速出示曉諭大旨恕其既往開其自新如有納獻器械准其回國倘有甘心從倭違示不遵者一經拿獲即按反叛治罪並知會各路統兵大員一體招撫如有來營納欵投誠之人應查明果係中國口音即派弁護送來轅本大臣親訊無訛准其歸入營伍若不願充兵亦即資遣回籍此乃本大臣痛惜爾等遭此慘苦是以格外開恩矜全其當早爲凜遵毋負此意等語憲諭煌煌網開三面各色從倭人等當各具天良及早回頭也

此軍足恃　○廣東陸路提督唐軍門仁廉所招之軍分爲六枝名長勝仁勝義勝禮勝智勝信勝每軍設左右中三營所有分統管帶以及營哨官弁俱係軍門夙昔深知精明幹練毫無積習者量材任使至所募兵勇俱是滄鹽一帶性猛力強者洵爲勁旅營制一切均按霆軍章程昨已全隊出關想倭人當之無不披靡者

請領軍餉　○督辦東征糧台廣西臬憲胡廉訪現委候補知縣謝汝翼前赴海軍衙門請領備倭經費銀五十萬兩謝君奉札立即起程前往海署一俟發出即押解來津將見士飽馬騰戰無弗勝已

縣示照登　○欽加三品銜賞戴花翎保薦卓異道府在任候補直隸州天津縣正堂兼辦營務處李爲　出示曉諭事光緒二十年十二月十七日蒙　首憲札飭以光緒二十年秋禾被水村莊地畝既被災歉民力不無困苦來春開征新賦若與成熟村莊應納糧銀一切征收民力實有未逮所有成災五六七八九分應納光緒二十一年春征新賦正雜糧租等項均緩至麥後啓征其歉收三四分各村莊應納光緒二十一年春征新賦緩至麥後啓征以紓民困除彙案詳　奏俟奉到　恩旨刊刷謄黃頒發張貼外合亟出示曉諭爲此示仰災歉村戶人等知悉如有胥役等敢于舞弊朦征情事許該村民等赴縣具稟以憑訊究決不寬貸毋違特示

營規照錄　○統領陝西撫標永與馬步全軍提督軍門馬示　本軍調赴北上　三令五申惶惶　士卒同仇志切　枕戈待旦不遑　經過鄉村城市　秋毫無犯無傷　採辦糧食柴草　發價自按定章　小而分文交易　決不短少恃強　居民各有本業　務期安堵如常　商賈公平照舊　毋或意外驚慌　本統兵民一體　合行曉諭周詳

膽大包身　○海大道北洋醫院對過乃英醫士司公寓月之十七日因僕人偶爾失愼被賊潛入屋內將鋪蓋二卷並棉衣木箱等竊去詎昨晚醫士尚未安歇又聞門有響聲遂即往視見門外插進鐵刺正在撥門醫士知係偷兒即大聲喊捕比及開門賊已遁去查該處地方甚爲空闊竊賊易於生心醫士以該賊迭次行竊殊覺難安已稟報轉致地方官嚴飭緝捕雖所失無多而竊及洋人所居該賊亦可謂之膽大包身矣

小店宜懲　○本埠西門外一帶小店林立所有租房者乞丐居多人衆氣穢易染疾病因在西門外迤南添設養病所一處如小店有疾病無所依靠者抬至病所請醫調治法至良意至善也無如各小店視人命爲兒戲每乞丐有病任其輾轉土坐並不過問及至奄奄待斃竟抬至門外棄置習以爲常昨有無名乞丐年方二九病已垂危被店主移至坑邊一夜北風至朝已身涼氣絕似此草菅人命殊堪痛恨有地方之責者愼勿忽諸

金陵客話　○金陵同文館設於城北妙相庵內以候補道員爲總辦專收聰穎子弟入館肄業漢教習兩人按日輪流教以中英法三國文字每年由總辦甄別兩次此定章也現在承辦是差者爲楊誠之觀察兆鋆觀察曾充出洋隨員精通西學於館中一切功課督同各教習認眞教導學生中頗多英俊之才刻聞觀察自京祝嘏回省定期本月中旬舉行甄別先試漢文再試英文再試法文各學生列坐堂下觀察升座與提調教習等親自監視共試三日其事始畢觀察嚴加披閱劣者降之優者擢之分爲一二三等發案既不復將各卷彙解督署呈張香帥電察○金陵城外下關一鎮爲出入長江之要道設有釐捐分局凡貨船經過均須照章報捐查金陵出口之貨緞疋爲大宗惟緞商之運貨他往者往往用驢駝載出儀鳳門巡由陸路而去以圖繞越事爲總辦厘捐局穆少岳觀察所聞以白貨均須報捐豈能獨任緞商走漏致與水路出口者或有畸輕畸重之情應將繞漏之貨照章扣留重罰以示懲警又以該商等轉至下關報捐未免道路不便因飭該業商董凡有貨物欲由陸路出口者均至總局過秤報捐每緞百斤約捐制錢四千文迄今照辦數月捐務頗有起色可謂公私胥利矣

京報節錄

宮門抄　上諭恭錄前報○正月廿三日兵部　太常寺　太僕寺　正白旗值日無引見　吳樹梅請假十日　召見軍機　敬信長麟○○尚書銜安徽巡撫臣福潤跪　奏爲已故知縣政績卓著遺愛在民籲懇　天恩宣付史館立傳以彰循吏恭摺仰祈　聖鑒事竊查已故知縣王寅清河南上蔡縣人由拔貢知縣分發安徽歷署州縣矢志清勤治深經術所至循聲昭著政績可傳同治八年署理霍邱縣事爲捻逆蹂躪尤甚之區客民多於土著良莠不齊奸宄出沒該故員嚴以治盜賊寬以撫流民善後事宜悉心擘畫鄉有富民被劫失金累千該故員躬督練勇周巡荒陬不踰月獲羣盜及魁無一漏網在署日坐大堂遇民爭訟立斷曲直禁傳詞絕包苴約束丁役不敢強索民一錢赴鄉勘驗自帶餅餌絕無絲毫累民延名師主講羣峯書院宿院肄業者數十人捐廉銀以佐膏火公暇則躬歷畎畝召父老詢疾苦如家人父子邑有往來差事向擾民夫有妨農業該故員設法籌款雇養長夫二十名以供此役民皆德之九年前撫臣英翰以循良保

持奉 旨嘉獎及解任時士民焚香塞途揮淚送出境外其先初署鳳台縣苗沛霖之亂將平該故員巡行四鄉十日九出土匪徐光山串引巨捻任柱任時意等糾衆圍城該故員率民團壯勇出城迎擊擒斬任時意等數十人一面請兵救援任柱聞風他竄追獲匪首徐靠梟示搜除羽黨地方獲安因而捐牛種積倉穀以民事爲重調署太和縣事逢黃水橫流飢民遍野該故員請欵賑撫捐廉助之躬親查放隆冬捐散棉衣添設粥廠災黎全活甚重其後由霍邱調署宣城縣正值教匪橫行當即團募丁勇偵拿獲辦於被誘脅從者訊明摘釋化荊棘爲坦夷其地田畝荒蕪客民墾種凡遇土客互訟該故員必加意撫慰使各相安又署英山縣前任積案不下百餘起該故員逐一清結獄無一冤並裁汰陋規風清弊絕每逢亢旱該故員齋戒虔祈甘霖立沛轉歉爲豐又署壽州苗沛霖餘黨未靖恒出強刦以闔四廂爲尤惡該故員訪聞確實首先拿獲嚴懲並起有軍器等件由是盜風漸戢其他宣講 聖諭廣訓採訪貞孝節烈培學校以興文教立保甲以清盜源到處力行有如一轍又舉辦善後工程如修城池建廟宇治道路葺橋梁因地制宜廢興墜舉厥後題補望江縣知縣該故員以患病請假於光緒八年身故迹其歷官皖省十有九年凡有益於國計民生者無不實力推行循譽流傳久而弗替據霍邱縣紳士補用知府陳其裕等查造事實清冊聯名具結呈縣加粘印結詳請 宣付史館立傳由署藩司員林查核明確具詳請 奏前來臣伏讀同治二年十一月二十四日 上諭祁寯藻奏弭盜安民必資循吏請分別表彰錄用一摺嗣後各省大吏務宜加意訪查其有政績官聲遺愛在人者著奏明宣付史館編入循吏列傳等因欽此查安徽省前有已故全椒縣知縣朱根仁已故盱眙縣知縣潘治於光緒十五年三月十六年正月先後奏准史館立傳在案該故員王寅清歷治繁劇皆在兵燹之後以除餘孽培元氣爲急務廉明勤正弊革利興有實在政績可徵核與朱根仁等相合紳士臚陳籲請出於思慕之誠合無仰懇 天恩俯准將已故署安徽霍邱等縣知縣王寅清生平政績宣付史館以表循良而資觀感除冊結移部科暨 國史館查照外謹會同署兩江督臣張之洞恭摺具陳伏乞 皇上聖鑒謹 奏奉

硃批另有旨欽此

○○署理四川提督提督銜記名總兵奴才萬重暄跪 奏爲恭報奴才接署提篆日期叩謝 天恩仰祈 聖鑒事竊奴才接奉四川總督臣劉秉璋行知署提督劉士奇因病開缺所遺提督篆務奏委奴才署理遵即自合江縣行營起程赴省光緒二十年十一月二十九日行抵成都省城准護提督印務督標中軍副將況文榜飭委署提標中軍參將穆德沛將 欽頒四川提督總兵官銀印一顆暨 王命旗牌火牌 上諭諸書文卷等件造冊齎交前來奴才即於是日恭設香案望 闕叩頭謝 恩祇領任事伏念奴才皖江陋質樗櫟庸材曾帶淮軍出師安徽江蘇山東直隸江南江西湖北廣西越南浙江等省攻剿捻匪髮夷迭沐 鴻恩洊擢以總兵記名簡放並賞給篤勇巴圖魯勇號復荷 殊施賞加提督銜嗣以海防告急奏調來川辦理馬邊夷務 隆恩之疊承實感戴以難名方以涓埃未效兢惕正深茲復署理四川提督受 恩愈重圖報愈難奴才勉思策勵益矢慎勤督率各營將備認眞整飭營伍實力訓練兵丁凡於邊防營務事宜隨時隨事稟承督臣遵循辦理不敢稍涉疏忽以期仰答 高厚鴻慈於萬一除將接署提篆日期恭疏 題報外所有奴才感激下忱理合恭摺叩謝 天恩伏乞 皇上聖鑒謹 奏奉 硃批知道了欽此

直報

光緒二十一年正月二十七日 第二十三號
西曆一千八百九十五年二月二十一日 禮拜四

上諭恭錄 書湘撫示諭後 爰書已定 番族沾恩
京營操演 請領軍火 聚衆原委 展期下夜
戒烟開排 洋布起色 敗壞善舉 火災例志
金陵異産 蘇臺官報 京報節錄 告白照登

上諭恭錄

上諭岑毓寶奏特參貪酷庸劣不職各員請旨懲黜一摺雲南候補知府永北直隸同知姜瑞鴻貪婪無厭激變邊民新興州知州曾樹榮網括民膏加徵肥已前署富民縣事補用知縣端木鴻鈞居心殘忍妄殺無辜均着即行革職永不敘用麗江縣知縣劉文理侵吞賑欵巧於鑽營嶍峨縣知縣王永廉工於作偽罔恤民隱署姚州知州補用知縣周應方任意苛刻行為貪鄙補用知縣張慶和任性酷虐濫用非刑候補知縣華榮莊經歷周瑞錦任性誕妄舉止輕浮着一併革職以儆官邪餘着照所議辦理該部知道欽此 上諭直隸覇昌道員缺着恒壽補授欽此 旨這所參疏防監犯脫逃之管獄官廣東樂會縣典史鄭景明着即革職拿問交李瀚章提同刑禁人等嚴訊有無濫刑賄縱情弊按例懲辦有獄官代理樂會縣事試用通判黃贊勳着交部議處仍勒限將逸犯葉茂滔等嚴緝務獲究辦餘着照所議辦理該部知道欽此

書湘撫示諭後

聞之聖人曰有德者必有言有言者不必有德又曰太上立德其次立功其次立言夫言也者固與功德並懋者也昔袁曹官渡之役陳琳為紹作檄曹公得之適患頭疾讀竟悚然汗出疾為之愈旋復 然笑曰有文事者必有武功其如本初之不振何然則言之為用亦大矣顧所言者為何如人耳去年日本無故稱兵奪我朝鮮侵我遼瀋其始巧言如簧意圖與亞實則出我不意攻我不備詭言以欺人追辭以飾過我 國家不得已而以兵應之此誠堂堂之陣正正之旗不難聲罪致討明大義於天下後世也湘撫吳大中丞三吳向德者也志在立功首先請命率湘中羆虎之士五十餘營星馳北上新正二日軍行出關刊刷示諭二三千紙沿途張貼畧謂本大臣精習槍礮準頭十五六年所練兵勇均以精槍快礮為前隊能進不能退能勝不能敗日本師老而勞豈能敵此生力念爾日本民人各有父母妻子豈願以血肉之軀當吾槍砲之利迫於將令暴師在外值此冰天雪地之中飢寒亦所不免死生在呼吸之間晝夜無休息之候父母愁痛而不知妻子號泣而不聞戰勝則將之功戰敗則兵之禍拚千萬人之性命博大鳥圭介之喜快本大臣欲救兩國民人之命自當開誠布公愷切示諭兩軍交戰時爾日本兵逃生無路但見本大臣所設免死牌跪伏牌下派員收爾入營一日兩餐事平遣輪送爾回國若竟執迷不悟拚死拒敵試與本大臣接戰三次不難勝負立見迨至該兵 戰三北之時本大臣自有七縱七擒之計請鑒前車毋貽後悔云云又出賞格若擒獻大鳥圭介驗明屬實賞銀一萬兩等語嗟乎仁人之言其利溥哉亦足以自豪矣且夫斯民之叛亂也名之曰賊鄰國之憑凌也謂之曰寇寇賊之情形無二寇賊之事勢實歧彼日本固海外一舊邦也有君有臣有兵有民兵民不奉君臣之教令則謂之不忠其拚死拒敵血膏原野而不悔者正其兵民之忠於其君上也夫桀犬吠堯原無足怪雖孰曲孰直孰義孰不義日兵即能見此示未必能喻此

情而我兵之見之者第願各念　國恩奮身圖報殺敵致果移孝作忠愼毋念爻母顧妻子因思鄉而怯敵因槍砲而潰逃彼日本兵民向知忠憤我　國家深仁厚澤二百餘年而兵民顧可不如一島國乎則是非丈夫矣昔曾文正之示兩營將從也蓋以其生是鄉士同是君上誤入迷途痛切開導反正者每人內應者有人用能成中興之業今日本之民雖非其倫而自仁人視之當無二致嗟乎中丞以十五六年精習槍砲準頭用七縱七擒之計武侯復生何以過是爲將卒者其各公忠體　國無負大中丞之苦心也哉

爰書已定　○已革直隸提督葉志超已革總辦船局道員龔照璵均經欽奉　諭旨拿交刑部治罪現經刑部委派秋審處司員嚴行審訊按律定擬於正月二十五日覆奏欽奉　上諭刑部奏遵旨嚴訊革員葉志超龔照璵按照律例分別定擬罪名請旨遵行一摺已革直隸提督葉志超道員龔照璵均著如該部所擬斬監候秋後處決欽此

番族霑恩　○西寧辦事大臣每歲春秋閒出口致祭海神就近調集青海蒙古各部暨玉樹等番族於彼會盟循例頒賞綢緞小刀茶封等物以廣　皇恩例應咨明預將各物存庫按年提用現因庫存茶封無多咨由陝甘總督飭司發欵委員於山西歸化城採辦磚茶一千方刷印茶票解甯存庫以應賞需已由晉撫照數代辦解甯備用並將所用銀數備文咨送查照矣

京營操演　○京師永定門外南苑駐紮旗綠各營隊伍現定於正月二十六日起由領隊大臣輪令兵丁各將砲位抬鎗火鎗洋鎗刀矛籐牌各技藝更番操演以期嫻熟而壯軍威各兵弁均奉令惟謹槍刀如雪旗幟連雲隆隆之聲不絕於耳

請領軍火　○密雲副都統委花翎防禦多鑾布率領甲兵十餘人至京赴工部投文請領駐防滿營光緒二十一年官兵常操車需火藥旋經工部覈付劄付火藥局照放分貯竹簍以大車十數輛裝運首途計領火藥七千餘斤轟藥五百餘斤火繩三百餘丈鉛九五十箱已於正月二十五日由火藥局裝運密雲以備需用

聚衆原委　○前報登婦女搶糧一節茲據鹹水沽人來言日前該處貧婦聚衆意欲搶掠實未動手論鹹水沽地面頗稱興旺富戶生意亦實不少昔年鄉村每遇荒歉或別有事故皆由富戶出爲調劑近年以來頻遭水患貧戶較多鄉間又別無謀食生路而富紳多染奢華不以鄉誼爲重即如上年某鎭某村因被水災由首戶或請官賑或集義捐以盡桑梓之情惟該處竟無其事至今正青黃不接貧戶正苦無以餬口又值糧米屢次增價以致貧婦一倡百和竟聚有數百之多聲言先搶糧食後搶富戶甫經聚夥已遐邇均知各舖戶富家謹閉門戶是以並未得手即由地面人傳播經總統津團曹軍門聞知立派營弁帶勇前往彈壓並出示解散旋又蒙道憲出示安撫立即安謐如常該處首紳閻榮等會合數人稟覆道憲以刁惡婦女聚衆欲行搶掠幸各舖各家俱已嚴守門戶未遭其害現在爲首者已逃匿無踪數日以來相安如舊等語噫刁風固不可長而爲富不仁者亦可以知所戒懼矣

展期下夜　○本郡每屆冬令即派兵丁下夜巡查城內由三營城外由練軍並親兵前營分段派兵巡緝自十月初一日起來年二月初一日撤防歸伍操演刻屆撤防伊邇聞文武各大憲會議以現值大兵過境恐有奸徒從中竊滋生事端展緩至二月十五日查看情形再爲定奪愼重宵防斯民可以高枕無憂已

戒烟開排　○天津道憲呂觀察前在南門外廣仁堂設立戒烟所一處法良意美功德無量昨定於二月初四日開排按名醫治每月逢三日入排逢八日放排如願戒烟者到堂報名愼勿自誤

洋布起色　○數十年前豫東兩省粗布來津者爲大宗自三口通商輪船抵津洋布暢行粗布逐漸滯銷蓋以洋布既寬且堅韌耐久較粗布實爲合用耳自前年上洋機器織局被焚洋布之價大漲布莊每嗟賠累客歲海氛不靖來源更絀頃悉上洋某洋行以爲布疋大莊不可缺乏昨由上海來函通知津郡各布號所有上洋至津洋布本行一概保險云云方今春融不日火輪北駛自必源源而來生意定有起色也

敗壞善舉　○津門有所謂老人會者凡家有老親年逾花甲家道向非寬裕邀集殷實舖戶一二人爲首事再糾合同志五六十人約定每月繳津錢或十千或數十千交首事者存店生息按月照付遇同人中有親亡者即取此項存欵爲殯葬之費合會中人俱各用

過即爲竣事意至良法至善也昨東門內有田張二人所設之老人會計共五十家由田張經管已集欵甚鉅未經動用詎田張心懷不良將所存會錢全數盜用逃匿無踪已由會中人呈控琴堂想天網恢恢田張未必終能避匿也

火災例志 ○昨晚津海關道署北雙源油米店於初更時廚房不戒於火延燒至後院堆房馬棚並燒死騾馬兩頭四隣皆未被害惟相連之隆源煤炭店堆積煤炭數大座署有延燒幸水會救護該號前面門市經水局撲滅未被祝融收去其街隣東新街一帶聞警搬運逃避者絡繹於道已受驚不小矣

金陵異產 ○金陵牛市有張某者肩挑貿易克儉克勤日積月累頗餘青蚨若干因聘得某氏女爲妻爰龔調琴瑟夢熊羆也詎數年來終乏弄璋之喜一日於市肆遇賣種子藥者遂購之如得秘寶歸與妻交月餘後果爾春風有信至數月腹益膨脝售藥者聞之自居其功該婦亦終朝保養莫敢造次至去冬二十四日婦忽腹痛張聞之喜出望外以爲天上玉麟可從茲光降矣一面倩穩婆催生一面燒湯藥以進詎至第五日孩始生下視之兩頭平列四足橫生兩手生於臂後叫號不已穩婆大駭回觀產婦血如泉湧面無人色再喚之已聲息俱無魂歸地府矣張悲痛欲絕先將孩埋諸郊外然後備棺殮婦一時哄傳觀者如堵莫不稱爲咄咄怪事云

蘇臺官報 ○光緒二十年十二月二十五日同知宋枬稟知巡卡回 二十六日通判張祥符銷驗收北局管務差 知縣沈翰奉委催兗川沙青浦漕糧辭 又傳維祚謝蒙給勞績獎勵前先委署一次 都司沈春山由滬解餉來 知府周邦楨謝徒陽河工蒙給獎拔署一次 元和縣葉由無錫公收官棧稽查回 二十七日同知胡鍔稟赴甯 道庫大使王德齡謝委署丹陽縣主簿事 二十八日知縣倪文范謝飭知徒陽河工案內蒙給[illegible]委釐捐一次 縣丞姚祖順謝委署金山縣衛城司巡檢事 從九汪邦傑謝委署長洲縣吳塔司巡檢事 二十九日都司沈春山辭回滬 縣丞蔣植謝委署長洲縣主簿事 按司獄孫棣奉札委轉運省局差遣 把總林得勝奉委水雷教習兼緑砲事 卅日知縣趙鴻謝委兼辦營餉新捐即到差 又松年銷解淮餉並奉委催提江震漕項差辭 哨弁陳品望護解杭州餉回 松滬總局候補道福盛由甯回 從九汪述曾銷北路四段海防差並辭赴江陰迎接學憲 又陶殿文銷海防日巡差 二十一年正月元旦日同知高五雲謝待質公所一年期滿無悞給予捕班委署州縣一次發審局幫審出力給予酌委州縣一次 知縣陸熹穀謝飭知十八年分冬夏防勞績改給酌委署事一次仍記功二次 又許肇基由車坊釐局來 又俞世球引見回省血銷京餉差 又杜台棠辭赴甯見制憲 小京官劉家謨由甯籍來 又徐瓚銷海防差到南城清道局差 初二日吳江縣李到省 守備李得昇到東路一段海防差 初三日巡檢莫源中奉委水利局差遣 浙江候補道蔣國楨由浙來 中鎮參府常辭赴甯 元和縣葉稟知赴鄉公幹 知縣吳受頤江陰釐局來 候選直州判魏允恭辭赴甯見制憲 從九章鏡瑩稟知丁繼母憂

京報節錄

宮門抄 上諭恭錄前報○正月二十四日刑部 都察院 大理寺 正紅旗值日 無引見 安興阿 耆齡各假滿請 安 莊王請假五日 愛隆續假五日 卓公 德隆各請假十日 徐郙成公英信各續假十日 吏部奏派驗看月官 派出麟中堂 熙敬 李文田 薛允升 鳳鳴 壽昌 良培 鍾靈 余聯沅 丁立瀛 恩明 載存 張仲炘 易俊 龐鴻書 蔣式芬 召見軍機 麟中堂 薛允升

○○兩翼前鋒統領八旗護軍統領奴才巴克坦布等跪 奏爲奏 聞請 旨事竊奴才賡音布於本月初五日值 景運門班據 東闕門值班署司鑰長松林副印務章京善致稟稱據 神武門外東柵欄正紅旗值班官兵會同九朱車值班官兵等呈稱於正月初五日亥刻傳送籌支見有一人肩挑鞍板當即盤問因其言語支離隨經拿獲訊問該犯係大興縣民劉來順年二十歲供出偷竊東華門外迤北武備院鞍板庫內鞍板二十塊是實等因呈報前來奴才等復訊無異察該犯膽敢偷竊官物實屬不知法紀除由奴才將該犯暫交偏吉看管外相應請 旨將該犯劉來順並鞍板二十塊一併送交刑部審明辦理爲此謹 奏請 旨奉 旨已錄

○○頭品頂戴江蘇巡撫奴才奎俊跪 奏爲職官因瘋滋事請 旨革職以便交保管束恭摺仰祈 聖鑒事竊查前據寶應縣知縣杜

法孟稟報訪聞該縣候選通判李鼎銘有造匿名揭帖情事當經親往起獲匿名揭帖並將李鼎銘帶案詎李鼎銘肆行咆哮滋鬧公堂不服查詢該縣因查揭帖內有謂該縣循賣書房缺胞叔充當門稿凡遇盜案總須賠欵等事不便由該縣凡是稟請是否查辦以了批飭臬司轉飭揚州府行提李鼎銘到郡研訊詳辦一面密委候補知縣孫德華前赴寶應縣城鄉訪得該縣杜法孟被揭各節均無其事並據揚州府知府沈錫晉以提訊李鼎銘胡言亂語不能取供確有瘋迷病體經其親族候選教諭李文鑾州同職銜華承浩呈稱李鼎銘係寶應縣附生遵海防例報捐監生考取漢謄錄繕寫臣工列傳並在蘇皖賑捐局遵例報捐通判選用十七年在京得患瘋病回籍醫治未痊其揑造揭帖實係瘋發無知伊等情願保山鎖錮管束醫治具結送府查李鼎銘揑造匿名揭帖究屬因瘋所致應請免其治罪惟其到案咆哮公堂自應參革交李文鑾等保回醫治管束等情由署江蘇按察使韓慶雲復核詳請 奏參前來奴才伏查該縣杜法孟被揭各節已據委員查明均無其事且杜法孟業經另案參革應毋庸議李鼎銘揑造匿名揭帖雖因瘋發無知惟其到案滋鬧咆哮究屬因瘋滋事相應請 旨將候選通判李鼎銘革職以便交保管束醫治免其滋事除追起捐照咨部查銷外謹會同署兩江總督臣張之洞恭摺具陳伏乞 皇上聖鑒 訓示謹 奏奉 硃批着照所請該部知道欽此

○○山東巡撫臣李秉衡跪 奏爲甄別庸劣不職各員請 旨分別降革以儆官邪恭摺仰祈 聖鑒事竊維州縣爲親民之官必守正行端常存愛民之心者方克勝任雖當軍務倥偬而吏治之舉廢人品之清濁臣無不隨時考察茲查有候補知縣郭秉鈞賄通書史舞弊營私候補知縣朱鏞嗜利詐人心術狡詐候補知縣鄭桐性耽游戲甘爲人愚代理觀城縣知縣即用知縣李子春好事紛更輿情不洽又試用巡檢柴宗樾藉差招搖不知檢束前署新城縣典史分缺先補用典史范棣蓀抑勒事主被人告發以上各員均未便稍事姑容據藩臬兩司詳請 奏參前來相應請 旨將候補知縣郭秉鈞朱鏞均即行革職候補知縣鄭桐以縣丞降補即用知縣李子春係進士出身文理尚優請改以教職歸部銓選試用巡檢柴宗樾分缺先補用典史范棣蓀均請即行革職以肅官方理合恭摺具 奏伏乞 皇上聖鑒訓示謹 奏奉 硃批另有旨欽此

○○貴州學政臣嚴修跪 奏爲恭報微臣到任接印日期仰祈 聖鑒事竊臣蒙 恩簡任貴州學政當即具摺叩謝 天恩九月初二日跪聆 聖訓後遵即束裝就道於本年十一月二十六日行抵貴州省城二十九日准前任貴州學臣葉在琦委貴陽府學教授黍壽將學政關防並書籍文卷齎送前來臣恭設香案望 闕 頭謝 恩祇領任事訖伏念貴州雖處邊隅近數十年漸多樸學求作興之有術自風氣之益開疇昧如臣懼難勝任惟有恪遵 宸訓勉竭愚忱嚴去取以核眞才慎關防以祛諸弊倓聖賢立教之意自行尤重於有文體 朝廷養士之心所習必課諸所用冀無渝夫初志庶稍答夫 聖恩所有微臣到任接印日期除照例恭疏 題報外理合敬繕摺具 奏伏乞 皇上聖鑒謹 奏奉 硃批知道了欽此

直報

光緒二十一年正月二十八日　第二十四號
西曆一千八百九十五年二月二十二日　禮拜五

上諭恭錄　民政議　正月分選單　慎重庫儲
命案詳紀　幸未延燒　大將回防　摺差遇劫
河運派員　燕驗竣事　死灰復燃　津門大雪
刼案又見　李代桃殭　此髮何辜　接活財神
牌示彙錄　京報節錄　告白照登

上諭恭錄

上諭刑部奏遵旨嚴訊革員葉志超龔照璵按照律例分別定擬罪名請旨遵行一摺已革直隸提督葉志超已革道員龔照璵均着如該部所擬斬監候秋後處决欽此　上諭前據給事中托佛歡奏叅良鄉縣知縣范履福侵呑賑欵任用蠹役濫施非刑各節當經諭令孫家鼐陳彝確查茲據查明覆奏范履福被叅各欵均無實據即着毋庸置議惟該縣前後兩任良鄉既招物議即屬人地不宜良鄉縣知縣范履福着開缺另補餘着照所議辦理該部知道欽此　硃筆桂斌補授光祿寺卿欽此

民政議

國之與立民為本舉中華與海外盈天下者皆民也天下之生人久矣一治一亂而治日嘗少亂日常多亂者民治者亦民民非能自為治亂也有持民政者其政有得而有失故其民或治而或亂欲民之長治而不亂必使政有得而無失困學紀聞曰器久不用則蠹政久不修則廢故以屢省為戒然則欲政之有得而無失亦在乎省之而已省而修之而已何以修之仍修之於民而已民之為類多矣約而言之不外乎士農工商之四民者其格則有富貴貧賤其遇則有士著流亡其品則有誠實奸詐論業則四民各守一職而無相奪倫論格論遇論其品則四民類有同情而待治於上古昔盛時其民孝悌而忠信入事父兄出事長上見利思義見危授命非必先懸重賞以相勸後繼嚴刑以相逼而民自急公好義恥於苟且偷生者蓋所欲有甚於生所惡有甚於死也洎乎秦之二世漢之末造以迄于今執法者督責愈嚴其民益貪娼嗜利而無恥法不能及之處則機械變詐無所不為疾視長上幸其災樂其禍甚至盜賊蜂起如當春之草木怒生而上之所謂法者胥成故事民悱上而不自知其非無恥極矣夫恥之於民大矣非獨古昔有是心自古迄今無論賢愚人皆有之何以秦漢而下不存也以執法之吏不求便民惟求制民苟利於上無所不取稍利於民無所不禁究之國用日以絀民俗日以偷法愈密弊愈生君困民窮而執法之宦囊日富縱有一二名君為民之士不但不容於大吏先已不便於同寮誹謗〻排擠之不轉瞬而罹法墨彈章矣於此而欲不亂惡乎不亂欲求治惡乎能治今夫古今郅隆之治不必易世求也古今致治之法非必異人任也一視其執法者之存心何如耳古今之善為己者無不為國真愛君者無不愛民其朕兆萌於一心其事業則極於天下亦惟公此利害之心以求便於人情而已矣今中土之民政所急者四非必其遠大難行也一曰安富民一曰役貧民一曰撫流民一曰去奸民何言乎安富民也富者貧之母國之助也一鄉有富民則貧者佃其田㠯其資逐什一以取蠅頭且或出粟以協賑濟輸錢以助軍餉是自庇其鄉黨且代君以養其民者也執政者宜實心開諭族鄰相率以保其家莫擾其業俾得生息以相贍甚勿豔其財而魚肉之此民政之一也何言乎役貧民也貧者人之常富之資也一方之力役非貧民莫與奏功耕耘收穫之餘暇則濬河築隄除害即以興利變則荷戈執殳衛己即以衛人以本地之人為本地之事地理既

熟人情亦悉邪正善惡均不能隱匿代君以勤其民者也執政者補助之外更宜多與以事實心體察詳為籌畫使之藉力以營生捍患以固圉遠勝於聲不生不息之財招不耕不戰之兵如肥人病腹枵然龐然而四肢不舉也此民政之二也何言乎撫流民也流民者既失其業輕去其鄉或貿易而不慎或在軍而逃亡或病時戾俗而不容於閭里其賢否勤惰均無從考而顛連疾痛情尤可矜老弱廢疾者宜賑恤之強有力者或任以役或遣散之執政者宜隨在認真稽查勿使聚衆恐其心或不測勾引他省以滋事端此民政之三也何言乎去奸民也奸民者貌為忠誠情實險詐良心一喪為惡叢生農而奸則易讓畔為越畔藉守財而為財顯則奪牛攘雞隱則圖財害命私已欺人之念無所不至矣工而奸則以沙礫為珠玉以鉛鐵為金銀猶末也其奇技 技淫巧之巧或誘人以騙財或害人以漁利傷風敗俗夫何待言商而奸則孔方到手三倍爇心欺客賺人居奇盜賣又可縷訴耶然此猶其小焉者也至於士為四民之首萬夫所瞻奸心 蒙誤己誤人誤家誤國更有不可名言者選舉為掄材大典舍正路尋捷徑爭名即奪利之場仕宦以兼善為名上欺君下虐民治國實謀家之計迨至身居孔道害忠良蔽賢路甚至坐觀宗社之覆而不令人分其一日之權此又非農與工商之所可同日而語矣執政者欲去農工與商之奸不外乎隨時糾察懲一以儆百若夫去士之奸則又非於養育之日端其術以正其趨登進之時嚴其選以求其實否則雖欲去之惡得而去之然則如之何而後可也曰欲求使於民先期便於官昔齊桓公納諫而拜仲父拒間而爵甯戚漢昭烈屏關張之言三顧茅廬情深魚水故管仲甯戚孔明諸人以任之專得盡其心以進賢退不肖而相與有成焉今 皇上以日月之明勵精圖治求賢若渴而二三大臣又不乏管甯孔明諸人盡心認真以輔治其庶可復古昔之盛歟

光緒二十一年正月分選單 ○鹽運司長蘆天津分司蔡壽臻浙江監 知縣山東安邱俞崇禮江蘇監 直隸新河周憲章浙江廩 廣東定安張宜四川監 山西寧甯王貽哲江蘇舉 湖北通山高震鍇浙江監 安徽績溪錢正圜雲南甲 福建連城楊濱陝西甲 河南鞏縣陳吉堯山東副 江蘇昭文李鵬飛浙江甲 州判山東德州項景昇浙江貢 典史四川灌縣張楷山西監

愼重庫儲 ○部庫領項造冊覈對現經都察院咨稱凡各部院領過之庫銀緞料等項務於每月初十日內造具細數總冊並原稿咨送都察院交江南道按月察覆呈堂於年底彙題以重庫款云

命案詳紀 ○京師前門外永安橋迤東居住方某年近花信於去冬憑冰上人撮合娶孫氏女為妻自迎娶過門伉儷甚篤惟姑媳之間情同冰炭孫氏於正月二十二日乘間以利刃自戕斃命當經該管地面總甲報案稟請北城陳敬春指揮帶領仵作穩婆如法相驗飭速備棺成殮旋據孫氏之母糾約女僕二十餘人各持剪刀鋼錐擁入方某寓所將其姑刺戳多傷以洩忿恨旋由和事老解釋令將孫氏從豐棺殮多建齋醮即便息事惟案關人命未悉城憲如何究辦耳

幸未延燒 ○正月二十五日時交二鼓彰儀門大街北烟閣口外和興南烟店不戒於火當經鳴鑼警救旋經各水會紳士率領水勇前往奮力澆灌共計燒燬房屋十數椽是日雖封姨肆虐而其時風威頓霽未經延燒毘連鄰右亦云幸矣

大將回防 ○山東登州鎮總鎮章軍門高元前調遼東一帶征剿旋因威海失陷東撫李大中丞奏請軍門回援奉 旨允准昨日軍門己由榆關乘輪車率同虎旅來津在河東客棧小住日內當由陸路開往山左矣

摺差遇劫 ○南省摺差公文仍由陸路按驛接遞去冬江甯專派差官蔭德進京呈遞摺奏至臘月二十一日行至交河縣倪官屯迤南地方忽遇步賊二人手持洋槍攔住車輛大聲威嚇該差官見勢兇猛恐遭不測即行下車該賊即將銀錢衣物搶劫而逸差官立即赴縣報案勘驗飭捕趕緊嚴緝似此攔搶摺差殊屬藐法已極未知能可弋獲否

河運派員 ○江蘇巡撫趙院奉大中丞於光緒二十年冬漕內提出南米十萬石分為八幫循例由河運至通州交納現已由司道將辦理河運委員專札委派茲將銜姓錄右勳辦河運三品銜知府用候補知縣江錫珪催趲官督粮通判劉朝鑾支放官候補縣丞倪曾鑒辦理文案候補縣丞黃熾康其餘尚有隨運差委各員弁七八人已照章各司其事已

蒸驗竣事 ○唐官屯鄭某毒死王二一案昨紀報端茲悉沈太守帶領仵作等人親詣該處蒸骨相驗已於二十七日畢事將鄭

大劉王氏提回天津發獄監禁驗得有無毒藥容俟訪明再錄

死灰復燃 ○二十六日雙源米舖失慎曾紀報前頃據訪事人云該舖於二十七日夜十點鐘火又復起燒燬舖屋數間幸水會樸救迅速尚未延及鄰右此事洵屬罕見當此風乾物燥居家舖戶可不慎之又慎

津門大雪 ○客歲一冬雪澤稀少雖小雪前後見有微雪迄於臘尾未得普被祥霙三農殊爲焦盼日來風伯揚威沙塵蓋地以爲決無雨雪詎昨夕三鼓後陰雲密布潤氣樸人眉宇至今早十點餘鐘天公居然玉戲一霎時如飛絮如撒鹽大地山河一白無際午後雲氣仍厚恐玉龍交鬥餘興未闌也

劫案又見 ○交河縣大樹村蘇書鎮者以耕讀傳家衣食豐足客臘某夜忽來暴客多人各持器械撞門入室翻箱倒篋搶刦衣飾等物比時更夫胆壯疾聲喊捕賊即開槍將其擊傷𦚢臟而遁迨次日蘇開單報案已鴻飛冥冥無從弋獲矣

李代桃殭 ○山西晉軍領米兵丁住西門外客店於昨二十七日領米二十餘包雇用東洋車運載到店計短米一包盜米車夫已經遁走未盜米者俟領車錢該勇疑心即是其人盜去將該車夫押赴縣署控訴不知如何了結云

此髮何辜 ○冶容誨淫姦與殺近而人顧甘之如飴是眞蹈白刃而不悔者也亦可哀已訪事云城內向家胡同有某甲者爲磨鏡者流其妻美而艷而又搔首弄姿慣招蜂蝶貿易中之某乙一見而傾心焉眉語目挑遂成姦好久爲甲所偵知並於室內撞見恐力不勝曾戒之曰速去休若再來當以尖刀相敬詎乙因姦情熱以甲爲無能爲者日昨又往續舊適甲在家覩乙來忿火中燒隻手將乙辮髮揪住用刀一割霎時間十萬八千根煩惱絲齊根脫落因喝乙曰此吾且好生之德不啻小懲而大戒也若再至請以此爲例試吾刀之利鈍乙不覺神魂顛失抱頭鼠竄而遁吁險矣哉可以鑑己

接活財神 ○甯人某甲者向居滬北俗例新正十六日有接活財神之舉甲於是日亦循舊例恭設香案盛陳牲醴以及菓品等物在正拈香叩禱之時適一西人經過時已酩酊大醉聞之遂闖步入內據案式飲式食旁若無人甲視此情形無可如何祇得恭己以候迨食畢並將所餘菓物一切盡行送與該西人其人十分歡喜跳躍出門而去旁觀者咸謂甲今歲接得西國活財神必當大發洋財似此事近嬉戲詎敢遽信爲眞姑錄之以博一粲

牌示彙錄 ○江省藩轅牌示清河縣趙受璋調補江甯縣遺缺查有睢甯縣侯紹瀛調補 又安東縣栢壽改教遺缺查有即用縣王樹鼎請補 又署碭山縣鄧邏經丁憂遺缺查有知縣高㘽承署理○蘇垣新正初四日藩轅牌示照得南滙縣知縣汪以誠因案撤任遺缺以黃承暄調署遞遺上海縣缺以准補柘林通判蔡滙滄署理

京報節錄

宮門抄 上諭恭錄前報○正月二十五日工部 鴻臚寺 廂白旗值日 無引見 齡公守護 東陵請訓 輿伯良墻各請假十日

召見軍機 懷塔布廖壽恒

○○幫辦台灣防務閩粵南澳鎮總兵奴才劉永福跪奏爲恭報洋巡班滿並歷過洋面情形據實具奏仰祈聖鑒事案奉上諭嗣後沿海水師提鎮着於每歲出洋時具奏一次俟出洋往返事畢即將洋面如何情形據實具奏等因欽此欽遵在案伏查南澳乃閩粵要區洋面遼闊港汊紛歧巡防緝捕最關緊要總兵每年上班自正月初一日起至六月底止出洋統巡粵屬洋面班滿交澄海營參將接巡下班自六月初一日起至九月底止總巡閩屬洋面班滿劄交銅山營參將接巡光緒二十年正月初一日起奴才遵例管帶兵船出洋督巡業經恭摺奏報在案本年三月初十日帶領兵船巡至碣石鎮甲子洋面與廣東平海營參將曾俏事畢仍回洋巡緝本年六月二十四日承准閩浙督臣譚鍾麟轉准總理各國事務衙門電奉上諭南澳鎮總兵劉永福着譚鍾麟飭令酌帶兵勇前往台灣隨同邵友濂辦理防務欽此奴才遵即招募勇丁一千名並將八九兩月總巡閩屬洋面劄交委銅山營參將代巡就於八月初四日帶勇赴台實心

襄理防務現居巡洋期滿據銅山營參將具報自八月初四日起督帶兵船廿洋代巡至九月三十日巡期屆滿洋面安靜奴才仍加嚴飭接巡員弁實力緝捕認眞巡防務使盜戢民安洋政肅淸以仰副　聖主綏靖海疆之至意所有奴才洋巡南澳班滿及代巡日期歷過洋面情形除呈報閩粵督臣查核外理合恭摺具　奏伏乞　皇上聖鑒謹　奏奉　硃批知道了欽此

〇〇依克唐阿片　再光緒二十年十二月二十二日由專差賫回前奴才請　旨頒給關防字樣原片欽奉　硃批着用前任黑龍江將軍字樣遵卽刊刻於光緒二十一年正月初一日敬謹開用所有原刊黑龍江將軍行營關防一顆卽於是日銷燬理合附片陳明伏乞　聖鑒謹　奏奉　硃批知道了欽此

〇〇頭品頂戴貴州巡撫奴才崧蕃跪　奏爲本年秋收後覆查保甲完竣恭摺具　奏仰祈　聖鑒事竊查咸豐六年十一月十八日欽奉　上諭蔣霨遠奏辦保甲及民數穀數未能依限辦理一摺保甲與團練相輔而行貴州省苗教各匪勾結滋擾皆據蔣霨遠以咸豐三年以來辦理團練頗著成效入奏朕方謂該撫自己將保甲章程實力經理乃復以匪徒滋擾未能淸查爲辭實屬不知體要所有該省保甲事宜着蔣霨遠督飭所屬認眞趕辦毋得視爲具文欽此又查嘉慶十九年十月二十四日欽奉　上諭編查保甲一事着各直省州縣於秋收後覆查責令該管道府直隸州親往抽查稟報督撫交兩司核對具詳督撫於歲底彙奏一次欽此欽遵在案伏查黔省漢苗雜處向祇編查漢民戶口苗寨係責成土司稽查嗣因客民附近苗寨買當田產者漸多淸查客戶口田產編入保甲不准續增每年秋收後將客民舊戶遷徙若干現存若干其舊戶內有子孫分口另居若干覆查明辦理歷經按年奏報在案今據貴陽等屬具報光緒二十年分應辦保甲各地方官循照條規曉諭村寨保長人等將戶口有無遷徙增減逐細查明造册呈送先由地方官親往查覈取具互保甘結將門牌查對塡寫按戶懸掛造册申詳由本管道府直隸州親往抽查申報至省垣重地與關廂內外人烟稠密恐有匪徒潛藏分派委員督同紳士挨戶覆查將人丁姓名年歲逐一登記經藩臬兩司核對各該員辦理尙無廢弛滋擾情事據貴陽等屬原報附居苗寨客民六萬五千七十一戶今查光緒二十年秋間止又遷徙回籍者四十二戶現在實存舊戶客民五萬一千五百六十四戶舊戶內子孫分出另居者一萬一千三百九十戶今查光緒二十年秋間止又分出另居者九十五戶共分出另居者一萬一千四百八十五戶又查興義府原報佃戶客民四千一百三十四戶舊，子孫分出另居者一千三百九十六戶今查光緒二十年秋間止又分出另居者四戶共分出另居者一千四百戶據藩臬兩司具詳前來奴才覆查無異除將光緒二十年分查報戶口細數仍照向例歸於民數穀數案內造册咨部外奴才督同兩司飭令各屬隨時稽查不准續增外來客民以杜流弊務使戶口肅淸奸匪無從溷跡閭閻永得乂安以期仰副　聖主綏靖苗疆之至意所有光緒二十年貴陽等屬覆查保甲完竣緣由謹恭摺具　奏伏乞　皇上聖鑒謹　奏奉　硃批知道了欽此

直報

光緒二十一年正月二十九日　第二十五號
西歷一千八百九十五年二月二十三日　禮拜六

上諭恭錄　廣種棉花說　正月分教職單　南船確信
一方生佛　宜禁燒鍋　逃兵宜鑑　孺子可造
一蹶可虞　巫醫作賊　忍餓慕化　思欲分肥
台防誌略　京報節錄　告白照登

上諭恭錄

上諭廂黃旗滿洲副都統德隆由二等鎮國將軍挑在乾清門當差歷任鑲紅旗蒙古廂藍旗廂黃旗滿洲副都統鑲紅旗正白旗護軍統領右翼前鋒統領專操大臣鑾儀使均能稱職茲聞溘逝軫惜殊深加恩着照副都統例賜邺任內一切處分悉予開復應得邺典該衙門察例具奏欽此　旨江南織造着常山去欽此

廣種棉花說

古者耕織並重所以裕衣食之源也而種棉為尤重夫棉之為物也足以禦寒足以成布功用鉅而費力微閭閻實利賴之溯厥源流班班可考按吳錄交趾安定縣有木棉實如酒杯口有綿如蠶絲可作布其名曰緤亦曰毛布泊宅編閩海人以木棉紡績為布布上出細字雜花卉尤工巧名曰吉貝布即古曰疊布也南史高昌國傳有草實如繭繭中絲如細纑名曰白疊子國人織以為布又林邑國傳林邑國出古貝樹其花如鵝毳抽其緒紡之以作布與紵布不殊亦染成五色織為斑布裴淵廣州記蠻人不蠶採木棉為絮諸番雜志木棉吉貝木所生占城闍婆諸國皆有之由是觀之木綿實生於南海至南北混一之後其物之北來日衆於是川廣閩浙無不沾其利而蒙其庥元始祖至元二十六年置浙東江東江西湖廣福建木綿提舉司令民歲輸木綿布十萬疋而木綿之用至此而盛焉抑又攷之木綿有草木二種古者交廣木綿樹大如抱似胡桃之葉如梧桐之枝至秋則花開色極絢爛辮紅蕊蕾結實大如拳掌實中含綿綿中結子林邑國及永昌其樹最多亦名斑枝花南方所稱古貝花如鵝毳即指如樹之木綿也草類木綿宋末始見於江南一帶今則幾徧天下高者約五六尺葉如楓尖莖如蔓弱自四月下種至秋開花似葵而小大都黃色者多結實大如桃核實熟皮裂綻出纍纍然其色細白八九月可以探取即今之棉花也迄今不獨供民生之用並販運於外洋獲利日豐稅釐日旺如光緒元年出口共三萬一千六百十石二十五斤值銀三十二萬二千五百六十九兩至光緒十六七年出口多至二十餘萬斤值銀二百數十萬兩近數年來有增無減可見棉花銷場甚旺倘能推廣培植豈非生財之大道哉為今之計除植中國棉種外並宜多植洋棉洋棉綫長質軟紗機器不致中斷於織布最宜倘種植日多洋人必樂購也但其種類不一埃及種南亞美利加所用巴西種印度所用美國種悉為美品而美國所用新陞林司種尤佳惟其性不耐寒一見霜雪即花隕葉枯宜擇和暖之地種之始為合宜以鄙意觀之莫如廣東廣潮二屬土地盡屬膏腴冬令罕見霜雪其次則福建台灣種之亦能茂盛試觀印度甘堤司地方土瘠棉劣後植美國種遂佳當西歷一千八百六十七年英派員查攷孟買棉花知美國種出棉每英地一畝即中國七畝種費需三元七角五分收棉值洋六元二角五分況其根枝占地少尚可播種別物今果將華綿洋綿擴充佈種並行不悖其利益豈能一言而盡哉

光緒二十一年正月分教職單 ○教授河南南陽劉惠麟河南舉福建福州吳徵駒福州甲廣東廉州周兆璋廣州甲 正諭山東萊萊田方嶠東昌河南汝州黃綸閣光州浙江石門任駿紹興諸暨許大鈞嘉興江西金谿周煊吉安湖北襄陽李樹藩安陸雲南太和董之俊曲靖湖南桂陽陳祖虞長沙俱舉 訓導安徽績溪章澤鴻寧國舉山西趙城樂懷璠潞安歲山西崞縣曹廷熙霍州挨河南修武王焜彰德挨湖北咸寧劉元文鄖陽挨陝西洋陽王潤漢甲浙江天台史慈濟紹興江西新淦褚明誠瑞州廣東會同何景康廣州四川什邡康新德順慶俱舉 復諭山東新泰閔繼恩青州廩鉅野單步鴻萊州副夏津曹搢卿萊州副臨朐趙樹枚登州廩貴州畢節錢榮光貢陽舉 復訓山西太原李守恕潞安廩浙江玉環郭維城金華歲江西豐城曾錕鍈建昌廩湖北宣恩周慶成黃州舉湖南芷江歐陽霖桂陽舉廣東瓊山尹光照廣州廩

南船確信 ○頃本埠太古洋行來函內稱本行頃接上海公司來電本行通州武昌重慶等船准於二月初七日直放來津大約初十可以由津卸完各貨回滬矣等語據此則南北船開行有日南北貨物以及信息皆可靈通矣合亟登報以供衆覽

一方生佛 ○本埠自海氛不靖王少司馬曹大帥奉 命辦團兼蘆團兩千人均已成軍逐日操練緩急足恃據訪事人云昨有本郡富紳陳姓諸君擬勸捐招募戶團其法擬辦房捐以養貧民而資防堵情殷桑梓見義勇爲赴道轅具呈稟請核示呂庭芷觀察批閱之下反復籌思以爲現有冬賑春撫接濟貧民者不爲不優招募二三千人亦不足以博施濟衆房捐一項除富衿外有餘之家甚屬寥寥縱使各戶勉捐豈能區分盡當恐欲保民已先憂民云云批示在案仰見觀察詳究利害洞悉如神洵一方之生佛也

宜禁燒鍋 ○泰西各國於酒烟兩項稅特加重蓋因此二物非日用必不可少之需且非有餘之家不能購辦是以稅課奇重民弗病苛法良也本埠城廂內外燒鍋一行有數十家每日耗費糧盈千累百從前被水之年爵相札行府縣出示曉諭將燒鍋暫行停止糧價因而平穩客歲災歉較前尤甚新年以來糧價益復昂貴貧民餬口維艱久恐別滋事故與其事後籌防盍即事前布置欲平糧價似宜援案暫禁燒鍋雖祇紅糧一項而貧民所食粗糲者多紅糧價平各項糧食自必隨同停頓不致日益飛漲若再加重酒稅既可裕餉亦備荒之一策也

逃兵宜鑑 ○國家養兵千日用在一時刻當有事之秋正豪傑奮迹之日詎關內外各營竟有任意逃亡之人殊出情理之外昨聞西門外某營有拿獲逃兵數名已交某營務處照例懲辦之說嗟乎 國家深仁厚澤二百餘年有事海疆孰不應同仇敵愾無論陸營隊伍招募勇丁旣已入營便當努力與其逃亡而干軍法曷若前敵致身遺臭流芳同此千古從軍者勉乎哉

孺子可造 ○前有于振河者天津人由藍翎守備充奉軍右營哨官吳春元者滄州人充靖邊左營哨官在龍鳳峪挾餉逃走經奉天將軍裕軍憲行文查拿人所共知頃據訪事人來云本津西頭俞某業已起家其人常在豫省家有一妻一子子年十三四歲小名德寶從師讀書品端學粹人亦伶俐善於言談昨午自塾歸來忽聞門聲甚急出而應之見有似差役者甲乙丙三人問德曰我與尊翁相好現有要事請出一見德聞言答曰家君於客春赴汴迄未言旋有事請言當即函告甲云我等知之最確昨已吉旋何得避而不見今實相告我等奉差而來盜餉事發何得推脫即於腰間取出一紙既無官銜又無印信上寫嚴拏盜餉犯官于振河吳春元云云德看畢笑曰君等誤矣我家姓俞父名□澤自幼讀書並未做官爾所拏者爲于勾于豈可胡鬧言詞清亮侃侃而談其母聞之恐小兒吃虧即遣僕婦往激鄰右甲等見德寶所言已屬有口不得復見鄰右多人知其技無所施展即咄咄連聲而退云云據此持票捉人者大約游勇逃軍者流因知有于姓盜餉之事竄來俞家無成人故來嚇詐不料孺子膽識俱優一一喝破無從置喙如德寶者洵俞家之千里駒也

一蹶可虞 ○本郡北門內鼓樓東有王某者年已耄耋每午出城赴茶肆聽書品茗消遣歲月致足樂也昨冰雪載塗老翁仍拄杖于于而行至北門足滑倒地半晌方甦街市行人恐有不測急覓東洋車送之回廟詎受傷甚重據醫家云恐有性命之憂也

巫醫作賊 ○本津風俗凡家有病者不延醫服藥而召在門頭者爲之療治其名目不一曰天地曰太上曰有道曰如意有誦經卷者有叩首千百徧者有焚香者種類繁多不外乎巫覡者流怪誕不經莫此爲甚訪事云南門外有某甲者開草廠爲生因妻有病恒瞞

喃自語咸以爲有邪祟依附延南鄉之如意門爲之驅除巫者閉目焚香晝夜一蒲團如痴如醉不作一聲如是者三日據病者云所患經減而某甲相陪數日疲乏不堪其妻亦高枕酣臥詎巫者覩其夫婦睡如死人竟將屋中所有席卷而遁至次早甲醒徧覓巫者不得細查箱籠皆空知被竊去到處訪問莫知蹤影付之一歎而其妻病已霍然若失說者以爲延醫服藥必費多貲今巫不需醫藥而盜其衣物兩相準折似亦不甚吃虧當亦平情之論歟

忍餓募化○佛之爲教旨在平等與兼愛之道相近後世之爲和尚者以募化爲能非佛教之本來意旨矣至若強募硬化則更爲魔道我佛有知不將痛哭流涕乎訪事云昨有不知何處來之游方僧一人手持木魚身背佛像行至北門內某典當門首坐於堦上木魚聲隆隆與口之喃喃音相和與之食不食與之錢不受如是者三晝夜不去典中人恐其餓斃也又恐其餓之不已復用釘貫手掌於門也因而大懼浼人說合予以銀五兩僧始飄然而行是亦慣於募化者也

思欲分肥○東門外程氏子因傷斃命等情前已登諸報牘嗣經人出爲調處由某出貲五百千以作養贍業已了結詎程尚有胞叔二人及承繼之伯祖母一人因見其母得有養贍欺其孀苦無能各皆出頭思欲沾潤終日吵鬧不休至昨晚甚至男則露拳拍掌女則坐地撒潑必得分肥噫亦思此項錢從何處得來者耶蓋賣兒錢也乃竟有無恥族人狠吞虎噬欺壓孤孀不顧人之死活貫出情理之外並聞其叔尚爲街面生意中人何以如此無恥至其承繼伯祖母尚有遺產其子生時慳吝剋薄旣未周恤迨此時亦欲得而甘心亦可謂殘忍之至矣據訪事人來言若此姑志之以覘厥後

台防誌略 ○台灣中日啓釁後前撫憲邵大中丞迭奉電旨以是處孤懸海外防範宜嚴飭令預籌戰備中丞欽奉後會將布置台南北以及澎湖三處防務具摺恭呈御覽嗣奉調署湘撫之命繼其任者爲今唐●中丞中丞前以名翰林上書請纓奉命督兵關外與今幫辦台灣防務劉淵亭軍門共建奇勳至今敵人聞之猶爲破膽現在唐中丞擬將台南北及澎湖各處所駐百有餘營汰弱留強一切糧餉軍械亦隨時儲備聞於續布台防摺內有先以鼓舞士氣固結人心爲第一要義又不能以財力有限遂昧遠圖等語可見台防布置精密有備無患特慮全臺海港林立雖到處築有砲臺扼守其炮壘能否堅固守將能否得力亦須加意查察因亟委前署彰化都司康長慶游戎畀以總巡基滬各砲臺之任緣游戎出洋肄業其於駕駛製造諸法無不悉心講求甲申之歲驟擾閩洋游戎奉守長門砲臺時曾以巨砲擊燬敵人大鐵甲船一艘名曰克呢新呢者旋蒙穆將軍奏奉上諭頒發內帑銀八百兩賞給三品銜以示鼓勵唐署中丞查悉游戎膽略兼優故委是差藉以收駕熟就輕之效一旦海上有事吾知游戎折衝禦侮必有以報知己也○基隆自辦海防後所駐銘字定海砲隊共十數營於海口南北兩岸扼要分防其南岸除銘字左右前後四營外社寮尤爲濱臨海口向有大砲臺一座至口內碼頭又有小砲臺一座近因倭氛不靖總統張月樓軍門復於兩砲臺之中增築炮臺一座居中扼要首尾兼顧海上有事斷不能使敵船飛越岸邊雖無炮臺派有定海中及銘字左兩營駐紮最近海口之處以資防衛查所駐定海中營爲閩浙補用游擊劉蘊卿游戎管帶游戎從軍有年勇敢善戰防守是處以來規畫一切深慮仙人洞爲北岸第一門徑若不設險以守一旦敵軍舍舟登岸不足以制其死命稟經總統詳奉撫憲批准於營門外以及登岸不遠之地開成地營兩座廣深均十數丈上蓋木板外鋪泥沙望之仍如平地營外復深挖濠溝一道使敵軍至此無難聚而殲旃奉到撫憲批准後游戎督率營勇宵旰經營畚鍾齊施不日諒可竣工臺防嚴密若此日人雖狡豈敢正眼相覷哉

京報節錄

宮門抄 上諭恭錄前報○正月廿六日內務府 國子監 廂紅旗值日無引見 八額駙李端棻各假滿請 安 恒壽謝授直隸霸昌道恩 桂斌謝授光祿寺卿恩 吉恒請假十日 關防衙門奏初一日 大光明殿拜表澄貝勒行禮 掌儀司奏二十九初一日祭奉先殿溥侗溥僎行禮 德隆遞遺摺 召見軍機 榮祿恒壽

〇〇吏部等部大學士管理吏部事務臣張之萬等謹　奏爲遵　旨嚴議議處具奏事軍機處交出光緒二十一年正月初十日軍機大臣面奉　諭旨李秉衡電奏威海失守請將帶兵各員嚴議並自請嚴議等語提督孫萬林總兵李楹救援不力均著交部嚴加議處李秉衡調度失宜究因兵單所致着加恩改爲交部議處欽此欽遵交出到部吏部查定例凡沿邊沿海及腹裏州縣城池失陷督撫降二級留任公罪又定例官員處分事關軍務惟失守城池統帶兵勇所得處分不准查抵兵部查定例海賊登岸侵犯城池殺傷兵民失事地方兼轄統轄官聞報退縮不前者俱革職私罪又定例派往出兵官員遇有議處之案應行革職者於議處本内將該員應否開缺留營効力或作爲兵丁効力之處聲明請　旨各等語此案山東巡撫李秉衡奏稱威海失守請將帶兵各員嚴議並自請嚴議欽奉　諭旨提督孫萬林總兵李楹均着交部嚴加議處李秉衡着加恩改爲交部議處等因吏部查李秉衡自請嚴議之處既經欽奉　諭旨着加恩改爲交部議處自應按照本例核議應請將山東巡撫李秉衡照沿邊沿海及腹裏州縣城池失陷督撫降二級留任例議以降二級留任雖係公罪惟事關軍務所得處分例不准其抵銷兵部查此案威海失守提督孫萬林總兵李楹救援不力欽奉　諭旨均着交部嚴加議處應請將孫萬林李楹均照海賊登岸侵犯城池殺傷兵民失事地方兼轄統轄官聞報退縮不前者俱革職私罪例議以革職孫萬林李楹欽奉　諭旨交部嚴議例應加等惟查臣部例止革職無可再加孫萬林李楹應否留營効力或作爲兵丁効力之處聲明請　旨伏候　聖裁所有臣等遵　旨嚴議議處緣由理合恭摺具　奏伏乞　皇上聖鑒　訓示遵行再此摺係吏部主稿會同兵部辦理合併聲明謹　奏

奉　旨已錄

〇〇兼護雲貴總督護理雲南巡撫按察使臣岑毓寶跪　奏爲總兵服滿進京懇請　陛見後前往軍營投効恭摺　奏　聞仰祈　聖鑒事竊查檔管卷内據提督銜前四川松潘鎮總兵夏毓秀呈稱毓秀現年五十七歲雲南昆明縣人咸豐四年由行伍入營食糧歷年隨同出師升補雲南提標右營遊擊嗣統帶弁勇民兵先後攻克曲靖楚雄順甯騰越各府廳州縣城池及海口等處並三次力解省圍荐保提督銜記名總兵利勇巴圖魯名號同治十三年請咨北上蒙　簡發四川差委光緒二年十二月到川七月初五日蒙前四川總督丁寶楨奏委管理四川松潘鎮篆務九年九月初六日仰荷　天恩補授是缺自維駑鈍未報涓埃旋即丁憂開缺回籍守制現計二十七個月服滿擬於十月初八日自滇起程進京　陛見因聞倭人背叛水陸用兵毓秀受　國厚恩正當報効呈請奏明　陛見後即行馳赴前敵車營冀効微勞等情前兼護督臣譚鈞培未及核辦因病出缺留交到臣查該總兵自行伍前在滇省軍營垂二十年大小數戰身受鎗炮刀矛等傷二十餘處三解省圍其功尤著現雖年逾五十而精力尚屬强壯茲以倭氛不靖志切同仇據請於　陛見後即行効力前敵車營具見勇性甚屬可嘉未便壅於　上聞除將該總兵服滿供結咨送兵部查照外謹恭摺具　奏伏乞　皇上聖鑒　訓示謹　奏奉

硃批着來見欽此

光緒二十一年二月

直報

光緒二十一年二月初一日　第二十六號
西歷一千八百九十五年二月二十五日　禮拜一

上諭恭錄　論中外宜有無相通　吏部文章
禮闈掌故　督辦閱兵　藩憲回省
齊魯車旋　糧商減價　爆值須知　營示照登
西河患血　小綹可恨　澤及貧戶　浙藩牌示
京報節錄　告白照登　出洋人數

上諭恭錄

上諭恩澤等奏剿滅謀叛教匪請將尤爲出力人員獎勵一摺伯都訥烏拉屬界教匪孟毓奇即孟幅山等造言惑衆推朱承修爲首建立僞總兵元帥等名目在張家口奉天吉林黑龍江等處煽誘匪黨約期謀叛經恩澤等調派冀長富順及營官保全等在五常廳東山以內並吉林府屬十六窩棚等處分隊進剿該匪敢於樺皮甸子負嵎抗拒我軍四面環攻擒斬多名奪獲僞印器械等件旋追至天成内拏獲孟毓奇審明梟示復經冀長慶祿等派委營員協同民團在黑林子地方擒獲朱承修及僞總兵岳祥等正法餘犯分別懲辦並將裹脅人衆訊明開釋辦理尚爲迅速自應量予恩施以昭激勸記名副都統協領富順着賞給頭品頂戴協領慶祿着以副都統記名簡放並賞給捷勇巴圖魯名號補用佐領驍騎校保全着免補佐領以協領儘先補用並賞給壯勇巴圖魯名號其餘出力人員着恩澤等查明分別請獎毋許冒濫該部知道欽此　旨右翼監督着剛毅去欽此　旨鑾儀衛鑾儀使着賡音布補授欽此　旨右翼前鋒統領著芬車補授廂黃旗護軍統領著長麟調補正藍旗護軍統領著載瀾補授欽此　旨鑲黃旗滿洲副都統著長麟調補廂紅旗滿洲副都統著杲勒敏調補鑲白旗漢軍副都統著溥良補授欽此　上諭戶部奏遵議長麟所交左翼監督盈餘銀兩一摺所有盈餘銀三千二百八十七兩著交廣儲司餘依議欽此　上諭戶部奏遵議載瀾所交右翼監督盈餘銀兩一摺所有盈餘銀一千三十兩着交廣儲司餘依議欽此　上諭前據給事中洪良品奏駐藏幇辦大臣訥欽於上年十一月請訓至今尚未出京等語當經諭令兵部該旂查明具奏茲據先後覆奏駐藏大臣赴任向無定限並據該大臣呈稱於請訓時奏明擬於正月內出京秋間入藏便於巡行等語西藏事務關係緊要幇辦大臣訥欽着即迅速起程赴任毋再逗遛欽此　上諭內務府奏審明釋回太監沿途勒索請旨從重治罪一摺太監董雙福等由黑龍江釋回沿途行走輒敢藉端勒索車輛折要錢文雖供無驛騷驛站各情實屬膽玩俾擬發遣爲奴尚覺輕縱太監董雙福隋增瑞于榮與賈喜華王進榮閻全林均着發往黑龍江給官兵爲奴遇赦不赦以示懲儆餘依議欽此　太常寺題二月二十五日春分祭　朝日壇奉　旨遣凱泰恭代欽此　旨武備院卿着善耆補授欽此

論中外宜有無相通

經首言易易平易也變易也一取其平易坦白而近於人情一取其變易書通與世推移而不凝滯於物以其所有易其所無云耳已中國之道宗孔孟子與氏曰勞心者治人勞力者治於人治於人者食人治人者食於人天下之通義也又曰子不通功易事以羨補不足則農有餘粟女有餘布由是觀之則天下古今之局一大交易大變易也一易之後事可千百年而不易千百年後事宜大變而互易勢有必至理有固然比亘古不易之道雖聖人亦不能不隨時以更易者易之今其時矣何以易之以其所有易其所無期合於道而已矣獨是人苦

無自知之明目足以察秋毫之末不能自見其眉睫力足以舉百鈞之重不能自舉其身體又苦無知人之哲厚於責人故見人惡而不見人善慣於求疵故鄙人短而不羨人長肆其褊急不知自反故論過則彼無我之所有論功則彼有我之所無徒知以己觀己以人觀人不知以己觀人以人觀己此又天下古今不破之惑而有心人所當急為變計以所無易所有以其所有易其所無者也自通商以來中外互相更易之事不可屈指即就日本一國而言已有可以對証者日本東鄰美國西鄰中國南鄰琉球北鄰朝鮮俄羅斯初日遣臣至美國賀百年大會以睦鄰遣臣至中國議通商以親友邦遣臣至琉球察看該國與各國如何交往駐官保護勿致外欺遣臣至朝鮮立約通商通報維新之盛遣臣至俄羅斯商議北海荒島各清跨海疆界

此稿未完

吏部文章　○吏部為知照事所有考試步軍統領衙門學習筆帖式相應知照各衙門務於三日內將赴試人員開送以便定期考試毋得遲悞可也○戶部為咨報事本部現有奏請留部滿員外郎一排一人滿筆帖式一排一人漢主事一排三人奏請給獎雲貴委員一排二人共四排人七員定於二月初三日帶領引　見相應造具滿漢排單各二分先行咨報軍機處查照○太常寺為咨行事本寺懸有贊禮郎讀祝官等缺業經各旂營將願揀贊禮郎讀祝官等分造印冊先後送寺以便訂期在署內揀選各缺相應咨行各衙門傳知冊送人等先期報到以便排列揀選並傳令送揀人等親身赴寺核對履歷否則照章扣除○河南巡撫委員管解汴綢汴緞本色絹綢各三百疋本色大布一千疋分裝木箱解運到京正月二十六日委員親賫文武批赴部庫投遞以俟示期交納

禮闈掌故　○現屆舉行乙未正科會試經知貢舉劄行順天府調取各屬州縣佐貳等官於二月二十五日以前赴貢院值差並經禮部行文各衙門將合例之員一併開送具題○禮部出示曉諭凡新科舉人其覆試投卷如不能回籍起取本縣咨文到部者奉　旨均准取具同鄉京官印結投卷覆試惟大宛二縣之新舉人籍隸順天近在咫尺並非不能回籍如無本縣咨文不准取京官印結覆試云○禮部為曉諭事所有順天及各省鄉試中式未經覆試之舉人經本部奏准於二月十五日在　保和殿覆試相應轉傳各省出結各員務於是日五鼓赴中左門外點名處識認以便給卷毋勿遲悞可也特示

督辦操兵　○神機營分撥馬步各隊暨各路精兵均駐紮　南苑正月二十八日五鼓出八成隊伍角聲嗚嗚各隊次第排列嚴陣以待須臾中營親軍步隊擁護　恭邸率桂　文二堂憲前騎而出統率各隊至營南十餘里德壽寺前校閱馬步操演步伐整齊槍砲隆隆之聲絡繹貫耳操畢　恭邸立頒獎賞整隊回營聞所駐之兵不日挑撿數營前往山東登州境助防云

儤值須知　○禁城向於每月初五十五二十五等日為坐班之期除供奉　內廷及軍機處大臣並大學士每晨進閣辦事均不到班或遇雨遇雪及各部院堂官適逢奏事引　見均免到班外餘日應令堂官一員率屬輪派坐班毋得曠闕而昭慎重刻已申明前例俾衆欽遵矣

藩憲回省　○署蘇憲潘梅園方伯因督署新舊交替涵省要公必須派件稟商於王藥帥接篆之先即褰帷戾止連日趨轅稟謁已將一切要務妥商畢事本月初一日命駕旋省闔城印委各官均於茶座候送蹌蹌濟濟頗極一時之盛

齊魯軍旋　○前報紀章鼎臣軍門奉調回防一節茲悉軍門所統八營乃廣武二營福字二營嵩武四營同於正月十五日由營口拔隊言旋二十七八兩日抵埠初一二等日開回東省軍門號令嚴明一路秋毫無犯到防當在二月中旬矣

糧商減價　○天津米糧各店因米價過昂由天津縣諭闔津各糧食行店毋得抬價居奇冀圖厚利已登昨報自示之後各糧行公同商議玉米麪每斤減至五十文白麪每斤減至六十四文白米每升減至九十六文以此為准毋得私自抬高如有不遵送官懲治似此糧米減價貧民餬口不至十分艱難可知父母斯民者盡一分心有一分效驗也

澤及貧戶　○本埠西門外延生社每冬施饘百日已紀前報目今止廠在邇正值青黃不接之時貧民餬口維艱覓有求生無路者昨廣仁堂善病所總辦侯大令憫念民艱施放小米米票所有城內城台子南門外一帶極貧之家每戶二斗次貧每戶一斗中貧每戶五升赴城內羅底舖胡同後永順米局支取闔郡貧民負囊而歸者頌聲載道已

營示照登　○統領督標親軍營王示　奉諭招募砲勇　立爲親兵左營　如願來營報効　即速取保報名　聽候統領點驗　教場駐紮備征　吃烟無力不用　軍規輕重分明

西河患盜　○茲有客商由西河來者言及天河兩府所屬自去年盜賊較昔更熾以致各州縣俱出搶刦之案有李長安者乃滄州屬孫覺屯張姓玫戶也家住塋前克勤克儉於距庄二里許闢地數弓種殖蔬菜業已多年相安無事詎去臘之杪忽來暴客六七人走入屋內並不言語將其所有概行席捲而去李始因衆寡不敵只得任其所爲旋見捜羅罄盡並將小驢牽去不得不向前爭奪詎被賊拒傷倒地候賊去遠痛哭報案雖蒙勘驗一時恐未能緝獲也○昨有生意中人自西河小範一帶來津據稱該處久爲盜藪出其途者俱有戒心雖蒙上憲派撥水師砲船前往駐紮梭巡其始於行旅不無裨益爲日旣久盜賊窺知師船行徑避實刦虛商賈頻遭其虐現屆開河伊邇所望上憲嚴飭派去之船認眞巡查酌定幾日更換一次實事求是俾盜賊畏威歛迹則行人戴德永無涯涘云云合照錄之想關心民瘼者當不河漢斯言

小綹可恨　○於街市熱鬧場中搶奪物件名曰小綹京師最多其技之巧者令人不可思議近來津上亦有若輩溷跡遭之者徒呼恨恨而已訪事云昨有南門內李姓在某洋貨店購物行至閘口西小道天已昏黑突由身後左邊來一丐者伸手乞錢行未數步又由右邊突來一人亦乞錢者李心不忍拒絕向腰間錢袋取錢詎左邊之丐出其不意將李所携翠管烟筒搶去如飛而逸右邊之丐卽云此人可惡我代爾追亦飛步奔走李連聲追赶一轉瞬不知所向據稱此翠管値數十千用十餘年一旦失愼化爲烏有可恨已極云云此等技倆眞屬笨伯然已莫可如何矣

出洋人數　○近年以來華人之寄旅外洋者日益衆多有某西報載其總數照譯如下以告談時務者　暹羅國二萬五千人星加坡十萬人蘇門答臘亦十萬人美國舊金山二十五萬人古巴六萬人日本橫濱十萬人秘魯六萬人其餘外國約共有寓居華人五十萬人

浙藩牌示　○寧波府缺以特旨班知府程雲俶補　金華府畢太尊告病委候補知府許星箕署理　龍泉縣缺委准補孝豐縣姜渭璜調署　孝豐縣缺委龍泉縣胡文淵署理　諸暨縣周學基調省委候補知縣倪望重署理　樂淸縣缺以卽用知縣何士循請補　准補定海縣柳商賢准補東陽縣李瑞鍾均飭赴任　定海廳司獄缺飭准補之何樹藩赴任

京報節錄

宮門抄　上諭恭錄前報○正月廿七日理藩院　鑾儀衛　光祿寺　正藍旗値日　無引見　常山謝放江南織造恩　額中堂續假十日　增潤續假二十日　召見軍機　桂斌常山○二十八日吏部　翰林院　廂藍旂値日　無引見　李中堂到京請　安　瀾公等各謝調授缺　恩　剛毅謝放右翼監督　恩　恩佑續假五日　召見軍機　李中堂○二十九日戶部　通政司　詹事府　八旂兩翼値日　無引見　祥祿愛隆各假滿請　安　善耆謝授武備院卿　恩　莊王續假十日　德印請假十日　李中堂預備　召見　召見軍機　慶王　李中堂

○○頭品頂戴江西巡撫臣德馨跪　奏爲庸劣不職知縣教佐等官分別開缺降補革職撤回另補恭摺仰祈　聖鑒事竊維縣令實重事繁非辦事明練者難臻治理教官督率士子非品行端正者不堪司鐸玆經臣隨時訪察查有彭澤縣知縣劉先甲辦案草率才具平庸德安縣典史錢寶瓊人地不宜金谿縣學教諭劉邦彥私心太重課士無方新淦縣學訓導熊子沂居心險詐干預公事均未便稍事姑容玆據布政使方汝翼署按察使繆德棻會詳請奏前來相應請　旨將彭澤縣知縣劉先甲開缺以府經歷縣丞降補德安縣典史錢寶瓊開缺遇有相當缺出另行請補金谿縣學訓導劉邦彥新淦縣學訓導熊子沂均革職以肅官方謹會同署兩江總督臣張之洞恭摺具奏伏乞　皇上聖鑒訓示再彭澤縣知縣德安縣典史二缺均屬選缺江西省現有應補人員應請扣留外補金谿縣學教諭新淦縣學訓導係屬調缺應由部銓選合併陳明謹　奏奉　硃批另有旨欽此

〇〇奉天府府尹奴才福裕跪　奏爲假期已滿病難速痊籲懇　天恩賞准開缺回旗調理仰祈　聖鑒事竊奴才前因途次患病業以遽痊於光緒二十年十一月二十日奏請開缺回旗調理中蒙　聖恩賞假一月毋庸開缺當即恭摺叩謝　天恩奉　硃批知道了欽此茲奴才連服祛痰活絡之劑右臂左腿麻木拘急仍難轉側加以神悸神昏虧證迭見據醫者云溼痰鬱結經絡已入正氣虧損一時難期速效伏思值　國家多事之日正臣子圖報之時不期禍尋災生遽染沉痾毎一籌及憤與愧俱病勢淹纏積日員缺政令久懸職守自問更覺難安再四思維惟有籲懇　天恩賞准開缺回旗調理出自　逾格鴻慈不勝惶悚屏營之至所有奴才假期已滿病難速痊懇請開缺緣由理合據實馳陳伏乞　皇上聖鑒訓示再此摺係借用臨榆縣印信合併陳明謹　奏奉　硃批另有旨欽此

〇〇岑毓寶片　再前准戶部咨內閣奉　上諭原任雲貴總督岑毓英着加恩晉贈太子太傅入祀賢良祠並於雲南省建立專祠欽此又原任雲貴總督劉長佑經督臣王文韶會同前撫臣譚鈞培　奏請於雲南省城建立專祠由地方官春秋致祭等因光緒十八年六月十四日奉　硃批着照所請禮部知道欽此節經行司移局查照籌欵委員監修去後嗣臣在署布政使任內會同雲南善後局司道詳岑襄勤劉武愼兩祠均於光緒二十年二月內修建完竣詳請　奏咨立案前兼護督臣譚鈞培未及核辦因病出缺留交到臣覆查無異除咨戶禮部查照立案外謹附片具陳伏乞　聖鑒再雲南巡撫係臣護理無庸列銜合併聲明謹　奏奉　硃批該部知道欽此

〇〇岑毓寶片　再前據署雲南元江直隸州知州戴作舟稟報晉定營兵丁李福壽在途被竊銀兩一案隨即偵他涂煥章訊有千總同有全商同用藥迷竊情事當經督臣王文韶暨前撫臣譚鈞培批司查取向有全保案履歷詳請斥革拿辦去後茲據署雲南按察使糧儲道英查明該弁向有全係湖南黔陽縣人由武童於光緒元年投入四川軍營効力歷保以把總儘先拔補嗣投効來滇於剿辦猓黑叛匪開闢夷疆肅淸瘴地案內在事出力保　奏請免補把總以千總儘先拔補並請　賞加守備銜經兵部議准於光緒十九年七月初十日具奏本日奉　旨依議欽此欽遵行知在案詳請將該弁向有全　奏咨斥革以便轉飭拿辦等情前兼護督臣譚鈞培未及核辦因病出缺留交到臣覆查無異相應請　旨將守備銜儘先拔補千總向有全斥革以便轉飭嚴拿歸案究辦除咨兵部查照外謹附片具陳伏乞　聖鑒訓示再雲南巡撫係臣護理無庸列銜合併聲明謹　奏奉　硃批着照所請該部知道欽此

〇〇奎俊片　再現任候補州縣以上俊秀監生出身之捐納勞績兩途前准部咨行令一體考試甄別經前撫臣吳元炳兼擬月課章程奏明舉行歷將考過人員附　奏在案茲查光緒二十年分據蘇藩司飭調未考各員陸續呈送甄別經奴才考試將候補知州王顯謨取列一等新選蘇州府督糧通判劉朝纓遇缺即補知縣宗能述候補知縣孫傳恕翁慶麟試用知縣翁傳照均取列二等以上六員應分別飭赴新任供職留省委補除咨部查照並將未考各員飭行調考外謹會同署兩江督臣張之洞附片陳明伏乞聖鑒勅部查照謹　奏奉　硃批吏部知道欽此

直報

光緒二十一年二月初二日 第二十七號
西曆一千八百九十五年二月二十六日 禮拜二

廣樹藝說 爵相到京 閻操再紀 瑞兆豐年
示期覆試 預備試卷 委任得人 晉軍北上
粥廠展期 太陽聖會 河間搶案 書生愚濟
巡工告示 自取其禍 命中妙法 金陵大火
京報節錄 告白照登

廣樹藝說

樹藝之足以厚生也由來久矣周禮以九職任萬民二曰園圃毓草木三曰虞衡作山澤之材樹藝之經先王所重所由國無游民而天下富庶也歐西各國亦重植物之學凡蔬果草木無不講求令民𥅾盡力佈種蓋樹藝之事不專恃乎沃田凡荒蕪之地不宜種穀之區與夫山麓水涯皆可相其土宜試行佈種昔英國挪佛一郡土地苦瘠後審其土性廣種羅匍居民以之牧羊得獲厚利某西人置山田一區其土沙白如雪本屬不毛後築爲園圃異常茂盛可見樹藝非若米穀無須擇良田也我中國土地之大遠邁泰西且多饒裕誠使廣爲樹藝除中國菜蔬果品外並多植洋產既可以裕民更可以奪洋商之利何則蓋西人最嗜葡萄酒今華人亦相嗜然吾豈不能種葡萄而釀酒乎西人喜吸雪茄烟今華人亦相吸然吾豈不能仿雪茄而製烟乎他如加非苟苛子亦西人所好飲者皆華人所當培者苟能講究何一不可擴吾民之生計即何一不可奪外人之利權也查中國齊奠一帶所產葡萄色香味俱美洞庭山所產亦佳今允宜推廣佈種種成後造酒亦易其法將葡萄果踩下磨之使碎再壓以壓器至汁放盡爲止將其汁存于大筒內待若干時則發酵所含之異質浮在汁面而醱發酵之料去之發盡其酵而酒已成藏于瓶內數月或數年愈久而其味愈美也雪茄烟種之更易宜買其種逐漸試行至加非茶通商口岸銷場頗旺現在各國用此茶每年約三十餘萬磅倘種之售于西國獲利必厚也按此茶印度天方等國出產最多其花雪白實熟時紅色內有兩子如豆其色淡綠將子炒而磨成粉冲以沸水與泡茶同性與茶亦畧同而味苦頗有消食之功其樹高十二尺或十八尺雖歲寒而葉不凋也苟苛產於南亞美利加其果生於樹本或大枝上殼內有白色之漿漿中有子分出其子烘乾磨成細粉冲水而食大可補身又有向日葵者出於印度最多而其用有七如葵花之子每地一畝可得五十餘斗若將子搗成漿汁擦於飢膚其常嫩滑其用一又可用壓器壓之成油與橄欖油相似每地一畝所收之子打油五十餘升其用二葉已凋落可以喂養六畜其用三梗粗而硬能作柴炭而燒其用四其子可煮爲粥以供孩童之食有益無損其用五如以其梗燒之成灰放于水內再將渣滓濾淨則得上等之鹻宜作肥皂之用其用六其仁又可研爲細粉而作饅首其用七以上數種皆洋產之宜講求者也餘如麻枲可以織布縷樹皮蘿蔔可以製糖苟擇東南各省次第開種出產日衆獲利必豐然則樹藝之事何一不可擴吾民之生計即何一不可收回自有之利權哉

爵相到京 ○都門訪事人來信云 李傅相於正月二十七日率領親兵五百名來都在東安門外賢良寺廟內駐節二十八日寅刻躬入 內廷請安連日召對詳詢中外各事退朝後拜謁土公大僚並聞二十九日拜各國公使國家柱石之臣夙爲泰西所傾重今茲陪敘當更益形輯睦矣

閻操再紀 ○南苑駐紮兵丁會操情形已列前報茲於二十八日恭邸慶邸翁叔平大司農李蘭孫大宗伯榮振華大金吾長石

農剛金吾剛子良副金吾文赴永定門外沙子口迤南地方閱視神機營及各路防兵會同操練槍砲刀矛籐牌等項技藝嫺熟奮勇可嘉閒不日分撥隊伍前赴山東奉天一帶助戰以壯軍威云

瑞兆豐年 ○京師節逾雨水天氣奇冷非常於正月二十六七等日已降微雪數次暢晴而後氣候和煦頗有春日載陽景象現於二十八日午後四野天低一輪日翳饒有望雲思雪情形迨經夜半但覺衾裯如潑水不知庭院已堆鹽蓋已瑞雪繽紛約計一尺有咫翌日凍合玉樓光搖銀海軟紅塵裏盡成玉琢銀粧矣是雪也不特爲今歲豐穰之兆且免癘疫之災耳

示期覆試 ○每屆會試之年禮部奏請照例於二月十五日各省新科舉人及前科未經覆試各省舉人一體舉行覆試今屆乙未正科會試經禮部於正月二十五日先期出示曉諭各省舉人未經覆試者均於二月十五日以前赴部投文以便按照名次造册報考毋得自悞特示

預備試卷 ○本年舉行乙未正科會試之期經禮部司務廳飭吏在儀門內兩廊下搭蓋蓆棚設立直隸奉天山東山西河南江南浙江福建江西湖南湖北陝西甘肅廣東廣西四川雲南貴州等省股分以備諸孝廉赴部投文領卷並另設造册處招募能事書手赶造名册並在土地祠廟內委派書吏揀選卷紙遇有破損汚跡者留心檢出毋得攙入潔淨卷紙之中以昭愼重並聞刻下近畿諸省新貢諸君業已擔簦挾策紛紛入都其南省諸公則轉瞬開河亦當聯翩而至也

委任得人 ○直隸臬憲周玉山廉訪前奉 命爲前敵營務處並督辦糧台轉運等事先至平壤後隨軍駐紮奉天近因威海失守經本任北洋大 李以現在直東沿海防務較之奉天尤關緊要而津防更爲吃重非有熟習地面心細才長者總攝其事仍恐別有疎虞因以周廉訪在直最久諸務練達奏調回津總辦防剿事宜其在奉所管之前敵豫軍毅軍淮軍轉運等事極爲繁重亦必須精明幹練者方克勝任因以前在朝鮮辦理撫輯事宜之實任浙江溫處道袁觀察世凱爲前敵營務處就近接管前敵糧餉沿途轉運俾周廉訪得以回津聞現已交代指日即可到津

晉軍北上 ○山西提督賀軍門自客歲率同各營將領由陸路起程振旅東來於正月下旬甫抵津埠以西門外客店暫作行台小住二日乘坐火車齊至榆關馳赴前敵云

粥廠展期 ○本埠西門外每屆冬令設立濟急 廠以惠窮黎已登前報計廠內所收領粥之人乞丐十居其九刻止廠在邇該廠委員某君因目下津郡糧米昂貴各中 自顧不暇焉有剩餘周濟丐者倘止廠不放餓莩不免載道因稟請籌賑局司道再展限一月想痌瘝在抱者無不俯如所請也

太陽聖會 ○本埠西門外永豐屯太陽宮津郡之古刹也每屆二月朔日太陽聖誕之期懸燈結彩鼓樂喧天昨日日麗風和紅男綠女香車寶馬絡繹不絕直至夜半方散云

河閒搶案 ○河閒縣屬北位村任鳳崗者在該村開設布舖爲生年來生意鼎盛詎被賊垂涎糾集多人各持洋槍朴刀蜂擁進舖當經舖夥知覺立即喊捕詎被一賊首放一槍登時斃命搶掠銀錢布疋衣飾等件而逸臨行猶燃槍示威以遏捕者吁聚衆搶刦拒捕斃命實屬胆大惡極若不嚴行緝獲盡法懲治何以安閭閻而靖地方耶

書生惠濟 ○元君皞農會川宿儒夙喜說難經師恐誤學輙禁之及抑名場蹭蹬都門昨歸來路出北倉故與趙氏有瓜葛趙君雅臣年已七十矣患膈症旦夕不保服皞農藥立愈抵津津人莊君潤田患心氣久治罔效延皞農至隨手而起古人云不爲良相便爲良醫爲其惠濟生民也元君勉乎哉元君暫住院署鐵橋小樓上昨擬歸于津友共留之間方者日接踵貓著手亦成春元君其造福一方者乎

巡工告示 ○大淸各口巡工司畢爲 通行曉諭事照得本巡工司前奉 總稅務司赫 憲劄行以沿海沿江建造燈塔浮樁等事或係創設或宜改移或有增添或須裁撤營造旣有變更務即隨時彰明出示通曉各處俾得江 海船隻周知徧喩等因茲本巡工司査九江關稅務司所屬界內黃埧洲地方向設之燈杆現經改移合將其情形度勢開列於左 計開 一長江廬州府無爲州在黃埧洲

西口向設之黑色燈杆現因江堤坍塌自原處移設向北四十度東相距三十丈爲此合即遵行出示通曉各處船隻其務宜留心詳記以免疎虞勿忘勿忽切切特示 光緒二十一年正月十二日 第二百九十一號示

自取其禍 ○浦左高橋西南鄉地方濱臨海口前日有魚雷一具由海港泛泛而來鄉人見之不啻如獲珍寶遂擡置沙灘邀集諸人用鐵鎚將魚雷敲碎擬將內中儲藏之物取出瓜分詎甫經著手忽聞砉然一聲魚雷登時爆裂當時擊斃四人受傷者十數人聞內有一人正擬即日成親陡遭斯禍其家中悲痛不知又當如何矣

命中妙法 ○凡放鎗砲者必須認定準頭方可免於虛發此其大致也西人講究有年而尚未盡其巧妙近有英國武員獨出心裁思得 法不論大砲小砲俱可使之百發百中據云在砲首加一千里鏡便能視遠如近又用一測量之表能算定砲子落地之遠近從此或高或低或遠或近無不得心應手靈捷異常按此法大有裨於軍政今世練兵大員尚其從而求之 錄滬報

金陵大火 ○金陵友人函云水西門外上河街後大王廟側南傘巷內張姓者忽兆焚如之象其地茅房居多鱗次櫛比故吳氏得以大肆厥威封家姨更從西南相助以致火從西北長驅直捲橋西大街水龍聞警先至汲水狂噴保甲分局更督率勇丁汲塘水灌無如燧牛萬隊一往無前迨城內各水龍風馳電掣而來保甲總局鍾觀察江寧縣趙大令亦到場彈壓延燒半晌火始漸衰然已焚去艸房四十八所矣查起火之由張以盪划船爲業家有古稀老母及一妻一女兩男利見蠅頭難資餬口家中人全恃食賑粥度日當日張婦帶十二歲之女往某行揀鴨毛家中祗老姑携兩孫長者六歲次者三齡時已過午稚子啼飢張母因自往廚下作餐奈目已失明悞落火星燃及積薪霎時上熾鄰人某甲聞警奔至見勢不可遏冒險將張母及長男搶出次子在室中啼哭不止長孩復入內室拖曳而火已封門以致將兩男孩皆葬身火窟張婦歸來跌足號天莫可救挽火既息始撫摩兩屍放聲大哭見者莫不鼻酸趙大令爲之惻然著家人協同地保挨戶照保甲清冊散給青蚨大口三百文小口二百文並著地保備施棺殮兩男屍更有好善之余振泰木行主職員余滙川胡仁和雜貨行主職員胡春山李信義雜貨行主李敏齋見義勇爲共捐錢數十千並向各行募捐百餘千酌量振濟

京報節錄

宮門抄 上諭恭錄前報○正月 十日禮部 宗人府 欽天監 侍衛處值日 無引見 錢應溥恩慶各假滿請 安 巴克坦布請假十日 良培續假十日 禮部奏派貢院門搜檢之王大臣 派出睿王溥顧陳學棻大額駙榮惠春齡廣忠敬昌福珠禮德魁玉璋濬深耆齡舒存明秀 召見軍機 崑岡 明日卯正入座吃肉

○○帮辦軍務降二級留任四川提督奴才宋慶跪 奏爲遵 旨查覆成歡獲勝保案核實分別詳陳仰祈 聖鑒事竊奴才於光緒二十年十二月初七日在田莊臺行營承准軍機大臣字寄光緒二十年十二月初二日奉 上諭前據李鴻章電奏葉志超一軍在成歡等處地方接仗獲勝當經明降諭旨將出力各員分別獎敘現在迭次有人奏參該軍捏報勝仗所保各員且有並未在營者宋慶覆奏摺內亦云葉志超由公州退回平壤所報戰狀盡係虛捏第念聶士成等同時力戰亦未便沒其微勞着宋慶將葉志超前次請獎之案確切查明其實在出力各員仍准給獎外其餘濫邀獎敘之員着即奏明請旨撤銷以昭核實李鴻章原電着抄給閱看將此諭令知之欽此遵旨寄信前來等因奴才查閱李鴻章原電七月十四日該軍行抵王京西北之金化遇倭戰剿一節查無實據惟六月二十七日成歡一戰與倭較多出力各員自應遵 旨查明以昭核實當行聶士成令其查明成歡戰剿人員據實聲覆一面派員訪查去後茲據聶士成覆函云稱記名提督江自康記名總督譚清遠儘先副將馮義和儘先參將許兆貴儘先游擊魏家訓聶鵬程儘先都司徐兆德儘先守備王臣均係在成歡接仗異常出力之員游擊孫禮達留防牙山倭人分兵攻牙打仗奮勇記名總兵葉玉標派赴公州堵禦海口游擊毛殿揚都司戴長榮守備解俊卿派駐天安該處爲成歡公州適中之地前後策應未曾臨敵立功稍次候選道吳學廉係派委營務處差使知府張雲錦知縣劉長英金慶慈縣丞任家祐皆充當文案知縣范汝康係管銀錢所委員同知史雲係糧械局委員均在事出力等情並據委員查得吳學廉辦理葉志超軍營營務毛殿揚充行營巡捕葉玉標爲葉志超遠族均未督隊戰剿難免徇情其所保文員雖在事出力並非臨

隊剿賊等語奴才遵查聶士成於成歡接仗督隊戰剿復能等候遺隊帶同退回平壤及所查實在出力之提督江自康總兵譚清遠副將馮義和參將許兆貴遊擊魏家訓聶鵬程都司徐兆德守備王臣遊擊孫禮達等以上十員籲懇 天恩仍准照保給獎其吳學廉毛殿揚葉玉標既涉徇情未免冒濫應請 旨撤銷保案至戴長榮解俊卿及所保文員張雲錦劉長英金慶慈任家祜等雖在事出力究未使親冒矢石者並邀優獎亦應先行撤銷俟軍務肅清再由原保大臣查明敘其勞績另核獎勵以昭核實而免冒濫是否有當伏候 聖裁所有查明成歡出力各員情形理合恭摺覆陳伏乞 皇上聖鑒謹 奏奉 硃批另有旨欽此

○○陶模片 再署寧遠縣知縣周儀丁憂遺缺查有同知銜候補知縣罕札布堪以委署據新疆布政使饒應祺鎮迪道兼按察使銜丁振鐸會詳前來除由臣批飭給委外謹會同伊犁將軍臣長庚陝甘總督臣楊昌濬附片具 奏伏乞 聖鑒謹 奏奉 硃批吏部知道欽此

○○頭品頂戴貴州巡撫奴才崧蕃跪 奏為 謝 天恩並恭報交卸撫篆起程日期仰祈 聖鑒事竊奴才於光緒二十年十二月二十八日接准總理衙門由電奉 旨雲南巡撫着崧蕃署理兼署雲貴總督未到任以前着岑毓寶暫行護理兼署雲貴總督嵩崑着護理貴州巡撫欽此聞 命之下欽感莫名奴才當即恭設香案望 闕叩頭謝 恩伏念奴才奉 命撫黔甫逾三載涓埃未報兢惕實深茲復渥荷 恩綸署理雲南巡撫兼署雲貴總督責任愈重報稱愈難奴才惟有竭盡心力俟到任後督飭司道妥慎辦理以期仰答 高厚鴻慈於萬一復於二十九日准總理衙門電稱二十六日電 旨應即欽遵毋庸候部文並將起程日期由電覆奏等因准此奴才遵即趕緊料理現值年終將一切應行奏咨各件辦理清楚定於十二月初八日將貴州巡撫關防同 王命旗牌文卷等件委員齎交護理巡撫布政使嵩崑接受奴才即於是日交卸速檢行裝准於十五日起程赴滇署理各任事務除恭疏 題報外所有奴才交卸撫篆日期並感激下忱謹繕摺叩謝 天恩伏乞 皇上聖鑒謹 奏奉 硃批知道了欽此

○○崧蕃片 再藩司嵩崑奉 旨護理貴州巡撫所遺藩司篆務即委現署臬司黃元善署理臬司篆務即委現署糧儲道候補道袁第署理其糧儲道篆務查有改指貴州候補道將珣才具諳練辦事精詳堪以委署除分檄飭遵外謹會同兼署雲貴督臣岑毓寶合詞片具陳伏乞 聖鑒謹 奏奉 硃批吏部知道欽此

○○李瀚章片 再閩粵南澳鎮總兵劉永福奉 諭旨帶印赴台該衙門日行公事當經飭委南澳鎮標左營遊擊侯朋輔暫行代辦在案茲准閩浙督臣譚鍾麟咨稱劉永福奉調入都所遺南澳鎮總兵篆務應請委員署理以免懸曠等因臣查有委署潮州鎮右營遊擊副將銜督標右營參將英順才具優練營務曉暢堪以署理除檄飭遵照並另行委員接署潮州鎮右營遊擊事務外謹會同閩浙督臣譚鍾麟附片陳明伏祈 聖鑒謹 奏奉 硃批劉永福現在臺灣帶兵南澳鎮總兵即着英順暫署欽此

直報

光緒二十一年二月初三日　第二十八號
西曆一千八百九十五年二月二十七日　禮拜三

教無不善說　興利除弊　嚴定値班　赴比例示
西兵到京　北海長城　祁口駐防　軍火啓運
憲示煌煌　警示照登　鎮轅牌示　募勇两紀
字紙聖會　木商生色　烈哉丐婦　禁止冰床
道示照登　虎林異事　京報節錄　告白照登

教無不善說

天下古今容有不善之人斷無不善之教惟聖人惟能立教惟賢者惟能承教下此則可使由不可使知係係因人待豪傑而後興凡民而已夫天地之機日闢日新人文之啓愈開愈廣自上古迄中古川海之內祇有九州九州之外存而不論九州之內其文則詩書易禮春秋其法則禮樂刑政其民則士農工賈其位則君臣父子夫婦兄弟師友賓主其立教也則自堯舜而下以孔孟爲宗若釋若道若喇嘛若回回若天主若耶穌當孔孟時中國固未之前聞也今則薄海內外各國無所不通中外之教無所不有而雜然同處中國未之或拒者以爲教之立也由彼其承也由民其教之能行與不能行也則又關乎生民日用之經其利害通塞與否一聽斯民之自取而不必相强以從竊嘗思之當其立教之始其人各處於一隅其術各便於一方及推至四海之遙則其道有所行亦有所不行民之於諸教也亦遂不令而行者不禁而止者持世運者初不必容心於其間即如佛入中國信之者幾乎捐頂踵毁肢體斷髮文身其末也然其教則終有不可以顯行者佛不飲酒不茹葷不娶無子不勤農桑不權子母無我相無人相無衆生等相違此數者則爲俗事世無俗事胡以成世吾知佛之教不待闢而自不能行矣然而佛之所以爲教其微旨無所不善也楞伽無上妙法曰二無我魔佛皆空與中庸言中和言誠之處義概相通所謂自古無制事之法有制心之法者陸稼書題木佛寺云亦是光明俊偉人又云當年可惜生西土未聽尼山說魯論則釋之近聖却此可見老子爲柱下史孔子一見嘆爲猶龍其入聖超凡不言可喻其他若喇嘛若回回若天主若耶穌何一非孔孟之資所謂東海有聖人出焉此心此理同西海有聖人出焉此心此理同南海北海有聖人出焉比心此理皆與中土無二致特自其一隅之民言之則各宗一是源遠而其末益分弊有不可勝言者夫豈立教之過乎第以教黨別善惡則其見尤執譬之於鑑教秦鏡也能照面兼能照胆遇東施則醜遇西施則妍遇奸人則惡遇君子則善鏡之罪哉教之於民何異是他若藉教立黨爲害生民即名之爲儒亦天下古今之所不宥況他乎哉嗟乎其名則是其實則非與夫其名雖非其實則是薄海內外必有能辨之者

興利除弊　〇各省牙帖由布政使鈐印頒發奉天牙帖係滿員徵收者由　盛京戶部頒發係漢員征收者由府尹頒發地方官務查殷實良民取具鄰保甘結方准領帖承充其未行無賴產業毫無者不許濫給仍將承充牙行經紀姓名按季造册申送布政使存案如有頂冒朋充等弊仍應隨時禁革在京牙行領帖開張每屆五年編審一次清查換照若有頂冒朋充之人巧立名色覇開總行擾累商民等事令順天府通判大宛二縣五城兵馬司嚴拏治罪云

嚴定値班　〇傳聞　皇后近日聖體違和　業經太醫院御醫診治數次業已大安今太醫院院使李德源院判莊守和以御醫等員向在　內廷値班住宿皆係按五日輪流更換前因某御醫接班遲悞幾遭嚴議今特將輪應赴　內廷値班住宿之御醫郭錫楨

等三十四員更定每班值差四員均按五日一次赴　內輪值必待接班值差之員已到直廬始准交班若有不候接班之員赴　內而值班之員先行散去者一經查出即治其曠職之咎似此整頓一番各員皆謹慎從公不致仍前懈怠矣

赴任例示　○新簡左翼監督剛權使毅定於二月初四日午刻上任示仰闔翼委員弁兵番役人等至期一體謁見毋違特示

西兵到京　○京師來信云京師前門內中御河橋一帶為駐京各國公使府第茲於正月二十五日每國派來洋兵四五十名以資保護現已全數到京各歸各使署駐紮該兵所過驛站公平交易雖鄉村僻壤從未見過此項隊伍者不免驚疑而隊伍嚴肅從不滋擾地方官亦偕同沿途駐防各營妥為護送是以一路平安云

北海長城　○古北口提督聶功亭軍門前在盛軍統率四營愛惜士卒分甘共苦所有盛軍弊竇軍門概為剪除以故東征之役身先士卒奮不顧身所部亦感恩圖報每以少擊衆出奇制勝蒙　皇上特簡古北口提督駐紮東邊以禦日本自冬迄今大小數十戰日人駐守鳳凰城不能越雷池一步者軍門力也前因威海之失北洋沿海風鶴頻驚必得有威望能戰大員甫足防守由　爵相李公奏調回津昨晚七點鐘礮聲隆隆槍聲疊疊詢係軍門於榆關率隊乘輪車元旋駐津各營列隊於車站恭迓軍門洵畿甸之長城也現駐節吳楚公所聞日內有進京陛見之說未知確否北洋已有恃而無恐已

祁口駐防　○蘆勇正副兩營駐紮雙港地方自歸梅軍門接統後因以海防緊要即將此兩營調赴祁口一帶擇要扼守以重防務並聞曹軍門所部津勝營亦有開赴祁口之說果爾則該處兵力已厚可以無恐云

軍火啓運　○昨今兩日湘軍鐵字營由漢口運到劈山砲子二十箱火繩二十箱細竹香二十箱梨意槍子六百四十箱林明敦槍子一百箱鐵丸四十桶並運夫帳棚等共裝一百三十二車開往榆關○山西太原鎮練軍馬隊左右二旗又大同鎮練軍步隊一旗搭頭二次輪車開赴山海關

憲示煌煌　○欽加二品銜長蘆都轉鹽運使司鹽運使季　為間津三取兩書院應試生童知悉照得本司示期開課甄別原爲拔取真材培植後進生童等斐然成章立志自奮原不乏人而混迹冒考頂替槍替諸弊亦在所不免亟應認真稽查以拔真材除諭飭學官及監臨綱商認識給卷不准稍有瞻徇外合行牌示如果臨時確有前項弊端准該生童當時指名攻出本司定即扣除決不少恕特示

○又示問津書院肄業生童並投考生童知悉照得問津書院本年開課甄別本司定於二月初五日扃門考試合行牌示該生童等於五鼓各赴書院聽候點名考試毋得自悞特示

營示照登　○統領銘軍馬隊等營徐州總鎮陳示　日人渝盟　無故興兵　上諭本鎮　馳赴北京　統率所部　馬隊各營　徐州拔隊　遵陸前行　經過各處　毋擾商民　買賣物件　總要公平　如果滋事　罪在勇丁　一經查出　或扭來營　即正軍法　決不容情　軍民人等　一體凜遵

鎮標牌示　○天津鎮標務關路中軍守備張慶因病出缺即以津標左營千總李學海拔補未到任以前即委該路存營千總安殿元護理

募勇兩紀　○鐵路總辦周軍門昨在南門外客店招募親軍馬步等營開往鐵路一帶分段駐紮以資彈壓而安行旅○又兩江督標堅字副營右哨溫哨官總辦昨在西門外同升客店招募砲隊刻聞成軍開往榆關馳赴前敵云

字紙聖會　○本埠天后廟文昌宮等處設立字紙聖會已歷多年每屆二月初旬首事等會茶一次商議章程法良意美歷屆遵辦今定二月初三日在東門內道署承辦字紙公所會茶辰初各會首等衣冠楚楚相率前來將應更應辦各事妥為議訂午刻甫議竣各散雖屬細故而事貫有恒此會將及二十年歷久不變洵可謂樂善不倦者已

木商生色　○本埠大木廠約十餘處近年無大工程不免有滯銷之歎本屆大兵雲集各營將領購辦帳竿需用甚夥每對津錢一千五百文木肆俱為之空其他木料亦為購用每多缺乏生意興隆誠一時之幸事

[illegible]烈哉丐婦 ○本埠各飯館所有殘餚冷汁向皆留以貽乞食者素有惡習遇年老乞丐每靳不與若遇青年婦女則百般調笑所與必多受之者亦恬不知恥相習成風殊為可恨昨樂壺洞某館來一少年婦人向之乞食館夥覩其姿首輕盈疑為下賤肆口戲謔婦聞言怒形於色默不一語突入廚下取菜刀自戕血流被體館人大驚急奪其刀婦仍欲覓死經鄰人勸解令館夥賠禮并備養傷費雇車送之歸去吁烈哉丐婦

禁止冰床 ○新正月杪東風解凍之期而愚氓無知不別利害雖冰已變色而南門外一帶冰床來往仍梭織如常昨午該管局員經過其地將拖床人等召集嚴行曉諭另謀生理不得仍駛冰床致遭溺斃倘仍不悛從重懲辦想經此番誥誡不致再蹈故轍矣

道示照登 ○川東道黎示照得本道蒞任三年渝城內外兩遭火警而本年祝融肆虐舉高房大屋商民財貨付之一炬不禁目擊心傷民瘼所關豈能坐視不理諉為天意惟有懲前毖後作補救未來之計往歲某監生等具有條陳八事本道即欲興辦坐自因循遂有今春之害今巴縣知縣與紳商人等會議羣情和翕當是地方之福其綱目約有數端據條陳所估歲收似屬不少然臨時挑工力錢貲號之類亦頗繁多別籌萬金生息以補眾籌之不足至石缸泥缸兩項本道獨任無所用其籌度惟安置水缸之處須無窒礙願意則安不願則不安先與本家商量毫無勉強皆所以達民情也水龍每坊一個不繁不簡酌乎其中木泥石三工必須有定聚之處按時操演庶免臨聲無紀而其要則在拆火巷所拆之房無論巨細如火燒不到則酌中估價賠還於捐欵下取給用昭公允閑人擠塞明是圖搶人財重加鞭責告示所不及則有章程在概從繁盛街道做起除由巴縣督率紳監認眞舉辦外合行示諭為此示仰軍民人等知照倘敢阻撓懲辦不貸特示此示周詳公平可師可法前天津鄒岱東太守亦有防火之示與此相同合亟錄之

虎林異事 ○鬼魅之事聖賢所弗稱蓋以荒渺無稽適啓後世之疑惑也昨杭友函云杭城清河坊大街有施惺齋者貿易中人係杭垣萬隆衣店東君也年逾花甲僅有一子甫弱冠去歲冬初迎娶某姓之女為室女也賦夭嬌郎也歌智慧洵不愧為才子佳人詎客臘中旬忽得奇症上午則神清氣爽下午即指東畫西笑語支離竟作癡迷之狀延醫診視皆曰並非六欲之外感亦非七情之內傷而脉息詭譎似有邪魔纏繞施君愛子情切復延集羽士焚香祈禱依法療治病勢日見沉重據巫者云此係伊前生髮妻以前緣未盡須令施子再往陰界以了前世伉儷重行團圓已奉陰官核示准行無可挽回等語延至年尾果爾不可救藥無術還魂置高堂撇新婦遂駕鶴西游焉於是杭人遠近風傳以為奇異

京報節錄

宮門抄 上諭恭錄前報○二月初一日兵部 太常寺 太僕寺 廂黃旗值日 無引見 麟中堂等磨勘試卷覆命 李中堂預備召見 吏部呈進月官卷 兵部奏派查齋之大臣 派出懷塔布明秀桂公定公明安福珠禮王璋彭壽 召見軍機 李中堂

○○幫辦北洋事務大臣雲貴總督臣王文韶跪奏為恭報微臣馳抵天津刊刻關防啓用日期叩謝天恩仰祈聖鑒事竊臣奉命幫辦北洋事務於本月十三日具摺請訓仰蒙皇太后皇上訓誨周詳莫名欽佩陛辭後十五日由京啓程十七日行抵天津當即刊刻木質關防一顆文曰欽派幫辦北洋事務大臣雲貴總督關防以昭信守即於光緒二十一年正月十九日開篆日啓用除將北洋一切應辦事宜會同李鴻章權衡緩急認眞商辦隨時奏報所有微臣到津及啓用關防日期理合繕摺叩謝天恩伏乞皇上聖鑒謹奏 奉硃批知道了欽此

○○頭品頂戴江西巡撫臣德馨跪奏為武弁被控姦搶訊供狡展請革職審辦仰祈聖鑒事竊查前准都察院咨江西崇仁縣民婦謝黃氏遣抱份生謝秉鈞以伊媳陳氏被黃定魁姦搶府批不究等詞赴院呈訴一案當經行司委員前往守提全案人證卷宗解省委審去後茲據委員南昌府知府倪恩齡詳稱提集研訊該被告湖南候補守備黃定魁一味逞刁堅不吐供詳請斥革等情由藩臬兩司詳請奏參革職審辦前來臣查該候補守備黃定魁既被控告姦搶虛實應究乃竟堅不吐供實屬恃衆逞刁自應斥革審辦以肅法紀而成信讞查該守備黃定魁由武生於光緒十五年己丑恩科本省鄉試中式第三十名武舉人十六年庚寅恩科會試中式第一百名武進士奉旨以營守備用掣發湖南省候補相應請旨將湖南候補守備黃定魁革職以便轉飭確審實情按律擬辦所有武弁被控姦

飭訊供狡展請革職審辦緣由理合會同署兩江督臣張之洞　恭摺具　奏伏乞　皇上聖鑒　勅部查照施行謹　奏奉　硃批着照所請該部知道欽此

○○兼護雲貴總督護理雲南巡撫按察使臣岑毓寶跪　奏為中甸廳屬被災田糧籲懇　天恩俯准豁免以紓民困恭摺仰祈　聖鑒事竊查上年六月中甸廳屬大小中甸境等村田畝被雹被水成災業經前撫臣譚鈞培將委員會勘籌賑大概情形附片馳陳在案茲據兼署布政使兵備道會同署糧儲道李肇錫詳稱據中甸同知李昌運會同委員試用府經歷車士琛將勘明被災田糧造具册結由該管道府核明層遞加結會詳請　奏前來臣查中甸廳屬大小中甸境等村被災田畝應徵秋糧米九石五斗零應徵差發銀十三兩五錢零均係十分成災若照常徵收民力實有未逮合無仰懇　天恩俯念民情困苦准將光緒十九年分應徵前項銀米如數豁免以紓民困除冊結分送部科查核外所有請免中甸廳屬被災田糧緣由謹恭摺具陳伏乞　皇上聖鑒訓示再查該廳係極邊夷地認納差發向無田地頃畝科則之分又雲貴總督係臣兼護毋庸列銜合併陳明謹　奏奉　硃批着照所請戶部知道欽此

○○頭品頂戴兼護湖廣總督湖北巡撫臣譚繼洵跪　奏為湖北省奉調北上諸軍委員統領管帶銜名恭摺具陳仰祈　聖鑒事竊查前准兵部咨光緒十五年十月二十日奉　上諭各省防營如有更換管帶員弁或移到他處着隨時奏聞等因欽此歷經欽遵辦理在案茲查鄂省奉調北上諸軍添募營勇前經本任督臣張之洞電奏奉　旨允准所有各營統領管帶銜名未及詳晰奏明　交到臣原奏記名提督熊鐵生所帶駐防田家鎮五營旋又添募五營該軍分為鐵字正副各五營正中營飭統領熊鐵生兼帶作為座營原帶中營之提督楊友益改為管帶正左營總兵張元星改委管帶正右營總兵侯祖翰改委管帶正前營其正後營仍令遊擊章文彬管帶添募之鐵字副五營副將文有亮管帶副前營副將蕭光友管帶副後營飭降補副將方友升分統副中左右三營即以副中營歸方友升兼帶提督李清貴管帶副左營總兵吳得勝管帶副右營又廣東崖州協副將吳元愷經本任督臣張之洞奏調來鄂挑募愷字砲隊四營北上該軍分為中前左右四營飭該統領吳元愷兼帶遊擊吳良儒管帶前營千總王恩平管帶左營都司王得勝管帶右營其抽撥鄂省各防營勇丁旋即募補足額又湖北提督臣吳鳳柱統領鳳字馬隊中前後三營副將劉恩榮管帶中營參將陳金元管帶前營守備楊紹文管帶後營所有鄂省奉調北上諸軍統領管帶銜名緣由除咨部外理合恭摺具陳伏乞　皇上聖鑒再湖北巡撫係臣本任毋庸會銜合併陳明謹　奏奉　硃批兵部知道欽此

○○譚鍾麟片　再福建福安縣知縣厲嘉修告病遺缺查有現署侯官縣試用知縣張頡雲堪以調署所遺侯官縣缺查有安溪縣知縣戚揚年富才長辦事精細堪以調署遺安溪縣缺查　分缺間用知縣何維楷堪以代理據藩臬兩司會詳請　奏前來除咨部外謹附片具陳伏乞　聖鑒謹　奏奉　硃批吏部知道欽此

減價出售　啓者本行發售各式外國檯燈掛燈以及各樣燈炮燈心均照置本出售並有呂宋烟數十箱紅毛片大小洋鏡數十個其價值定必格外從廉如欲購者請來本行帳房面商可也　正廣和洋行啓

告白　續永慶昇平　續施公案　萬年青初二三集　富貴錄　百寶箱　彭公案　第三才子　第一奇女　醉茶志怪
花月姻緣　續今古奇觀　巧合奇冤　醒心編　稱寶錄　開闢演義　五十名家手札　皆大歡喜　日本新政考　日本師船表
湘軍志　東三省地圖　日本地圖　中外東海詳細圖　楚軍馬步營制　後四才子　南北宋　東西漢　後英烈傳　草木春秋
後聊齋　後列國　子不語　說唐征西　飛龍傳　綠牡丹　笑中緣　七俠五義　前後七國　鐵花仙史　髮逆圖記　粉粧樓
文美齋謹啓

敬啓者本館現於本年元旦出報因排報之鉛字各路之探訪主筆之西儒須開河後方能齊集姑先按日出報四幅以饜　諸公望報之懷二月之望即照舊例報價因用洋紙每份售大錢十文仕商告白減價三個月以廣招徠其餘各事均循中西報館章程辦理特此啓知伏祈　公鑒　直報館謹啓

直報

光緒二十一年二月初四日　第二十九號
西曆一千八百九十五年二月二十八日　禮拜四

論政宜便民　奉委練勇　痛革積弊　防守兩局
皮衣相餉　憲示照登　太守同任　施當其厄
狡賊盜馬　名曰馬錢　狼子野心　局示照錄
蘇垣官報　倫兒技倆　西報照譯　京報節錄
告白照登

論政宜便民

民爲邦本食爲民天善政無他去其病民者而已謀其保民者而已旣貴因時以出治復貴因地以制宜常則敷文教以淑民性變則講武備以衛民生其出政則議自宰相其立政則權自宰官宰相近臣論道經邦當推愛君之心以愛民宰官親民救弊疾苦即盡愛民之心以愛國要惟存實心以行實政耳竊嘗論之縣之有宰猶身之有心心宰乎身一身之五官百骸舉皆從令一身之疴癢疾痛莫不關心故古之官於縣者曰宰曰令而今則曰知一有不知則宰非其宰令非所令凡其所舉人云亦云奉行故事將田爲石而不知闆爲河而不知民爲鴻爲鴇爲魚而亦不知惟知上之公文何以申覆己之考成何以調濟雖百姓萬難之隱十分之急曾不一爲動其心是知而不知無怪政非其政矣方今中土海氛不靖沿海各屬須行團練章程意至美法至良也而其所以行之者則必別其品以體其情權其宜以務其急又非可膠柱鼓瑟概付之等固奉此也粵稽團練之法近於州兵府兵皆本之世邱乘出賦之意然聖王立法無非爲民慮民之無食也故易田疇慮食之或奪也故治甲兵有愛民之實心即有愛民之實政足食足兵民信云者使民信於君之足兵以衛民食足食以養民生信乎兵與食爲一兵食與民爲一也蓄養兵不如養民養兵者困民力養民者得民心苟得民心不必設屯不必據險不必搜陰符之秘不必襲泰西之書不必用毛塞之鎗不必用格林之砲則匹夫奪帥衆志成城往事己然今豈異古否則忍飢溺而充捍衛忠節難以續餘生即或薄骨肉而原君王枵腹難以延殘喘况加以添製鎗砲籌辦餉需旣困於兵復困於食縱使富者出貲貧者出丁通都大邑之巨貴富紳尙堪設法而窮鄉僻壤貧　居多兼之飢饉相因旣無餘一餘三之儲更無麥秋大秋之望荒旱者未謀區田水澇者未謀溝築倘非藉團練守望相助之餘爲同里通力合作之策以慰民心使民信心於官府之眞心爲民安心耕鑿則民將流亡之不暇又何團練之可辦乎有宰令之責者果能留心時務自能宏濟時艱聯紳民爲一體相時勢爲權宜因心出治造福一方其事又非局外者所能懸揣而妄議也

奉委練勇　○欽憲王夔帥下車後稔知東八縣人情樸茂不乏精悍之材擬派員前赴灤州一帶招募鄉勇據訪事人云允因守望局總辦吳春生太守積[illegible]任灤多年民心愛戴欲派太守前往嗣以守望局事關緊劇不能分身復委前署天津府李少雲太守陰怡赴灤勸辦以吳太守爲副兩賢共濟自必日起有功他日勁旅告成洵堪爲畿甸鎖鑰也

痛革積弊　○頃有友人自榆關來爲言劉峴帥自蒞關後事無鉅細莫不盡心經畫曾委誠實心腹數人嚴密查訪各營實在情形洞悉其中弊竇所最甚者莫如統領所用之營帶營哨各官竟有並非因才器使多半夤緣賄買或先講明月給銀若干或將應得薪水公費由統領留用而營帶等旣己出貲賄買需用不敷即設法空額或藉詞剋扣兵勇糧餉上下交征焉能奮勇殺敵臨陣潰敗職是之由及至潰敗後該統領私心自愧不敢責之於營官而營官更不敢責之於兵勇以致每戰必潰孤負　皇恩貽笑敵國峴帥聞之深爲痛恨

因通飭各營各統領署謂現在軍情緊急各當激發天良所有薪水糧餉核實散給兵勇毋得再有弊混須知 國家養兵以餉爲先無不優予而給原備一時之需斷不致有退縮畏敵之虞自此之後若仍蹈故轍一經查出定即從嚴參辦照軍法從事等因經此諄諄告誡各營各統領當洗心革面盡力圖維以建奇功以洗斯恥不禁跂予望之

防守兩局 ○鎮憲吳儞峯軍門於東氛告警以來竭力籌防無微不至客歲稟請 傅相籌辦津團兩營委中營韓參府統率參府韜鈐素裕愛惜兵民自接統團營後每日赴西門南廣仁堂後操演一次刻已操練精熟著有成效因本郡東西兩機器局最關緊要不日分撥團營赴該兩局防守叅戎久於軍事兩局得此洵可恃以無恐已

皮衣扣餉 ○訪事云總統長勝等軍唐沅圃軍門仁廉所部各軍業經調赴榆關按此軍開招時言明所有皮棉衣服等一槪不扣軍餉今傳聞抵關後辦理糧台者復由月餉內扣作軍裝以致兵勇逃亡甚夥宋姓趙姓所帶兩營竟至全軍逃散並聞軍門查知此項弊竇己將辦理糧台某君即行撤委是否屬實姑照有聞必錄之例以俟續聞

憲示照登 ○欽命二品頂戴代理天津新鈔兩關監督北洋行營翼長辦理通商事務兼管海防兵備道黃 爲出示曉諭示案查津郡設立集賢書院課試各省舉貢生監歷經辦理在案茲稟奉 督憲批飭定于二月初五日在院甄別派委本道前往監試是日共課一文一詩限當日交卷不准繼燭爲此示仰各省寓津舉貢生監知悉爾等應各遵照定章由本年派定各該省同鄉帹紳人員認明出結一面給付該生自投一面彙開清摺先期送院由値年委員查對如清摺無名槪不給票其無通同州縣在津之員即由隣省委員代爲出結仍由本省在津之縣丞以下各官與該生認識者帶任取結設有冒考情弊惟出結官及認識官是問以杜揑冒俟屆初五日考試之期務於黎明齊集集賢書院聽候局試如查有籍貫不符及點名不到者定即照章扣除其各遵照毋得自悞特示

太守回任 ○客年遵化直隸州陳序東太守以培因病請假嗣以病勢稍痊請調稍簡之缺因與天津河防府馮少芝太守對調瞬及年餘序東太守清恙霍然上書以本缺不可久虛爰飭各回本任日昨陳太守奉札即日履新以在津復又兩年與寅好諸公殷殷話別假侯家後福聚館招飮一時笙館嗷嘈車龍馬水飮至午夜始各歸去

施當其厄 ○昨廣仁堂總辦侯大令慨念民艱施放小米米票以惠窮黎已紀前報茲聞本郡富紳鄭某數派妥友在本城內外施送玉米面票每票五斤十斤不等並聞每票加錢一百文以資柴水之需施當其厄無微不至洵一方之善士也

狡賊盜馬 ○河西務龍莊楊保恒者充當內務府莊頭家資豐裕騾馬成羣匪人垂涎已久客臘某夜糾集多人越墻入院大開街門竊取騾馬數匹臨行胆敢大聲疾呼暫爲借用容日送還等語及楊知覺鳴捕追赶已無踪跡惟有據實報案雖蒙驗看飭捕嚴緝迄未緝獲聞去臘北路頗爲不靖偷竊騾馬之案層見疊出蓋因旣可得賣善價又可騎以飛越較他物可免重累賊亦狡猾矣哉

名曰馬錢 ○醫雖小道藝苟不精關人性命不可不愼世有別開生面而以醫爲門逕其實別有所營者則不得以醫論無怪乎有騎馬先生之稱也訪事云某甲年屆而立貌極韶秀復好修邊幅一翩翩濁世之佳公子也向以歧黃自命口爲懸河熟讀湯頭歌訣有延之者騎一駿馬攬轡而往索馬貲若干例以爲常詎以三指訣作紅絲一線黠客之婦與之甚暱終朝以馬不來心不樂鸞鈴聲和鳩盤色霽於是人皆以騎馬先生呼之嗟乎醫生也顧可以乘馬乎哉然都門延醫〳背則曰馬錢然則醫生也顧可不乘馬乎哉

狠子野心 ○訪事云本埠西門外海會寺前有李五李六者亦庠序中人兄弟皆無子嗣只生一女愛如掌珠擇婿甚苛及笄有北倉某姓之子年貌相若門戶相當以媒妁之言遂結朱陳之好詎某姓家道甚寒無力迎娶女已而立李無如之何將婿招贅於家令其支持門戶凡家産財帛付之于婿而婿夙困淹轗一朝得志縱情嫖賭揮霍金錢如同糞土李兄弟相繼逝世只存岳母一人迄今嚢殆不繼飢寒交迫婿竟置之度外噫擇婿者可不愼諸

局示照錄 ○金陵保甲局總辦章觀察日前出示嚴禁青皮地棍遇事生風訂定禁令十條剴切周到洵移風易俗之善政也照錄于左照得金陵爲省會之區人烟稠密良莠不齊凡有不便地方者亟應嚴行禁革本總辦蒞辦以來訪聞有等青皮地棍遇事滋擾爲

害閭閻以及市廛聚賭哄誘鄉愚赶脚牲口梗碍道路烟館客寓容留匪類積習相沿實堪痛恨除飭各段分局巡卡隨時督飭地甲更棚等夫嚴禁巡查外為此擬定諭禁十條明白曉諭仰城鄉諸色人等一體遵照毋得視為具文本總辦言出法隨懍之慎之切切特示 一諭青皮地棍如能改邪歸正從寬免究倘再結黨逞兇恃强淩弱以及平空訛詐硬敲釘錘情節遇有風聞即行提究並許被擾之人就近稟報本段分局立拿懲辦如係著名有綽號地棍定即照例加等嚴辦決不寬貸 一諭手藝學徒人等向來歇工後結件成羣沿街滋事殊屬地方惡習嗣後再有前項情節除將本人責懲外並究該父師縱容之過至無業遊民多不安分甚或扒竊民間財物一經拿獲定即照例計贓科罪毋貽後悔 一諭逐利小民不准以要貨食物抽籤擲骰誘啓賭風街衢市巷如有就地猜寶並茶坊酒肆聚夥打牌即行拿究其為首邀串之人定予嚴辦至洋畫戲具描摹穢事尤為敗壞風俗務各改業勿干責逐 一諭趕脚驢夫不准將驢馬拴繫柵欄及停立市口致毀柵木而碍行人即馱載柴米貨物亦不准成羣結隊在街市衝撞並攔路卸載倘敢故違定即將該脚夫重責示懲

蘇垣官報 ○光緒二十年十二月三十日知縣趙鴻謝委兼籌餉新捐即到差 從九汪述曾銷北路四段海防差並辭赴江陰迎接學憲 二十一年正月元旦知縣俞世球引 見回省並銷京餉差 初二日吳江縣李到 初三日巡檢莫源中奉委水利局差遣

偷兒技倆 ○金陵近來扒手甚多竊物換包不一而足貢院西街後張姓欲將餘屋出賃前貼招報昨有甲乙二人入內看房屋主時已外出與內眷接談便看房間寬窄深淺談畢約於翌早復來作定既去後失去錫酒壺一把錫茶壺一把隨著十四歲之子追出已莫□所之矣又益巷內劉某造水烟袋套為生昨有某客買套某隨送出南門外收洋二十六元在某錢莊照着無訛包以藍布手巾回家存諸臥榻及取用均屬銅洋舉止失措細看手巾已非己物始知昨於途次經南門大街某店購買絲烟曾將包置諸櫃上致被人掉換竊兒妙手可謂神矣 錄申報

西報照譯 ○西字報述日本報言自中日開戰以來日人屢屢添買□艘多至三十二隻計共八萬一千五百五十四噸分而計之蓋每船約共二千五百四十八噸云○日昨西電又云日本國家現又擬借洋銀一萬萬元云

京報節錄

○○頭品頂戴河東河道總督臣許振禕跪 奏為時屆立春黃河淩汛防護平穩現仍督飭籌備修守事宜以重工防恭摺仰祈 聖鑒事竊臣前將節交冬至督飭兩道七廳河防局等慎防淩汛並催辦歲料緣由具 奏後時值隆冬天氣凍□河內水勢凝結冰凍擁積下注業經先期通飭預加修守密掛過淩椿把層層擋禦凡臨黃緊要埽段雖有塌蟄□即動用料物一律□穩現在立春地氣上升冰凌融化所有兩岸各廳淩汛工程均能防護平穩瞬交桃汛一切修守事宜照前預為籌備歲稽歲麻等項業已購足查驗已仍督飭認真辦理不准疏懈除將各廳應辦歲修土工並採辦備防磚石均已飭即籌備以重修防外所有時屆立春黃河淩汛防護平穩現仍督飭桃汛修守事宜以重工防緣由理合恭摺具陳伏乞 皇上聖鑒謹 奏奉 硃批知道了欽此

○○□部給事中奴才宗室托佛歡跪 奏為侵吞賑欵任用蠹役濫施非刑請 旨嚴斥以蘇民困而儆官邪恭摺仰祈 聖鑒事竊奴才近聞順天府所屬寶坻縣知縣范履福與該縣游姓稟生狠狽為奸吞蝕八村賑欵衆民呈訴伊即威以刑仗使民敢怒而不敢言忍心害理莫此為甚又復重用衙中捕役著名之匪徒焦永即登第綽號西霸天者假之權柄焦永又引伊夥妝像王五等倚仗官勢越境擾民聲言現在過兵各路車馬騾駝俱交官應用其實不過向民逼錢每車馬要制錢十串騾驢要制錢一串如無錢者不但將車馬騾駝留下並且連人鎖押不放以至各處騷動民不聊生該知縣之弟閒游偶見有姿色婦女便欲與姦宿該婦不允遂揑言其萬惡無狀該知縣官即查拿到案不問黑白用竹掃帚亂打後復將鞋剝去以燒紅之磚令該婦站立種種殘暴實負我 皇上愛民恤刑之至意若不痛加懲治深恐釀成巨患奴才職司彈劾不敢緘默不言宜如何整頓之處伏候 皇上聖裁謹 奏

○○臣孫家鼐臣陳彝跪　奏爲遵　旨查明知縣被參各款據實覆陳恭摺仰祈　聖鑒事光緒二十年十二月二十日承准軍機大臣字寄奉　上諭有人奏良鄉縣知縣范履福與廩生游姓吞蝕賑款重用捕役焦永借過兵爲名索過車馬騾駝等錢聽信其弟揑言妄拏婦女請飭查辦等語着孫家鼐陳彝按照原參各節確切查明據實具奏等因欽此當將該縣范履福先行撤任一面分札霸昌道廷雍治中祭壽臻並委員密查去後茲據先後稟覆臣等仍多方詢訪參以平日見聞敬爲我　皇上詳陳之查原奏吞賑一節[illegible]關民與該縣[illegible]任家營向來帶管灣裏村蕭家場吳家場柳子村許莊子河口村任家場西場八小村上年冬賑係游觀武經手散放被人控縣[illegible]經該縣訊押現據供稱因辦理忽促未經開明戶口榜示致生浮言所供未盡爲憑而該縣一經控告即將該生訊押其非通同舞弊[illegible]屬可信又重用焦永捕役一節查臣衙門先有該縣僧人大祥呈控該役隨通肆擾一案其非善類可知現據供稱車價向不經手亦無[illegible]詐[illegible]文惟有時需車過多刻不容緩不能不強派鄉民等情是[illegible]差騷擾業經供認又該縣[illegible]信其弟揑言妄拏婦女拷打一節詢據該縣[illegible]稱伍氏單傳並無兄弟前因稽察各店曾將流娼驅逐調卷相符既未有人呼告亦無佐証似可毋庸置議臣等復查范履福人亦中材惟良鄉前後兩任計已五年有餘理應與民相習被參各款總無實據既有物議即屬人地不宜應請　旨將良鄉縣知縣范履福開缺遇有相當缺出另行補用廩生游觀武放賑被[illegible]應先行飭學註劣永不准充當公事仍飭補報戶口銀錢數目榜示各村倘有呈控多寡不符再行嚴辦捕役焦永係縣革役仍由臣衙門歸入僧人大祥案內一併究辦妝像王五查無其人或係不在卯冊白役仍交該管廳縣嚴密訪查兵差重要久奉電　旨另摺奏請　飭催督由派員設局范履福所遺良鄉縣缺照章由外揀員請補合併聲明所有遵　旨查明知縣等欵緣由謹恭摺具陳伏乞　皇上聖鑒　訓示謹　奏奉　旨已錄

○○宋慶片　再主事鮑祖恩奉　旨發往奴才軍營差遣委用現已到營當令學習營務又漢三等侍衛陳國璧前奉　旨發往宋志超軍營當其到營時宋志超已革職離營應否留於奴才軍營差遣之處請　旨遵行理合附片具陳伏乞　聖鑒謹　奏奉　硃批陳國璧着交宋慶差委欽此

○○洪良品片　再駐藏幫辦大臣訥欽曾於去年十一月初六日請　訓聞該大臣至今尚未出京今年正月十五日尚在福隆堂飯莊宴會請[illegible]非因該處時事棘手觀望逗遛即係玩誤　君命怠緩不前理合據實糾參伏乞　聖鑒謹　奏奉　旨已錄

○○李瀚章片　再查勞績捐納候補試用知府通判各官到省一年期滿例應分別考察面試甄別具　奏歷經遵辦在案茲查有勞績候補班前補用知府聯興明練老成舉止端詳籌餉例試用通判梁繼曾留心吏事新海防例試用通判蔡繼昌練習政務均經詳加考核分別照章面試堪以各按本班序補據藩臬兩司會詳前來除將各該員詳細履歷開單咨明吏部外理合附片具陳再兩廣總督係臣本任毋庸會銜合併聲明謹乞　聖鑒謹　奏奉　硃批吏部知道欽此

敬啓者本館現於本年元旦出報因排報之鉛字各路之探訪主筆之西儒須開河後方能齊集姑先按日出報四幅以饜諸公望報之懷二月之望即照舊例報價因用洋紙每份售大錢十文仕商告白減價三個月以廣招徠其餘各事均循中西報館章程辦理特此啓知伏祈　公鑒
直報館謹啓

直報

光緒二十一年二月初五日　第三十號
西曆一千八百九十五年三月初一日　禮拜五

上諭恭錄　練軍問答　恩賞吃肉　陪祀人員
旗營例𩓗　鴻臚沾潤　隴上軍容　前身佛子
前敵軍情　功德無量　節旋紀畧　掩骨善會
縱火宜防　滋鬧米局　吉事逢凶　蘇垣官報
京報節錄　告白照登

上諭恭錄

硃筆吳光全補授刑科掌印給事中欽此

練軍問答

赫赫生問於愼愼子曰吾與子生同里幼同學出山以來從遊者日益衆雖南北殊途而同用於世乃子之徒與吾徒每不相能以吾觀之子徒材大難用毋乃匏落無榮乎何也吾之徒從今凡所爲卌合於時子之徒好古動輒云先王之道不知時異勢殊譬之於曆歲異月新今年難據去年爲斷即如戰陣之事古人以兵車驪鐵後人以馬以步以舟以輪船以鐵甲戰陣之器古人以弓矢戈矛後人以弩箭以礮石以火銃以炸子以毛塞以格林以快鎗快炮戰陣之法古人成陣然後交綏今則多野戰或句抄或直衝突如其來不待訂約以覘古之不擒二毛不鼓不成列者豈不大相逕庭哉且其戰也兵固宜精械尤須利有械而不利是無械也械利而不習是無兵也今水陸兩營方陣長陣直陣犄角進退中國戰法之外又以西國操演爲最精故善言戰者必習之況乎用謀用間用埋伏用策應愈出愈新愈新愈奇愈精若但執古法以臨敵鮮有不一敗塗地者又況地理宜精熟其進也某處可藏身某處可擣巢其退也某處可散隊某處可聚齊某處可據守均宜瞭如指掌至於天時之風雨寒暄孤虛旺相以及敵人隊伍某強宜避某弱宜乘某隙宜擣莫不有成竹在胸然後可以進可以退可以攻可以守今不能近料敵情徒遠談帝王之兵制千百年外遺編斷簡若滅若存紙上〻兵何所考驗現前時事尚不能明知妄談古道之謬宋襄陳餘非前鑒乎子之徒不待臨敵可直決其必敗矣愼愼子曰子所言者戰也非所以戰也車旅行陣天時地利者戰之事饑寒飽煖公私順逆者戰之心不得其心徒精其事事愈精弊愈多事變之亟不堪思議猶服鴆毒其服愈多其死愈速雖至愚人無不能解此理一事也使能者爲之則成使無能者爲之則敗一軍也使忠臣將之則有利於國使奸臣將之則有害於君史冊相望無煩更僕數矣夫天下之人不必皆生而忠藎又不能盡知禮義之美亦不能奮不自顧以陷於死傷之地其所以皆忠藎知禮義能殺敵而不畏死者賢智之士出於自然中材之人可以作養閭巷小民下愚之子則可以激而行之亦惟視上之人如何求之如何率之耳且夫自古至今天下之人其於上也不從其所令而從其所好是故君子有諸己而後求諸人無諸己而後非諸人所藏乎身不恕而能喻諸人者未之有也晉士蔿曰禮樂慈愛戰所畜也曹劌論戰則以莊公之察獄以情爲斷是皆爲知本之論何也小民平日困之不敢怨虐之不敢叛者畏法而已至臨敵則生死當前王法安在惟有恩恩怨怨各以其情報乎上耳夫人在縲絏得受人絲毫〻恩重於泰山莊公以一國之君以情察獄　固知民之以情相報也今夫利之所在人所盡趨權之所存無不如意勢使然也彼將兵者既能以利招人又能以權馭人果其公而無私再加以眞心慈愛更率以忠藎之誠有帥如此誰忍負之吾之所謂練軍者如練絲然練之欲其潔而無私弊之汚如練金

然練之欲其融而無離心之患蓋恐將之所求於兵者名雖是而實則非以重餉招而反扣其餉帥之所求於將者初則曲而繼則直以驚
餌進而反冶其貪先欺其軍後怪其軍之欺我已難矣即不然器利陣熟兵多而將士之心不相屬是又無異肥人腹腹龐然大而不能自
舉其手足也亦何貴乎練軍哉赫赫生爽然若失默無一言頫首而去

恩賞吃肉 〇二月初二日奏事處奏准 賞吃神肉王大臣名單 恭親王 克勤郡王 慶親王 禮親王 那王 瀅貝勒
瀛貝勒 濤貝勒 濂貝勒 熙貝勒 謨貝子 澤公 瀾公 那公 溫公 大額駙 八額駙 載瀛 載津 恩公 博迪蘇
福森布 騰銘 恩全 芬車 希朗阿 希隆阿 明安 佛佑 色楞額 賡音布 濟克登旺庫爾 阿勒坦呼雅克圖 旺都
特那木濟勒 那木濟勒旺楚克 那蘭格哷勒 旺喇克怕勒齋 察克達爾札布 堆代札布 喇特那巴咱爾 貢桑珠爾默特
達木定札布 托果瓦 勒旺哷克津 色旺諾爾布桑保 烏恭 達木林達爾 達克普爾布札布 呢朗瓦爾色湊 端魯布 花
連 色丹那木札勒 額中堂 張中堂 麟中堂 徐中堂 李中堂 福中堂 翁同龢 李鴻藻 徐用儀 剛毅 崑岡 熙敬
巴克坦布 崇光 孫家鼐 徐郙 薛允升 李文田 榮祿 陸潤庠 吳樹梅 張仁黼 高賡恩

陪祀人員 〇太常寺題二月二十五日春分祭 朝日壇奉 旨遣凱泰恭代欽此現經禮部將各衙門應行派出陪祀司員先
期造具清冊奏聞今吏部派出陪祀司員員外郎英璞主事一建衡戶部派出郎中文玉主事金建鏞禮部派出郎中恩榮主事俞光耀兵
部派出員外郎桂英主事劉榮刑部派出員外郎崇蔭主事徐芳工部派出郎中文潤主事王毓芝太常寺派出寺丞慶連贊禮郎清瑞斌
福雙慶等於二月二十五日寅刻伺候陪祀以崇大典而昭愼重云

旗營例牘 〇正藍旗滿洲都統爲咨報事本旗現有補放驍騎校一排二人補放德勝門七品官一排二人補放盛京駐防驍騎
校一排二人共三排八六名於二月初六日帶領引 見相應造具滿漢排單先行咨報軍機處查照

鴻臚沾潤 〇鴻臚寺書吏人役皆累異常除例支外毫無領款若不籌予津貼而責令楞腹從公深恐難期得力今經堂憲
疑給每月津銀五十兩俾資津貼銀由戶部按季支放每年需銀六百兩遇閏加五十兩等情近由戶部議覆准如所請月給書差津貼銀
五十兩遇閏加給刻已行文鴻臚寺查照遵行矣

隴上軍容 〇日前恭邸慶邸翁叔平大司農榮振華大金吾等赴南苑閱操已列前報茲悉日昨又閱新疆提督董福祥所統各
隊兵丁刀矛如雪火鎗如雷人馬無不精壯其陣法變化五花八門各極其妙較與神機營京營各隊尤覺威風凜凜殺氣騰騰似此軍威
臨陣交鋒諒敵人當退避三舍

前身佛子 〇董茂才僑寓都城唐洗伯胡同舌耕度日家惟一母事母至孝形影相依董狐介性成取與不苟簞瓢屢空晏如也
去冬母逝哀毁逾恒萬念皆空六情俱斷於正月三十日竟捨身夕照寺從此詩書拋棄黃卷無心暮鼓晨鐘不知消受幾多清福也

前敵軍情 〇茲由前敵來者言及我軍從前遇敵見敵軍兇猛以致退縮或遇敵未戰即潰近來已將敵營情形詳細探明其行
軍之法我軍已知因應每每戰鬪之際無不奮勇爭先加以各統領激勵將士是以各軍均欲爭先赴敵不致再有退縮之虞云云觀此則
大帥盡心軍事昭然若揭所願萬衆同心自不難轉敗爲勝耳

功德無量 〇本郡善舉甲於他處已美不勝書而富紳創辦恤嫠保全節婦尤善之善者此舉已歷多年每值二月初間每戶換
給新票計戶有數百家每月每戶給津錢一千五百文冬令加給棉衣一套歲杪再給老米一斗可謂仁至義盡按每月一千五百文雖
餬口稍虞不足若該婦能以針黹自活則此項儘足敷用由此而全節終古者指不勝屈豈非善之至善者乎

節旄紀畧 〇爵閣直督北洋大臣李傅相奉 詔晉京及 陛見日期已恭志前報茲悉 召對數次傅相懋昭藎畫大頗甚慰
聖懷與各王大臣詳細商榷諸事就緒日內即請訓出都矣

掩骨善會 〇昔人有言若待有餘而後濟人則終身無濟人之日旨哉言乎觀於本埠之福善會可以與矣福善會者本埠之食

力人所建掩埋無主屍骨之會也其會首十餘人皆自食其力者與辦有年每屆二月初一日起會十月十五日止會每月初一十五兩次聚會招集食力之人數十名至四處尋覓屍骨負得即於義地掩埋不取分文歷久不懈是眞能不待有餘而濟人者矣昨聞聚會之始因紀之以爲有餘者勸

縱火宜防　〇海關道署旁雙源油米店疊被回祿兩次附近鋪鄰幸未延燒兩紀前報詎此火係人所放因兩次均未得手心終不甘昨晚初更後此輩越墻跳入該鋪後院用火扇思欲放火幸鋪內有人窺見一聲喊捉其人即向北飛跑各鋪人及𦲷勇人等蜂擁追赶已去無影響該號祗得派人輪流值宿加意防守云

滋鬧米局　〇本埠西門外延生社總辦侯大令施放小米米票赴城內永順米局支取已紀昨報茲聞未得小米票者聲言有饞票者即給小米貧人誤聽疑以爲實各持饞票赴城內米局領取小米爭先恐後約有數十人之多鋪掌百般勸解人更擁擠擅自進局取米有不能不給之勢幸有看街人爲之解勸始各散去

吉事逢凶　〇滬友來函云福建人某甲者素以糖行爲業生意鼎盛積得子母錢若干僑寓於滬南泉漳會館左近日昨娶附近某蔴袋店女爲室正當百輛盈門彩輿甫至其時圍而觀者人山人海熱鬧非常甚有高立屋上晒台顧盼者詎晒台因年久失修木已朽壞倏聞砉然一聲恍如天崩地裂屋內諸人盡皆被壓聞受傷者十有餘人均無性命之憂且新娘亦未罹是厄此眞不幸中之大幸也吁險矣哉世之乘垣眺望者當以此爲前車之鑒也耶

蘇垣官報　〇初四日藩　牌示照得南滙縣知縣汪以誠因案撤任遺缺以菑承喧調署遞遺上海縣缺以准補祐林進判蔡滙滄署理　元和縣葉稟知赴鄉公幹　初五日頃聞藩憲鄧即日卯時由甯起節回蘇　探得學憲龍初六日午刻江陰起節來蘇　元和縣葉稟知下鄉公幹回　縣丞孫鼎劍奉飭准調赴鎮海襄理防務即辭　初六日知府袁恭宏謝奉委調辦盛澤釐局兼銷松滬糖捐局差　長洲縣王下鄉回并請感冒假一天　知縣陳文藻由貨捐局專丁來省稟知兼辦松滬糖捐局差　初七日管帶撫標水師飛划管候選知府朱上洲辭赴宜荆防次　長洲縣王轉假一天　常州府發審委員候補知縣茅紹祺由常來省就醫于客臘二十八日在大太平巷本公館病故　初八日候補道朱之榛由上海來　長洲縣王轉假一天　知縣寶鎮山奉委上海公幹　探得藩憲鄧十一日午刻過鎮江

京報節錄

宮門抄　上諭恭錄前報〇二月初二日刑部　都察院　大理寺　正黃旗值日　無引見　恭王謝賞神肉　恩　克公雍和宮聽經覆　命　甘肅學政蔡金臺到京請　安　崇光續假十日　掌儀司奏初七日祭　奉先殿潤貝勒行禮　召見軍機　蔡金臺

〇〇李瀚章片　再廣東陸路提標後營守備廖正魁病故遺缺前准部咨係陸路部推之缺應用儘先人員行令揀員請補經臣會同前廣東陸路提督臣唐仁廉　奏請以潮州鎮中營左哨千總儘先守備方成補授准部議覆方成儘先名次在後名次在前之黃永安等二十八員聲叙人地未宜未便遷就請補是方成儘先名次已在二十名之後核與定章不符所請應毋庸議等因復經查明黃永安等二十八員內除黃永安等十一員不計外其吳錦等十七員或於此缺人地未宜或於營伍尚欠歷練方成名次在二十名以內仍請准其補授茲准兵部咨覆查前請補摺內將嚴振武等三員聲叙人地未宜其人顯係在標自應一併計算方成名次係在二十名之後核與定章不符雖係另文咨稱嚴振武等久未回營飭令退標已在議覆奉
旨之後所請仍以方成補授提標後營守備之處應毋庸議所有陸路提標後營守備員缺應令另揀儘先合例人員請補以符定章光緒二十年九月二十七日奏奉
旨依議欽此等因咨行前來查定例各省題調武職各缺如因員缺緊要人地相需將不合例人員保奏應於摺內聲明請
旨交部核覆恭候
欽定又准兵部咨儘先人員均按奉旨先後挨次補用等語茲會同署廣東陸路提督臣張春發遵照部議在於經部覆准註冊序補之陸路儘先守備二十名內復加遴選除黃永安何懋鑣黃國棟崔連鑣李森嚴振武保洪壽駱有源何玉瀕李貴德等不計外其名次在前之吳錦黃麟翔馬松貴范鵬芳李

楊勳譚興發譚復盛陳占魁梁承詰羅書兼盧策勳陳國剛等或才具不甚開展或營伍尚欠歷練均未便遷就請補查有督標中營儘先守備張武年四十二歲廣東廣州府東莞縣人由軍功前赴貴州投効隨同剿匪出力遞保儘先千總復因力解安順城圍收安南普安等縣城池攻克牛角坡香爐山各路堅巢案內出力保奏同治十二年九月二十八日奉 上諭著免補千總以守備儘先補用並賞加都司銜欽此嗣銷差回粵歸標効力咨送履歷經部覆准註冊補用該員年強才穩營伍留心並無在外省軍營棄革朦保情弊以之補授實缺守備可期得力雖儘先名次畧與後例稍有未符惟在前各員均不合請補謹臚摺聲明合無仰懇 天恩俯准以張武補授陸路提標後營守備俾實營伍如蒙 俞允俟部覆到日再行給咨送部至能否於此缺人地相宜容臣隨時察看奏明辦理謹會同署廣東陸路提督臣張春發合詞附片具陳伏乞 聖鑒 飭部核覆施行謹 奏奉 硃批兵部議奏欽此

○○楊昌濬片 再陝西潼關爲入陝緊要門戶該協副將額勒琿人尚謹飭辦事雖無貽誤惟人地不甚相宜自應揀員調署以期得力查有商州協副將張世才幹練有爲堪以調署所遺商州協副將員缺即以潼關協副將額勒琿署理一轉移間於地方營務均有裨益除分飭遵照外理合附片陳明伏乞 聖鑒謹 奏奉 硃批兵部知道欽此

○○頭品頂戴貴州巡撫奴才崧蕃跪 奏爲興義縣紳民捐修書院工竣稟請立案以垂久遠恭摺仰祈 聖鑒事竊據興義府知府石廷棟稟據興義縣知縣景瀛轉據縣屬紳民雲南候補知府劉官禮等稟稱竊查興義縣治地屬邊陲士民寒苦溯自嘉慶三年設縣議建筆山書院比時官紳實力講求文教漸盛迨咸豐同治年間苗回作亂書院被焚僅存基址肅清後頻年荒歉無力興修伏思人心風俗端賴學校爲轉移而學校之振興首在書院之創建嗣於光緒十八年公稟前縣札飭紳董籌欵重修並清查學中舊産廣爲勸捐幸紳心好善踴躍輸將先後捐獲銀六千六百餘兩復於各屯寨所産土藥內攤捐銀六百兩有奇即於是年鳩工修造至本年春季落成計講堂號舍山長住宅生童齋房共八十餘間每年山長束脩生童膏火以及首事經費等項均足敷用惟此次工程浩大籌欵不易若日後經理之人必爭前功廢棄擬請仿照現任河道總督許振禕前在陝甘學政任內設立味經書院奏定章程辦理俾資悠久日進有功等情由府縣核明稟請具 奏前來奴才查該紳民劉官禮等捐輸鉅欵修建書院煞費經營歷四年而始克蕆事洵屬急公好義於文教大有裨益合無仰懇 天恩俯准立案用垂久遠再此次工程係紳民捐辦未動正欵免造冊報銷除飭該府縣轉飭紳士妥爲經理並咨部查照外所有興義縣紳民捐修書院工竣立案緣由謹繕摺具陳伏乞 皇上聖鑒 訓示謹 奏奉 硃批該部知道欽此

○○鹿傳霖片 再陝西布政使張岳年去冬奉派祝 嘏禮成後出京回任行至直隸保定府途次觸發痰喘舊症醫治罔效於光緒二十年十二月十九日因病出缺據隨行委員候補知縣陳鳳翔稟報前來查該藩司才識明練心地慈祥由部曹出膺道府歷廾藩臬所至均有善政任陝藩三年前歲適值旱災籌賑恤民不遺餘力茲因公在途舊疾觸發遽爾溘逝臣與僚屬聞之無不同聲悼惜所遺陝西布政使員缺緊要相應請 旨迅賜簡放以重職守所有藩司因病出缺緣由謹附片具陳伏乞 聖鑒謹 奏奉 硃批知道了欽此

敬啓者本館現於本年元旦出報因排報之鉛字各路之採訪主筆之西儒須開河後方能齊集姑先按日出報四幅以饜 諸公望報之懷二月之望即照舊例報價因用洋紙每份售大錢十文仕商告白減價三個月以廣招徠其餘各事均循中西報館章程辦理特此啓知伏祈 公鑒 直報館謹啓

直報

光緒二十一年二月初六日　第三十一號
西曆一千八百九十五年三月初二日　禮拜六

上諭恭錄　政成於俗說　練局獲犯　晉省陣亡
都門又雪　寶惠均霑　護勇到防　不如土著
南船開行　募勇告示　公侯萬代　糧價未減
民團止夜　江督牘抄　京報節錄　告白照登

上諭恭錄

上諭吏部奏道員迴避姻親請以兼轄省分之缺簡員調補一摺甘肅甯夏道世杰着調補陝西潼商道周綬着調補甘肅甯夏道欽此

政成於俗說

幼讀魯論子游為武城宰章嘗嘆聖賢之留意人才觀人有法而不知聖賢留意人才之深心固不特為將來舉賢以立政計實為當前即此以為成政地也是說也人或疑之不知此非今日一人之私言乃天下古今之通義子輿氏已嘗言之矣孟子曰為政不難不得罪於巨室則沛然德教溢乎四海巨室大紳也賢紳也否則安可以不得罪論澹臺氏居武城其族之貴賤衆寡姑不具論子羽之為賢紳確無可疑然則子與子游之加意於滅明也實即為當前成政之急務非徒待為異日舉賢以立政計也何也上而政教則公卿大夫與大士分以為治下而風俗則邑宰賢紳與天子合以為治夫賞罰者天下之大權是非者天下之公論賞罰之權上所獨操是非之公上下與共人有善而賞之則衆以勸有不善而罰之則衆以懲此政教之所及天子與公卿大夫之權可得而行者也其賞罰之所不能加勸懲之所不能及者善不近名惡不近刑雖以天子之尊公卿大夫之貴莫如之何惟有從俗而聽之則風俗敗矣今有人棄其兄之子而慈其己之子舍其友之財而私其己之財舍其人之田而耘夫己之田棄其鄰之事而謀夫己之事嗜利貪便惡勞喜逸畏罪偷安此等行為城鄉概見三尺雖嚴誰得而議其後者然而匹夫之賢修於家型於里為不善者怵然懼聞其名泚然恥見其面其人一言之予奪羣推為是非公論予則不啻官於朝奪則不啻撻於市其所以消斯民鄙薄頑懦之心而激發鼓舞為風俗實足以佑政教之不逮者況巨室賢紳一邑賢宰民所尊而仰之敬而愛之老幼傾心寢食不忘者其足以風勵一時成俗於以成政其得力更何如也今而知孔子得人一問乃武城當日成政之急務豈迂談而遠於事情哉津門固畿南一大都會也物阜財豐迥非武城可擬而巖疆濱海水陸交衝其視武城僅為東魯之巖邑其關係輕重更不可同日而語且其地自通商以來萬方雜處海氛不靖兵勇咨來良莠不齊萃羣州處其間風俗細民則重利輕貧貴彫賤樸文飾宮室車馬衣服玩物以相誇耀游民則以酒食游戲好勇鬥狠相徵逐義民則以好善樂施為急務嗜好攸殊而風俗不一而其尊主庇民同仇禦侮一往無前之概則君子小人共此一心是故自長吏至邑宰蒞是邦者　朝廷必歷嚴其選務極一時之俊彥藉以勸教化厲法禁資捍衛庶幾革其浮華復於敦厚戢其匪志易為忠忱而賞罰之所不及者又賴有篤行與豪傑之士修於家型於里作其氣以倡其幾於以消鄙薄頑懦之心而激發鼓舞厲風俗以佑政教斯人也斯誼也固又賢宰官所深契而不肯令旨氏子專美於前者愚故樂道而更昜之

練局獲犯

〇二月初四日西城練勇局哨弁帶領勇丁在彰儀門報國寺地方有形跡可疑人犯五名當即盤獲鎖拏解往西城

仁壽寺練勇局經備弁嚴刑訊詰所供均甚游移連日審訊間已承有他案觀該犯之形容豺目鴟聲必非善類

督學牌示　○直隸督學部院牌示今將試規並考古賦詩各題開列於後　計開　一童生點名冊本童名下將廩保姓名註明時廩保分站本部院公案前高聲唱保認識如有頂冒即行指稟覆試日該學於卷後塡註廩保姓名畫押如查有槍冒等弊廩保及本童一併革究　一應考童生以府冊爲序每五名互相保結仍令互結之人豫押認識明白以防臨場頂弊如有扶同徇隱察出究辦　一童生領卷後不即歸號徘徊甬道或歸號後言語喧嘩定行責懲　一出題後務即上緊構思屬詞照例不准繼燭違者撤卷扶出　一試卷謄眞務字畫端楷如有潦草塗抹及題不照官板經書字樣者概置不錄　一無草稿或有草無眞或謄眞越幅文雖佳不錄　一試文理不通筆跡不對除將本童審究按例治罪外定提該童父師懲處不貸　一童生歸號後如有交談接耳攙越換號隔桌拋紙諸弊查出照例辦理自封門之後所有本院之僕從幕友之家人及書吏承差靑衣茶房廚房車轎夫役等均不准一人出外凡院外之閑雜人等皆不准一人入內文武巡捕有稽察之責如有私自出入即責成該巡捕嚴拿稟辦從重懲處以杜欃騙而免招搖倘該巡捕徇忍縱容本部院定行奏參

都門又雪　○京師二月初三日午後四點鐘黑雲滿天儼同潑墨微風不動細雨如絲至黃昏時天氣驟寒細雨變爲大雪霎時鵝毛片片積至四寸有餘至初四日午後滕六君尚未返駕客歲冬令雪澤雖稀交春祥霙疊沛二麥定卜有秋三農之望當可滿慰已

實惠均霑　○本埠各村去年被水成災經地方官舉辦冬賑以濟民艱全活者無數現屆青黃不接小民餬口尤難兼之入兵雲集薪桂米珠數口之家竟有坐以待斃者爵賑局司道昨委候補縣黃大令辦理春撫事宜自卞莊子至楊柳青一帶計十數村按戶散給錢文大口給津錢一千文小口減半民間得此接濟當不致有餓殍顏之曰實惠均霑誰曰不宜

護勇到防　○署關憲黃花農觀察因海疆多事前曾稟請傳相練勇五百名以資防護已列前報茲悉此項護勇已一律招齊人皆精壯雄健發給號衣器械以四百名駐紮馬家口迤南前電報機器局令其於海大道分段巡邏彈壓緣該處密邇租界當此來往隊伍日凡數起其中良莠不齊得此團丁巡緝防護免致別生事端防患未然商民悉蒙庇蔭誠一方保障也

不如土著　○祁口及狼坨子地方亦爲沿海要隘去秋軍興海口戒嚴該處守備目覩防守緊要即調齊營兵駐守惟綠營兵丁糧餉太薄是以請發津貼以資該兵餬口又向大沽協鎭處請領洋槍認眞練習至狼坨子界當大河口尤關緊要額兵照例駐守嗣以津貼無從籌發人心不免觖望雖有重兵協防究不如汎兵乃係該處土著熟習地面情形似當優加津貼以示鼓勵斯有恃而無恐耳

南船開行　○本埠太古洋行南船開行一節已紀報端茲又接怡和洋行來函內稱本行刻接上海公司來電云本行怡生和生樂生連陞順和北直隸益生等船均准於本月初九日早六點鐘由上海開放來津等語據此則南船開行有日大約十二三等日可以抵津矣

募勇告示　○管帶才字後營即補協鎭潘　爲招募才字步隊後營如有精壯勇丁情願投效者赶緊報名登冊日給小口糧俟招齊到防再起支大口糧切切此諭並擬定二月初六日在西門外南來陞客店開招務早至店掛號候調毋得自悞特示

公侯萬代　○西頭李某者洋貨之掮客也家有一妻子女各二爲人篤實不欺僅堪餬口去歲洋貨滯銷益形無聊兼之薪桂米珠一家六口終日嗷嗷不獲一飽至昨日竈冷無烟愁城坐困其妻餓餒中燒言語之間誚李不善謀生計李正窮愁滿腹一聞斯言憤然而作不發一語携其二子出門而去其妻駭異特甚由後尾追詎李直奔河干捽衣投水妻大恐急喊救人經行路者攔阻衆詢情由同聲嗟嘆適有某富家公子經過因見多人圍觀亦擠入人叢中訪問經傍人代言顛末公子復又審視一番惻隱之心見於詞色遂由身邊取出錢票二紙計津蚨二十千遞與李手因言際此困危適以相遇即屬有緣將此聊作急需再徐圖生計等語李驟聞其言不知所措云與公素不相識如此厚惠某雖至貧實不敢領公子曰四海之內皆爲朋友至於銀錢非一人之有乃天下之物不過未能流通是以有得有失今我既有盈餘當濟君之竭聊移緩就急何謂不可況關係數口性命豈可生此拙志幸早歸去合家安生度日可也李聞之不覺拜謝

在地並請問姓名異日圖報公子含笑不言翩然而逝比時大衆無不交口稱贊眞正難得論津郡富家大族甲於他處好善樂施者亦爲他省所罕見而靑年公子每多尋花問柳不惜揮金似此之濟困扶危實不多覯今某公子慨然濟貧立救數口之命不令人知姓名眞乃好行其德者矣公侯萬代不禁代爲受者頌之

糧價未減　○天津五方雜處貧民甚多兼以糧米昂貴謀食者更非易易其極貧之戶賴有粥廠暨各善局施給米麵以餬其口而粥廠亦非常年開設轉瞬停止則從何處覓食至其稍知廉恥之輩不甘嗟來惟自枵腹忍飢三日兩餐苟延殘喘其不耐飢之徒即不免流入匪類貽害地方當茲有事之秋更宜妥爲撫輯日前道憲呂觀察體念民艱出示嚴禁各糧店居奇抬價小民聞知莫不交口感頌雖由各糧行公議平定價值白米每升減至九十六文白麵每斤減至六十四文玉麵每斤減至五十文嚴定規約倘有不遵送官懲辦城廂內外各米麵鋪自應遵照新定之價出售詎建議已將旬日各該店鋪仍未照辦藉詞此項價值雖曰公議並未見大憲示諭仍難遵照云云似此貪利居奇殊爲巧詐當此海氛不靖食爲民天此何時乎而可容若輩壟斷乎妄不憚饒舌之譏而爲貧民乞命也

民團止夜　○邑侯李搏霄太守於去歲因海氛不靖舉辦團練以資防禦並以冬令宵小易滋事端於十一月初一日遴選精壯團丁百五十名分撥四城輪流下夜並分上下兩班周流巡緝往歲每值冬令竊盜之案在所不免各冬自有團丁下夜鼠偷狗竊之徒聞風歛迹尨吠不驚人皆安枕莫不頌邑侯之德現交春仲例應停止下夜之舉聞已於初一日將派出團丁一概歸伍操練矣

江督轅抄　○光緒二十年十二月二十五日試用運判盛曾緒由京引見回　准補淮安府經歷李錫蕃叩謝藩司飭知赴任　二十六日知府柯逢時謝委支應局提調　前福建裁缺海壇鎭吳奇勳謝委統領南洋各兵輪　閩浙參將李田謝委督帶南瑞兵船　二十七日軍械所候補道楊稟知今日封庫　統領水師五營黃本富辭回營交卸　二十八日同知黃家珍由京銷假回並稟知引見回歸候補班補用　二十九日南河候補同知金鎔到由淸江來候領軍械赴山海關　句容縣張沇淸稟謝奉藩司飭知回本任　督轅牌示新正初一日應行拈香之期所有文廟委程道儀洛武廟委懋道績文昌廟委陸道元鼎均分別拈香　三十日缺　二十一年正月元旦文武各官俱稟賀　候補道趙燚謝委會辦善後局差[illegible]分發湖廣記名提督張仲春差人稟知仲字前中兩營現已到寗　初二日統領南洋各兵輪前福建裁缺海壇鎭吳奇勳稟知今日起用關防辭赴江陰接事　初三日壹號輪船周辭赴淸江接潘臺瑞　初四日署漕運總督江蘇藩臺鄧署長江提臺彭均到會　初五日洋火藥局候補道蔡機器局候補道郭均稟知今日開工　初六日奉調兩江差委廣東候補道王秉恩到見並謝委江南軍營務處　軍械所候補道楊稟知今日開庫　初七日委代開濟兵船候選縣丞吳其藻見　謝　廣東水師學堂駕駛教習把總曹汝垣督輪學生曹汝川均到見由粵奉電調來省差遣

京報節錄

宮門抄　上諭恭錄前報○二月初三日工部　鴻臚寺　正白旗値日　侍衛處引　見二名　吏部三十三名　戶部十六名　禮部六名　刑部六名　理藩院二十一名　兩翼十六名　火器營四名　兩白漢八名　恩佑假滿請　安　大額駙請假五日　吳樹梅續假十日　光緒請假十日　召見軍機　麟中堂　汪鳴鑾

○○經筵講官刑部尚書臣松溎等謹　奏爲審明失守要隘官犯按例定擬恭摺仰祈　聖鑒事光緒二十年十一月二十一日奉　上諭前因旅順失守諭令李鴻章查明總辦船局道員龔照璵有無潛逃惑衆情事旋經李鴻章覆奏請將龔照璵革職留營効力當經革職不准留營惟該革員總理船政工程兼辦水陸營務久駐旅順當倭氛逼近之時不能聯絡諸軍同心固守迨船塢失陷避至烟台僅予革職不足蔽辜已革道員龔照璵着即拿交刑部治罪等因欽此復據山東巡撫李秉衡奏參龔照璵等臨敵逃竄貽誤軍機等因在案當經臣部咨催直隸總督迅速派員押解已革道員龔照璵送部去後旋據該督飭委候補知縣吳調鼎於十二月二十七日將龔照璵解送到部經臣部奏請以案情較重可否　簡派大員會同刑部審訊或遵照欽奉　諭旨按例治罪是月二十八日奉　上諭已革道員龔照璵前因旅順船塢失陷避至烟台降旨拿交刑部治罪茲據刑部奏稱該革員現已解送到部請旨辦理等語龔照璵與應得罪名即着刑部嚴

行審訊按律定擬具奏欽此經臣等由軍機處將李秉衡來摺咨抄到部查原摺內稱該革員督帶水雷等軍倭犯大連灣時居民向可安堵如故該革員一聞警信即携眷潛赴烟台經該撫訪聞正往詰問旋又逃至天津迫於衆論折回旅順不數日仍自潛逃以致兵民驚惶軍無鬥志該革員逃後其親兵營勇肆行搶掠因之工匠居民遷徙一空旅順之失該革員實爲禍首等語當即遴派司員嚴行審鞫復據御史蔣式芬奏參去年十月初九日金州失陷該革道即於初十日由旅順逃往烟臺懼東撫李秉衡查問又逃赴天津十一日各廠閧總辦已遁工匠皆散營兵紛出擄掠該革道所部之兵自刦廠庫料物而逃於是水雷營弁張起龍斷雷線携電箱亦遁水旱雷兵聞之皆遁故雖各口伏水旱雷六百餘具未嘗一發也該革道既至天津經李鴻章面飭令還旅順至二十四日該革道仍棄船廠易便帽紮袍遁入舟船始出口迴首倭兵猶未至也行四日始達烟台畏東撫不敢上岸匿廣艇中數日仍乘豐順商船遁至大沽一摺光緒二十一年正月初六日奉上諭前據刑部奏革員龔照璵拿解到部當交刑部嚴訊按律定擬具奏茲據御史蔣式芬奏稱確訪該員委棄旅順實在情形請歸案訊究等語即着刑部按照該御史所指各節歸入前案一併嚴訊具奏欽此臣等復敘併入李秉衡所參各節詳查究詰龔照璵供稱係安徽合肥縣人同治十年投効北洋製造局當差由監生捐納府經歷加捐同知保知府分省補用光緒十一年捐道員十六年保二品頂戴捐指直隸到省後調辦旅順船塢工程刊發總辦旅順船塢事宜木質關防一顆因與水師陸營均有交涉事件奏派會辦北洋海船水陸營務處由前辦船塢工程現任山東登萊青道劉含芳移交　員兼辦營務處並無節制各軍之名水雷營向設管帶一名幫帶一名隊長三名每隊二十名共水勇六十名海口門外設水雷三百餘具後路西岸自羊頭窪至東岸鹽廠五十餘里由各營共領旱雷二百餘具安設各處要路倭賊初來聞有本地奸細爲之嚮導凡後路所設旱雷之處賊來均未經過是以未放旅順向無城池亦無文武守土職官後路奏明派姜桂題程允和兩軍鎮守前面東西兩岸砲臺係黃仕林張光前專責營務處向有護勇二十名船塢局向有長夫三百名係專備各船進塢刮漆油底搬運料件九月間傳說到處皆有奸細各兵輪修竣後稟明北洋大臣暫將長夫按營制改工程一營即派管帶分哨分棚派在各處料械庫所晝夜輪流巡守以防奸細暗地放火並將各營寄存廢槍借撥三百根發給藉壯聲勢船塢自十六年開辦以來計年用存料件約合銀十八萬兩零　員家眷於九月初十日搭商輪到天津人所共知並無携眷赴烟臺一事十月初九日金州失陷大連灣相繼不保是晚正定鎮總兵徐邦道及提督趙懷業同時潰至旅順士卒數千人糧餉全無旅順各軍自辦之糧本到亦恐糧餉不足且電線已斷津旅信息不通當日各廠匠人散走均未到工隨將廠庫封鎖彼時統將十分焦灼公同來局商請革員親身前往乞撈局中暫由姜桂題代爲照料數日革員乘海軍雷艇出海初十日至烟台晤登萊青道劉含芳籌用民船運糧設法接濟旋即抵津將旅順一切情形面稟北洋大臣求爲速救始知宋慶業已南下　此稿未完

敬啓者本館現於本年元旦出報因排報之鉛字各路之採訪主筆之西儒須開河後方能齊集姑先按日出報四幅以饜　諸公望報之懷二月之望即照舊例報價因用洋紙每份售大錢十文仕商告白減價三個月以廣招徠其餘各事均循中西報館章程辦理特此啓知伏祈　公鑒　直報館謹啓

直報

光緒二十一年二月初八日　第三十二號
西曆一千八百九十五年三月初四日　禮拜一

上諭恭錄　原強　愼重祀事　守望相助
來乙春撫　魁軍領械　整頓保甲　告示照登
公善獨善　圜墻動工　然耶否耶　集思廣益
京報節錄　告白照登

上諭恭錄

上諭理藩院奏蒙古郡王等捐輸軍需銀兩請旨分別獎勵一摺四子部落郡王勒旺諾爾布頭等台吉勒沁旺楚克情殷報効洵屬急公勒旺諾爾布之第二等台吉圖布沁色楞着賞戴花翎勒沁旺楚克着賞給鎮國公銜欽此　旨翰林院待詔着陳景沆補授陝西華州知州着黃世瀛補授湖北黃州府糧捕通判着龔鑑源補授江蘇昭文縣知縣着李鵬飛補授廣西永淳縣知縣着黃正權補授陝西鄜縣知縣着馬傳錄補授陝西山陽縣知縣着趙錦成補授江蘇豐縣知縣著王得庚補授安徽青陽縣知縣着湯壽潛補授廣東定安縣知縣著張宜補授山東安邱縣知縣著俞崇禮補授河南鞏縣知縣著陳吉樟補授安徽績溪縣知縣著錢止園補授福建連城縣知縣著楊濱補授福建永春直隸州州同着胡斌補授截取舉人李延齡著以教職用廩生嵩秀着以文職用鍾繼著以七品筆帖式用多貴崇綬奇拉琨成勛俱著以文職用全增繼昌烏拉喜春萬清奎濂俱著以侍衛用文清著以旗員用河南道監察御史著宋承庠補授詹事府左贊善着貽穀補授欽此

原強

今之扼腕奮舌而講西學談洋務者亦知五十年以來西人所孜孜勤求近之可以保身治生遠之可以利民經國之一大事乎達爾文者英國講動植之學者也承其家學少之時周歷寰瀛凡殊品詭質之草木禽魚裒集甚富窮精眇慮垂數十年而著一書名曰物類宗衍自其書出歐美二洲幾於無人不讀而泰西之學術政教爲之一斐變焉論者謂達氏之學其彰人耳目改易思理甚於奈端氏之天算格致殆非溢美之言也其爲書證闡明確鑿然有當於人心大怡謂物類之繁始於一本其日紛日異大抵牽天繫地與凡所處事勢之殊遂至闊絕相懸幾於不可復一然此皆後天之事因夫自然而馴致若此者也書所稱述獨二篇爲尤著西洋綴聞之士皆能言之其一篇曰爭自存其一篇曰遺宜種所謂爭自存者謂民物之於世也樊然幷生同享天地自然之利與接爲構民民物物各爭有以自存其始也種與種爭及其成羣成國則羣與羣爭國與國爭而弱者當爲強肉愚者當爲智役焉迨夫有以自存而克遺種也必強忍魁桀趫捷巧慧與一時之天時地利泊一切事勢之最相宜者也且其爭之事不必爪牙用而殺伐行也習於安者使之處勞狃於山者使之居澤不再傳而其種盡矣爭存之事如是而已是故每有太古最繁之種風氣漸革越數百年或千餘年消磨歇絕至於靡有孑遺如卵學家所見之古禽古獸是已此微禽獸爲然草木亦猶是也微動植二物爲然而人民亦猶是也人民者固動物之一類也達爾文氏總有生之物而標其宗旨論其大凡而又有錫彭塞者亦英產也宗其理而大闡人倫之事幟其學曰羣學羣學者何荀卿子有言人之所以異於禽獸者以其能羣也凡民之相生相養易事通功推以至於兵刑禮樂之事皆自能羣之性以生故錫彭塞氏取以名其學焉約其所論其節目支條與吾大

學所謂誠正脩齊治平之事有不期而合者第大學引而未發語而不詳至錫彭塞之書則精深微妙繁富奧衍其持一理論一事也必根柢也理徵引人事推其端於至眞之原究其極於不遁之效而後已於一國盛衰强弱之故民德醇漓翕散之由尤爲三致意焉於五洲之治由狉獉蠻夷以至著號最强之國指斥發毫什九殫盡而獨於中國之治嘿如也此亦於其所不知則從蓋闕之義也錫彭塞殫畢生之精力閱數十載而後成書全書之外雜著叢書又十餘種有日動學篇者有日明民要論者以卷帙之不繁而誦讀者爲尤衆動學篇者勸治羣學之書也其大指以謂天下沿流溯源執因求果之事惟於羣學爲最難有國家者施一政著一令其旨本以坊民也本以拯弊也而所期者每不可成而所不期者常以忽至及歷時久而曲折多其利害蕃變遂有不可究詰者是故不明羣學之理不獨率由舊章者非也而改弦更張者乃牏謬因循鹵莽二者必與居一焉何則格致之學不先福僻之情未去束教拘虛生心害政固無往而不誤人家國者也是故欲治羣學且必先有事於諸學焉非爲數學名學則其心不足以察不遁之理必然之數也非爲力學質學則不知因果功效之相生也力學者所謂格致七學是也炙學者所謂化學是也名數力炙四者已治矣然其心之用猶審於寡而熒於紛察於近而迷於遠也故非爲天地人三學則無以盡事理之悠久博大與蕃變也而三者之中則人學爲尤急切何則所謂羣者固積人而成者也不精於其分則未由見於其全且一羣一國之成之立也其間體用功能實無異於生物之一體大小雖殊而官治相準故人學者羣學入德之門也人學又析而爲二焉曰生學曰心學生學者論人類長養孳乳之大法也心學者言斯民知行感應之秘機也蓋一人之身其形神相資以爲用故一國之立亦力德相備而後存而一切政治之施與其强弱盛衰之迹特皆如釋民所謂循業發現者耳夫固有爲之根而受其蘊者也夫唯此數學者明而後有以事羣學羣學治而後能脩齊治平用以持世保民以日進於郅治馨香之極盛也嗚呼美矣備矣自生民以來未有若斯之懿也雖文周生今未能捨其道而言治也

此稿未完

愼重祀事　○順天府霸州縣照例按年解送祭祀牛隻偶有一二頭不如式者經管理犧牲所駁囘補解倘不如法採買喂養以致多不入選該値年處大臣會同順天府將承辦之州縣一併查參今順天府順義縣呈進黃牛十二頭乳牛十二隻於二月初二日解赴禮部査驗掛號己將如式合用黃牛十頭乳牛十二隻發給草束飭佃餧養尙餘黃牛二頭皆因沿途缺少餧養瘦弱不堪難以入選業經札飭該縣迅速買補以免參處而昭愼重云

守望相助　○順天府大興宛平兩縣諭各該莊長地方畧謂安循良宜先緝盜靖地方重在懲奸本縣蒞任以來整頓捕務選派幹役嚴密查拿並添雇勇丁到處巡緝一經獲犯務必盡法嚴懲以昭炯戒現定支更章程開列於後　一各該村莊竟查戶口之多少每戶出夫一名大莊百戶以上應以十人爲一牌中村五六十戶以下應以五六人爲一牌每牌立一公正牌長每日輪流出夫夜間分上下兩班來往巡邏週而復始並立公所白晝掛旗黑夜懸燈每人各帶制錢數枚買油燭應用有餘錢文或買茶水小米熬粥以禦飢渴如十戶內間有一二貧乏者無力出錢可以公同代備以篤鄰誼每月一人竭三夜之勞享二十餘日之安自二月初一日起先將値更人姓名按牌開單送縣標登張貼公所以免推諉偏派之弊此等辦法所費無幾得益甚大爾等免之　一村莊內凡家無男丁及年過六十歲或未及十五歲老幼殘廢不必一律派恤老慈幼以示體恤　一小莊不及二十餘戶者與附近小莊聯爲一氣每夜出夫二三名餘派一人駐紮公所外　一各村莊祀關廟宇向有清淨之區不准容留閑雜人等以致滋生事端每夜按牌輪流不准托故[illegible]

來乞春撫　○民爲邦本食爲民天人一日不食則飢七日不食則死往歲畿輔一帶被水成災官賑義賑絡繹不絕與災區衆屬幸無餓殍客歲畿輔及津沽等處水災較往年似鉅而賑濟不及十分之一者以海疆有事度支浩繁實無餘力也然而邦本之誼究不容寬是以擇災重之鄉散放冬賑兼以春撫　皇恩憲德同此高深昨聞海河一帶被水村庄來乞春撫蓋以青黃不接乏食堪虞爲民乞命官茲海氛不靖安內斯可以攘外想上憲之仁必有以處此也

魁軍領械　○魁字馬步十三營爲閃軍門殿魁所統駐紮樂亭縣境作畿輔屏障昨有差弁來津請領軍火計領去林明敦槍一千四百桿又馬槍一千桿林明敦槍子七萬顆軍門精於洋槍久著聲譽今軍中所用皆屬精槍用以保障畿疆眞有猛虎在山之勢

〇海氛不靖大沽一帶尤爲吃緊雖由協鎮嚴加防範而游勇土匪到處可虞昨南羊碼頭貢生李紹先等赴鎮轅遞稟整頓保甲請出示彈壓吳軍門接閱之下頗喜其知當務之急批稟署謂該生等急公好義深堪嘉尚已咨道札縣出示曉諭並札飭葛沽汛鹹水沽汛會同巡查不容稍有疏懈如遇有游勇滋事搶刦盜案該紳等即赴有司衙門稟請懲辦毋庸另示彈壓云云軍門痌瘝在抱凡有益地方之事無不立時施行於此畧見一斑

告示照登　〇欽加五品銜長蘆小直沽批驗廳正堂卓異候陞加四級紀錄五次陳　爲示禁事案奉　憲行照得祭祀隨關理宜肅靜聞得所供猪羊祭品等物各署執事人役肆行搶奪擁擠滋鬧實屬不成體制札所即行諭禁所設祭品應俟本司行禮後方許撤供如敢抗違不遵仍前擁擠者立即拿究等因奉此茲奉　運憲季　示期二月初九日午刻祭關合行照案示禁爲此示仰各衙門執事人役並在關各役人等一體遵照如有搶奪祭品擁擠滋鬧者定即從嚴究辦決不寬貸其各凜遵毋違特示

公善獨善　〇河東桐達號李宅津郡之善紳也在西方庵前設立存育所善堂歷年已久向於冬月初收集貧民四五百名口來所吃粥一日兩餐至二月間撤集前後共百餘日所費不貲皆李宅獨力舉行與西門外延生社章程相似彼社爲公善此爲獨善尤爲難能昨延生社已於初七日止廠開存育所尚有半月甫行停止貧民得此多一日即得一日之飽其感恩戴德當何如也

園墻動工　〇本郡外圍墻周圍約有三十餘里司關鎮道分管客年經鎮憲吳掄峯軍門委派城守營徐都戎履勘已紀前報茲悉應修之段爲關憲所轄昨津海關道憲黃花農觀察已派員監修於二月初六日興工自東營門起至西營門止諭令加高培厚以期堅固而垂久遠畚鍤雲興鍫鋤霧集不日即可竣工云

然耶否耶　〇抬槍爲從前行軍利器近經某學使奏請製用本埠即已倣製本館曾紀前報以爲人工不如機器笨鐵不如羅馬板茲有人自奉天來者據云某軍領去抬槍二十五架令勇丁演放炸裂八桿傷勇數名又有人云某營有二十桿祇一桿未炸等語據此則製造之工不精所用之鐵又劣不言可喻軍中用此等器械豈不貽悞大局說者以爲一分價錢買一分貨此種劣槍大約係以賤價得來而圖報領大價者所爲否則不致如此然耶否耶姑照有聞必錄之例登之

集思廣益　〇南洋大臣張香濤制軍以上海廣學會督辦李提摩太君熟悉時事特地致書邀往金陵晤談一切李君在寗多日必有藎謀碩畫以贊助高深古所稱集思廣益者香帥有焉

京報全錄

宮門抄　上諭恭錄前報〇二月初四日內務府　國子監　正紅旗值日　內務府引　見十二名　卓公徐郵英信各假滿請　安　黑龍江副都統葉普春到京請　安　椿壽續假五日　文璧續假二十日　召見軍機　葉普春　皇上明日夘初二刻升　中和殿看版〇初五日理藩院　鑾儀衛　光祿寺　廂白旗值日　無引見　鍾公因伊弟以文職用謝　恩　德魁春齡因伊子以侍衛用謝　恩　玉璋因伊姪以侍衛用謝　恩　濂貝勒請假十日　成公續假十日　侍衛處奏派前引備引之大臣　派出溥僎慶興　召見軍機　皇上明日寅正二刻至　社稷壇行禮〇初六日吏部　翰林院　廂紅旗值日　無引見　端王因伊子授前引大臣謝　恩　巽勒敏因伊姪以文職用謝　恩　海緒因伊孫補員外郎謝　恩　薩廉因伊子以文職用謝　恩　玉書吉恒各請假五日　興伯續假十日　召見軍機　李中堂

接續前稿　又奏調章高元一軍赴援並籌漕米五千四百石及子藥等件裝載鎮東輪船革員於十四日回旅順船塢廠庫各處均封鎖如故並無搶竊情事惟據姜桂題云西岸有一處看守施放旱雷六品軍功隊長張啓林因將電箱損壞畏罪帶水勇四名逃去隨派弁兵安設妥當其餘各處電箱線弁兵照舊看守當派該管帶查拿張啓林不知去向並無張啓龍之人倭此時佔盤踞金州革員見勢危急曾勸諭將同心抵禦十七日姜桂題程允和兩軍接仗於營城地方十八十九等日均與接仗獲勝二十一日賊以大隊來犯各軍犄角殺賊甚至二十四日黎明賊以巨艦載添重兵由雙島一帶砲護登岸又由後路同時猛進各統領分隊禦敵自黎明戰至已刻賊轟斃之艦砲所擊甚遠後路西邊兩砲台先爲所毀賊乘勢近逼後路東邊各砲台隨又失陷革員出局到後山瞭望當見各軍陸退白玉

山革員回局片時復據探稱大隊又爲賊之鎗砲轟散賊已至局後圍墻革員見勢難抵督隊追至小平島其時遥見拖帶砲船之遇順輪船及下雷之小船各一艘出口外被倭輪開砲轟擊本局護勇及工程隊等當時亦不知奔散何處革員隨隊回局山路崎嶇以致馬倒墜地右髀受傷不能行動適遇局夫救上魚船送至烟臺因髀傷甚重人事昏迷當經局夫抬上商輪送回天津醫治數日十一月初六日禀見北洋大臣擬面陳旅順船塢失陷情形因被參奏未經傳見等語臣等查旅順失陷該革員倉皇奔竄　已承認不諱惟於賊攻陷金州時先期潛逃一節再三究詰堅供實係前赴烟台商運糧米復至天津請援委非逃遁其棄置地雷一節則稱係張啓林因損壞電箱同水勇逃走並堅稱旅順未失以前兵勇並無搶掠情事臣等詳核案情該革員既爲商籌糧米起見李秉衡時駐烟台何以並不謁見李秉衡若非訪查明確亦未必遽以入奏所供顯有不實其製造水旱雷原爲禦敵乃敵至而並未一試且係該革員專責仍復委罪於人尤屬支飾既經欽奉　諭旨交臣部按律定擬未便任令茹吐其詞稍寬厥罪應即擬結查例載防守要隘文武員弁統帶重兵畏葸巧避失守要隘者照守邊將帥失陷城寨律擬斬監候等語此案革員龔照璵委辦旅順船塢工程會辦水陸營務處久駐旅順責任綦重其時防守旅順者不下二十餘營兵力不可謂不厚雖各營均有將領該革員並無統率之責惟係監司大員且兼辦水陸營務處自應激勵諸將通籌守禦之策乃聞倭賊攻陷金州輒以赴天津請援托詞逃遁致安設地雷之張啓林因之奔逃兵勇亦因之搶掠迨回旅順後遲遲數日賊蹤始至又復不能聯絡諸軍同心固守以致船塢不保旅順全行失陷該革員復微服逃竄是其畏葸巧避致誤事機厥咎實無可辭查失守要隘例不分文武一律治罪自應按例問擬已革二品頂戴直隸候補道龔照璵合依防守要隘文武員弁統帶重兵畏葸巧避失守要隘者照守邊將帥失陷城寨律斬監候例擬斬監候秋後處決係職官仍恭候　欽定所有臣等審明定擬緣由謹恭摺具　奏請　旨奉

旨已錄

〇〇革職留任大學士直隸總督一等伯臣李鴻章跪　奏爲永定河盧溝橋迤上南岸建設減水石垻工程繕具丈尺銀數清單恭摺仰祈　聖鑒事竊臣上年籌辦盧溝橋迤上南岸減水石垻曾將完工日期及所做工段丈尺需用銀數奏報在案嗣接工部來咨令即照例報銷等因飭據永定河防局司道詳稱建設減水石垻並砌鋼橋下石橋墩兩面添修石隄暨挑築土隄開挑引河下游挑做護村隄及加高盧溝橋稅局後身舊石子埝培寬背後隄土等工共用部撥經費銀二十六萬七千四百五十九兩均係實用在工並無絲毫浮冒詳請具奏前來臣覆核無異理合繕開清單恭摺具陳伏乞　皇上聖鑒飭部查照俟接准部覆再飭造册請銷謹　奏奉　硃批該部知道單併發欽此

謹啓者敝號現運到頂上明亮𠻘煤火力大而經久爲近來開礦各家僅見之物定價每噸行平寶銀九兩每百斤津錢一吊六百文如蒙　賜顧請到本帳房面議特此奉　聞

永裕昌煤礦局謹啓廳河東大王莊啓發棧後院

減價出售　啓者本行發售各式外國檯燈掛燈以及各樣燈炮燈心均照置本出售並有呂宋烟數十箱紅毛片大小洋鏡數十個其價値定必格外從廉如欲購者請來本行帳房面商可也

正廣和洋行啓

告白　續永慶昇平　續施公案　萬年青初二三集　富貴錄　百寶箱　彭公案　第三才子　第一奇女　聊齋志怪

花月姻緣　續今古奇觀　巧合奇冤　醒心編　繡寶錄　開闢演義　五十名家手札　皆大歡喜　日本新政考　日本師船表

湘軍志　東三省地圖　日本地圖　中外東海詳細圖　楚軍馬步營制　後四才子　南北宋　東西漢　後英烈傳　草木春秋

後聊齋　後列國　子不語　說唐征西　飛龍傳　綠牡丹　笑中緣　七俠五義　前後七國　鐵花仙史　髮逆圖記　粉粧樓

文美齋謹啓

敬啓者本館現於本年元旦出報因排報之鉛字各路之探訪主筆之西儒須開河後方能齊集姑先按日出報四幅以饜　諸公望報之懷二月之望即照舊例報價因用洋紙每份售大錢十文仕商告白減價三個月以廣招徠其餘各事均循中西報館章程辦理特此啓知伏祈　公鑒

直報館謹啓

直報

光緒二十一年二月初九日
西曆一千八百九十五年三月初五日
第三十三號
禮拜二

上諭恭錄　原强續前稿　金闕曉鐘　武舉被褫
星土穫讁　槃戟將臨　赴防近信　三取試題
憲批兩紀　通衢綫塞　軍前正法　來信照登
遊戲三昧　京報節錄　告白照登

上諭恭錄

上諭順天府奏知縣緝捕不力請旨懲處一摺順天府順義縣唐子頭村西王路村寺處於旬日之間疊出搶刼之案並有槍傷事主毆死一家二命情事兩案相連均未破獲實屬捕務廢弛順義縣知縣周兆黃着先行摘去頂戴勒限嚴緝以示懲儆該部知道欽此

原强　續前稿

嗚呼中國至於今日其積弱不振之勢不待智者而後明矣深恥大辱有無可諱焉者日本以寥寥數艦之舟師區區數萬人之衆一戰而敗我[illegible]視之[illegible]一戰而[illegible]京戒嚴三戰而奪我最堅之海口四戰而覆我海軍今者款議不成而畿輔且有旦暮之警矣則是民不知兵而將帥乏才也曩者　天子嘗赫然震怒矣思有以更置之而內之則殿閣宰相以至六部九卿外之洎廿四行省之督撫將軍乃無一人焉足以勝禦侮之任者深山猛虎徒虛論耳夫如是尚得謂之國有人焉哉兵連釁遘逾年耳而乃公私赤立洋債而外尚不能無鬮閭是財匱而蹈前明之覆轍也夫一國猶一身也擊其首則四肢皆應刺其腹則舉體知亡而南北雖屬一君彼是居然兩戒首善震矣四海晏然視邦國之顛危若秦越之肥瘠則是臣主君民之勢散而相愛相保之情薄也將不素講士不素練器不素儲一旦有急蟻附蠭屯撥以外洋之快槍機礮則扞格而不操窒塞而毀折故其用之也轉不如陋鈍之擡槍而昧者不知遂詡詡然曰是內地之利器也又有人焉以謂吾習一槍之有準遂可以司命三軍且大布其言以懾敵此其所見尚何足與言今日之軍械也哉更何足與言戰陳之事也哉夫督曰制軍撫曰撫軍皆將帥也其居其名不習其事乃如此十年已來　朝廷闕政亦已多矣其謀謨廟廊佐上出令者與下爲市翹汚濁苞苴之行以爲天下標準且靦然曰弊者固中國之所以養天下者也此其言是率中國舉爲穿窬而後已也即目擊甚不道之政亦謂吾己無可奈何於吾君或爲天下後世所共諒且此數公者又非不知與亂同事之罔不亡也正如息夫躬所言以狗馬齒保目所見茍幸及吾身之無親見而已而　國家億萬年之基由此而臬兀焉非所恤矣而孰謂是區區者之尚不余畀耶至所謂　天子顧問獻替之臣則於時事時勢　國家所視以爲存亡安危者皆茫然無異聾人之捕風其於外洋之事固無責矣所可異者其於本國本朝與其職分所應知應明之事亦未嘗稍留意焉一考其情實是故有所論列則嘀囈[illegible]傳聞遠方徒資笑虐有所彈劾則道聽塗說矯誣氣矜入經　朝廷數十年之任事在　輦轂數百里之中於其短長功罪得失是非昏然曾未有知徒尚謾罵自鳴忠讜而一時之論亦以忠讜稱之此皆文武白執事　天子綏急所恃以爲安者其人材又如此至其中趨時者流自命俊傑則矜其淺嘗誇爲獨得徒取外洋之疑似以亂人主之聰明而尤不肖者則竊幸世事之糾紛又欲因之以爲利求才亟則可以僥倖而驟遷興作多則可以居間以自潤凡此云云其皆今日逆耳之篤論抑爲鄙人喪心之言也夫人才求之於有位之人既如此矣意者沈廢伏匿於草野閭巷之間乃轉而求之則消乏彫亡存一二

於千萬之中卽覓謂之無亦蔑不可審矣神州九萬里之地四百兆之民此廓廓者徒土荒耳是熙熙者徒人滿耳向自謂吾爲冠帶之民靈秀所鍾孔孟之所敎禮義之所治抑何其無愧而不知恥也夫疆埸之事一彼一此戰敗何足以悲今且無論往古卽以近事明之八百三十年日耳曼不嘗敗於法國乎不三十年洒恥復亡蔚爲强國八百六十餘年法蘭西不嘗破於德國乎不二十年救敝扶傷蔚然稱富論世之士謂其較拿破侖之日爲逾彊也然則戰敗又烏足悲哉所可悲者民智之已下民德之已衰與民氣之已　耳雖有聖人用事非數十百年翻海知亡上下同德痛刮除而鼓舞之終不足以有立而歲月悠悠四鄰耽耽恐未及有爲而已爲印度波蘭之續將錫彭塞之說未行而達爾文之理先信況乎其未必能遂然也吾輩一身卽不足惜如吾子孫與中國之人種何於戲天地父母山川神靈其尚無相玆下士民以克誘其衷咸俾知奮　此稿未完

金闕曉鐘　○吏部示傳所有在部投供之坐補　會典館漢謄錄張廼雋一員限五日內取具同鄉京官印結塡寫親供三代履歷親身赴部投遞有執照者攜帶呈驗以便咨送會典館毋得違悞○嚮導大臣處爲咨行事正紅旗兼行嚮導章京現在懸缺應卽照章咨取護軍參領副護軍參領委護軍參領空銜花翎各員揀選充補相應咨行貴護軍營卽將前項人員保送數人務於文到五日內咨送本處以憑辦理可也○□部爲片傳事所有各旗營等處應領本年二月分馬乾等銀現准銀庫付稱於本月十二日辰刻開放爲此片傳各旗營等處轉飭承辦人員屆期赴庫承領莫悞可也○戶部山東司示傳請領黑龍江防餉銀兩之委員六品官春山等知悉本庫定於本月初十日開放爲此示傳該委員等務於是日辰刻赴庫支領毋得違悞特示○値年旗爲咨報事所有揀補　永陵總管一排三人於本年二月十六日帶領引　見相應造具滿排單二分先行咨報滿軍機處査照可也

武舉敲磯　○京師東便門外三塊板地方於去年冬間有山東武舉李福明開設機器磨坊前經都察院奏准飭令撤去劄行南城派役傳訊詎料該商人違抗不遵恃符狡展竟敢响聚公堂並率黨數十人突至崇文門外淸化寺毆南城司官署經南城院憲秀侍御奏請將武舉李福明卽行斥革拿交刑部照例治罪以儆刁玩至刑部如何定擬俟訪明再錄

星士獲譴　○京師前門外琉璃廠火神廟內居住朱某者楚北人也素日善講子評曾與某內侍勾結擅入　禁城經某侍御奏參奉　密旨嚴拿旋經北城院憲委派司坊官立卽將朱某拿獲督押覆奏請　旨辦理然事關嚴密究因何情俟訪明再錄

啓戟將臨　○樂閣直督李中堂自到京後連日召對並與各王公大臣商議機務日不暇給玆聞各要務均已商量就緒有初八日請訓初九日出都之說未知確否俟得的信再行續陳

赴防近信　○直隸提督聶功亭大帥由關外來津日期已登前報玆悉帥節現住城內丁公祠日內有赴蘆台行轅駐紮之說又有先赴沿海各口巡閱之說總之保障畿疆徵軍門孰能任此畿輔一帶自可恃以無恐惟聞軍門從前關外駐防之地係呂軍門本元代爲防守自節麾進關後呂軍門疊次告警猛虎在山之喩令人益信矣

三取試題　○三取書院甄別日期已志前報玆將生童題目列後　生題詩曰奏假無言時靡有爭是故君子不賞而民勸不怒而民威於鈇鉞　童題詩曰奏假無言　詩題生童同賦得流鶯比鄰得鶯字生五言八韻童五言六韻計生應考者共一百四十餘人挑取六十名分內外附等課內課十名外課十名附課四十名童應考者共二百五十餘人挑取四十名亦分內外附等課內課七名外課七名附課二十六名

憲批兩紀　○欽命署理直隸總督雲貴總督部堂王　示具呈監生王懷吉等稟係天津鹹水沽人批檢査原卷鹹水沽引河兩岸悉屬荒鹻本無熟地盛軍周總統屢經出示丈量按畝給價銷除糧額已非民業原奏雖有墾熟後分給民種按則升科一層亦應俟體察情形妥議章程奏明辦理爾等何得妄生希冀所請著不准行○欽加二品頂戴署直隸天津河間兵備道呂　示具稟南羊碼頭貢生李紹先等稟批鹹水沽一帶業經本道稟奉　督憲面諭勸辦團防以資保衛該村距鹹水沽不遠應否一律團練抑或如稟整頓保甲仰天津府迅卽會督沈丞等酌議詳奪稟抄存

通衢壅塞　○鎭海門本屬繁盛之區東洋車及二把手小車每擁擠不開若遇有大車經過更爲阻塞恒有一二時不能行走之勢前曾登諸報牘亟宜設法疏通昨日天將薄暮該處又行壅塞適有某鄉人驅大車一輛正在進退維谷之際偶爾失愼竟將一外縣人軋倒當經守望總局巡丁將該車夫及被軋人一併拿獲送至局中尚不知性命如何似此擠塞通衢倘有公文要事亦爲躭延誤事不小不識有街道之責者何以處之

軍前正法　○遺軍逃勇照例拿獲正法所以儆效尤也當此軍興之際尤宜認眞辦理庶可使知國紀而免臨陣脫逃昨聞親兵營捉獲一人爲去秋所逃者於今訪獲即以軍法從事庶可懲一以儆百乎

來信照登　○敬啓者敝軍宋營官因嫖賭早已撤委並無趙姓管帶皮衣棉襖均係統領自行發給銀兩不折不扣糧臺陳星海係統領多年心信之人並無此舉祈　貴局執事更正爲禱奉軍領餉委員伍發枚拜懇

遊戲三昧　○戲法一項雖屬虛假然亦有怪怪奇奇非人意料所及者新正初四日蘇垣元妙觀中突來山東人甲乙丙等七八輩設場於三清殿東首先是亂鳴金鼓比見游人齊集甲遂登場而立探懷出鐵彈十枚向空擲去高逾十丈乃以手次第接之旋擲並無一彈落地旁觀者但見該彈旋轉空際恍若百千萬億半晌停手而彈已不知去向矣少頃乙上場手執紙箑一柄令人以洋巾眼鏡水烟盒時辰表各一物安置地上乙以扇遠遠招之各物均隨風而起離地數尺盤旋如意不異穿花蛺蝶其時觀者如堵莫不歎其技之神異久之乙下場輪及某丙先於口中吐出長約四寸之瓦絲一莖刺入左鼻佯嗽數聲以指於右鼻中控出笑向人曰君等以我技止此乎言訖又於鼻中取出無數瓦絲取畢又故作遲疑狀于兩耳兩目中各拔出數十莖始尙緩緩繼則每咳一聲卽拔一莖連拔如入山陰道上有應接不暇之勢末一莖先從眼角中拔出其半繞場一週高唱蓮花落一曲然後命童拔之觀者益鼓掌叫絕然究不知其是何幻術也俄而某丁又至口啣雪茄烟手執紅氈僻向衆作趣語頗足解頤語畢變演各種物件如黃雀兎子酒甕金魚缸等皆能出人意外變幻隨心尤奇者以瓜子一粒種於盆內上覆洋巾向之書符誦咒迨揭巾看視不轉睞而萌芽矣又不轉睞而繼長增高生葉矣結實矣丁以瓜盆捧向人前請觀則見靑藤碧葉上綴黃　二枚長五六寸鮮嫩可愛於是觀者又不禁喝采爭輸金錢甲等始收拾包裹而去

京報全錄

宮門抄　上諭恭錄前報○二月初七日戶部　通政司　詹事府　正藍旗値日　無引見　額中堂假滿請　安　耆齡因伊子以文職尙謝　恩　德壽等前往口外賜奠請　訓　熙敬延茂各請假十日　召見軍機　啓秀　廖壽恒

○○經筵講官刑部尙書臣松溎等謹　奏爲審明革員僨軍失機節節潰退情由按律定擬恭摺奏祈　聖鑒事光緖二十年十二月二十八日准北洋大臣直隸總督李鴻章及幫辦北洋軍務四川提督宋慶分派委員會同押解已革提督葉志超到部當經收禁於二十一年正月初三日以可否　飭派大臣會審抑或由臣部按律治罪之處請　旨定奪奉　上諭已革直隸提督葉志超由公州退回平壤並未接仗迨行抵平壤又復漫無布置節節潰退不顧其安州倚有馬步八營可爲策應該革員並不扼守安州乃竟退過鴨綠江實屬統馭無方大負委任葉志超着交刑部治罪等因欽此遵卽遴派司員從嚴訊鞫據葉志超供係安徽合肥縣人投入淮軍歷保武職蒙恩簡授直隸提督光緖二十年五月間奉派赴朝鮮剿辦亂匪排帶蘆楡兩防兵一千五百名於五月初八日行抵牙山六月初間平定匪亂旋以倭人構釁牙山四面受敵正擬移駐公州倭已大股來犯適總謙蘆楡北塘兵一千八百餘名赶到革員等因遂移師成歡突於二十六日夜倭人潛來偷營當經擊退俄頃倭兵紛起數約二萬彼此對敵忽有傷亡革員兵寡力瘁遂退至公州繼探知倭以大股來攻因繞道從漢江上游飛渡由平康行抵平壤當經電奏自請議處並爲陣亡諸將領請卹奉　旨以該革員所帶之兵本爲朝鮮定亂兵數不多此次途遇倭軍雖有傷亡功過足以相抵着加恩寬免議處准其擇尤保奬等因欽此嗣於七月二十六日奉　旨總統諸軍自揣力難勝任恐誤大局兼以病須就醫籲請開缺未蒙　恩允維時革員所帶弁勇三千餘人先在平壤各軍有衛汝貴統帶之盛軍十二營馬玉崑統帶之毅軍五營左寶貴統帶之奉軍馬步各三營豐陞阿統帶之馬隊盛字兩營均歸革員總統當與各統領會商派衛汝貴駐守平壤南門外大同江沿分一營駐江東岸馬玉崑以一營接應盛軍兼防大同江並分一營駐紮江東城內又駐四營扼守南門派左寶貴以一營駐

韓門外大同江浮橋作爲要隘派豐陞阿兩營馬隊守七星門由南門至大西門等處係　員自統正定軍右營及平壤獵戶合守其餘各營分段駐守並挑選各營精銳作爲遊擊至十三十四等日倭須以全師來犯各軍分道迎敵倭人亦經敗退至十五十六兩日倭人齊出大隊鏖戰十六日早奉軍三營砲台被毀左寶貴中彈陣亡各軍子盡糧絕倭人搶掠四山以大砲向城營施放革員同諸將定議退守安州詎該處官民逃避一空兵勇無食可就復同諸將會商連原駐各營均退至博川地方革員又經奏明自請嚴議蒙　恩寬免革員復於八月二十三日奏明全軍退回鴨綠江西九連城駐守至革員到九連城時連原駐並續到馬步各軍尚有一萬餘人嗣於九月初五日奉旨撤去革員總統於二十一日將自帶各營交聶士成接督應候查辦至二十八日九連城失守革員又經交卸等語並將歷次電報鈔呈臣等查葉志超初朝鮮平定匪亂其由牙山移至公州及平壤均不免於潰退尚可以兵數不多寬其責備迨自平壤以後統計各軍共二十餘營均歸該革員總統果如所供分段扼守其布置亦可謂周密何至一遇倭人全行敗北此彼此相持不過數日遂諉爲子盡糧絕竊恐無此情理儻謂平壤失利難以株守則安州尚有馬步八營未嘗不可借資保衛而該革員遽稱官民逃避一空兵勇無食可就所供尤不足信且該　員由公州潰退業經蒙恩免議又復畀以總統之任迭蒙　賞賚在該革員宜如何奮不顧身力圖効命乃節節逃避棄置藩封於不顧直退至九連城始行停止其貽誤大局厥罪誠無可逭即宋慶原奏亦謂該　員由公州退回平壤並未接仗惟抱病因循督剿不力當撤兵之際不能按定次序又不能整隊徐行直過鴨綠江始止實無統馭之才則該　員之漫無布置恇怯畏葸可想而知再三究詰該革員亦自認統馭無方辜負　天恩惟有叩求按律懲治甘罪無辭應即擬結查律載守邊將帥被賊攻圍城寨不行固守而輒棄去因而失陷城寨者斬監候等語此案已革提督葉志超由公州退回平壤並未接仗迨行抵平壤大兵已經陸續調集該　員並拜命總統自應督率諸軍協力進剿乃一遇敵人即行潰退可知其全無布置且安州亦屬要隘兼有留駐各營藉爲策應並非無險可守該員又復棄置不顧竟將全軍退過鴨綠江以致數百里藩封全行失陷揆其潰退之由非藉口於力不能支即託言係自固藩籬卒至貽誤大局非特平壤等處棄置不顧九連城亦旋即失守實屬咎無可辭誠如　聖諭統馭無方大負委任自應從嚴懲辦按律定擬已革直隸提督葉志超合依守邊將帥被賊攻圍城寨不行固守而輒棄去因而失陷城寨者斬律擬斬監候秋後處決係武職大員仍恭候　欽定所有臣等審擬緣由謹恭摺具　奏請　旨奉　旨已錄

二月十三日輪船出口

輪船往上海		
北直隸	又	怡和行
順和	又	又
連陞	又	又
重慶	又	太古行
通州	又	又
武昌	又	又
飛鯨	又	招商局
飛龍	又	又
生義	又	信義行

二月初九日銀洋行情

天津九七六錢	銀盤二千九百五十文	洋元二千一百一十文
紫竹林九六錢	銀盤三千文	洋元二千一百四十文

直報

光緒二十一年二月初十日 第三十四號
西歷一千八百九十五年三月初六日 禮拜三

上諭恭錄　原强再續前稿　籌裕民食　遼東軍信
嘗勇不法　屍親上控　應防波累　民爲邦本
實事求是　憲示兩紀　淅滸牌示　鯨魚誌異
京報節錄　告白照登

上諭恭錄

上諭巡視南城御史秀林等奏刁商恃符挾制咆哮請旨辦理一摺武舉李福明在東便門外開設機器磨坊前經都察院奏准飭令撤去該商人違抗不遵恃刁狡展並敢率黨數十鬨鬧官署實屬異常刁狡武舉李福明業經該城拿獲着即行斥革交刑部照例治罪以儆刁頑餘依議該部知道欽此　上諭御史蔣式芬奏前請飭武舉李福明捐修木路以代海運昨知李福明被南城御史參奏其人不安本分顯有明証自悔未暇細訪據實具陳等語科道各官原許風聞言事惟必須詳確訪查核實具奏已革武舉李福明私開機器磨坊前據御史鍾德祥陳奏極稱其便嗣經都察院查明飭禁輒敢抗違不遵滋鬧衙署似此不安本分之徒豈得濫行保奏嗣後言官條陳事務當訪查確實方可登諸奏牘不得以傳聞無據之辭率爾陳奏以杜流弊欽此

原强　再續前稿

聞前言者造而開余曰甚矣先生之言無異杞人之憂天墜也今夫異族之爲中國患不自今日始也自三代以迄漢氏南北猾猾互有利鈍雖時見侵無損大較固無論已魏晉不綱有五胡之亂華大河以北淪於旃裘羶酪者近數百年當是之時哀哀黔首袵革枕戈不得喙息蓋幾稀有孑遺耗矣息肩於唐載庶載富及至李氏末造趙宋始終其禍乃尤烈金源女眞更盛迭帝青吉斯汗崛起鄂諸威懾歐洲忽必烈汗荐食小朝混一華夏南奄身毒北暨俄羅幅員之大古未有也然而塊肉淪喪不及百年長城以南復歸漢產全　國朝龍興遼瀋　聖哲篤生毋我羣黎革明弊政湛恩汪濊蓄三百祀於玆矣此皆著自古昔者也其間遞嬗要不過一姓之廢興而人民則猶此人民聲教則猶古聲教然則即今無諱損益可知林林之衆詎無噍類而吾子聳於達爾文氏之邪說一將謂其無以自存再則憂其無以遺種此何異衆人熙熙方登春臺而吾子被髮狂叫白晝見魅也哉不然何所論之怪誕不經獨不慮旁觀者之閔笑也況夫　昭代厚澤深仁隆基方永景命未改謳歌所歸事又萬萬不至此殷憂正所以啓聖明耳何直爲此叫叫也且而不見回部之土耳其乎介夫俄與英之間壤地日蹙其偪也可謂至矣然不聞其遂至於亡國滅種四分五裂也則又何居吾子念之物强者死之徒事窮者勢必反天道剝復之事如反覆手耳安知今之所謂强鄰者不先笑後號咷而吾子忝歎蹙憂所粤君而自損者不俯弔而仰賀乎余應之曰唯唯客之所以袪吾惑者可謂至矣雖然顧[illegible]聞得爲客深明之若客者信所謂明於古而闇於今得其一而失其二者也姑微論客之所指爲異族者之非異族蓋天下之大種四黃白赭黑是也北並乎錫伯利亞南襟乎中國海東距乎太平洋西苞乎昆侖墟黃種之所居也其爲人也高顴而淺鼻長目而强髮烏拉以西大秦舊壤白種之所產也其爲人也紫髯而碧眼隆準而深眶越裳交趾以南東縈呂宋西拂痕都其間多島國焉則赭種之民也而黑種最下則亞非利加及繞赤道諸部所謂黑奴是矣今之滿蒙漢人皆黃種也由是言之則中國者遂古以還固一

種之所君而未嘗或淪於非類區以別之正坐所見隘耳彼三代春秋時秦徐燕越吳楚閩濮胥戎狄矣又烏足以爲典要也哉第就今如今所談客尙不知種之相强弱者其故有二有鷙悍長大之彊有德慧術智之彊有以質勝者有以文勝者以質勝者游牧射獵之民是也其國之君民上下截然如一家之人憂則相郵難則相赴生聚教訓之事簡而不詳騎射馳騁雲屯飆散旃毳肉酪養生之具益力耐寒故其爲種樂戰而輕死有魁傑者要約而驅使之其勢可以强天下雖然强矣而未進夫化也若夫中國之民則進夫化矣而文勝之國也耕鑿蠶織城郭邑居於是有刑政禮樂之治有庠序學校之教通功易事四民乃分其文章法令之事歷變而愈繁積久而益富養生送死之資無不具也君臣上下之分無不明也冠婚喪祭之禮無不舉也故其民也媮生而畏法治之得其道則易以相安失其道亦易以日離是故及其敝也每轉爲質勝者之所制　此稿未完

籌䘏民食　○督憲王夔石大帥軫念民艱昨委廣仁堂侯大令在本郡城廂內外施放小米以濟貧民已恭紀前報茲聞大帥又電達上洋米局採買包米四十萬包由輪船運至津埠設局按原價零售不假行店及胥吏之手以免小民粒食維艱之歎津郡貧民不禁拭目望之

遼東軍信　○湘撫吳清卿尙書秉性慈祥好生惡殺此次帶兵遼瀋先存一不嗜殺人之心於軍中建大旗一面大書特書曰兵投誠免死派員監守每戰即將此旗列於陣右洵可謂仁之至義之盡矣尙書所練排槍疊列五層更番迭進獨得之祕練有十四五年識者每謂此軍傑出冠時定能殺敵致果日前大平山之役尙書□應宋軍令槍隊如法禦敵詎該軍雖經精練從未臨陣一聞砲聲即散隊飛走輒將宋軍牽動宋帥坐馬亦彈擊倒腰脅受傷大平山輒爲日人所踞而尙書之免死旗亦爲日兵所得想日人見之定感尙書之仁他日疆場再遇必當退避三舍也

營勇不法　○頃有新城人來據稱大名鎭標練勇三營客歲奉調來津駐紮新城一帶防堵該勇等自到防後其安分守法者固不乏人而恃强妄爲者亦復不少每於街市買物動輒欺人勒價昨有數勇因購食物爭多嫌少賣物之人畧與爭論即拳脚交下擁回營控與營主以爲被某甲欺侮該營主誤信其言竟將某甲拘送府懲治海防府沈實甫太守愛民如子深悉若輩所爲將某甲訊明即行釋放並開導兵勇不得生事詎該勇以爲偏袒膽敢將公堂毀壞大肆咆哮鬧太守已據情禀報營務處未稔確否容再訪登

屍親上控　○昨報紀逃勇正法一則頃據訪事人復稱其人名高繼昌並非逃勇現經屍親在營務處及督轅稟控告究竟因何被殺言人人殊想經各大憲訊斷自能水落石出容再續登

應防波累　○軍興以來征調頻繁各路軍馬俱由津經過雖各軍號令森嚴決無干犯而兵勇等難免不藉詞購物三五成羣招搖過市茶館酒館娼寮等處滋生事端已指不勝屈輕則捽砸甚則毆打倘有因傷斃命等事豈不貽累營官悔已莫及何若預先防範嚴行稽察之爲得計也昨有某營兵在河北飯館因要酒稍遲登時怒發暴跳如雷執一茗碗飛去幾乎傷及旁坐之人幸該酒保再四陪禮央懇始得寢息終於不付飯錢而去更有本地無賴冒充營兵到處滋鬧則在該管段員及汛官等有以嚴防之耳

民爲邦本　○靜海爲九河尾閭連年被水民困已極往歲官賑義賑充裕稠疊鄉僻之區莫不普被恩澤客歲以海疆有事兵差絡繹雖有冬賑甚屬寥寥今春春撫較冬稍減値此米糧昂貴鄉閒又無可謀生昨有自該處來者據稱竟有某村夫婦兒女五名口因無食全行斃命者嗚呼慘矣民爲邦本胡天之不弔也

實事求是　○籌賑局司道委派候補縣黃大令辦理春撫事宜已登前報茲聞初九日大令在河北放生院廟內施放大覓佗村至卽公庄村春撫村民各持賑票齊赴廟內聽候點名領給錢文按戶照章散放惟極貧之戶大令親自查看有實在可憫者給付十千八千六千五千不等如此散放洵屬實惠均霑有某村地方亦持賑票一張替人領取大令斥其多事飭跟丁用馬棒擊該地方三十下以示薄懲云如大令者誠爲盡心民事已

憲示兩紀　○欽命頭品頂戴正任天津新鈔兩關監督北洋行營翼長辦理直隸通商事務兼管海防兵備道盛　欽命二品頂

署代理天津新鈔兩關監督北洋行營翼長辦理通商事務兼管海防兵備道黃爲　曉諭事照得本道等稟奉　北洋大臣批准選募巡兵二營保護租界現已成軍除分飭管帶官及幫帶教習等隨時嚴行約束勤加操演外亟宜嚴飭各兵丁夫役等知悉爾等務須恪守營規留心演習不得任意私出營門閒遊街市如遇因公外出亦必稟明營哨穿整號衣不得在途隨意滋擾如向舖戶買物照行市公平給價以肅軍政如敢故違一經察出立即嚴懲不貸其各凜遵毋違切切特示〇欽加三品銜賞戴花翎保薦卓異升用道府在任候補直隸州天津縣正堂兼辦營務處李爲　出示嚴禁事案蒙　直隸練餉總局札飭以據保定官電分局委員候補知縣許紹猷稟稱查卑局電綫自保定至津計長四百餘里道經十餘州縣軍興以來晝夜不息均關機要不能片刻遲延乃竟有無知刁民時常乘間偷竊杆上電綫電報遂不能通實屬目無法紀請飭各州縣一體保護等情令即加意保護如有刁民竊毀立即查拿照例懲辦等因蒙此合行出示嚴禁爲此示仰合邑軍民人等[illegible]悉須知電報杆綫關係軍情機密勿得任意毀竊倘敢故違　經查出定即按照例章從嚴懲辦決不姑寬各宜凜遵毋違特示

浙海牌示　〇石門縣教諭委就職教諭藍寶成永康縣訓導委試用訓導吳鳳葆奉化縣訓導委試用訓導岑淦杭州教職委大挑教職徐鳳苞均署理

鯨魚誌異　〇昨接本館駐滬探訪友人來函云美國之東北隅大西洋在焉一日颶風怒號海水山立浪花激射飛越塘隄忽有大鯨魚一條被浪湧上淺灘困臥沙中翌日奄然自斃此魚計長一百七十四尺八寸腹之周圍一百六十七尺五寸重五十墩零二担面翅長十二尺闊七尺口大二十四尺頭上噴水管一尺有半其油約值銀洋九千數百元其骨約值銀洋一千元據精於格物者云此鯨可壓千年現已九百八十六年矣如此巨魚眞從來所罕見者也

京報節錄

宮門抄　上諭恭錄前報〇二月初八日禮部　宗人府　欽天監　鑲藍旗值日無　引見　李中堂請　訓　大額駙續假十日　禮部奏派磚門樓檢之王大臣派出怡王敬信懷塔布桂公恩壽裕德鳳鳴壽昌祥霖海緒堃岫福森布恩普安興阿嵩山　侍衞處奏派磚門樓檢之侍衞派出訥欽奎全山文啓都凌阿　召見軍機　李中堂　增濟　蔣式芬

〇〇經筵講官太子太保大學士管理兵部事務臣額勒和布等謹　奏爲遵　旨查明具奏事內閣鈔出光緒二十一年正月二十二日內閣奉　上諭給事中洪良品奏駐藏幫辦大臣訥欽於去年十一月初六日請訓至今尚未出京等語着兵部該旗查明具奏欽此欽遵到部臣等查上年五月十二日奉　上諭吉林分巡道訥欽着賞給副都統銜作爲駐藏幫辦大臣照例馳驛前往欽此嗣該大臣於光緒二十年八月二十四日到京當經臣部照例辦給副都統銜駐藏幫辦大臣訥欽勘合一道於九月初七日將勘合發交該大臣祇領迄今並未據該旗咨報起程日期亦未傳用馬匹查臣部定章馳驛官員赴任除西北兩路向有定限其駐藏大臣馳驛赴任向無定限除將該大臣訥欽因何起程遲延咨行該旗遵照自行查明覆奏外所有遵　旨查明據實具奏緣由理合恭摺具陳伏乞　皇上聖鑒　訓示謹　奏奉　旨已錄

〇〇幫辦北洋事務大臣雲貴總督臣王文韶跪　奏爲遵　旨通行宣諭恭摺覆陳仰祈　聖鑒事竊臣於正月十三日　陛辭請訓時面奉　慈禧端佑康頤昭豫莊誠壽恭欽獻崇熙皇太后　懿旨諭令到津後激勵將士各矢天良力圖振作果能奮勇爭先殺賊立功必有不次之賞倘退縮不前致賊狂竄一經查明亦必有不測之罰軍情萬緊即傳諭各營統領暨關內外統兵各大臣一體欽遵轉飭遵照該大臣仍將通行宣諭緣由專摺覆奏等因欽此臣當於出京後沿途接見統領營官諄諄傳諭並於到津後遵即恭錄　懿旨飛咨關內外統兵各大臣並通飭北洋在防水陸各軍一體欽遵在案此後各營辦理軍務功罪所在臣必當隨時據實奏　聞決不敢稍涉徇隱致誤大局而壓　慈廑所有欽奉　懿旨通行宣諭緣由理合專摺覆奏伏乞　皇太后　皇上聖鑒謹　奏奉

硃批知道了欽此

○○李鴻章片 再上年十月二十四日銘軍進剿金州攻毀城卡砲台直抵城濠被倭賊大股抵敵槍砲齊施該右軍左營營官總兵銜兩江補用副將劉錦發力戰不退身受槍傷數處親兵搶出登時陣亡又幫帶銘軍正營都司銜補用守備周文德洋砲營哨長守備銜千總朱太成右軍前營後哨哨官把總劉金江右軍正營哨長拔補外委劉世科差官都司銜守備衛舉烈守備銜千總章本禮等六員弁亦於是日打仗各受槍傷同時陣亡據前統銘軍河南河北鎮總兵劉盛休詳請 奏卹前來臣查該員弁等身先士卒奮不顧身力戰捐軀深堪憫惻合無仰懇 天恩勅部將已故總兵銜副將劉金發各按原銜官階分別從優議 卹以慰忠魂而昭激勸理合附片具陳伏乞
聖鑒訓示謹 奏奉 硃批着照所請該部知道欽此

○○太子少保頭品頂戴兩廣總督臣李瀚章跪 奏爲廣東陸路參將員缺緊要懇准仍以前揀之員補授以實營伍恭摺覆陳仰祈
聖鑒事竊廣東陸路提標中軍參將王傳訓勒休遺缺前准兵部咨應作爲第二輪第七缺應用儘先人員行令迅揀合例人員請補等因經臣會同廣東陸路提督臣唐仁廉 奏請以儋州營遊擊儘先參將盧瀛江補授茲准兵部議覆查奏定章程例應迴避之缺不准聲叙請補今請以籍隸本省名次在後之儘先參將盧瀛江補授核與章程不符礙難議准所有廣東陸路提標中軍參將員缺應令另揀合例人員請補以符定章再查官册內名次在前向自曾遐輝一員滿未聲叙惟查該員年已七十三歲應行開除合併聲明等因光緒二十年八月廿九日奏奉 旨依議欽此咨行前來查定例陸路參將缺出如請補之員籍隸本省例應迴避於摺內聲明揀選隔省對調等語臣復與現署廣東陸路提督臣張春發覆加查核除曾遠輝周本權二員告假尚未回營楊錫瀆已據報病故均應開除外其名次在前之張正履一員於營伍尚欠歷練未便遷就請補儋州營遊擊儘先參將盧瀛江資深才卓歷著勤勞現署水師提標後營遊擊緝捕巡防均能認眞整頓洵爲營伍中出色之員以之補授陸路提標中軍參將雖籍隸本省例應迴避惟聲明揀員調補歷經部議覆准有案合無仰懇 天恩俯准仍以盧瀛江補授陸路提標中軍參將俾資得力如蒙 俞允俟部覆到日再行給咨送部引 見並在西省參將內查缺對調以符定制謹會同署廣東陸路提督臣張春發合詞恭摺覆陳伏乞 皇上聖鑒飭部核覆施行謹 奏奉 硃批兵部議奏欽此

二月十四日輪船出口

和生	往上海	怡和行
怡生	又	又
益生	又	又
樂生	又	又
重慶	又	太古行
通州	又	又
武昌	又	又
飛鯨	又	招商局
飛龍	又	又
禮裕	又	禮和行

二月初十日銀洋行情

天津九七六錢
銀盤二千九百三十文
洋元二千一百文
紫竹林九六錢
銀盤二千九百七十五文
洋元二千一百三十文

直報

光緒二十一年二月十一日　第三十五號

西歷一千八百九十五年三月初七日　禮拜四

上諭恭錄　原强三續前稿　相節旋津　客軍到防

委辦要差　懲惡宜嚴　宜防縱火　憲示兩紀

脚行鬥毆　自作之孽　禁止訛索　僕婦完貞

西醫神技　京報節錄　告白照登

上諭恭錄

上諭前據御史鍾德祥奏參上駟院卿增潤與福森布及郎中錫麟扶同作弊等情當經諭令懷塔布確查具奏茲據查明覆奏上駟院員外郎景昌遷就敘補衆論不服該管堂官雖無賄託實據惟於升補人員班次並不擬定章程且請補摺內亦未逐細聲明究屬疏漏該管堂官及郎中錫麟均着交部議處已補員外郎景昌着即行開缺歸內務府以員外郎候補所遺之缺着該堂官另行揀補並着妥擬升補章程。明立案謂署上駟院郎中內務府郎中錫麟既被指摘着咨回原衙門當差上駟院喂養馬匹應領草價銀兩錫麟與廐長熾昌尙無扣成情弊惟熾昌係屬廐長兼管御騾圈與奏定章程不符着即將熾昌兼圈差使開去另派司員辦理至五圈馬匹該堂官開銷摺內現存馬五百十一匹而該院覆文內稱現計馬數共一千一百零一匹究竟因何數目不符之處着巴克坦布福森布增潤明白回奏餘依議該衙門知道欽此

原强　三續前稿

然而此中之安富尊榮聲明文物固游牧射獵者所心慕而遠不逮者也故其既入中國也雖名爲之君然數傳而後其子若孫雖有祖宗之遺令切誡往往不能不厭勞苦而事逸樂棄惇德而染澆風遁天倍情忘其所受其不漸靡而與漢物化者蓋已寡矣善夫蘇子瞻之言曰中國以法勝而匈奴以無法勝然其無法也始以自治則有餘迨既入中國而爲之君矣必不能棄中國之法而以無法之治治之也遂亦入於法而同受其敝焉此中國所以經其累勝以常自若而其化轉以日廣其種轉以日滋何則物固有無形之相勝而親爲所勝者每身歷其境而未之或知也是故取客之言而詳審之則謂異族常受制於中國也可不可謂異族制中國也然而至於至今之西洋則與是斷斷乎不可同日而語矣彼西洋者無法與法并用而皆有以勝我者也自其自由平等觀之則捐忌諱去煩苛決壅敝人人得以行其意申其言上下、勢不相懸君不甚尊民不甚賤而聯若一體者是無法之勝也自其官工商賈章程明備觀之則人知其職不督而辦事至纖悉莫不備舉進退作息未或失節無閒遠邇朝令夕改而人不以爲煩則是以有法勝也其民長大鷙悍既勝我矣而德慧術知較而論之又爲吾民所必不及故凡所謂耕鑿陶冶織紝樹牧上而至於官府刑政戰鬥轉輸凡所以保民養民之事其精密廣遠較之中國之所有所爲其相越之度有言之而莫能信者且其爲事也又一一皆本之學術其爲學術也又一一求之實事實理層累階級以造於至大至精之域蓋寡一事焉可坐論而不可起行者也推求其故蓋彼以自由爲體以民主爲用一洲之民散爲七八爭雄并長以相磨淬始於相忌終於相成各殫智慮此日異而彼月新故能以法勝矣而不至受法之敝此其所以爲可畏也任者中國之法與無法遇故中國常有以自勝今也彼亦以其法與吾法遇而吾法乃頹墮蠹朽瞠乎其後也則彼法日勝而吾法日消矣此曩者所以有四千年文物儼然不終日

之數也此豈徒客之所甚恨石介有言吾豈狂痴也者但天下事既如此矣則安得塞耳塗目不爲吾同胞者垂涕泣而一道之耶且客過矣吾所謂無以自存無以遺種者夫豈必死者以國量乎澤若蕉而後爲爾耶第使彼常爲君而我常爲臣彼常爲雄而我常爲雌我耕而彼食其實我勞而彼享其逸以戰則我居先爲治則我居後彼且以我爲天之僇民謂是種也固不足以自由而自治也於是束縛馳驟奴使而虜用之使吾之民智無由以增民力無由於奮是蚩蚩者長爲此困苦無聊之衆而已矣夫如是則去無以自存無以遺種也其間幾何不然夫豈不知其不至於無噍類也彼黑與赭且常存於兩間矣矧夫四百兆之黃也哉民固有其生也不如其死其存也不如其亡貴賤苦樂之間異耳且物之極也必有其所由極勢之反也必有其所由反善保其強則強者正所以長存不善用其柔則柔者正所以速死彼周易否泰之數老氏雄雌之言固聖智者之妙用微權而非無所事事俟其自至之謂也無所事事而俟其自至者正太甲所謂自作孽不可活者耳天固不爲無衣者減寒歲亦不爲不耕者減饑也客亦知之否耶今土耳其之所以尚存則彼之穆哈蓦德固以敢死爲教而以武健嚴酷之道狃其民者也故文不足而質有餘術知雖無可言而鷙悍勝兵尚足有以自立故雖介兩雄乎而滅亡猶未也然而日侵月削所存蓋亦僅矣若我中國則軍旅之事未之學矣又烏得以土耳其自廣也哉

相節旋津 〇爵相請訓出都日期已恭紀昨報茲悉相國初八日請訓初九日出都今午已安抵戟轅闔城印委文武各官皆於西沽茶座恭迓如儀云

客軍到防 〇軍糧城前駐之楚軍馬隊於客歲調赴前敵是處要隘未可空虛昨奉劉欽憲札調漕標三營銘軍二營塡紮其地已於本月初一日由榆關外拔隊來津初四日開往該城駐紮矣

委辦要差 〇記名道張觀察鴻順於客歲經南洋大臣劉峴帥明保送部引見觀察才猷卓著洞達時宜於洋務軍務尤有眞知碩見月間由京來津晉謁署北洋大臣王夔石大帥一見即識爲偉器委派會辦機器局事務當茲軍需繁費砲藥最關緊要得觀察入局整頓自更日起有功況劉獻夫觀察已奉旨簡授江西糧道不日即須進京引見赴任今委張觀察會同辦理到局後不獨劉觀察得以交替且該局得人而理各廠匠知所稟承於製造工作等事必更精心結撰也

懲惡宜嚴 〇營有營規各營帶自必愼重向例夜間點名入棚不致肆出滋鬧所可恨者本埠混星下賤之輩每裝作營勇模樣向酒館妓寮到處索詐竟有率領二三十人羣相鬥毆之事訪事人云日前之夜有土棍冒稱兵勇各邀二十餘人兩相憤鬥幸該管汛司知覺立率兵役捉獲數人帶將官裡去諒必從嚴究辦當此海氛不靖人心惶惶倘若輩任意橫行始而酒館娼寮繼且民戶市肆矣可不愼旃

宜防縱火 〇閘口西趙某者在某洋行爲司事秉性謹愼每夕回家必親自檢點門戶昨晚至二鼓後人倦思睡鼻觀內忽聞有煤油氣息因念家中向來不燃洋燈此味由何而至心頗疑懼遂又開門持燈照看行至窗前突見有一物火星熒然急檢視之乃一紙包用煤油浸透繫一粗梗香附以火柴一束趙端視許久忽然大悟乃匪人縱火之計不覺駭極以爲若非上蒼垂佑不聞油味此夜已不堪設想輾轉不寐至今早告知街隣囑僉同防範爲訪事人所聞合亟登之以告居家店戶務宜各自小心此項縱火之人隨處皆有若能不動聲色捉獲一二則此患可免否則現當春令風乾物燥一經被焚事後補救抑已晚矣愼之愼之

憲示兩紀 〇欽差大臣督辦北洋海防事宜辦理通商事務太子太傅文華殿大學士直隸總督部堂一等肅毅伯李　爲出示曉諭事照得天津來往船隻前因屢被匪徒訛索苦累不堪是以設立官船局委員經理以便商民非僅爲支應官差而設嗣後積弊盡除事權歸一各處差船均取之船局近年愈應愈繁並有倚持多片索取者其中訛詐賣放情弊百出現値倭氛不靖大兵雲集難保無不法之徒假冒官差藉端滋擾亟應申明定章嚴行禁止至向章每船每年當差一次上年兵差過多各船應差三四次及五六次不等船戶受累已深聞風逃避茲屆開河之始各路轉運餉械以及過往各差用船尤繁應於向章官價之外酌加半價以示體恤俟軍務平定仍照舊章辦理除咨行外合行出示曉諭爲此示仰闔屬官弁軍民人等一體知悉嗣後各項差使需用船隻務以公文爲憑書明解運何物赴何

處交卸需船若干隻由官船局憑公文付給船價即照向章外酌加一半其並無公文僅持名片索取者概不准給倘有不法之徒恃強滋鬧或假冒官差肆意騷擾以及查有訛詐賣放等項情弊即由局稟請從嚴懲辦決不寬貸各宜凜遵毋違特示〇欽命二品頂戴署理直隸分巡天津河間等處地方兵備道加十級紀錄二十一次呂 為出示曉諭事案查設局抽收直東船捐一事前蒙 督憲批示本令試辦現據天津府沈守會同總辦守望局吳守詳稱以直東船捐窒碍難行請一律停辦仍責成沿河州縣嚴禁棍徒訛索以杜擾累等情業經本道會同運司轉詳督憲俯准在案除飭府分行沿河州縣遵辦外合行出示曉諭為此示仰船戶人等知悉自示之後如再有棍徒以及假冒船局人役藉端訛索許爾等指名稟究決不寬貸特示

脚行鬥毆 〇天津好勇鬥很之風甲於他處其故多在爭奪市口每至數十百人互相攻撲儼臨大敵甚或彼此皆傷數命洵惡習也昨火車站頭脚行復又糾衆鬥毆據聞當初有輪車之始郭庄旺道庄火神廟後街三處公議若車站設在郭旺兩庄之間起卸脚行由兩庄承辦若車站設在火神廟街一帶則起卸脚行僅由該一處承充彼此不得攙越先前車站在郭旺二庄之間由該二庄專司起卸歷辦已久火神廟街從未過問客歲車站移至火神廟一帶郭旺二庄人不遵前約已積不相能現以關河在即火神廟街脚行與該二庄脚行各聚多人刀槍棍棒打在一處且用石塊亂擲致將一行路人頭顱擲破血流被面脚行人亦各受夷傷有一二十人之多旋經東汎帶兵彈壓並將為首滋事之人捉獲一併送縣懲辦想經官斷當不致再逞兇肆毆已

自作之孽 〇人生席祖父遺業足食豐衣而不思守分安常惟淫賭是好鮮有不一敗塗地無家可歸而後已也訪事云武清縣有陳某者承其祖父家產雖非鉅富而一邑之中已堪指數娶妻某氏亦富家女姿豔而性賢淑陳既染烟霞癖復嗜賭婦隨時婉勸詈若罔聞不數年而家產悉付劉盤龍之一擲仍復東挪西貸與花骨頭為緣至客歲杪債臺百級所餘者僅一妻及身居之老屋數十椽悉索敝賦無可抵唐出與賭徒籌善策賭徒曰君家有無價寶何急為陳髟然告以實烏有賭徒曰君牀頭人雖年逾花信而明眸善睞世無其儔盍售之作獻歲背勝於仰屋嗟無聊也陳甚韙其言歸與妻語妻大恐僞與約商潛至叔翁宅泣訴顛末叔蓋虎而冠者而性爽直不作欺人孤兒寡婦事聞婦言眥裂吻翕謂婦曰爾居此爾夫不敢來捋虎鬚也陳歸家不見婦詰之鄰右知往依叔氏果不敢登門問信而年關緊迫將所居宅抵給債戶一身襤褸肩一口來津賃東洋車得得於街頭日夕博數十百錢以果腹有識其人者則曰某氏子固富家郎也何竟一貧至此噫天作孽猶可違自作孽不可逭世不少席祖父產而不務正業者書之以作前車之鑒焉

禁止訛索 〇楊村剝船所轄船戶人類衆多良莠不一動輒索詐非伊朝夕昨有船戶李雙全赴道轅呈控剝船訛索商船等事呂觀察接閱之下洞悉剝船假公濟私所控屬實已批飭楊村通判並通州香河武清天津各州縣一併詳查如剝船再敢訛索商船許爾等指名呈控從嚴懲辦決不稍貸云自此小懲大戒想剝船戶當革面洗心矣

僕婦完貞 〇人生不幸為女子身女子而為僕婦傭工以餬口抑又堪悲矣客有來言僕婦完貞者以其小關風化故樂得而志之惜未稔僕婦之姓氏而其主者之姓氏亦彰彰在人耳目間津上一儇薄子也主梁姓有愛妾焉僕婦為愛妾司縫紉年三十許姿致明慧而貞靜不佻梁一見垂涎時獻小殷勤僕婦佯為不知也者金錢而外默不與一言昨其愛妾因視長者壽暫離巢穴命僕婦司鎖鑰比歸覘梁在室疑僕婦與有私焉號咷跳擲逐僕婦去不容少緩須臾僕婦匿守如太璞不白之誣橫遭惟期死以明志因取愛妾鏡奩中之芙蓉膏一吸而盡梁駭極央鄰右謀停救得不死而冤以白彼僕婦者洵庸中之佼佼已

西醫神技 〇浙人潘君桐蔭以奇疾就醫申江西醫文先生敦請著名西醫四人華醫二人齊至同仁醫院密室中令病人潘桐蔭入內安坐機器椅上吹藥入鼻潘即昏不知人西醫等遂持利刃將後面海底劃開取出一物大如鷄卵作淡紅色堅硬異常蓋即華人所謂石淋也於是縫其傷口敷以刀圭將人用涼水噴醒即令遷住居院中據云一禮拜後即可全愈如該西醫者可云神乎技矣

京報全錄

〇〇二品頂戴署貴州布政使糧儲道臣黃元善跪 奏為恭報微臣接署藩篆日期叩謝 天恩仰祈 聖鑒事竊臣於光緒二十年十二月初四日在署臬司任內接奉貴州巡撫臣崧蕃行知現奉 上諭署理雲南巡撫兼署雲貴總督嵩崑着護理貴州巡撫所遺藩篆委

臣署理於本月初八日准護撫臣嵩崑將藩司印信文卷移交前來臣當即恭設香案望闕叩頭謝恩祗領任事伏念臣鄂州下士知識毫無光緒九年十二月由工科掌印給事中蒙恩簡授貴州糧儲道十年五月到任迄今十有一年五署臬篆未報涓埃茲復暫攝藩條益深悚惕查黔省地當邊徼藩司職任匪宣舉凡理財用人贍軍籌餉在在均關緊要如臣譾昧深懼弗勝惟有矢慎矢勤遇事稟商護撫臣加意講求斷不敢以暫時攝篆稍涉因循以冀仰酬高厚鴻慈於萬一所有微臣接署藩篆日期並感激下忱謹繕摺恭謝天恩伏乞皇上聖鑒謹奏奉硃批知道了欽此

○○依克唐阿片 再查有知府銜江蘇試用同知桂林係吉林拉林正紅旗滿洲人前於光緒十六年九月初六日聞訃丁其父憂回旗守制旱經服闋例應仍回原省候補因染患痼疾未即起程先行起復嗣經病痊茲已呈報起病赴省各在案客冬道經奴才行營接見之餘查該員年富力强勇敢有為當此軍情吃緊辦事需人之際堪以留營差遣以資指臂之助除札飭遵照及咨吏部並該員服官省分查照外理合附片具陳伏乞聖鑒謹奏奉硃批吏部知道欽此

○○張煦片 再臣接准部咨奉上諭湖南按察使著俞廉三補授欽此應即交卸迎摺北上所遺冀寧道篆務自應委員接署以專責成查有儘先補用道陳占鼇操履謹篤辦事認真堪以署理除飭委外謹附片陳明伏乞聖鑒謹奏奉硃批吏部知道欽此

○○軍機大臣片 查軍機章京工部郎中徐迪新現告終養所遺章京一缺應以額外行走之刑部即補員外郎李舜賓充補戶部郎中連文冲現在告假省親所遺章京一缺應以額外行走之兵部即補員外郎濮子潼充補並添傳記名在前之禮部候補主事王慶平兵部候補主事張嘉猷在額外行走謹奏奉旨知道了欽此

○○長順片 再此次軍務非有才識兼優之員不足以資臂助茲查有吉林候補知府明歲廉明果幹兼曉戎機向在西陲閱歷兵事頗久上年九月赴部引見並就近請領靖邊新餉嗣解餉到營奴才即派總理糧餉事務兼令參酌一切戎政悉合機宜合無仰懇天恩俯准將吉林候補知府明歲留於行營差遣期於軍務有裨惟該員甫經領照尚未到省人員既經中途截留所領部照應即就近由營咨繳並請以光緒二十年十二月初九日到營之日作為到省日期俾免扣資除將部照咨繳並咨明署吉林將軍恩澤查照外謹附片陳明伏乞聖鑒訓示謹奏奉硃批著照所請該部知道欽此

二月十四日輪船出口

輪船往上海	怡和行
和生	又
怡生	又
益生	又
樂生	太古行
重慶	又
通州	又
武昌	又
禮裕	禮和行

二月十一日銀洋行情

天津	九七六錢
銀盤	二千一九百三十七文
洋元	二千一百零七文
紫竹林	九六錢
銀盤	二千九百八十文
洋元	二千一百三十五文

直報

光緒二十一年二月十二日 第三十六號
西歷一千八百九十五年三月初八日 禮拜五

上諭恭錄 原强四續前稿 輪船已到 蕩之滌之
會文榜示 輔仁課題 聳歐再紀 蜂媒宜禁
幼孩學竊 槍物枷示 利器入貢 蘇州官報
京報節錄 告白照登

上諭恭錄

上諭本年輪應查閱山西陝西四川甘肅等省營伍之期山西即派張煦陝西即派鹿傳霖四川即派譚鍾麟甘肅即派楊昌濬認眞查閱各省營伍關係緊要國家養兵歲需鉅欵原期一兵得一兵之用近來各省循例校閱往往視爲具文以致武備漸形廢弛殊失朝廷整頓戎行之意玆特申諭各該督撫務當認眞簡校如有技藝生疏老弱充數及軍實不齊等弊即將該管將弁據實嚴參不得稍涉瞻徇另片奏河南南陽歸德河北三鎮營伍請補行查閱等語着派劉樹堂認眞校閱欽此

上諭步軍統領衙門奏拿獲迭次結夥持械偷拆角樓木植復行偷竊搶刦賊犯請旨交部懲辦一摺所有拿獲之劉青春即劉儍子張洪即張得元韓胖子即韓義成劉順爾即劉大劉雪爾即劉伏立淩子即劉俊阿子即阿克敦果福即果二大鋸王即王本連郭保林即郭三均着交刑部嚴行審訊按律懲辦未獲之崇三劉山爾仍着勒限嚴緝務獲究辦餘依議欽此

原强四續前稿

雖然使今有人焉憤中國之積貧積弱攘臂言曰曷不使我爲治使我爲治則可以立致富强而厚風俗然則其道何由曰中國之所不振者非法不善也患在奉行不力而已祖宗之成憲有在吾將遵而用之而加實力焉於是督責之政行而刺舉之事興如是而期之十年吾知中國之貧與弱猶自若也何則天下之勢猶水之趨下夫已浩浩然成江河矣乃障而反之使之在山此人力之所不勝也乃又有人焉曰法制者聖人之芻狗也一陳而不可復用天下之勢已日趨於混同矣吾欲富强西洋富强之政有在也何不踵而用之於是其於朝也則建民主開議院其於野也則合公司用公舉練通國之兵以禦侮加什二之賦以足用如是而亦期之以十年吾知中國之貧與弱有彌甚者今夫人之身惰則窳勞則强固常理也而使病夫焉日從事於超距贏越之間則有速其死而已中國者固病夫也且其事有不能以自行者蘇子瞻知之矣其言曰天下之禍莫大於上作而下不應上作而下不應則上亦將窮而自止錫彭塞亦言曰富强不可爲也特可以致致者何相其宜動其機培其本根衛其成長使其效不期而自至今夫民智已下矣民德已衰矣民力已困矣有一二人焉謂能旦暮爲之無是理也何則有一倡而無羣和也是故雖有善政莫之能行善政如草木置其地而能發生滋大者必其天地人三者與之合也否則立槁而已王介甫之變法如青苗如保馬如雇役皆非其法之不良其意之不美也其浸淫馴致大亂者坐不知其時之風俗人心不足以行其政故也而昧者見其敝而訾其法故其心不服因而黨論紛紛至於亡國而後已而後世遂鰓鰓然舉以變法爲戒其亦不達於理矣苟曰今之時固不然則請無論其大而難明者得以小小一事衆所共見者證之可乎曩者有西洋人遊京師見吾之貢院笑謂導者曰爾中國乃選士於此乎以方我國之囹圄不如其湫穢溷濁不中以畜吾狗馬此至不恭之言也然亦著其事實而已今無論關治塗墍

爲其中以選士者上之人有不克也費無從出一也幸而費出矣而承其事之司官胥吏所不盜蝕而有以及工者幾何其土木之工所不偷工減料者又幾何幸而吏廉工庀矣他日携席帽而入居於此者其一一此爲上之深恩士之公利而愛惜保全焉不慾毀瓦畫墁以爲快者又有幾人哉然則數科之後又將不中以畜狗馬然則此一事也固不如其勿治之爲愈也此雖一事而其餘可以類推焉　此稿未完

輪船已到　○太古怡和兩公司開行日期已紀前報日來東風解凍海河冰塊消融一水盈盈直通滄海據大沽報稱通州武昌怡生益生禮裕等船於昨今兩日先後到口惟攔港沙水尚不足猶有存冰船隻尚難飛駛然日內定能連檣抵紫計自客歲封凍迄今百有餘日街市各貨日益昂貴南米尤形缺少今日飆輪駛到各貨雲屯市面當日有起色矣何幸如之

蕩之滌之　○津郡城外護城河形勢寬廣惜爲居民傾棄穢物汚水以致淤塞臭濁經其地者莫不掩鼻每屆春令開挖一次疏通一時昔年由縣署雇夫挑濬嗣歸工程局經理而近年以來每當工作之時雖有委員查勘照章奉行實則僅令局勇監視未能詳審地勢壅遏堪虞查前蒙　傅相顧惜民生以城濠不潔穢氣熏蒸恐釀瘟疫飭令在茶店口設立激水機器將河水引入濠內不但去濁留清而且或遇火災正可藉溝水以濟急誠爲一舉兩益人咸便之無如邇來挑濬溝底既未能寬深而上游北門迤東一帶舖戶櫛比濠上或搭有板橋或搭板以儲物料挑挖之時該夫役每藉詞不能着力且於板底作工亦頗費手然亦在經理得法未始不能挑挖寬深也以故上游既不疏通下游何能受水又何況下游亦未挑深也至受有清水之處深不及尺於事何濟將恐激水一法終於廢弛而後已可勝惜哉茲當挑濬伊邇豐干饒舌閱者諒之

會文榜示　○欽命二品銜長蘆都轉鹽運使司鹽運使季　爲榜示事照得本司正月十八日預捷二月初八日課試會文書院舉人取定等第姓名合行開列於後須至榜者　計開正取四名　任嘉荍　孫珩　陸繼周　劉汝驥　副取六名　蔡如梁　鄭德寶　李鴻壽　華學淇　高凌雯　陳恩榮　次取三十名　劉嘉琛等　又次取五十九名　姜擇善等　正取第一名獎銀八兩加獎二兩　副取第一名獎銀五兩加獎二兩　次取第一名獎銀二兩加獎二兩　又次取第一名至十名各獎銀二兩加獎一兩五錢　又每名送給會試卷資二兩○特授直隸天津府正堂隨帶加一級紀錄三次沈　爲月課事照得本府閱取會文書院肄業舉貢等第姓名次序前獎賞銀兩合行臚列榜示須至榜者　計開正取四名　王叔培　李春澤　陸繼周　劉學濂　副取六名　李春棣等　次取六十五名　王守恂等　正取一名獎銀三兩餘各二兩　副取一名獎銀一兩五錢　次取一名至十名各獎銀一兩餘無獎○會文書院二月初九日　督憲決科題　子曰觚不觚觚哉觚哉　應考者共計八十餘人

輔仁課題　○天津道憲呂觀察甄別輔仁書院生員題目　域民不以封疆之界固國不以山谿之險威天下不以兵革之利

詩題　賦得指麾能事迴天地得人字五言八韻　應考者共三百八十餘人共挑取一百五十二人　分超特一備等第　超等十六名

特等三十六名　壹等六十名　備取四十名　又於本月十三日輔仁書院甄別童生道憲已出示曉諭矣

羣毆再紀　○火神廟後街與旺道庄季家樓脚行羣毆已紀昨報茲據訪事云若輩於初十十一已交綏三次兩造共傷十八人傷重身死者一人已赴縣〻訴聞各懷餘忿尙欲尋仇噫嘻人情强悍可謂已極現在海疆有事前敵正須若輩果能移私門之心而紓公憤何患不轉敗爲功所恐勇於私戰者必怯於公義然則焉用此莠民爲哉抑可慨已

蜂媒宜禁　○津郡五方雜處良莠不齊專有一種無業游民向在侯家後各巷爲妓館揖客美其名曰蜂媒勾引良家子弟實爲津郡閭閻之害前蒙守望局湯伯芍太守紀向李少雲太守蔭梧轉飭各段委員嚴禁在案嗣經五段十二段兩局員拿獲蜂目數十名均皆枷號示衆該蜂媒因而斂跡年餘迄今故態復萌變本加厲日昨有一人將山東某綿店夥邢甲强拖橫曳擁入勾欄邢見院中粉白黛綠倭待殷勤始則趑趄而不敢進繼則纏綿而不忍去終於將邢身著皮馬褂剝去作爲纏頭之費事爲該號舖掌偵知遂將邢某辭出而邢異地羈棲別無生路且離家甚遠欲歸不能若將行囊拜款勢必至於流落此一事也餘可概見蜂媒之害可勝言哉所望有地面之責者急宜禁之

幼孩學竊　○人心澆漓未有甚於斯時者誑騙欺詐弱肉強食一切作僞隨處皆然天津五方雜處良莠混雜益覺變態叢生不料童子之年亦習染偷兒技倆者訪事云昨單街子王姓婦攜鞋襪攤藉博蠅頭邇來大兵雲集生意頗佳有數勇購買鞋襪論長較短爭執價值一童子年九歲亣於其旁王婦不之疑也迨買物人去後檢點少襪一雙覩該童有趦趄驚惶之色因携其手而視其衣則固在焉王婦以其年幼無知唾其面而縱之吁孩提之童如此行徑及歲將如何哉亦可怪矣

搶物枷示　○初六日夜間某甲由東新街經過忽遇一口操南音頭戴紅風帽者迎面將所帶眼鏡攫去幸其人行步甚遲隨即趕上而其人見逃走不脫竟將眼鏡擲碎旋經鋪勇扭送十一段鄉甲局惲翰卿二尹訊明該犯山東人姓楊名鳳山實係慣賊並搜出贓物烟盒眼鏡撬門器具等件爲証趕即稟送總局局憲吳太守積鋆委一段候補知州周爾昌覆訊供詞無異隨將該犯枷號十一段東新街茶館門首示衆以爲搶物者戒

利器入貢　○慈禧端佑康頤昭豫莊誠壽恭欽獻崇熙皇太后萬壽普天同慶率土臚懽內外臣工各捐廉俸以爲報効慶典之需而親王大臣封疆重任咸輸鉅欵共抒媚茲者指不勝屈如沈仲復中丞德曉峯中丞萬壽貢品尤稱珍貴至今嘖嘖人口惟張香濤制軍所呈進者最稱奇特實與尋常不同蓋張制軍見歐洲某國出有新式後膛鉅砲快槍多種允推利器遂不惜鉅金訂購連同子藥等項共值一百萬兩之多於萬壽聖節前後派員解送至京聞已蒙恩賞收適値倭奴內犯此項軍火裨益軍需之處不問可知張制軍關心武備不肯浪擲金貲於無用而以玩好取悅朝之念眞有古名臣風格說見西字報

蘇州官報　○正月初九日前署臬憲朱在撫院稟知本日接辦蘇省牙釐總局　初十日翰林院編修前廣東學政徐由廣東來赴都　總捕劉稟知本日到學憲提調差　蘇州府知事姚定信稟知遵飭本日期滿再行接署一年　委署金山縣衛城司巡檢姚祖順辭赴任　家人稟報家主候補同知朱焯初八日壽終海紅坊本寓十一日巳時大殮　學憲龍船抵碼頭　探聞藩憲鄧昨日抵滬約十二日回蘇　十一日正任張渚司于瑞麟稟知到學院執事差　探聞藩憲鄧今日由滬開輪前來　十二日松滬總局候補道福辭行赴上海　知縣孫傳燮奉糧道委河運差　縣丞龔世棟蘇州府照磨湯毓淼稟知到學院執事差　委署長洲縣吳塔司巡檢汪邦傑稟辭赴任　藩憲鄧午刻回轅於十五日接篆

京報節錄

宮門抄　上諭恭錄前報○二月初九日兵部　太常寺　太僕寺　八旗兩翼值日　理藩院引見十三名　兩翼二十一名　莊王假滿請安　甘肅提督李培榮請訓　彭壽請假十日　德蔭椿壽各續假十日　兵部奏派更換馬館　派出陳學棻　召見軍機崑岡徐承煜○初十日刑部　都察院　大理寺　侍衛處值日　無引見　艮培假滿請安　信侯請假十日　巴克坦布續假十日　景運門奏派專操之大臣　派出長麟　都察院奏派專司稽察　派出裕德　召見軍機　阿克丹長萃

○○廣西學政臣趙以炯跪奏爲恭報微臣交卸日期仰祈聖鑒事竊臣於光緒十七年十二月接授廣西學政篆務所有考試桂林平樂梧州鬱林潯州南甯太平柳州慶遠思恩泗城鎭安百色上思歸順十一府二直隸州二直隸廳歲科情形已先後奏報在案本年正值學政更換之期臣業已將任內應辦事宜一律次第辦畢茲新任廣西學政臣馮金鑑行抵桂林臣於光緒二十年十二月十八日謹將咸字四百五十九號廣西學政關防一顆及文卷各件飭委桂林府學教授文萬選齎送新任學政臣馮金鑑接收訖臣即於是日交卸當即馳赴京都泥首宮門恭覆恩命除照例恭疏題報外理合恭摺謝天恩伏乞皇上聖鑒謹奏奉硃批知道了欽此

○○廣西學政臣馮金鑑跪奏爲恭報微臣抵省接篆日期叩謝天恩仰祈聖鑒事竊臣恭膺簡命視學粵西請訓後遵即束裝就道於十二月十四日行抵桂林府省城十八日准前任學臣趙以炯委員齎送關防文卷前來臣當即恭設香案望闕叩頭祗領任事伏念粵西雖邊徼之區學政有甄陶之責如臣庸魯深懼弗勝惟有恪遵聖訓嚴密關防公平取士固不敢苛刻而務虛名亦不敢姑息而滋弊實當隨時隨事實力整頓以冀仰答高厚鴻慈於萬一所有微臣到任日期除恭疏題報外謹繕摺叩謝天恩伏乞皇上聖鑒謹奏奉硃批知道了欽此

○○楊昌濬片　再據署甯夏鎮總兵李良穆呈稱鎮屬靈武營叅將温宗秀得患痰喘病症醫治罔效於光緒二十年十一月二十日在任病故呈請核辦前來臣覆查無異相應奏明請旨開缺除查取該故員原領劄付及委員承查印甘各結另咨送部外所遺靈武營叅將員缺係屬新設甘省現有應補人員容臣另核請補理合附片陳明伏乞　聖鑒謹　奏奉　硃批該部知道欽此

○○鹿傳霖片　再陝省防營材堪任使將弁經各前撫臣暨臣隨時奏明留陝補用在案茲臣查有儘先補用副將孔高明儘先補用守備王青龍等二員皆在陝甘隨征効力有年熟習邊防營務均屬材堪任使相應籲懇　天恩俯准將孔高明王青龍均以原官原銜留於陝省按班分別序補除將該員等履歷咨部外謹附片具陳伏乞　聖鑒訓示謹　奏奉　硃批着照所請兵部知道欽此

○○太子太保頭品頂戴陝甘總督臣楊昌濬跪　奏爲揀員借補要缺遊擊以裨營伍恭摺仰祈　聖鑒事竊照陝西延榆綏鎮標中營遊擊員缺前經臣以總兵銜儘先補用叅將該鎮屬定邊協營中軍都司許嘉陞請補嗣准部覆以該員前保叅將之案並無儘先字樣應歸揀發班序補今請借補遊擊核與定章不符應令另揀儘先合例人員請補等因臣隨在於儘先合例人員內揀選得現署該缺之副將銜陝西儘先即補叅將徐仕元年强才練辦事勤能以之借補斯缺實堪勝任亦與部章相符合無仰懇　天恩俯念員缺緊要准以該員徐仕元借補陝西延榆綏鎮標中營遊擊員缺可期得力如蒙　俞允俟接准部覆即行給咨送部引　見以符定制除查取該員履歷清冊另咨送部外謹會同陝西固原提督臣雷正綰合詞恭摺具陳伏乞　皇上聖鑒　訓示謹　奏奉　硃批兵部議奏欽此

○○二品頂戴署理貴州按察使候補道臣袁開第跪　奏爲恭報微臣接署臬篆日期叩謝　天恩仰祈　聖鑒事竊臣於光緒二十年十二月初四日奉貴州巡撫崧蕃檄委署理貴州按察使篆務於是月初八日准前署任按察使黃元善將印信文卷派員賫送前來臣當即恭設香案望　闕叩頭祇領任事伏念臣畿東下士知識庸愚於同治三年由內閣中書揀發知州備職理苗効勤戎事擢補黎平府知府旋晉道員歷署分巡三權糧篆涓埃未報兢惕方深茲復忝權烏台倍虞蚊負查黔省爲邊徼要區漢苗雜處撫馭實難臬司總理刑名舉凡察吏安民除奸剔蠹各事宜在在胥關緊要如臣檮昧深懼弗勝惟有矢慎矢勤隨事稟承護撫臣悉心辦理不敢稍涉因循以期仰答　高厚鴻慈於萬一所有微臣接篆日期並感激下忱謹繕摺恭謝　天恩伏乞　皇上聖鑒謹　奏奉　硃批知道了欽此

○○崧蕃等片　再大定府知府楊熙瑞因案撤任查辦所遺員缺查有候補知府吳厚恩老成練達處事精詳堪以署理據署藩司黃元善署臬司袁開第會詳前來除檄飭遵照外謹會同兼護雲貴督臣岑毓寶合詞附片具奏伏乞　聖鑒謹　奏奉　硃批吏部知道欽此

二月十四日輪船出口

和生	輪船往上海	怡和行
怡生	又	又
益生	又	又
樂生	又	又
重慶	又	太古行
通州	又	又
武昌	又	又
禮裕	又	禮和行

二月十二日銀洋行情

天津	九七六錢
銀盤	二千九百四十七文
洋元	二千一百一十五文
紫竹林	九六錢
銀盤	二千九百九十五文
洋元	二千一百四十五文

直報

光緒二十一年二月十三日　第三十七號
西歷一千八百九十五年三月初九日　禮拜六

上諭恭錄　原强四續前稿　試院條規　搶糧又見
地痞害人　憲示照登　憲批照錄　問津甄別
委用得人　以告者過　死於道路　蘇州官報
浙藩牌示　巴黎近信　京報節錄　告白照登

上諭恭錄

上諭巴克坦布等奏遵旨明白回奏一摺據稱上駟院郭什哈五圈馬匹除內養馬五百十一匹外其餘各項馬共五百九十匹核之原奏千一百零一匹數目尚屬相符等語是否屬實着巴克坦布等於今年春間公同查驗時將五圈喂養各項馬匹數目分晰具奏以昭覈實欽此

原强　四續前稿

凡爲此者士大夫也士大夫者固中國之秀民也斯民之坊表也聖賢之訓父兄之詔此其最深者也其所爲卓卓如是則於農工商以至皂隸輿臺夫又何說往者嘗見人以僧徒之濫惡而訾釋迦今吾亦竊以士大夫之不肖而訾周孔以爲其教何入人心淺也惟其入人心之淺則周孔之教固有未盡善焉者此固斷斷乎不得辭也何則中國名爲用儒術者三千年於玆矣乃徒成就此相攻相感不相得之民一旦外患忽至則糜爛廢痿不相保持其究也且無以自存無以遺種則其道奚貴焉然此特鄙人發憤之過言而非事理之眞實子曰人能宏道非道宏人儒術之不行固自秦以來愚民之治負之也第由是而觀之則及今而圖自强非標本並治焉固不可也不爲其標則無以救目前之潰敗不爲其本則雖治其標而不久亦將自廢標者何收大權練軍實如俄國所爲是已至於其本則亦於民智民力民德三者加之意而已果使民智日開民力日奮民德日和則上雖不治其標而標將自立何則爭自存而欲遺種者固民所受於天不教而同願之者也語曰同舟而遇風則胡越相救如左右手特患一舟之人舉無知風水之性舟楫之用者則其效必至於傾覆有篙師焉操舵指揮而大難濟矣然則三者又以民智爲最急也是故富强者不外利民之政也而必自民之能自利始能自利自能自由始能自由自能自治始能自治者必其能恕能用絜矩之道者也今夫中國人與人相與之際至難言矣知損彼之爲己利而不知彼此之兩無所損而共利焉然後爲大利也故其敝也至於上下舉不能自由皆無以自利而富强之政亦無以行於其中强而行之其究也必至於自廢夫自海禁既開以還中國之倣行西法也亦不少矣總署一也船政二也招商局三也製造局四也海軍五也海軍衙門六也礦務七也學堂八也鐵道九也紡織十也電報十一也出使十二也凡此皆西洋至美之制以富以强之機而遷地弗良若亡若存輙有淮橘爲枳之歎公司者西洋之大力也而中國二人聯財則相爲欺而已矣是何以故民智既不足以與之而民力民德又弗足以舉其事故也顏高之弓由基用之辟易千人有童子懦夫取而翫弄之則絕臏而已矣折壁而已矣此吾自廢之說也嗟乎外洋之物其來中土而蔓延日廣者獨鴉片一端耳何以故針芥水乳吾民之性固有與之相召相合而不可解者也夫唯知此而後知處今之日挽救中國之至難亦唯知其難而後爲之有以依乎天理批大郤而導大窾也至於民智之何以開民力之何以厚民德之何以明三者皆今日至切之務固將有待而後言

試院條規 ○彌封所謄錄官由知貢舉擇其年力富强精明幹練者先行派令務須與各所官擊鐵任事 一謄錄彌封對讀官一次無過咨部紀錄一次三次無過加一級如有失察舞弊等情咨部議處 一監同稽察甎門運送供給進院安役鋪陳等項並搜檢士子入場王大臣禮部於七月上旬考試於二月上旬移取親王郡王大學士內閣學士六部都察院當官都統副都統護軍統領等銜名繕寫夾單先請 簡派貢院門搜檢王大臣其未經 派出各員另繕清摺再請 簡派甎門搜檢王大臣前往稽察 旨下知會各衙門並順天府 一監同搜檢士子之 乾清門大臣侍衛禮部先期知照領侍衛內大臣與貢院門甎門搜檢王大臣分作兩次同日具奏如恭遇 時巡田領侍衛內大臣將留京散秩大臣銜名咨送禮部繕寫夾單分作兩次具奏 旨下行知各衙門並順天府 一士子點明接卷入龍門稽察接談換卷亂號等弊禮部於上月中旬考試於二月中旬移取內閣學士六部都察院通政使司大理寺堂官銜名繕摺具奏恭請 欽命數員無定額屆期前往稽察 旨下知照各衙門並順天府一士子入場步軍統領專派在城總兵酌帶弁兵數十名分巡各 門督率叅守等官飭令士子按牌聽點應名給籤 一貢 考試都察院奏 派滿洲堂官一員漢堂官一員專司稽察會議繙譯鄉會試 一每翼派副都統一員禮部知照兵部與考官同日密題 派出之副都統各帶本旗叅領一員章京一員領催五名入場彈壓

槍糧又見 ○本埠楊柳靑距城三十里風俗與津大相懸殊目今玉米麵每斤價錢六十八文較津多漲四文極貧之戶無從覓食昨該鎭一六大集聞有婦女多人成羣結夥搶奪糧食之事村婦無知祇圖餬口無足深怪所不解者該鎭紳富甚多當此靑黃不接縱不能博施濟衆何弗設局平糶使貧民易於果腹乃竟豐盈自樂不恤鄉鄰坐視婦女橫干法網爲富不仁令人齒冷又焉貴有此巨室哉

地痞害人 ○侯某住天津城南胡家樓耕田度日父子勤劬手胼足胝僅堪果腹鄰村 賈莊子者地痞韓文成周三等八所盤踞偷雞摸狗竊物盜糧是其慣技欺侯父子懦弱時思魚肉之月之初五時巳二鼓周韓等率五六人潛至侯家撬門入室意欲胠篋幸侯子驚覺喊捕僅將草料攫去並牽去磨驢一頭次日侯循草跡跟尋見草堆在賈莊子某姓院外而磨驢杳不可得懼周等强橫雖知之而不敢過問地痞之害人可勝言哉

憲示照登 ○欽命二品頂戴署理天津新鈔兩關監督北洋行營翼長辦理直隸通商事務兼管海防兵備道黃 爲出示曉諭事案查天津海河一帶各船停泊章程並海河五段河圖歷經委員散放在案玆當開河之際應仍循舊派員散放以免碰撞除委補用都司萬明旅遵辦外合亟出示曉諭爲此示仰各船戶人等知悉每逢進口即行請領章程河圖各一紙出具收條務須遵照章程並河圖墨點處所停泊毋得任意縱橫以致碰撞生事自干罰賠如有不遵一經委員稟明即行傳案懲辦決不寬貸該弁所用丁役人等亦不得藉端勒索如有需索情弊許該各船戶喊稟從嚴究辦各宜凜遵毋違特示

憲批照錄 ○欽命直隸天津河間等處兵備道呂 示具稟南羊碼頭貢生李紹先等稟批該村僻處方隅辦理團練需欵浩繁籌措匪易自係實在情形准會同天津鎭札飭該外委蔡福慶查照舊章整頓保甲輪替支更守望相助以資保衛並由道札飭海防廳沈丞隨時督查毋任弊混如果應辦團練候天津府等覆議再酌仍候行府查照並出示曉諭此批

問津甄別 ○問津書院甄別生童題目列後 生題詩云相在爾室尙不愧於屋漏故君子不動而靜不言而信 應考者二百五十餘人 挑取一百五十名 分內外附備等課 內課二十名 外課二十名 附課八十名 備取三十名 童題詩云相在爾室 應考者一百六十餘人 挑取一百名 分內外附備等課 內課十五名 外課十五名 附課五十名 備取二十名 生童詩題同賦得柳陰路曲得陰字 生五言八韻 童五言六韻

委用得人 ○前五段鄉甲局委員韓大令廷煥辦事認眞賢能卓著前歲丁母憂回籍守制嗣以令兄韓參戎統帶蘆團援金革無避之義邀津勸辦團務現聞上憲以大令實事求是不辭勞怨擬委派赴上河一帶查辦平糶事宜之信不禁爲該處災黎頌生佛焉

以告者過 ○本埠河東腳行門毆已據訪事兩紀前報玆經訪悉於郭旺二庄絕無干涉以告者過亟爲更正客歲車站頭移在火神廟後李家樓與火神廟後兩處腳行夥辦彼此爭競前已門毆經邑侯李大令斷令每處一日一輪甫得相安無事日昨門毆因由火

車裝來大豬四口脚錢六百文未按一日一輪章程始而口角繼而集衆羣毆用磚頭傷及邢奎五頭顱致命一處移時殞命由地方稟報邑尊昨委員帶仵作差役人等相驗屬實仍將脚行四名押縣嚴訊詳辦按律定擬云

死於道路 ○昨西門外小店寓土丁某甲東鄉人在店患病已奄奄待斃十二日早雇坐洋車回家醫治車行遲遲不料甫至南門外大藥王廟西祇餘一息拉車人忙將其人扶掖坐地俾其氣息稍舒詎身甫離車已體冰氣絶拉車人煩人看守人車仍赴小店覓甲同村某乙設法成殮噫患病回家宜早爲計迨至病莫能興無乃太晚以致死於道路家人不知慘已異鄉患病者可不慎諸

蘇州官報 ○十三日知縣諸可寶查亮采李嘉榮隨漕轅回省到 崇明縣貊貜司巡檢劉澤寰辭赴任 藩憲鄧諭十五日卯時接印 探聞署藩憲黃奉撫憲札委署臬憲篆務 十四日知縣竇鎮山辭赴滬公幹 撫憲十五日起換穿白出風 十五日准補柘林通判蔡進濤謝委署上海縣事上海縣黃承暄謝調署南滙縣事均到 臬憲韓赴江震常昭福山一帶公幹 十六日委署丹陽縣主簿王德齡辭赴任 藩轅牌示本月十八日行香文武廟暨城隍廟財帛司親詣 開化縣典史鈌委試用從九品沈維

浙藩牌示 ○新昌縣鈌委候補知縣許國瑞署理 奉化縣塔山巡檢飭令沈兆熙赴任 東陽縣典史鈌委試用典史章振鏞署理 常山縣草萍巡檢委分先典史張憲顏署理 江山縣廣濟驛丞鈌委試用巡檢唐翰署理 署理 青田縣典史鈌委試用典史謝庭樹署理

巴黎近信 ○法京巴黎斯來信云法廷現已派定黎僕脫爲軍機大臣兼管戶部事務脫癩路爲刑部大臣韓奴刀爲外部大臣來爵司爲內地大臣潘加勒爲學院大臣杜登斯爲工部大臣安特路利朋爲商務大臣搿道特爲農部大臣臯登司爲理藩院大臣協門爲兵部大臣勃司拿特爲海軍大臣○又信云所派協門爲兵部大臣及勃司拿特爲海軍大臣之事現尚未定○又勃司拿特奉派爲海軍大臣已於日昨接印視事並云法廷擬頒恩典大赦一切罪犯日前新總統斐利士福爾亦發諭旨飭令各黨同心協力以阻沙售立斯脫黨○又信云兵部大臣一鈌已改派壽林藤補授其餘各廷臣職守議院亦已議准咸謂其實能勝任也並云現在大赦一切罪犯惟作奸謀叛者不在赦內

京報節錄

宮門抄 上諭恭錄前報○二月十一日工部 鴻臚寺 廂黃旗值日 無引見 吉恒假滿請 安 長麟謝專操大臣 恩 景澧請假十日 下書續假十日 太常寺奏改派致祭 龍神祠 派出珠爾杭阿 召見軍機 鳳鳴 皇上明日外初二刻升 中和殿看版

○○署理北洋大臣直隸總督雲貴總督臣王文韶跪 奏爲恭報微臣接篆任事日期叩謝 天恩仰祈 聖鑒事竊臣於本月二十一日接准大學士直隸總督李鴻章咨開光緒二十一年正月十九日奉 上諭直隸總督北洋大臣着王文韶署理等因欽此跪聆之下感悚莫名茲於正月二十五日准督臣李鴻章派委天津府河防同知馮清泰天津鎭標中營遊擊韓廷貴將直隸總督北洋大臣關防各一顆長蘆鹽政印信一顆暨 王命旗牌文卷書籍等件齎送前來臣當即恭設香案望 闕叩頭謝 恩祇領任事伏念臣以衰庸受帮辦北洋之任浹旬未屆正虞人地多疏 恩命重承吏使繼切權領自維檮昧彌益慚惶查直隸爲 京畿門戶天津濱海交涉事務綦繁臣惟有竭盡心力尋常洋務則權衡緩急斟酌重輕下固邦交上全 國體於目前防務則料簡軍儲嚴明賞罰督飭各營將士講求戰守機宜仍隨時與劉坤一和衷商辦務臻嚴密冀慰 宸廑至於吏治河工鹽務凡地方一切應辦事宜均當悉心經理亦不敢以軍書旁午稍涉因循冀仰答 高厚鴻慈於萬一所有微臣接篆任事日期暨感悚下忱除循例具 題外理合恭摺叩謝 天恩伏乞 皇上聖鑒再臣現在署理北洋大臣直隸總督篆務所有前經 奏刊幫辦北洋事務大臣雲貴總督木質關防一顆應即銷毀合併聲明謹 奏奉硃批知道了欽此

○○奴才裕祿跪 奏爲遵 旨確查候選知府雙綸被參各款據實覆陳仰祈 聖鑒事竊奴才於光緒二十年十二月二十日承准軍

機大臣字寄光緒二十年十二月十三日奉 上諭有人奏候選知府雙綸陰險貪鄙以丁憂人員充當定安營務處差使並未回旗守制凡更換營官挑補兵丹均有納賄情事等語着裕祿按照所奏各節確切查明據實覆奏不得因係定安任用之人稍涉徇隱原摺着摘鈔給與閱看將此諭令知之 欽此當即按照所奏各節詳細密訪伏查雙綸係 盛京錦州駐防滿洲正黃旗人由二品廕生候選直隸州知州歷保以知府候選光緒十四年六月間經定安派在東三省練軍行營當差十九年三月初四日聞訃丁父憂報經吏部飭令回旗守制去年因三省練軍調赴前敵防剿事務殷繁乏員差遣定安以該員曾在練軍當差情形較熟即於去年九月間咨明海軍衙門將該員留營差委嗣因軍械所委員富明等派委赴京請領軍火即委該員署理軍械所事務東三省練兵大臣本係行營向在省城租賃房屋爲辦公之所所有該營支應營務文案等一切委員多在公所隨住辦事該員因在練軍營當差故亦隨住公所查非定安招致且住居公所者亦不止該員一人至三省練軍選有營官缺出向係定安自行遴派其餘各項差使則係該營總帮統翼長於隨營各員內開單呈請定安點派各營所出兵丹缺額係由各營官在各旗傳驗挑補該員所派差使僅止督理軍械原非重要之事而於更換營官挑補兵丹非該員所能經手即官員補署詞訟案件均屬地方公事該員在練軍營內當差亦非該員所能干預原奏所稱更換營官挑補兵丹多有納賄及情託官員補署地方詞訟商民交怨物議沸騰各情原摺既未指有實跡徧加密訪皆無確據無從懸究以上各節現均逐細詳查據實覆奏斷不敢因係定安所用之人稍爲徇隱飭查雙綸本係錦州駐防爲前任三姓副都統文格之子人尚安詳體面亦無劣跡自光緒十四年即在練軍營內當差十九年丁憂後報明回旗穿孝去年九月間値奉天辦理軍務練軍營務差委需人經定安以該員係屬旗員自日孝滿原可在營當差而當軍事倥傯之際差遣繁多因將該員咨明海軍衙門留營當差似與未經回旗穿孝及尋常無事時可比惟究係丁憂人員既招物議自應行知定安飭令仍回本旗守制毋庸留營其署理軍械所差使應由定安另行遴員接督所有查明覆奏各緣由理合恭摺具陳伏乞 皇上聖鑒 訓示謹 奏奉 硃批知道了欽此

○○張聯桂片 再現署廣西臬司本任鹽法道張人駿升授廣東按察使所遺廣西臬司篆務應即委員接署查有現署鹽法道事候補道何昭然通達政體爲守兼優堪以署理所遺鹽法道篆務查有候補道桂林府知府趙時熙理明才裕躁釋矜平堪以署理遞遺桂林府知府篆務查有潯州府知府夏敬頤器識閎達體用兼賅堪以接署由司飭委署理除分別檄飭遵照外理合附片陳明伏乞 聖鑒謹奏奉 硃批該部知道欽此

二月十四日輪船出口

普濟	輪船往上海	招商局
和生	又	怡和行
重慶	又	太古行
通州	又	又
武昌	又	又
禮裕	又	禮和行

二月十三日銀洋行情

天津 九七六錢
銀盤 二千九百四十七文
洋元 二千一百一十五文
紫竹林 九六錢
銀盤 二千九百九十五文
洋元 二千一百四十五文

直報

光緒二十一年二月十五日　禮拜一　第三十八號

西歷一千八百九十五年三月十一日

上諭恭錄　形勢德澤論　禮闈掌故　有備無患

繩其祖武　德莫大焉　憲示照登　陸續興工

春雪普霑　洋車送案　好人難做　三韓新簡

京報節錄　告白照登

上諭恭錄

上諭李秉衡奏參文武各員請旨懲儆等語山東平度州知州茅恩綬於應付兵差車輛藉端苛派迨聞信撤任竟將民事置之不理亦不支應兵差署理台莊營參將陳啓和短缺防兵額數尅扣口糧均着即行革職精健右營幫帶官遊擊趙正元經該撫派赴登州防營臨期請假藉詞推諉着以都司降補以示懲儆餘着照所議辦理該部知道欽此　上諭江南蘇松鎮總兵員缺着陳旭補授欽此

形勢德澤論

天下盛衰成敗之際亦難言哉昔之論者自三代而下或以形勢論或以德澤論或以法律論或以天命論以形勢論者曰昔周公營洛以爲地居天下之中平易近人有德者居此則易以興無德者居此則易以亡欲使後世勤施德澤以仁民不欲使後世恃險阻肆驕奢以虐民及周之衰天下不朝周莫能制非周德薄形勢弱故無能爲役也秦之爲國披山帶河四塞爲固所謂天府天下之强國也故周没而秦興論德澤者曰書云時日曷喪予及汝偕亡詩云雖則如燬父母孔邇二氏興亡湯誓與國風可考論法律者曰法律宜嚴明商書云用命賞于祖不用命戮于社周書云或沉湎于酒盡執拘以歸于周予其殺雖在商周興王猶不棄法銅在叔季論天命者曰堯舜相傳已言曆數商周而後或稱天錫或稱帝眷或言王命稽諸史册興王終[illegible]原於天者靡代不然竊以爲是言也皆是也皆非也曷非乎爾論其迹則是論其實則非就天下盛衰成敗之後據其業而論得失之迹以爲程不若溯盛衰成敗之前就其事而溯得失之由以爲鑒蓋誤於古不如信於今逐乎人又不如求諸己孔子云文武之政布在方策其人存則其政舉其人亡則其政息舉與息視乎人不視乎政孔子一對對非所問固早知哀公愚柔不足行政故論好學近智力行近仁知恥近勇以化其愚柔非論政也即所對九經之事如去讒遠色賤貨貴德等事亦祇言去之遠之賤之貴之而不言其如何去如何遠如何賤如何貴猶之與子貢論政但言足食足兵民信不言其如何足兵食而民信非略也左氏云聖人之功時爲之庸又云相時而動無累後人時之爲義大矣哉天下之變往往出於所備之外又每積於所備之中帝堯憂洪水而後世之變乃在猛獸周公驅猛獸而後世之變乃在人倫孔孟明人倫而後世之變乃在夷狄今也中外混一則變之所成夫豈孔孟所能料然聖人論理不論術不知者或目爲迂腐嗚呼古今有迂腐之眞聖賢乎夫政與時爲變通道萬世而不易故自古無制事之法有制心之法孟子云生於其心害於其事發於其事害於其政又云惟大人惟能格君心之非唯能格心者乃爲大人簡要詳明不支不蔓是深知一心之外事變無窮備不勝備三代而後以至於今以富强興以富强亡者更僕難數何也政不能百年而無弊富之弊必至於淫强之弊必至於亂不折則叛耳聖人知之故雖親親尙賢之舉聖人第明其義不臚其事事中之一切利弊悉俟後人因時制宜不欲預拘以成法也由此而推何事不然譬之於瀕水之路有隄有橋有船以通行旅世事猶瀕水之路時政則隄橋與船也隄與橋爲有定

之法船為無定之法平日水淺則率由隄橋甚便於船一旦水勢猛漲隄決橋漫非船莫行不得謂隄不如橋橋不如船時易則勢殊勢殊則法變特患無人就事論事因時以出治耳倘不因其時勢而徒鑒前車更相懲戒以就　偏之利或多立名目以惑衆而驚愚則其禍之循起環生必有無所底止者故形勢之於人猶肢體也德澤之於人猶元氣也論形勢而不論德澤如巨人患腫形愈大病益沉論德澤而不論形勢如斷手足刳腸胃謬言養氣以保元神事不同而同歸於盡所以秦不亡於未一四海之前而亡於旣一四海之後周不亡於成康積弱之政而亡於平王之東遷以是知形勢德澤固有缺一不可者至先王竭心思為不忍之政原非恃徒政以自行故能遵先王之法者尤必能紹先王之德若夫天視自我民視天聽自我民聽天固不言以行與事示之而已矣法律天命豈徒然哉大抵書生之弊在以古視古不以當前視古以書視書不知以時事視書故動以古法濟時艱及事之敗又嘆昔無聞知古人欺我其然豈其然乎子輿氏曰誦詩讀書知人論世敬以數語銘諸座書諸紳並以自勉者勉我同人焉

禮闈掌故　○乙未正科會試考官等聽候宣旨請添派御史稽察每科鄉會試屆期所有正副考官及同考御史等官自應遵照定例在午門前恭候宣旨謝恩即行入場近日竟有不到午門前祇候在家得信徑赴貢院殊非敬事慎密之道着照所請嗣後添派滿漢御史各一員查收應行聽宣職名除內聽行走與是日在圓明園奏事及有執事各員先期行知都察院外如有無故不到者即將該員參奏扣除不准入場○乙未正科會試點派考官密本屆期派乾清門侍衛二員寄至午門前拆封宣旨即自本科為始凡應行開列及會考試差各員俱於三月初六日常服朝珠前往午門外聽宣候捧本侍衛到時各按品級班次跪聽宣讀其未經點出者即起立退出不准片刻停留其已經點出各員毋庸更換朝服即行三跪九叩禮謝恩畢迅速入闈毋稍遲延

有備無患　○國家於八旗子弟恩養二百餘年至今生齒日繁費用愈廣同治年間有人條陳分撥關外種地之議一則輕減口分二則使之以屯以練邊地可以充實根本至計莫善於此否則羣聚都門雖耗錢糧而各戶仍不得足食致有攀援為匪之事乃議者以事頗煩難竟作罷論自東洋起釁恭邸綜理庶務挑選旗丁之精壯者五千人作為親軍逐日操練歲以來東氛日亟昨端邸暨剛子良大金吾又簡練萬人以資防禦說者以為己有萬五千人俱屬干城之選京師已有備無患已

纏其祖武　○客歲王雲舫少司馬奉　命回津辦理團練曾招集三十營由曹軍門統率分駐小站祁口等處以資防禦津郡城防尚空虛無備昨聞各紳富聚議另募萬人專防土圩不准外調擬用西洋最新槍砲有張少農部郎鴻翰獨任購辦之說按部郎之祖於從前捻逆偪犯津門首先倡義保護一方至今嘖嘖人口今部郎纏其祖武克紹家聲不獨桑梓蒙庥同聲感戴即遠方商旅亦受帡幪義聞仁聲播於遐邇不禁拭目俟之

德莫大焉　○天河兩府所屬素多盜賊去冬尤熾寧津一縣匝月之間竟出搶刦四案其吳橋獻縣交河等處俱有數起緝不勝緝防不勝防而此時青黃不接貧民較多且又外亂未靖盜賊更易生心值此春融來津販貨者正復不少行旅之間雖自加慎中之慎究難防强中之强惟願有地方之責者設法整頓捕務以靖閭閻而衛商賈德莫大焉

憲示照登　○欽命二品頂戴署理天津新鈔兩關兼管海防兵備道黃　為曉諭事照得本道辦理通商事宜凡有外國商船進出口裝載一切貨物照例分別徵收正半各稅紫竹林關前專派委員督同書差人等稽查驗報並彈壓一切關前地面理宜嚴肅合行出示曉諭為此示仰紫竹林居民人等知悉毋得在關前坐臥喧嘩及藉端滋擾生事倘敢故違定行嚴拿懲辦決不寬貸各宜凜遵毋違特諭

陸續興工　○津海道憲黃花農觀察派員監修圍墻於二月初六日興工已紀前報按圍墻周圍約有三十餘里司道分為三大段各專責成南面一段既已動工聞天津道憲鹽運憲亦以歲久未修恐有坍塌現當軍務吃緊防範宜周已派員履勘不日諏吉興修以壯觀瞻而資保衛云

春雪普霑　○客冬雪澤稀少今春春病堪虞幸新正得有大雪人心稍覺舒暢昨辰刻滕六君又復稅駕花飛五出四野均霑潤

氣僕人眉宇說者以爲不獨春麥可卜豐收卽春瘟亦可頓息人壽年豐之兆俱於此雪占之

洋車送案 ○本埠自有洋車以來來往行人無不稱便近以海疆不靖防務綦嚴邑侯李大令出示曉諭拉車人等每日車行以三更爲止如不遵者從嚴懲辦决不稍寬憲示煌煌亟應遵守乃昨北門外估衣街舖民局拿獲深更拉車一名送守望總局交吳太守懲辦自取之咎夫復奚尤

奸人難儆 ○訪事云南皮縣屬半壁店周吉祥者以耕讀爲生家稱小有且秉性懦弱常作善事有族弟周吉安者貧苦無依周則衣之食之毫不吝惜詎吉安既得飽暖卽不安本分性尤嗜賭動輒持刀尋仇爲害鄉里周恐遭累卽多與銀錢善爲遣去而吉安竟懷恨於心勾串族姑陳周氏屢向周借貸稍顧念至戚不忍拒絕奈其慾壑難塡勾通衙役揑詞控告及邑尊票傳而李壽春又不令過堂藉票訛索竟敢私押逼勒錢文迨客臘胆敢邀集吉安並陳周氏壽周强索並各持木器始而毆及周妻甚則周之母曁周均被毆傷周已寃極莫伸復又常遭毆害似此情形天理何在耶

三韓新簡 ○高麗來信云近來東學黨又在南境聚集較前更甚全羅道文武各官及水師船上之兵丁盡被該黨殺戮現聞倭奴業已派兵往剿惟該黨往來無定勇猛異常恐未易與之較手也○倭奴擬將仁川至漢城一帶創造鐵路限西歷本年八月內竣事故其承辦人已赴日本雇工購料以便尅日起工○倭奴創立新例凡高麗之官員祇准穿黑色衣服民間則聽其自便以後若逢開國及歐爲自主之期并禮拜六下午禮拜日無論官商人等一槩休息至於辦事之時夏季則自晨八點鐘起十二點鐘爲止春秋冬三季須至下午方止○數日前有華人三名在仁川往屋內忽被煤氣薰死在屋亦遭焚燬

京報節錄

宮門抄 上諭恭錄前報○二月十二日內務府 國子監 正黃旗値日 無引見 崇光續假十日 掌儀司奏十五日祭 奉先殿倫貝子行禮 召見軍機 皇上明日寅正二刻至 關帝廟拈香

○○經筵講官理藩院尚書都統臣啓秀跪 奏爲請 旨事據烏蘭察布盟長四子部落扎薩克多羅達爾漢卓哩克圖郡王勒旺諾爾布呈報現因海疆多事情願籌備庫平銀一千兩報効軍需之用請援照喀爾喀部落王公捐輸成案給予勒旺諾爾布之胞弟二等台吉圖普沁色楞花翎又錫林郭勒盟阿巴噶扎薩克頭等台吉勒沁旺楚克呈報現因軍務未竣情願籌備庫平銀一千兩請作軍需之用懇乞援照喀爾喀部落王公捐輸成案給予勒沁旺楚克鎭國公銜各等因前來臣等查蒙古漢王等捐輸至二千四百兩以上者如無翎枝奏明請 賞翎枝又頭等台吉捐至二千二百兩者加給鎭國公銜各等語現在報捐軍需之案均經臣院援照戶部會同臣院議覆庫倫辦事大臣奏以口外待賑晳布尊丹巴呼圖克圖廟宇不戒於火請欵復修 奏明開辦蒙古捐輸准以四成實銀兌收照例議給獎叙均奉 諭旨允准遵行在案再查喀爾喀車臣漢部落扎薩克多羅郡王多爾濟帕拉穆之弟鎭國公銜二等台吉達什端多布多爾濟帕拉穆之子頭等台吉彭楚克車凌扎勒布各捐實銀一千兩請給花翎均經臣院援照漢王等捐至二千四百兩奏明請 賞翎枝之例奏請給予花翎業蒙 允准亦在案今四子部落扎薩克多羅達爾漢卓哩克圖郡王勒旺諾爾布捐實銀一千兩請獎給伊胞弟二等台吉圖普沁色楞花翎阿巴噶扎薩克頭等台吉勒沁旺楚克捐實銀一千兩請給鎭國公銜各等情臣等核其所捐銀數按現在新章以四成計之均屬有盈無絀核與例案亦均相符可否援案獎給四子郡王勒旺諾爾布之胞弟二等台吉圖普沁色楞花翎阿巴噶扎薩克頭等台吉勒沁旺楚克鎭國公銜之處謹恭摺具陳伏候 命下卽由臣院將所捐銀兩先行兌收聽候戶部指撥所有蒙古捐輸聲明給獎緣由伏乞 皇上聖鑒 訓示遵行謹 奏請 旨奉 旨已錄

○○頭品頂戴湖廣總督署理兩江總督臣張之洞頭品頂戴江蘇巡撫臣奎俊跪 奏爲光緒二十年分蘇省應徵漕白二糧核計起運本折約數恭摺馳報仰祈 聖鑒事竊照蘇州等五府州屬應徵光緒二十年冬漕除照案提撥米一十萬石循行河運外其餘米石因海

氣不靖籌議本折兼辦本色暫雇洋輪代運業經臣等酌議包運保險章程及辦理折徵情形恭摺會 奏在案伏查蘇省漕額久隸
旨永減現值倉庫並絀需餉浩繁自當力籌足額加徵運解以資濟應無如蘇州等屬自遭兵燹以後荒田尚多節經飭屬設法招墾因頻
年歉收農佃工本不繼驟難復額二十年應徵原復熟及屆徵新墾各田又因夏秋之閒雨澤愆期禾稻被旱受傷收成歉薄不得不確切
查明剔荒徵熟業經飭屬逐一查勘被歉輕重情形分別蠲減緩徵另行奏懇 恩施併將鎮江府屬之丹徒縣應徵漕糧循舊坐撥旗營
兵米請免起運外今將蘇州等屬之長洲元和吳縣吳江震澤常熟昭文崑山新陽華陽奉賢婁縣金山上海南滙青浦川沙武進陽湖無
錫金匱江陰宜興荊溪丹陽金壇溧陽太倉鎮洋嘉定寶山三十一州廳縣應徵漕白二糧經臣等督同司道覈實釐剔約計交倉正耗米
七十五萬四千九百餘石內除河運漕米一十萬石同隨運各耗提出另辦外實該洋輪包運本色得米同改徵白折色共正耗米六十
五萬四千九百餘石又備帶津通經剝耗食本折米一萬三千餘石統共起運本折米六十八萬五千五百餘石外自支給船耗本折米五
萬三千八百餘石洋輪包運本色漕米應遵部議將各屬倉收本色約米二十七八萬石之數徵運雖屬徵本色開倉先後不齊多寡難以
預計其實運細數須俟本色截數後始可核見分別本折正耗各若干以及備帶支給本折細數另再恭摺 奏報今屆徵運米數核其上
減少米數三萬三千六百餘石委因被旱歉收所致實已悉心搜剔不遺餘力應請救數分別運解茲據署蘇州布政使黃祖絡蘇松糧
道吳承潞會詳請 奏前來臣等覆核無異除飭司道督飭各屬慎選乾潔好米兌交洋輪包運並將折色銀兩迅速徵解河運米石循案
在實應等處採辦雇船交兌開行外議章程確核本折各細數另行 奏咨暨咨明戶部查照外謹會同漕運督臣松椿恭摺由驛馳陳伏
乞 皇上聖鑒 訓示謹 奏奉 硃批戶部知道欽此

○○頭品頂戴護理貴州巡撫布政使奴才嵩崑跪 奏爲恭報微臣接護撫篆日期叩謝 天恩仰祈 聖鑒事竊奴才於光緒二十年
十二月初四日奉巡撫松蕃行知欽奉 上諭貴州巡撫著嵩崑護理欽此初八日准兼署雲貴督撫臣崧蕃將貴州巡撫關防並 王命
旗牌書籍文卷飭委貴陽府知府文海撫標中軍參將尚宗光齎送前來當即恭設香案望 闕叩頭謝 恩祗領任事伏念奴才滿洲世
僕知識庸愚深慮忝綰藩條措施未協復蒙 恩權撫篆兢惕益深查貴州民苗雜處撫馭難周舉凡察吏安民訓兵裕餉均應實力講求
自維綿昧深懼弗勝惟有隨時率同司道並咨商署督臣認眞辦理不敢稍涉因循以期仰答 高厚鴻慈於萬一謹將奴才接護撫篆日
期並感激下忱恭摺叩謝 天恩伏乞 皇上聖鑒謹 奏奉 硃批知道了欽此

減價出售 啓者本行發售各式外國檯燈掛燈以及各樣燈炮燈心均照置本出售並
有呂宋烟數十箱紅毛片大小洋鏡數十個其價値定必格外從廉如欲購者請來本行帳房面
商可也 正廣和洋行啓

謹啓者敝號現運到頂上明亮硬煤火力大而經久爲近來開礦各家僅見之物定價每
噸行平寶銀九兩每百斤津錢一吊六百文如蒙 賜顧請到本帳房面議特此奉 聞
永裕昌煤礦局謹啓 廠河東大王莊啓發棧後院

告白 大東海計里圖 盛京計里圖 日本水陸計里圖 日本地理兵要 左文襄
公奏議 咸豐續錄 資治新書 秋季諭旨 太平論覽 中俄交界圖 法文規範 新增
華英尺牘 讀書雜志 圖書繁多不及備載 賜顧者駕臨購取可也 鄉嬛書莊謹啓

敬啓者本館現於本年元旦出報因排報之鉛字各路之採訪主筆之西儒須開河後方
能齊集姑先按日出報四幅以饜 諸公 望報之懷二月之望即照舊例報價因用洋紙每份售
大錢十文仕商告白減價三個月以廣招徠其餘各事均循中西報館章程辦理特此啓知伏祈
公鑒 直報館謹啓

二月十六日輪船出口

綏生	輪船往上海	怡和行
和生	又	又
重慶	又	太古行
西安	又	又
禮和	又	禮和行

二月十五日銀洋行情

天津九七六錢
銀盤二千九百三十五文
洋元二千一百一十文
紫竹林九六錢
銀盤二千九百八十文
洋元二千一百四十文

直報

光緒二十一年二月十六日　第三十九號
西曆一千八百九十五年三月十二日　禮拜二

換心記　禮闈掌故　展期覆試　適彼樂郊
具文何用　設局零售　事豫則立　靈示照登
一蕭　齋　沿門托鉢　老將雄飛　白門官報
京報節錄　告白照登

換心記

夢夢生曰夢也而反以爲眞眞也而反以爲夢衆生自爲顛倒抑亦造物之顛倒衆生乎夫因昧生癡因癡生妄因妄生幻因幻生眞意結則神凝神凝則氣聚氣聚則形成衆生一切機緣無因不生有因必生瓜因瓜生豆因豆生信矣昔有人醉踐茄作聲如蛙以爲蛙也於是寢夢皆蛙鳴病以困又有人鞭其主爨之婢因疑婢竊己於是身爨焦勞猶復畏竊食不果腹妖由人興概非無因而至矣盡鬼神之德體物不遺易之載鬼詩之帝眷書之高宗夢說禮之夢帝與齡春秋之神降石言伯有介行申生晝見古己云然周秦以還事或奇於斷髮之鄉怪有過於飛頭之國難罄述也然援古不如證今百聞不如一見愚硯友史氏鄭五名景雲與其伯氏俱諸生伯入泮時景己食餼父母遂愛仲厭伯伯每鬱鬱遇同人對終日無一言景子孟音亦諸生幼名痴子實因聰叨愛愛極而謬名之者家殷而儉不祀竈往歲冬孟朔音夢皂衣公曰我實是汝一家主胡不祀以語諸家不之信望夜夢役招至閣白髯老人曰汝父以不惜字故停科汝未改耶晨入母室行且語母未應音出而仆不語旬餘醫漸痊冬仲朔音妻歸甯音自糊窗隙足誤踐書夜見羅乂二音不及衣履被捉去飛至一城入北門見己故鄰某設衣肆音甫借著鬼復促去抵公門堂燒碧燭坐王者貌獰惡竟是閻羅呼音上曰司命文昌兩示警悍不知悛合先笞命鎖辯十笞左手笞己令上跪王索生員册吏檢册手籍音名王勾之鄭筆鏘然曰除汝名籍矣音呼冤王不聽且曰汝行孝不誠爲善不果心之疚也命速押赴換心所易以商賈心役捽下至一小衙署門榜換心以音付門吏引入東室室二翁一侍者翁命侍以濃汁半盞漉生强灌之襟袖淋漓侍代解音襟按於床仰見一架心密排如鐘乳以懸侍持刀劃腹腹蚌張取心易心易己侍以手擠音腹不知苦蹴起引出叉原役帶回見王者王曰汝所易心雖商賈實是一善心孝心視汝輩僞儒心奚啻霄壤耶顧二僮曰速送還僮引還出東門當門潭水清無底望南岸有羊腸僅容足懼失墜僮一推一挽音遽望潭悠忽下不知幾陌由旬冷淫淫不可支醒驟詣母室／關入索熱湯母飲之飲已述夢齒戰有聲視所笞手腫數寸啓懷視劃痕血漬未燥聽其言似未曾讀示一字則不識丁矣鄰村柳河音固有舊肆送音於肆就醫調治是月望日音家遂遽懸字斗潔粢祀竈焚表以識即晚音出立村頭忽仆地聞空際呼音名曰汝仍可讀起頓爽病失如夢醒音父詳書其事以語人且勗人曰勿嫌貧愛富勿刻薄待人勿視手足如途人勿遠君子而比小人噫異矣去秋孟音喬梓俱入闈同人見之啓懷視綫而赤者存焉詢其夢告鑿鑿夢夢生爲贅言曰千尺深潭羊腸一線脚根不定頓落沉淪苦海茫茫百年直夢耳惟是心有所則不得其正貪瞋妄想鏡台卽鬼域關頭造孽案於須彌萌孽根於芥子事後則誅心無濟事前則誅意莫由矧育孽阻句天誤家誤國誤天下櫻太阿而懸不畏死者設非閻羅老子換心笞掌於夢寢縱令文昌司命換盡三身又烏能向秋風春雨途遍贊闈中夢夢耶嗟乎後世人心之變往往爲上古中古所未經後世天心之變亦非若上古中古之可測以致鳳晳徵而尼山慄麟筆絕而地獄成傳奇中播秦打嚴是

光緒二十一年二月十六日 直報 第二版 〇一五八

眞是幻即幻即眞氣之所激理應如是人心動即天心已動矣以心易心明季小明朱公爾旦外不少概見孟音何修得此於酆都殿陛乎修正果者當於音父所言四勿求之則梯諸天堂自超地獄若惜字則俯拾即是祀竈則與有常尊原爲分所當循理宜加謹者凡我同人尙其勗諸

禮闈掌故 ○乙未正科會試點派考官密本屆期派乾清門侍衛寄至午門前拆封宣旨著自本科會試爲始禮部於三月初四日將題本送閱初五日進呈初六日發下即交棒本侍衛寄往至會試遇巡幸之年著該部豫行計算發報到日期扣至三月初六日黎明到閣即早亦必於初五日到閣初六日黎明至午門前照新定規制拆封宣讀考官等即刻入闈不准在內閣先行拆封

展期覆試 ○新科舉人覆試不得過二月十五日之期於嘉慶年間曾奉 上諭厥後恪遵成憲無敢或逾迨軍興後各省士子或遊學遠方或從軍戎幕或公務糾纏或路途淹滯到京稍遲間有其人經禮部具奏請 旨仰蒙 特恩准於二十四五六三日中揀定一日在 保和殿補行覆試已屬曠典本屆舉行乙未正科會試適逢海疆有事惟恐途中阻滯又因開河較晚南北來較遲應須覆試士子到津已在月望十五日之期萬不及試禮部援案奏請已奉 恩旨准於二月二十四二十八兩日分省補覆似此特恩曠典千載一時 聖天子作育人材無微不至爲士子者宜如何敦品勵學祁爾經綸以仰答 高厚鴻慈於萬一場期伊邇想濟濟多士磨勵以需有不遑寢食者矣

適彼樂郊 ○日人肇釁以來風鶴之聲傳徧遠邇恍如八公山草木皆兵都門人海謠諑尤多客冬封河之先公卿庶僚以及富商碩賈聞聲思逃不勝指數以故京城之車通州之船價値驟然騰貴可謂利市十倍現値東風解凍而東氛益偪去年不及啓行之家無不心搖志蕩有覓車而不得者幸日來公車之至實繁有徒 價一寶欣然俯允從此脫離塵海適彼樂郊噫碧雲檀柘之間果非善地不堪置足耶

具文何用 ○自客歲海上釁兵各省徵調都門五方雜處尤恐奸人混迹步軍統領衙門嚴飭左右翼多派兵丁分城巡緝並仿保甲之法挨戶開具名冊逐戶查點十日一次菴觀寺院以及酒肆烟寮不得容留匪類各處客棧發給循環二簿每日所到人客黃昏時登冊呈坊閱看循環迭進倘有形迹可疑口音不符之輩如敢貪得重利存留定即從嚴懲辦雷厲風行殊覺嚴密行之數月漸成具文現値人車絡繹更恐查不勝查而爲公差番役等開濬利源則必燕燕日上耳

設局零售 ○督憲王夔石大帥電達上洋米局採買包米四十萬包已紀前報玆聞大帥委派津海關道盛杏蓀觀察在本郡四門設局四處按原價零售以三升四升五升爲度不准售至一斗祇爲貧民而設如有餘之家零售取巧查出受罰云云大帥軫念民艱於此可見闔郡貧民共以生佛頌之

事豫則立 ○本埠糧米昂貴小民餬口無貲道憲呂庭芷觀察慨念民艱出示曉諭勸糧店減價已兩紀前報查糧價之高客歲各行店積糧本不甚多郡城內外日用既已浩繁而各路援兵雲集食指奚止十倍以致各店空虛價値至今難減現雖輪船進口運津大米大麥數逾巨萬無如內地被水太寬飢區甚廣仍不足以資接濟惟豫省衞輝新鄉等處積糧最多向來販運北省御河冰泮轉瞬衞新糧米源源而來糧價當可減落不禁爲三津黎庶拭目望之

憲示照登 ○欽命二品頂戴署理天津新鈔兩關監督北洋行營翼長辦理直隸通商事務兼管海防兵備道盛 爲曉諭事照得外國商船進出口裝載一切貨物均應由大沽總局委員查驗不得私自下貨上貨所雇內地撥貨船隻無論大小均於受雇時赴大沽海神廟前停泊一面將某國某號商船雇定撥貨緣由赴大沽總局報明掛號再行開船出口一俟起貨進口仍在海神廟前停泊速赴大沽總局將所撥貨物花色件數報請委員按照撥運貨單查驗蓋戳封艙該船開抵天津紫竹林即持蓋戳貨單報請新關委員查驗照例征稅其撥運出口上船之貨及在口內上船之貨亦應將撥運貨單赴大沽總局報請查驗蓋戳再行分別運送出口上俱以上係指外國商人已雇之撥船而言此外各國商人並未雇用之沙衞船改作巧船漁船等項船隻既不在受雇之內無論在海口內外均不准靠傍

外國船隻停泊以杜接私之弊如有不肖自愛船戶私靠外國之船停泊即按接私弊例嚴拿究辦茲當開河之際合行出示曉諭爲此示仰海河一帶船戶人等知悉嗣後務須遵諭奉行切勿陽奉陰違致干拿辦各宜凜遵毋貽後悔特示

一薰一蕕 ○書云既富方穀於今爲烈津門一切善舉概出富家若貧無立錐身韲兩輪求一金難於蜀道苟遇遺失之物鮮不欣爲天賜者乃非吾所有一毫不取俾失主得璧珠還者義哉亦僅見矣訪事云南門內張姓與馬家口郭姓者皆賃洋車爲活昨午東下園一元順代當局雇郭姓車載貨歸當中途遇張素非相識只因一南一北彼此欲易載以行移貨時偶遺首飾匣於郭車箱內及失主知覺已付之泥牛入海矣至晚張訪到郭家竟將原匣送交失主拾金不昧誠善舉也乃出於食力之夫尤善之善者爰樂得而書之○拾金不昧者乃有郭張其人訪事又云城內板橋胡同張氏女聘於劉家胡同某姓爲媳昨張氏女雇輿歸甯偶爾不留將首飾匣遺失轎內至家女母詢知即命僕往問轎役該役不但不承復反顏相稽不得已報知該管汎將轎夫李杜二人捉將官裡去限五日交還原物吁如李杜者視張郭相去奚啻千百由旬哉

沿門托鉢 ○本埠各小店多寓無業游民每逢朔望兩日三五成羣皆以髮挽髻假裝羽士手持木魚口念太上無上向各當鋪募化錢文而郡城某廟道士亦於是兩日向各當舖化緣以致彼此互相訐訕孰假孰眞同此髮髻無從辨別現今各當舖每逢朔望見某廟眞道士來給以二文給假道士一文以示區別噫天下何事不可爲而竟甘心扮作羽流沿門托鉢何無恥之甚也

老將雄飛 ○前任廣西提督馮萃亭宮保以行伍起家洊至統帥平日戰蹟極多不能備錄而尤爲彰明較著者莫如諒山之敗敵人三岐之擒李揚才其所坐之戰馬渾身黑色如炭驅策日久遍體瘡痍因由宮保送往海幢寺豢養以終其年馬且如此則宮保之戰功可知矣此次倭人犯順惡耗頻來 我皇上聽鼓鼙之聲遙思將帥之臣特降溫綸尅期起用嗣有謂宮保老病者故抑之刻因寇燄愈張乃邀宮保出山殺賊宮保得信之下據鞍顧盼以繫匈奴之頸爲己任昔年舊部雖多散去而聲威具在招之即來現已陸續齊集計共十五營皆係身經百戰之士當由珂里率之以行順道至穗垣與督憲李少荃制軍商榷軍務畢即日啓程北上隨行四哲嗣俱有將才非如趙括之徒讀父書者長公子候補道相華復募新軍二千五百名號曰威勇軍訓練精熟實能攻堅陷銳曾紮河南白鶴洲及莊巷地面副帶分帶各員無不熟曉戎機可以殺敵致果人謂觀察知人善任必能成功虎父無犬子之言正堪持贈矣惟聞觀察此去仍在淅江駐防精銳之兵等於投閒置散誠可惜也按近日各省大吏皆有各固吾圉之見北洋誤事未始不由於此竊謂與其以勁卒助防不如使勁卒助戰戰而勝則敵將自顧不暇何何於馳騖哉錄香港維新報

白門官報 ○總統銘武春字全軍張軍門捐館後所遺該軍總統一差業經兩江督憲札委統領廣義營李軍門先義接統李軍門奉札後當詣督轅謝委

京報節錄

○○總管內務府謹 奏爲審明釋回太監沿途按站勒索車輛錢文遵 旨從重治罪恭摺具奏仰祈 聖鑒事准署理吉林將軍恩澤咨稱光緒二十年十二月二十四日奉 上諭長順奏釋回太監騷累驛站請旨懲辦一摺據稱太監董雙福等四名由黑龍江釋回解到伯都訥等處按站强索車馬折扣銀錢隨帶多人需索飲饌少不遂意百般打罵又有該省二次釋回太監王進榮等二名在浩色遞札係陶賴昭等站折車索錢擾累情形與董雙福等無異等語該太監等蒙恩釋回竟敢肆行無忌騷擾驛站實屬目無法紀亟應嚴行懲辦着恩澤即飭沿途各站按名查拿解交愼刑司嚴行審訊從重懲治原摺着鈔給閱看將此諭令知之欽此復據增祺奏稱董雙福等於伯都訥以上各站勒索商民多處奉 上諭着內務府查明該太監等如已解到即飭愼刑司嚴訊從重懲治倘未解京即咨行經過省分催令迅速解送毋任在途逗遛等因欽此又於十二月十七日奉 上諭黑龍江釋回太監董雙福等沿途滋擾現在曾否解到着內務府查明先行覆奏如尚未到京仍着咨行經過省分催令迅速解送等因欽此欽遵鈔出到臣衙門臣等遵即分咨兵部黑龍江將軍轉飭遵照去後玆據黑龍江將軍將釋回太監董雙福隋增瑞于榮與賈喜華王進榮閻全林六名解送到臣衙門愼刑司當經奏 聞在案臣等即遴

派慎刑司派員隨行審訊並派署理坐辦堂郎中世續會同覆訊據太監董雙福等供認沿途向各站要車及車輛不足按數折錢各情不諱緣已革首領董雙福太監隨增瑞于榮興賈喜華均籍隸文安等縣人由鐮子庫及會計司交進在 御茶房當差已革首領王進榮太監閻全林籍隸任邱固安等縣人由順承郡王府及會計司交進在 弘德殿當差均因錯差於光緒十八年間奉 旨將董雙福隨增瑞于榮興賈喜華發往黑龍江三年王進榮閻全林發往黑龍江五年先後到配上年九月間接奉傳知蒙 恩將董雙福等六名釋回董雙福隨增瑞于榮興賈喜華四人於是月十三日由黑龍江起身董 福沿途要車十輛隨增瑞于榮興賈喜華各要車六輛如車不足每輛各折錢三五百文不等走至伯都訥站上應行更換解差官因此遲延四日董雙福等情急同往伯都訥衙門催問因與巡捕楊姓口角喧鬧經該衙門扣留查辦王進榮閻全林於九月十八日由黑龍江起身沿站各要車六輛如車不足亦每輛折錢三五百文各太監等所得車錢十二三吊不等因該將軍查知董雙福等有與伯都訥站上口角且有要車折錢情事奏明查辦解送到臣衙門審悉前情此外訊無騷擾驛站勒索飲饌及打罵官兵各情事復加究詰矢口不移案無遁飾應即擬結查律載凡聞知將有恩赦而故犯罪以覬倖免者加常犯一等雖遇 赦並不原宥又例載遣犯太監如有向地方官訛詐之人一經發覺計贓無論多少得受與否擬將該太監枷號三個月責六十板發往打牲烏拉給官兵爲奴各等語此案太監董雙福等蒙 恩釋回於沿途行走宜如何守分束身自約乃敢藉端勒索車輛折要錢文雖供並無騷擾驛站索要飲饌各情究屬胆玩若比照遣犯太監向地方官藉端訛詐例定擬殊覺輕縱且係欽奉 諭旨交臣衙門從重懲治之案自應加等問擬應請將太監董雙福隨增瑞于榮興賈喜華王進榮閻全林均從重發往黑龍江給官兵爲奴以示懲儆至該太監等所折車輛錢文訊已花用請免著追所有臣等審明釋回太監沿途勒索車輛錢文遵 旨從重治罪緣由理合恭摺具 奏請 旨奉 旨已錄

二月十七日輪船出口

綿生　輪船往上海　怡和行
和生　又　又
重慶　又　太古行
西安　又　又
禮順　又　禮和行

二月十六日銀洋行情

天津九七六錢
銀盤二千九百三十五文
洋元二千一百一十文
紫竹林九六錢
銀盤二千九百八十文
洋元二千一百四十文

直報

光緒二十一年二月十七日 第四十號
西曆一千八百九十五年三月十三日 禮拜三

闢韓 嚴司啓閉 首善示諭 相節啓行
博施濟衆 防營設電 急就成章 置示照登
船戶感恩 館師欲訟 和尚被毆 世風不古
居然自主 京報節錄 告白照登

闢韓

往者吾讀韓子原道之篇未嘗不恨其於道於治淺也其言曰古之時人之害多矣有聖人者立然後教之以相生相養之道爲之君爲之師驅其蟲蛇禽獸而處之中土寒然後爲之衣飢然後爲之食木處而顚土處而病也然後爲之宮室爲之工以贍其器用爲之賈以通其有無爲之醫藥以濟其夭死爲之葬埋祭祀以長其恩愛爲之禮以次其先後爲之樂以宣其湮鬱爲之政以率其怠倦爲之刑以鋤其强梗相欺也爲之符璽斗斛權衡以信之相奪也爲之城郭甲兵以守之害至而爲之備患生而爲之防如古無聖人人之類滅久矣何也無羽毛鱗介以居寒熱也無爪牙以爭食也如韓子之言則彼聖人者其身與其先祖父必皆非人焉而後可必皆有羽毛鱗介而後可必皆有爪牙而後可使聖人與其先祖父而皆人也則未及其生未及成長其被蟲蛇禽獸寒飢木土之害而夭死者固已久矣又烏能爲之禮樂刑政以爲他人防備患害也哉老之道其勝孔子與否抑無所異焉吾不足以定之至其明自然則雖孔子無以易韓子一概辭而闢之則不思之過耳而韓子又曰君者出令者也臣者行君之令而致之民者也民者出粟米麻絲作器皿通貨財以事其上者也君不出令則失其所以爲君臣不行君之令則失其所以爲臣民不出粟米麻絲作器皿通貨財以事其上則誅嗟乎君民相資之事固如是焉已哉夫苟如是而已則桀紂秦政之治初何以異於堯舜三王且使民與禽獸雜居寒至而不知衣饑至而不知食凡所謂宮室器用醫藥葬埋之事舉皆待教而後知爲之則人之類其滅久矣彼聖人者又烏得此民者出令而君之且韓子胡不云民者出粟米麻絲作器皿通貨財以相爲生養者也有其相欺相奪而不能自治也故出什一之賦而置之君使之作爲刑政甲兵以鋤其强梗備其患害然而君不能獨治也於是爲之臣使之行其令事其事是故民不出什一之賦則莫能爲之君君不能爲民鋤其强梗防其患害則廢臣不能行其鋤强梗防患害之令則誅乎孟子曰民爲重社稷次君爲輕此古今之通義也而韓子不爾云者知有一人而不知有億兆也老之言曰竊鉤者誅竊國者侯夫自秦以來爲中國之君者皆其尤强梗者也最能欺奪者也竊嘗聞道之大原出於天矣今韓子務尊其尤强梗最能欺奪之一人使安坐而出其唯所欲爲之令而使天下無數之民各出其苦筋力勞神慮者以供其欲少不如是焉則誅天之意固如是乎道之原又如是乎嗚呼其亦幸出於三代之後不見黜於禹湯文武周公孔子也其亦不幸不出於三代之前不見正於禹湯文武周公孔子也

此稿未完

嚴司啓閉 ○榮振華大金吾諭飭京城內外各門門領門吏門千總等知悉內外各門於每日申正三刻關閉卯正啓放以昭畫一而期愼重各門値班官兵務當按時啓閉認眞稽察不得陽奉陰違如有不遵一經派員查出定當嚴處切切毋違

首善示諭 ○欽加五品銜特授順天府大興縣正堂加五級紀錄十次趙 爲出示曉諭事照得本縣批准自理詞訟票差飭傳案件因公務紛繁詳請添派委員幫審以期妥速而免拖延近來淸釐積案詞訟日簡頗著成效惟承票差役於未經稟到之先將案內人

證傳到守候至晚搵稱卷未分閱或委員有事明日來縣聽審百般刁難致令商民廢時失業蠹役因而索詐殊堪髮指除密查嚴究外合亟出示曉諭爲此示仰本署書差及闔邑軍民人等知悉嗣後遇有稟到送審案件即刻候懸牌標明定於某日提審俾免守候廢時庶革積弊而挽刁風倘該書差仍敢傳到原被延不註到及藉端需索一經查出立即重懲決不寬貸各宜凜遵毋違特示

相節啓行 ○傅相李公陛見出都到津日期已恭紀前報玆悉相節於十七日酉刻登舟明早啓椗東渡未刻王賡虞大帥命駕至招商局茶座祇候同城司道及印委各員先時到局四點半鐘礮聲隆隆相節抵紫在茶座同賡帥及司道小敘即登公義輪船文武各官皆遞手版送始各歸衙署聞隨節東行者洋員爲佛士特畢德格二君華員爲羅稷臣馬眉叔伍秩庸三觀察及林鹿堂司馬諸公皆負濟世才此行當各展所抱負焉聞隨從尚有數員容訪確登錄

博施濟衆 ○署督憲王夔石大帥以吳楚公所爲行台自蒞督篆後洞悉貧民艱苦情形命親信差弁持票散給錢文城廂內外婦孺人等均霑愷惠風聲一播貧婦之求貸行轅者每日絡繹不絕塡塞街巷大帥出門拜客途爲之阻昨飭辦差人等諭令各處婦孺將姓名住趾繕寫清單再爲酌濟大帥博施濟衆洵津上之福星也

防營設電 ○曹藎臣軍門自客歲統領津勝團練以來於小站盛軍舊壘爲坐營今正分撥隊伍往綮祁口以資防禦小站距祁口相隔百里公務往還日凡數起而道路崎嶇人馬跡難插足一旦有警難免遲延昨軍門雇土工百餘人自小站大道起修至祁口大道止限日竣工高寬如式從此砥平矢直易於馳驟並設立電線以通信息洵可謂思周慮密善於籌防者矣

急就成章 ○客歲自東瀛肆擾各營招募兵勇實繁有徒所領器械多半新式洋槍極爲精利無如兵勇俱屬新募雖有教習逐日操演仍不得法終於無濟聞各營將領於現在新募之兵勇另演 陣名曰打擋中一靶二靶均無獎賞及中三靶賞錢二吊文中四靶賞錢三吊文中五靶賞錢五吊文如一靶不中者罰跪線香一柱以此爲激勸期於共成勁旅各將領若果矢志不渝賞罰不濫將見桓桓之衆亦可以奮然一戰也

憲示照登 ○欽命二品頂戴署天津新鈔兩關監督北洋行營翼長辦理直隸通商事務兼管海防兵備道黃 爲嚴禁土棍勾串偷漏以重課額事照得本監督管理鈔關稅物惟期裕課使商各商貨物自應照例赴關輸稅近聞有地方棍徒勾串商販偷漏稅課殊屬藐法除派巡查外合行出示嚴禁爲此示仰商販巡役人等知悉嗣後貨物務須遵照定例赴關輸稅不得聽信地棍勾串偷漏倘有前項不法棍徒蠹弊病商一經該口稟聞或別經發覺定即嚴拿究辦決不稍寬其各凜遵毋違特示

船戶感恩 ○爵相體恤船戶官價之外酌加半價出示曉諭已紀前報玆聞各船戶振刷精神將所有船隻赶緊油艌以應要差昨御河冰泮茶店口官船局前停泊差船百數十隻船戶感恩大有輸將恐後之勢於以見 爵相洞悉民隱體恤彌周各該船斷不至如從前聞風逃避也

館師欲訟 ○師位附於天地君親之後其尊無上已可想見爲師者宜若何植品勵學以求無負斯尊亦自可想本郡文風中于他省而今學塾林林總總有十步一樓五步一閣之勢猗歟盛哉乃昨南門外王某書館與李某書館相隔數武有鄰居劉姓之子初學童蒙劉本工匠中人不明學規曾煩人說合附入王某書館言明書金六吊文贄敬五百文諏吉入學詎同院張姓又爲李某書館招攬生徒劉又允其所請日昨張姓送劉入學王某偵知與劉爭鬧持稟赴縣理論劉張自知理虧央人攔阻認罪賠禮王某尚未如意至今仍未了結云

和尚被毆 ○佛戒貪嗔痴即吾人之財色氣也吾人於食色二事雖性分之物而聖人猶以少時戒色爲訓况和尚披薙出家旣已撇却五常自當痛除六欲色界不空和尚也不將變而爲之和障乎訪事云津郡鎭海門外某古刹住持僧綽號禿驢者蓮性難胎藕絲未斷與侯家後某京房結歡喜緣適有營勇三五成羣亦往隨喜彼此舌劍唇槍兩不相下致將一顆光頭顱打得血迹模糊禿驢鼠竄而去

世風不古　○元妙觀前近來一老叟蒼顏白髮龍鍾殊甚手持一紙上書劉正源年七十九歲安徽泗洲人曾中某科武舉有子某於數年前至台灣某軍門營中至今杳無音耗有媳某氏身故蘇地不得已長跪求乞云云詎料哀祈竟日罕有人捨一文錢者旁有一女子濃塗豔抹手撥琵琶調曼聲唱淫詞一曲未終而冶游諸浪子各擲金錢爭先恐後噫同一用錢也不用於慈悲惻隱之場而用於暗昧齷齪之地江河日下古道云亡有心人能無憮然

居然自主　○日人在韓爲政偪令自主經西友抄來韓王誓文亟錄於右其文云高麗國王某某頓首稽首謹昭告於皇天后土上下神祇以及歷代先王之靈曰自孤踐阼以來凡列祖列宗之成法悉皆謹敬遵守不敢或違上自天下自地莫不鑒此微忱故雖屢歷艱鉅而一切典章未嘗稍改溯自開國迄今已五百有三載矣國運依然王章如故久爲他國所知近有友邦協力保孤爲自主之國而孤才庸德薄詎敢自專祇以社稷增光祖宗欣慰不得不曲從所請未始非列祖列宗之世積其德萃於予一人而享之也然既爲自主之國又有友邦協助則必爲他邦所欽仰黎庶所歡欣而今而後非特遺緒可以不墜即國事亦可以自強何幸如之爲特議成條款上告天地祖宗之前設誓簽字以昭鄭重惟願世世子孫永無違背朕子之所厚望也今將所議條款十四則分列于下　一高麗當爲自主之國不屬中國　一國中律例須全行删改加意整頓　一子既爲一國之主國中事務皆應稟告明白與廷臣酌議後再行定奪王妃國戚均不准干預朝政　一宮中之事不得與國事混而爲一　一軍機處與各部應辦事宜停妥後均須詳細稟明　一各項捐稅應照定額徵收不得故違成例　一各捐內應抽經費均由各衙門核準　一內宮經費及各處衙門經費概應節省不得稍有浮濫　一宮中經費及通國各衙門經費照一年總數核算後即作爲定例每年按照辦理　一各衙門所有章程均須嚴行删改上下各有責成不準攙越　一考選國中聰俊子弟出洋肄業俾成有用之材　一整頓武備使國本得以鞏固　一法律均須酌定務使寬嚴適中不得枉屈人命敗人家業　一有才之人務須概行招致予以事權不得以門第相限

京報節錄

宮門抄　上諭恭錄前報○二月十三日理藩院　鑾儀衛　光祿寺　正白旗值日　無引見　克王謝賞壽物恩　載信專摺守護西陵謝　恩　吳樹梅假滿請　安　光緒續假十日　召見軍機○十四日吏部　翰林院　正紅旗值日　宗人府引　見七名吏部五十六名　工部十一名　兩翼十七名　陝西正考官楊天霖到京請　安　黑龍江副都統業普春請訓　會章請假五日　禮部奏派閱卷大臣　派出廖壽恒李端棻李文田　內閣奏派稽察本章　派出溥顧　召見軍機　楊天霖　業普春

○○奴才榮祿等謹　奏爲拿獲結夥持械嚇禁事主搶刦盜犯請　旨交刑部審辦恭摺仰祈　聖鑒事竊據右翼翼尉烏什哈等督率副尉崇齡步軍校紀紳等帶同目兵在東直門內大街等處將結夥持械嚇禁事主搶刦盜犯成桂即伏連黃成祿即小黃萬伏即萬三張玉珍即張十兒拿獲並起獲現贓賊具等物傳同事主程維善一併解送前來奴才等督飭司員詳加審訊據成桂即伏連供係正藍旗蒙古瑞凌佐領下養育兵上年十二月初二日掌燈時與黃成祿萬伏張玉珍瑞五分持刀械面帶假鬚由伊家會齊起身至東直門內山子石後地方叫開一家街門進院入室用刀威嚇搶得銀兩錢票俵分花用不料被官人將伊等拿獲連起獲現贓賊具等物一併解案質不知瑞五逃往何處黃成祿即小黃供係正白旗漢軍張永立佐領下馬甲萬伏即萬三供係大興縣人張玉珍即張十兒供係大興縣人均供認與成桂等結夥持械搶刦得贓分用屬實事主程維善供係浙江山陰縣人來京在東直門內山子石後地方居住上年十二月初二日掌燈時伊家被賊進院入室用刀威嚇將銀兩錢票搶去並未報官今經官人獲賊伊赴案認贓具領各等供查成桂即伏連身係旗人膽敢於京城地面結夥持械嚇禁事主肆行搶刦實屬藐視刑章大干法紀黃成祿即小黃萬伏即萬三張玉珍即張十兒均供認結夥搶刦實屬同惡相濟亟應一併嚴切究辦除將事主程維善取保聽候刑部傳質外相應請　旨將成桂即伏連黃成祿即小黃萬伏即萬三張玉珍即張十兒等四名交刑部審明辦理未獲之瑞五即四丫頭仍飭嚴緝獲日補送刑部爲此謹　奏請　旨　奉　旨已錄

○○頭品頂戴廣西巡撫臣張聯桂跪　奏爲查明學政差滿在任聲名辦事及新任學政幕友人數循例具　奏仰祈　聖鑒事竊學政

差滿例應將在任聲名辦事若何查明具 奏又新任學政延請閱文幕友人數姓名例應由臣稽察奏 聞歷經遵辦在案茲查廣西學政趙以炯於光緒十七年十二月十五日到任先後舉行各府廳州屬歲科兩試及辦癸巳 恩科文武闈生監錄遺情形臣查明無弊具奏在案本年辦理甲午正科文武錄遺關防嚴密去取公允士心悅服茲屆差滿新任學政臣馮金鑑於光緒二十年十二月十八日接印任事趙以炯交卸後即日起程所有差滿學政在任聲名辦事理合循例據實恭摺具 奏並將新任學政馮金鑑閱文幕友人數姓名籍貫繕具清單敬呈 御覽伏乞 皇上聖鑒謹 奏奉 硃批知道了欽此

○○敘片 再據布政使嵩崑詳據平遠州知州黃紹先轉據舉人謀選模等禀稱邑紳山東在任候補知府福山縣知縣康鴻逵故父五品封職康光耀故母五品命婦康彭氏遺命捐寄養廉銀一千兩回籍置買產 歸紳董經管收租變價作爲文騰書院卷田及鄉試錄遺卷費並資與膏火之用實於寒士得沾嘉惠等情禀經該州核明造具册結詳司轉請 奏獎前來奴才查定例士民人等捐助地方公欵銀至一千兩者請 旨建坊給予樂善好施字樣等語今該員康鴻逵捐銀一千兩置產歸公洵屬克承先志樂善可風核與請 旌之例相符合無仰懇 天恩將已故五品封職康光耀五品命婦康彭氏准其建坊給予樂善好施字樣以示 旌獎而昭激勸出自 鴻慈除册結咨部查照外謹附片具陳伏乞 聖鑒訓示謹 奏奉 硃批着照所請禮部知道欽此

○○頭品頂戴廣西巡撫臣張聯桂跪 奏爲遵 旨籌解備荒經費銀兩恭摺仰祈 聖鑒事竊准順天府咨光緒二十年十月十五日奉 上諭各省應解備荒經費飭令赶緊解交等因欽此欽遵行司去後臣查備荒經費一欵前准部咨令於厘捐項下按月提銀一千兩廣西歷年厘收悉供軍用向係隨收隨撥合計內地邊防各營餉項尚屬不敷實難按月提存光緒十六年順直災賑緊重時臣在藩司任內以備荒一欵既無提存前經前撫臣馬丕瑤暫行挪借報解銀四萬兩以充賑需曾經奏明在案至今尚未籌還茲奉 諭旨飭令籌解粵省厘饟艱絀虧欠甚鉅本難再籌惟春賑要需敢不仰體 皇仁勉力籌措茲向商號挪借銀一萬二千兩分期電交順天府查收以備賑需仍俟設法籌還商號由司詳請具 奏前來理合恭摺陳明伏乞 皇上聖鑒 飭部查照施行謹 奏奉 硃批戶部知道欽此

二月十八日輪船出口

綌生	輪船往上海	怡和行
和生	又	又
重慶	又	太古行
西安	又	又
禮順	又	禮和行
明義	又	信義行
德義	往烟台香港廣東	又

二月十七日銀洋行情

天津九七六錢

銀盤二千九百四十文

洋元二千一百一十五文

紫竹林九六錢

銀盤二千九百九十文

洋元二千一百四十五文

光緒二十一年二月十八日　直報　第一版　〇一六五

直報

光緒二十一年二月十八日　第四十一號
西曆一千八百九十五年三月十四日　禮拜四

上諭恭錄　闢韓續前稿　都門瑞雪　餉銀到部
禮闈事例　冒雪遄行　濟貧一策　觸目驚心
破鏡重圓　查封烟館　孫呂軍情　謀財害命
一溺而亡　判案奇談　京報節錄　告白照登

上諭恭錄

上諭浙江金華府知府員缺着繼良補授欽此　上諭戶部代奏殺虎口監督斌儒差滿回京齎交盈餘銀兩一摺所得盈餘等項銀四千六百六十三兩零均着交廣儲司斌儒着毋庸賞給該衙門知道欽此。

闢韓　續前稿

且韓子亦知君臣之倫之出於不得已乎有其相欺有其相奪有其強梗有其患害而民既爲是粟米麻絲作器皿通貨財與凡相生相養之事矣今又使之操其刑焉以鋤主其斗斛權衡焉以信造爲城郭甲兵焉以守則其勢不能於是通功易事擇其公且賢者立而爲之君其意固曰吾耕矣織矣工矣賈矣又使吾自衛其性命財產焉則廢吾事何若使子專力於所以爲衛者而吾分其所得於耕織工賈者以食子給子之爲利廣而事治乎此天下立君之本恉也是故君也臣也刑也兵也皆緣衛民之事而後有也而民之所以有待於衛者以其有強梗欺奪患害也有其強梗欺奪患害也者化未進而民未盡善也是故君也者與天下之不善而同存不與天下之善而對待也今使用仁義道德之說而天下如韓子所謂以之爲己則順而祥以之爲人則愛而公以之爲心則和且平夫如是之民則將莫不知其性分之所固有職分之所當爲矣尙何有於強梗欺奪尙何有於相爲患害又安用此高高在上者朘我以生出令令我責所出而誅我時而撫我爲后時而虐我爲仇也哉故曰君臣之倫蓋出於不得已也唯其不得已故不足以爲道之原彼佛之棄君臣是也其所以棄君臣非也而韓子將以謂是固與天壤相弊也者又烏足以爲知道者乎然則及今而棄吾君臣可乎曰是大不可何則其時未至其俗未成其民不足以自治也彼西洋之善國且不能而況中國乎今夫西洋者一國之大公事民之相與自爲者居其七由朝廷而爲之者居其三而其中之犖犖尤大者則明刑治兵兩大事而已何則是二者民之所仰於其國之最急者也昔漢高入關約法三章耳而秦民大服知民所求於上者保其性命財產不過如是而已更騖其餘所謂代大匠斲未有不傷指者也是故使今日而中國有聖人興彼將曰吾之以藐藐之身託於億兆人之上者不得已也民弗能自治故也民之弗能自治者才未逮力未長德未和也乃今將早夜以孳孳求所以進吾民之才德力者去其所以困吾民之才德力者使其無相欺相奪而相患害也吾將悉聽其自由民之自由天之所畀也吾又烏得而靳之如是幸而民至於能自治也吾將悉復而與之矣唯一國之日進富強余一人與吾子孫尙亦有利焉吾曷貴私天下哉誠如是三十年而民不大和治不大進六十年而中國有不克與歐洲各國方富而比強者正吾蓁言亂政之罪可也彼英法德美諸邦之進於今治者要不外百餘年數十年閒耳況夫彼爲其難吾爲其易也嗟夫有此無不有之國無不能之民用庸人之論忌諱虛憍至於貧且弱焉以亡天下恨事孰過此者是故考西洋各國富知富強之甚難也我何可以苟安考西洋各國又當知富強之易易也我不可以自餒道在去其害富害強而日求

其能與民共治而已語有之曰曲士不可與語道者束於教也苟求自強則六經且有不可用者況夫秦以來之法制如彼韓子徒見秦以來之爲君秦以來之爲君正所謂大盜竊國者耳國誰竊轉相竊之於民而已既已竊之矣又惴惴然恐其主之或覺而復之也於是其法與令蝟毛而起質而論之其什八九皆所壞民之才散民之力漓民之德者也斯民也固斯天下之眞主也必弱而愚之使其常不覺常不足以有爲而後吾可以長保所竊而永世嘻乎夫誰知患常出於所慮之外也哉此莊周所以有胠篋之說也是故西洋之言治者曰國者斯民之公產也王侯將相者通國之公僕隷也而中國之尊王者曰天子富有四海臣妾億兆臣妾者其文之故訓猶奴虜也夫如是則西洋之民其尊且貴也過於王侯將相而我中國之民其卑且賤皆奴產子也設有戰鬥之事彼其民爲公產公利自爲鬭也而中國則奴爲其主鬭耳夫驅奴虜以鬭貴人固何所往而不敗

都門瑞雪 ○京師自入春以來寒暖不時二月十三日陰雲四合大有雨意至下午三點鐘不雨而雪星星點點滿地梅花至十四日滕六君興致勃發半空飛舞如玉龍萬道鱗甲爭輝圍爐煮酒檢韵吟詩頗助騷人雅事春麥豐收尤可預卜何幸如之

餉銀抵部 ○江西巡撫委員即用知縣吳大令慶揚管解二十年第五批漕折銀五萬兩分用木鞘裝盛按站遞運於二月十四日抵京由原解丁役赴戶部司務廳投文批掛號遂將餉鞘扛入後庫堆存以待示開庫期兌收矣

禮闈事例 ○欽命乙未正科會試知貢舉部院諭搜檢人役知悉凡考試舉人入場爾等務各同心搜檢不許夾帶片紙隻字及銀錢烟袋等物如違重處不貸特示○現屆乙未正科會試之期經直隷督部院順天府所派承當場差委員並各州縣詳送謄錄書手已陸續到京當差

冒雪遄行 ○本埠自交春後陰多晴少望前已得雪澤昨日巳刻天公又復玉戲霎時間大地山河粉妝玉琢一白無垠爵相登舟時雪花飛舞與紅旗相掩映一夜北風街巷積有尺許八點鐘聲砲啓椗雪仍未止據津上老農言五六十年無此瑞雪洵屬鄉民慶幸惟爵相以七旬以外之年冒雪遄行踏平波浪雖壯心未已而王事靡盬凡隷帡幪能不心焉系之

濟貧一策 ○楊柳青爲鄉鎮之巨擘巨商富賈極多繁華奢侈之風甲於他處有某姓子恃祖父遺產豐隆千金買笑金屋藏嬌而又癖嗜賭博竟於家中開設四面寶局遍請闔鎮富家子弟晝夜聚賭勝負以千萬計當此哀鴻徧野薪桂米珠極貧之戶枵腹忍饑而某等同居是鄉漠不介意致令婦孺輩有騷擾集場之事吾知孤注一擲必有傾家敗產之人俟至傾家敗產之餘與貧戶爲伍當可憬然於有時之所爲非計矣富而仁富而不仁祇在一心轉念間即不能大解慳囊周濟桑里盍將賭局頭錢概歸濟貧之用似此巨賭爲數自必不菲極貧戶得之亦可度數口之命功德爲無量已惟聞某姓之賭有以爲設阱陷人者則其處心積慮已超越人情之外又何敢望以濟貧爲事耶姑隱之以覘厥後

觸目驚心 ○本埠腳行以及土棍等輩又有羣毆爭鬭之事時下海氛未靖如若輩再滋事端實與地面有害前任天津道盛擬定各棍匪站示條欵錄之以資儆懼焉 一白晝強搶人財物者立行站示 一黑夜放火燒人房者立行站示 一強搶婦女者立行站示 一結黨黑夜搶人財者立行站示 一姦佔良家婦女者立行站示 一手執洋槍結黨橫行者立行站示 一誘拐婦女小孩者立行站示 一黑夜上房強借銀錢者立行站示 一結黨持械傷人者立行站示 一聚衆結盟以邪術惑人者立行站示 又枷示條欵 一藉端訛詐人財物者大枷示衆 一三五成羣酗酒滋事者大枷示衆 一乘火打搶人財物者大枷示衆 一窩藏逃勇盜賊者大枷示衆 一假充差役招搖撞騙者大枷示衆 一收留無夫婦女者大枷示衆 一強賒硬買貨物者大枷示衆 一刁徒謠言生事者大枷示衆 一開場聚賭抽頭者大枷示衆 一以良爲賤無端凌虐者大枷示衆

破鏡重圓 ○靜海縣屬南鄉有陳某者耕讀傳家家頗小有同治年間張樂行竄擾靜境家室被其蹂躪陳復爲賊所擄一去二十餘年杳無音信家有妻一女女於前二年于歸妻某氏因家凋零投津傭工餬口陳自賊中逃出後飄流外省已成乞丐去歲來津粥廠覓食已不知尚有家在昨於二月十五日止廠仍在街頭行乞其妻某氏適赴估衣街布店買布夫妻驟遇兩相駭怪蓋彼此皆以爲早

歸泉壤也於是對泣牛衣各言艱苦訪事人適遇於途爲道其詳若此蓋亦人生奇遇也

查封烟館　○昔人詩云醉臥沙場君莫笑古來征戰幾人回蓋以酒能助氣最利行軍自鴉片與而嗜酒者變而嗜烟則營伍中所當切戒已山海關內外所調各省營兵已集有數十萬各行生意因而無一不備而烟館一業亦復鱗次櫛比利市十倍今之兵勇多半烟霞中人各省將領欲收勁旅之效以冀圖報國家嚴申禁令凡有吸烟之兵一經查出立即插箭游營決不寬貸無如辦不勝辦防不勝防其營將領思得一策禀請大帥札飭臨榆邑侯將山海關一帶烟館一併查封以期挽救於萬一謂非正本清源之政歟

孫呂軍情　○關外之役自平壤不守後日蹙百里七晝夜而至鳳凰城下覆軍棄地之速前此未之有也洎乎葉衛既得罪代葉者聶而以孫子揚呂道生兩軍門會統盛軍之衆自移駐大高嶺以來攻一備十隘口極多劍淅矛炊從事於鎗林彈雨中仗無日而不接稽其戰績一復連山關再復分水嶺三復薛里站乃嚴斥堠務操防師敵所長制敵之命戰則散隊伍以避彈守則入地道以設奇用能屢著戰功敵亦畏而愛之稱之曰鐵孫鋼呂刻聞日人大股來攻更番猛撲雖堅不爲動屹立如山而後路又將被截勢又極危所賴二帥同心三軍用命復振臂一呼擊而走之駐防處所馬步十八營悉遵紀律交易公平至於餱糧芻草稽察有人不許重動壓價占人便宜與民雜處魚水相忘遼民感德前奉電調回攻海城居民麕聚哭聲震野赴縣請留有司據情轉詳事遂中止其軍民之浹洽概可想見噫安得如公十數輩分扼嚴疆敵畏民懷相安無事克覩昇平哉俟有探報再爲續登

謀財害命　○霸河之北塘鎮人烟稠密良莠不齊據訪事云昨有謀財害命一事殊堪髮指該鎮吳氏者弟兄三人家道充裕嗣續甚稀惟仲有一子年十一歲三房共此愛逾掌珠月初某日薄暮子於門前嬉戲同鎮張姓忽將其風帽抓去子以爲戲也跟追嚷索張狂奔不應逕出村外子仍尾隨追至河邊張見其手鐲燦然回顧四無人迹頓起殺機將子推倒在地用帶套其頸而勒斃之攜贓匿於賭窟吳家人尋至河畔覩子屍知爲謀殺赴縣控告苦無主名適張賭負以鐲作押爲差役偵知捉將官裡去一訊而伏其辜噫殺人者死固無足論惜吳姓三房僅此一子而又死於非命殆亦前生冤孽耶異己

一浴而亡　○北人氣壯每値感受風寒即至澡堂沐浴以爲一汗可以療疾果愈十九月初估衣街澡塘有甲乙二人同來洗浴詎甲氣體本虛適又病後一入池塘熱氣薰蒸將正氣遏抑陡然閉絶塘中侍者訝甚即將其人抬出池外以冀其醒乃如法瀉救其氣竟不再續祗得報官相驗驗得氣閉身死並無別故而同來之乙又爲出具甘結塘主得以置身事外噫不死於家不死於室竟死於池塘之內死亦奇矣雖浴能愈病氣虛者可不愼哉

判案奇談　○叻坡星報云有某貢士出宰花封自命明鏡高懸靈犀獨運所有案牘皆可折以片言具皐陶明允之才闢屠伯峻刑之酷乃迫彭澤政善河陽似有過之無弗及也乃一日者有謀夫案出大令提審廉得實情據案立判其畧云被告殺人之夫致令其妻寡居無耦鐵衾獨抱情何以堪當罰被告以身贖罪爲彼寡婦之夫轉使被告之妻因而獨宿殺人之夫實自棄其妻耳聞者不禁捧腹聞嘗博稽載籍流覽外史見猶太國典籍載官府所判之案內有數則皆別具肺腸者彙而登之使知千載而上萬里而遙亦無獨而有偶也有某甲妻熊夢已占蚌珠甫結祗緣細事與鄰口角相爭乙本儈夫性多暴戾一怒目眦盡裂竟將甲妻奉以老拳毆擊之下手足不知輕重遂傷甲妻之腹因而胎墮甲乃控於堂官判云甲妻被乙毆傷而小產當令乙與甲妻同室俟其有娠再還合浦之珠以償其夫又有某丙被人擲傷頭顱流血滿面遂控於案官判云丙當出金以酬擲石之人非此不足償其代勞放血蓋因該處習俗凡人負病必須延醫放血故也厥後某丁亦被擲石受創實深聞官判某丙之案乃懷石往控官判果與前同丁即取懷中石擲破官頭作當頭之棒喝官怒甚擬執而罪之丁曰官當酬我放血之勞官怒遂息以上所紀然耶否耶姑錄之以資談柄

京報節錄

宮門抄　上諭恭錄前報○二月十五日戶部　通政司　詹事府　廂白旗値日　無引見　濂貝勒假滿請　安　召見軍機　長麟

○○臣孫家鼐臣陳彝跪　奏爲知縣緝捕不力請　旨先行摘去頂戴恭摺仰祈　聖鑒事竊於正月二十四日接據順義縣稟報正月十七日庫子頭村民人胡通家被劫槍傷事主身死一案二十八日又接該縣稟報十八日西王路村民人薛發家被匪徒十餘人用刀殺

死諱李氏李薛氏一案兩案相連均未破獲捕務實屬廢弛相應請旨將順義縣知縣周兆簧先行摘去頂戴勒限嚴緝以示懲儆所有知縣緝捕不力請旨懲處緣由謹會同署直隸總督臣王文韶恭摺具陳伏乞　皇上聖鑒訓示謹　奏奉　旨已錄

○○劉秉璋片　再暫代官運局總辦試用道文天駿自盡業經另摺奏報惟總辦不可無人因飭令前請代理會辦之候補道王季寅暫充總辦另委候補道殷李堯暫行代理會辦仍俟譚鍾麟到任後酌奪奏委以昭慎重理合附片具陳伏乞　聖鑒謹　奏奉　硃批知道了欽此

○○頭品頂戴河南巡撫臣劉樹堂跪　奏爲核明修築孟縣武陟縣黃河磡埽工程用過土石各工價值銀兩數目詳細開單恭摺仰祈聖鑒事竊照孟縣小金隄磡工因大溜坐灣仍形北滾前築埧埽時有蟄動羅駕河迤西之逯村溜勢頂冲尤多蟄陷又武陟縣所屬攔黃埝官工以上因黃河南北頂冲値趨北岸清峯嶺日受冲刷其董宋村趙莊等村十餘里田廬寨墻漸多塌入河內民心惶懼據各該縣稟請勘辦由前撫臣裕寬委員勘估復分至武陟縣親歷河干勘明屬實　奏　請截留糧道庫存幇丁月糧銀八萬八千兩興修仰蒙　恩准遵即發給孟縣銀八千兩武陟縣銀八萬兩督飭委員會同各該縣核實興工該員等體察河形孟縣小金隄西頭起至戍攖上首止具埽又多蟄陷原估石垛七個不敷抵禦武陟縣西岩等村原估土埝二道亦屬單薄難資得力因於原領款內極力撙節添築護沿石補拋埧埽添築土埝等工俾臻鞏固自光緒二十年二月初七日開工至九月二十四日一律工竣經臣飭委彰衛懷道岑春榮等分投驗收委係工堅料實並無草率偷減情弊計孟縣共築石垛七個護沿石五段補拋舊石埧五段磨盤埧二段舊石垛十二段舊拋埧護石一段添築土工四段共用銀八千七十七兩零武陟縣共築石埧六道磨盤埧二道石垛十八個土埝四道共用銀八萬三百四十四兩零不敷銀數除由該縣知縣捐廉彌補外應請實銷銀八萬八千兩據署布政使桂霖將用過工料銀數開摺詳請具　奏前來臣覆核無異除飭照例分晰造冊繪圖取結詳送　題銷外相應開　具清單恭呈　御覽所有修築孟縣武陟縣黃河埧埽工程用過工料銀數緣由謹會同河東河道總督臣許振禕合詞恭摺具　奏伏乞　皇上聖鑒謹　奏奉　硃批該部議奏單併發欽此

二月十九日輪船出口

重慶	輪船往上海	太古行
西安	又	又
明義	又	信義行
德義	往烟台香港廣東	禮和行

二月十八日銀洋行情

天津	九七六錢	
	銀盤	二千九百四十五文
	洋元	二千一百一十五文
紫竹林	九六錢	
	銀盤	二千九百九十五文
	洋元	二千一百四十五文

直報

光緒二十一年二月十九日　第四十二號
西歷一千八百九十五年三月十五日　禮拜五

上諭恭錄　方孝孺論　稍舒民困　禁止毛錢
憲示照登　吉祥道場　歲亦殺人　運局募勇
朋比爲奸　遇人不淑　産怪紀聞　殺狗宜懲
吳門官話　京報節錄　曾白照登

上諭恭錄

旨內閣侍讀學士員缺着景澧補授黑龍江呼蘭理事同知員缺着鍾秀補授分發貴州道曾尚矩安徽知府龔鎮湘江西知府蔣德鈞安徽同知秦克任四川同知熊濟文廣東同知孫家冀山西直隸州知州徐桂芬四川直隸州知州儲世鈞河南通判駱金章河南知縣黃襄江西知縣李寶權湖北知縣毛炘廣西知縣陳先鳴福建知縣張思誠湖北知縣朝漢廣東知縣任玉樹兩淮鹽大使俞鍾麒河東鹽大使陳鑄福建鹽道庫大使袁勵沚俱照例發往兵部郎中員缺着恒志補授盛京刑部郎中員缺着鐵寶補授盛京工部員外郎員缺着阿禮罕補授吏部漢字堂主事員缺着樸壽補授盛京戶部主事員缺着廣祿補授欽此　上諭禁門重地理宜嚴肅前因值班官兵稽查不力閑雜人等擅自出入迭經降旨申禁第恐日久懈生特再行申諭兩翼前鋒八旗護軍各統領嚴飭該官兵等隨時認眞查察實力奉行不准閒人任意來往倘有不遵約束之人即行查拏究辦以重門禁欽此　太常寺題三月初六日致祭　歷代帝王廟奉　旨遣溥靜行禮兩廡遣長萃溥善文琳英年各分獻欽此　又題三月十六日致祭　先農壇奉　旨朕親詣行禮欽此

方孝孺論

余讀明史至建文四年靖難兵入宮中火燕王執方孝孺使草詔不屈誅九族竊歎方氏之死至忠至烈而惜其未聞君子之大道也當明太祖定鼎時曰後世子孫有改吾法度者以奸臣論建文立孝孺用新政未見施行而先更定宮制焉孔子三年無改孝孺豈不聞乎且官制亦何關於理亂得失而顧爲是汲汲乎哉吾謂當時天下之大患無過於燕王而燕王之大罪又莫甚於登陛不拜使斯時正其罪而誅之不爲無名而後世不致貽爲口舌乃計不出此而於王既歸燕後始漸防其大都耦國之害而欲用其强幹弱枝之謀固已晚矣夫孝孺亦知燕王爲何如人乎使其能守臣節則雖增其護衛益其封地亦必不反若不然則雖無幾微之釁隙猶難保不生覬覦之心而况予以可乘之機乎是故使爲建文者力能制燕王者聽之不然則殺之以絕後患不宜首鼠兩端使金湯之天下不數年而拱手而讓也或謂當日天下大事齊泰黃子澄主之而燕王則又帝之叔父也雖有過惡不宜遽加以顯戮是大不然建文以孝孺爲文學博士居深宮密邇之地其言論多所采納使能匡其失而補救之雖百齊黃何能爲謂叔父不可殺則又何以辭於成王之待管叔且吾不知叔父之與父恩義爲何如謂叔父不可殺而父顧獨可叛乎當靖難兵起孝孺遺燕世子高熾書勸其拒門自守許以世有燕國孝儒而非君子則已孝儒而君子也固未有自處於忠而教人以不孝者也然則爲孝儒者當如何曰不聞卓敬之爲帝謀乎燕王豁達與武貌類先帝北平古用武地置之恐生後患不若徙封南昌南昌地勢卑下一旦有變亦易控制此誠萬世之計也孝儒若能於此時贊成之則大義兩全天下無事帝不必被殺叔父名而已亦不至有滅族禍矣孝儒者可不謂君子哉

稍紓民困 ○天津道盛呂庭芷觀察出示曉諭各糧食行店毋得抬價已兩紀報端計自日前各輪船進口運到津埠大米大麥已逾巨萬因而玉米麪每斤價錢六十四文者減去四文白米每升價錢一百零八文者減去八文其餘各項雜糧雖未大減較上旬業已稍省貧民日用情形稍覺鬆動斷不至如從前之歎餬口維艱也

禁止毛錢 ○本郡自前府憲鄒岱東太守創立清泉公所一概毛錢永行禁止雖不能盡如憲諭而錢店之攙雜不過百分之一尚易行使訪事云現在葛沽一帶每串大錢仍不免攙雜私錢十數文積習未能盡改以致營兵赴各錢店兌換銀兩屢因私錢太多互相口角昨經該管各官諭令各錢店不准私攙小錢如再有前項情事立即扭送府縣照例懲辦等語經此申儆私鑄其可免乎

憲示照登 ○欽命二品頂戴直隸分巡通永河務兵備道加三級紀錄五次張 為曉諭遵例輸稅以充 國課而通商販事照得本道衙門經徵 工部關一切竹木船料稅課向遵定例徵收歷經出示曉諭在案茲屆開河伊邇合行出示曉諭為此示仰客商船戶人等知悉凡有興販竹木 檀一切器具等項以及大小船隻均應報明木植各色數目丈尺價銀請驗納稅打印斧記發給印單方許起卸撐駕倘有徑行私卸繞越及倚恃豪強逞刁抗阻並以大報小以多報少姓名不符借單影射希圖偷漏者許經徵書役就近送交所在官司押解來轅以憑按律懲治如差役人等通同舞弊賣放隱漏以及藉端勒索滋事有累商民一經查出或被首告定即從重革究決不寬貸各宜遵照毋違特示○欽加二品銜賞戴花翎保薦卓異升用道府在任候補直隸州天津縣正堂兼辦營務處李 為出示曉諭事案查征收土藥落地稅事前蒙 總局憲頒發定章准設牙行以憑稽查偷漏並據商人德盛義豐等號稟請立集設棧自行保有官牙均經照准給諭嗣德盛義豐等號先後因案稟請告退隨募據紳商王德華稟請仍設集市接開德善土棧并保任德安充當官牙自應照准除批示並分別給諭外合行出示曉諭為此示仰各處商販及本埠并村莊集鎮海河一帶舖戶人等一體知悉嗣後爾等販運土藥悉歸該德善土棧評價過秤不准私相授受偷漏稅銀該土棧仍照章抽用亦不得任意多索致滋擾累倘有不法之徒故意攙攪准即扭送來案究辦并土藥跑合人等必須認充該土棧夥計方准說合買賣以免勾串繞越而便稽查各宜凜遵毋違特示

吉祥道場 ○本埠南門外海光寺津郡之古剎也每屆二月十九日觀音聖誕之期懸燈結彩鼓樂喧闐本津及各省婦女至期進香者寶馬香車絡繹不絕較天后宮尤為熱鬧近雖連日大雪深及二尺廟場仍未減色云

歲亦殺人 ○所欲有甚於生所惡有甚於死非獨賢者有是心也人皆有之非獨學道中有是心也日用所需亦有之衣食之切於理道飢饉之烈慘於兵戎昔趙威后以歲之無恙問齊使知為政之本矣昨武備學堂渡下有人投河經渡船撈起詢之係城東賈家莊農人因屢被水淹田無可種僅餘牲畜三頭靠拉腳為活昨載葦草來津夜間三畜竟被凍死苦無生路故尋短見慘矣聞已被同鄉人送之歸家云○又西河之側甎洞村一婦人攜二子避水災來津覓其胞嫂不遇昨在河東三官廟台階上歇息該婦忽身挺氣絕二幼子惟知喊母哭叫無可奈何經行路人將婦扶起盤坐移時方甦詢之知母子不食三日矣加以天寒遂致氣絕眾憐之因醵阿堵二四串雇洋車送至東門外女客店暫寄云

湘局募勇 ○武威湘軍轉運局李 為招募兩營保護總局器械如有精壯勇丁情願投効者赶緊報名登冊日給小口糧銀一錢俟招齊成軍再給大口糧切切此諭照擬二月十七日在西關源發客店開招務早至店掛號來驗毋得自悞特示

朋比為奸 ○東南城根一帶土娼麕聚近來尤夥以致打仗鬬毆等事無日無之且該娼窰每至問竟能勾引良家婦女應客賣笑敗懷名節莫此為甚殊為可惡其肆無忌憚誠以有官差人役得賄包庇故敢明目張膽為所欲為昨有某甲操外鄉口音來津貿易者由該處經過為粉黛所迷戀為七十鳥誘賭輸錢十數千無以應付該鴇一再逼索即勾出土棍惡聲相向始而舌劍唇槍繼而聚眾攢毆幸街鄰有曉事人恐肇禍端竭力勸解將甲之馬褂及囊中錢帖一紙截留揮之使去吁土棍惡鴇朋比為奸非地方福也且賭為盜媒涓涓不塞遂成江河可不畏哉

遇人不淑 ○訪事云昨日閘口大街有一少婦荊釵布裙坐於街上涕泗交頤經人詢問據稱先適張姓為妻由張轉送依劉而

劉又慨瞻於李李以一官聽鼓走馬臨臺迄今未返顯遭棄置今聞其奉差來津因而沿街訪問云云言畢大痛有知此婦行踪者言去年每日在此尋訪疑李居此客店也吁遇人不淑再而三此婦可謂遭逢怪特已

產怪紀聞 ○人妖豕怪無時蔑有於以見天地之生物不測訪事云西頭某甲以說票爲生性極慳尅尤好言人閨閫中秘事致爲鄰里所厭年已四旬尙無子嗣去秋其妻忽然有孕甲喜甚加意護持詎至今正逾期未產甲益惶懼延至昨日始分娩穩婆接視雖係一男而缺一足少一目有陽具而無陰囊甲聞之駭甚力囑家人勿揚並延醫療治醫言天生怪物無藥可治果於次日化去咸以爲好談閨閫之報信然錄之爲肆口雌黃者作當頭棒喝

殺狗宜懲 ○犬爲守夜之物而俗稱不厭家貧於人有功與物無競且其身軀瘦小剝其皮不得以爲衣割其肉不足以充腹人又何忍戕其生而害其命也况屠狗有禁又何苦自罹法網訪事云昨河北放生院廟後有一人年逾三十身著藍布衣不知爲何許人於野田僻靜之處拖來死犬兩隻手持尖刀已將一犬之皮剝落正在磨刀霍霍之際適田畔有鄉農二人于于而來其人望之頗形惶悚鄉農喝令住手其人即棄犬飛奔而去所遺已剝未剝之犬經鄉農爲之掩埋云

吳門官話 ○正月廿六日同知鍾詳壽辭回籍 昭文縣陸亶辭 知縣李嘉福奉委赴宿遷審案件辭又許肇基軍坊釐局來並謝飭知酌委署事一次 又傅維祚奉委辦淮軍餉赴揚州 又劉德麟銷江北督銷遞差 簽掣江蘇即用知縣廣麟正藍旗人到省

京報節錄

宮門抄 上諭恭錄前報○二月十六日禮部 宗人府 欽天監 廂紅旗值日 無引見 睿王等揔檢覆命 成公假滿請 安 八額駙等前往南苑請 安 意公由 東陵回京請 安 雲南副考官許澤新到京請 安 景澧謝授侍讀學士 恩 候補道府曾尙矩等謝 恩 意公立山各請假十日 禮部奏派稽察中左門 派出奕功 召見軍機 錢應溥許澤新

○○大學士管理吏部事務臣張之萬等謹 奏爲審明請 旨事據甘肅甯夏道世杰呈稱竊職道於光緒二十年十二月二十一日恭讀 上諭甘肅布政使着曾鉌補授欽此伏思職道之母與曾鉌之母係屬同胞姊妹按例母姨之子同在外官令官小者迴避理合呈請查照例案辦理再職道因奉滿卓異赴京引 見奉 旨後請假修墓尙未起程是以在部呈請合併聲明等因前來查定例外官有關係刑名錢穀考核糾參者外姻親屬中父之姊妹夫母之父及兄弟母姨之子俱分屬至親同在外官不能無所瞻顧亦應令官小者迴避至現任外官如督撫兩司及統轄全省之道員有至親應迴避者俱令迴避另補又應行迴避另補之員如係有總督兼轄兩省三省者本省雖無可調之缺其所轄之鄰省亦准酌量改調各等語查世杰內務府廂黃旗滿洲廕生現任甘肅甯夏道今據該員呈稱恭讀 上諭甘肅布政使着曾鉌補授欽此伏思職道之母與曾鉌之母係屬同胞姊妹按例母姨之子同在外官令官小者迴避理合呈請查照例案辦理等語臣等查甘肅布政使統轄全省有考核糾參之責今甘肅甯夏道世杰既係新授甘肅布政使曾鉌母姨之子分屬至親照例應令官小之世杰迴避以總督兼轄省分之缺對調惟查甯夏道係請 旨簡放之缺自應以陝甘總督兼轄之陝西新疆兩省請 旨簡放實缺人員內揀員對調理合將陝西新疆兩省簡放實缺人員開單進呈請 旨簡員與該員世杰互相對調恭候 欽定遵奉施行謹將臣等查明請 旨緣由繕摺具 奏伏乞 皇上聖鑒謹 奏奉 旨已錄

○○奴才熙銘跪 奏爲遵 旨調撥 盛京練軍馬匹派員管解由口起程日期恭摺具 奏仰祈 聖鑒事竊奴才於本年正月初五日寅刻承准軍機大臣字寄光緒二十一年正月初三日奉 上諭定安等奏吉林黑龍江練軍改步爲馬大凌河牧羣馬匹不敷挑選請由察哈爾改撥一摺著熙銘於商都達布遜諾爾暨兩翼太僕寺各牧羣內挑選戰馬二千五百匹迅速派員解交定安等應用務須一律膘壯毋得以疲乏充數致誤戎機原摺著抄給閱看將此由四百里諭令知之欽此遵 旨寄信前來奴才欽遵之下當即飛飭商都兩翼太僕寺牧羣各總管等照章分成挑選膘壯馬二千五百匹限日進口以備速解營應用等因於正月初十日附片具 奏在案茲據商都達布遜諾爾兩翼太僕寺牧羣各總管等先後報稱遵將調用馬二千五百匹派員於本月二十至二十四等日全行進口當派各該羣

値年主事承奏主簿斌英會同解馬官弁等逐細查驗旋據稟稱現値春初雪凝地凍青黃不接所有馬匹膘分非青草茂盛時可比等語奴才復行親加查驗後面飭解馬官弁等沿途加意餧養妥爲管解今商都應解交馬一千五百匹兩翼太僕寺應解交馬一千匹共分作五起每起添派口內駐防官二員帶領兵丁十名以資照料頭起商都馬五百匹該總管派出解馬之護軍桑寨札普委翼長綳蘇克等帶領牧長等管解並添派口內駐防三品頂戴花翎防禦阿芳阿六品頂戴藍翎委官巴圖孟克帶領兵丁十名攜帶器械於本月二十一日由口照料起程其餘四起逐起出派官兵等均間隔一日依次起解妥爲前進除咨明該大臣定安等軍營查收驗收並遵照部定章程分別咨劄沿途文武各衙門妥爲辦理所有遵旨調撥盛京練軍馬匹派員管解由口起程日期緣由理合恭摺具奏伏乞皇上聖鑒謹奏奉硃批知道了欽此

〇〇巡視南城事務掌山東道監察御史臣秀林等跪奏爲刁商恃符挾制咆哮不遵請旨辦理恭摺仰祈聖鑒事竊臣等於本年正月十六日奉都察院劄開內稱查明御史鍾德祥奏東便門外商人開設機器磨坊覆奏一摺查得該商未奉批准輒行安設機器已屬不合且地逼運河日久煤炭堆積勢必壅塞河道亦係實在情形未便准開即由臣衙門交該城飭令撤去機磨等因奉旨依議欽此欽遵劄行到城臣等遵旨傳諭該商人武舉李福明飭令即行撤去該商人於二十一日到城面求給限十日以便搬運至二月初一日該商人復到城稟稱欠賬甚多應准暫行開市俾得償還貲本強請批准等情臣等以欽奉事件不敢遲延再三向其開導乃該商人恃符狡展任意咆哮正在核辦間初三日又據正指揮劉景韶稟報李福明率黨數十擁署喧嘩臣等將各情形並各原稟呈請都察院核奪茲於初四日接奉堂劄內稱商人李福明不遵諭旨反在公堂肆意咆哮即由該城自行查拿懲辦等因飭該指揮帶同練勇於初五日拿獲李福明在案臣等詳查此案既經都察院將其情弊細陳奏明不准開設自應欽遵辦理乃該商人武舉李福明仍敢抗違不遵恃符咆哮擁衆鬨鬧官署實屬居心刁狡難逃聖明洞鑒之中相應請旨將李福明斥革送交刑部照例治罪其機器磨坊既經護軍統領衙門出有彈壓告示應令派員先行看管以振法紀而儆刁頑臣等謹恭摺具陳伏乞皇上聖鑒訓示遵行謹奏奉旨已錄

減價出售　啓者本行發售各式外國檯燈掛燈以及各樣燈炮燈心均照置本出售並有呂宋烟數十箱紅毛片大小洋鏡數十個其價値定必格外從廉如欲購者請來本行帳房面商可也

正廣和洋行啓

告白　大東海計里圖　盛京計里圖　日本水陸計里圖　日本地理兵要　左文襄公奏議　咸豐續錄　資治新書　秋季諭旨　太平論覽　中俄交界圖　法文規範　新增華英尺牘　讀書雜志　八省沿海計里圖　圖書繁多不及備載　賜顧者駕臨購取可也

鄉嬛書莊謹啓

謹啓者敝號現運到頂上明亮硬煤火力大而經久爲近來開礦各家僅見之物定價每順行平寶銀九兩每百斤津錢一吊六百文如蒙　賜顧請到本帳房面議特此奉聞

永裕昌煤礦局謹啓寓河東大王莊啓發棧後院

告白　續永慶昇平　續施公案　萬年靑初二三集　富貴錄　百寶箱　彭公案　第三才子　第一奇女　聊齋志怪　花月姻緣　續今古奇觀　巧合奇寃　醒心編　竊寶錄　開闢演義　五十名家手札　皆大歡喜　日本新政考　日本師船表　湘軍志　東三省地圖　日本地圖　中外東海詳細圖　楚軍馬步營制　後四才子　南北宋　東西漢　後英烈傳　草木春秋　後聊齋　後列國　子不語　說唐征西　飛龍傳　綠牡丹　笑中緣　七俠五義　前後七國　鐵花仙史　髮逆圖記　粉粧樓

文美齋謹啓

本直報分處寓城內天津府署西三聖菴西紫氣堂梁子亨便是　諸君賞鑒閱報賜一字函分送不悞敝處由上海寄津　新聞報紙　字林滬報　代送申報各樣報紙均有士庶官商賜顧多蒙賞閱

直報分處梁子亨謹啓

二月二十日輪船出口

武昌　輪船往上海　太古行
綿生　又　怡和行
明義　又　信義行
德義　往烟台香港廣東　禮和□

二月十九日銀洋行情

天津九七六錢
銀盤二千九百四十五文
洋元二千一百一十五文
紫竹林九六錢
銀盤二千九百九十五文
洋元二千一百四十五文

直報

光緒二十一年二月二十日　第四十三號
西歷一千八百九十五年三月十六日　禮拜六

上諭恭錄　書錢氏春秋論後　中途觀望
馬隊調防　統率得人　清理街道　雪擁榆關
倚若長城　實事求是　乞丐凍斃　霊示照登
諭璫率教　吳門官話　花縣官聲　譯曷朝報
京報節錄　告白照登

上諭恭錄

上諭張之洞等奏前任撫臣功德在民懇准建祠一摺已故浙江巡撫崧駿前任江蘇巡撫時於該省地方利弊凡關係國計民生無不實力講求該省紳士臚陳該故撫政聲治蹟合詞呈請捐建專祠着照所請准於江蘇省城捐建專祠列入祀典由地方官春秋致祭以彰藎績該衙門知道欽此○上諭張煦奏省會要缺道員開單請簡一摺山西冀甯道員缺着陳占鰲補授欽此　上諭張煦奏前任知縣虧短交代請革職監追查抄等語降選教職前任山西興縣知縣程達天前在該縣任內虧短交代正雜等銀七千餘兩兵米七百餘石業經暫革勒追限滿仍未完繳實屬任意玩延程達天着即革職監追提集丁書人等嚴訊是侵是挪分別懲辦並將該革員歷過任所寓所資財先行查抄其原籍家產着直隷總督一併查抄備抵以重庫欵餘着照所議辦理該部知道欽此　旨芬車現駐南苑所管右翼前鋒統領着果勒敏署理欽此　旨桂祥札拉豐阿現駐南苑所管廂白旗漢軍都統着啓秀署理正藍旗蒙古都統着晋祺署理欽此

書錢氏春秋論後

紅丸之案孫慎行引春秋許世子事直攻方從哲名之爲弒逆大中繼之而其辭加詳矣錢氏謙益爲春秋論自敘其後曰進藥之獄蒙育猜焉進藥決之禁中閣臣不爲藥主一也光宗寢疾彌留非以紅丸故奄棄萬國二也舍崔文昇而問李可灼三也穀梁子曰於趙盾見忠臣之至於許世子止見孝子之至儒者相沿服習以爲精義執此以斷斷獄則過也斯亦可謂原情之論者矣故其論曰引春秋之義斷後世之獄是猶禁奸盜以結繩理文書以科斗欲以趙盾許世子止之獄辭傳本朝之律令不已迂乎然於梃擊移宮之事則論曰春秋書曰夫人孫於齊左氏曰不稱姜氏絕不爲親禮也夫人姜氏薨於夷齊人以歸夫人氏之喪至自齊公羊曰貶必於重者莫重乎其以喪至也何休曰刑人於市與衆棄之必於臣子集迎之時貶之所以明誅得其罪也吾夫子魯之臣子也於魯之二夫人大書特書無所忌憚恥育之所謂暴露私燕誘及山陵者吾夫子其戎首也哉夫人姜氏通於齊侯致有公子彭生之禍所謂罪大惡極凡爲臣子不共戴天之仇也而吾夫子猶隱其詞而不忍斥言其事鄭貴妃之於神宗李選侍之於光宗可比姜氏之於桓公乎梃擊之於光宗移宮之於熹宗罪狀未明深文周納取淫慝凶亂之事同誣並譏是以春秋之獄辭傳光宗之律令也光宗阨於鄭氏終其世未嘗出一惡語可謂孝子仁人矣熹宗沖人闇弱始困臣下之煩言搆怨李氏至爲手勅顯布外廷嗚呼薄矣而乃引恥育 言以爲口實明之鄭李漢之趙昭儀其本末亦不齊矣而欲以此附春秋之義又庸有當乎蓋常易其心而求三案之是非君子小人互有得失不有璫禍借三案以殺人則君子之所謂得者未必是小人之所謂失者未必非惟姦璫殺人則借三案而一時畏禍趨利之徒亦借三案以爲緣於是乎君子小人之目判然如黑白

之不可混淆而鄭李之罪惟恐其不明彰大著於天下是故成鄭李之罪如於諸君子而終於魏忠賢也忠賢之亂政亦鄭李之不幸也而自諸君子發其端是可爲痛惜也已余因覽錢氏之論而聊述其義後之君子其不以余之爲非而不惑於當時門戶黨朋者之說則千秋之是非得失必將覈其實而無爲徒徇其名矣

中途觀望　○都友來信云現屆乙未正科會試之期各省公車來者不及十分之四雖今年開河較晚南中諸君子候輪稍遲閩諸同人以爲竟自在滬上觀望者至北省之由陸路來者半因各處雪澤過大途路難行半由風鶴之聲令人不測以致半途畏足不前往年至二月中旬以後到京者有十分之九今科似此稽延殊出人意料之外等語噫制藝取士誤盡英雄徒以成憲昭垂未敢或易若從此改弦易轍中國其庶有豸乎

馬隊調防　○昨十九日乃西歷之三月十五號中外皆以此日爲奇險　爵相之馬小隊一營亦調赴祁口住紮以資防範而大沽進口輪船却俱平安抵埠觀此則奇險之說或未必然然戒懼之心亦各怦怦欲動矣

統率得人　○本郡各紳富聚議另募萬人專防土圩己登前報玆聞以款項齊集招募成軍即請鄧善卿總戎統率勤加訓練俾成勁旅一則防禦強敵二則彈壓游勇紳富之思慮周詳無微不至殆有成局城鄉內外安如磐石一郡人民何幸如之

清理街道　○寒消九九春滿皐州詎自二月十三日起大雪霏霏至十七日始止平地深逾二尺沽上老農俱以爲自咸豐三年以後無如此次之雪之大者豐收可望已昨午津海關道憲黃花農觀察赴紫竹林招商局行館瞥見道中積雪映日欲融路滑難行跋來報往者殊虞傾跌適有工程局勇丁在街頭侍立即諭令赶緊將街道清理以便行人觀察在津多年深悉民間艱苦肩挑背負之徒一日不出貿易一家即一日無食是以飭役速治街道仁人之用心無微不至矣

雪擁榆關　○昨有友人自榆關來津據稱永平府一帶兩晝一夜大雪綿綿深及數尺來往車輛行走維艱茅檐葑屋之中凍餒而斃者不知凡幾牲畜經此奇冷倒斃亦復不少蓋永平各屬屢年以來被水成災荒歉實甚兼以大兵過境民間尤形窘迫茲値瑞雪均霑麥秋雖屬可望而目此青黃不接庚癸之呼又向何處討生活耶

倚若長城　○周玉山廉訪自客歲馳防關外辛勞萬狀昨以津沽要地無熟悉地方知兵大員奏調廉訪回津總理一切閻廉訪積勞過甚政躬違和擬請開缺調理上憲以軍書旁午要地需材不允所請並札委廉訪總理營務大約同聶功廷軍門偕住蘆臺適中之地兼顧北塘大沽兩口岸洵畿甸之長城也

實事求是　○本埠各善舉絡繹不絕實甲於他省昨大雪連綿小民之以身爲業者不免有凍餒之虞有某善士乘坐洋車兩輛在西頭流水溝一帶施給玉米麵票左近貧民倏忽羣聚某善士聲稱非極貧之戶不能給此麵票毋庸跟隨蓋某善士早經胸有成竹此舉專爲極貧而設可謂實事求是不遺不濫也

乞丐凍斃　○本埠西門外粥廠于二月十五日業已照章停止食粥貧民祇得另謀生理而乞丐者流實居其半際此糧米昂貴呼籲無門又逢雨雪載塗冷逾冬日昨有年逾知命者赤條條一絲不挂竟於夜半在路凍斃噫冬寒已過更遇春寒良可慨已

憲示照登　○欽命二品頂戴署理天津新鈔兩關監督北洋行營翼長辦理通商事務兼管海防兵備道黃　爲出示曉諭示照得本監督管理天津鈔關稅物亟應釐奸剔弊以期裕課便商近聞有無賴之徒冒稱海巡向來往客商訛詐錢文以及包攬護送等事除派人嚴密查拿外合行出示曉諭爲此示仰客商以及店鋪人等一體知悉向後遇有冒稱海巡護送客貨無論有無訛詐等事立即扭送本關以憑究辦該客商所運貨物亦應自行報關聽候查驗完稅不得希圖偷漏受人誆騙致干罰辦其各凜遵毋違特示

踰墻率教　○訪事云楊村之上流一小村落某翁者夫婦年逾不惑膝下僅有一女愛如掌珠幼時曾與隣生共筆硯兩小無猜情意頗浹已訂白頭之約翁夫婦不知也罷讀之後勞燕東西而時通消息翁夫婦亦不之知也迨今年已及笄翁欲爲覓東床之選女誓不聽命細詰其故女乃泣訴前情以溺愛不忍呵責詎女竟於是日作書寄生生竟於是夜約集村人不動聲色潛至翁家將女掠去翁欲

與訟經村衆說合尚未了結云

吳門官話　〇二十七日候補道楊三品銜分發江蘇補用道曾補用知府陳均由甯來　同知周文隸辭回江震絲捐局　又熊艮瑞首府移委震澤公幹辭　知縣方𦘦鴻常昭米捐局來　又范樹恒奉飭招勇已齊聽候分撥各局各水關守護　製造軍火局委員陳其壽由滬來　五品銜試用知縣沈運樞湖南人由𠕇領憑到省　靖江縣縣丞汪善澡辭赴任　補用縣丞葉寶書服滿回省　水師營領哨兼六門巡查楊貴勝護解淮餉赴揚州　辦理太湖水師營務處管帶中營道銜安徽即補府李松榮赴江浙一帶巡緝回　二十八日知府馬玉田奉撫憲札委會辦牙釐局提調差　同知陳香祖奉委解淮餉赴揚州　又梁慶桂辭赴天津　上海縣吳淞司麥𢡟徽到即辭　從九管運森銷監放長元吳孤貧口糧差　又金孝熙常熟縣末入沈慶年崑山縣均辭赴保甲差　又李智植𣁽奉委川沙廳司獄事　二品銜丁憂記名海關道潘辭行赴天津　請補崑山縣諸可寶辭赴甯見制憲　知縣許肇基辭回車坊釐局　蘇州府訓導包桂生紫陽吳縣訓導程詒孫正誼謝奉委書院監院　廿九日三品銜候補道文辭行回甯　通判奇齡奉委河運差辭　知縣宗能述奉傳甄別考試

花縣官聲　〇崑山縣葛江村大令培義已奉部覆准其調補華亭縣缺所遺崑山一缺現由省憲査有　特旨班郎補知縣諸大令可寶堪以酌補按葛大令歷署丹陽南滙華亭等篆宦遊所至卓著政聲諸大令歷當發審局書局諸差藩憲鄧方伯署理漕督時曾經帶往袁江委辦文案精明幹練夙推吏才今以二君補授此二缺洵爲人地相宜將來造福蒼生未可限量也

譯萬朝報　〇日本𡚁朝報云東學黨渠魁安教善崖在浩二人於上月廿一號經日兵拿獲梟首昭義門外〇高麗刑法向分斬決凌遲今日主强令改爲繯首犯軍令者以槍擊斃謂之銃刑　金玉均朴泳孝等十一人罪惡滔天法無可宥以依附日本故得殘喘茍延上月十六號日人追令高王赦免其罪幷開復原官〇本月七號高王遣軍務參議官犒勞日本軍士饋遺甚豐蓋日王沮之使然也

京報節錄

宮門抄　上諭恭錄前報〇二月十七日兵部　太常寺　太僕寺　正藍旗值日　兵部引　見二十名　熙敬延候增潤各續假十日　𪧘伯續假十五日　掌儀司奏二十日祭　奉先殿崐貝子行禮　召見軍機　敬信

〇〇山東巡撫臣李秉衡跪　奏爲審明逆倫重犯按例定擬恭摺仰祈　聖鑒事竊據代理禹城縣知縣丁兆德詳報縣民魏潮付因瘋戳砍致傷親母魏楊氏並胞弟魏盛仔伊妻魏張氏先後各身死一案臣因案情重大批司轉飭該縣將犯証卷宗押解來省發委濟南府知府魯琪光審明擬議由司解勘値臣霽辦海防出省飭委臬司代勘茲據布政使湯聘珍審明錄供呈送前來臣覆加查核緣魏潮付籍隷禹城縣魏楊氏係魏潮付親母魏盛仔係魏潮付胞弟魏張氏係衛潮付之妻魏潮付平日侍母魏楊氏孝順並無觸犯有案與胞弟魏盛仔妻魏張氏亦素和睦無嫌魏潮付向患瘋迷病症時發時愈魏楊氏因其並不滋事央允地保高長付鄰佑魏世洪魏連聲未經報官鎖錮光緒二十年十月二十五日傍晚時分魏潮付瘋病復發手執菜刀鐵扒在院跳舞砸毀器具經魏盛仔魏張氏瞥見上前拉奪魏潮付用菜刀砍傷魏盛仔頂心額顱咽喉並帶劃傷其上唇吻復用菜刀砍傷魏張氏咽喉各倒地魏潮付之子魏存誠喊救魏潮付用鐵扒毆傷魏存誠左額角相連左眉魏存誠逃避衛楊氏出向喝罵衛潮付用鐵扒向毆致扒齒戳傷衛楊氏左額角並用菜刀砍傷其咽喉食地經衛世洪聞鬧趨至見衛潮付尚執菜刀鐵扒在院跳舞即喊同衛連聲將衛朝付手內菜刀鐵扒奪獲用繩將其綑縛向衛盛仔問明情由詎衛楊氏衛張氏移時均因傷殞命即經該縣丁兆德訪聞差查旋據地保高長付報經丁兆德親詣驗訊提驗衛朝付目瞪口呆語無倫次不能取供飭醫診視六脈洪浮患瘋屬實監禁醫治稟報詎衛盛仔延至是月二十七日亦因傷殞命復經丁兆德親詣驗訊覆驗衛朝付瘋病痊愈訊供通詳經臣批司轉飭丁兆德將犯証卷宗親身押解來省發委濟南府知府魯琪光審擬由司解勘委審供認前情不諱詰非裝瘋揑飾亦無起釁別故案無遁飾查律載子毆母殺者凌遲處死又例載子殺母之案無論是否因瘋悉照本律問擬距省在

三百里以內有江河阻隔者審明後恭請王命即在省垣正法又瘋病之人其鄰佑人等容隱不報致殺他人者照知人謀害他人不即阻擋首報律杖一百各等語此案衛朝付因瘋病復發輒用鐵扒菜刀戳砍致傷親母葛氏並胞弟衛盛仔并妻衛張氏先後各身死該犯到案時驗係瘋迷覆審供吐明晰業經地鄰人等質訊明確並無裝瘋捏飾情弊自應按律問擬衛潮付除砍傷胞弟衛盛仔並妻衛張氏身死各輕罪不議外合依子毆母殺者凌遲處死律擬凌遲處死查禹城縣雖距省在三百里以內惟有黃河阻隔應在省垣正法臣於核明後當經飭委藩司湯聘珍臬司松林臣標中軍参將劉雲會恭請　王命將該犯衛潮付綁赴市曹正法並將首級解回犯事地方梟示以昭炯戒地保高長付鄰佑衛世洪衛連聲明知衛潮付患瘋並不報官鎖錮致釀逆倫重案亦應按例問擬高長付衛世洪衛連聲均合依瘋病之人其鄰佑人等容隱不報致殺他人者照知人謀害他人不即阻擋首報律杖一百例各擬杖一百折責發落高長付仍革役除將供招咨部外理合恭摺具陳伏乞　皇上聖鑒謹　奏奉　硃批戶部知道欽此　魏以衛代

○○奴才依克唐阿跪　奏為遵　旨查明獵戶來歷編成營伍並請添砲隊恭摺馳陳仰祈　聖鑒事竊光緒二十年十二月二十九日准練理衙門電開本日奉　旨依克唐阿十九日電奏已悉榮和所稱李樾等自帶土著獵戶二千人投營効力等語如察看此項義民果能得力即准其隨營調遣且須按名查明來歷以防奸宄溷跡滋患欽此奴才跪讀之下仰見　皇上廑念軍營無微不至莫名欽感遵即飭傳營務處按名查清來歷實係土著均稱甘願隨營効力並無奸宄溷跡等情奴才查此項義民當　力攻剿之際亟宜按照營制編成四營附入敵愾新軍俾資歷練不可漫無統攝惟前敵日用昂貴該獵戶等既與各營同資糧餉即未便稍涉歧視致令偏枯轉失　聖主激勵義民收拾人心之意所有此項兵勇均於到營之日按名發給小口糧現已於二十一年正月初一日悉照各營章程一律開支月餉以昭公允又奴才原帶各砲僅有砲隊二哨今奉　旨撥來神機營及江省運解砲位亟應募兵添足三哨編成一營以資攻戰除將新編五營餉糈及砲費馬乾等項咨部立案外理合恭摺具報伏乞　皇上聖鑒謹　奏奉　硃批該部知道欽此

貴館前以糧米昂貴擬禁燒鍋誠爲軫念民艱法良意美但知其一而不知其二實與各項米麵毫無干涉也按燒酒者皆屬紅粱北人雖食粗糲紅粱向不作飯即鄉僻貧民食糠粃者有之亦不食紅粱蓋紅粱質糙而不實以之作酒則有餘以之充飢則不果腹是以歷來儉歲皆不以此爲禁况燒鍋課稅亦屬　國家之一大宗當此軍餉浩煩何堪再減此入欵相應函請貴館登報以免淆人觀聽不勝盼禱之至　仝人公啓

二月二十一日輪船出口

鯀生	輪船往上海	怡和行
開封	又	太古行
明義	又	信義行
禮定	又	禮和行
德義	往烟台香港廣東	又

二月二十日銀洋行情

天津九七六錢
銀盤二千九百四十五文
洋元二千一百二十八文
紫竹林九六錢
銀盤二千九百九十文
洋元二千一百五十五文

直報

光緒二十一年二月二十二日　第四十四號
西曆一千八百九十五年三月十八日　禮拜一

上諭恭錄　養心篇　乃心民事　親軍移防
馳赴榆關　直藩牌示　募勇再紀　拐販被獲
渡船失事　書院榜示　兵丁滋事　擬學稿師
赤嵌紀聞　京報節錄　告白照登

上諭恭錄

上諭吏部奏候選通判王錫侯呈請投効軍營一摺王錫侯着毋庸發往欽此　旨善耆現在丁憂正白旗漢軍副都統着載瀾署理欽此　旨善耆現在丁憂廂紅旗護軍統領着長萃署理欽此

養心篇

宇宙一大荒落也爲物不貳生物不測物之蠕而動者卽體此不貳之理爲氣血爲知識爲生息爲造作其物之最靈者則謂之人靈之又靈者則謂之聖謂之神聖人也神亦人也其所以謂之人謂之聖謂之神者以其靈也靈何自出出自心心何自來來自不貳之理理可以生息造作乎果可以生息造作則盈宇宙而無處無理無時無理何以物之生息造作也此有而彼無有或彼有而此無有古有而今無有或今有而古無有其生之息之造之作之者何以此能而彼不能且相率而羣爲能或且相率而羣爲不能因而有聖愚有治亂不知者則渾而諉之曰此天也神也人固無如之何也者於是由信天信神並信及於魑魅魍魎以致善在眼前而不爲孽在轉瞬而不顧前轍纔覆後車復蹈古今來愚夫愚婦而外尊如國君威如將帥故昧當前實在之理妄冀異日無因之福疑慮叢生乞靈神鬼魑魅魍魎之列熖遂起而乘之往往有欲爲一事父母不能禁法制不能阻行止一決於鬼神鬼神默示一凶兆則憚之而不敢爲示一吉兆則勃然而莫遏有因信神仙佛祖而自甘囚禁匍匐道路或投水火且殘形骸者沙邱之役始皇既陷於前東海之遊明皇復陷於後自上而下貴賤貧富舉如醉夢莫爲莫致不期而然載胥入迷無人喝破獨不思天也神也妖魔也鬼怪也孰區其類孰命之名孰窮其情孰殫其能非有人焉以詳察體會而分別之吾知其渾然而已人何所恃而能若此恃乎其心而已心之所以能若此者善察乎其幾而已東西南朔皆人也卽皆人之心也以其心之可知而不必知者謂之天謂之神以其心之所知而不可不知者謂之人謂之事究之天神也人事也其幾則一而已矣萬物萬事出於幾入於幾實則生於心而沒於心耳明則禮樂幽則鬼神常則衣食變則兵革其事之成來非一日其幾之動萌於一心幾動則氣牛氣聚則形成子輿氏曰生於心則害於事發於事則害於政故千古無不弊之政而有不弊之心非心之終不弊也人不弊之則心之自不弊者可以常保其不弊卽心之淪於弊者亦可仍歸於不弊子輿又曰雞鳴而起孳孳爲善者舜之徒雞鳴而起孳孳爲利者蹠之徒利善之分舜蹠所判未判之先舜之心非蹠而不能保繼起之無蹠蹠之心非舜而不能絕一念之無舜一視乎養之何如耳君子之心聽命於理不聽命於氣常則先天無違後天奉時變則遵時養晦人定勝天歷山之耕大麓之納袗衣之鼓二女之果勞逸變而心不變非特舜也惟文亦然羑里之囚虞芮之朝憂樂變而心不變非特文也曾子亦然辟席之時易簀之際生死變而心不變非特賢聖也匹夫亦然子曰三軍可奪帥也匹夫不可奪志也志之所在何不可爲彼夫常也變也治也亂也猶夜之必晝晝之必夜春之必冬冬之必春有心者處之隨時制宜時變而心不變且可以一心大順之天挽在天不順之天春秋焚巫之諫魯飢不害金縢執書之泣天雨反風安在

非文仲成王心中大順之天有以挽在天不順之天乎若夫不善養心者不明理惟任氣氣盛則暴氣衰則怯甚至隨俗披靡莫能自主乎
且捫心毋亦啞然笑乎

乃心民事　○籌賑局司道委派黃大令辦理春賑事宜已紀前報茲聞黃大令在北倉一帶共二十餘村連日散放錢文大口一千文小口減半遇極貧戶口酌量加給雨雪載塗不辭況瘁大令誠乃心民事者已

親軍移防　○親兵營王少卿總戎前曾稟請　傳相躬赴前敵以圖報効傳相以津門爲畿輔咽喉要隘尤關緊要暫留數營以資防禦茲由總戎挑選精練鎗砲副後兩營移於軍糧城駐紮昨日早拔隊前往該營砲隊最爲精利移紮要區頗得形勢

馳赴榆關　○客歲唐統帥招募六十營業已陸續成軍開往關外昨蕭軍門由馬廠起程所帶智勝各軍十餘營復又馳赴榆關聽候調用云

直隸牌示　○署定興縣知縣盧靖撤任遺缺以寧津縣知縣趙欽舜調署所遺寧津縣員缺以慶雲縣知縣楊善鏖調署　祁州知州朱翰臣調補灤州知州遺缺前經詳請以候補知州惲秀係題補茲奉　完缺另擬以候補　州胡恩溥請補　阜城縣典史王宗周病故遺缺委卸任臨榆縣石門寨巡檢周之瀛署理　香河縣管河主簿　多訥奏參革職遺缺擬以河工新海防遇缺先用主簿張文運咨署　東明縣典史周栢華與新樂縣典史趙秉鈞互相調署　武強縣知縣介純調補固安糧捕同知遺缺擬以曾任實缺候補知縣耆復元請補　府委袁錚代理定興縣　慶雲縣知縣夏聲喬現應留署鹽山縣所遺慶雲縣員缺以部選鹽山縣知縣銘彝調署　蠡高管河縣丞何承謨現已引見回省自應飭赴本任　咨補灤州吏目李壽昌奉部覆准自應飭赴新任　安州吏目王俊文病故遺缺擬以新海防分缺先用州吏目金步瀛譔補　署武強縣典史孫志銘期滿撤回遺缺飭委候補同知司獄郝桂芳署理　湖南臬台俞大人十三日南來過省

募勇再紀　○訪事云武備學堂後駐紮定武軍提督龔軍門委派胡營總汪營總在茶店口西北閣外並西關同源客店等處招募親兵小隊如有精壯健捷之人願來投効者先給小口糧津錢三百文俟成軍後仍照定武軍章程發給大口糧云云按定武軍已有四營聞尚須再招六營湊足十營開赴前敵未知確否

拐販被獲　○郭姓不知何處人與南門外居住之楊詠狠狽爲奸拐賣良家婦女作無本生涯昨郭不知在何處拐來一女年十四歲將女令與楊詠出賣楊詠即將此女隱匿南門外藥王廟經九段守望局黃委員本立查知即將郭某並女子拏獲送總局吳太守處訊問郭供與楊詠夥拐賣得錢文均分使用等語楊聞風逃避先將郭姓並女子送縣暫押覆札飭各段委員嚴拏楊詠務獲昨有守望西分局武弁呂千總將該犯楊詠獲住送總局吳太守覆訊楊供無異當即一併發縣懲辦並賞給該弁津錢十六千文以示鼓勵

渡船失事　○御河冰泮上游船隻絡繹下駛昨午西頭灣子有客船一隻順風下水其行如飛水手持篙支撐未落實地連篙帶人一齊落於河內延至片時水手隨篙翻上經人撈救已體冰氣絕與河伯爲伍矣○又前夕六點鐘河東老龍頭來往過河之人擁擠搶渡船上已無立足之地將及攏岸復又爭先恐後以致船一歪兩邊站立之人墜落於河者二十餘名口幸旁有停泊小船多隻趕緊撈救倉卒間不知落水者究有若干雖救得多人聞有三四人已沉河底云

書院榜示　○欽加二品銜長蘆都轉鹽運使司鹽運使季　爲榜示事今將本司閱過三取書院二月初五日甄別考取內外附課生童等第姓名開列於後榜示　計開內課生十名　陳寶彝　李雲瀚　楊昌蔭　曹錫儁　郭嵝城　高增奎　何家駒　徐曜奎　周桂源　周艮弼　外課生十名　張彭年　郭賡燾　劉鐘霖　張文濤　吳承翰　李培元　于文彬　張葆樞　陳奎齡　王新銘　附課生四十名　祁永昌等　備取生廿八名　李德存等　內課童七名　李怡曾　陳自中　朱家琦　劉嘉璽　王國瑾　劉汝霖　備取魏兆蘭　外課童七名　汪金鑑　韓景雲　李維蕃　周秉仁　喬鳳書　李振銘　劉賡寅　附課童二十六名　王田熊等　備取童二十名　汪如沅等　內課生第一名獎賞銀一兩五錢加獎二兩　外課生一名至五名各獎四錢加六錢　內課童一名獎銀八錢

加一兩　外課童一名至三名各獎銀三錢加三錢　內課生一名至十名各膏火銀八錢　外課生一名至十名各膏火銀六錢　內課童七名各膏火銀六錢　外課童七名各膏火銀四錢

兵丁滋事○養兵以禦寇以衛民當茲敵氛日熾當精練當嚴馭不當縱令逍遙妓館任意橫行營規紀律之謂何該營帶顧茫不經意耶訪事云望前之夜有某營○劉姓等四人至天會軒胡同半排班敲門而入動手摔碰適他營之管帶官在焉覩此情形怒不可遏喝令龜鴇多人與劉等交手兩造均受重傷赴縣鳴寃經驗飭押查封小班噫營兵逞兇圖醫不法而某營帶從中指示可謂惜花如命倘遇敵似此奮勇官也兵也不將身畫凌烟乎

擬學犒師○日人肇釁以來氛焰甚張不獨遼東一帶形同瓦解即威海等處亦勢如劈竹風聲所播陸慄水讋傳聞有某日攻打口之信聞本郡東門內店商某甲擬學弦高之犒秦師購備雞卵數百斤枚牛肉數千觔以及洋酒麵包等各物俱盈千累萬俟其果至讀口即派某乙前往迎犒此事若果的實則一方食毛踐土之儔皆當焚香頂禮以報謝某甲之善衛生靈焉

赤嵌紀聞○台灣基隆撫民理番同知方樾亭太尊在任數載政聲卓著前因在台地五年海防案內蒙前撫憲邵大中丞首列剡章保以知府在同知任內候補今正太尊晉郡恭邸各憲年禧暫住城內前西學堂適奉部文飭知註冊歸入府班補用檄下之日太尊隨躬赴撫藩兩轅叩謝一時同寅知交無不聯袂往賀皇堂德政指日鶯遷可拭目俟之也○基隆所出金沙去夏歸官辦理後奉委基隆廳方樾亭太尊爲總辦福建候補府經歷閔滌凡參軍爲會辦總局設於八堵地方其餘在產金之地另設分局數處有某分局委員彭肖廬二尹抵差以來於售牌抽釐諸事辦理亦極認眞局例凡洗金之戶由官領牌方准淘取遇有無牌私取之戶隨時議罰然遇此等罰款分局不能擅收應稟經總局核示辦理去臘會辦閔參軍查得彭於罰款等事有違章苛勒情節奉批撤差查辦此中孰是孰非之處外人本難懸揣乃彭返至府城後將在局經手一切事宜及何處罰款若干於何時稟明總局幷於何時接奉批示詳細稟懇府縣兩憲轉詳藩憲顧方伯閱視之下以彭旣無貪私情弊請免置議稟奉撫憲唐署中丞批云彭某旣無貪私情事應毋庸議閔某妄稟不實幾至悞人是何居心查該員業已撤差姑寬記大過三次希即轉飭遵照等因亦可爲告人不實者戒惟聞閔參軍於去秋方以候補府經歷來台冬閒始奉是委到差月餘即從台地捐輸案內報捐以通判候選今雖奉撤想頭銜炫赫亦可無憾於心矣

京報節錄

宮門抄　上諭恭錄前報○二月十八日刑部　都察院　大理寺　廂藍旗值日　無引見　克王等各謝署缺　恩　瀅貝勒謝議叙　恩　德蔭假滿請　安　慶公由白龍潭回京請　安　廖壽恒等閱卷覆　命大額駙續假五日　召見軍機　裕德　李文田○十九日工部　鴻臚寺　八旗兩翼值日　無引見　張蔭桓到京請　安　椿壽彭壽各假滿請　安　鴻臚寺奏派揀選官缺　派出敬信溥善　召見軍機　張蔭桓

○○署理北洋大臣直隸總督雲貴總督臣王文韶跪　奏爲查明光緒二十年辦理奉天海運米豆出力各員照章酌擬獎叙恭摺仰祈　聖鑒事竊光緒二十年奉天海運米豆仍改由天津道僱備輪船代運自奉天僱提起剝過斛裝袋儲棧及管押輪船分批領運並由大津剝赴通州交兌在事各員往返重洋妥速運竣米豆一律乾潔實屬認眞出力自應照章酌獎十員直隸奉天各保一半據天津道奉錦山海關道擇尤開單詳請具　奏前來臣覆核無異謹繕具清單恭呈　御覽仰懇　天恩俯准照擬給獎以示鼓勵大津道方恭釗升任奉錦山海關道善聯籌辦得法有裨正供均請　勅部從優議叙除將各員履歷咨部外理合會同　盛京將軍臣裕祿恭摺具陳伏乞　皇上聖鑒訓示謹　奏奉　硃批該部議奏單併發欽此

○○兼護雲貴總督護理雲南巡撫按察使臣岑毓寶跪　奏爲恭報微臣接護撫篆兼護督篆日期叩謝　天恩恭摺仰祈　聖鑒事竊臣於光緒二十年十一月二十八日接准總理各國事務衙門電稱奉　旨岑毓寶著署雲南巡撫着崧蕃署理兼署雲貴總督未到任以前着岑毓寶暫行護理雲南巡撫兼護雲貴總督等因欽此遵於二十九日委署雲南府知府興祿署督標中軍副將張鳳鳴署撫標中軍參

將岑應麟等將總督巡撫關防二顆暨 王命旗牌等件由藩庫敬謹齎送前來臣當即恭設香案望 闕叩頭謝 恩祇領任事伏念臣陳臬五年毫無報稱夏間藩條權攝謬膺筦鑰之司茲復拜 命九重暫持雙節仰沐 聖恩之逾格倍殷惕厲於私衷查督撫任重封疆雲南遠居天末邇值邊防緊要界務繁難舉凡整軍經武用人行政諸大端均爲當務之急悉宜加意講求微臣自分庸愚深慮貽譏覆餗惟有思艱圖易隨事留心不敢因暫時護篆稍涉疎虞以期仰答 高厚鴻慈於萬一所有微臣接護撫篆兼護督篆日期並感激下忱除恭疏具 題外謹恭摺叩謝 天恩伏乞 皇上聖鑒 訓示謹 奏奉 硃批知道了欽此

○○奴才麟嘉跪 奏爲移交印鑰日期仰祈 聖鑒事竊奴才前於光緒二十年九月初四日蒙 恩派出守護東陵接代奉恩輔國公光裕期滿之差奴才即趨赴 闕廷叩謝 天恩嗣於十月初六日到任十二月經奉恩輔國公光裕將 東陵承辦事務衙門印鑰委員齎送前來奴才遵即祇領任事恭摺具 奏在案今奉恩鎮國公溥齡於本年二月初八日到任接代奉恩輔國公意普守護期滿之差奴才伏思奉恩鎮國公溥齡爵秩較大自應佩帶印鑰當經奴才派委司員謹將印 齎交溥齡佩帶所有奴才移交印 日期理合恭摺具陳伏乞 皇上聖鑒謹 奏奉 硃批知道了欽此

○○署理兩江總督湖廣總督臣張之洞跪 奏爲總兵因病出缺請 旨簡放以重職守恭摺由驛馳 奏仰祈 聖鑒事竊據辦理兩江營務處前淮揚海道桂嵩慶等稟稱統領武毅春字等軍記名提督江南蘇松鎮總兵張景春於本年正月初七日來甯稟商砲臺事宜正欲回防因舊傷感發痰喘氣逆於正月十二日在寓病故等情稟報前來除將該軍各營遴員接統另行具 奏外所遺江南蘇松鎮總兵一缺駐劄崇明孤懸海外關繫緊要相應請 旨迅賜簡放以重職守謹會同江南提督臣譚碧理恭摺由驛馳陳伏乞 皇上聖鑒謹 奏奉 硃批另有旨欽此

貴館前以糧米昂貴擬禁燒鍋誠爲軫念民艱法良意美但知其一而不知其二實與各項米麵毫無干涉也按燒酒者皆屬紅粱北人雖食粗糲紅糧向不作飯即鄉僻貧民食糠秕者有之亦不食紅糧蓋紅糧質糙而不實以之作酒則有餘以之充飢則不果腹是以歷來儉歲皆不以此爲禁況燒鍋課稅亦屬 國家之一大宗當此軍餉浩煩何堪再減此入欵相應函請貴館登報以免淆人觀聽不勝盼禱之至 仝人公啓

二月二十三日輪船出口

爲生	輪船往上海	怡和行
通州	又	太古行
明義	又	信義行
禮定	又	禮和行

二月二十二日銀洋行情

天津九七六錢
銀盤二千九百三十七文
洋元二千一百二十五文
紫竹林九六錢
銀盤二千九百八十五文
洋元二千一百五文

直報

光緒二十一年二月二十三日　第四十五號
西曆一千八百九十五年三月十九日　禮拜二

論選士　吏部文章　科場功令　保送須知
緝捕認眞　憲示照登　書院榜示　行旅蒙庥
來信照登　冰塊沉船　鼠偷又見　胡爲泥中
大德莫名　京報節錄　告白照登

論選士

邇讀近科鄉會墨傑作如林自抒胸臆暢所欲言具見學有淵源非沾沾於帖括不禁矢喜曰某某也異日遇知於時用刀富世以其所學坐廟堂而佐天子出令以進退百官則百官以治庶績以熙其在外則樹旆旂羅弓矢才俊滿前星羅棊布君民倚之爲長城有恃無怯用以息黔黎安反側威四鄰使人望中土如高山大川之能出雲爲風雨見怪物畏其險而服其神則士之爲士縱無事而食兵於百姓其誰曰不宜客聞而愁然曰子之言爲迂且謬也學自秦火以還四書五經後世解說家汗牛充棟有宋而後轉相鈔襲論說愈多理道愈晦乃制爲六八股竊其緒餘譜爲聲調不成文者無論矣善爲文者不過如以粟米魚肉麻縷絲絮此蒸爲粢彼合爲羹此裁爲衣彼織爲裳水泉香火齊得寒燠適宜脩短合度令食者饜心服者可體實則空衍旨趣紙上談兵考其人等而上之則羣疑滿腹衆難塞胸等而下之則鹵莽滅劣粗鄙近利者不乏也今之詩賦策論不能者十居八九其能者亦不過善調對有筆法而已夫先聖後聖之道載之經書原將以誠意正心修身齊家治國以平天下也今乃以其理敷衍成文翻來復去熟之又熟味同嚼蠟於身心家國事毫髮無干號爲士者遂以此爲能事自負相士者遂以此爲衡量必得一朝登第不數載則入爲公卿出爲大吏其次亦得爲守令丞倅及試以功上之不能納忠効信有奇策材力之譽自結明主次之不能招賢進能顯巖穴之士外之不能備行伍攻城野戰有斬將搴旗之功苟合取容無所短長之效已見矣倘或備員全身一任之餘囊橐已富又使其子弟爲卿龍斷富貴效尤日甚人皆不以爲非何也彼其進身之初固未嘗以誠正修齊治平爲務者也然則士之不能爲士毋亦取士不善其術而造士無法乎愚顧客而請曰坐我明語子三代以上舉賢任能逮春秋戰國逞干戈尚游說秦任法律焚書坑儒漢興以來鄉舉里選尚經術崇品行然枚馬則以文辭勝晉魏清談多尊黃老自是之後無雜顯委士之爲士多不可問李唐以韓柳歐蘇曾王諸人起八代之衰成一時之盛策論詩賦而外初以帖經試士課之試帖數傳之後更以六韻八韻詩爲試帖取士以之宋尚著作策論而外制爲六股八股專以四子書命題爲文取士始於宋盛於明而極於今其命題也或聯章或截搭千變萬化割斷聖賢語氣創爲格律坊肆之版唯集如山外洋通商以來一切書籍皆有石印縮板士子進場無不攜帶以供抄襲爲士者明知故犯取士者雖在在嚴禁實爲具文奉行故事絕不認眞蓋衣鉢相傳由來舊矣所謂明經取士者取以此爲國求賢者求以此一行作吏爰置敲門甎於無用而於兵農禮樂之事則又向未之習亦未之聞也於是不能不誘諸書吏幕友任意妄爲而幕友書吏固不乏端人正士而因之藉權挾俾欺君虐民自肥身家恣其戾毒者亦比比皆是雖有聖君賢相精明執法之司受其箝制而無如何浸久或因緩急得其弄弊舞文之詐力終亦必俯首相從唯唯聽命而上下相蒙遂如東逝滄江萬年莫挽承平之時上賴祖宗締造之精德澤之遠下賴顯蒙服習成慣畏難苟安一旦有警如奇峰自天外飛來舉世皆瞪目重足而莫知所措孰非此六股八股基之始乎子之所以愁然

者殆爲是歟客曰然愚曰請少間抑又有說　此稿未完

吏部文章　○國家設官分職各有攸司不得擅離職守近來道府以至佐雜竟有無故赴省逗遛而州縣爲甚或冀調劑缺分或因規避處分輾轉委署流弊叢生其接任署事官輒存五日京兆之見地方應辦命盜事件延擱廢弛於吏治殊有關係現經吏部飛咨各省督撫嗣後實缺人員除奏明撤任及奉差出省者准委員署理外其無故在省逗遛不回本任者即行嚴參示懲概不准輾轉委署以杜弊端而肅吏治

科塲功令　○本屆舉行乙未科會試所有試卷仍遵舊制用彌封官四員責成知貢舉擇其年力富强精明幹練者先行派定毋庸與各所官掣籤並着知貢舉遵照定例親自印號不准假手書吏其有漏印條記用印糢糊核與弊竇無關者槪行免議外至錯印紅號有關士子功名查有情弊立即嚴參倘知貢舉不行參處別經發覺除將該所官照例究治外其知貢舉一律議處至收卷謄錄對讀各所官一併責成知貢舉認眞稽察以重科塲而肅功令

保送須知　○滿漢京官缺出輪屆科道應陞知都察院保送各員內有因患病告假者亦照侍班不到例議處下次再遇應陞京堂缺出仍將該員保送不准更換若保送後連次患病告假應由吏部核實辦理

緝捕認眞　○現奉　步軍統領榮振華大金吾諭以爲城內各官廳城外各營汛原爲巡查地方緝捕盜賊而設近日捕務廢弛嚴諭官廳營汛除認眞巡邏外每廳派世襲恩騎尉雲騎尉各四員値班五日一輪週而復始以資守衛倘有曠悞立即嚴參盜賊潛踪地方安謐或於此舉寓之矣

憲示照登　○欽命二品頂戴監督新鈔兩關直隸津海關道黃　欽加二品銜長蘆都轉鹽運使司鹽運使季　欽命二品頂戴直隸分巡天津河間兵備道呂　爲榜示事照得集賢書院甄別課期臨邇所有應考舉貢生監赴院課試者即查明派出保結人員出保如該省現無合例保結人員即由佐貳各班領向鄰省同通州縣代爲出結毋得虛與再投考各生嗣後如有外省就館或寄居司籍者應即赴院呈明退考以杜頂替今將具保合例各省人員銜名開列於後須至榜者　計開　滿洲候補知縣寶山　江蘇候補知縣劉傳祁　大挑知縣郭長年　安徽候補知縣孫振翮　候補知縣洪壽彭　浙江題補祁州知州胡恩溥　候補知縣阮國楨　江西大挑知縣傅華淸　廣東候補知縣蔡朝元　廣西大挑知縣陽煥章　湖南候補知縣黃國瑄　湖北候補知縣屠仁宇　河南候補知縣鄭思賓　候補知州周爾昌　山東候補知縣熊紹舟　候補知縣陳汝鎵　福建大挑知縣蔡詠裳　候補知縣廖炳樞　雲南調補靜海縣知縣楊文鼎　貴州候補知縣黃國瑄　山西試用州同王黻

書院榜示　○欽加二品銜長蘆都轉鹽運使司鹽運使季　爲榜示事今將本司甄別問津書院生童試卷等第姓名開列於後榜示　計開　內課生二十名　費登泰等　外課生二十名　魏震等　附課生八十名　王廷琪等　備取生三十名　喬端平等　內課童十五名趙玉琳等　外課童十五名　周桂芬等　附課童五十名　黃濤等　備取童二十名　何鴻元等　內課生一名獎銀一兩五錢加二兩五錢　外課生一名至十名各獎銀四錢加六錢　內課童一名獎銀八錢加一兩二錢　外課童一名至五名各二錢加四錢所有生童膏火銀與三取書院同

行旅蒙庥　○鎭憲吳掄峯軍門自接督雲字營以來遐邇士商均霑愷惠緣該營駐紮楊村馬隊每屆冬令輪流下道不分晝夜在路巡查茲當撤防之期軍門以會試在邇來往車輛絡繹不絕游勇盜賊行旅戒嚴仍派馬隊下道更番護送俟會試後再察看情形辦理云

來信照登　○敬啓者僕日前奉差唐山製造廠公幹見有扶老携幼鳩形鵠面之徒自西而東纍纍於道何慮千數詢諸士人始知近處自遭去年水潦之後顆粒無收擬欲報荒而有司爲其向非災所難邀恩允於是催科繼至民不聊生此邦向多良善不敢爲非究轉而作餓莩者若而人矣綜計唐山左右前後六十餘村莊無一不災大抵以唐山爲歸墊查唐山地名喬頭屯有礦務局在也總辦者推

際之亡稍加施與故相距稍近者閒得不死多以麸皮延殘喘然亦不能徧及每日仍餓死數人去此以外窮民皆挖草根樹皮以食早夕不保恐以後挖掘既盡仍不免同歸於盡此邦父老皆曰六十年來無此奇祲奈何父母斯邦者黄綢被擁熟視無覩誠不知其何心嗚呼慘已僕目擊心傷徒苦無力雖經稍解阮囊罄然終以杯水輿薪無濟於事夙企 貴館急公好義闡隱彰幽爲特縷陳所見並未故作危言惟祈 執事删節登報庶或有能蘇斯民之困保一方之命者果也吾願瓣香九頓首以望之物與民胞之大君子專泐奉布祗請 著安不勝企禱 傷心慘目人金瑩叩上

冰塊沉船 ○本屆春寒較甚御河一帶冰開三次從來未有之奇鍋店街東首東來軒茶舖前擺渡口停泊雜貨船一隻昨天氣融和大塊冰板連檣而下將該船撞沉各貨約值銀千餘兩經貨主雇工二十餘人赶緊撈取迄今尚未撈完亦可謂无妄之災已

鼠偷又見 ○本郡五方雜處良莠不齊雞鳴狗盜之徒隨時都有雖守望局及地方官嚴查密緝亦斷難盡絕根株獅子胡同某公館於前夜三更時分被妙手空空兒將衣物銀兩竊去若干及宅中驚覺賊已遠颺次早開明失單稟縣查驗昨早縣委赴某公館踏勘並將地方捕役重責務令贓賊並獲如逾限無獲從重懲治云

胡爲泥中 ○洋車之捷妙無比乘者便之但一經翻覆性命攸關亦不可不慎本埠西門外小道子道路極窄兼有南北兩坑行者每有戒心昨有轉運單裝大車一輛適與洋車相遇將洋車偪至坑邊道極濘滑正轉動間車翻坑內幸坑冰未融尚不致遭滅頂而乘車之客泥水淋漓魂魄驚越噫安步當車亦節省之一道也又何必乘一時之輿罹不測之禍哉

大德莫名 ○任滬友人函稱有敖得貴者閩産也壯歲從戎得有職銜邇年僑寓滬上大有百戰功成翻愛靜之風年近花甲嗣續尚虛其妻某氏常以爲憾屢勸納妾昨由妻出洋數十元倩媒媼購得甯婦張氏爲妾入門時氏見敖皤髮蒼蒼不禁嗚咽敖瞧此情形頗生疑惑因細詰緣由氏方謂丈夫尚在現正懷孕三月餘因夫素有劉蟠龍之癖邇來債台百級無計償還以致將奴價賣言畢極痛敖聞之不覺惻然即邀原媒將其夫招來命夫將氏領回除聘禮不追外另給英洋十元並囑氏夫婦嗣後務須勤儉治家勿再嗜賭該夫婦喜出望外領洋叩頭再三稱謝而去一時鄰里鄉黨莫不嘖嘖稱善噫似此敖者仗義疏財完人夫婦眞可謂仁之至義之盡矣

京報節錄

宮門抄 上諭恭錄前報○二月二十日內務府 國子監 侍衛處值日 無引見 信公假滿請 安 潤公等各謝署缺 恩 繼良謝授浙江金華府知府 恩 巴克坦布續假十日 侍衛處奏派 保和殿監試之王大臣派出頭班克王福森布溥僎成安瑞啓二班濂貝勒霍倫泰毓麟景厚忠濟阿 掌儀司奏二十六日祭 奉先殿澤公行禮 召見軍機 懷塔布 繼良

○○奴才巴克坦布福森布增潤跪 奏爲遵 旨明白回奏事光緒二十一年二月初八日內閣奉 上諭前據御史鍾德祥奏參上駟院卿增潤與福森布及郎中錫麟扶同作弊等情當經諭令懷塔布確查具奏茲據查明覆奏至五圈馬匹該堂官開銷摺內現存馬五百十一匹而該院覆文內稱現計馬數共一千一百零一匹究竟因何數目不符之處著巴克坦布福森布增潤明白回奏等因欽此欽遵查奴才衙門郭什哈五圈現在餧養內養馬 賞養 阿哥馬駑馬等項統共一千一百零一匹伏查內養馬一項每年向由各將軍大臣外藩回部喇嘛呈 進均無例定額數歷年所收要賞不要賞馬匹均有印册歸於每年冬閒奴才衙門派一員查驗一次揀出口老殘傷馬匹交翼變價單銜具摺奏 聞其餘所養各項馬匹均係預備撒項之差統歸右司每日餧養草豆麩米口分册內註載如有倒斃向由內養馬匹數內酌核撥補隨在右司此項册內開銷裁減口分向於每年春閒奴才等公同查驗一次並隨時查看遵照向章並不奏 聞歷經辦理在案查上年冬閒五圈原養內養馬一項五百五十八匹經奴才福森布遵照歷辦成案曾於上年十二月初一初三等日赴圈群查揀出殘傷馬四十八匹交翼變價於是月初五日單銜具 奏奉 旨知道了欽此下賸馬五百十四匹自具奏後至現在陸續又收馬七十四匹共計五百八十四匹內試馬王大臣調取歷試馬七十三匹計實存此項內養馬共五百十一匹再查五圈所養其餘各項馬共五

百十七匹現無倒斃應歸於今年春間奴才等遵照向章公同再行查驗現在核計五圈餵養各項馬及內齋馬匹統共一千一百零一匹內經　欽派查辦大臣懷塔布揀員分往該五圈查驗數目相符所有遵　旨明白回奏緣由謹恭摺覆陳伏乞　皇上聖鑒再奴才巴克坦布奴才增潤均因病請假未克呈遞謹將牌合併聲明爲此謹　奏奉　旨已錄

○○李秉衡片　再海上軍務方興兵差絡繹需用車輛臣恐州縣藉口賠累遂致擾民飭議定車價由地方官墊發准其作正開銷爲牧令者宜如何振刷精神盡心職事乃查有平度州知州茅恩綬於應付車輛令民間騾馬牛驢恐行造册差役藉端訛詐凡民間畜有騾馬牛驢之家偏索錢文臣因其不恤民艱飭司將茅恩綬撤任該牧聞信後地方民事付之不理兵差過境亦不支應車輛實屬任性妄爲又據兗州鎮總兵田恩來咨稱署理台莊營叅將陳啓和於挑緝捕防兵短缺額數剋扣口糧平日苛虐兵丁聲名甚劣又臣因登州防務緊要飭德州營叅將趙得華將原駐德州之精健右營派帮帶官帶赴登防令趙得華另募一營填紮德州該營帮帶官遊擊趙止元臨期因病請假顯有藉詞推諉情弊以上三員均未便稍事姑容相應請　旨將平度州知州茅恩綬署台莊營叅將候補副將陳啓和均即行革職候補遊擊趙正元請以都司降補以示懲儆所遺平度州員缺東省現有應補人員應請扣留外補合併聲明謹附片馳　奏伏乞　聖鑒訓示謹　奏奉　硃批另有旨欽此

○○王文韶片　再新授直隸布政使陳寶箴業已到津應飭即赴新任署藩司潘駿德應飭仍回清河道本任各專責成除分飭遵照外謹合附片陳明伏乞　聖鑒謹　奏奉　硃批知道了欽此

○○劉坤一片　再臣駐關調度所有關內外防剿各軍有時急需糧食餉銀鎗砲子藥等項就近向臣請領必須隨時應付不能不寬爲儲備即各軍需用刀矛鋤鏟布袋蒲包零星各件往往取給於此陸續購買騾馬五百匹大車一百五十輛添募長夫五百名以利轉輸所用經費即於每月領款八萬兩支給應請　勅部立案謹附片陳明伏乞　聖鑒謹　奏奉　硃批該部知道欽此

本號代售英國挖溝鐵鍬隨帶皮囊如有需用者請至本號檢閱價値格外從廉

東城根錫蝦齋鐘表舖謹啓

減價出售　啓者本行發售各式外國檯燈掛燈以及各樣燈炮燈心均照置本出售並有呂宋烟數十箱紅毛片大小洋鎗數十個其價値定必格外從廉如欲購者請來本行帳房面商可也

正廣和洋行啓

茲啓者本堂新刻津門孟筱帆孝廉平舒劉紫山選拔兩名士合刻賦鈔註釋詳明誠爲後學之津梁也更有靑照草堂重註七家詩並試帖舉隅二種大爲士林推重洵屬古學金針又有嚮州吳河帥文安陳學士合輯水利叢書實爲目前急務凡有志於水利者無不以一見爲快至於各種書籍筆墨無不揀選精良善本以期近悅遠來凡刻詩賦文集善書等板刷印裝訂書籍自當精益求精工省價廉萬不敢稍涉含混有負賜顧　寓河北關上毘盧室義合主人謹啓

告白　續永慶昇平　續施公案　萬年青初二三集　富貴錄　百寶箱　彭公案　第三才子　第一奇女　醉筆志怪　花月姻緣　續今古奇觀　巧合奇冤　醒心編　竊寶錄　開闢演義　五十名家手札　皆大歡喜　日本新政考　日本師船表　湘軍志　東三省地圖　日本地圖　中外東海詳細圖　楚軍馬步營制　後四才子　南北宋　東西漢　後英烈傳　草木春秋　後聊齋　後列國　子不語　說唐征西　飛龍傳　綠牡丹　笑中緣　七俠五義　前後七國　鐵花仙史　髮逆圖記　粉粧樓　文美齋謹啓

浙紹朱鈍翁先生醫道精良屢治大症於婦幼兩科尤有把握仍寓彌勒菴

二月二十四日輪船出口

綠生	輪船往上海	怡和行
飛龍	又	招商局
飛鯨	又	又
通州	又	太古行
明義	又	信義行
禮定	又	禮和行

二月二十三日銀洋行情

天津九七六錢
銀盤二千九百四十文
洋元二千一百二十五文
紫竹林九六錢
銀盤二千九百八十五文
洋元二千一百五十五文

直報

光緒二十一年二月二十四日 第四十六號
西曆一千八百九十五年三月二十日 禮拜三

上諭恭錄 論選士續前稿 內府經費 南苑操防
共布星羅 車價昂貴 延攬英才 集賢謀士
直藩牌示 名之固當 乞春護花 告示照登
東甌軍事 都門感事 京報節錄 告白照登

上諭恭錄

上諭前因吳大澂身爲統帥徒托空言疏於調度業經交部議處着即撤去幫辦軍務來京聽候部議欽此

論選士 續前稿

夫取士以文不自今日始也堯舜已然書曰詢事考言又曰敷奏以言又曰拜手揚言是即以文取士之權輿周秦而下漢之選舉猶遵古制唐宋而後試以策論繼以八股試帖取士之法爲之一變自明至今上以八股爲教下以八股爲學童而習之死而後已未有能臻其極者縱臻其極既不能與世事相干即不能與天下爲難除赴春秋兩闈外北胡南越均無所之於以牢籠俊傑愚詐黠首奔走斯世斯世不知遂與相安於無事推作俑之意實原秦火而反用之洎乎鶩此若狂無所造才亦遂無所取才勢積弱而不反作法者已自弊矣不觀夫唐宋至今姓凡幾易以八股失者有之以八股得者誰乎故以文取士詩賦僅以寄興不如八股代聖立言又不如策論足覘經濟又不如選舉足徵名實也後世聖人力鑒前王取士之法命以六股八股文爲制藝六韻八韻詩爲試帖議論策疏考辨經解詞賦等項爲古學既命學政主考分試行省復於帝都設春秋兩闈拔其尤者始貢帝廷覆試殿乃成進士愼之又愼難之又難懼濫進也又慮其取之不盡也復以十二年命各州縣於茂才中貢獻若干人於學使試拔其一名曰選拔仍慮其野有遺賢也復令郡縣舉優生舉孝廉方正而勳戚有世襲軍功各項有勞績輸邊効力者有議叙是蓋仿唐宋策試漢之選舉二帝三王之世官兼而用之誠所謂求賢若渴進賢則又如不得己者意美法良斟酌盡善矣然而士之賢否不外乎此實不因乎此政治之得不關乎此政治之失半由乎此非一世也所從來遠矣昔宋之蘇長公議貢舉劄子云議者必欲以策論定賢愚賢能否臣請有質之近世文章華靡者莫如楊億使億尚在忠清鯁亮之士也豈得以華靡相少通經學古莫如孫復石介使孫石尚在迂闊矯誕之士也豈可施之於政事又云自唐至今詩賦中豈少名臣又云唐之通榜以名取人雖足以伏衆論亦有賄賂公行權要請託之害徒使恩去王室權歸私門朋黨之禍實起於此斯數語也毋以切中今世之患乎由此而推取士之規即盡復古法猶難爲政何况非古又何必泥古即兼效時法亦難爲政何可背時又何必趨時然則如之何而後可曰非廢八股取士不爲功

此稿未完

內府經費

〇內務府會同戶部奏請所有光緒二十一年分內務府應需經費自應查照歷屆數目指撥各省關稅銀六十萬兩以資供用惟已經內務府令各省將關稅銀兩內應還部庫光緒二十年墊放 御茶膳房經費 上駟院草價兩翼前鋒營八旗護軍營口分公費等項共銀二十萬五千二百九十七兩五錢六分擬由指撥各欵內照數解還以清欵目餘銀二十九萬七百二兩四錢四分應歸內務府支用刻由戶部請將擬撥各欵繕具清單恭呈 御覽請 旨飭下各該督撫將軍藩司運司監督等務即陸續分批報解限於

六月前解到一半十二月初間揣數解清不准稍有蒂欠以重要需

南苑操防 ○神機營洋槍隊兵丁由工部火藥局具領火藥一萬五千斤於二月十九日運往 南苑以備按期操演打靶所處沿途由弁兵防護以免不虞並聞此次駐紮 南苑後須海氛平定始行撤隊回營云

綦布星羅 ○曹藎臣軍門自客歲統領津勝團練以來擘畫精詳苦心獨運茲聞除挑選精壯隊伍駐防歧口外其餘各營自小站起分派四里一營直達大沽星羅綦布前後一氣呼應靈通即此已可見老成碩畫已

車價昂貴 ○日前大雪紛紛深逾二尺天寒較冬尤甚北河一帶尚未全通以致船隻寥寥昨輪船進口南來各省舉子赴京會試者實繁有徒因車價愈抬愈高雙套車價錢二十餘吊文單套車價錢十餘吊又公車之住津不動身者十居七八擬俟北河開通再爲北上幸天氣漸暖河冰易泮月內成行正場尚不致悞也

延攬英才 ○欽差署理北洋通商大臣直隸總督雲貴總督部堂王 爲牌示事本督部堂署任以來蒙海內有心時事者各就所見條列具陳兩旬之間早已盈篋惜軍書旁午凡長篇累牘尚未能細細考核除有關目前機要各務隨時采擇施行外其言易行難及事非旦夕間所能收效者祇能俟軍務稍定再能悉心酌核分別辦理又文武兩途投効人員亦復絡繹不絕人非素習且未聞名雖有奇才異能亦難保不失交臂至若爲尋常差使起見則在津候補人員其賦閒者動以數十百計倘許以投効而仍日久無可位置是自欺欺人也本督部堂向不作此口惠實不至之事此意望共諒之以上兩項禀牘塡委年老才短日不暇給未能一禀一批特此牌示免致久候自悞切切特示

集賢課士 ○欽命二品頂戴監督新鈔兩關直隸津海關道黃 爲諭集賢書院舉貢生監知悉照得本年二月初五日 督憲甄別舉貢生監各試卷業蒙取定飭發榜示在案所有應發獎賞銀兩本道定於二月二十四日在集賢書院憑票給領無票者一概不發其考取六名以後各試卷即於發給獎銀時一併給領前五名試卷照章留院十日以便同人觀摩仍令本人另謄送院以備選刻合亟牌示爲此牌仰該舉貢生監知悉嗣後留院傳觀各試卷務須十日內預爲謄出送院查收後方准將原卷憑票領取各宜遵照特示○又爲課試前因 督憲課卷尚未取定曾經牌示改期在案茲查甄別課卷已蒙 督憲取定飭發榜示所有二月齋課本道定於二月二十六日開考是日仍課一文一詩限次日黎明交卷另命詩賦題二道雜作時務題二道限三月初一日午前交卷均逾限不收合亟牌示爲此牌仰該舉貢生監知悉務各遵照示期於十六日黎明持票赴院領卷無票者一概不給各宜遵照特示

直藩牌示 ○題補易州直隸州知州宮煜奉部覆准調飭赴新任所遺滄州知州員缺以候補直隸州李禹言署理北運河楊村通判朱璋逹丁憂遺缺以河工次儘本班通判牛昶照請署 署景州吏目段溥源期滿遺缺以實任容城縣典史現署鉅鹿縣典史孫清杜調署遞遺鉅鹿縣典史遺缺以准補是缺之孫紹祖飭赴新任署安州吏目徐繼昌期滿遺缺以候補典史吳冠熯酌署署饒陽縣典史萬頤期滿撤回遺缺以卸任獲鹿縣典史宮曰南署理大名縣漳河縣丞管澤宣期滿撤回遺缺以候補縣丞張嘉翰署理 河間縣丞竇垣期滿遺缺以候補縣丞方汝翼署理 延慶州州判李潮期滿遺缺以候補縣丞鄧如松署理

名之國富 ○前報載紀其祖武一則茲據訪事友人詳細察核似有傳聞之誤亟宜更正以昭本館之直接客歲海氛甚熾各口戒嚴富經沈太守李大令邀集闔城紳富商辦團練諸事衆難羣疑迄無成說至九月間本埠紳商會議因憶咸同之世髮匪竄擾天津故紳張秀岩封翁名錦文創辦商團鋪勇嗣劫僧王剿賊頗壯聲威遂定議聯名數十人禀請李大令照會張少農部郎仿照乃祖舊章尅日舉辦部郎慨然允許於十月初一日在北門內龍亭東設立商團總局一處練勇三百名所需糧餉旗幟器械軍裝以及局中日用等項均由部郎一力支應並聯絡城廂內外各鋪戶設分局六十餘處各局前稱戈立矛有勇三四十名不等約計二千餘人各於本管地面晝間訓練技藝夜間巡邏支更自去年迄今歷五月之久技藝可觀巡邏不懈從前偷奪强借等情竟不復聞見城廂內外居人翕然頌之至各紳富議募萬人一節係李姓太史主見專用以守土牆與部郎所辦各不相涉噫寇深矣此時津人士皆念念張秀岩封翁不去口有孫如

少農部郎目之曰繩其祖武誰曰不宜

乞春護花 ○去歲湘軍勇目至南部烟花林桂笙家滋事由守望局紳民局當場拏獲數人送縣請究大令以勇目滋事向干軍律每人責以蟒鞭一百並擬交營帶處治該勇目懇求饒命始釋去於是有人焉謂大令酷噫大令豈酷吏哉治亂國用重典理固然也二十日上燈後突有三十餘人或持刀或執洋鎗蜂擁入北部姣鳳家搥碎黃鶴樓踢翻鸚鵡洲紫燕黃鶯竟作啼血杜宇蝦兵蟹將皆爲縮首烏龜任其興盡而去有識者曰此水師營中人也並聞又至翠寶部三順部均俟訪明再錄噫嘻芳菲美豔本不禁風安得石家三十里錦幔爲花叢作保障哉

告示照登 ○欽加三品銜賞戴花翎保薦卓異陞用道府在任候補直隸州天津縣正堂兼辦營務處李 爲出示曉諭事案蒙道憲呂 札飭以據縣屬東集衆糧商稟稱伊等各集船赴各河販運鄉糧接濟民食凡過橋閘關口有蠹役經紀兵勇人等藉端封貼並有裝運銅鉛柴草剝船不時訛索歷經稟明賞給執照旗幟始得暢行無阻請照案賞給執照旗幟等情除由道印發新照並分別移行外遇有畫頭集船往來過境一體驗照放行合即出示曉諭等因蒙此合行出示暁諭爲此示仰縣屬軍民及各役經紀人等一體知悉自示之後遇有畫頭集船往來過境一體驗照放行不准留難訛索倘有前項情弊一經查出或被告發定即拘案嚴懲不貸各宜懍遵毋違特示

東甌軍事 ○現在温郡添招楚軍左右兩營每營各五百人歸段鎮玫生統統帶兼帶左營又以沈都戎平和分帶右營暫借芙蓉畢開元寺爲報名之所自正月二十日起招收七八天內〕集二四百八分作二棚每人每日先付飯米錢一百文待成軍後再給全糧每月每人銀四兩二錢刻下已〔收之兵擬由樂清黃岩一路遵陸帶至寧郡稟見提憲張軍門再候撫憲廖毅帥派駐何處其餘缺額仍在温郡續招大約本月初旬可以足數〕温州鎮劉吉園軍門自中日啓釁以來一切調兵等事竭盡心力前日又會同温處道宗湘文觀察偕至迎恩門外沿江巡視一周即飭水軍試演水雷先用大號舊船一艘載石數千觔停泊水雷上游迨〔勇登岸燃點藥線陡聞一聲霹靂江水沸騰直上有二丈之高而舊船已全身糜爛板片紛飛矣岸旁觀者無不喝采叫絕兩憲公畢乃先後坐轎回衙

都門感事 ○環瀛東望沸烟塵蛟鱷跳波大海濱閫外揚威期宿將中朝決策賴樞臣同袍差喜兵能戰投筆欣看國有人聞說羣讒最持重安邊從古仗和親 宵旰誰分 聖主憂剝膚災近尚悠悠累朝屬國今殘局六月興師又杪秋將畧竟成强弩末歸期空盼大刀頭羈縻要問君知否莫與南交一例讐 渺渺扶桑一彈如夢中伸足已無餘卅年況復籌防久百戰今當作氣初兵法豈宜紓困獸歸期是孰漏多魚逢人問訊都堪詫未必傳聞盡子虛 新傳公法偏歐亞局外難期靜不譁定爲狐威陰假虎不然螳臂敢當車虛聲喝我情知屈先著輸〔計總差猶幸陳倉堪暗度教誰直泛斗牛槎 中山往事失機宜得隴翻深望蜀思事到亡羊眞莫補勢同逐鹿豈堪遲關中恨不留蕭相塞上誰能斬郅支空使書生磨盾鼻待書露布是何時 一紙軍書五夜傳故侯羣策盡雍〔 屠龍敢信身多技搏兎而今力已全布策誰持前席箸無功虛費水衡錢洛陽才子憂時切幾度書陳痛哭篇 泰西新法仿彌工絕技應須試海東巨艦竟颺溟渤外將星驚落大營中讆言愁聽新聞紙吉語虛傳亡是公埽穴犁庭空有願神山終竟引迴風 時局艱難孰與圖只今能得弭兵無即看一島猶余毒肯信三洲不我虞防海軍容空整暇出師消息總模糊相持鷸蚌何時了多少漁人久覬覦 隨齋主人徐左人稿

京報節錄

宮門抄 上論恭錄前報○二月二十一日理藩院 鑾儀衛 光祿寺 廂黃旗值日 無引見 景澧假滿請 安 湖南臬司俞廉三到京請 安 江南副考官黃紹第到京請 安 玉書續假十日 召見軍機 俞廉三 黃紹第

○○殺虎口監督禮部員外郎奴才斌儒跪 奏爲差滿回京循例覆交盈餘銀兩並短徵稅課實在情形恭摺奏 聞仰祈 聖鑒事竊奴才於光緒十九年十二月初二日蒙 恩派督殺虎口稅務自二十年正月十三日接任起至三月十一日關期止計兩個月零九日徵

收過稅銀八千四百九十九兩二錢四分連前任監督伊清阿移交光緒十九年三月二十二日起至二十年正月十二日止計九個月零二十一日徵收稅銀一萬七千八百二十四兩一分前後一年兩任共徵收銀二萬六千三百二十三兩三錢四分除解交戶工兩部正額及開除支銷各款外實存盈餘銀四千二百七十九兩九錢四分一厘業於廿年十月內恭疏具 題並造册送部在案今自光緒廿年三月廿二日起至廿一年正月十二日止計九個月零二十一日共徵收過稅銀一萬九千廿五兩二分按例支銷各款共用銀三千五百四十兩九錢五分除支銷訖實存庫銀一萬五千四百八十四兩二錢五分移交接任監督內務府員外郎安存收管仍俟扣滿一年再將應銷應解各款數目分晰具 題報部核辦所有奴才九個月零二十一日應徵正額木稅額餘徵經費銀照數徵足短徵盈餘銀並木稅盈餘銀一萬六千一十七兩六錢九分查殺虎口徵收稅課全賴進口牲畜絨毛皮張等貨出口烟茶布疋雜貨爲大宗實因歸化山後一帶荒歉之後元氣未復牲畜不蕃商民歇 者甚多更兼本年雨水過大道路梗阻貨物稀少以致短徵之實在情形也應將奴才任內短徵盈餘銀兩伏候 命下勅部核議謹將盈餘銀四千二百七十九兩九錢四分一厘並本年節省三季捐貼解費銀三百八十四兩二項共銀四千六百六十三兩九錢四分一厘奴才謹齎到京解交何處恭候 命下遵行再前准工部劄開大青山有無徵收木植稅銀應由該監督任滿時隨摺陳明等因在案今查奴才任內並無徵收大青山木植稅銀合併聲明伏乞 皇上聖鑒謹 奏請 旨奉 旨已錄

○○尙書銜安徽巡撫臣福潤跪 奏爲安徽省光緒二十年分各州縣已未結交代循例開單恭摺彙奏仰祈 聖鑒事竊查各州縣交代錢糧例應依限造册結報並於年底查明開單彙奏歷經遵辦在案茲據布政使德壽查明各屬光緒二十年分石埭縣吳道灼接收許命綬等二十九案交代均遵例限會算交收淸楚造册結報應歸已結項下辦理其餘各起交代內有造册舛錯尙須駁換之處亦已分別嚴催接續詳咨現將已未結各案開單詳請具 奏前來臣覆核無異除仍督同藩司隨時力加整頓外所有光緒二十年分已未結各案交代謹繕淸單會同署兩江總督臣張之洞恭摺具陳伏乞 皇上聖鑒謹 奏奉 硃批戶部知道單併發欽此

○○署雲南按察使兼署布政使糧儲道奴才英奎跪 奏爲恭報奴才兼署藩篆日期 謝 天恩恭摺仰祈 聖鑒事竊奴才於光緒二十年十一月二十九日奉護督撫臣岑毓寶行知欽奉 電旨暫行護理督撫兩篆所遺布政使印務委令奴才兼署旋於十二月初一日准岑毓寶將藩司印信文卷移交前來當即恭設香案望 闕叩頭謝 恩祗領任事伏念奴才滿洲世僕備職糧儲臬事甫權愧未諳夫尺法藩條兼攝彌增惕夫寸衷查滇省爲邊徼要區藩司係旬宣重寄察吏與安民並重治道宜求理財以節用爲先庫儲庶務自維檮昧凜懍弗勝惟有倍竭愚忱謹守成法於兩署公務隨時稟商護督撫臣認眞經理斷不敢以暫時兼攝稍涉疏虞以仰答 高厚鴻慈於萬一所有奴才兼署藩篆日期並感激下忱謹恭摺具 奏叩謝 天恩伏乞 皇上聖鑒謹 奏奉 硃批知道了欽此

陳雨蒼施醫 啓者有病之家無力延醫請至海大道養病院後陳宅言明住址及姓氏名號不拘時刻當往診治蓋爲濟世不食言亦分文不取

本號代售英國挖溝鐵鍬隨帶皮囊如有需用者請至本號檢閱價值格外從廉
東城根錫嘏齋鐘表舖謹啓

減價出售 啓者本行發售各式外國檯燈掛燈以及各樣燈炮燈心均照置本出售並有呂宋烟數十箱紅毛片大小洋鏡數十個其價値定必格外從廉如欲購者請來本行帳房面商可也
正廣和洋行啓

啓者本齋新收到殿板精本各種舊書數百種另備書目一本倘蒙博雅好古諸君賞鑒臨本齋購取可也另有新書開列 孔叢伯涌德遺書 錢儀吉碑傳集 嚴可均全上古三代秦漢三國六朝文 通鑑長編紀事本末 春秋大事表 南宋文錄 山東攷古錄 金石屑 學堂金石 樊南文集補編 黎純齋續古文辭類纂 古玉圖 十種古逸書 漢學堂叢書 秦漢瓦當文字 金石聚 石印正續金石粹編 津門徵獻詩
文美齋謹啓

二月二十五日輪船進口
順和 輪船往上海 怡和行
二月二十五日輪船出口
開封 又 太古行
通州 又 又
明義 又 信義行

二月二十四日銀洋行情
天津 九七六錢
銀盤二千九百四十五文
洋元二千一百二十八文
紫竹林 九六錢
銀盤二千九百九十文
洋元二千一百六十文

直報

第一頁

光緒二十一年二月二十五日　第四十七號
西曆一千八百九十五年三月二十一日　禮拜四

上諭恭錄　論選士續前稿　二月分缺單　利國便民
樞部需材　西電照譯　要隘設防
持刀威嚇　點派幫操　書院課題　大街樓物
豐干饒舌　拐帶獲案　後感爭　京報節錄
告白照登　直署牌示

上諭恭錄

上諭步軍統領衙門奏特參疎防竊盜各案之地面官一摺京師人烟稠密良莠不齊地面官應如何認眞梭巡嚴查乃各該員於竊刦之案呈報遲延且有逾限未獲者實屬緝捕不力廂黃旗蒙古副尉雙凌撲盜步軍校慶春　軍校長興四旗協尉鶴春海撲章京林英海查章京長清正黃旗漢軍委協尉景昌撲盜步軍校續祥委　軍校慶祥四旗協尉興兼海撲章京常祿海查章京額勒精額正白旗蒙古協尉興壽撲盜步軍校委興額　軍校恩榮四旗協尉清山海撲章京德本海查章京常貴廂紅旗滿洲副尉塔芳阿撲盜步軍　富克精額委步軍校忠壽四旗協尉玉通海撲章京全順海查章京文桂廂紅旗滿洲署副尉瑞慶撲盜步軍校斌慶步軍校德林四旗協尉德慶海撲章京鳳奎海查章京雙安廂藍旗滿洲協尉蘇拉芳阿撲盜步軍　忠瑞委步軍校明善四旗協尉長安海撲章京瑞興海查章京桂林廂紅旗滿洲署委協尉富祥撲盜步軍校玉臻　軍校松林四旗協尉德慶海撲章京鳳奎海查章京雙安均着交部議處另片奏正黃旗滿洲步軍　福珠哩著務疎懈等語福珠哩着一併交部議處以示懲儆欽此

論選士　續前稿

廢八股試策論非約定功令不可試策論定功令非愼擇試官不可何以須約定功令也掄才將以佐治考古將以證今邇來鄉會兩闈策問五道每問多至數十條少亦十餘條時事之前又先以經史子集辨六書考金石多文爲富尋異搜奇風簷寸晷之中實萬萬不能滿對不能滿對則或相率而不對或朋從而夥對士子號房等於書肆內簾房室插架牙籤士子試官鈔胥相尙甚而五問之內列風淮雨亥豕魯魚加以張冠李戴如姜嫄生契拓拔都平城者難覼縷記也士子之對雖中選卷內如老公公羊者難更僕數也至於選拔優貢孝廉方正場中制藝試帖律賦策論經解諸古而外尙須精於工楷書冠羣英故一人之卷必邀名流數人內外槍替貢士欲入詞林殿試時槍替雖少然亦有身未入場名標榜上者亦有近水樓台先得試題場外擬成者大抵拜爵公廷謝恩私室苟無情賄難望弋獲間或有之半係主試者飾智驚愚反假寒儒以爲說此宗弊竇久已成風其眞鑒空衡平所取士子皆名實相副者不數數覯也竊謂試場命題宜切時事策問數端或試以論其他繁文概行删去寬以限期定爲功令務令士子獨標精義自出心裁宜於今合乎古徵其所學以知其志之所存庶不至所習非所用所用非所習矣何以須愼擇試官也取人以身修身以道者君也不知其人觀其友欲知其友仍觀其人者臣也端人之取友必端理有固然勢有必至比者相士之職必取詞林爲其精於制藝也爲其精於試帖也爲其博於古學工於八法也至於禮樂兵戎概無所曉膺斯任者亦僅以文章自負初不以不達於政爲嫌其學使之幕友主考之簾官亦皆以能文章者號爲稱職而留心時事者不與焉及抵署則索支應之漏規入闈則爭逐日之供給煩言嘖嘖習以爲常士子[illegible]之又將安效下此則辨內傳通關節以鬻名爲利前已敗行後復忍恥效尤如此之類尤不足數也竊謂每點學試兩差不必拘之資格照例循名必於公卿中愼審詳察咨詢其品考驗其[illegible]

則得一民[造]其所屬必皆正士而正士亦必出其門矣至世職軍功各項勞績人員尤必嘗試其才差派數事以責實效然後委任其輪邊議敘之貲郎縱優予職銜榮以封典非果才猷出衆毋遽輕便臨民攡覆餗難服衆也凡此數者君相誠一德一心實事求是再開言路廣採輿評一折衷於四子五經之理則天下之平翹足可待若夫精格致講富强雖西國成書具在要非一蹴可幾且上焉者無明其學之人若徒侈美觀另立科目仍恐畫虎貽譏莫如於策論中逐漸涉及以引其機十年二十年之後考校有人再益研究庶蒸蒸日上臻於至精之域可與泰西頡頏矣客解頤而頷因泚筆而書之

光緒二十一年二月分缺單 ○小京官翰林院孔目江山勛攺敎 知府雲南大理陳之梅丁 知州湖北歸州畢大琛病 山東寧海陳壽清革 雲南新興曾樹榮革 知縣直隸新河周憲章近 湖北漢川陳豪省親 直隸阜城王炳章 湖南漵浦趙從炳 山西定襄曾光煦俱丁 雲南麗江劉文理革 雲南嵩峨王永廉革 順天文安楊懷震修墓 山西寧鄉王貽哲近 縣丞江西靖安王余鍾傑丁 江西瀘溪馮有驊丁 浙江瑞安唐乃亮捐離任 典史四川灌縣張楷近 主事刑部安徽司黃秉均呈請分發

利國便民 ○歷年春秋徵收錢糧折銀交納此舊例也然鄉民以錢買銀則既多費 國中以銀易錢則又賠數甚多殊覺兩虧 今年上忙春征順天府酌議將所屬二十四州縣以錢折銀毋須仍沿舊例即照錢兌收以便運辦賑務蓋為工用現錢缺少故有此舉而此議倡行實於國於民兩有裨益矣

樞部需材 ○軍機處漢軍機章京前經記名之員現已傳補幾罄自應奏請考取帶領引見候旨記名挨次傳補以供要差刻已行文內閣六部於漢軍及漢人郎中員外郎主事侍讀中書各員無分實缺候補出具切實考語一併保送即日開送銜名履歷以便請旨定期考試

點派幫操 ○神機營驍字馬隊幫操富護軍參領升授右驍抬鎗隊管帶所遺幫操一缺經總管營務處繕單請點慶邸等論派營務委員乾淸門頭等侍衛倭什泰充補驍字馬隊幫操已分檄各隊查照矣

西電照譯 ○頃接倫敦來電云美國佛斯得君偕李中堂已於昨日行抵馬關東洋照例以禮相迎云云合亟照錄以供衆覽第中國電局尚未接我傳相來電豈日人不遵公法不准我全權公使按公法發電乎

要隘設防 ○北塘為津郡要口向駐防營近來以海氛日偪恐該處不足以資保障擬設犄角之勢茲聞上憲委候補縣徐大令赴北塘左近一帶丈量地段起造營牆周圍約三四里可屯十二營諏吉興工趕營塡紮

持刀威嚇 ○當此寇氛猖獗宵小生心若不嚴拿懲辦閭里之被害無窮矣家後居民某甲為某署長隨家有一母一妹去春娶妻某早出夜歸率以為常詎昨三更後母妹忽聞叩門其妻疑某歸也當即開門黑暗之中見一人闖然而入登堂入室持刀威嚇將室中衣物首飾擄掠一空而甲是夜竟未歸來其母赴縣報案想不難緝獲也

拐帶獲案 ○津河所屬各州縣屢遭水患艱苦異常各村婦女每被奸人引誘墮落烟花殊可慘也前有某村之婦被同村某引誘至津作賣笑生涯昨被本夫撞見詢其情由即將同村某甲設法拿獲協同地方赴縣喊控經委廉審訊即將拐帶之某甲重責蟒鞭一百嚴押候辦並將賣娼之婦仍交本夫帶回故里噫歲儉民飢致遭拐誘想大令嫉惡如仇定必按律嚴懲也

書院課題 ○輔仁書院甄別文童題目 百姓足 詩題賦得二三豪俊為時出得時字五言八韻 應考者四百人分上中次備上取十五名中取十五名次取四十名備補三十名 稽古書院甄別舉貢生監題目 君子聽鼓鼙之聲則思將帥之臣 周亞夫論海防策 應考者二百六十餘人 挑取一百人分正副次備 正取十五名 副取二十五名 次取四十名 備取二十名

大街攫物 ○闊口下某姓者與子完婚於昨日遣女僕前往河東戚家借得綢被一床並首飾數件併裹一包袱雇洋車一輛該女僕坐於上面將包袱置於面前行至關道署南天已昏黃突來一少年攫其包袱望西飛逸該女僕大驚急喊及住車追趕已無蹤跡該僕即欲投河經人解阻仍囑原車將其送歸但不知見主人時作何情狀也噫該賊膽敢於通衢大道强攜車上物件殊屬膽大至極已

豐干饒舌　○自軍興以來本地駐防以及過路兵勇迄今居於津門者爲數甚鉅其中循良守分者固屬甚多而逞強恣意者亦爲不少按各營紀律本極謹嚴奈若輩一經入伍即恃勢橫行於烟館茶鋪酒樓小班娼寮等處無惡不作已書不勝書所可恨者凡此滋生事端之徒每皆不穿號衣無從辨識不能指名向何軍何營控告以致若輩性愈暴胆愈熾更肆無忌憚所恐由漸而來不免擾及良善則爲禍非細耳昨晚初更時候有友在東浮橋見有兵勇三人衝撞而過其行如飛自北往東比時行人均住足延竚旋由河東過來兵勇二三十人皆無號掛間有手執器械者無不精神激烈氣燄張狂直向北去說者以爲此輩又不知向何處尋仇矣似此動輒聚衆執持軍械尋衅私鬬殊屬藐法已極况星星之火可以燎原若不嚴行查禁當此海氛不靖人心浮動之時或有疎虞此害何堪設想本館因聞若輩肆擾已非一次不憚豐干饒舌一再曉曉當道者幸勿河漢斯言也

直藩牌示　○新河縣葉人鏡署事期滿遺缺以候補知縣商寶燦署理　調署曲周縣實任雞澤縣錢錫宷調署雞澤縣實任曲周縣毛希賢各飭回本任　順德府同知范德培奉部覆准飭赴新任　署青縣典史實任靜海縣典史謝瑞又署靜海縣典史實任青縣典史張鴻馨署安平縣典史實任定興縣典史王國楨又署定興縣典史實任安平縣典史馬凱各飭回本任　高邑縣典史黃烈病故遺缺擬以新海防遇缺先用典史繼昌咨補　龍門縣典史俞葆森回籍修墓遺缺擬以新海防遇缺先用典史陳元咨補　盧龍縣典史葉鴻壽丁憂遺缺擬以新海防遇缺先用典史鮑增譽咨補　雄縣典史龔兆麒病故遺缺擬以議叙鄭工先用典　朱祿魁咨補

後感事　○見說留都漸不支百年根本動搖時勢成破竹渠猶訝境入無人事可知到此只除輸幣好何人不恨補牢遲縱教臥榻容鼾睡敢遺先朝寢殿危　十萬雄師海上來旌麾赫赫儼登台貲郎冒餉軍心渙孱將稽誅士氣摧賊壘未經痁己作沙場一例死誰哀獨憐七十廉頗老拚著微軀葬草萊　邊城次第付摧殘眼見金甌已不完黠虜橫行任猖獗雄兵坐擁太顢頇無援疆吏抽身巧失律孤軍振臂難休養有年成底事可憐畫餅不中餐　聯絡邦交盡海西擎天隻手世交推師資幾見成長技要挾偏能假外夷似此欺心眞叵測非關暮氣失便宜人言藉藉曾聞否要保寒香晚節時　袞袞諸公妙贊襄威儀輿從雅端詳新亭對泣猶難得前席持籌更孰望準備頭銜長樂老消磨歲月半閒堂　聖恩高厚何當報子夜捫心倘忖量　舊部如雲集帝都中原誰道一人無交訌祇倚兵分黨調度眞愁將不儒莫以徽猷疏督樂可能破例用孫吳從來勝負無常局只要當幾善自圖　幾輩時賢議論精每於紙上喜談兵朝披奏疏陳三畧夜擁妻孥泣五更報國有心時雪涕移家爭欲避風聲居平自許誠何等內潰先從輦轂生　一肩行李故蕭然住本無妨去亦便書劍飄零猶有膽風塵洞只如烟縱無燕頷封侯望何至鴻毛抵死捐欲約朝官誰與伴輕裝出塞看收邊　醒齋主人徐左人稿

京報節錄

宮門抄　上諭恭錄前報○二月二十二日吏部　翰林院　正黃旗值日　吏部引　見三十六名　戶部三庫十八名　工部三名　兩紅滿三名　榮祿謝賞壽物　恩　召見軍機　麟中堂　榮祿

○○頭品頂戴直隸提督奴才聶士成跪　奏爲恭報奴才接印日期叩謝　天恩仰祈　聖鑒事竊奴才於光緒二十一年正月十七日由奉天大高嶺防次遵　旨帶隊進關當經電達大學士直隸督臣李鴻章　奏報在案旋於二月初一日入關初二日馳抵天津先後與欽差大臣劉坤一署直隸督臣王文韶晤商一切隨即由津馳赴北塘暨灤州樂亭一帶海口察看情形初八日折回蘆台督臣王文韶咨令先行接受提篆以資督率初十日准護理直隸提督開州協副將卞得祥將乾字四百四十八號銀印一顆委員賫送前來奴才當即恭設香案望闕叩頭謝　恩祗領任事伏查直隸爲首善之區提督有拱衛之責現值防務戒嚴禦侮尤關緊要奴才自維檮昧深懼弗勝惟有殫竭愚忱遇事商請臣劉坤一臣王文韶指授機宜妥籌防剿以期仰答　高厚鴻慈於萬一所有奴才接授提篆日期理合恭摺具陳叩謝　天恩伏乞　皇上聖鑒謹　奏奉　硃批知道了欽此

○○署直隸總督雲貴總督臣王文韶跪　奏爲叅將因病出缺照例揀員調補恭摺仰祈　聖鑒事竊查接管卷內督標保定營叅將何殿鰲於光緒十九年十二月十二日在任病故應請　勅部開缺所遺保定營叅將駐紮省會管轄十六屬汛地整頓營伍督率操防在在

均關緊要例應於通省參將內揀選精明強幹之員請調經前督臣李鴻章查有正定鎮標固關營參將阿克達春年五十五歲正藍旗滿洲英山佐領下人由雲騎尉補授固關營參將於光緒六年三月十五日到任該員精明幹練講求紀律以之調補保定營參將實堪勝任亦與例章相符李鴻章未及拜發移交到臣覆核無異應請准其調補以裨營伍除飭取何殿鰲病故委驗各結原領札付並阿克達春出身履歷咨部外理合恭摺具陳伏乞 皇上聖鑒勅部核覆再所遺固關營參將員缺直隸現有應補人員應請扣歸外補謹 奏奉 硃批兵部議奏欽此

〇〇王文韶片 再查接督卷內宣化練軍馬隊中營幫辦官花翎儘先補用遊擊陳長青任性妄爲不守營規據宣化鎮總兵王可陞稟請奏參經前督臣李鴻章核定未及拜發移交到臣覆核無異應請 旨將花翎儘先補用遊擊陳長青即行革職以肅軍紀理合附片具奏伏乞 聖鑒訓示謹 奏奉 硃批着照所請兵部知道欽此

〇〇廖壽豐片 再浙江省籌辦海防練兵募勇購械築台需餉浩繁經臣查照海防成案 奏請開辦各項捐輸以濟餉需茲據藩司趙舒翹轉據西安縣具詳候選訓導濮陽增之母五品命婦濮陽陳氏情殷報効捐銀一千兩以助軍餉等情由縣轉解到司核與定例士民人等捐銀一千兩以上奏請建坊之案相符詳請具 奏前來臣覆核無異合無仰懇 天恩俯准西安縣五品命婦濮陽陳氏在於原籍地方自行建坊應給何項字樣恭候 欽定以昭激勸理合附片陳請伏乞 聖鑒訓示謹 奏奉 硃批禮部議奏欽此

〇〇頭品頂戴浙江巡撫臣廖壽豐跪 奏爲查明光緒二十年十二月分海塘沙水情形恭摺仰祈 聖鑒事竊查浙江省仁和海寧二州縣海塘沙水情形向係按月繪圖具 奏茲據布政使趙舒翹署杭嘉湖道任錫汾會稟稱光緒二十年十二月朔望兩汛時屆季冬潮勢正平查勘得東塘尖山護坦併西塘范公塘兩處沙塗及南岸各山之外新舊漲沙誌樁丈尺暨東塘念尖二汛海中新漲陰沙逐細查量均無升刷與上月相同等情稟報前來臣覆查無異謹繕單繪圖恭摺具 奏伏乞 皇上聖鑒謹 奏奉 硃批工部知道單圖併發欽此

二月二十五日輪船進口

順和 輪船由上海 怡和行

連陞 輪船由上海 又

二月二十六日輪船出口

關封 輪船往上海 太古行

生義 輪船往上海 信義行

二月二十五日銀洋行情

天津九七六錢

銀盤二千九百六十二文

洋元二千一百三十八文

紫竹林九六錢

銀盤三千零零五文

洋元二千一百六十五文

光緒二十一年二月二十六日 直報 第一版 〇一九三

直報

光緒二十一年二月二十六日 第四十八號
西歷一千八百九十五年三月二十二日 禮拜五

上諭恭錄 和戰利害辨 京軍操練 援案留差
棍匪被獲 死由自取 源源而來 集賢榜示
調防有日 培植孤寒 招募拮据 咎有應得
請弛米禁 京報節錄 告白照登

上諭恭錄

兵部題考試八旗繙譯會試監試馬步射並監試御史開列請點一本奉 硃筆着派載澂崑岡監馬步射欽此 硃筆道監試着賡颺去欽此

和戰利害辨

同塵客造懊惱生之廬卒然問曰寇深矣陪都岌岌矣戰不可恃餉又告匱水陸譬勢如破竹若不求成大局瓦解今者全權之使已至馬關要挾直意中事割地納幣猶害之小焉者也恐尚不僅此懊惱生曰止毋亂談子非食毛踐土之儔乎何出此不忠不義昏憒之言也姑坐吾語汝夫日本區區一島國近二三十年竊西法之緒餘祇得其皮毛思藉朝鮮以爲嘗試耳始誤於無備審勝爲其所據平壤之役豈眞力不勝哉將領貪婪性尤恇怯聞警先逃一軍皆潰鳳凰城之失乃潰卒自焚更非敵人力取由是而大連灣金州旅順威海衞率皆未開一礮未遺一矢拱手相讓蔓延至今豈眞力不勝哉若果力不能勝何以宋尚書聶軍門孤軍屹立屢挫敵鋒至今爲陪京保障可見前者之失皆營官統領平時祇知肥己尅扣餉銀至臨敵軍心渙散竟不足一戰也且日本之師已老矣疲矣餉亦匱矣該國兵數本不甚多戍三韓屯遼瀋統計至多十萬分撥數十處已形單薄自夏徂冬犯霜雪罹鋒鏑者數當不少現存之兵已可槩見而又迭次開議既借國債籌餉之法已成弩末我軍縱不能戰第須聯絡兵心扼要阻守或堅壁清野倡辦民團使之進不得逞退無所獲延至夏令彼自不能支持非兵變即內潰欲猖獗而不得矣縱使席屢勝之威軍鋒犀利直犯京師或乘輿西幸或號召勤王歲月遷延使彼師久無功聚諸內地而盡殲之亦自易易昔俄羅斯之於拏坡崙蓋已行之矣又何必亟亟以言和哉抑知和之爲禍之烈乎不力戰而求和彼知我心已怯要挾萬端償費不已必至割地割地不已必至稱藩即使日人而講信義要結人心償費而外他無所求中國經費有常歲入不足九千萬兩此次兵端已起至一萬五千餘萬事平之後尚須籌還再益以賠償日人之費中國何從得此鉅欵而日人得償以後即以此項增其戰艦厲其兵戎伺我動靜所謂欲加之罪何患無辭是暫和而終不能和動輒得咎中國其何以爲國乎不僅此也環海環邊皆鄰國也中國爲亞洲大國見爲日本所制不將爲西人所哂笑而動其效尤之心乎設或事變迭乘强鄰肆擾豈能事事言和處處退讓乎果皆言和退讓豈不爲天下古今可恥可笑之一大國哉和之害有如此者爲今之計本根未撥四海尚寧斬貪懦之夫以謝軍士籌的實之餉以養壯丁按西法練兵痛汰已成之隊伍任篤實將帥無惑誤國之讕言彼區區一島國何足懼哉何足懼哉

京軍操練 ○神機營領隊大臣八額駙桂公芬餘亭廷尉現在札調精練各隊兵丁九萬九千九百九十九名在南苑駐紮操防自二月二十五日爲始每逢二五七日開操凡洋槍火槍鱗蟬馬槍長矛刀叉等械各按隊伍由領隊大臣親詣偏壽寺教場調集閱看其

訓法坐作進退分合連環以及五行八卦陣圖洋鎗變化必須靈便迅疾槍靶命中應在六成以上庶可以收成效而濟緩急當飭帶隊統領分飭入伍認眞教演並逐日按名調齊入營督同總統覆加校閱務期精益求精悉成勁旅備異日折衝之用爲京師鞏固之圖至此軍建原挑並造次換練新添萬字隊兵丁一萬名已足十萬九千九百九十九名此後足可輪番演習以重操防矣

援案留差 ○欽命巡視西城院憲謝侍御雋杭一年差竣期滿例應更換今因五城現辦團練事務頗爲得力經都察院徐頌閣總憲仍委派該侍御接辦一年以資熟手再俟一年差竣即行更換都憲已專摺上聞矣

棍匪被獲 ○京師五方雜處遊手好閑之輩不務正業時與匪棍結黨成羣肆行訛詐以及聚衆逞兇等事屢經五城司坊營汛嚴拏懲辦而該匪棍仍不斂迹實爲地方之害昨經步軍統領衙門拿獲著名匪徒鄭四一名奏交刑部治罪嚴行審訊想一經澈究得實三尺法當難爲若輩寛恕矣

死由自取 ○前門外天橋迤西 先農壇根地方居住凱某者正藍旗漢軍人也年近古稀膝下只有一子年近不惑忽於去冬染患瘋疾時發顚狂其媳孟氏覩夫瘋顚竟將凱某所積餘貲私運母家詎料被凱查出孟氏於十九日乘間以利刃自刎咽喉斃命當經報驗詳城咨送刑部鐵分直隸司審辦矣

源源而來 ○督憲王夔石大帥軫念民艱諭令御河上游各卡糧食從速運津捐稅一概全免毋庸停留昨糧食船隻源源而來本郡怡和慶長兩店門首停泊如市從此可免抬價居奇之弊貧民得以果腹矣

集賢榜示 ○欽差署理北洋通商大臣直隸總督雲貴總督部堂王 爲榜示事照得本署督部堂於二月初五日甄別集賢書院舉貢生監制藝試帖課卷評定甲乙並獎賞銀兩數目開列於後須至榜者 計開 超等廿名 丁 鼐 蒲輪召 康楠 崔作樞 華世俊 沈藹仁 于廷珍 賀廷賡 湯聘之 姚陞聞 李 璁 崔寅來 宋晉蕃 崔作棟 李 瑛 連 芳 徐汝翼 王 璞 黃承烈 方 紹 第一名至五名各獎銀四兩 六名至十名各獎銀三兩 十一名至廿名各獎銀二兩 特等四十名 張 薰 惲祖蔭 蔣良駿 黃桂昌 張東瀛 崔作模 來佐清 史 彬 方賓穆 陸淇賢 汪家鼐 趙雲龍 黃藝斌 李重熙 孫鴻賓 王 銘 周廷華 高在鎔 鶴 齡 于人厚 阮晉賢 余超羣 羅福保 楊敬秩 元裕庠 惲彥曾 顧化棠 朱肇基 賈厚元 田文田 周之棫 鄭清泉 吳彥斌 王文榜 沈鍾和 呂德銘 趙鍾英 鮑友仁 陸沛賢 崔 巘 一名至廿名各獎銀一兩五錢 廿一名至四十名各獎銀一兩 一等六十名 凌文曜 崔作櫟 趙雲鵬 吳錫金 徐之璟 李毓芝 傅修予 于席珍 陳冠羣 王蕊初 陸壽昌 王國材 鄭鳴鏘 楊文彬 劉玘雲 李典仁 田振基 劉善封 席聘珍 沈朝輔 李煜華 方居正 陳毓瑞 孟憲斌 徐 翰 鄭燮寅 黃承璋 吳振聲 繆聯輿 舒 翹 李咸熙 余志遜 郭開勳 潘文林 汪家鼎 汪 元 華世傑 湯 銘 吳爾賓 虞蔭 松 筠 王 鎔 吳 筠 俞 超 董聯第 黃乃達 虞維翰 吳夔慶 王文純 黃以沛 屠仁彬 范彥瀛 余開甲 振 洵 李炳榮 李恩元 鄭宦清 沈鍾滙 季子生 一名至三十名各獎銀五錢 三十一名至六十名各獎銀三錢

調防有日 ○本埠窰窪並錦衣衛橋兩處練軍在津二十餘年鎗砲無不精良操演無不純熟足備干城之選茲聞各營練軍有調赴大沽之說桓桓赳赳洵析津之保障也

培植孤寒 ○欽加三品銜賞戴花翎保薦卓異陞用道府在任候補直隸州天津縣正堂兼辦營務處李 爲出示曉諭事據職員劉錫慶范兆鵬劉廷璋劉榮舉人張燦文陳桂黃葆和生員于文彬王文濂劉國珍聯名稟稱竊職等前於光緒十八年公設一誠社宣講 聖諭並擬推廣善舉業經具情稟陳蒙恩立案現職等公同醵貲復添設義塾兩處統名登瀛義塾已延請品學兼優者二人在塾朝夕課讀其學生定額十五名正額外復增加三名以符學生登瀛立名之意至充補章程須有舉貢生監保引係身家極便者概不收錄惟孤子則名列儘先提前頂補所以恤 寒也第創立伊始時有人到塾强行保薦誠恐無知之徒及土棍人等以後效尤則攪擾滋事爲害

匪淺爲此再具公稟懇乞賞示等情據此除稟批外合行出示諭禁爲此示仰該處並附近居民地方人等知悉自示之後須知添設義塾係屬善舉毋得强行保荐學生任意滋擾倘有無知土棍人等如敢赴義塾滋事許該職等指名具稟以憑拘案究懲決不寬貸各宜凜遵毋違特示

招募拮据　○自客歲以迄今春各軍在津招募勇丁非有旬餘匝月不能齊集且不盡精力强壯之人蓋營數過多已成强弩之末竊思本埠洋車暢行約有二千餘輛拉車之人少壯居多倘將洋車減去一半道路既易疏通强壯者亦樂歸伍於營務不無裨益是誠也然乎否乎錄之以備招勇者之采擇焉

咎有應得　○地保歛錢最爲惡習况放賑而胆敢漁利此風斷不可長籌賑局辦理春撫事宜聞放至梁家嘴邵公庄佟家樓等村局勇陳德順勾串地方李某韓某向三村貧戶歛錢五六十文不等貧民隨意給付以爲酬勞之意昨經保甲分局查知稟明籌賑總局憲飭差將局勇地保一併送縣懲辦各責大板一百五十陳德順嚴押候辦地方李某韓某責後一併斥革云

請弛米禁　○蕪湖米糧禁止出洋迄已半載餘矣商務不旺民生困憊歷經米業董事彭君及米商等環稟道憲懇請開禁並情願每石加捐海防經費一百零四文以濟餉需轉詳上游各大憲嗣後雖蒙撫憲批示確係實在情形而南洋帥憲迄無隻字批復至今杳無消息客臘道憲又專弁馳稟督轅依然如石沉大海傳者謂因事關總署欽奉　諭旨且當餉需孔亟之秋自鎭江開糶蕪湖內地商販滿載下駛以就消市幾於帆影蔽江而下金陵大勝關大河口兩處稅厘每月陡增至數萬餘金商憲以籌餉爲先自未暇計及蕪地客臘又於十二圩以上私鹽溝地方添設釐卡一道每米一石抽厘五十文於江海各防餉源尤爲取精用宏設一旦俯准輪船直抵鳩江裝運則民船孰肯舍近求遠以上關卡三處不將等於虛設耶南洋大憲始終無隻字批復蓋亦有不得已之苦心存於其間也惟是商人志各有屬皖省軍需亦注意於蕪日久閉糶官商居民交受其困故上稟以來無不昕夕盼望聞袁觀察此次由皖繞赴金陵謁見張香帥志在面懇專摺奏請豁糶俾皖省奉撥軍餉有所藉手商家得以流通民生亦藉以暢遂云　錄申報

京報節錄

宮門抄　上諭恭錄前報○二月二十三日戶部　通政司　詹事府　正白旗値日　無引見　謝貝勒由　東陵回京請　安　大額駙光裕崇光各假滿請　安　綏遠城將軍永德請訓　青州副都統訥欽到京請　安　江南織造常山請訓　會章續假十日　侍衛處奏派　保和殿監試之大臣　派出頭班謨貝子棍貝子全福卓凌阿愛隆　二班澤公福森布文啓松普載津　正白漢奏派致祭昭陵　派出珠爾杭阿　召見軍機　永德張蔭桓常山　閱卷大臣　派出徐中堂孫毓汶裕德廖壽恒

○○頭品頂戴浙江巡撫臣廖壽豐跪　奏爲查明浙江省杭州嘉興湖州三府屬光緒二十年新漕米數恭摺仰祈　聖鑒事竊准部咨本屆新漕欽奉　諭旨飭前赶辦設法寬籌徵運以供支放等因飭據督糧道鄭萬齡詳稱查得杭州嘉興湖洲三府屬情形委因兵燹之後民氣驟難充復是以荒產尙未全闢兼之晴雨不時收成實形減色除被災歉各州縣另案會詳請　奏並將各州縣應帶徵歷年緩徵漕糧仍請遞緩一年徵收外所有本屆新漕計可徵米四十二萬二千六百餘石較與上屆計少徵米八萬八千九百餘石開摺詳請具奏前來臣查漕糧爲　天庾正供且値京倉需米孔殷尤應寬籌起運以供支放惟杭嘉湖三屬荒產未能全闢兼以田禾又被災歉不得不量予緩徵以舒民力以起運米數而論向屬核實徵收不遺餘力所有嘉湖二府應徵白粳應請循案一律剔荒徵熟其災歉田畝項下應徵白糧仍飭按數辦運統於漕糧內註扣以符定例並請援照歷屆成案紅白兼收秈粳並納以示體恤惟有督同司道嚴飭各屬照舊開倉愼選好米分倉存儲隨後察看情形分別變價起運籌議章程另行具奏外理合會同閩浙總督臣譚鍾麟漕運總督臣松椿恭摺具陳伏乞　皇上聖鑒謹　奏奉　硃批戶部知道欽此

○○廖壽豐片　再案准部咨道府州縣保舉候補班人員應於到省一年後察看考核分別補用又准部咨嗣後勞績道府分發到省按照定例責令該督撫隨時認眞察看扣滿一年後出具切實考語嚴行甄別不得瞻徇情面概行留省補用等因光緒二十年七月初四日

具奏奉　旨依議欽此欽遵在案茲查有候補班前補用知府聯豫候補知府鄭言紹候補同知葉元芳候補知州汪煦均試看一年期滿據藩臬兩司分案會詳前來臣查候補班前補用知府聯豫才具優練候補知府鄭言紹明幹有為均請留省堪膺繁缺知府之任候補同知葉元芳辦事勤明候補知州汪煦安詳謹飭均堪照例留省補用謹會同閩浙總督臣譚鍾麟附片陳明伏乞　聖鑒謹　奏奉　硃批吏部知道欽此

○○尚書銜安徽巡撫臣福潤跪　奏為安徽省應造光緒十九年分並節年民欠各欵銀米徵信冊現已印造齊全須發各屬分給查閱恭摺仰祈　聖鑒事竊查前准戶部咨議覆御史劉恩溥奏請釐民欠各摺片並議定章程先後須發徵信冊式行令各直省自光緒十二年下忙收數截止日為始一律舉辦永遠遵行等因遵將光緒十八年以前民欠各欵銀米按年造具徵信冊分別　奏咨在案茲據布政使德壽詳稱安徽省懷甯桐城等二十州縣所安宣州等九衛應徵光緒十九年分並帶徵節年各欵銀米內除潛山宣城涇縣太平青陽縣衛州鳳陽懷遠定遠靈璧鳳臺壽州亳州蒙城渦陽六安英山泗州盱眙五河滁州廣德建平等二十四州縣衛建陽安慶鳳陽長淮泗州滁州等六衛應徵銀米均已據報全完應請照章毋庸查造徵信冊及民欠項下向無年單請免造辦外其餘懷甯桐城太湖宿松淮江歙縣休甯婺原祁門黟縣績溪南陵甯國旌德貴池銅陵石埭建德東流當塗蕪湖繁昌無為合肥舒城廬江壽州阜陽潁上太和霍山天長全椒來安和州含山等三十六州縣並新安宣州廬州等三衛應徵光緒十九年分各欵銀米又歙縣休甯等縣帶徵節年熟田銀米六安州帶徵十七年災緩銀米內除歙縣帶徵十四十五十六十七甯國縣帶徵十四十五十六十七十八等年民欠各據詳報未據完納六安州帶徵災緩銀米據報全完均請豁免查造其歙縣帶徵十八年同休甯婺源祁門績溪石埭等六縣帶徵節年民欠銀米均有未完飭據各該州縣衛將應造未完光緒十九年並帶徵節年己未完銀米徵信底冊遵照部頒冊式依限逐一造送到司詳加覆核總散各數均屬相符並將米冊內造批解糧道各欵核查底案無異札發經歷司飭令遵照部議減定繁缺四十分中缺三十分簡缺二十分並呈送各衙門存查冊十五分之數督匠攏印齊全裝訂成本核對鈐印由司照章以各半發交該管道府直隸州各於冊面加印轉給本地公正紳民分給各鄉民公同查閱並送各衙門存查理合遵章造具各冊詳請　奏咨前來臣覆核無異除冊咨送戶部查核外謹會同署兩江總督臣張之洞恭摺具陳伏乞　皇上聖鑒　飭部查核施行謹　奏奉　硃批戶部知道欽此

二月二十六日輪船進口

北直隸　輪船由上海　怡和行
連陞　輪船由上海　又
順和　輪船由上海　又
桂陽　輪船由上海　太古行

二月二十七日輪船出口

開封　輪船往上海　太古行
生義　輪船往上海　信義行

二月二十六日銀洋行情

天津九七六錢
銀盤二千九百五十五文
洋元二千一百三十二文
紫竹林九六錢
銀盤三千文
洋元二千一百六十文

直報

光緒二十一年二月二十七日　第四十九號
西曆一千八百九十五年三月二十三日　禮拜六

上諭恭錄　原西法　壽寓宏開　祿以養廉
貴有治人　謀害親夫　蟻媒可惡　長舌受辱
就壘訓練　漁團辦法　水師赴沽　禁令高懸
查驗剝船　驅逐優伶　招商承運　京報節錄
告白照登

上諭恭錄

旨詹生振靈着以侍衛用錫綸治芳俱着以侍衛用崇端着以文職用刑科給事中員缺着謝雋杭補授截取吏科給事中褚成博着照例用刑部主事謝文翹着交部記名以直隸州知州用內閣中書陳再廉陳壽彭崔式衡蔣茂璧俱照例用擬補國子監學錄任元斌着准其補授兩淮安豐場鹽大使章文傑保舉直隸候補知縣王世瑞山東候補知縣楊蔭堂甘肅候補知縣蔡世德雲南補用知縣王琳俱照例用卓異河南襄城縣知縣邵壽宸着准其卓異加一級仍註册回任候升奏留吏部筆帖式致善西拉布瑞璐廣譽恩銘俱准其留部欽此

原西法

東海杞人來稿

嗚呼亂今日之天下者古人也非古人能亂今日之天下乃今人不善學古人遂以古人之道亂天下也夫中原之好古固數千年來相傳之習而無一人起而道其偏而破其惑也今有歐羅巴諸國致其建國不若中原之古也而其人不重古而重今其大端在精于製器中國之人曰非古也此先王政術之所未及先聖教澤之所未加也噫嘻吾觀於此而歎聖人仁義忠信之道入人之深且久者有如斯也雖然此非聖人之功臣實聖人之罪人也蓋天下之不好古者即斯人也何以知其然也六經中最古而可信者莫如大易繫辭傳實孔子之言其書曰庖犧氏之王天下也作結繩而為網罟神農氏斲木為耜揉木為耒黃帝堯舜氏刳木為舟剡木為楫服牛乘馬引重致遠斷木為杵掘地為臼弦木為弧剡木為矢蓋後世百工賤役之所業皆古聖人一一手定之法也庖犧以前無網罟故庖犧作之神農以前無耜耒故神農作之黃帝堯舜以前無舟楫杵臼弧矢與服牛乘馬之法故黃帝堯舜剏之蓋世運天主之制作聖人主之制作之月異而歲不同其勢則然若庖犧神農黃帝堯舜諸聖人事事必以師古為高則唯穴居野處飲血茹毛狉狉獉獉不知不識而已便後人亦知古人制作之心則本孔子之所謂格物孟子之所謂既竭耳力既竭目力之說以充之則三千年來中原制作之盛其駕西洋而上之自無待言惜哉後人不思聖人之意而但以義理之空疏考据之瑣屑詞章之繁蕪以為古人精神命脈之所在而於古人大制作則惟以奉行古制為是苟非工人之以此謀衣食者不復躬親其事而思所以擴充之反令數萬里不通中夏之人得其意而有以制勝也其激者至謂今日之變古人成之而愚者又謂此非古人之所料二者皆聱說也今日之西法即伏羲以來相傳之遺意也今日行西法即禮失而求諸野之意也嗚乎吾中國數百萬聰明之子弟日日困於故紙堆中吾誠哀之其甚者又以稽古為榮而不使西學之污其目至終身不思變計吾尤痛之因其嗜古也故取最古之經以破其惑而一切古本荒唐之說不參焉聞者其可以興起也乎使上之人得吾說而存之庶幾不再誤天下士而思有以振興而表率之歟雖然吾不敢望於上之人也

壽寓宏開

〇步軍統領榮振華大金吾二月二十一日六旬壽辰蒙　皇上　御賜福壽字各二方對聯二幅蟒袍一身素貂外

樽一件江紬宮紬袍料四卷無量壽佛一尊搬指翎管各二枚荷包活計十色由蘇拉人等肩抬黃龍亭六架送至安定門內榮宅大令吾在大門跪接謹將　御賜壽物昇放香案望　闕叩首謝　恩旋有王貝勒貝子公將軍六部九卿諸大僚詣府祝嘏大金吾備筵酬應頗極一時之盛云

祿以養廉　○八旗王公文武官員應領光緒二十一年春季俸米由戶部刷票劄倉蓋印塡號註明某員應領米若干統限六十日內赴倉逾限不領照例註銷除王貝勒貝子公文職五品以上武職四品以上人員仍照奏定新章分由通州中倉大西倉支領其文職五品以下武職四品以下人員左翼四旗劄由南新倉右翼四旗劄由北新倉支領

貴有治人　○立一法必生一弊致現在官身者每謂多一事不如少一事之爲愈斯言也不將因咽廢食乎總之有治法尤貴有治人斯弊竇不生而法久常新耳京師前門外琉璃廠土地祠安平公所前自潘文勤公奏請各省捐輸米石銀兩設立義倉存貯米石以備賑濟之需嗣經徐蔭軒中堂翁叔平大司農孫燮臣大司空會同辦理並將各直省捐輸銀兩陸續解往順天府交納並經順天府將所解捐輸銀兩數十萬金撥歸義倉由紳士牛某存貯去冬奉　尹憲諭令平糶以濟窮黎嗣以寇氣逼近各路兵勇駐紮甚多以致各糧行高抬市價米貴如珠於是義倉所糶之米每斤收當十大個錢一百八十文每人祇准價買三斤一概不准多賣每日由晨至夕該倉紛紛擁擠勢如堵墻詎料該紳牛某自以爲鉅商另有生業將平糶局一切帳務漫不經理竟假手於局友迄今爲日無幾耗費不貲經某官看出破綻結算帳目共計虧有數千金之譜俱被局友飽入私囊而牛某自知辦理不善祇得自認賠款以贖前愆其事始寢現又辦理五城團練總局事宜頗有包攬詞訟以曲爲直之事以致怨聲載道聞爲某官據情指揭未悉能否歛跡耳

謀害親夫　○京師前門外山澗口居民陸某貿易爲生於去秋娶梁氏爲室自迎娶過門後即兩不相得情同冰炭時占脫輻之爻詎於二月中旬趁陸某正在甜睡之際梁氏竟以布帶將其勒斃乘間覓人將屍抬至金魚池叢葬地內意圖私埋滅跡至二十日陸某之表弟蕭某因事尋陸向梁氏盤詰難以隱瞞只得和盤托出當經稟報南城劉虞廷指揮帶領吏仵相驗旋將該管地面總甲吳順管押解城懲辦其中有無別情俟訪明再錄

蟻媒可惡　○宣武門外鐵門地方譚宅有舊僕辛某年近花信於今二月中旬娶再醮婦江氏爲妻伉儷甚敦甫逾數日突來一葛姓者闖入辛室聲稱拐誘婦女彼此互毆經譚宅聞之遣丁赴西城練勇局送究當經傳訊據葛姓供稱江氏係伊原配妻室攜有婚書爲憑旋經派差傳訊辛姓當堂亦呈婚書並前夫棄休字據印有手足痕跡復將冰人傅某傳案竟將揑造休書字據各情和盤托出將一干人証詳城咨送刑部按律懲辦至如何審擬定案俟訪明再錄

長舌受辱　○京師前門外孫公園有任某陳某同在練勇局當差兩家眷屬並同居一宅任家一妻一女女極幽嫻貞靜陳妻某氏素稱長舌而陳惟婦言是聽平日陳婦頻向任女乞作刀尺時或不與輒老羞成怒隨口謠諑甚或誣女與某某有私傳播鄰右陳又從而指証之二月中浣任女赴親串家姊妹留住數日陳婦又造言生事以爲女孕足月借地脫胎啾啾不已迨女返聞之泣訴其母曰昔孟母擇鄰三遷其地誠以鳥獸不可與同羣也今我家貧不易遷徙歷受陳婦之誣恐舉西江水不能滌此汚也兒今已矣願父母好自珍攝語太慘不成聲蓋已潛服鴆毒矣旋經女母知覺赶即灌救幸爲時不久不致一命嗚呼激同族中嬸嫂多人向陳婦理論並將屋中所有物件搗毀一空陳婦竄伏灶下爲衆尋獲褫去褻衣將鐵鑯燒紅刺其下體陳婦痛喊失聲聞者咸謂咎由自取云

就壘訓練　○督憲王夔石大帥自接篆後新募親兵一營尚無營壘自王鎮戎前率親兵副後兩營移防軍糧城營中已有空壘昨新募營哨各官稟請大帥將所募親兵暫行移駐其中以便朝夕訓練聞大帥已俯如所請不日將率隊移駐矣

漁團辦法　○沿海漁戶千百成羣生長是鄉水性沙綫素所習慣使之團練既可以禦外侮復足以斷敵人接濟法至良意至美也劉峴帥駐節榆關知該處濱臨大海漁人孔多諭令團練限定幾日操演一次操演之日每名給飯食錢若干餘日仍令自行網魚生理有警時協同防守蓋爲節省經費起見不得已之苦心然而窒礙多端殊非盡善擇日操練技藝不精一自行生理來去無定二不給口糧

其心不安三有警協守號召不及四頁𦲷不齊貪財賣法五雖有保人一時無從查辦六諸如此類不一而足爲若裁老弱之營將漁戶之精壯者編入隊伍自成一營派勇敢之士統率使之游弋海港隨時偵探或令泅水鑿船以示賞罰較爲得力頃據訪事抄來告示因紓鄙見如此土壤細流知不足以測高深也

水師赴沽　○鄭誠齋軍門自統帶水師營以來擘畫精詳苦心獨運前在北倉一帶修造隊船三百餘隻水兵時常操演技藝已臻嫻熟各乡水力極大足以制勝昨早將各營隊船撥調大沽海河一帶以資防禦云

禁令高懸　○欽加三品銜賞戴花翎保薦卓異陞用道府在任候補直隸州天津縣正堂兼辦營務處李　爲出示嚴禁事案蒙府憲轉詳　道憲奉　督憲准　刑部咨開給事中張嘉祿奏商民行使呂宋賭票受害無窮請申明舊章嚴行禁止一札行文查照令飭認眞查禁等因蒙此查呂宋票爲商民之害前往　刑部議定新章將主使發帖之人擬軍夥同代貼招帖之人擬流地方居民買回發售收兌均照爲從例擬徒禁令何等森嚴無如不肖之徒往往爲利所誘明知故犯殊干例禁茲蒙札飭合行出示仰合邑商民人等知悉自示之後爾等務須各安生業勿得售買呂宋賭票並開設行棧領票轉售倘敢故違禁令一經查覺或被告發定即拘案照章懲辦決不姑寬各宜凜遵毋違特示

查驗剝船　○江蘇浙江各省剝船每屆封河隨其自便以示體卹茲値開河之期昨楊村廳已派差役人等馳赴御河一帶查驗有無短少滲漏飭令趕緊油艌齊赴楊村聽候運糧云

驅逐優伶　○山海關一帶弋腔戲素稱繁盛與他處情形不同每日茶園無不滿座班主持單乞坐客點戲習以爲常現在大兵雲集戲園生意更覺興隆爭强好勝者每至一戲一點一戲一賞由東錢一千文賞至一兩之多甚或因爭點戲目滋生事端爲某營管帶各官查知照會臨榆邑侯查封戲園將優伶一併驅逐肅軍規而安地面實未雨之綢繆也

招商承運　○皖省之滁州來安全椒三邑本係淮鹽引地現署蘇臯黃幼農廉訪前在皖岸督銷時因見此處兵燹之後居民漸復遂創爲官運約可歲銷一千引近年居戶日臻蕃盛已銷至五六千引之多極形暢旺兩江總督張香帥以現在軍情緊迫需餉浩繁亟宜寬爲籌備擬將滁來全官運引鹽改爲商運查皖票每張計一百二十引向來票本四千兩即以現銷之六千引核計共得五十票應繳票本二十萬兩承運者由官發給印據永遠執　循環轉運似此一轉移間於餉項究不無小補刻已檄飭儀棧提調許太守會同淮南總局出示局門招商承運想揚城爲富商薈聚之區此舉既助餉源且沾利益又何憚而不爲乎

京報節錄

宮門抄　上諭恭錄前報○二月二十四日禮部　宗人府　欽天監　正紅旗值日　無引見　錫光因伊弟以侍衛用謝　恩　馥照明桂各請假十日　褚成博預備　召見　禮部奏派稽察中左門　派出阿克丹恩壽　召見軍機　崑岡　褚成博　現換羊皮掛

○○降二級留任又降一級留任大學士管理戶部事務臣宗室福錕等跪　奏爲據情代奏事光緒二十一年二月十一日據殺虎口監督禮部員外郎斌儒呈稱光緒十九年十二月蒙　恩派督殺虎口稅務接奉戶部札飭當即束裝啓程於二十年正月十三日接印任事扣至二十一年正月差滿回京途中感受風寒以致牽動肝熱氣閉之症精神委頓伏思親齎盈餘銀兩及奏銷錢糧摺件均關緊要何敢稍事遲延懇乞代爲呈遞一俟病體痊愈再行具摺恭請　聖安等因具呈前來臣等伏查前任殺虎口監督斌儒旣因感受風寒具摺呈請代遞理合將該員原摺恭呈　御覽伏乞　皇上聖鑒謹　奏奉　旨已錄

○○頭品頂戴湖廣總督署理兩江總督臣張之洞頭品頂戴江蘇巡撫臣奎俊跪　奏爲堵築崇明縣東南一帶海岸工程用過工料銀兩造册報銷恭摺仰祈　聖鑒事竊照太倉州屬崇明縣東南一帶海岸被風潮沖嚙坍近城垣勢甚危險先經飭司委員會縣勘估亟籌堵築以資保衛估需經費銀一十二萬一千餘兩經臣奎俊會同前督臣劉坤一先後　奏明飭由兩淮運司及上海鈔關兩關道各局籌撥司分認籌解督辦工程江蘇候補道劉觀祥驗收核實支用在案茲據署蘇松太道劉觀祥詳稱督同印委各員核明虛估添用西法

購料興工自光緒二十年二月間開辦起至八月初旬一律工竣共用過工料等銀一十一萬三千七百六十兩零較原估節省銀七千二百九十餘兩委係撙節動用並無浮冒奉委驗收如式亦無草率偷減情事先後取具保固年限甘結繪圖造册詳請 奏咨前來臣等查崇明縣海岸要工關繫城垣民命若不及早興築將來愈坍愈近其患不堪設想上年春間臣奎俊親往查勘力籌堵築 奏准撥款興工總計工長五百六十餘丈據報共用銀一十一萬三千七百餘兩較原估尤爲節省委係實用實銷並無浮冒除將餘剩銀七千二百九十餘兩批飭解存蘇藩司庫以備歲修之需並將圖册分咨戶工二部核銷暨另行影照該岸工程全圖咨呈軍機處備核外謹核繕清單合詞恭摺具陳伏乞
皇上聖鑒 勅部查照謹 奏奉 硃批該部知道單併發欽此

○○頭品頂戴浙江巡撫臣廖壽豐跪 奏爲知府告病開缺請 旨簡放先行委員署理以重職守恭摺仰祈 聖鑒事竊據布政使趙舒翹署按察使王祖光會詳稱據金華府知府畢棠稟稱自抵任以後黽勉供職未敢稍懈惟南方卑濕氣體不甚相宜數載以來困飲食日漸減少精神漸覺不支雖服祛濕健脾之劑終無成效竊思知府有表率之責若以病軀戀棧從事深恐貽誤惟有稟請開缺遄員接署俾得回籍調理等情前來除循例恭疏具 題外所遺金華府知府係衝繁難要缺相應請 旨迅賜簡放以重職守並先委員署理俾免曠誤茲查有勞績試用班先知府許星箕穩練勤明堪以委署除檄飭遵照外理合會同閩浙總督臣譚鍾麟恭摺陳請伏乞
皇上聖鑒 訓示謹 奏奉 硃批另有旨欽此

○○劉坤一片 再臣接記名提督黃本富電以江南難於招勇請照贛南鎮何明亮成案不另募祇帶親兵數十人來關聽差臣謹經電飭江南支應局員稟明署兩江督臣發給盤費銀三千兩所有黃本富招勇五營之案應即撤銷竊黃本富以江南水師統領何明亮以實缺總兵兼統營勇祿位已屬優崇因念臣年老從軍自請來關辦事冀以分勞並請免招勇丁以便刻期上道則該提鎮血性過人忠趣過人實爲近今罕見臣平日之推誠待該提鎮至此亦收微效該提鎮不肯負臣安忍負 國干城股心之寄臣願與提鎮共勉之謹附片陳明伏乞 聖鑒謹 奏奉 硃批知道了欽此

陳雨蒼延醫 啓者有病之家無力延醫請至海大道養病院後陳宅言明住址及姓氏名號不拘時刻當往診治蓋爲濟世不食言亦分文不取

減價出售 啓者本行發售各式外國檯燈掛燈以及各樣燈炮燈心均照置本出售並有呂宋烟數十箱紅毛片大小洋鐵數十個其價值定必格外從廉如欲購者請來本行帳房面商可也
正廣和洋行啓

茲啓者本堂新刻津門孟莼帆孝廉平舒劉紫山選拔兩名士合刻賦鈔註釋詳明誠爲後學之津梁也更有青照草堂重註七家詩並試帖舉隅二種大爲士林推重洵屬古學金針又有冀州吳河帥文安陳學士合輯水利叢書實爲目前急務凡有志於水利者無不以一見爲快至於各種書籍筆墨無不揀選精良善本以期近悅遠來凡刻詩賦文集善書等板刷印裝訂書籍自當精益求精工省價廉萬不敢稍涉含混有負賜顧 寓河北關上毘盧室義合主人謹啓

啓者本齋新收到殿板精本各種舊書數百種另備書目一本倘蒙博雅好古諸君 賞鑒祈 駕臨本齋購取可也另有新書開列 孔叢伯通德遺書 錢儀吉碑傳集 嚴可均全上古三代漢魏六朝文 通鑑長編紀事本末 春秋大事表 南宋文錄 山東攷古錄 金石屑 望堂金石 樊南文集補編 黎莼齋續古文辭類纂 古玉圖 十種古逸書 漢學堂叢書 秦漢瓦當文字金石聚 石印正續金石粹編 津門徵獻詩 文美齋謹啓

本號代售英國挖溝鐵鍬鐵帶皮囊如有需用者請至本號檢視價值格外從廉 東城根錫蝦齋鐘表舖謹啓

二月二十七日輪船進口
北直隸 輪船由上海 怡和行
連陞 輪船由上海 又
順和 輪船由上海 又
桂陽 輪船由上海 太古行

二月二十八日輪船出口
劉封 輪船往上海 太古行
生義 輪船往上海 信義行

二月二十七日銀洋行情
天津九七六錢
銀盤二千九百五十五文
洋元二千一百三十二文
紫竹林九六錢
銀盤三千文
洋元二千一百六十文

直報

光緒二十一年二月二十九日　第五十號

西曆一千八百九十五年三月二十五日　禮拜一

上諭恭錄　論中國宜急戰不宜遽和　二月分選單

分道揚鑣　傳辦供應　除穢滌汚　嚴拏匪棍

勝電譯錄　公子榮歸　豸繡真除　定武開差

客籍掄才　直藩牌示　安然無恙　犯官解到

枷號示衆　俄報譯登　京報節錄　告白照登

上諭恭錄

上諭文壁奏因病懇請開缺一摺武備院卿文壁着准其開缺欽此　旨武備院卿員缺着世續補授欽此　硃筆溥頲補授鴻臚寺卿欽此　上諭王文韶奏道員因病呈請開缺一摺萬培因着准其開缺直隸永定河道着呂耀斗補授欽此

論中國宜急戰不宜遽和　天平山樵稿

有國者與他國交際苟有齟齬必也能戰而後能守能守而後能和斷未有不脩戰備專主和議而可奠國家於苞桑鞏河山於磐石者也自古和戎之禍肇自魏絳降及漢唐不免蹈其前轍至宋而委靡益甚費金帛之實患爭崇卑之虛文卒至國威既損武不揚積弱而不可復振蓋戰之權在我和之權在人我苟有可戰之具足以勝人則彼將力竭計窮請成於我不言和而和乃可恃若但以和議爲先於戰事漫不講求毫無把握既變玉帛爲干戈則倉黃失措關延敵此猶以菌受斧不待鋒刃既及而始見其摧折也縱覽泰西各國千百年來强弱迭更盛衰互倚大抵以戰爲立國之本能戰則弱者可化而爲强不能戰則盛者卽變而爲衰卽使兩國交兵力竭求和受人脅制則和亦終不可恃是以近數十年來各國增兵繕械精益求精一聞此國有新樣戰具彼國卽起而仿效窮工極巧不惜出全力以爲之誠自見於和局之不可長恃戰事之不可不講也夫一國猶一家也今試有富厚之家棟宇雲連金貲山積而閫外無司巡之犬室中無捍衛之人必爲綠林暴客所覬覦迨其既來而無以禦之則姑以金貲爲餌求偷旦夕之安而不知寇益因此生心相尋不已必至室如懸磬而後已有國者之有外侮亦猶是也苟使力竭請成彼必將故甚其詞以難我驟增其欵以索我必不得已而再四調停則彼之所得已多我之受虧不少自此以後其所以侮我而脅我者必更甚於前稍不遂意卽以兵威相恫喝是和局雖暫可恃而終於不可恃也日本一區區島國耳近二十年來稍效西法遂有夜郞自大之意佔我藩封侵我邊鄙荼毒生靈慘酷已極近聞　中朝體天地好生之德一再簡派大臣與彼講議和局成否雖不可知然以大局計之此時中國有萬不可與議和者日人很鷙而多詐儇薄而無信我苟屈意言和凡明晰事理者固知爲顧全大局計然日本貪得無厭有非可以情理喻者條約既有所不顧公法亦有所不遵無論議和訂約之時彼必多方需索百計刁難卽使如願以償而彼益得以所得之資增修武備日後與之交際動輒吹毛求疵以圖再逞其所大欲我豈能以有限之資財供無窮之慾壑乎且中國素爲亞洲望國若爲日本所侮不將爲西人所非笑歟强大之覬覦乎況自與日本交戰以來餉非不足械非不精其所以聞警先奔望風亡潰者由於將領之庸碌恇怯非兵真不能戰也今若不戰而遽與議和自此各營將領必且酣歌飲博以爲此後海疆無事可以優游自在不必以戰事爲念似此則雖有雄兵百萬亦究與無兵同耳議和之弊必至於此爲今之計惟有力排和議獨主戰局　聖主綜攬於上羣臣獻替於下運以精心持以全力必期有以勝日本而後已但使嚴明賞罰勇將則獎勵之怯將則誅戮之多練勁兵厚籌餉糈增給軍械號令既嚴壁壘自爲之一新又派敏幹之人密赴各路軍營探察動靜從實舉報庶不致再蹈前此諱敗之

晦敗既無所掩飾則各路將領當不敢以貪生怯敵自罹刑章苟如是而戰事尚無起色者吾不信也且以中國之力與日本相較過之不啻十倍日本財力已窮羅雀掘鼠僅足爲一時敷衍之計若相持愈久爲患不能支持若非兵變於外即不免民亂於內而中國則財力充盈可以源源接濟即持以十年之久亦不虞其匱乏日本兵數不多其佔據高麗及犯我北省各處者合計不過十餘萬然以之分布各處則每處多或數千少僅數百而已近日且調第三隊兵出外此隊兵皆係新募未經訓練者我以精兵擣之何難立成齏粉但得 朝廷愼選知兵大將畀以節制各路之權號令旣一紀律自嚴決策運籌出奇制勝日本將救死扶傷之不暇復我故地保我藩封不出數月安見秦鹿之不爲我得也

光緒二十一年二月分選單 ○主事刑部安徽吳保初安徽人 知府雲南大理景春正白監 知州雲南新興黃壽徵浙江監湖北歸州趙振聲安徽舉山東寧海玉興廂白滿 知縣直隸阜城王伯鴉山東監雲南嵩峨羅會元貴州人山西定襄韓克嵓山東貢直隸新河張石浙江監湖北漢川黃麟元四川副順天文安王萬震四川舉山西鄉寧雷光第陝西甲湖南溆浦王樹屏直隸舉雲南麗江李星瑞陝西舉 縣丞浙江瑞安曾日省廣東江西靖安胡翼浙江瀘溪鄧紹先四川俱監 典史湖南龍陽徐統勳順天供四川灌縣吳譽靑順天監

分道揚鑣 ○綏遠城將軍永軍帥德於二月二十三日請訓於二十五日由京裝束起程赴晉接篆又新簡江南織造常向衣山同於二十三日請訓定於二十六日由京携眷起程赴津乘輪至金陵 新云

傳辦供應 ○本年舉行乙未會試禮部劄飭大興宛平兩縣將場內應用器俱一律齊備並將一切供給先期備辦毋得臨時遲悞並督飭承差小催孫瑞等在京師地面所開各貨貨舖內傳喚舖夥一人於三月初六日赴場內伺候茶水並刊刻刷印一切事件歷經琉璃廠翰茂齋刻字舖承辦大興宛平兩縣諭令報集刻印敏捷之手亦於三月初六日進場飭令應差毋得稍有草率致干重咎云

除穢滌汚 ○京師宣武門外潘家河沿晉陽寺及西草廠胡同天仙菴兩廟中住持尼僧某於今春購買三女均將煩惱絲割去潛納入廟暗引紈袴少年闊闊子弟於花晨月夕作風流道場居然與賣笑生涯同一蹊徑以致兩處廟中狂蜂浪蝶幾於趨之如市尼僧以爲事極秘密於計甚得不料二月二十四日經某宦舉發遣丁赴北城司送究當由五城練總甲劉榮即日將尼僧等並尋花問柳之徒一齊捉將官裡去經此番敗露該廟宇當可干淨已

嚴拏匪棍 ○現奉 密旨廷寄嚴拏著名匪徒二十四名已經都察院劄行五城一體嚴拏並聞中城已經拿獲一名南城續獲一名均經鎖押嚴訊所因何案係何名姓因事機密一時碍難訪悉統俟續聞再錄

勝電譯錄 ○二十七日東洋兵輪三艘載兵船五艘駛犯澎湖媽宮地方昨據電稱砲台望見該船欲乘潮進口當即對準開砲擊沈兵輪兩隻擊碎運船兩隻餘船遁去云云觀此日人覬覦台灣並非妄語然經此痛擊當 中國並非無人不能隨處橫行無阻也

公子榮歸 ○餘相瀛眷因去秋哲嗣經藻吉席偕往維揚署中祇仲彭部郎伉儷居住頃聞有回南之說未稔確否姑照有聞必錄之例登之容有續聞再錄

豸繡眞除 ○呂庭芷方伯耀斗以名翰林需次畿疆歷任要差上游倚之如左右手自署天津道篆興利除弊輿論翕然昨奉上諭補授永定河道同城司道以及屬僚皆詣署道賀祇以軍務紛繁津郡正當衝要署篆正賫得手暫緩前赴新任惟萬觀察告病需人接替上憲已派員先行署理矣

定武開差 ○客歲胡芸楣廉訪所募定武軍已成槍砲四營歸直隸提督聶功廷大帥統轄由龍軍門管帶擬移駐新河操練已紀昨報茲據訪事人來言此項隊伍已於今早開差並稱俟抵新河操練純熟卽赴前敵等語行見拓邊定亂楙建武功不僅一部蘭亭堪稱佳話也

客籍掄才 ○欽加二品銜長蘆都轉鹽運使司鹽運使加一級隨帶加六級紀錄七次季 爲出示曉諭事照得集賢書院課試

外省舉貢生監向係憑票領卷限日完交本年三月輪應本司課試定於三月初二日局門考試查照成案是日共課一文一詩限當日交卷不准繼燭另出經解史論題各一道經文策問題各一道懸示院中由該各士子領卷回寓擬作限初八日午前交卷逾限不收合亟出示曉諭為此示仰舉貢生監知悉務各遵照示期携帶筆硯於是日卯刻齊集集賢書院聽候局門面試不准喧嚷槍替此係專為外省士子而設其天津本籍之人原有會文問肄各書院可考不得冒名濫入如查有籍貫不符及冒名頂替者定即扣除其各遵照毋得自悞切切特示

直藩牌示　〇保定府知府朱靖旬簡放湖南岳常澧道遺缺以大名府知府陳啓泰調補　署南和縣知縣解茂椿期滿撤回遺缺以唐縣知縣秦家棫調署遞遺唐縣知縣員缺以新選南和縣知縣黃書田調署　署天津縣北倉大使實任獻縣典史黃德春留辦天津團練所遺獻縣典史員缺前經牌示委署北倉大使之試用未入流崔振海署理　署慶雲縣典史王恩源期滿遺缺輪委試用州吏目文錡署理

安然無恙　〇昨有友人自上洋來津談及海中情形現雖有東船數艘游弋海面除華船裝運銅鐵錫以及堪作軍火之物件搜查邀截外其餘貨物以及客商行李並無擾害之意海程固安然無恙云云合亟登報以供衆覽

犯官解到　〇旅順之失龔張為禍首威海之失劉超佩為罪魁劉守威海南岸所部將及萬人兵精械利日人自榮成來兵數本不甚多乃未開一砲竟棄砲台而遁台砲亦未燬壞留之以贈日人致日兵用我之砲攻我北岸支持不住全局瓦解劉軍潰後劉即改裝易服潛匿鄉間冀圖步黃仕林衞汝成後塵東撫李鑑帥知其貽悞大局忿恨交深遴委幹員到處蹤緝將劉拿獲派曲參將李大令押解來津聽候北洋大臣訊辦已於前日抵郡交縣看管聞劉係爵帥裔孫未免辱沒家聲矣

枷號示衆　〇籌賑局親　陳德順勾串梁家嘴地方李某韓某收歛貧民小費已登前報昨邑侯李大令飭本署頭役將被押之陳李韓三人提出當堂覆訊大令以賑務重大關係民命胆敢歛錢肥己殊屬胆大妄為飭差各責三百五十枷號十日再為釋放云

俄報譯登　〇倫敦來信言俄京有一報館名那和廉治者曾著論說謂中日兩國若果不肯俯聽俄國所勸俄國必將從事干戈以求利於高麗而償其所欲矣

京報節錄

宮門抄　上諭恭錄前報〇二月二十五日兵部　太常寺　太僕寺　廂白旗值日　無引見　薛允升請假五日　文璧奏請開缺　禮部奏派稽察接談換卷　派出長萃英年顧璜徐承煜　兵部奏派演放水師砲位　派出賡音布卓凌阿　召見軍機　敬信許應騤

〇〇頭品頂戴湖廣總督署理兩江總督臣張之洞頭品頂戴江蘇巡撫臣奎俊跪　奏為前任撫臣功德在民懇　恩准於江蘇省城捐建專祠以彰藎績恭摺仰祈　聖鑒事竊據蘇省紳士前山東巡撫任道鎔等呈稱已故前任江蘇巡撫崧駿於光緒十二年七月履任勤求民瘼興利除弊殫竭血誠十三年鄭州決口黃水下注揚州府屬之湖河堤埧各工關係下河數十萬生靈故撫遣員周視地勢相度情形凡應堵築挑挖蓄洩灌溉有益於農田水利者倡議興工為一勞兩得之計至十四年秋鎮江府屬之丹徒丹陽等縣被旱成災蘇常兩屬亦多被旱故撫提撥款項辦理急賑會同前督臣專摺馳奏懇　恩截留江北河運漕糧以資賑撫倡捐銀二千兩手書札飭勸諭紳商士民分別捐助情辭肫摯使人嚮善之意油然而生故能踴躍輸助湊集鉅欵並延公正董事核實散給不使吏胥侵蝕全活飢黎無算蘇省瀕湖界海向為販私梟匪出沒之所故撫慎選將弁扼要駐紮分段梭巡而梟匪歛跡水陸肅清浙鹽之行於蘇地者日有起色商賈便之又加意教養培植人材書院常課之外增設學古堂即廢園基地建造購置經史署仿胡文定經義詞章分齋故事使諸生肄業其中不數年間士子蒸蒸日上咸知實學登甲乙科者率由此出又通飭各州縣實行保甲日苟得其人率由舊章足以集事由是奸宄遠颺閭閻安堵臨在蘇未滿三年而其設施已足深入乎民心聞其調任浙江相率遮道攀送或妄意請留如嬰兒之失慈父母去年在浙撫任內因病出缺耗音甫至闔省士民咨嗟歎息謂無望復來有感泣數行下者亦以見故撫德澤之入人深也伏查湘省已蒙　恩准建祠蘇省懇

[illegible]請敢援湘省成案擬請自行捐貲於蘇州省城內建立專祠列入祀典由地方官春秋致祭環請據情入告以彰忠藎[illegible]臣等伏查已故前任江蘇撫臣崧駿撫吳三載亮節清風於各屬地方利弊無不實力講求鄭工黃水下趨則力籌[illegible]塡工旱災告警則籌謀賑卹餘如嚴緝梟匪以靖閭閻整頓書院以育人材凡關係國計民生知無不爲爲無不力嘉謨善政聲施爛然故士民感戴之忱至今未泯今據蘇省紳士任道鎔等臚陳政績援案請奏臣等不敢壅於上聞可否仰懇天恩俯准已故前任江蘇撫臣崧駿援照浙江省奏准於蘇州省捐建專祠由地方官春秋致祭以彰藎績而慰輿情出自鴻慈逾格除咨禮部暨廂藍旗滿洲都統查照外理合恭摺會陳伏乞皇上聖鑒訓示謹奏奉硃批另有旨欽此

○○二品銜署江蘇按察使蘇松太道臣黃祖絡跪奏爲恭報微臣接署臬篆日期叩謝天恩仰祈聖鑒事竊臣於光緒二十年八月間署理藩篆條經五月末報涓埃茲值正任藩司鄧華熙交卸署篆遄回本任臣即於二十一年正月十五日交卸署篆並奉督撫臣行知以署江蘇臬司韓慶雲募勇駐防未能兼顧委臣接署臬司篆務等因旋於二十二日准署臬司候補道韓慶雲委員將江蘇按察使印信文卷齎送前來當即恭設香案望闕叩頭謝恩祇領任事伏念臣籍隸豫章服官吳會潤州司榷量移邀特達之知屢膺[illegible]兵承乏攝旬宣之職幸瓜期之受代迺棘寺之再攉鞅掌從公未[illegible]歲而四遷宦轍仔肩負重纔數月而兩攝提刑凡茲非分之遭逢愧乏寸長之報効緬懷恩遇倍切徬徨查蘇省爲繁劇之區臬司握刑名之總現値海疆多故舉凡詰奸禁暴察吏安民事事均關緊要如臣庸昧深懼弗勝惟有殫竭愚忱隨時隨事稟承督撫臣認眞經理斷不敢以一再署篆稍存駕輕就熟之心以期勉策駑駘仰答高厚鴻慈於萬一所有微臣交卸藩篆署臬篆日期理合恭摺具奏叩謝天恩伏乞皇上聖鑒謹奏奉硃批知道了欽此

○○頭品頂戴江蘇布政使臣鄧華熙跪奏爲恭報微臣回任接印日期叩謝天恩仰祈聖鑒事竊臣於上年十二月二十三日交卸署漕督篆務當在淸江浦經具摺奏報在案拜摺後隨即起程於光緒二十一年正月十二日馳抵蘇州接奉督撫臣飭知仍回藩司本任旋於正月十五日准署布政使黃祖絡將藩司印信文卷委員齎送前來臣當即恭設香案望闕叩頭謝恩祇領任事伏念蘇省爲繁劇之區藩司有旬宣之責舉凡察吏安民理財籌餉在在均關緊要現値庫儲支絀籌劃尤艱臣惟有勉竭愚忱悉心籌畫隨事稟商督撫臣妥愼經理以期仰答高厚鴻慈於萬一所有微臣回蘇任事日期並感激下忱理合繕摺叩謝天恩伏乞皇上聖鑒謹奏奉硃批知道了欽此

本號代售英國挖溝鐵鍬隨帶皮囊如有需用者請至本號撿閱價値格外從廉

東城根錫嘏齋鐘表舖謹啓

陳雨蒼施醫　啓者有病之家無力延醫請至海大道養病院後陳宅言明住址及姓氏名號不拘時刻當往診治蓋爲善世不食言亦分文不取

減價出售　啓者本行發售各式外國檯燈掛燈以及各樣燈炮燈心均照置本出售並有呂宋烟數十箱紅毛片大小洋鐵數十個其價値定必格外從廉如欲購者請來本行帳房面商可也

正廣和洋行啓

告白　續substituted

二月二十九日輪船進口

重慶　輪船由上海　太古行

三月初一日輪船出口

禮順　輪船往上海　禮和行

明義　輪船往上海　信義行

山東　輪船往上海　招商局

二月二十九日銀洋行情

天津九七六錢

銀盤二千九百五十五文

洋元二千一百三十二文

紫竹林九六錢

銀盤三千文

洋元二千一百六十文

光緒二十一年三月

直報

光緒二十一年三月初一日 第五十一號
西曆一千八百九十五年三月二十六日 禮拜二

原强篇書後 二月分教職單 金吾立法 突如其來
敬送試卷 顯爲謀害 日人行刺 不愧巨室
陸續調防 炮店被焚 軍令森嚴 懸賞棄紀
枷滿責放 儻來之物 京報節錄 會白照錄

原强篇書後

知津小吏稿

此篇作者姓名實不必隱洵爲不朽之一今人雖少能通曉後必有流連想家稱其會通中西之學迫於沈痛急切而發間有出詞過當旋即自爲救正遂能什九精確鮮遺議如此篇首述英儒達氏之說謂物之不能自强者必漸絶滅此義明確不必徵之泰西所藏諸古骨也即如山魈一種樹栗伏虎尚非至無能者在唐猶以蕭山廨圃爲窟今則吳越山中亦不復見豈非已絶滅乎我華黄人四百兆作者論其雖不至遽無噍類而果不自奮恐遂見役於白人此固後事之必然而無疑者特是其中非獨爲黄人之大患抑亦終爲白人之隱患此則作者尚未推至其極耳舉全地之人分爲黄白赭黑四種乃總其大而渾括之實則歐人分我亞爲三種曰蒙古曰甲加索曰馬來細亞裔有不盡古書本分華之四裔爲豸蛇羊犬諸種除蛇種外三裔皆嘗入主我華矣作者推裔以無法勝以質勝而華以法勝以文勝故始而華爲裔所制繼而裔且爲華所化此洞徹古今之卓識雖聖人不易者惟謂今白人以法與無法並用故恐其久而不變則雖以白人視三裔之專事遊牧有大不同而要亦不能不爲華所變蒙藉舉其已然之證凡歐物之始至精良利用後乃漸劣而徒存外觀此猶可諉爲度華之貪賤耳則如長江太古行某輪船之失火乃因過某埠而附客特多上艙不能容開貨艙以納之致吸烟引棉包而成大災後亦不聞其有懲而復量艙載客之舊章也又如法人某開蘇葉河名利並收後又創議集股開某河人信其前事爭應之某乃吞沒鉅資致訟累久而終以監禁此豈未通我華以前所有乎往來所染且然況入而常處乎聞嘗與鍾王二友縱言華俗譬如染鋪之練匠以麻布棉布絲綢漬久出之其生澀粗疎頓變光潤細緻而本質之堅固即不存矣然要不可謂華人之本性然也無非開國最先歷世最久則積弊最深雖有聖教國法終不勝其陽遵陰違猶幸其人性不甚堅忍故爲惡僅如是而止計自今各洲大通周孔之教漸向西行將見歐美文物必更斐然改觀所益倍大於通商之利矣特無如利害相因而至不能偏得天下固無無弊之法民政流弊萌芽不一即無所效尤已將歷久而漸不能自勝若更導以華俗積重難反之痼弊益以其人勇往直前之本性而刑法過輕又不足以懲惡斯豈有不變而加厲者乎即使彼以法與無法並用必不至如三裔之盡失其眞亦不過三裔如麻棉而白人如絲綢較爲耐練已耳豈非後患之在華者近而急其在歐美者遠而深哉且更以依病求藥計之則尤覺華有藥而患在不用彼則竟無藥也即使彼有出類拔萃之特識者今已洞燭先幾而昌言以警衆要不能使國家竟爲破輪閉關蓋大利久已固結於執政商部之胸雖心折正論而卒不能從亦不過如禁烟會紳之徒抱虛願而已矣若我華則特患不能自奮誠能奮發更張則取彼之長以補所短即未必青藍冰水而僅求可以自存者固不難日本亦黄人之先路也所難者更張之大綱非人臣所得言則未必其果邀天牖與否有不能不聽諸運數者夫運數本爲古聖所未言而蒙則以爲不能不信如同一朝鮮也在隋唐何其强至近今何其弱又如同一倫敦也何以今人之長於古者尺餘或謂養之得法使然恐非盡由所養也嘗觀我

人之手致富貴者大半強壯過人間或短小而精悍迨其後嗣漸替率又委靡一家然而一國何異乎惟是君子盡其在我不敢先誘諸天共處於得爲而誘之則商辛之我生有命是已

光緒二十一年二月分教職單　○教授江蘇常州李葆恩　蘇州淮安宗伯五陽州　湖南衡州蕭炳熙長沙俱舉　安徽潁州孫效康廬州附　山東濟南韓鏡蓉臨清甲　浙江杭州翁淳嚴州恩　正諭直隸安州張冬鈺順天　山東濟寧王庸登州　山西洪洞耿毓梅平定　河南汝陽邊澄齋南陽光州梁華齡衛輝　廣西上思劉卓人潯州俱舉　陝西韓城常際盛鄜州廩　雲南阿迷潘紹先雲南歲　訓導直隸博野萬炳麟河間新樂劉銘鼎保定　河南尉氏張玉麟陝州　甘肅正甯羅世俊秦州　江西永新郭銘鼎南昌廣東長樂洗祖燮廣州俱舉　安徽來安史獻書安慶　山西長子郭鉅宗蒲州　陝西澄城王綏清綏德　甘肅兩當樊克儆鞏昌　浙江永康王德玉衢州　四川銅梁徐順修雷波俱挨　河南考城陳炳彝開封優　復諭直隸撫甯董希孟順天拔　江蘇贛榆徐麟祥揚州廩　河南閿鄉朱璧懷慶舉確山杜建勳汝州廩通許洪九荷歸德恩孟縣青天麟河南優　甘肅華亭趙文蔚西甯拔　江西樂平鄧福泰臨江恩　廣西懷遠常峻榮平樂拔　四川梁山胡希周雅州拔　復訓直隸玉田韓雋順天挨　安徽阜陽戴以輔泗州增　山東恩縣孫懷洵沂州　山西榆次王宗岱平陽　浙江衢州謝煦紹興處州龔恩榮衢州　江西建昌黎厚德撫州分宜張復福建昌　四川綿州馮詩潼川　雲南鎮南馬峰華澂江俱廩　湖南湘陰劉廷澤常德增　貴州興義周之楨貴陽副

金吾立法　○溯自今春以來京都宵小繁多盜風甚熾膽敢升屋勒借入室搜求居民不得安枕現在彰儀門內永興錢店宣武門內北閙口天德龍錢店舊刑部街永和堆房被封銀錢等物爲數甚巨盜匪携贓逃逸弋獲無期前經榮振華大金吾專摺奏參疏防竊盜各案之地面官各予處分應如何認眞梭巡嚴緝以贖前愆乃各該員於竊封之案呈報遲延仍自逾限未獲之案是以又將廂黃旗蒙古副尉雙凌等四十三員一併交兵部議處再行勒限嚴緝諒經此雷厲風行該員等有督捕之責者必當激發天良認眞緝獲雖盜匪怒不畏死當亦難逃刑戮乎

突如其來　○日前禮部署前有朝鮮婦人跪遞呈詞適遇李蘭蓀大宗伯乘輿進署該朝鮮婦人將繕就呈紙攔輿呈遞探聞呈訴詞內係因朝鮮地方現被蹂躪強佔難以存身懇爲據情代陳　卜聞賞賜該婦人口分銀兩云云未悉如何辦法俟有續聞再行報錄並聞該朝鮮婦人係某官命婦實因被偪難堪不得已跋涉　都遞呈請奏也

敬送試卷　○廣西巡撫部院馬大中丞敬送乙未科會試河南全省士子三場元卷又保定府陳太守敬送乙未科會試湖北士子三場元卷

顯爲謀害　○都友函稱順治門內化石橋迤南城垣馬道相近該城垣計有六七丈之高上有大樹一株叉牙老幹蔭垂數畝日前有某甲由城垣而上在樹枝以麻繩拴套自縊當經該管地面官廳稟報步軍統領衙門票委南城司相驗勘得已死男子約年三十歲咽喉並無縊痕惟腰間肚腹近上隔衣均有綑勒痕跡驗係顯有謀害情弊當將守城兵丁及該管地面看街兵一併解案責訊並無親屬認領屍身暫將一干人證管押再行覆訊

日人行刺　○昨聞電音二月二十八日下午四點半鐘欽差頭等全權大臣李中堂會議回寓被日本亂民用小手槍行刺擊傷腮頰流血甚多鉛子尙未取出等語日本亂民如此無理取鬧其國可知聞之令人髮指今早又見西人電信云是日李中堂途中被日本亂民行刺中堂在輿中聞槍聲覺面前微傷勢不重伊籐相國等即來安慰云云兩電不同而日本亂民行兇屬實該國尙得列入公法爲有禮義之邦乎

不愧巨室　○籌賑總局示　據楊柳青鎭紳士石元士等稟　批據稟該鎭地方因上年被災民情異常困苦現値青黃不接請寬撥春撫等情查天津府縣勘報該鎭災分列在歉收三分項下例不應賑特緣該鎭地廣人稠其中不無飢寒極苦之戶故格外體卹照會南紳在於義賑項下酌撥錢文飭由該鎭紳士等集相湊放冬撫一次本不得援以爲例茲據請撥春撫錢文尤難照准姑念該紳等所

稍根價昂貴貧民覓食維艱亦係實在情形姑准應仍於義賑項下酌撥串錢六千吊不敷之數仍由該紳等設法集捐均勻湊放仰即遵照辦理此批

陸營調防　○親兵營王少卿總戎昨將副後兩營移駐軍根城已登前報茲聞總戎所帶左右中前四營陸續駐紮大沽附近緊要之處以資防守備無不密慮無不周總戎洵一方之保障焉

炮店被焚　○本埠南門外五仙堂廟內寓西漢鎮梅正和南炮店專作小鞭炮數年以來生意極稱茂盛不料今早轟然一聲如青天霹靂將所存鞭炮焚燬淨盡並拾夫草屋三間據稱內有學徒二人尚未查出云云噫死妄之災可慘也夫

軍令森嚴　○各營勇丁滋生事端者指不勝屈署大名鎮憲李軍門所帶馬步各營駐紮新城內外以資防堵昨有某勇與新城民人因買一文錢蠶豆致起口角相爭並毆傷民人李軍門查知即將某勇棍責五百下插箭游街以示懲儆云

懸賞緝紀　○本年西門外祝起山店素賣娼之名雙喜者二月二十日夜被崔癩子用刀砍傷身死崔癩子至今無獲又鄰民馮永向黃喜討賬被劉洛黑踢傷身死劉洛黑逃逸無踪亦未捉獲昨邑侯李大令粘貼賞格內開如知崔癩子劉洛黑下落者送信賞銀廿兩拿獲解署者賞銀三十兩現已將銀兩存庫給領云云大令重人命於此畧見一班詩云樂只君子民之父母不禁為大令詠之

枷滿責放　○拐誘良家子女本屬久干例禁法所難容昨將拐帶之劉二拿獲邑侯李大令飭差重責蟒鞭一百並枷號侯家後一帶十日游街示衆刻枷期已滿大令復責大板一百即日釋放以後再有拐誘情事加倍治罪云

儻來之物　○秦淮友人函云金陵中正街某甲諏吉於月之朔前造屋及打樁地堅不可入甲心所希商於衆匠曰今暫停工詰旦俟明晨齋戒焚香謝后土再行下樁甲夫婦遂即晚拈香開掘約尺許見綠磁缸覆地下啓缸而視下覆五斗甕甕中皆黃金白鏹次日衆匠赴工甲各給青蚨三百翼令其休息三日各匠紛紛私議謂甲得儻來之物云云噫郭巨埋兒金穴忽現人以為孝行所感事屬真贋論古者每反覆評章若無故掘獲藏鏹事亦概非烏有甲果有德自屬善報否則塞翁之馬得失亦無關禍福矣

京報節錄

宮門抄　上諭恭錄前報○二月二十六日刑部　都察院　大理寺　鑲紅旗值日　吏部引　見三十六名　戶部七名　鑾儀衛十二名　正白滿二名　中正殿一名　奕劻稽察中左門覆命　意公立山各續假十日　文璧謝准其開缺　恩　吏部派驗看月官派出徐中堂崑岡李端棻溥善英年徐郙良培顧璜德本胡俊章鍾華曹榕于鵬運松齡楊晨曹志清　都察院奏派專司稽察　派出暨德楊頤　掌儀司奏初一日祭　奉先殿灡公行禮　召見軍機　廖壽恆李端棻　閱卷大臣　派出徐中堂李鴻藻裕李端棻李文田溥良啓秀阿克丹長萃徐樹銘陳學棻鳳鳴

○○大學士管理吏部事務臣張之萬等謹　奏為據情代　奏請　旨事光緒二十一年正月二十日據候選通判王錫侯呈稱湖南長沙縣人故父前福建金門鎮總兵王鍾華由行伍出身隨帶水師轉戰湖北江西安徽江南九蘇等省打仗受傷請假回籍光緒十七年十月在籍身故湖南巡撫吳大澂具奏經部議廕一子給予六品頂戴咨部引　見二十年十一月初七日兵部帶領引　見奉　旨着以通判用欽此現在投供候選當此倭氛不靖擾亂海疆凡在臣民同深憤恨情願自備資斧投効行間伏查前提督鮑超之子鮑祖恩前總兵程學啓之子程建勛等呈請投効均蒙　諭旨發往軍營差遣用是援案呈請轉　奏發往前敵湘楚各軍効力等情具呈到部查王錫侯湖南人伊父已故　記名提督前福建金門鎮總兵王鍾華在籍病故經湖南巡撫吳大澂奏請議卹經兵部議廕一子給予六品頂戴光緒二十年十一月初七日帶領引　見奉　旨着以通判用欽此茲該員呈請投効臣等未敢壅於　上聞相應請　旨可否發往軍營効力之處恭候　欽定為此據情代　奏伏乞　皇上聖鑒訓示遵行謹　奏奉　旨已錄

○○張煦片　再降選教職前任與縣知縣程達天虧短與縣任內交代除有欵可抵外淨短正雜各欵共銀七千八十三兩零兵米一千

六十七石零前因二參限滿未據完交經臣於光緒二十年七月二十日　奏請將該員程達天暫行革職勒限四個月完交限滿不完或完不足數再行從嚴參辦欽奉　硃批着照所請該部知道欽此欽遵轉飭勒交在案玆據布政使胡聘之詳稱該革員虧短倉米一項內有實欠存儲兵米三百四十三石零己於實虧册內聲明准其抵除外尚虧正雜等項七千八十三兩二錢二分一厘七毫兵米七百二十四石六斗一升五合五勺迭次嚴催至今勒限己逾未據完交呈請復參前來臣查該革員程達天虧短與縣任內銀米等項爲數甚鉅該參之後仍未完交自應照案參追以重庫款查該革員程達天係直隸南和縣人相應請　旨將暫革降選教職前與縣知縣程達天即行革職監追並將歷過任所寓所貲財先行查抄一面提集丁書人等嚴訊是侵是挪分別懲辦並請　勅下直隸總督將該革員原籍家產查抄備抵以期歸款有着除咨部查照外理合附片具陳伏乞　聖鑒訓示再此案應行分賠上司各職名業經咨部備查將來不能完繳照例責成該管上司分成賠補合併陳明謹　奏奉　硃批另有旨欽此

○○張煦片　再定例道府州縣試用人員應於到省一年後由該督撫詳加察看嚴行甄別等因歷經遵照辦理在案玆查有截取進士試用知縣來維禮自光緒二十年正月十五到省之日起扣至二十一年正月十五日一年期滿例應甄別據藩臬兩司詳請具　奏前來臣查該員來維禮沉細安詳考以律例尚能通曉堪以留省照例補用除履歷咨送吏部外謹附片具陳伏乞　聖鑒謹　奏奉　硃批吏部知道欽此

○○張煦片　再前准部咨道府州縣無論何項勞績歸入候補班人員即以到省之日起予限一年令各督撫詳加考核奏明分別補用等因歷經遵辦在案玆查同知銜候補知縣吳綍自光緒十九年九月十五到省之日起扣至二十年九月十五日一年期滿例應甄別據藩臬兩司詳請核辦前來臣查該員諳習吏治考以律例尚能通曉堪以留省照例補用除將履歷咨送吏部查照外謹附片具陳伏乞　聖鑒謹　奏奉　硃批吏部知道欽此

三月初一日輪船進口

武昌	輪船由上海	太古行
怡生	輪船由上海	怡和行
和生	輪船由上海	又

三月初二日輪船出口

重慶	輪船往上海	太古行

三月初一日銀洋行情

天津九七六銀
銀盤二千九百五十五文
洋元二千一百三十二文
紫竹林九六錢
銀盤三千文
洋元二千一百六十文

直報

光緒二十一年三月初二日　第五十二號
西歷一千八百九十五年三月二十七日　禮拜三

上諭恭錄　懲前毖後說　觀軍容使
欽犯續獲　畿輔屯軍　體恤寒畯
破案至速　胆大忘極　有備無患
漁闈告示　嚴緝盜匪　貪奴落阱
芝罘要簡　制軍閱廠　京報節錄　告白照登

上諭恭錄

上諭瑞洵奏各省請建專祠迹涉寬濫請旨飭禁一摺各省建立專祠本係褒揚忠蓋非有殊勳偉績豈容濫邀馨香近來各督撫奏建專祠朝廷俯順輿情量加允准其有稍涉冒濫者分別飭駁於褒獎功績之中仍寓綜核名實之意若如該司業所稱請建專祠之疏往往以職分應爲之事率據紳士呈請徇情入奏殊非國家崇德報功之本嗣後各省督撫遇有呈建專祠之案務當確切查核果係功績昭著方准據情入告毋得稍涉瞻徇濫行具奏以彰實行而重祀典欽此　上諭巡視北城御史齊蘭等奏遵保獲盜出力官紳分別開單呈覽各一摺着吏部議奏單二件併發欽此　上諭〻視化城御史齊蘭等奏五城皆揀差委人員請飭部詳定揀補章程一摺着吏部議奏另片奏查明獲盜出力紳士獎賞[illegible]職銜[illegible]案[illegible]述宋伯魯王廷相周承光韓培森劉學謙李盛鐸秦[illegible]楊曾宗彥吳鴻甲張元奇高熙喆[illegible]　上諭此次補行覆試順天及各直省鄉試舉人列入一等之潘齡皋等六十名列入二等之梁泮等二百十六名列入三等之何鎮圭等二百五十四名俱着准其一體會試欽此　上諭上年畿東地方迭被水災玉田灤州樂亭等州縣災情尤重閭閻困苦異常朝廷軫念災黎迭經發帑截漕賚籌賑恤因思辦理賑務全在地方州縣得人庶不致有名無實刻下近畿一帶兵差絡繹青黃不接爲日方長着王文韶揀派妥員會勘籌集款項將玉田灤州樂亭等處分別被災輕重速爲賑撫並嚴飭各該地方官加意撫綏核實散放其有玩視民瘼假手吏胥致滋弊混者從實參處用副朝廷念切民依之至意欽此

懲前毖後說

天下古今治國之要無不以人材爲本而人材之盛衰視君相之用舍以爲轉移我國家深仁厚澤二百餘年時至於今何以人材消乏至於斯極也此無他忌諱多而積習難返上下蒙而畛域過分致英奇卓犖之才慷慨激昂之士埋沒草萊末由表見而廟堂之上唯唯諾諾各懷一患得患失之心本根既携全體自萎無怪區區島國自侈夜郎低首求成趨揄受制此之爲患豈不深可痛哉然而今日之患實非自今日始也烟事既定通商局成由三口浸假而至二十餘口長江五千里沿海八九省輪帆飆駛商教並行閱時才四十年耳既不能閉關絶市自必求因應之方其間禍害雖深而利益亦復良厚苟有人焉改絃而更張之去其害焉者歐美之富强當有過之無弗及者縱或一時無通達之士又何妨借材異地因時制宜師其長技將見害少利多艱難宏濟矣通國海關之政豈非明效大驗也乎顧達者之言一則曰祖宗具有成憲再則曰漢家自有制度事多忌諱言盡虛夸一再因循弊至於此是何異因噎廢食敝帚千金乎夫亦知天地之機一發而不可遏歟西人航海東來爲亘古未有之奇局蓋天意欲合地球而混一之使人人知所趨向以探討夫天地之秘蘊天地固無私也

華人聰慧絶倫假出西人之上特苦于性情浮躁不假精求耳輪舟也電線也姑無論已海軍爲立國之基能制敵之命自光緒十一年法越事平奮然振作購船開澳駸駸乎有自强之機而用人之際非貪緣賄進即信任私人貪冦兵而賣盜糧全局幾至瓦解而議者僅諉過於世無人材嗚呼斯世果眞無人材乎徒以鑽營粉飾相習成風一二清流每遭擯斥何能責其建樹即使眞無人材試觀新關歲入數千萬金爲前此所未有伊何人斯赤㽞以宰相之任使之借箸而籌內□督餉裕商外而睦隣禦侮其人魄力甚大志趣甚高用之十年而不能踰頑叅西者吾不信也昔普魯士乃日耳曼之列邦屢被敵侵幾於覆沒自內任俾斯麥克外任毛奇毛奇丹國人也信而用之不獨洗前恥反侵地至今成德意志大一統之國日斯巴尼㞐用一意大理人開阿洲數萬里之地日益富强此皆往事昭昭在人耳目者也今何憚而不晉用楚材㕘贊大之況際玆和議雖成非戰無以爲國速用其人必能挽救再於洋員中曾建功績秉性忠直者予以練兵之任寬籌經費廣購船械練十萬軍以資大舉將見復我藩屬返我邊疆直擣扶桑固自易易弟須剷除忌諱屏棄浮言一德一心堅固貞定庶能實效收功非然者雖有百萬之兵千萬之餉必致仍前潰敗金入私囊事變迭來日蹙百里癬疥之疾直成巨劍恐億兆人心亦將渙散可勝痛哉可不懼哉

畿輔屯軍　○新疆提督董尙書福祥總統陝甘馬步十八營去冬奉　旨駐紮南苑近以冦氛猖獗尙書奏請前敵効力廷旨不令前往即以該軍移駐河西務蔡村楊村等處以固京津要路於二月中旬一律分紮該三處扼要以防已○又統帶泰安軍步隊六營宋鎭戎亦由三河縣屬之燕郊地方移軍河西務駐紮如火如荼軍容甚盛日人斷不敢闌入內地自行送死也

觀軍容使　○福建陸路提督程軍門文炳於去秋奉　特旨仍駐張家灣以固都門防務並奉　旨統帶威靖馬步全軍幷招募馬步二十四營來直防堵已逾半載近以關外軍情緊急軍門來京陛見自請出關以禦强虜乃　密諭馳赴關外察看日軍虛實及我軍實在情形已於二月十九日由京回灣二十四日率親兵數十名赴天津乘火車赴關俟查探確實即回京覆命

欽犯續獲　○日前恭奉　廷寄交拿人犯二十四名已飭五城步軍統領衙門嚴拏懲辦各情已列前報玆聞又奉　密旨交拿人犯六名官經步軍統領衙門督飭左右兩翼番役在前門外糧食店拏獲著名匪徒山賊張老大頭王五二名解交步軍統領衙門咨送刑部審辦惟所犯何案俟訪明再錄

體恤寒畯　○順天府爲嚴禁市價高抬以恤寒畯事照得京師米麪食物柴炭價値雖隨時長落亦要不甚懸殊乃各行戶每因鄉會試之年士子雲集居奇長價肆意勒措最爲惡習除訪拏外合行出示曉諭爲此示仰各行戶店舖人等知悉自示之後凡米麪食物柴炭等項及一切應用物件務須照常公平售賣勿得高抬價値勒措居奇如敢故違一經查出立行究辦各宜凜遵毋違特示

破案至速　○二月二十五日夜間宣武門內安兒胡同有賊五人至萬順當越牆登屋偷竊物件經典夥知覺狂喝追緝該賊胆敢拒捕一面竄入櫃房撬開銀櫃竊去白銀百餘金即行逃逸無蹤次早稟報該管官廳正在踹緝贓賊之際忽聞拴馬樁地方有五人攜銀爪分彼此爭多嫌少各受刃傷四人竟被一人所斃行兇者亦受傷甚重倉皇四竄舉步爲艱當被兵捕所獲帶至官廳研訊並未用刑供認行竊後分贓不均致將夥賊打斃歷歷不諱當即解交步軍統領衙門咨送刑部審訊按律定擬破案之速無逾此者

胆大惡極　○日人行刺已紀昨報玆悉昨午後又得電音悉刺客乃日本著名匪棍名郭耶畦魚廊羅蘇記是日於我中堂由會議處回寓胆敢突出輿前對面放槍以致槍子擊入頰骨二分尙未取出噫日人之無理橫行可謂胆大惡極今俄皇昔爲太子至日曾受其辱去年英使在韓亦遭毒手今我中堂前往議和復以此相加試問該國將何以處之噫

有備無患　○直隷提督聶功亭軍門在蘆台行營接印視事即由聶督帥奏明以榆關至津及北塘樂亭灤州等處俱歸軍門布置其入關帶有虎旅八營及新招功字軍之外所有胡雲楣廉訪定武軍四營前季都轉蘆勇四營及澎湖鎭吳軍門宏洛所部淮軍六營又徐州鎭陳軍門鳳樓所部五營均作爲游擊之師但聽軍門節制調度似此已有數十營之多足資分布要隘去年軍門牙山之役擊下只有兩營猶能斬將搴旗敵人望而胆落今軍聲丕振勁旅如雲由軍門指揮北洋沿海一帶定必安如磐石日人若果送死不妨

當來嘗試也

漁團告示 ○欽差大臣頭品頂戴幫辦南洋通商事務兩江總督部堂碩勇巴圖魯劉 爲出示曉諭事照得海濱捕魚船戶良莠不齊値此有事之時其良者可以助勦協防其莠者即難免藏奸濟匪前經大臣札飭沿海府廳州縣及各防營舉辦漁團取保註册該地方官等 己分途辦理亟應旌別淑慝樹之風聲以後各漁船於海上平靜之日朝則出海捕魚暮則進口灣泊若遇寇氛偪近即應收船進口齊集漁團公所領取器械隨同防守如暮夜仍在口外及有營時私自駛出海面者均由地方文武及漁團董事查明稟辦治以應得之罪倘敢藏匿奸細接濟敵人或告以水勢深淺或代爲暗中攏渡一經訪查明確定飭嚴拿到案取具供證 立正典刑其原保各家一律照例連坐除分別咨行遵照外合亟出示曉諭爲此示仰各漁戶人等知悉爾等食毛踐土久沐 皇仁自應激發天良共圖捍衛如能斬獲倭人首級及望見倭船報信得實者本大臣定行分別給賞如犯以上所戒各條亦定行執法嚴懲決不寬貸順逆禍福如影隨形爾等其各善自爲謀毋貽後悔凜遵切切特諭

芝罘來箇 ○據烟台友人來信云現在旅順口有日兵萬人在彼操演並陸續運到軍火器械無數專候船載以登岸其登岸地方大約在直隸境內云云噫日人豈果不知生活耶合亟登之以告沿海之任軍事者

嚴緝盜匪 ○直省淮練各軍於平靖時每屆冬令出隊分防駐撥巡緝盜匪護送行旅自去秋車興以來間有調赴前敵及扼守要隘雖仍有駐撥梭巡未經調遣者亦寥寥無幾現經省會營務處各憲會議畧謂除宛平之長新店武强之小範鎮新河之白溝河等處素稱盜賊淵藪仍應酌派防營巡緝外其餘分撥處所均於三月初一日一律撤防歸營合操務須勤加訓練精益求精聽候別調至各該管地方文武官弁務當認眞整頓捕務嚴緝盜犯勿得稍有疎懈以靖閭閻而安行旅等因當此外寇猖狂務宜安輯內地各該文武身膺民社斷不至一紙公文弁髦視之也

貪杯落阱 ○昨晚有一勇丨因貪杯過甚行至東浮橋竟跌落艙內己將大胯骨扭出痛極聲嘶雖有行路之人皆不敢過問適又一勇手執燈籠經過聞聲回視知係同營之人即喊橋夫應聲而至勇云艙內跌落一人汝何不爲援手橋夫答以自不愼重於人何尤又非我推之墜落勇聞言大怒以爲若果是汝推落即將爾頭顱揪下橋夫知其同夥也只得陪罪遂將該勇搭出並與其覓得七釐散並伸得大菠蘿一個將該勇送回據云係中營某哨之勇也酒之爲害可不戒哉

制軍閱廠 ○調署兩江總督兼署將軍張香濤制軍講求西學製造軍械不遺餘力自蒞兩江首先調取郭月樓方伯所造槍砲器械閱看頗爲合式尚擬推廣機廠因廠基尚須選擇故未興工初五晚間傳令初六日閱廠辰初二刻出聚寶門至局郭方伯在前引導先至機器廠次至對面新廠接至翻沙廠鐵廠木廠并捲銅各小廠閱視香帥委造之擡槍并局中本有之四門槍十門槍快槍毛瑟槍以及各種新砲水雷地雷種種名目不可枚舉概由唐守戎帶領各匠頭指揮開放香帥顧而樂之謂爲利器惟快槍本擬上年閱看因公務紛繁尚未一試此次郭方伯即飭唐守戎率領匠人三四名運槍至操場將子藥裝入一匠騎上搖動機關聲如爆竹未及五分鐘時己放五六百響香帥諭飭停放提調張司馬傳諭之下立時停止耳根爲之清淨香帥大悅稱讚不已謂郭方伯曰此等快槍須籌欵多造方伯唯唯由是香帥至簽押房小憩廚役己進麪飯用麪畢鐘鳴已十下矣香帥暢談機器并詢局中經費匠徒數目郭方伯經辦局務二十餘年胸中諸務早已爛熟於胸中至此遂分條對答若網在綱香帥謂方伯曰唐工頭頗爲能幹本部堂於機器中尚有不明之處着傳唐工頭隨同問答以便詳細詢問張司馬遂傳諭唐守戎騎馬隨同憲駕回署

京報節錄

宮門抄 上諭恭錄首報○二月二十七日工部 鴻臚寺 正藍旗値日 無引見 熙敬假滿請 安 崇光因伊子世續謝授武備院卿 恩 溥頤謝授鴻臚寺卿 恩 李端棻樊恭煦徐致靖德魁花尙阿各請假十日 延秀增潤各續假十日 侍衛處奏派 保和殿監試之大臣 派出頭班溥倫貝勒奕劻博公都凌阿車林巴布 二班載漪貝勒明安崇蘭伊立布果勒敏阿 工部奏派承修 東西

陸工監 派出溥善汪鳴鑾 召見軍機 世續

○○張之洞片 再查桃源縣知縣汪懋琨請調甘泉縣知縣案准吏部咨以該員桃源縣本任內有承緝事主吳開泰被刦一案統計四參案己限滿又承緝事主張玉珠葛迺汶劉永成被刦無名男子被傷失物四案核計四參起限以上五案每案例關降一級調用今該員調補甘泉縣知縣要缺自應按照章程查級議抵該員任內有光緒十六年三月 恩詔加一級又四月初八日捐尋常加一級隨行銷去抵銷事主吳開泰張玉珠等被刦二案其事主葛迺汶劉永成被刦無名男子被傷失物三案無級議抵應照章飭令該員即行補交捐復此三案各降一級調用公罪銀兩俟銀兩交清再赴調任等因光緒十九年十月二十九日具奏奉 旨依議欽此當經本任督臣劉坤一轉行去後嗣據署江寧布政使胡家楨詳據調補甘泉縣知縣汪懋琨稟稱遵查事主吳開泰被劫係於光緒十六年六月十一日失事迴閏扣至十八年九月十一日三參限滿張玉珠被刦係於光緒十六年九月初七日失事連閏扣至十八年十二月初七日三參限滿葛迺汶被刦係於光緒十七年正月初七日見屍連閏扣至十九年四月初七日三參限滿劉永成被刦係於光緒十七年正月二十八日見屍連閏扣至十九年四月二十八日三參限滿又無名男子被傷失物係於光緒十七年五月初七日見屍連閏扣至十九年八月初七日三參限滿該員先於十八年六月二十八日調省卸事離任係在事主吳開泰等五案三參期內核計四參尚未起限按照調補章程毋庸查級抵銷亦毋庸補交捐復銀兩等情由司轉詳請 奏劉坤一未及核辦交卸北上移交前來臣覆核各案均屬相符合無仰懇 天恩俯准將汪懋琨任內所得 恩詔加一級又捐尋常加一級照章免其抵銷其事主葛迺汶劉永成被刦無名男子被傷失物三案並請免其補交捐復降級銀兩理合會同江蘇巡撫臣奎俊附片陳明伏乞 聖鑒敕部查照施行謹 奏奉 硃批吏部議奏欽此

○○閩浙總督調補四川總督譚鍾麟跪 奏爲委員滙解內務府京餉銀兩恭摺仰祈 聖鑒事竊照光緒二十年分福建省部撥內務府京餉銀五萬兩當飭司局先後委員候補知縣文織郭承桂候補直隸州周傳輝督商滙解清款在案尚有添撥二十年分內務府京餉銀一萬兩茲再委令前解委員周傳麟督同號商滙解投納俟報到上庫日期再行由閩發還據稅釐局司道具詳前來除分咨外謹繕摺具陳伏乞 皇上聖鑒謹 奏奉 硃批該衙門知道欽此

○○張煦片 再定例官員歷任交代無虧短遲延者准該督撫保奏實缺人員准其請至以應升之缺升用等因茲查調署鄉寧縣實任定襄縣知縣曾光煦自光緒七年起至十九年止歷任定襄猗氏絳縣等縣於各任內倉庫錢糧均係依限交代並無虧短遲延核與議叙定例相符由布政使胡聘之詳請核獎前來臣查州縣交代有關 國帑例章所定懲勸兼施該員曾光煦歷任交代均能依限交清尚知愼重公項自應照例給獎以勵其餘合無仰懇 天恩俯准將調署鄉寧縣實任定襄縣知縣曾光煦照例給予應升之缺升用出自逾格鴻慈除咨部查核外理合附片陳明伏乞 聖鑒飭部核議施行謹 奏奉 硃批該部議奏欽此

本號代售英國挖溝鐵鍬隨帶皮囊如有需用者請至本號檢閱價值格外從廉
東城根錫嘏齋鐘表舖謹啓

陳雨蒼施醫 啓者有病之家無力延醫病至海大道養病院後陳宅言明住址及姓氏名號不拘時刻當往診治蓋為濟世不食言亦分文不取

告白 續永慶昇平 續施公案 萬年青初二三集 富貴錄 百寶箱 彭公案 第三才子 第一奇女 醉墓志怪 花月姻緣 續今古奇觀 巧合奇冤 醒心編 繡寶錄 開闢演義 五十名家手札 皆大歡喜 日本新政考 日本師船表 湘軍志 東三省地圖 日本地圖 中外東海詳細圖 楚軍馬步營制 後四才子 南北宋 東西漢 後英烈傳 草木春秋 後聊 後列國 于不語 說唐征西 飛龍傳 綠牡丹 笑中緣 七俠五義 前後七國 鐵花仙史 髮逆圖記 粉粧樓 文美齋謹啓

三月初三日輪船出口

怡生 輪船往上海 怡和行
和生 輪船往上海 又
重慶 輪船往上海 太古行
武昌 輪船往上海 又

三月初二日銀洋行情

天津 九七六錢
銀盤 二千九百六十二文
洋元 二千一百五十五文
紫竹林 九六錢
銀盤 三千零一十文
洋元 二千一百八十文

直報

光緒二十一年三月初三日　第五十三號
西歷一千八百九十五年三月二十八日　禮拜四

上諭恭錄　贅言　保全嬰赤　假票破案
銀盤跌落　業荒于嬉　搶親罕見　相節平安
挑選親兵　恩施乞丐　禁大口袋　當得何罪
溺河遇救　魚船阻滯　戲園案結　統領義勇
京報備錄　告白照登

上諭恭錄

上諭兵部等部奏遵議帶兵大員處分一摺宋慶統軍剿寇屢經失利此次回救田莊台又未能力扼狂氛因致營口被襲田莊台亦復不守部議降二級調用實屬咎有應得姑念該提督甫至田莊台未及穩紮復行接仗所部將士尚能殺敵致果因衆寡不敵致有挫失吳大澂身爲統帥徒託空言疏於調度初次接仗輒即敗退本應照部議降三級調用惟念其前在湖南巡撫任內疏請從戎舍易就難迫奉命出關立即啓行尚屬勇往此次牛莊之挫將士尚能力戰情亦可原宋慶吳大澂均着加恩改爲革職留任以示朝廷權衡賞罰一秉大公至意該部知道欽此

贅言

蒙莊有言曰言者不知夫復何言古今一宇宙也一人民也其所爲寒暖晝夜風雨露雷之變父子君臣兄弟朋友夫婦之別一在天一在人總此陰陽自然之序以行此不得不然之機而已寒之必暖晝之必夜與夫有夫婦然後有父子有君臣彼此既相代而運又必相需而成無寒則無暖無晝則無夜無夫婦則無父子無夫婦父子則無君臣孰非此自然而然不得不然乎即無聖人爲不能逾此自然之機苟有聖人定無不明此自然之序中古以來治已大備然皆即其地及其時以成此生民之事猶之大塊噫氣則爲風奮氣則爲雷其於物也或觸之或激之或乘之或感之變態無方聲音無定木觸之則搖水激之則湧遇乘之則轉雞與犬馬感之則鳴其態其聲均出於不得不然實莫自知其所以然而然惟聖人則知之知之則因其序乘其機治其事筆之於書欲使後世之能者知之不能者由之耳初無所謂著書立說與夫分門別戶之見存也羲農堯舜以迄周公孔孟其書俱存昭昭可考精一之學實爲農桑其事即人而存其理皆即心而具雖經秦氏焚之坑之不可滅絶實萬萬有不能滅絶者故當其常也制器尚象因地因時以利民用因俗因勢以成民政無非因民之所利所欲而牖導之使保其常其變也小則刑罰大則兵戎逆制其不情之欲仍以保其自然常享之利所謂聖人如此而已矣春秋戰國道與權不相合上恃其權下負其道相需殷而相遇疎亂日多而治日少異端蜂起無父無君甚至冒爲黃農欲君竝耕以爲治陳相陳辛諱景而從之疑倡其教設非秦火離子輿一人辭而闢之恐亦未必闢如也漢魏唐宋而後儒教復興書多僞撰後之學者矜著述鶩博洽說愈多道愈晦別戶分門出奴入主刑名法術飾智驚愚不知天地之機日闢日新人事之機愈啓愈賾生其間者自宜因地因時因俗因民之所利以出治而成其事既不可泥古不變亦不可厭故喜新更不可多立名目改弦更張使民茫然舍此圖彼東馳西突如諺所謂世本無事庸人自擾者即如現在中土所襲泰西諸法如火車火船機器製造織紡以及種樹蒔養利於中國者固屬不乏甚爲可學亦非難學學之以漸異日或駕而上之至於奢儉文質一節西士之好尚與中土之陋習非特伯仲且又相過不啻倍蓰難以枚舉此又萬不可學萬不能

學者矣大學之有益則宜學學之無益則不宜學有益無益亦於邪正虛實辨之而已矣若夫中西文字之弊中甚於西繁且無益宜大滌伐愚故曰士少則天下治書少則士習端

保全嬰赤　○京師入春以來瘟疫流行傳染殆遍醫治稍遲即不可救藥而天花亦復盛行幾有夭札者據歷年春間由各善堂施種牛痘保全嬰赤不勝指僂惟人數過多擁擠不堪現經順天府剳飭各牛痘公所更換新章按期施種每七日為一期凡欲種者先期掛號以五十號為度至期挨次施種有條不紊自是擁擠之患一掃而空自上元後已種六期每期報種者多至二百餘人遠距京師百里外亦襁負而來如期施種不致徒勞跋涉洵保全嬰赤之善舉也

銀票破案　○京師通用銀票其製不一各有明號有暗號防偽造也但票式較他處為最簡易用西毛頭紙截成紙帖長五寸餘寬三寸餘不用票板祇憑中書用銀數蓋用騎縫圖章旁列號數祇憑筆跡年月日亦不載茲聞有楊某專造假銀票被其騙者不知凡幾昨向某甲借得崇文門內東四牌樓隆福寺同豐錢店銀票二百兩竟照真票偽造一紙於二月二十五日持票赴該錢店批為零帖該店夥一時失慎致將該票破出交楊某攜去霎時某甲復持真票赴該店點取現銀鋪夥查知票已收回此票已屬贗鼎矣當將來人送赴該管地面官廳禀報密派看街兵將楊某傳案詰訊不承掌責十下盡將所為各情和盤托出詳解步軍統領衙門按律懲辦矣

銀價跌落　○茲聞二月二十六日銀市各爐房並錢經紀陸松山等俱以本屆乙未科會試各省孝廉雲集人數甚多需用現錢向本短少銀價不能不落每銀一兩現易當十大錢十三吊五百文元串錢十五吊三百文洋銀每元易京錢九吊四百文似此銀賤錢貴而各項日用食物其價值無不高昂居長安者愈嗟不易矣

業荒于嬉　○每當會試之年各省士子早則於正月間來京以便揣摩風氣遲則亦於二月中辦抵都皆在宣武門外一帶會館廟宇暫駐文旌場期伊邇各於貢院附近另租小寓安頓行囊以為進場簡便之計本屆舉行乙未科會試各省士子已有於正二月間來京靜坐一室勤求文課志在必售者亦有好作狹邪遊每日往前門外百順胡同一帶問柳尋花偎紅倚翠者結隊遊行絡繹不絕寄語入闈諸舉子場期在邇慎勿業荒於嬉自貽伊戚也

搶親罕見　○訪事云阜成門內錦什坊街小院胡同文某旗人也三年前聘定于某之女為室嫁有期矣詎其岳父于某忽欲以阿嬌為錢樹子欲售與某富室為妾經文某探得確情遂於二月二十六日率同弟兄人等駕車前往將女搶得立時交拜成花燭之禮已作交頸鴛鴦比來搶時于某急切未能禁阻及至追蹤而至知小夫婦已洞房深入享魚水之歡惟有頓足捶胸自罵老業障不止而已說者以京師搶親今自文某開端恐後之效尤者奉為圭臬然誠有所不得已而為之之勢云

相節平安　○李傅相被日本棍匪行刺此信傳遍歐亞各國外部各大臣俱傳電馬關撫慰問本埠西官亦各寄電問候幸傷非致命想吉人天相定能為國宣猷也並聞昨日來電有和議漸冀有緒之語合併照登以慰衆望

挑選親兵　○客歲中營韓參戎統率民團兩營每日赴西門南廣仁堂後操演迄今業已訓練純熟著有成效茲聞　督憲王夔石大帥擬於民團兩營內挑選精壯者五百名作為親兵小隊各勇丁聞信之餘莫不踴躍奮興以冀入格日來勤加練習更覺可觀俟挑選定期再當錄報

恩施乞丐　○本郡紳富樂善好施早已播傳遐邇近因西關粥廠於二月十五日照章停止乞丐等無處覓食郡城內外各紳富慮其餓斃且恐流而為匪因於門首每日施食兩次均令果腹救此殘生并免傾棄惜福濟人兩無遺憾功德無量公侯萬代不禁代丐者頌之

禁大口袋　○欽加三品銜賞戴花翎保薦卓異陞用道府在任候補直隸州天津縣正堂兼辦營務處李為　出示嚴禁事據錢商振泰承慶和義聚豐成中興恒天聚成聚豐號魚鋌號永順號聚通恒聯名禀稱津郡錢鋪向賴出帖通融市面現錢來源短絀年甚一年商等向在南省暨灤州等處買辦現錢裝津因倭氛不靖軍餉需用現錢均經官出示不准出境從此來源已斷津郡各錢鋪存錢有限

支應本地兵餉民用已屬不敷周轉加以本地團練路過營兵取用現錢尤屬不菲現值河開各處奸商糧客均攜銀來津易錢而衆錢鋪貪利合銀專僱大口袋擠取現錢不顧大局市面益滯倒閉堪虞請出示等情據此除稟批示外合亟出示嚴禁爲此示仰津郡城廂內外軍民人等知悉自示之後如有無賴棍徒勾串奸商糧客故意向各錢鋪擠取現錢搬運出境或各錢鋪貪利合銀僱大口袋擠取現錢裝載外走一經拿獲或被告發定即從嚴懲辦決不寬貸各宜凜遵毋違特示

當得何罪 ○誘良爲娼罪在不赦阻人從良罪更加等頃聞侯家後李萬和開設娼寮其院中姊妹花或係自置或係典租來歷已不可問去年見河北三官廟前民婦李劉氏之妹名珮青者姿性穠美萬般設法引誘墮溷珮青性情和藹迥異慣妓與某甲有齧臂盟欲與偕老而李以爲錢樹子豈得輕易移去從中百般刁阻以致好事多磨仲春月杪甲以寇氛日偪急欲還家與珮青泣別私約後圖勞燕分飛珮青日以眼淚洗面昨日李因其怠於應客大加呵斥詎珮青竟背人吞服洋藥膏迨衆人知覺救之不及李恐人命拖累即派龜奴送其姊家僞言急病實則尚未至其門業已氣絕李劉氏即欲興訟李已央人調處尚未知作何了結似此誘拐於先勒阻於後終致珠沉玉碎以冀饜厥貪想賢令尹嫉惡如仇當必雷厲風行拯斯民於陷溺也

溺河遇救 ○本埠人烟稠密往來行人無處不形擁擠一經過渡殆有甚焉昨某甲年逾知命行至河北關下擺渡口過渡手持馬表一只約值錢十餘串正爭渡時表忽落水某甲即投水中自行撈取以此水力不敵幾遭滅頂賴有小搖船趕救得慶更生若稍遲片時即與河伯爲伍命謂搖船之功實非淺鮮云

魚船阻滯 ○唐人詩云菜子花香石楝來蓋詠黃花魚也魚極肥美人多嗜食每年三月初旬海河魚船絡繹不絕每船每日可獲魚千餘斤獲利甚厚本屆因海疆不靖海河一帶各營船隻鱗次櫛比魚船來往諸多不便現雖菜花已黃而嘉魚寥寥無幾價值昂貴漁事不免減色已

戲園案結 ○本埠襲勝廣慶金聲協盛四大名園輪流演劇因郡城尚署由該四園輪流應差是以此外不准開演歷有年所前清河樓各茶館每屆臘尾正初招集鄉曲小班暫時行樂至上元節停止爲時無幾四園不甚過問乃近今清河各茶館無日不演率以爲常經各園主佟潤田等赴道呈懇道憲呂庭芷觀察接閱之下已悉前情即札飭天津縣將清河各茶館一併查封毋庸纏訟云

統領義勇 ○臺北府城相離約數十里地有名南崁者濱臨海口雖非通商要岸爲尋常來往輪船可以下碇之所然其地一片平坦輪船停泊於近處可乘小舟登岸署撫憲唐大中丞廣探地方輿論深慮敵人乘隙思逞屢欲添置重兵尚未果行今以聞有防務吃緊之信急將前募中路義勇多營擇其勇敢善戰者五營飛檄調至即委在籍工部主事總辦全臺義勇事宜邱君逢甲統率赴防查臺地義勇之設唐中丞以臺民忠勇素著預招集臺南北中共數十營而以邱君總其成俾隨時訓練約束無事仍安鄉里有事調以應援南崁雖爲臺北險要之地今既布置雄師亦可安如磐石矣寄語倭奴其敢越雷池一步哉

京報節錄

宮門抄 上諭恭錄前報○二月二十八日內務府 國子監 廂藍旗值日 無引見 澂貝勒等看試馬步騎射覆 命 阿克東阿請假五日 馮文蔚張百熙各請假十日 侍衛處奏派 保和殿監試之大臣 派出頭班倫貝子載津福森布瑞啓毓麟 二班崇公載振奇車布鍾秀隆福 召見軍機 崇光

○○奴才榮祿等謹 奏爲特參疏防竊盜各案之地面官請 旨懲處以儆效尤恭摺仰祈 聖鑒事竊查京師地面人烟稠密良莠不齊素稱難治惟有嚴飭地面官等認真梭巡設法嚴查庶盜賊斂跡地方可期安靜奴才等屢經告誡兩翼各官不啻三令五申乃該各員於竊劫之案竟至呈報遲延且有逾限未獲者實屬緝捕不力未便稍事姑容相應請 旨將步查竊劫各案之廂黃旗蒙古副尉雙凌捕盜步軍 廳春步軍校長興四旗協尉鶴春海捕章京林英海查章京常清正黃旗漢軍委協尉景昌捕盜步軍校續祥委步軍校慶祥四

旗協尉興濂海捕章京常保海查章京貊勒精額正白旗蒙古協尉興壽捕盜 軍校委興額步軍校恩榮四旗協尉清山海捕章京德本海查章京常貴廂紅旗滿洲副尉隆芳阿捕盜 軍校富克精阿委步軍校志壽四旗協尉玉通海捕章京全順海查章京文桂廂紅旗滿洲署副尉瑞慶捕盜步軍校斌慶步軍校恩林四旗協尉德慶海捕章京鳳奎海查章京雙安廂藍旗滿洲協尉蘇拉芳阿捕盜 軍校忠瑞委 軍校明善四旗協尉劉長安海捕章京瑞興海查章京桂林廂紅旗滿洲署委協尉富祥捕盜 軍校玉臻委 軍校松林均請交部議處以示薄懲爲此恭摺具 奏請 旨奉 旨已錄

○○李瀚章片 再據廣東布政使覺羅成允督糧道魁元會同交代總局司道詳稱查有前代理大埔縣知縣曹乃楣徵存雜款銀五百三十餘兩米一百九十餘石又前署歸善縣知縣張炳麟徵存正雜款銀一萬一百餘兩迭經嚴催均未完解詳請參追前來相應請 旨將前代理大埔縣試用通判曹乃楣前署歸善縣另案降補縣丞張炳麟一併革職勒限四個月內將欠解銀米掃數完解倘逾限不完或完不足數再行照例從嚴參辦所有參追知縣欠解交代銀米緣由謹附片具陳伏乞 聖鑒再兩廣總督係臣本任毋庸會銜合併陳明謹 奏奉 硃批着照所請該部知道欽此

○○奴才崇禮跪 奏爲軍需浩繁情殷報効恭摺具陳仰祈 聖鑒事竊聞近日海疆吃緊防軍日增餉需孔殷每閱邸鈔知部臣籌維之苦心 朝廷宵旰之焦勞凡屬臣子俱當共體時艱分任設法況奴才受 恩尤重竟未克効力犬馬稍任鉅艱以紓 聖懷於萬一每念及此彌切憂焚玆奴才己函飭胞姪內務府慎刑司郎中存恒在京竭力設措庫平銀二萬兩 交部庫藉伸報効之忱此係出於奴才微誠不敢望 恩施獎勵所有報効軍餉緣由爲此恭摺具陳伏乞 恩准賞收謹 奏請旨奉 硃批着賞收仍交戶部核給獎叙欽此

○○太子少保頭品頂戴兩廣總督兼署廣東巡撫臣李瀚章跪 奏爲甄別教雜各官劾不及數恭摺仰祈 聖鑒事竊照定例教職雜職年終彙咨甄別不及百之二三令該督撫等專摺具 奏等因伏查廣東省教職一百八十二員每年應劾四員佐雜三百八員每年應劾六員本年教職並無衰庸戀棧應行劾參之員參劾佐雜祇有平遠縣垻頭司巡檢胡源一員核計未足額數此外現無應行甄別據藩司覺羅成允會同臬司額勒精額詳請具 奏前來臣覆查無異除督率司道轉飭該管府州廳再行嚴密查察如有年老庸劣應劾之員隨時據實辦理另行咨部外所有光緒二十年分廣東省甄別教雜各官劾不及數緣由臣謹會同廣東學政臣惲彥彬恭摺具 奏伏乞 皇上聖鑒再兩廣總督係臣本任毋庸會銜合併陳明謹 奏奉 硃批吏部知道欽此

三月初四日輪船出口

武昌	輪船往上海	太古行
明義	輪船往上海	信義行

三月初三日銀洋行情

天津九七六錢
銀盤二千九百五十二文
洋元二千一百五十文

紫竹林九六錢
銀盤三千文
洋元二千一百八十文

直報

光緒二十一年三月初四日　第五十四號
西曆一千八百九十五年三月二十九日　禮拜五

上諭恭錄　原强續篇　十日辛勞　一時疎忽
育麟喜懼　海上風聲　防營對調　遼陽述事
不准出境　上忙開徵　脚行覆訊　萑苻不靖
蟠桃聖會　茶肆鬥毆　京報節錄　告白照登

上諭恭錄

上諭吳大澂着即回湖南巡撫本任毋庸來京欽此

原强續篇

夫所謂標本並治者豈非以救時之道通於治病者乎蓋察病而知致病之原則其病將愈唯病原眞而後藥物得藥物得而後其病乃有瘳此不易之理也今日之東事橫決大潰至於不可收拾者夫豈一朝夕之故而審其原者誰乎方其未發也上下晏安深忌諱而樂死亡當是之時雖有前識破腦刳心痛哭闕下亦將指爲妖言莫之或省及其始發也無責者不審彼己之情實不圖事勢之始終徒揚眉奮呼快一發而不慮其所以爲收拾全事功還反則共咤嗟　蕩衆雖羣疑曰是必有强國焉陰助之耳不然倭烏能如是又曰是必吾國自象傑焉爲之謀主不然倭又烏能如是又曰是必我之居肆要者與表裏爲奸不然倭又烏以至此嗟乎諸君自視太高視人太淺虛憍之氣不除雖百思未能得其理也夫所惡於虛憍恃氣者以其果敢而窒如醉人之勇俟其既醒必怯懦而不可復作也夫以中國今日政治之弛緩不收人心之澆薄自私與百執事人才之消乏慮無起者耳有梟雄焉操利仗毆數萬訓練節制之師勝廣之禍殆莫與遏況乎倭虜心積慮十餘年圖我內地之山川考我將帥之能否舉中國一切之利病微或不知之此在西洋爲之則甚難彼倭爲之則甚易者書同文而壤地相接故也今乃謂其必待西洋之相助與中國奸人之借資諸君能稍貶此謂人莫己若之心庶有以審今日之亂原而國事尚有多耳悲夫竊嘗謂　國朝武功之盛莫著於　高宗而衰端即伏於是降及道咸官邪兵窳極矣故髮捻之亂蔓延浸淫幾天下無完土湘淮二軍起煨燼之中百折不回赫然助成中興之業其功誠有不可沒者然究切言之則不外以匪之術治匪其營規軍制多一切苟且因應之圖斷然不足以垂久遠世人成敗論事且依附者衆遂舉世莫敢非之顧　祖宗數百年締造之遠略宏規所謂王者之師至此而掃地盡矣使今日而　祖制尚有孑遺則存其法而易其器補其敝而師其心則武備之壞尚不至此而軍政尚可用也惜乎今萬不能又竊嘗謂百十年來中國之至不幸其兵所相與磨礱者皆內地烏合之士匪即遇外警皆不過西洋之偏師扣關搪呼求得所願而遂止致吾國君臣上下謂絳武之事不外云云而文人學士不恥佞諛相與揚厲鋪張其身受與側聽者皆信爲果然故其病愈深痼而不可療今乃知未履之而艱未及之而知是唯度量超絕央蕩拘攣極物理之精者爲能講俗學者必不能也然而今日之事諸君爲我識之螳螂捕蟬而黃雀已從其後今之務我者亦將謂天下之兵皆若所遇於北洋之易與不言所攻者之甚瑕獨信攻者之實堅舉國若狂中毒尤劇此有明識將莫能救繼此以往必有乘其敝而覆之者姑前言之以爲他日左驗而已彼之跳擲決躁至今極矣如是之敵尚不知制爲所以待之之術公等又安用讀書學道爲哉今夫倭者務勝好亂僭然不終日之民也然其謀則已大矣其謀云何曰將與亞以拒歐嘗自謂曰

吾東洲之英吉利也十餘年開變服式改制度初自謂與西之國齊列而等夷而西人乃兒撫而目笑之大失所望歸而求親於中國中國視之爲蔑如也於是深怨積怨退而治兵蛇入鼠出不可端倪而我尚晏然不知蜂蠆之有毒般樂怠敖益啓戎心是故推既往之迹以勘倭之隱使中國而強則彼將合我使中國而弱則彼將役我爲合爲役皆以拒歐其拒歐之中則拒之爲尤甚其次乃俄何則英固西洋之倡國也其民沈質簡毅持公道保盛圖而不急爲翕翕熱者故其中倭忌也尤深而俄則亦實偏處此者也故處今之日無論中國之弱與強倭之謀皆必出於戰而後已蓄必戰而後自以示我以其強去我蔑視之心以後有以致其所謂合與役者雖然倭之謀則大矣而其術乃大謬夫一國一洲之興其所以然之故至繁賾矣譬諸樹木其合抱參天陰橫數畝足以戰風雨而傲歲寒者大豈一曙之事倭變法以來凡幾稔矣吾不謂其中無豪傑能者主權勢而運國機然彼不務和其民培其本以待其長成而自至乃欲用強暴刀征經營以劫每天下其民才未長也其民力未增也其民德未和也而唯兵之治不知兵之可恃而長雄者皆富強以後之果實無其本而強爲其實其樹不偵仆者寡矣夫中國者倭之母也使中國日以蓄昌興作日多通商日廣則首先受其厚利者非倭而誰十年以來中國出入口之貨藉其在可覆案也顧倭狠而貪未厭厥欲善夫西人之設喻也曰埃及人中養神鷄一日鷄生卵墜地化黃金甲大喜以爲是腹中皆此物也刲而求之無所得而鷄死夫使物類之繁衍國土之富強可倒行逆施而得速化之術且不至於自滅者則達爾文錫彭塞二子舉無所用者書矣華人好言倭學西法徒見皮毛豈苟論哉彼二子之所譏譏倭之智固不足以與之耳黃石公記曰務廣地者荒務廣德者彊有其有者安貪人有者殘殘賊之政雖成必害今倭不悟其國因前事事太驟以致貧乃日用其兵求以其鄰爲富是盜賊之行也何西法之不幸而有如是之徒也故吾謂教頑民以西法之形下者無異假輕俠惡少以利矛強弓其入市劫財而殺長者固矣然亦歸於自殺之驅而已矣害農商戕民物戾氣一消其民將痛倘軍費無所得償吾不知倭之所以爲國也其與我不得已而起民心日輯合民氣日盈者豈可同日而論哉是故今日之事捨戰固無可言使上之人尚有所戀而不早自斷焉則國亡矣且三五百年間中土無復振之一日夫倭之條欵衆所宜知矣姑無論割地屯兵諸大端即此數萬萬之軍費於何應之倭患貧而我適以是拯之以恣其虐我是何異毆四百兆之赤子係頸而縛以與其仇以求旦夕之喘息此非天下之至不仁者不爲今日欵議所關實天下之公禍公福陛下仁聖豈忍妄許嗚呼和之一言其貽誤天下可謂罄竹難書矣唯終歸於和之一念中於人心者甚深而戰事遂不可復振是故舉今日北洋之糜爛皆可於和之一字推其原僕生平固最不喜言戰者也每謂有國者雖席極可戰之勢據極可戰之理苟可以和便勿妄動迫不得已戰矣則計無復之唯有與戰相終始萬萬不可求和蓄和則終亡而戰可期漸振苟戰亦亡和豈遂免此中國之往事然而西國之往事又莫不然也唯始事而輕言戰則既事必輕言和僕嘗歎中國爲倒置之民者正爲輕重和戰之間所施悖耳爲今日之計議不旋踵十年廿年轉戰以往拚與賊倭沒盡而已誠如是中倭二者孰先亡焉孰後倦焉必自能辨之者　天子以天下爲家有以死社稷教　陛下者其人可斬也願諸公絕望和之一念同德商力雖唯軍實之求兵雖烏合戰則可以日精將雖愚怯戰則日來智勇器雖苦窳戰則日出堅良此時不獨宜絕求和之心且當去求助各國之志何則欲求人助者必先自助使我自坐廢則人雖助我亦必不力而我之所失多矣

十日辛勞　○每屆會試之年貢院內外簾官提調對讀搜檢驗封等事必慎選賢能即內而查號外而巡墻等職亦必由大憲委派明幹人員充當其任所以昭嚴肅而重大典也本屆乙未科會試昨由禮部票傳五城正副指揮吏目五營各汎員弁俱於三月初六日黎明赴貢院內點名分派五城司坊各官暨營汎員弁彈壓科場各須導使於初六日爲始至十六日止每名在貢院圍墻一帶分班巡邏並嚴查諸孝廉槍替聯號各弊等因聞各該員已於日前由禮部一律派定矣

一時疎忽　○各部院傳抄事件向由軍機處交發內閣事件令簽票處該班中書畫押領出轉行傳抄各衙門逐一查對如有遺漏作速補抄至滿漢當月司員赴內閣傳抄事件係清字者令滿司員自行抄出係漢字者令漢司官自行抄出仍移會　上諭處稽祭房查核係歷來遵行之舊章也日前戶部當月司員某部郎率領書吏赴內閣傳抄事件因摺件甚多私向某供事官通融攜回寓所抄寫詎該吏將所借摺件擱諸腦後屢經催索始行交出事爲上官所聞將該供事官申飭記過并聲明向章責令當月司員抄錄當時繳回於是

各部院中閲看私抄者及各京報房所抄緊要摺奏事件頗不易得即尋常事件亦甚寥寥也

育麟喜懼 ○前門內松樹胡同居住鄧某學校中人也年將花甲嗣續猶虛恒恐蹈其遠祖伯道之覆轍去春娶某姓女爲妾㕡大婦兇悍異常鄧畏之如虎新婚三日後即仍伴大婦眠也今年正月妾兆弄璋之喜二月二十五日彌月之期親友來賀惟酒食是議妾固欣欣然入廚下調羹作湯不敢一勞大婦不虞鄧某送客後入妾之房酒已酩酊語言微失檢點至觸大婦怒呼妾出欲加鞭責鄧不敢左袒趦趄入大婦房說者謂左聽獅子吼右聞麟兒啼一則以喜一則以懼第不知此時情狀爲何如也

海上風聲 ○日船近來時在大沽口外及北塘一帶游弋蓋虛聲恫喝以堅和議之速成也直督王夔帥東撫李鑑帥前以日人船隻在鼉磯島廟島長山島等處登岸毀壞電局竿綫斷我聲息奏奉 諭旨飭沿海各營嚴加防範勤爲偵探倘敢來犯亟應力擊勿稍大意等因欽此聞兩帥已各飭所屬海口防營迅遏寇氛矣

防營對調 ○曹藎臣軍門統率津勝團練三十營駐紮祁口祁口距大沽較遠署大名鎮李軍門練軍三營駐紮新城新城距大沽稍近現因日船在海面游弋大沽爲津郡咽喉新城二營微嫌單薄倘有警報恐不足以資接應聞上憲有將兩軍對調駐防之說此事若確祁口淺灘數十里敵人不易登岸而大沽後路有此多軍聲勢十倍益覺有恃無恐已

遼陽述事 ○遼陽屏蔽陪都敵人所必爭幸依長兩軍帥協力同心守之於外州牧徐刺史深得民心督率民團守之於內以故支持數月得以保全而敵近以全力攻之勢已岌岌幸陳觔仙方伯徐見農軍門各率馬步多營馳往援救敵氛雖惡經我軍內外聯絡當不敢以正眼覷也以上奉省友人昨來津爲余所述如此聞之不禁以手加額又云吳清帥所部湘中子弟現已奉 旨歸魏午莊中丞接統從此壁壘一新敵人奪氣矣

不准出境 ○本埠錢報緊迫衆錢業已形掣肘兼之大兵雲集乃郡中團勇皆以銀易錢更覺周轉不開昨衆錢商赴縣呈稟恐奸商勾串糧客多攜現錢出境經邑侯李大令出示曉諭並令各卡如查有現錢出境即扭送來轅從重治罪大令維持錢法救危扶傾誠一時之善政也

上忙開徵 ○天津縣正堂 爲曉諭開徵事照得本邑應徵本年各項糧租並節年舊欠銀兩茲值開徵之際除上年秋禾被水災歉村庄分別 徵其餘成熟村庄自應照常徵收以憑報解現經本縣定於二月二十八日設櫃開徵除開冊差催外合行出示曉諭爲此示仰合屬花戶人等知悉自示之後爾等務將應納本年上忙及節年舊欠糧租赶緊付櫃掃數清完掣串收執不得私交糧差包攬代納致滋後累倘敢隱匿抗延無論衿民定行拘追不貸該管地方亦宜隨時催納毋任延久回干未便各宜凜遵毋違特示

腳行覆訊 ○河東李家樓與火神廟腳行鬥毆已紀前報昨邑侯李大令將火神廟後被押之甲乙提堂覆訊供詞狡展大令飭差將甲重責嶸鞭一百乙重責大板 百諒不日帮兇亦不難供認矣

萑苻不靖 ○客由御河來者云及河間府所屬地面向來不甚安靖屢年頻遭水患富者轉而爲貧貧者尤甚每易流入匪類是以自去秋以來盜賊較前更熾幾至無處無之而毗連津縣爲尤甚客冬一日之中搶刦四案至今正又有趙庄之許國祥家被竊衣服騾馬及李庄之李書意家被搶衣服首飾多贓均以臨時行強傷及事主雖報案驗訊迄未能破獲因之居民各懷戒心無不嚴加防範似此盜賊縱橫實所罕見等語噫歲儉民飢流而爲盜是所望於爲民父母者矣

蟠桃聖會 ○本埠小稍直口福壽宮津中之古刹也每居三月初三日王母聖誕之期桃呈百壽仙祝千秋福壽宮雖距城八里之遙而昨日男紅女綠寶馬香車不絕於路香火稱極盛云

茶肆鬥毆 ○本埠南門外海光寺機器局定章每逢朔望兩日放工以示體卹今放工之期工匠等三五成羣赴茶肆啜茗藉以消遣昨閘口下某茶館有工匠六七人因茶博士伺應不周有一匠用茶碗照該博士劈面擲去打中鼻梁一處血流不止經該管局委稟查知將工匠某甲重責局棍一併送縣懲辦云

宮門抄 上諭恭錄前報〇二月二十九日理藩院 鑾儀衛 光祿寺 八旗兩翼值日 無引見 瞬中堂崑岡各請假十日 召見軍機 啓秀溥善 現換灰鼠袍褂

〇〇頭品頂戴江西巡撫臣德馨跪 奏爲江西有驛各縣添設腰站馳遞軍報以期迅速恭摺仰祈 聖鑒事竊臣准兵部咨光緒二十年十一月初十日軍機大臣面奉 諭旨近年各省驛站遞送文件往往遲延實屬廢弛着兵部通行各該督撫等認眞整頓所有人夫馬匹務當一律精壯遇有一切緊要文報迅速馳送不准稍逾時刻其有軍報經行處所並着酌派馬撥以速郵遞欽此欽遵咨行到臣當經轉行遵辦伏查江西南與廣東北與湖北等省接壤南北通衢文報絡繹誠恐各屬驛遞公文遲誤經臣隨時督同臬司嚴飭認眞整頓並屢經委員逐站挨查馬匹人夫務須精壯足額在站伺應往來文報隨到隨遞不准壓閣等後片刻稽延當茲海疆多事軍報尤關緊要亟應迅速馳遞免誤事機現徑飭令於湖北入境江西首站之德化並有驛各縣及由廣東入境江西首站之大庾等縣各於該縣適中之處添設腰站即在各正站內選撥壯健夫馬隨時伺應遇有軍報到站立即馳遞按站接替儻本站額設夫馬不敷分撥准其酌量添雇專遞軍報所有添雇經費在於留縣公費內撥給不准開支正欵俟軍務告竣即將添設腰站一律裁撤以節縻費據署按察使繆德棻具詳請奏前來除咨戶兵二部查照外謹會同署兩江總督臣張之洞合詞恭摺具 奏伏乞 皇上聖鑒謹 奏奉 硃批該部知道欽此

〇〇文煦片 再奴才衙門司庫筆帖式庫使等員向例五年任滿呈請內務府揀員更換其當差勤愼之員歷經各前織造隨時附片保留二年仰蒙 俞允在案玆查筆帖式瑞麐於光緒十五年十月初十日到任扣至光緒二十年十月五年期滿應即呈請更替惟查該員妥貼安詳熟習織務本年迭奉傳派要需該員在局照料尤爲得力合無援案仰懇 天恩俯准將筆帖式瑞麐暫留一年以資熟手出自高厚鴻慈是否有當謹附片具陳伏乞 聖鑒 訓示遵行謹 奏奉 硃批着照所請該衙門知道欽此

〇〇楊昌濬片 再署陝西提督西安城守協副將牟春陽署事期滿遺缺查有甯陝營叅將何建威樸誠勇敢堪以委署遞出甯陝營叅將事務查有儘先叅將黄仕彪老成諳練堪以署理除分別給委外理合附片具陳伏乞 聖鑒謹 奏奉 硃批兵部知道欽此

〇〇楊昌濬片 再臣接據署涼州鎭標中營遊擊王正堃稟稱署涼州鎭總兵沈福田感冒風寒觸發舊傷醫治罔效於本年正月初九日病故請委員接署鎭篆等情前來臣查涼州地處邊要總兵篆務關繫極重亟應委員接署以重職守查該鎭屬永昌協副將劉璞老成幹練堪以委署遞遺永昌協副將事務查有補用總兵蔣富山人亦安詳堪以署理除分別飭遵並查取該故員親屬醫士承查印甘各結另咨送部外理合附片陳明伏乞 聖鑒謹 奏奉 硃批兵部知道欽此

三月初四日輪船進口
怡和行　廣生　輪船由上海
太古行　通州　輪船由上海

三月初五日輪船出口
太古行　武昌　輪船往上海
信義行　明義　輪船往上海

三月初四日銀洋行情
天津九七六錢
銀盤二千九百五十二文
洋元二千一百五十文
紫竹林九六錢
銀盤三千文
洋元二千一百八十文

直報

光緒二十一年三月初五日　第五十五號
西歷一千八百九十五年三月三十日　禮拜六

上諭恭錄　為命　稽察幼學　麥秋有望
楚材晉用　轉敗為功　奉札募勇　畔子太明
乞撫兩紀　慎重天庾　業精於勤　賞罰平允
逃難遇賊　續調猛將　京報節錄　告白照登

上諭恭錄

上諭此次覆試各省駐防繙譯鄉試舉人考列一等之李威等二名二等之愛施布等七名三等之依星阿等九名均着准其一體會試欽此　硃筆山西道監察御史着唐椿森署理欽此　硃筆稽察正白旗蒙古旗務着寶安去欽此

為命

為命難為命於小國難為命於大國亦難一言而和則為玉帛一言不和則啓兵戎是即無事之時已非易易況兵釁已開勢不兩立敵氛方熾如封豕如長蛇為食不已鞠旅陳師搖我邊疆震我社稷擾我人民其勢岌岌若岱華嵩岳將覆未壓屢和不成議之又議則固難之又難者有人焉以一身抗強敵以一言排大難頓使城闕宗社改鐘鼎不移士農工商各安其業功在社稷勳蔽天壤臣也若斯何慚柱石第不識一和之後遂可倚為長城恃而無恐乎未也天下治亂之機憂在內不在外強弱之勢權在我不在人昔楚子至雒觀兵周疆定王使王孫滿勞楚子楚子問鼎之大小輕重在楚子肆其凶燄侈然汗漫睥睨大寶居然有改玉改步之私王孫顯援天命以力折之楚氛以戢齊師侵魯魯君使展喜犒師齊侯曰魯人恐乎喜對曰小人恐矣君子則否曰何恃不恐對曰恃先王之命齊師乃還其時去古未遠文武之教澤猶存天下尚稱周制五霸之興雖摟諸侯以伐諸侯要皆以尊王為務故強如齊楚周魯得據大命王命以却之為周魯者當如何儆懼以圖自強乃君臣上下昏然罔覺患難甫脫便命高枕既無怵惕祇畏之思又無奮發自強之意以為齊楚大敵畏吾文告向不敢前異日縱有跳梁恃此足矣以故問其治國則先文華而後學政其禦寇則先辯說而後甲兵其用人則先威儀而後勞績其交鄰則先酬應而後信義實際則日消日薄虛文則日巧日新詐偽粉飾輝煌絢麗左欹右絀得意自矜一旦臨變辯不可屈說不能下綴旒長喙噤無所施始知虛語浮詞果有時而不可恃也晚矣故恃為命而致敗者典冊相望非獨周魯然也迨至吳越事局一變吳王夫差報攜李敗越夫椒遂伐越越逆之江大夫種獻謀設戎約辭行成以喜其民以廣侈吳王使寬然有霸諸侯之心以罷弊其民安受其燼越乃十年生聚十年教訓吳王果屢敗於越吳使王孫雄行成往而復來范蠡遂左提鼓右援枹以應使者曰吾王敢無聽天之命而聽君王之命乎竟沼吳夫以越之強大自謂吾猶禽獸安戔戔其殘忍凶狠之行顯然不諱己知文詞之無濟矣腐儒或嘆叔季情偷世風不古不知國之與立必有所恃文事武備闕一不能彼楚子之不敢問鼎齊侯之帖然還師者其果畏天命畏王命乎誠見夫當時強鄰左右環伺觀釁而動弱如周魯講雞肋食之無肉雖勝不武句一失足人議其後恐他邦乘隙興問罪之師故且薄周魯而棄之無識者遂以此等舉動多為命之功并偉王孫展喜其人識者甚險其微倖弋獲耳不觀夾谷之會乎夾谷之會孔子相齊以萊兵劫魯侯孔子歷階而上未盡一級而視歸乎齊侯曰兩君合好以夷亂之使司馬行法焉手足異門而出將盟齊人加于載書曰齊師出境而不以三百乘從我者有如此盟孔子

使強無還揖對日而不返我汶陽之田以供命者亦如之至今讀之生氣懍懍謂聖人知禮無勇吾不信也惜不久仕魯故終春秋戰國之世天下卒以弱亡至秦時六國破滅亦非兵不利戰不善也其五國者爭割地以賂秦今日五城明日十城安寢一夕秦兵又至古人云以地事秦猶抱薪以救火薪不盡火不滅也其時齊人雖未賂秦然附秦而不助五國事類自傷其脣齒不能不爲積威之所劫燕趙處秦革滅殆盡之餘勢孤力單始與力戰故以戰亡使六國者無論誰氏以賂秦之地封謀臣以事秦之心禮才士內修國政外結友邦終必日削月割以速其亡哉又若漢之七國叛後中原半爲敵國而匈奴之疆不滅於七國天下用當時之議因循維持以迄於宋匈奴歲索金帛於中土如取諸外府偶不飽慾則從事干戈中土因循屢行和議我財有限敵欲無窮以致府藏既虛不得不誅求於草野極至天怒民怨賀仍不支如乘漏舟以航巨浸及水淺處不早登途比至深時定占滅頂矣或曰積弱難返事莫奈何竊嘗思之同此田也彼種之則有秋此耕之則草宅禽饗同一雨露也此受之則益其滋生彼受之則增其朽蠹栽培傾覆何莫不然殷鑒不遠卽以我之敵國對鏡觀之得失若揭願讀史者以古爲鑒毋載胥以及溺焉則前事不忘非後事之師歟

稽察幼學　○幼官學之設朝廷不惜紆命延師訓課爲之師者宜如何精一乃心認眞訓迪乃聞近今此項課師丹鉛從事黃卷功深者固不乏人而素餐尸位以嬉以荒者亦頗不少幸有　欽命大臣隨時稽察否則習俗相沿恐不免怠玩無忌也玆聞　欽命稽察幼官學大臣工部尚書懷紹先大司空傳諭碩兒胡同官學教習等知悉務當勤加訓課毋許怠荒准於三月初二日親詣該學堂考課分列等第優予獎勵云云經司空此番訓飭想該師等定當另有一番振作也

麥秋有望　○都門訪事云節逾春分天氣融和饒有春意二月二十九日淸晨陰雲密布至下午三點鐘細雨如絲沾衣欲濕至三月初一日午後四點鐘雲收雨止農人從事西疇者莫不色然以喜咸謂三月之暘雨應時卽麥秋之豐亨有象蓋春雨如膏二麥賴以發榮滋長歲歌大有人慶年豐均於此雨卜之矣

梵材晉用　○臨渴掘井古人所戒然臨渴而思掘井尚有得水止渴之一日但須掘之至泉耳南洋大臣張香帥自任事以來諸凡整頓而於沿海沿江尤加意布置昨聞奏明函致駐德公使延聘德國武官四十五人來華教習洵爲濟時之要略中國之兵能耐勞苦爲西人所共賞今以洋員教之自更得力所恐積習難除教者自教而統帶者仍我行我法終於無用耳香帥英敏過人深知利弊此次之延聘德員當必盡革中國舊習悉法泰西良法也

轉敗爲功　○前報紀澎湖擊沈日船兩艘燒燬兩艘餘船遁去昨接上海電信該船並未遁走於僻處潛行登岸出我不意奪踞砲台經我軍血戰三日夜將日兵擊斃無數始棄台登船展輪敗退是役也爲我與日開戰以來未有之惡鬭亦未有能堅持如此之久者滬上來電稱爲確鑿使各軍皆能如此耐勞耐苦則敵人何致猖獗跳盪至於此極耶

奉札募勇　○督帶奮武軍後營李軍門奉督憲劉札飭招募壯勇五百名伙夫長夫一百名定於三月初一日開招初四日點驗初六日開差至山海關駐紮防堵現給小口糧二百文俟成隊後按湘軍章程發給大餉什長四兩八錢親兵四兩五錢正兵四兩二錢伙夫三兩三錢長夫三兩務早至河北千寺內報名註冊毋得自悞特示

眸子太明　○前敵宋尚書遼陽州徐刺史所統之兵之團能戰能守者能與士卒共甘苦不蝕餉銀也其他之蝕餉與否不敢言其必有亦不敢保其必無昨晚河東所駐某軍幾至譁噪一事則據訪事人亦言實因侵蝕餉銀所致某軍新自營口敗歸來津遣散經糧台發給每名銀三兩二錢由某銀行撥銀若干萬兩交統領某君照發詎統領眸子太明與銀光對照竟將銀射沒若干以致一軍譁然而起幸糧台知覺尚早趕緊撫慰得以安帖噫勇丁以一身冒槍砲驅之若犬豕若再不予飽食其不反噬者幾希尚責其殺敵致果哉噫

乞撫兩紀　○本年籌賑局辦理春撫事宜各村貧民均感愷悪昨西堤頭等村首士孫寶善等赴道轅呈稟呂庭芷觀察以所有被水之村盡屬散放並無遺漏倘災區較重斷無不放之理如不合春撫者亦毋庸希圖妄冀仰體賑局查照辦理○海河一帶村莊屢被水災春撫亦各辦過而青黃不接貧民仍難餬口昨職員趙炳麟等赴辦賑局呈稟蒙批據情已悉義賑南紳覆查酌核仰卽查照等因官

賑義賑絡繹不絶宜乎各村貧民咸匍匐以頌生佛云

慎重天庾　〇欽命二品頂戴直隷分巡天津河間兵備道加十級紀錄二十一次呂　爲嚴禁事照得海運漕糧爲　天庾正供豈容不法船戶勾串舞弊偷漏攙和誠恐官剝各船於剝運米石乘間偷盗勾通奸猾市儈寄囤銷售並有沿河無業匪徒駕駛小船賣給剝船糠粃等物攙和弊混或以銷售酒物爲名乘間偷米上岸自應嚴密查拿盡法懲辦以重漕運除分別移飭查拿外合亟出示嚴禁爲此示仰沿河鋪民船戶及官民剝船人等知悉自示之後該剝船受載米石顆粒不准上岸倘有舖民收買寄囤小船乘間偷盗並賣給糠粃等物攙和弊混一經查出定將該船戶從重治罪並將舖民人等一體嚴辦決不姑寬各宜凜遵毋違特示

業精於勤　〇欽命二品頂戴直隷分巡天津河間兵備道呂　示今將輔仁書院二月初九十三等日甄別生童課藝經本道閱取等第姓名並獎賞銀數開列於後須至榜者　計開　超等十六名　魏　震　劉寶和　王樹昌　吳蔚文　張　珣　董　煜　周良弼　李鵬池　郭進修　李雲瀚　何家駒　周桂源　王世樾　何錫珍　王兆荃　王德純　第一名獎銀三兩二名至五名各獎銀二兩六名至十名各獎銀一兩六錢餘各獎銀一兩二錢特等三十六名　金恩科等前十六名各獎銀一兩餘各八錢　一等六十名干長藻等前十名各獎銀五錢餘無獎　備取生四十名　田學信等准其應課　上取童十四名　陳寶泉　蕭恩嘉　高榮昌　李家楨　張彤喬　陳　駿　陳振藻　劉學瀛　黃　渤　陳寶璠　邢開森　靳士彬　楊景照　前三名各獎銀二兩　四名至六名各獎銀一兩六錢餘各一兩二錢　中取十八名　陳自彬等前五名各獎一兩餘各獎銀六錢　次取四十八名　許朝棟等前十名各獎銀四錢餘無獎　備取三十名王維勤等准其應課　生童概無膏火　初三日輔仁書院齋課題目　生題君子信而後勞其民未信則以爲厲己也　詩題賦得以德爲車得車字五言八韻　童題言遊過矣君子之道　詩題賦得池塘生春草得生字五言六韻　欽命二品銜長蘆都轉鹽運使司鹽運使季　爲問津三取兩書院肄　生童知悉照得問津三取兩書院二月十六日齋課定於三月初五日補試合行牌示該生童等届期赴各書院聽候點名考試各宜遵照毋得自悞特示

責罰平允　〇機器局工匠用茶碗砍傷寶太茶園伙計已登昨報邑侯李大令派委查驗屬實飭署內護院某差將工匠七八各責鞭三十以示儆懲並飭差鎖押看管俟某甲傷痕平復再爲核辦並將寶太茶園一併查封云

逃難遇賊　〇客歲自海氛不靖本郡招募津團三十營並三營練軍以及民團蘆勇已集兩萬餘人郡中安如磐石可以高枕無憂矣乃昨西門外章馱廟前錢姓聞海上日船游弋驚慌已極雇民船一隻赴白溝河逃難行至楊柳青堤後日已薄暮停泊鎮外詎夜間被賊數人搶掠一空錢姓忠厚之家未稔果報案否輕棄鄉里者可以鑒矣

續調猛將　〇記名遇缺擢用提督王軍門金榜久在皖省辦理防務現奉兩江總督張制軍奏調來寧記名總鎮侯總戎勉忠富張制軍督粵時奏留兩廣差遣現亦奏調來寧均於十四日稟到風傳制軍擬派王軍門侯總戎鎮守江北海口然尚未見明文也

京報節錄

宮門抄　上諭恭錄前報〇三月初一日吏部　翰林院　侍衛處值日　無引見　恩公稽察中左門覆　命　卓公曹鴻勛陸寶忠各請假十日　薛允升玉書各續假五日　巴克坦布續假十日　吏部呈進月官卷　太常寺奏派東西陵贊禮　派出慶福常明　召見軍機　長萃　閱卷大臣　派出額中堂松溎溥顧〇初二日戶部　通政司　詹事府　廂黃旗值日　無引見　阿克丹稽察中左門覆　命　巴克坦布因伊子以主事用謝　恩　睿王松　安文廷式各請假十日　明安敬昌張仁黼各請假五日　召見軍機　熙敬張蔭桓　閱卷大臣　派出徐中堂孫毓汶徐郙長萃廖壽恒陳學棻李文田徐樹銘汪鳴鑾啓秀

〇〇雲南學政臣姚文倬跪　奏爲恭報微臣到任日期叩謝　天恩仰祈　聖鑒事竊臣於光緒二十年八月初一日恭承　恩命簡授雲南學政謹即泥首　宮門渥蒙　聖訓周詳感悚無地遵於九月上旬束裝就道茲於十二月十三日行抵雲南省城十八日准前任雲南學政臣高釗中咨送雲南府學教授趙劃齎送雲南學政關防暨文卷等項前來臣當即恭設香案望　闕叩頭祇領任事伏念滇省地居

邊徼文風士習固培植之宜先學政職任造才致用通經書講求之有素如臣檮昧深懼弗勝惟有愼密關防盡心校閱勉士子以實學繼人材之奮以廣 聖主樂育之化冀答 高厚鴻慈於萬一再臣此次經過沿途地方民情安謐雨暘應時農民收穫均稱豐稔足以上慰 宸廑檢查舊案雲南學政歲考出棚先試迤東各屬現查澂江臨安等府正在趕辦府考之時臣擬俟明正開印以後即行出棚循例先試迤東合併聲明所有微臣到任日期除循例具 題外謹繕摺叩謝 天恩伏乞 皇上聖鑒謹 奏奉 硃批知道了欽此

○○廖壽豐片 再准戶部咨議覆順天府兼尹等奏請撥江浙河運漕米以爲順天備荒之用一摺光緒二十年六月二十日具 奏奉上諭備荒經費一欵每年共應解部銀十二萬兩遇閏加增銀一萬兩着自本年起由戶部專催各省逐年如數報解另欵存儲專備順天賑撫提用餘依議欽此欽遵咨行到浙並查光緒九年間奉部議覆御史劉恩溥奏請酌提各省釐金解部備荒摺內議令浙江省於釐金項下每月提銀一千兩解部存儲備用嗣因浙省釐金撥解要協各餉未能照數提存惟此項銀兩有關畿輔賑撫要需當經飭據司局籌動釐金銀六千兩委解赴部投納分別 奏咨在案茲據布政使趙舒翹詳稱再於釐金項下籌動銀六千兩發交日昇昌號商匯兌戶部銀庫投納守候掣批回銷作爲浙江省光緒二十年備荒經費解淸詳請 奏咨前來臣覆核無異除分咨查照外理合附片陳明伏乞 聖鑒謹 奏奉 硃批戶部知道欽此

○○楊昌濬片 再新授甘肅肅州鎭總兵田在田到省應即飭赴本任現署該鎭總兵金塔協副將劉仁和亦應飭回副將本任各專責成除分飭遵照外謹附片陳明伏乞 聖鑒謹 奏奉 硃批知道了欽此

縣示照登 欽加三品銜賞戴花翎保薦卓異特用道府在任候補直隸州天津縣正堂兼辦營務處李 爲出示曉諭事據德善士藥集棧職員王德華抱稟棧夥張平一稟稱竊職曾上年承保官牙並出眘開設德善土棧生理設集會賣土藥當奉 示禁土藥跑合人等不認官牙經夥不准說合買賣職當令官牙傳知伊等及今未見該跑合人等來棧開寫買賣發票自去冬至今安有一分買賣皆無之理亦難未負保來認經夥明係藐視 示諭置若罔聞仰或不願投充故無消息均不可定叩求出示限日令其覓保來棧認充經夥住名清冊儻逾限不到即由本棧另行招募說合買賣之人儻有前項跑合之人私自說合買賣當即遵諭扭送台前以憑核懲而儆效尤等情據此除稟批示外合行出示曉諭爲此示仰該土藥跑合人等知悉自示之後爾等如遇會賣土藥之人不准私自說合買賣必須赴棧認充經夥住明淸冊限一月內赶緊赴棧注册以憑認充逾限不到即由該棧另行招募如有私自說合買賣情事經該棧查知准即扭送來縣以憑懲辦决不姑寬各宜凜遵毋違特示 右諭通知 光緒二十一年二月十六日

三月初五日輪船進口
怡和行 爲生 輪船由上海
太古行 通州 輪船由上海

三月初六日輪船出口
太古行 武昌 輪船往上海
信義行 明義 輪船往上海

三月初五日銀洋行情
天津九七六錢
銀盤二千九百五十二文
洋元二千一百五十文
紫竹林九六錢
銀盤三千文
洋元二千一百八十文

直報

光緒二十一年三月初七日　第五十六號
西曆一千八百九十五年四月初一日　禮拜一

上諭恭錄　德相壽日記　軍政修明　團防局操
爭奪錦標　藐視官長　吉人天相　開餉再紀
定武成軍　新軍拔隊　示禁出境　尸場擱驗
鄉村搶案　賣兒復悔　漁舟䛐唱　蛇仙爲祟
京報節錄　告白照登

上諭恭錄

上諭此次續補覆試順天及各直省鄉試舉人列入一等之趙增琦等四十名列入二等之士國棟等九十名列入三等之李篤與等一百三十六名俱着准其一體會試欽此　上諭張家口監督明照奏差滿回京齎交盈餘銀兩並請減成賠繳虧短盈餘銀兩一摺所侍盈餘銀三千九百四十三兩零着交廣儲司其所請減成賠繳之處着戶部核議具奏欽此　上諭福錕奏假期又滿病尚未痊懇請開缺一摺福錕着再賞假三個月毋庸開缺欽此　上諭步軍統領衙門奏拿獲結夥搶劫盜犯請交部審辦一摺所有拿獲之閔大即小閔等十三名口着交刑部嚴行審訊按律懲辦其未獲之馬倖子等五名仍着嚴緝務獲毋任漏網至原拿此案之員弁着俟刑部定案時聲明請旨該部知道欽此　上諭步軍統領衙門奏遵保獲盜尤為出力員弁懇請獎勵一摺着兵部議奏欽此　旨着於本月廿九日換戴涼帽

德相壽日記

一千八百九十五年四月初一日德國前任宰相俾士麥克八旬大慶先數日德國皇帝命駕至相國第以頌以祝載詠載歌畧分言情如家人父子並以相國於前兩月抱喪偶之戚居時未必駕言出遊因傳旨通國上自王公大臣下至軍民人等皆於是日詣相府獻九如上三多並飭知旅居他國之兵輪官弁士商羈客一律懸旗設宴公同慶祝猗歟盛哉德皇之得此相臣與相臣之得此君上不獨傳佳話於一時實足昭千古君臣際遇之隆藹藹善藹美茂以加矣昔孟子周流列國覲君高臣卑上下隔絕太遠適齊宣王之間以心膂股肱草芥寇讎為對斯言豈過苛哉慨自君臣道喪堂廉霄壤都俞吁咈之風不聞於世者數千百年矣叔季之時尤以面折廷諍為戒有一二謇諤之士慷慨直陳亦必視為妖言律以大不敬貶謫不遺餘力致君過叢積史冊穢彰甚至國勢將傾臣子猶視若秦越人之肥瘠雖有我非亡國之歎蓄己晚矣今德國皇帝之待耆臣如此親切雖於初即位時未能虛懷聽納賢相罷職歸田數年以來知萬幾非一人能理頗萌悔志因於相臣壽日厚禮殷勤豈非善補過哉宜乎德國之方興未艾也天津為北洋通商第一口岸德國官商人數甚多兼之去年海疆有事德兵船之保商觀戰者厥有數艘英法俄各兵船亦泊於津埠本日自辰至晡國旗高卓益以五色旂飄揚舟之前後水師兵官各折柬招飲彼來此往輿會淋漓益以見德君臣感人者深不僅本國人欣欣然羣相稱賀也我　國家海氛不靖合肥相國出使東瀛七十衰翁風濤輕涉洵為社稷之臣自抵彼都驟遭刺客雖非該國主使而似此亂民時時可慮我政府遂即電召歸來一則養傷一則防患所以敬大臣也乃竟不聞有是事轉使該國停戰若干日候傷愈再議嗟嗟何其不知輕重也哉因記俾相壽日有感而書此知我罪我所不計也

軍政修明　○三月初九日為八旗禁旅軍政之期各隊分作兩場校閱左翼在　皇城前之南箭亭右翼在景山後之五龍亭均皆設有旗鼓帳棚堂擁皐比之座侯懸虎豹之形於較力之中寓觀德之意甚盛事也其所校之兵計滿洲六百八十五佐領蒙古二百一

十佐領漢軍二百四十五佐領各弁兵尉校咸集焉此外更有前鋒營親軍營護軍營火器營各隊亦以次驗看聞前後約需四十日工夫方能蕆事三載考績以分其優劣仰見我　國家武備修明正不以承平日久少有廢弛也

團防局操　○五城院憲會議牌示中兵馬司沈俊如指揮轉傳東城韓鶴汀指揮南城劉虞廷指揮西城金申甫指揮北城陳敬恭指揮轉傳各城副指揮吏目練勇局哨官隊長於三月初一二日督飭各勇將刀矛鎗械籐牌操演熟習以備伺候　欽命總辦團防大臣閱操遵即飭役在前門外西城根城垣沙灘高搭蓆棚帳棚攏設公案恭候　欽命總辦團防大臣敬子齋大司馬懷紹先大司空汪柳門少司空李蕊園少司寇五城院憲乘輿同至升座司坊各官督飭各隊勇排立兩旁升砲致敬聲若貫珠各哨官亦均呈遞手版謁見隨即傳諭入坐閱操中城東城南城西城北城各哨官隊長勇丁均按次序操演刀才洋鎗火鎗籐牌各藝嫻熟俱各奮勇於是日巳刻至申刻操畢各憲始行回府各隊勇丁隨即撤隊四局一路旌旗招展甚有威儀聞各有賞賚查設此練勇局無非緝捕盜賊若以之與敵交仗未免虛糜故事而此局自去冬五城招募練勇以來共計二千五百名每名領口分銀一錢每月需領銀七千五百金並製造軍械旗幟號衣皮衣等項至今所費甚鉅噫嘻　國帑而耗民財爲司坊紳董等希圖優獎地耳

爭奪錦標　○本年舉行乙未科會試四川雲貴山東山西河南陝甘各省公車較上科到京稍遲已悞覆試甚至有三月初二三日始行到都者據云因由旱道前來行至保定府北名北河地方因今春大雪滿地冰凌現值天氣融和地氣上升以致路途泥濘車輛難以前進致悞覆試又湖廣江浙閩越江皖新舊各孝廉亦有因海氛不靖飆輪北駛赴京遲滯者甚多聞本屆赴試孝廉禮部造册祇有二千四百三十五名至今三月初三日赴禮部具呈聲明途中阻滯者一千三百數十名均已貽悞試期蒙禮部堂憲批准照咸豐紀元兵燹時各孝廉來都已悞覆試成案皆准先行投文會試再補覆試等因是以各舉子均可就試各堂憲體恤諸公車跋涉之勞無微不至矣且聞舊科孝廉結伴偕來者有二千一百數十名之譜核計入册者共計四千八百五十六名云

藐視官長　○例載旗籍宗室涉訟地方官不得用刑所以嚴體制也但官雖不得擅刑而訟者於公堂之上亦必謹守法度不容藐視官長三月初二日有宗室某往西便門外守戎署喊控被田某毆辱某守戎立即升堂傳案訊究該宗室一言不合大肆咆哮守戎當即稟明提憲飭將宗室某拿獲咨送宗人府按律懲辦傳聞若此究因何故肆鬧俟訪明再錄

吉人天相　○李傅相被日本梘匪行刺疊接電報吉人天相傷已漸愈且歐亞各國以及外部大臣屢次慰問已恭登前報茲聞隨　傅相東行洋員佛士特畢德格二君旬日以來竭力講說現議已有端倪轉瞬之間當可就緒矣

鬧餉再紀　○昨報登晔子太明一則頃據該處住家當夜目覩其事者來言云某總統由營口於二月二十八日到津駐紮河東一帶總統亦寓河東么家店有兩個月餉未放允於到津後發給而此數營有歸定武軍之說初三日胡欽差點名驗看知尚有二餉未放不能接管至初四日每名發小口糧三十文兵丁等飢餓有三營人於午後三點鐘各持洋槍將么家店圍住店中人急將店門緊閉衆兵丁將門砸開尋至總統住屋開槍轟擊並將門牕砸毀總統藏於桌下用號衣圍繞並有營哨官數十人在門首保護兵丁不敢進內唯云我們拿命換錢如此不發餉决不能容左近各店戶不知緣故皆關門逃避並飛速稟知胡欽差經欽差諭令不准亂鬧現時發給小口糧二百文初五日放餉由欽差給領云云衆始散開至初五日欽差要放一餉收軍裝各兵不允未知作何了結等語以上係該街附近之人所言以爲確實無誤而該軍信以爲該軍右營前哨某哨官挾嫌蠱惑所致初三日經糧台發給銀行銀票內無帳房印信輾轉蓋印耽擱一天以致衆兵滋鬧並非總統尅扣餉銀殊屬冤枉等因本館有聞必錄胸無成見合再登之

定武成軍　○前蔣統領所帶馬步三營已由奉省來津本擬遣散乃定武軍尚缺數營昨經胡雲楣方伯稟請王夔帥此項擬撤散之兵歸入定武軍內俾得駕輕就熟易於操練已俯如所請刻聞三營士卒無不振刷精神力圖報効也

新軍拔隊　○奮武軍李軍門昨在河北大寺廟內招募親兵七百名已登前報初六日早拔隊東行聞馳赴榆關一帶防堵云

示禁出境　○欽命二品頂戴署理天津新鈔兩關監督北洋行營翼長辦理直隸通商事務兼管海防兵備道黃　爲出示嚴禁

事案據振泰承等號聯名禀稱竊津郡錢舖向賴出帖通融市面惟現錢來原短絀年甚一年去冬封河後各錢舖存錢有限支應軍餉民用加以東征局團練局兵餉以及外省路過營兵取用現錢甚多各錢鋪供給不遑萬分支絀現値開河他處現錢已經示禁出境來原絶少乃各處奸商等探知津郡銀盤合式均携帶現銀來津兌換向錢舖擠取現錢裝運出境希圖漁利現在市面奇緊人心惶惶若無現錢周轉軍餉無法支應大局攸關懇恩出示嚴禁並飭札各營卡一體嚴查如有現錢出境即行扣留究辦等情據此除批示並咨會營捐總局轉飭辦理合行出示曉諭爲此示仰各商販人等一體知悉自示之後毋再搬運現錢倘敢故違定行拿獲重究不貸凛之特示

尸塲蠲驗　○本埠北門內板橋胡同西有某姓者撫某女爲童養媳已及二載平日並無異議擬俟及笄再爲成禮詎該童媳去冬手足凍傷太重今春舉發因而斃命其母誤聽傳言受木傷身死始赴縣喊控邑侯李大令派委查驗其母旋即返悔呈遞免驗狀聲稱街隣調處了結云

鄉村搶案　○河間府獻縣黃家屯村黃世隆者務農爲生足衣足食詎於上月某夜忽來暴客十數人各持洋槍利刃毀門而入搶得銀錢布疋衣服首飾等物而逸黃見來勢兇惡隱於暗處未敢聲張迨賊去後方查點失物開單報案當蒙勘驗立即飭捕嚴緝但能否弋獲未可知也

賣兒復悔　○武淸縣民婦某氏赴津謀食携一子年甫四齡月餘之間日用無資無門求貸起意將其子賣出以延殘喘適有大夥巷西王某無子憑中說合給價十二吊文立有字據人錢兩交詎某氏相隔兩日思兒情切晝夜啼哭復向中人硬索其子如不復還一命相拚云云而王某自得此子如掌上明珠豈願輕易捐棄未稔能如願以償否

漁舟晚唱　○本埠南門外一片汪洋刻已冰消水暖昨夕漁舟林立恍若世外桃源別有天地非人間也其中大魚小魚聚族而居舟子每以爲利有某善士買魚放生隨買隨放魚得再生之樂舟有溥利之沾觀者與會淋漓不減莊生濠上而蒼烟欲暝夕照舒丹回看城郭六街燈燭輝映其間應亦有人焉

蛇仙爲祟　○苕溪友人函稱徽人汪某者業紗羅生理僑寓湖省西門外地方風傳本郡向有蛇仙一怪每乘孕婦生産時化爲白面書生混入閨房肆行淫穢而汪某不之知也日昨汪某在家晚膳忽見其妻目定口呆大叫腹痛斯時正懷孕彌月知其將臨蓐也故亦不甚惶恐遂扶持上床遣人招穩婆至詎産婦喃喃自語謂若不與我論價及將生下之小孩寄名與我斷不干休汪姓聞而大駭旁有鄰居老媼素知蛇仙之異遂以吳相公呼之曰相公駕臨自當一一遵命即囑急購楮錠若干燃火焚化並許生孩後准其寄名産婦始漸甦醒而呱呱者亦落地矣諺云妖由人興其以此歟

京報節錄

宮門抄　上諭恭錄前報○三月初三日禮部　宗人府　欽天監　正黃旗値日　無引見　會章假滿請　安　張家口監督明照差滿回京請　安　恭王澤公裕德各請假五日　與伯續假五日　帛公全公各請假十日　福中堂奏請開缺　禮部奏派恭進禾耜派出長麟　召見軍機　錢應溥明照

○○署理直隸總督雲貴總督臣王文韶跪　奏爲省會知府要缺循例揀員調補恭摺仰祈　聖鑒事竊准部咨奉　上諭直隸保定府知府員缺緊要着該督於通省知府內揀員調補所遺員缺着榮銓補授欽此當經行司遵照在案茲據署藩司潘駿[illegible]署臬司朱鍷祺會詳查奉部通行內開嗣後首府首縣缺出應令該督於通省正途人員內揀選調補等語遵即在於通省知府正途出身人員內詳加遴選查有大名府知府陳啓泰品端才裕爲守兼優堪以調補具詳前來臣查陳啓泰年四十九歲湖南長沙縣人同治戊辰科進士改翰林院庶吉士授職編修補授御史截取　記名以繁缺知府用光緒九年十二月初一日奉　旨補授山西大同府知府十六年正月二十五日奉　旨調補直隸大名府知府是年七月廿日到任因前在大同任內　大計保荐卓異及六年俸滿併案引　見奉　旨准其卓異加一級俟計冊回任候升欽此十一月二十日回任十七年東明黃河安瀾案內保俟離任歸道員後加二品銜十九年東明黃河安瀾案內保

以道員在任候補二十年八月調署保定府知府今請調補斯缺臣到任未及三月例不出考既據藩臬兩司查得該員品端才裕為守兼優實堪勝任與例亦屬相符應請准其調補銜缺相當毋庸送部引見該員任內參罰案件係在光緒二十年八月十六日恭逢恩詔以前應行寬免以後並無參罰之案至所遺大名府知府員缺應遵旨即以榮銓補授理合恭摺具奏伏乞皇上聖鑒飭部議覆施行謹奏奉硃批吏部議奏欽此

○○王文韶片 再永定河道萬培因稟稱該道去冬履勘兩岸工程感冒風寒觸發痰嗽氣喘舊病今春赴各汛驗收料秸熱大作喘嗽較前尤劇又增怔忡不寐等症據醫書云心血久虧兼以外感非靜心調養斷難痊愈該道職任宣防未便以病軀懸稟病具奏開缺回籍調理等情臣查萬培因歷年辦理修防諸臻妥協茲因積勞致疾係屬實情着准開缺回籍調理該道年力未衰將來病痊尚堪起用除飭委候補道賞延馨前往接署外所遺永定河道係專河要缺應照例請旨簡放以專責成理合附片具陳伏乞聖鑒訓示謹奏奉硃批另有旨欽此

○○武備院卿銜淮安關監督奴才文紳跪奏為恭報接印任事日期叩謝天恩仰祈聖鑒事竊奴才內府世僕知識庸愚渥受生成涓埃未報乃蒙恩命簡任淮安關監督感悚難名當即趨詣宮門叩謝天恩歸於陛辭之日仰蒙召見二次訓誨周詳奴才跪聆之下莫名欽感遵即起程出京茲於光緒二十一年二月初一日行抵淮安淮前任監督常恩將淮安關關防一顆書吏文卷等項委員齎送移交前來奴才望闕叩頭祇領任事伏查淮宿海三關分設大小口岸責重事繁在在均應體察現當海疆有事商貨販運甚稀尤須設法招徠認真經理奴才初膺鉅任倍切冰兢惟有殫竭血誠實力整頓嚴稽核以除積弊崇寬簡以恤商艱遇有緊要事件隨時與督撫臣咨商或就近與漕臣商辦總期便商裕課不敢畏難苟安冀答高厚鴻慈於萬一除將庫儲錢糧逐一確查取具實數另摺奏報外所有奴才接印任事日期並感激下忱理合恭摺謝天恩伏乞皇上聖鑒謹奏奉硃批知道了欽此

欽加四品銜賞戴花翎特授磁州調署永平府灤州正堂加十級紀錄十次許 為出示剴切曉諭事照得奉憲檄舉辦鄉團曾經諭飭各紳商及明晰示諭仍照縣辦聯庄舊章守望相助保衛身家所需旗幟器械在就地妥為籌款置備仍將辦理情形先行具稟查核飭遵在案本州唐山公出奉臬憲周面諭有稻地鎮田鴻逵在本鎮團練鄉民二百名並有旗幟器械聲稱團總蓮懷求見等因查田鴻逵並非諭飭舉辦鄉團之紳商且知該革生素不安分郭前州查拏有案竟敢集眾稱團藉此苛派實屬目無地方官除出票傳訊外合亟出示曉諭為此示仰該鎮附近村庄地甲人等一體知悉自示之後爾等與辦鄉團務須遵諭查照舊章秉公商辦總期得力衛民而不擾民為地方之急務各宜遵照毋違特示 右仰知悉

光緒二十一年二月二十六日 實貼稻地鎮

三月初七日輪船進口

連陞	輪船由上海	怡和行
牛庄	輪船由上海	太古行
禮定	輪船由上海	禮和门
生義	輪船由上海	信義行

三月初七日銀洋行情

天津	九七六錢
銀盤	二千九百零七文
洋元	二千一百文
紫竹林	九六錢
銀盤	二千九百五十文
洋元	二千一百三十文

直報

光緒二十一年三月初八日　第五十七號
西曆一千八百九十五年四月初二日　禮拜二

上諭恭錄　時文取士論　首重農事　傳辦鮮菜
試官爵里　援案領欵　明鏡高懸　敬送元卷
剝船行滯　驗鎗傷手　津鎮牌示　善舉請示
上忙開徵　酌宜團練　按律懲辦　天網恢恢
罪不容誅　籌濟餉需　京報節錄　告白照登

上諭恭錄

曾廣生錫霙着以文職用瑞斌着以文職用刑部安徽司主事着吳葆初補授雲南新興州知州着黃壽徽補授湖北蘄州知州着趙[illegible]補授雲南嶍峨縣知縣着羅會元補授直隸新[illegible]縣知縣着張石補授湖南溆浦縣知縣着王樹屏補授湖北漢川縣知縣着黃[illegible]元補授雲南麗江縣知縣着李星瑞補授山西[illegible]甯縣知縣著雷光第補授湖北通山縣[illegible]縣著高震鍒補授直隸阜城縣知縣着王伯[illegible]補授[illegible]滿教職王之珍着以教職用翰林院筆帖式着廣陞補授截取御史陳其璋郎中李善[illegible]內閣中書高繼昌國子監助教夏[illegible]桐學錄[illegible]光俱照例用擬補內閣中書英銳馬希援俱准其補授保舉直隸候補知縣陳曾翰着照例用熱河都統衙門辦事司員著清祥去[illegible]部文選司滿洲郎中溥興著准其補授欽此

時文取士論　曲溪居士稿

時文一日不廢天下一日不治非迂論也天下之治亂繫于人才自有明以時文取士而人才枯國家糜帑動數千萬招致無用之人亦歎相將朝登第夕授職矣說者謂與秦政焚書愚黔首同意不知充其弊不至失國不止今之舉人貢士有知兵者乎有知民事者乎有知天算精製造致富强者乎恐聾瞶人耳以此盈千萬聾瞶布散於天地之間幸而遇時平則貿貿然工諂媚行賄賂廣聚歛戕黎元不幸而遇兵戎不獻地求降則束手待斃耆耳間有一二奇特出身科第不爲時文所囿而指陳經濟時輩率多排擠又隱忍而不敢言政府亦非不知時文之害而不言者由彼既以此進身又傳諸其子若弟冀僥倖登第齒着不盡也於戲曾亦爲國計乎無國而有時文子若弟將何用矣且一國之文字國人所當習者也古者書爲六藝之一童而習之人人視爲固然漢以前未聞以讀書識字博爵祿者泰西文字亦莫不從音韵入彼國婦孺莫不知書由於求識字求達意而已今諸夏之能識字通六書解音韵反掛豈知出人下歟作時文故識字雖廢時文則識字易孔子曰君子不以言舉人又曰辭達而已矣聖人教人不曰修詞可致用也然則取士當如何曰所取如所用天算學以行軍以航海以製物化學以開鑛以製物以興農務他學視此曰公舉而後試之曰不限年足用而止然則如人衆何曰修鐵軌通轉販廣製造開鑛政治道涂精農務百廢具舉人食其力於衆乎何有且視老時文師餓死填溝壑者孰勝必有能辨之者

首重農事　○三月十六日大祀先農壇　皇上親詣致祭所有各衙門應值各差聞自三月初六日爲始經步軍統領衙門曾飭各旗兵丁將前門大街至先農壇止一律用黃土平墊以清蹕路並聞　皇上派出文武王公大臣照例先期齋戒三日十五日　皇上升太和殿看視祝版十六日卯刻乘輿出乾清門　太和門　午門　端門　天安門　大清門　正陽門直至　壇內齋宮上祭禮成後自　先農壇至　正陽門甕城內　關帝廟　興音菩薩廟拈香畢仍由舊路還宮云

傳辦鮮菜　○光祿寺每年於清明節前照例呈進各色菜蔬昨經飭傳鮮菜佃戶於三月初六日由右安門外豐臺村將各花廠洞內所產黃瓜冬瓜茄子等一切應用之菜用蒲包裝盛四十餘筐並加藍龍黃布遮罩妥速送進令蘇拉由光祿寺署內抬入東安門赴內務府照例呈交以便轉交御膳房謹備　御用已經內務府堂官驗明照收矣

試官里　○欽命乙未正科會試正考官徐蔭軒中堂桐現官太子太保頭品頂戴經筵日講起居注官協辦大學士吏部尚書管理八旗官學大臣翰林院掌院學士庚戌科進士漢軍正藍旗人　副考官啓尚書秀現官理藩院尚書管理雍和宮事務乙丑科進士滿洲正白旗人　李若農少宗伯文田現官禮部左侍郎己未科探花廣東順德縣人　唐春卿閣學景崇現官內閣學士兼禮部侍郎銜辛未科進士廣西灌陽縣人

援案領欵　○每逢大比之年所有貢院內一切供給向係順天府大興宛平兩縣墊辦所領之項原不敷用況近年聯科舉辦鄉會兩試以致欵項支絀異常今逢本年乙未正科會試之期場內應用浩繁無欵可墊已據大興宛平兩縣詳請順天府據情轉咨戶部仿照成案借銀十萬兩以備要差而免貽悞云

明鏡高懸　○順天府宛平縣張邑尊姑蘇人也前在順義任內才長折獄久已卓著賢聲今乃權篆宛平訟獄紛繁尤能案無留牘獄無覊囚以合使民無訟之本旨茲聞邑尊高懸示諭勸民息訟其文則明白曉暢雖婦人孺子皆能誦悉而于倩人關說訟事一端尤深切著明拒人於千里之外示中有屈而欲關說通情是視本縣之可枉理直而通情關說是責本縣之不公等語然則邑尊不誠明如秦鏡也哉

敬送元卷　○宛平縣正堂張明府敬送乙未科會試江蘇蘇州府闔屬三塲元卷

剝船行滯　○每屆暮春海運漕糧運檣北上陸續抵津再由各省剝船分載剝運以達通倉茲聞北河水淺僅有尺許亦有數寸者二百數十里中行船阻滯據船戶聲稱實所罕見本年運糧諒難迅速云

驗鎗傷手　○津中新造抬鎗俱仿洋式口門扣冒較為捷便日昨各鐵工有造成之鎗在閘口下河沿驗放不料所造之鎗口門不合將手面轟傷幸無大碍速赴醫養病院調治云

津鎮牌示　○天津鎮標務關路中軍守備張麟病故遺缺以務路存營千總安殿元護理所遺千總員缺以世襲雲騎尉劉嗣業署理又薊州營靑雲店汛把總高恩甲因案撤任以世襲雲騎尉陳自强署理又霸州營永清汛高樹榮病故遺缺以儘先把總雲世華補授其未到任以前即以候補把總周連陞署理

善舉請示　○欽加三品銜賞戴花翎保薦卓異陞用道府在任候補直隸州天津縣正堂兼辦營務處李　為出示曉諭事據候選訓導王文彬七品頂戴王道精舉人高樹南文童管乃光聯名稟稱竊職等於光緒十六年捐立廣濟補遺社一切規模即仿照閘口濟生社城內引善社章程辦理集有捐欵即作為備荒恤嫠施衣面義塾放生之用去冬施放棉衣褲二千套玉米面八千斤似於極貧戶口不無裨益每月有恤嫠米糧三十份皆係社中同人認眞查放歲以為常另設立義塾二座均坐落城西永明寺地方延請品端學粹塾師專授寒苦子弟至放生一節則隨時舉行存有餘欵另作為備荒之用業已試辦四年已有成效但以上各舉雖已次第舉行尚無辦公之地諸多不便茲有邑紳李益德情願將伊契購草房二十間捐施社內以資辦公洵屬勇於為善此房坐落新浮橋西南半皆傾圮不堪居住社中同人擬就地基另行捐建業已鳩工庀材擇日興築誠恐開工之時有無知之徒及附近鄰居藉端攪擾或有擅住房間不行遷徙者亦援濟生引善兩社舊案叩懇　恩准出示曉諭等情據此除稟批示外合行出示曉諭為此示仰附近居民人等知悉須知該處設立廣濟補遺社係屬善舉現擬就李姓草房地基擇期興工改建毋許藉端攪擾所有擅住房間人等務須一律早為騰清倘有無知之徒抗違不遵許該職等指名赴縣具稟以憑拘案究懲決不姑寛各宜凜遵毋違特示

上忙開徵　○昔人以撫字心勞催科政拙播為美談實則溺職莫甚　朝廷之於赤子所維而繫之者祇此區區錢糧以示相親

相保之誼地方官併此而不力爲經營又焉用此地方官爲哉本屆上忙已於二月下旬開徵邑尊按照舊章派八班差役頭目分路下鄉承催嚴諭各差如有催徵不力及勒索斯民者嚴懲不貸於此見邑尊於愼重　國課之中寓愛惜羣黎之意焉洵不愧民之父母矣

亟宜團練　○前經奉文飭令沿海各州縣會集紳董辦理鄉團以資捍衛其大沽後路如鹹水沽南北洋碼頭白塘口雙港等處尤關緊要雖早經設立鄉甲局其辦法未盡妥善緣現在辦理鄉團其實心者力有不逮其有力者心多不樂以致因循推諉覓成具文夫有力者五鄉之冠冠亟應首先倡率毋得觀望存心離力能聞警遷移較辦團省事省費豈知風聲鶴唳之中盜匪土棍即從此而起縱欲遷避半途刼掠處處可慮何如倡辦團防既足保護身家且可以壯聲勢從而辦團而得保獎者亦復不少愼勿惜此小費致貽伊戚也

按律懲辦　○本埠侯家後妓館有名小紅者妓女中之翹楚乃河間府人被某匪誘拐來津以致墜落烟花客歲其父在侯家後一帶明查暗訪偵知底蘊赴縣喊控邑侯李大令飭差立拘開妓寮之胡某當堂質對胡某直言不諱昨解省核辦定必按律問擬諒亦難逃法網云

天網恢恢　○本埠西門外祝起山店內崔癩子砍傷妓女身死一案已紀昨報自邑侯李大令懸賞緝拿已被某差拿獲到案昨大令提堂嚴訊案無遁飾即將崔癩子一犯收監鎖押聽候詳辦云

罪不容誅　○某甲武淸縣人於上年因顆粒未收攜妻來津覓食妻爲西頭某姓宅中傭工甲遂投入某營充當兵勇嗣即移任海口而甲妻時至街市購物適有右隣媼子某乙覩甲妻頗有姿色不免垂涎始而交談繼遇陰雨道濘即代步買物因此甲妻頗感其情爲其誘姦旋復被誘至太平庄小店內居住以衣食無資逼令賣娼甲妻於來津時已身懷六甲至太平庄未久即舉一男孩乙極其厭惡乘間將子掐死甲妻不勝憤怒吵鬧不休適甲奉差來津正尋妻不獲亦居此店聞聲頗熟至晚窺視果妻也不覺憤火中燒立即闖入將乙揪住拳脚交下大肆兇毆某乙猶不知事從何起遂即揪扭一處經人解勸甲始言明其故某乙大爲失色乘間逃逸甲已四旬以外向無子嗣聞乙害及初生之赤子尤覺痛不可忍遂欲興訟雪憤經其同夥勸息只得將其妻另爲安置似此旣誘良爲娼復掐斃幼孩可謂胆大惡極罪不容誅者矣

籌濟餉需　○督辦江西鹽局李觀察維翰去臘奉張香帥札諭江南奉調征軍五十餘營所有糧餉軍火暨一切轉運等費均由江南籌備供支需欵甚鉅加以南洋防務江海兼籌水陸募補增營購械支用尤繁全賴海防捐輸得以接濟且南洋爲長江門戶江皖川楚恃爲屏蔽鎖鑰旣固庭戶自安當此大軍北上捍衛根本之區欽奉　諭旨籌濟餉項各直省志切同仇誼關大局自必通力合作共濟時艱應即剴切勸諭紳富踴躍輸將除遵照部議按海防捐例請獎外如有捐輸鉅欵者應由勸捐委員隨時稟報奏請破格優獎札局妥爲勸辦務須向各紳富剴切勸諭曉以大義激發其同仇敵愾之忱早日集成鉅欵一有成數分批速解江寗以供要需所需塡用實收即由江寗總局分發等因觀察已大張告示剴切勸諭按江西紳富頗不乏人衣服之華器具之精一家動逾十萬宮室之美妻妾之奉一家動逾數十萬其人要不外鹽票商而已觀察督辦鹽局勸捐自易集事當必移家用以資國用報捐鉅欵仰邀破格優獎者香帥委任得人辦理得法豈非籌餉上策南洋幸事哉

京報節錄

宮門抄　上諭恭錄前報○三月初四日兵部　太常寺　太僕寺　正白旗値日　吏部引　見二十六名　禮部四名　內務府十四名　兩翼二十一名　廂黃漢七名　正紅滿八名　馥照假滿請　安　廣西正考官曹福元到京請　安　阿克東阿續假十日　英信請假五日　禮部奏請換戴凉帽日期　旨着於本月二十九日　召見軍機　長麟曹福元

○○步軍統領衙門片　再查奴才衙門所屬之步軍校等官均應在廳値班督飭該廳兵弁巡查地面緝捕盜賊不准稍有空誤茲查有步軍校福珠哩本月初四日在廳値班空誤且該員曾有記參之案此次仍不知愧奮竟敢復行空誤實屬差務疎懈若不據實參辦殊不足以儆效尤相應請　旨將正黃旗蒙古步軍校福珠哩交部議處以示懲儆爲此附片謹　奏請　旨奉　旨已錄

○○出使大臣內閣學士兼禮部侍郎銜臣許景澄跪　奏爲參隨等員各屆三年期滿擬請照案獎勵恭摺仰祈　聖鑒事竊查出使章

程隨使人員以三年爲期期滿奏獎歷經遵辦在案茲查有駐德三等參贊官四品銜候選同知林怡游於光緒十七年正月初九日隨同到洋接敘前在秘魯國差內資格業經援案保獎現自十七年八月十九日起連閏扣至本年七月十八日止計屆三年期滿又駐俄隨員分發試用縣丞方元熙駐俄四等繙譯官同文館學生陸徵祥均於十八年正月初三日到洋連閏扣至本年十二月初二日各屆三年期滿該員等遠涉重洋不避艱險實屬異常出力自應援案請獎擬請將駐德三等參贊官四品銜候選同知林怡游免選同知以知府不論雙單月遇缺即選並 賞加鹽運使銜駐俄隨員分發試用縣丞方元熙擬請免補縣丞以知縣仍分發省分歸候補班前先補用並 賞加同知銜駐俄四等繙譯官同文館學生陸徵祥擬以縣丞不論雙單月遇缺即選並 賞加布政司理問銜合無籲懇 天恩俯准給獎以示鼓勵除將該員等出身履歷繕送總理各國事務衙門轉咨吏部查核外所有參隨等員三年期滿照案請獎緣由理合恭摺具陳伏乞 皇上聖鑒 訓示謹 奏奉 硃批着照所請該衙門知道欽此

〇〇武備院卿銜淮安關監督奴才常恩跪 奏爲恭報交卸印務日期循例恭摺奏 聞仰祈 聖鑒事竊奴才一年任滿恭閱邸抄光緒二十年十一月初七日奉 旨淮安關監督着文紳去欽此茲於光緒二十一年二月初一日新任監督到淮奴才隨將淮安關關防一顆暨書吏文卷等項委員齎送移交接督並將庫儲錢糧逐款交代淸楚由文紳查明具 奏奴才即行起程回京供職所有交卸印務日期除恭疏 題報外理合循例繕摺奏 聞伏乞 皇上聖鑒謹 奏奉 硃批知道了欽此

〇〇德馨片 再查前准戶部咨倉場總督奏請將江西輕齎銀兩自光緒九年起仍循舊章解赴通濟庫交納一摺光緒八年十一月二十日奉 旨依議欽此當經行據糧道節年遵照辦理在案茲據督糧道劉汝翼詳稱光緒十九年分江西應解輕齎銀兩循舊辦交通庫以供支放今將前項銀六萬一千九百五十六兩五錢五分五厘如數動放札委候補知縣羅培鈞領解於二十一年二月初一日起程由湖北等省正站行走解赴倉場總督衙門交收等情前來臣覆核無異除咨明戶部外所有起解十九年分輕齎銀兩緣由理合附片陳明伏乞 聖鑒謹 奏奉 硃批戶部知道欽此

浙紹朱鈍翁世擅歧黃脉方穩當屢治大症及婦幼産痘著手回春仍寓彌勒菴

本號代售英國挖溝鐵鍬隨帶皮囊如有需用者請至本號撿閱價值格外從廉 東城根錫鍜齋鐘表舖謹啓

陳雨蒼風醫 啓者有病之家無力延醫請於早辰九點鐘午後一點鐘下午六點鐘至海大道養病院後陳宅診視有不能就診者必須寫明住址及姓氏名號送本本宅方能撥冗往診本宅存心濟世門診與規一概不取分文

茲啓者本堂新刻津門孟筱帆孝廉平舒劉紫山選拔兩名士合刻賦鈔註釋詳明誠爲後學之津梁也更有靑照草堂重註七家詩並試帖舉隅二種大爲士林推重洵屬古學金針又有覇州吳河帥文安陳學士合輯水利叢書實爲目前急務凡有志於水利者無不以一見爲快至於各種書籍筆墨無不揀選精良善本以期近悅遠來凡刻詩賦文集善書等板刷印裝訂書籍自當精益求精工省價廉萬不敢稍涉含混有負賜顧 寓河北關上毘盧室義合主人謹啓

啓者本齋新收到殿板精本各種舊書數百種另備書目一本倘蒙博雅好古諸君 賞鑑祈 駕臨本齋購取可也另有新書開列 孔叢伯通德遺書 錢儀吉碑傳集 嚴可均全上古三代漢魏六朝文 通鑑長編紀事本末 春秋大事表 南宋文錄錄 山東攷古錄 金石屑 望堂金石 樊南文集補編 黎純齋續古文辭類纂 古玉圖 十種古逸書 漢學堂叢書 秦漢瓦當文字 金石聚 石印正續金石粹編 津門徵獻詩 文美齋謹啓

拍賣牛白

啓者本行准於本月十一日禮拜五下午兩點鐘在太古洋行內拍賣殘米六百九十六包冰糖八十包紙邊二包什物如有欲買者祈早來該處面拍可也特此佈聞 集盛洋行謹白

三月初九日輪船出口
連陞 輪船往上海 怡和行
生義 輪船往上海 信義行

三月初八日銀洋行情
天津九七六錢
銀盤二千九百零七文
洋元二千一百文
紫竹林九六錢
銀盤二千九百五十文
洋元二千一百三十文

直報

光緒二十一年三月初九日　第五十八號
西歷一千八百九十五年四月初三日　禮拜三

上諭恭錄　問日本師出何名　監守自盜
認眞緝捕　覘死如歸　因戲釀命　瘋人敲鎖
盡批照錄　歸案訊究　三管領餉　伍善相打
如願以償　京報錄　曾白照登

上諭恭錄

硃筆遣徐桐爲正考官啓秀李文田唐景崇爲副考官欽此　硃筆遣同考官着惲毓鼎楊晨余誠格周克寬寶豐韓培森陳曾佑吳嘉瑞于齊慶王式文彭述周樹模吳蔭培劉玉珂彭清藜陳榮昌鍾廣許晉祁去欽此　硃筆遣內簾監試着桂年王會英去內場監試着文郁溥松敬祐聯錦吳光奎宋承庠胡惪鑾劉桂文去欽此　硃筆遣場內督理稽察着左翼副都統崇年右翼副都統澧深去欽此　硃筆遣收掌試卷等所官着孫培元翰屏劉華蘇玉霖楊祖蘭江逢辰王清穆朱祥暉羅學煜和庚吉蔡中燮沈貴琛史宜右靳學禮孟廣模孫文翰郭書堂王耆馨許象明汪文衡李振中李寅齡文明去欽此

問日本師出何名

古昔兩國兵爭必有所藉口或其國失禮於己或其國爲衆所棄或其國君德昏暴荼毒生靈或其國奸黨橫行强竊國柄之數事者均足以肇啓兵戎而取禍敗三代以來興亡相繼備載經書於今爲烈故曰與治則罔不興與亂則罔不亡也夫禮之衛人堅於城郭非禮之寇人甚於兵戈人必自侮而後人侮家必自毀而後人毀國必自伐而後人伐此親仁善鄰之所以爲國寶也春秋衛爲狄滅文公徙居於楚邱大布之衣大帛之冠務材訓農通商惠工不十年而衛以富庶當時蒙其庥後世稱其德宜其莫招外侮矣徒以晉文爲公子出亡過衛衛文不禮乞食野人野人與塊公子怒過曹曹共公聞其駢脅浴薄而觀之公子又怒曹臣喜負羈之妻曰吾觀晉公子之從者皆足以相國若以相夫子必返其國返其國必得志於諸侯得志於諸侯而誅無禮曹其首也及晉文返國覇諸侯果先滅曹遂伐衛衛幾亡鄭爲王室懿親秦晉圍鄭以其無禮於晉且貳於楚也晉軍函陵秦軍氾南鄭亦瀕亡惟子產善爲命無失禮鄭始少安魯報齊怨請師於晉晉卿郤子請於晉君益其師自將之大敗齊齊君幾不免遂爲城下盟郤子曰必以蕭同叔子爲質蕭同叔非他齊君之母也郤子何爲而戾若是以曩者聘齊郤子登齊母帷房笑客故隱怨怨毒之於人甚矣哉而春秋不甚晉文郤子之罪者以曹衛齊鄭失禮啓釁有由也中興日向以禮接屢尋盟會禮爲天下古今貴賤之公物皇天后土四鄰君民神人共鑒中與日失禮何在抑或曰兼弱攻昧取亂侮亡古之制也三代之失失在人心得其心斯得天下故得人者昌失人者亡春秋傳曰失其所與不智周爲衆棄失諸侯諸侯失友邦是以秦人披中持兵連年不解至六王畢四海一秦恐後世割裂仍爲敵國乃削名城殺豪俊鑄鋒鏑絶天下之望慮甚密矣而四海愁苦人皆棄秦陳勝項籍因而長呼起兵山澤皆應漢之三國蜀與吳違故幷於魏晉東晉以來劉聰石勒慕容垂苻堅姚興赫連之徒紛起而各不相合元幷之南方未服元氏自分爲周齊周幷齊授之隋隋取梁滅陳一天下懼不久立於上也常有猜防不安之心嚴法峻令以杜天下之變訴滅謀臣舊將而卒死於楊素之手煬帝之際天下大亂莫救夫聖人之取天下非驅而來之守天下非劫而留之也天下諸侯共尊如舜時之覲訟獄然後不得已而爲天子若周之太王去邠邑岐從如歸市文王事殷歸者六州得道多助孟津之役不期而會者八百國故武曾戊

夫吏不書武為弒君自秦迄隋無不以為衆所棄然後興王者起而伐之中國懷柔萬邦已非一世通商而後審屬來廷友邦盟會五州之中皆與中國為密戚往歲 皇太后萬壽各國慶賀朝鮮於危亡之際猶冒鋒鏑而出來祝岡陵觀萬國儀物之感其心已蓋可知矣獨日本稱戈實出意外彼豈謂中國之君德有闕乎湯誓曰時日曷喪予及汝偕亡民欲與之偕亡故湯放桀周書曰無若殷王受之迷亂又云腊朝涉之脛剖賢人之心故皇天震怒秦暴其民漢勤於邊五代之間尤不堪命以逮勝國隆萬天崇之際賦斂徭役視我 朝之重奚啻倍蓰日人自思其國之誅求於民者視中國為何如貿然興師其辭奚[illegible]若夫奸黨橫行強竊國柄致興問罪之師者三代以前則少秦漢唐宋以後則多秦之二世趙高李斯之子李由等擅權於內而陳勝吳廣之兵起漢之高帝時反者九起概為諸侯文景以來復有淮南濟南吳楚之亂武帝承文景之富首挑匈奴建元間兵禍始作其春戾太子生自是之後三十年未息師而巫蠱事起京師流血僵尸數萬其最慘者新莽曹瞞司馬氏概借除亂以為亂而叔季之尤而效者比比也唐自高宗聽李勣許敬宗立武后以周纂唐中宗任武三思韋后與安樂公主合謀毒弒中宗元宗寵貴妃任李林甫楊國忠安祿山遂陷長安肅宗受制於張良娣李輔國擅政致肅宗不得以子道事上皇代宗任程元振吐番遂入寇德宗受欺於盧杞趙贊以致敗憲宗敬宗為宦奴所弒文宗受制於家奴昭宗為朱全忠所弒矯立昭宣唐以灰燼宋之神宗繕甲兵以備鄰國而樞密之臣無遠猷致薛向為橫山之謀韓絳效深入之計陳升之呂公弼等陰與協力師徒喪敗曾較之寶元慶曆之敗不及十一而邊兵背叛京師騷然降至徽欽秦檜竊柄金師猖獗而寢以亡矣勝國嚴分宜與魏璫等盜權誤國致啓兵端罪尤張顯大抵倭人內出強敵外來勢有相因理有必至讀書掩卷未嘗不廢然三歎也我 朝開國以來君聖臣良中外所仰日人以希圖朝鮮遂事詭譎處處要挾雖能以一手掩天下目能掩萬世目耶吾知秉陽秋者必將舉筆而大書特書曰某年月日日本賊入寇

監守自盜 ○京師粥廠之設費 天庾之正粟勞大吏之經營所以哀無告之窮民而活溝壑之餓殍也雖 皇恩浩蕩 闓澤原可均沾然年力強壯之人及差堪自給之[illegible]苟不求自食其力惟偃臥嬉游終日仰給於粥廠如犬豕之受飼於人者亦可謂喪心無恥之甚者矣昨見前門外打磨廠普善堂之衆竟有年在二三十歲上下之婦女塗脂抹粉者不勝其數適有幫辦司事王悅亭者常住粥廠監視放粥見少婦姍姍而至不禁涎垂吻外於二月二十八日早晨待粥放畢少婦尚未出門王始則以言調戲繼而作探胸之舉該少婦大聲一呼其母若妹等尾隨其後共將王飽以老拳經人勸散王自知理屈當即隱避未敢聲張有知其事者謂士如此妄為咎由自取尚無足異聞王倫竊 米攜家食用經該廠 夫頭俞某查知王求為隱瞞崩角在地詎被新開路居住樂大善士訪悉前情深為切齒汚其善舉之名擬即竭力整頓送官懲究未知確否俟訪明再錄

認眞緝捕 ○都門地方人烟稠密良莠不齊自交春以來明火搶劫之案層見迭出而各街巷堆撥雖職司稽察查拏盜賊奸宄奈不實力奉行盡屬敷衍了事以致盜匪肆行無忌頃聞榮振華授大金吾篆後以 輦轂之下豈可任盜賊橫行不但為閭閻之害亦實不成政體即飭各段技勇兵丁務須認眞晝夜巡查以安市廛而弭盜賊大金吾等復以身率屬每夜親督兵役梭巡數次期盡厥職故近日城內夜間各街巷擊柝傳號之聲連環不絕如此整頓庶幾乎無尨吠盜鮮鷄鳴也

視死如歸 ○洪範五福其首曰壽是壽者相固為福之徵也奈何身享大年遇逢奇窘竟自願促其死如某叟者哉二月二十八日京師前門外東城根護城河岸上有年逾古稀之某叟以身既無杖鄉之榮寵家又無擔石之積儲忽然誓不欲生潛投河內行人赶即撈救不料已魂赴水晶宮矣當經該管地面總甲赴南城司報案禀請相驗由官發給棺木暫為殮埋以待親屬認領詳城存案觀者莫不羨其高壽而歎其水厄焉

因戲釀命 ○京師崇文門外手帕胡同有甲乙二人比隣而居甲有子乙有女年方十齡並皆韶秀兩小無猜門草尋花倍形歡愛父母鍾愛之不知禁也三月初一日二人戲裝新郎新婦前後擁護以口舌代鼓吹固孩戲之常無足異也詎乙妻聞知俟女歸痛責之[illegible]尋甲子詢其何以戲弄其女甲詢知顛末慰以好言始去甲子聞之懼父母見責不敢歸甲尋獲曳回痛加鞭撻次日子遽吞阿芙蓉

滬畢命甲病子情切將詣東城司坊報案復經和事老人力爲排解未悉能完結否

瘋人被鎖　○前門外北官園有王某者向爲某營汛弁於三月初二日猝患瘋疾不省人事在街亂毆行人霎時裸體飛奔投入崇文門外護城河內當經伊兄得信覓人從河中撈出抬回家中伊兄恐因瘋疾釀成禍端復用鐵練暫鎖以防不虞近日京師各街巷地方屢有陸染瘋疾者未識何故云

憲批照錄　○生員劉龍華稟批據稟及呈原卷均悉支奏二字係本道親自加批另蓋圖章爲憑講中不妥處並加塗抹試交院中多士細閱是否被屈當有公論毋庸多瀆此批又剝船戶穆海山等稟批船戶欠米較多未放工食應存留賠補何得率請全數給發實屬有意朦混斷不准行候行楊村廳查照觀察辦理庶政斟酌得宜至公至正就此兩端亦略見一斑也

歸案訊究　○某統領所帶三營勇丁因斷滋鬧已兩紀報端茲聞某統領昨在道轅經道憲呂庭芷觀察提堂會審據稱有某候補縣經管本營糧台賬目私用洋蚨八百元云云現某統領某候補縣一併發縣看管矣

二營領餉　○本郡鎮標三營勇丁約有一千餘人歸本不多從前老少不齊藉充各汛巡查之用該兵仍難果腹自客歲海氛不靖鎮憲吳掄峯軍門擬改三營練軍嚴加挑選一律精壯按期訓練冀成勁旅三月初八日早三營營哨各官以及勇丁人等齊赴鎮轅領關春餉赳赳桓桓一洗綠營積弊從此整頓洵可謂養一兵得一兵之用矣

伍善相打　○上善水局於初四日在關津公所擺會請客於初五日酬勞伍善會首敬以將事情文兼至是日用午飯時有樓後苗姓者無中生有肆口譏刺宮北之高大起以其出言無狀疑其有心譏已始以舌劍唇槍繼則茶碗不翼而飛人聲爲之鼎沸會首極力調和各自走散詎苗姓意猶未愜竟率領多人尋高毆打值高未在座苗即混罵一場經人勸走迫高返座知苗欺人太甚亦怒不可遏即執木棍一根獨往尋苗被苗率領多人拳打脚踢磚瓦齊施傷高頭面血流如注幸而多人解紛否則高之性命難保現在高因傷重難保無虞而苗仍欲糾人將高置之死地似此宴會之際竟無端起衅已屬無賴之尤而苗某已將高重傷猶復意爲不足其兇橫情狀概可想見有地方之責者若不懲此强梁則良善者何以安耶

如願以償　○本埠新浮橋下停泊民船一隻船板極朽已不可離舟子某甲衣亦藍褸情形甚苦現值各河開通每慮無油鹽之費昨某雜貨船一隻在浮橋下揚帆下駛風順溜急不料忽將朽船撞壞某甲即持篙用武幸附近船戶羣起說合斷付某甲修理船錢十吊文某甲心滿意足其事始寢云

京報全錄

宮門抄　上諭恭錄前報○三月初五日刑部　都察院　大理寺　正紅旗值日　無引見　奈曼王請假十五日　成公請假十日　明桂續假十日　宗人府奏派致祭　慕東陵　派出奎瑛　都察院奏派專司稽查　派出徐郙　召見軍機　汪鳴鑾阿克丹

○○巡視北城山西道監察御史臣齊蘭等跪　奏爲遵保獲盜出力官紳請　旨獎勵恭摺仰祈　聖鑒事光緒二十年十二月十六日准步軍統領衙門移稱據北營參將臘展遊擊王長蔭督飭候補守備郭玉魁等會同前署北城副指揮徐成立紳士趙景濂等拿獲結夥持械刃傷事主搶刦多贓盜犯劉立莊等一案又據把總凌秀等會同前南營都司曾崇蔭拿獲劉立莊等案內盜犯馬二等五名傳同被刦事主解經步軍統領衙門奏交刑部審辦嗣准刑部訊明將各犯按律定擬罪名於光緒十九年十二月二十一日具　奏奉　旨劉立莊李三即李三仔沈二馬二楊二王二即山楂仔均擬斬決梟示張七狗兒着即處斬餘依議欽此欽遵抄錄原奏ヶ照前來並聲明拿獲此案之文武員弁應得獎勵由各該衙門自行辦理等因開列獲盜官紳銜名清單移會到城ヒ等查該司坊紳董等均能不分畛域弋獲巨盜多名緝捕尚屬勤奮未便沒其微勞自應照章分別請獎以示鼓勵而昭激勸謹將尤爲出力各員繕具清單恭呈　御覽伏候　飭部核覆施行再此摺係臣城主稿會同南西二城辦理合併聲明謹恭摺具陳伏乞　皇上聖鑒謹　奏奉　旨已錄

○○巡視北城山西道監察御史臣齊蘭等跪　奏爲遵保獲盜出力官紳請　旨獎勵恭摺仰祈　聖鑒事光緒二十年十二月十六日准步軍統領衙門移稱南營參將瑜瀕泉等督飭前南營都司曾崇蔭會同北城揀調副指揮張翊昌南城紳士閻太古等拿獲結夥持械

舍書搶刼刃傷官兵賊犯破頭李六等一案傳同被刼各事主解經步軍統領衙門奏交刑部審辦嗣准刑部訊明將該犯按律定擬罪名於光緒十九年十一月初四日奉 旨李六即破頭李六着即處斬梟示餘依議欽此欽遵抄錄原奏知照前來並聲明拏獲此案之文武員弁應得獎勵由各該衙門自行辦理等因開列獲盜官紳銜名清單移會到城臣等查該司坊紳董等均能不分畛域弋獲巨盜緝捕尚屬勤奮未便沒其微勞自應照章分別請獎以示鼓勵而昭激勸謹將尤爲出力各員繕具清單恭呈 御覽伏候 飭部核覆施行再此摺係臣城主稿會同南城辦理合併聲明謹恭摺具陳伏乞 皇上聖鑒再查西城給事中鳳英會同臣等奏保拏獲盜犯王三等出力請獎案內北城紳士縣丞銜樊寶青請以縣丞不論雙單月遇缺選用前經吏部以該員捐納縣丞銜之案檢查直隸賑捐案內並無該員之名應令查明覆奏再行核辦等因於光緒十九年正月二十八日具 奏奉 旨依議欽此欽遵知照前來當經飭查去後茲據成香水局紳董等稟稱該紳樊寶青係順天通州人遵例在直隸賑捐局報捐縣丞銜光緒十七年二月二十日領有戶部核准執照在案請呈驗執照仍照原保給獎等情前來臣等覆查無異合無仰懇 天恩俯准 飭部註冊出自 鴻慈理合附片陳明謹 奏奉 旨已錄

扣餉滋事 本月初二夜營口希字營蔣統領來台攜到山海關善道台咨以該軍赴津資遣屬代籌發該營二月餉項銀一萬四千五百四十九兩七錢又找支各欵銀一萬九千七百五十二兩一錢八分五厘除在營發過湘平銀五千兩外本糧台找發庫平銀二萬九千四百七十七兩零二分八厘立即填給滙豐銀行憑照面交蔣統領收取趕放二月之餉初三日午後該營差弁同銀行人持票前來加蓋帳房圖記即由該行照兌詎初四午後忽傳該軍在河東地方么家店將蔣統領圍困轟放洋鎗左近店舖均已閉戶本台督辦聞信後輕騎前往彈壓蔣統領尚在圍中衆勇丁踊訴統領逼繳軍械軍衣每名祇發二月餉銀一兩因此衆心不服邀向統領算賬欠餉勢甚洶洶當經督辦許以二月分餉由台追回按名散放每名先給小口糧二百文軍心始定遂向蔣統領追出公砝平銀一萬四千兩初五日早督辦親赴河東散放庫平足銀七千六百餘兩次日又放西關餉項庫足銀一千五百餘兩窰窪親兵隊餉庫足銀三百餘兩誠恐該勇等望給遣資在津逗留滋事當以定武軍尚短兩營復挑選精壯收伍其餘多由別營挑去此該軍因扣放月餉幾乎釀變之實在情形也乃蔣統領不自引咎輒以帳房蓋印躭延以冀彌縫塞責抑何不返躬自問耶至多餘餉銀俟善道台到津劃算歸結 糧台帳房告白

拍賣告白

啓者本行准於本月十一日禮拜五下午兩點鐘在太古洋行內拍賣殘米六百九十六包冰糖八十包紙邊二包 仕商如有欲買者祈早來該處面拍可也特此佈聞

集盛洋行謹白

陳雨蒼施醫

啓者有病之家無力延醫請於早辰九點鐘午後一點鐘下午六點鐘至海大道養病院後陳宅診視有不能就診者必須寫明住址及姓氏名號送交本宅方能撥冗往診本宅存心濟世門診輿規一概不取分文

本號代售英國挖溝鐵鍬隨帶皮囊如有需用者請至本號檢閱價值格外從廉

東城根錫嘏齋鐘表舖謹啓

告白 續永慶昇平 續施公案 萬年青初二三集 富貴錄 百寶箱 彭公案 第三才子 第一奇女 醉菩志怪 花月姻緣 續今古奇觀 巧合奇冤 醒心編 竊寶錄 開闢演義 五十名家手札 皆大歡喜 日本新政考 日本師船表 湘軍志 東三省地圖 日本地圖 中外東海詳細圖 楚軍馬步營制 後四才子 南北宋 東西漢 後英烈傳 草木春秋 後聊 後列國 子不語 說唐征西 飛龍傳 綠牡丹 笑中緣 七俠五義 前後七國 鐵花仙史 髮逆圖記 粉粧樓

文奐齋謹啓

三月初九日輪船進口

北直隸 輪船由上海 怡和行

三月初十日輪船出口

公平 輪船往上海

禮定 輪船往上海 禮和行

生義 輪船往上海 信義行

三月初九日銀洋行情

天津九七六錢

銀盤二千九百一十文

洋元二千一百零五文

紫竹林九六錢

銀盤二千九百五十文

洋元二千一百三十文

直報

第五十九號
光緒二十一年三月初十日
西歷一千八百九十五年四月初四日　禮拜四

上諭恭錄　何永祥告災書　停戰約欵　耗費太多
俚語新聞　督轅榜示　查抄私庄　鬧餉了事
會文課案　營墻興工　營門選事　好人難做
塘口防務　京報節錄　告白照登

上諭恭錄

上諭徐桐現在入闈吏部尚書着翁同龢兼署欽此　上諭李文田現在入闈禮部右侍郎着廖壽恒兼署其所署之工部右侍郎兼管[?]法堂事務着錢應溥暫行兼署欽此　上諭楊頤現在入闈都察院左副都御史着沈恩嘉署理欽此　上諭溥良現在入闈理藩院左侍郎着榮惠兼署欽此　上諭啓秀現在入闈理藩院尚書著崑岡兼署欽此　旨啓秀現在入闈廂黃旗蒙古都統着榮祿署理其所[?][?]白旗漢軍都統着奕謨暫行署理欽此　旨溥良現在入闈所管廂白旗漢軍副都統着長麟署理欽此　上諭張之洞奏請將約束不嚴之管帶官懲辦等語廣東陸路提標守備張武管帶粵勇駐防鎮江西門外所部勇丁離營滋事不服彈壓該守備約束不嚴實難辭咎張武着即行革職以示懲儆滋事勇丁着嚴飭統帶官副將李先義訊明按照軍律懲辦餘着照所議辦理該部知道欽此

何永祥告災書

敬禀者永祥向在津時常聞順直水災實未身歷其境而南北官紳獨以寶坻爲最而不知玉邑爲尤最蓋玉邑歷年水災實與寶坻無異而官義兩賑偏重於寶邑去歲玉邑雖有冬賑不過杯水車薪有賑之名無賑之實故其苦較寶邑爲尤最也其災民之景況著於耳目者或得糠粃一升不待舉火已被兒女生啗殆盡或得小米數升做粥陰置紅礬其中舉家相抱痛哭然後飽食而死或閉門不出者數日鄰人踰垣視之合家僵臥已死如是各村餓斃者已十有三四其家少有者已將衣屋拆典罄盡終日不得一飽亦爲苟延殘喘而已而最窮者竄質無所出服勞無所事乞食無門風餐露宿奇慘萬狀筆墨難宣於是斃於街市者有之斃於道路者亦有之更有將親生十一二歲兒童衣服剝盡捆縛棄於道路凍餓而死尤可慘者方今野無草根可食悉將樹皮剝食殆盡尚有啖泥土吞敗絮食蔴袋者未幾皆脹飽而死種種情形實令聞者傷心見者隕涕言念及此已不覺聲淚俱下矣想我　大人慈仁素著聞之當更爲酸楚也今雖有存焉者亦盡鵠面鳩形朝不保夕望賑之殷直如旱苗望雨然欲救此一賑救此殘生斷不可敷衍了事徒博虛名必須廣集資財身歷其境按名查放務使實惠均沾萬勿假手非人不關痛癢作威作福令災黎望而生畏且藉端侵吞肥己豈不更苦此蒼生哉愼之愼之永祥忝列民[?][?]目情傷愧無拯溺之力敢獻芻蕘之請敬祈我　大人發菩薩心施金剛力在津約請各善堂諸善長及仗義疎財仁愛好生之紳商君子共發慈悲惻隱之心籌撥善款大則極次均沾小則專及極貧或專及一堡二堡蓄由萬金至千金皆無不可也無論善欵若何難籌捐項若何難勸　乞格外設法速往救援幸甚幸甚永祥日處此愁慘之地睹此一生未聞未見之苦難情形終日坐不安席食不甘味蓋天良發現有不期然而然者望　大人早賜好音是所切禱肅此叩懇敬請　福安　何永祥謹禀三月初三日

此函係友人何景山交來云是其本族人世居玉田者目覩災情不忍膜視囑本館登報以冀　仁人君子　達官長者大發慈悲拯此

奄奄一息之民本館詳加察訪該處實有若干村落如函中云云者因即排列報端以供衆覽伏願痌瘝在抱之君子速賜援手救得一人勝造浮屠七級想當仁不讓必有起而拯之者不勝激切待命之至　本館附啓

停戰約欵　○第一欵大清大日本帝國政府現今中日兩國所有在奉天直隷山東地方水陸各軍均確照以下所訂條欵一律辦理　第二欵兩國軍隊應遵該約暫行停戰者各自須駐守現在屯紮地方但停戰期內不得互爲前進　第三欵中日兩國現約在停戰期內所有兩國前敵兵隊無論或攻或守各不加增前進並添派援兵及加一切戰鬥之力惟有各分派布置新兵非遣往前敵助戰者不在此欵之內　第四欵海口轉運兵勇軍實並所有戰時禁物仍按戰時公例隨時由敵船查捕　第五欵兩國政府於此約簽定之後限二十一日期內確照此項停戰條約辦理惟兩國軍隊駐紮處所有電線不通之處各自專馬知照兩國前敵如將領於得信後亦可彼此互相知照立即停戰　第六欵此項停戰條欵約明於明治二十八年四月二十日即中國三月二十六日夜半十二點鐘屆滿彼此無須知會如期內和議決裂此項停戰之約亦即停止中日兩國全權大臣即行簽押蓋印以昭信守

耗費太多　○京師雖爲首善之區人烟稠密然官民所食米糧皆由各省載運而來或由各糧行出糶民間食用刻下各糧店糧價高抬雖有順天府設立前門外西珠市口大和館彰儀門大街普善堂琉璃廠安平公所義倉平糶局三處名謂公平出糶實則紳董弊竇叢生諸憲出示曉諭每人只准購米二升一概不准多買每斤米價需當十大個錢二百八十文每日由晨至午男女紛紛擁擠以致官役數十人擅用皮鞭毆責而差役飯銀每日所費甚鉅紳董及糶局夥友每日兩餐亦屬不菲似此辦理不善祗圖一時口腹肥潤不管日後一切虛空無怪都中居民莫不怨聲載道惟望諸公自知愧奮極力整頓庶可免厥咎戾也

俚語新聞　○都門每值鄉會之年或題目舛誤有編成聯語以資戲謔者茲因軍務等事不知何人編成數聯轉相傳示未免鄙俚卻係新聞請貫報登之　衞達三呼冤赴菜市劉坤一拚命到榆關　肅宮闈兩貴人同貶失旅順七統領偕逃　馬賊全歸矢鳳柱翰林齊劾李鴻章　左總兵著黃褂劾死葉大帥扯白旗逃生

督轅榜示　○署理北洋大臣直隷總督部堂兼管長蘆鹽政雲貴總督部堂王　爲榜示事照得本署督部堂於二月初九日考試會文書院舉人舉行決科今將文卷評定甲乙並獎賞銀數開列於後其獎賞銀兩飭由運司迅速不期當堂發給須至榜者　計開上取舉人十六名　陳　桂　劉嘉琛　朱懋昌　姜秉善　劉恩源　王叔瑞　劉嘉瑞　凌　雲　王銘恩　徐　煊　高凌爵　宋文濱　孫星橋　胡　濬　沈耀奎　王　樾　第一名至五名名獎銀十兩　六名至十名各獎銀八兩　十一名至十六名各獎銀六兩

次取舉人五十五名　胡祖堯　王兆泰　李錦源　劉文蔚　劉嘉琦　劉汝驥　龐　堦　任嘉莪　陳世銳　陶喆甡　李春棣　孫維源　姜擇善　陳世鑣　劉福田　趙葆元　高壽祺　劉艮璧　周士選　王如瑜　黃耀庚　鄭德寶　陳恩榮　楊紹宗　陸繼周　牛桂榮　張　壎　周士廉　陳錫年　張昌言　振　洵　張玉琨　華學淇　王憲章　吳恒瑞　趙掌文　楊鳳藻　周召南　李春澤　王仁沛　張克家　華世鏞　佛勒混泰　張雲鴻　趙毓　高樹南　周汝坊　劉文治　韓金鰲　溫其玉　鄭文彩　劉學瀛　劉鳳洲　周鳳鳴　楊月村　第一名至十名名獎銀五兩　十一名至五十五名各獎銀四兩　備取舉人十八名　陳世忠　蔡如梁　徐維域　常文雋　金文彥　董世　王守珣　劉鳳篆　王錫嘏　劉雲鵬　杜聯陞　林向滋　蘇紹泉　李斗山　劉長容　呂壽銘　李秉元　王炳奎　每名各獎銀三兩

查抄私産　○本年二月間奉旨查抄衞汝成寓所住所財物房産已見邸鈔暨錄前報茲聞皖省督撫憲來電云天津海下某地方有衞汝成雜貨店一處並某當舖寄存銀若干兩督憲王夔帥已飭縣尊李大令派差將雜貨店某掌速拘來案並將某典寄存銀兩一併起獲云

鬧餉了事　○奉軍鬧餉一事兩紀報端初六日經糧臺發給一個月餉銀先點名繳軍械繳號衣隨即付給銀三兩幾錢放完散畢另有定武軍粘示招募砲隊已選得精壯勇敢者三哨尚餘兩哨未經招齊每名每日先發小口糧津錢三百文俟募齊按定武軍章程

發給大餉此事已平安了結幸矣哉司兵柄者慎勿尅扣餉銀私圖肥己也

會文課案　〇欽命二品頂戴署理天津新鈔兩關監督北洋行營翼長代理直隸通商事務兼管海防兵備道黃　爲月課事照得本年正月二十二日考試會文書院制藝課卷業經評定甲乙榜示在案今將收錄字課大卷上中次名數暨獎賞銀數開列於後　計開上取舉人八名　李春澤　常文雋　高凌雯　凌雲　劉嘉琛　姜擇善　陳恩榮　王叔培　第一名至八名各獎銀二兩　中取舉人八名　高凌霨　陶喆甡　高振鋆　陸繼周　鄭文彩　姜秉善　張燦文　宋文濱　第一名至八名各獎銀一兩五錢　次取舉人十六名　胡祖堯　華學淇　孫維源　李錦源　杜聯陞　張雲鴻　高壽祺　周士廉　龐奎垣　吳恒瑞　劉雲鵬　蔡如梁　溫其玉　陳錫年　振　洵　佛勒混泰

營造興工　〇前候補縣徐大令赴北塘一帶履勘地基已紀昨報日昨有南鄉土工約百餘人齊赴河東車站地方抬坐火車馳赴北塘聞係該營總統定於三月初九日爲始鳩工庀材尅期竣事經之營之不日成之可爲該營營詠之

營哨選事　〇司兵柄者營規必須嚴肅若平時毫無紀律任兵丁胡爲亂鬧至臨敵亦必不遵號令見敵先逃　國家糜費餉金又焉用此多兵爲哉前有某營勇丁在侯家后娼寮滋事爲該處土棍打散詎初八日有該營哨官李某率領一哨之人在侯家后一帶辱罵該處土棍十數人又來爭論被該哨官捉獲二人帶至該營捆於樹上用棍責打至今未放據訪事人來言若此姑隱其營名是非有無以觀厥後

奸人難做　〇昨有賣油郎王甲住閘口小店早出夜歸挑油擔挨戶相送生意頗不寂寞有孟乙同居是店旅費不繼爲主人下逐客令徬徨門首殊覺可憐王憫之解衣推食並爲之代付房錢孟亦甚感之爲王肩擔出入日以爲常日昨王與孟偕出王至某舖內櫃算帳令孟守油擔候於門外詎時逾片刻王將帳目算清出門尋孟已不知去向疑其先歸也至店亦杳然無迹到處訪尋迄無下落據稱擔上油固滿甕尚有津蚨七千竟爲孟拐去此一事也又西門外某小店內住鹽山賣雞子人某甲與同店某乙認作同鄉衣之食之已非一日昨甲將雞子賣畢得錢六十三千某乙以爲現錢不易出境銀價甚廉何弗以錢帖易銀較爲有益甲信之留津錢三千作川費以帖六十千交乙同赴街市行至擁擠處乙竟潛遁甲至錢店顧乙已不知所在沿路叫喊亦無蹤影疑其回店另有他事當即赶回亦杳不可得甲惟有痛哭流涕自怨自艾而已世情如此奸人難做可不懼哉

塘口防務　〇倭氛不靖南洋各海口經上憲調兵籌餉防堵維嚴現聞督憲張香帥以浦東周浦塘口地方亦係海灘要衝應得設兵鎮守刻已會商提憲譚軍門檄飭駐紮常熟縣城之淞北營參將劉參戎長春督兵移防該口以資鎮懾而安閭里

京報節錄

宮門抄　上諭恭錄前報〇二月初六日工部　鴻臚寺　廂白旗值日　無引見　意公玉書各假滿請　安　啓秀因伊姪以文職用謝　恩　湖南臬司俞廉三請訓　陳其璋李善初預備　召見　召見軍機　俞廉三陳其璋李善初

〇〇經筵講官太子太保大學士管理兵部事務臣額勒和布等謹　奏爲遵　旨議處具奏事軍機處交出光緒二十一年二月十二日奉　旨此次賊竄牛莊湘軍初次接仗輒即敗退吳大澂身爲統帥徒託空言臨敵疏於調度致損軍威宋慶以牛莊失守率軍回救田莊致賊乘虛襲踞營口宋慶吳大澂自請嚴議均屬咎無可辭姑從寬改爲交部議處以示薄懲等因欽此欽遵到部兵部查定例海賊登岸殺傷兵民失事地方提督聞報不即帶兵進勦者降二級調用私罪又例載派往出兵及駐紮大臣官員遇有議處之案應降級調用者帶所降之級仍留軍營効力暫停開缺俟事竣之日兵部將前案具奏請　旨吏部查定例凡公罪私罪俱按照本例議處其例無正條者方准引律又律載凡不應得爲而爲之事理重者杖八十係公罪降二級留任係私罪降三級調用各等語此案賊竄牛莊湘軍初次接仗輒即敗退吳大澂身爲統帥徒託空言臨敵疏於調度致損軍威宋慶以牛莊失守率軍回救田莊致賊乘虛襲踞營口宋慶吳大澂自請嚴議欽奉　諭旨從寬改爲交部議處自應照例議處應請將幫辦軍務四川提督宋慶照海賊登岸殺傷兵民失事地方提督聞報不即帶

兵進職降二級調用私罪例議以降二級調用係屬私罪毋庸查級紀議抵該員現在出征應照例帶所降之級仍留軍營効力贖愆俟事竣之日將前案具 奏請 旨交部查從前軍務省分統兵文職大員劉城失利僅止以調度無方奉 旨交部議處查臣部按照不應重公罪降二級留任例議處今吳大澂徒託空言疏於調度致損軍威未便照公罪辦理自應引律按私罪核議應請將湖南巡撫吳大 照不應重私罪律降三級調用例議以降三級調用係私罪毋庸查級紀議抵所有遵 旨議處緣由是否有當伏乞 聖鑒訓示遵行再此摺係兵部主稿會同吏部辦理合併聲明謹 奏請 旨奉 旨已錄

〇〇福潤片 再安慶府知府聯元委署安廬道篆務所遺安慶府員缺係省會首郡政務殷繁時有發審案件必須才識練達之員方足以資治理茲查有鳳陽府知府曾樹椿才優識卓勤政愛民堪以調署遞遺鳳陽府篆務查有候補知府王詠霓通達政體辦事慎勤堪以委署該員曾樹椿任內並無督緝己起四叅案件據署藩臬兩司會詳前來除分檄飭遵外謹會同署兩江總督臣張之洞附片具陳伏乞 聖鑒謹 奏奉 硃批吏部知道欽此

扣餉滋事 本月初二夜營口希字營蔣統領來台携到山海關善道台咨以該軍赴津資遣屬代籌發該營二月餉貝銀一萬四千五百四十九兩七錢又找支各欵銀一萬九千七百五十二兩一錢八分五厘除在營發過湘平銀五千兩外本擬台找發庫平銀二萬九千四百七十七兩零二分八厘立即塡給滙豐銀行憑照面交蔣統領收取趕放二月之餉初三日午後該營差弁同銀行人持票面來加蓋帳房圖記即由該行照兌詎初四午後忽傳該軍在河東地方么家店將蔣統領圍困轟放洋鎗左近店鋪均已閉戶本台督辦聞信後輕騎前往彈壓蔣統領尚在圍中衆勇丁跪訴統領逼繳軍械軍衣每名祇發二月餉銀一兩因此衆心不服邀向統領算欠餉當經洶洶當經督辦許以二月分餉由台追回按名散放每名先給小口糧二百文軍心始定遂向蔣統領追出公砝平銀一萬四千兩初五日早督辦親赴河東散放庫平足銀七千六百餘兩又日又放西關餉項庫足銀一千五百餘兩窰洼親兵隊餉庫足銀三百餘兩誠恐該勇等 給遣資在津逗留滋事當以定武軍尚短兩營復挑選精壯收伍其餘多由刑營挑去此該軍因扣放月餉幾乎釀變之實在情形也乃蔣統領不自引咎輒以帳房善印號延以冀彌縫塞責抑何不返躬自問耶至多餘餉銀俟善道台到津劃算歸結 粮台帳房告白

陳雨蒼施醫 啓者有病之家無力延醫請於早辰九點鐘午後一點鐘下午六點鐘至海大道養病院後陳宅診視有不能就診者必須寫明住址及姓氏名號送交本宅方能撥冗往診本宅存心濟世門診與規一概不取分文

本號代售英國挖溝鐵鍬隨帶皮囊如有需用者請至本號檢閱價值格外從廉

東城根錫嘏齋鐘表舖謹啓

茲啓者本堂新刻津門孟筱帆孝廉平舒劉紫山選拔兩名士合刻賦鈔註釋詳明誠爲後學之津梁也更有靑照草堂重註七家詩並試帖舉隅二種大爲士林推重洵屬古學金針又有覇州吳河帥文安陳學士合輯水利叢書實爲目前急務凡有志於水利者無不以一見爲快至於各種書籍筆墨無不揀選精良善本以期近悅遠來凡刻詩賦文集善書等板刷印裝訂書籍自當精益求精工省價廉萬不敢稍涉含混有負賜顧 寓河北關上毘盧室義合主人謹啓

啓者本齋新收到殿板精本各種舊書數百種另備書目一本倘蒙博雅好古諸君 賞
鑑新 駕臨本齋購取可也另有新書開列 孔叢伯通德遺書 錢儀吉碑傳集 嚴可均全上古三代漢魏六朝文 通鑑長編紀事本末 春秋大事表 南宋文錄錄 山東攷古錄
金石屑 望堂金石 樊南文集補編 黎蒓齋續古文辭類纂 古玉圖 十種古逸書
漢學堂叢書 秦漢瓦當文字金石聚 石印正續金石粹編 津門徵獻詩 文美齋謹啓

拍賣告白

啓者本行准於本月十一日禮拜五下午兩點鐘在太古洋行內拍賣殘米六百九十六包冰糖八十包紙邊二包糖菓十箱仕商如有欲買者祈早來該處面拍可也特此佈聞

集盛洋行謹白

三月初十日輪船進口
怡生 輪船由上海 怡和行
和生 輪船由上海 又

天津三月初十日銀洋行情
天津九七六錢
銀盤二千九百一十文
洋元二千一百零五文
紫竹林九六錢
銀盤二千九百五十文
洋元二千一百三十文

直報

光緒二十一年三月十一日　第六十號
西曆一千八百九十五年四月初五日　禮拜五

上諭恭錄　練軍實　廉官衙里　命案待查
嚴懲賭棍　督轅牌示　制勝有法　服毒自盡
募勇照登　竊土被獲　枷滿釋放　麥苗被啄
京報節錄　晉白照登

上諭恭錄

上諭光祿寺少卿田志肅奏請飭各省整頓捕務等語除盜之原全在各州縣認眞緝捕消除未萌若如所奏各州縣怠惰自安捕務廢弛遇有盜案並不上緊蹤緝以致風日熾甚或搶奪衙署拒捕傷人則又規避處分諱盜不報馴至聚黨成羣釀成巨案積習相沿殊堪痛恨著各省督撫嚴飭所屬州縣一體整頓捕務凡遇盜案一面稟報一面立即捕拿倘有諱匿不報情事即著嚴參懲辦如能剪除巨盜及拿獲鄰境盜匪准由該督撫從優保奬以靖奸宄而安良善欽此　太常寺題四月初一日孟夏時享　太廟奉　旨朕親詣行禮　後殿遣載勛行禮東廡遣恩崐西廡遣錫光各分獻欽此　又題四月十四日常雩大祀　天於　圜丘奉　旨朕親詣行禮四從壇遣鍾秀立瑞英俊黃永安各分獻欽此

練軍實

天下事言之於得爲之時常患於不見聽言之於見聽之日又常患於不及爲則如今日練兵一事是已夫與中國搢紳先生談今日西洋之兵法無異與洋人談中國取士之八股雖以莊周之口辯孟韓之筆達罕譬曲喩窮日移晷終不悟其所以然者事爲耳目所未經理在意慮所不及故耳無已請先言中西之同異可乎中國重文輕武漢末已有其風宋代以還此敝尤甚往嘗晤英使巴夏禮謂中國此習不除將才何從得出國勢何自而强僕驚歎其言服爲篤論雖　朝廷舊制崇尚武功彼此二途固無歧視而無如國俗既成終莫能變今爲武官其出身固弗論矣自棄於流品之外苟賤貪殘即有一二賢豪力微勢孤不克自奮而西洋則大異是彼以爲文官之所以貴者通文墨也講道藝也達爲政也習掌故也而西洋無不通文墨不講道藝不達從政不習掌故之武官又益之以衽金革援鼓須能執干戈以衛社稷然則武者必能兼文而文士或無武略英之威令敦法之拿破侖美之華盛頓德之畢斯麻克皆由武員而爲宰相總統者也而文官帶兵則從無其事且其兵不止此西洋武官又分海陸而海將方之陸將則又爲優蓋其知兵事冒矢石則海陸同而海將又能習風濤精駕駛陸將有戰事而後冒危險海將則無時不冒危險者也且今日戰爭多以海戰分利鈍之局其責任尤不輕故西洋各國海軍可以節制陸路而陸路不得節制海軍凡此皆西國講武之實事也此其優劣輕重之分與我中國之所爲正相反耳至於其兵則法德二邦凡民皆兵矣英俄諸國則有額兵額兵之外又有民練此皆日討國人而教訓之者也而中國自髮捻之亂以來天下無兵而有勇無兵而有勇則臨事有烏合之弊已事則游匪之憂以之禦患必不足以之遺亂却有餘蓋自有中國來武備之不綱至於今日爲已極今且勿論敵以十餘年生聚教訓之師與我爲難其手足與器械相忘其耳目與旗鼓相應與圖至精營堡堅善臨陣之頃勢若常山之蛇首尾互應之雖與爭鋒也若第即其待兵之法而互論之則勝負之數已昭然可覩矣外國之待兵也生則有餉死則有以䘏其家傷則有以供其醫藥而未戰之頃凡所謂雨暘寒暑勞苦疾疢其保持而調燮之者蓋無微而不至彼其心非僅市恩於其兵如吳起吮疽之爲也蓋深知三者之

氣力乃一卒一夫氣力之積不如是焉將不足以戰也譬諸養馬潔水泉選芻豆避炎凍時調御非愛馬也愛吾馬而欲得其死力也夫均是人非敵勇而我獨怯也凡有血氣皆不能無私其私善夫顧甯人之言有國者不能使天下無私要在合天下之私以爲公彼共兵見己所長慮而却顧者國家皆爲道地矣則死敵之念勃然作矣況夫彼知主將之才足以深恃而無畏小有創痏醫可復完也哉是故其兵難破至於我之所以待吾兵者何如此今有耳有目者皆所灼見而眞知可無俟僕之贅論者矣嗟夫今前敵諸將其稍知士卒甘苦者獨宋少保馬鎮軍與聶軍門數公而已而其軍遂較可恃曩聞西人言遼東某營兵臨陣受傷入院養治聞主將拔營有日不待傷之全愈刃疾從行言與主將及同營之人義同生死西人感歎往者戈登威妥瑪皆言華人當兵天下無敵耐苦一也順令二也好義三也患在無將帥耳其言豈不信哉　此稿未完

簾官爵里　○欽點乙未正科會試同考官經貢院掣籤第一房吳內翰蔭培現官翰林院編修庚寅科探花江蘇吳縣人　第二房周內翰克寬現官翰林院編修丁丑科進士湖南武陵縣人　第三房王內翰式文現官翰林院編修癸未科進士福建晉江縣人　第四房楊侍御晨現官湖廣道監察御史巡視南城察院事務丙子科進士浙江海寧州人　第五房陳內翰榮昌現官翰林院編修癸未科進士雲南昆明縣人　第六房彭內翰清黎現官翰林院編修癸未科進士湖南長沙縣人　第七房彭內翰述現官翰林院編修丙戌科傳臚湖南清泉縣人　第八房于內翰齊慶現官翰林院編修丙戌科進士江蘇江都縣人　第九房劉內翰玉珂現官翰林院編修丙戌科進士湖北安陸縣人　第十房周內翰樹謨現官翰林院編修己丑科進士湖北天門縣人　第十一房余內翰誠格現官翰林院編修己丑科進士安徽望江縣人　第十二房吳內翰嘉瑞現官翰林院編修己丑科進士湖南長沙縣人　第十三房惲內翰毓鼎現官翰林院編修己丑科進士順天大興縣人　第十四房鍾內翰廣現官翰林院編修己丑科進士漢軍正黃旗人　第十六房許內翰晉祁現官翰林院編修庚寅科進士　第十七房陳內翰曾佑現官翰林院編修己丑科進士湖北蘄水縣人　第十八房宗室寶內翰豐現官翰林院編修己丑科進士正藍旗人

命案待查　○凡問刑衙門所用刑具皆按定例式樣製造除竹刑皮鞭外至棱子軋槓子跪鍊跪磚搖銷鍇潑冰燈火燒戰船等名目皆爲非刑然滾水澆身火燒下體實爲罕聞罕見之事昨宣武門外黑窯廠地方於三月初六日清晨棄有女屍一具約年十餘歲經該管地面總甲劉榮赴北城司報案稟請陳敬春指揮領吏仵穩婆親詣相驗據仵作佩芳穩婆薛氏喝報驗得已死女屍仰面肚腹近下兩腿兩臀均係被火燒傷胸前兩乳均有滾水澆傷委係因傷身死因該屍未悉何人拋棄街巷希圖滅跡移禍閭閻雖查無親屬認領但係案關人命未便草率了事應詳請會同五城指揮相驗並飭甲查訪屍親嚴緝兇犯務獲究辦其中抑或另有別情俟訪悉再錄

嚴懲賭棍　○天下事最足禍人者莫甚於賭最足啓爭者亦莫甚於賭蓋賭有勝負勝固可喜而負者常八九負則蕩產負或輕生負則一貧如洗貧者一錢如命口角之事由斯而起管鮑之交由此而疏世人不悟每喜步盤龍後塵甘受父兄之撲責良友之規箴或遭縲絏而終不知悛改猶幸例禁綦嚴地方文武各官互相稽察此風終不免也即京師宣武門大街爛麵胡同菓子巷保安寺街一帶凡陳設迷龍者皆冒充某大僚轎屋名號竟明目張膽誘人子弟亦非一朝一夕矣三月初六日午後宣武門大街許家號賭局因窩藏匪徒近日屢奉廷寄嚴緝著名匪棍三十餘名之多當經五城步軍統領衙門嚴飭甲捕上緊緝拿迄今日久竟獲匪徒單刀王三山賊張老二名餘犯均未弋獲現奉榮振華大金吾嚴諭南營飽參戎帶領兵捕多名詣家號賭局立即拏獲同賭人犯四十一名一併解案鎖押詳解步軍統領衙門咨送刑部按律從嚴懲辦以儆賭風現聞都中城內外各街巷一帶賭局均已斂跡矣

督轅牌示　○欽差署理北洋通商大臣直隸總督部堂兼管長蘆鹽政雲貴總督部堂王　爲牌示事照得實缺州縣以上及曾經署事之候補各員請咨引見近來多有逕行來轅稟請其有無經手未完事件本署督部堂無從查考仍須飭司查明具詳方能給咨殊多周折嗣後請咨各員應稟司核明轉詳發給以期簡捷而昭核實合行牌示一體遵照辦理毋違特示

制勝有法　○我國家深仁厚澤二百餘年當茲有事之秋凡食毛踐土之儔尙思力圖報稱況身居將領爲士卒表率者乎昨閱

餉一事乃彰明較著者此外有此弊病之軍恐亦不免竊思將領所食薪俸其數皆百十兩不等即或費用較繁似亦不難敷衍何致深冒不韙上干法紀下犯衆怒卒至臨陣交鋒一聞砲聲率皆崩潰未必皆士卒之無良也將領平日有以召之耳試觀宋宮保所統之軍士飽馬騰無論舊卒新兵凡隷其部下者强者固强弱者亦强日前七里坑一戰與日軍猛轟二十一點鐘之久前隊被擊後隊復前將日兵擊斃盈千累萬據日人口稱從無見此惡仗請思宋軍何以能得如此死力耶蓋平日待軍士如子弟宮保不私一錢食不兼味兵得食而後甫食銀餉隨時關支是以士皆効死人盡用命彼四十二日一關餉而又七折八扣者視此不相去天淵耶本館不憚煩言一再瀆瀆深願各將領破除積習大振軍聲使他日凌烟題名瀛台畫像不愈於今日干犯罪戾上既負 國下亦傾家縱有多金豈能帶到森羅殿打點閻羅包老耶噫

服毒自盡　〇本郡西門外永豐屯吳家大院水地方紀禿子前見附近趙姓雇載船一隻裝錢出境買糧紀禿子知現錢當時不准出境約同某　查驗詎爭到船己無踪趙姓反將紀送該管局段訊責紀禿子愈思愈氣竟吞服阿芙蓉膏毒發身死其妻某氏赴縣喊控蒙縣委大令帶差役仵作人等至屍場相驗實係服毒自盡將趙某當場責處一併帶縣歸案審辦云

募勇照登　〇江南淮揚總鎮潘軍門現奉　大帥行知招募才字正右兩營仍按淮軍章程什長每銀每月四兩八錢親兵護勇每月四兩五錢正兵每月四兩二錢如願投軍者即赴西門外源發店內報名註冊現給小口糧俟點驗成軍再給大口糧毋得觀望自悞特示

竊土被獲　〇本年南頭窰一帶以推土車爲生者十居其二每日赴下坡義地前後取土習以爲常現淸明佳節正當用土之時昨早被看義地某甲瞥見將小車土筐一併留下聲稱送官究辦土車等急煩附近隣居央求方將土車釋放某甲聲稱以後再有竊土情事爲隣居是問云

枷滿釋放　〇本埠河東李家樓腳行韓某前與火神廟後門毆有自殘傷數處經某縣委驗出將韓某飭差重責大板一百交班鎖押日前提堂覆訊枷號五日以示薄懲現枷期己滿於昨日將韓某釋放云

麥苗被豖　〇順天府屬大城縣各村屢被水災困苦情形筆難罄述該處有退水之地就此天氣融和耕耘數畝以期麥秋豐稔餬口有貲詎意大城水地頗多素有野鴨聚族而居兼之鴻雁滿地現今麥芽滋苗正將暢旺之時竟被鴨隊豖殘靑靑者變爲枯槁胡天不弔致斯民無生機之望耶噫

京報節錄

宮門抄　上諭恭錄前報〇三月初七日內務府　國子監　廂紅旗值日　無引見　翁同龢等各謝署缺　恩　薛允升張仁黼敬邑花甸阿各假滿請　安　阿公致祭　明陵請訓　椿壽請假五日　立山續假五日　瑞洵請假十日　掌儀司奏初十十一日祭　奉先殿載瀛載津行禮　召見軍機　薛允升廖壽恒〇初八日理藩院　鑾儀衛　光祿寺　正藍旗值日　無引見　崑岡假滿請　安並謝署缺　恩　裕德延茂李端棻馮文蔚徐致靖樊恭煦明安各假滿請　安　山西巡撫張煦到京請　安　良伯等口外賜奠回京請　安　恭王釐公德魁各續假十日　召見軍機　張煦　田志肅　現換銀鼠袍褂

〇〇巡視北城山西道監察御史臣齊蘭兵科掌印給事中臣唐椿森跪　奏爲請　旨飭部詳定五城借揀差委人員揀補章程恭摺仰祈　聖鑒事竊臣城前出有北城副指揮一缺經都察院堂官督同臣等遴選得人地相宜之借揀副指揮張翊昌請補當即咨查吏部該員於出缺月分是否在部投供有無各項事故等因去後嗣經吏部覆稱以該員與例未符飭令另補查吏部則例內開其西北兩城缺出應將借揀之員揀補時適同月數員等原班輪選到班仍先儘原班選用其該城應行揀補之缺即令另行揀員請補按此條例如果該員等原班適同月並未輪選到班則毋庸另行揀補矣足見借揀人員原無不准揀補之說又查則例內開遇有中東南三城正副指揮吏目缺出需用題補時應補無人正指揮則將候選進士知縣對品之通判借選副指揮則將候選舉人知縣候選州同借選吏目則將候選廩

者附出身正從九品並捐納候選正從九品借選乃部章既有借選之例則借揀人員本無不准揀補之說更為明矣茲張翊昌請補一缺經部議駁是借揀人員終無補缺之期揆之情理未免向隅除已遵照部駁另行揀員請補毋庸吏議外惟查臣城 揀差委人員遇有奉派各差無不矢慎矢勤奮勉將事其才堪勝繁者頗不乏人若令永無得缺之日實不足以資鼓勵將來差委之員必致無人就揀相應請旨飭下吏部嗣後遇有西北二城司坊官員缺出所有 揀差委人員如果人地相宜不論有無得保儘先揀補案據即准一律揀補核與吏部定章亦屬相符庶足以昭公允臣等為鼓舞人材起見是否有當伏乞 皇上聖鑒 訓示遵行謹 奏奉 旨已錄

○○二品頂戴新授江西按察使臣翁曾桂跪 奏為叩謝 天恩籲請 陛見仰祈 聖鑒事竊臣接奉護理湖南撫臣王廉行知准吏部咨光緒二十年十二月十三日奉 上諭江西按察使着翁曾桂補授欽此聞 命自天悚惶無地當即恭設香案望 闕叩頭謝 恩伏念臣一介菲材兩膺藩政由刑曹出守衡郡謬陟監司自祖父咸受 國恩久延州祿涓埃未報兢惕方深茲復渥荷 溫綸晉陳臬事臬司有除暴詰奸重任豫章為襟江帶湖要區擣昧如臣懼弗克勝惟有籲懇 天恩俯准微臣恭 闕廷跪聆 聖訓俾得有所遵循以期仰答 高厚於萬一所有微臣感激下忱並陳請 陛見緣由理合恭摺叩謝 天恩伏乞 皇上聖鑒再臣甫經交卸藩司篆務清理善後厘金各局經手未完事件尚未回岳常澧道本任此次發摺 用湖南藩司印信合併聲明謹奏奉 硃批着來見欽此

○○奴才鳳秀跪 奏為叩懇 天恩賞假回籍修墓恭摺瀝陳仰祈 聖鑒事竊奴才祖塋年久失修前於光緒十六年由 盛京兵部侍郎任內蒙 恩調補京刑部侍郎時即應修理惟是年方向不宜至十八年復蒙 聖恩調補 盛京工部侍郎且近年來雨水頻仍聞有沖刷處所若不急為修理恐於塋次有碍奴才每逢祭掃之辰遙感私衷倍增歉憾詳查本年方向甚屬相宜再四思維惟有籲懇 天恩除去往返程途 賞假兩月俾奴才得以回旗修理少釋追遠之思一經事畢即行銷假回任不敢稍涉稽延致曠職守所有奴才請假修墓緣由恭摺瀝陳伏乞 皇上聖鑒謹 奏請 旨奉 硃批現當軍務緊要所請着不准行欽此

○○奴才覺羅崇歡跪 奏為恭報奴才接任日期叩謝 天恩仰祈 聖鑒事竊維前任烏里雅蘇台將軍永德於上年八月間進京陛見所有將軍印務遵 旨飭交奴才暫行護理奏經恭摺具陳在案嗣於本年正月初十日接准兵部咨內閣抄出光緒二十年十一月初八日奉 上諭永德着留京當差烏里雅蘇台將軍着崇歡補授欽此欽遵前來奴才跪聆之下欽感難名當即恭設香案望 闕叩謝 天恩接任訖伏思奴才覺羅世僕才識庸愚疊荷 恩綸既任參贊涓埃未報兢惕時深茲復蒙 聖恩擢授將軍重任受 命自天感悚無地奴才惟有於一切邊疆要務及應辦事宜與滿蒙參贊大臣等和衷商辦俾臻妥協以期仰答 高厚鴻慈於萬一至奴才應查倉庫糧餉軍器等項俟查明後另行具奏所有恭報奴才接任日期叩謝 天恩緣由理合恭摺具 奏伏乞 皇上聖鑒謹 奏奉 硃批知道了欽此

三月十一日輪船進口

德禮 輪船由上海 禮和行

怡生 輪船由上海 怡和行

和生 輪船由上海 又

天津三月十一日銀洋行情

天津九七六錢

銀盤二千九百二十文

洋元二千一百零七文

紫竹林九六錢

銀盤二千九百六十五文

洋元二千一百三十五文

直報

光緒二十一年三月十二日　第六十一號
西曆一千八百九十五年四月初六日　禮拜六

上諭恭錄　練軍實續前稿　耕耤上儀　衝撞節麾
續獲貢盜　流民乞食　恩施格外　窩米獲案
投河遇救　途有餓殍　慈幼善舉　停柩令起
添工製造　江藩牌示　臬轅節錄　督臺照錄

上諭恭錄

上諭增潤奏假期已滿病仍未痊懇請開缺一摺上駟院卿增潤着准其開缺欽此　上諭綿宜奏假期已滿病益增劇懇請開缺一摺盛京戶部侍郎綿宜着准其開缺欽此

練軍實　續前稿

又今日用兵不外三器曰步隊曰馬隊曰礮隊操縱分合舉凡所以爲戰不外是三而工兵醫部長夫三者輔之步隊則有槍有槍刀有鎗有鏑馬隊有馬槍有長刀有手銃砲隊有大砲有佩刀工兵長夫有手銃如弓大如籐牌如杷如短刀如長戟皆無所用之而我不知兵尚守長短相輔柔以制剛之舊說跳躍呼號有如兒戲外人目擊竊笑而爲其事者尚晏然而不自知故蒙嘗謂華人今日最切病痛正坐不通洋文唯不通洋文故不特無以知彼抑且無以知己吾聾聵聵焉行一事造一謀虛詞鋪飾掩耳盜鈴自謂人無知者不知已有人焉執簡操筆指其瑕以議其後有時傳播數萬里之外而同國者尚晦昧一無所知日積月累而外人攻弱兼昧取亂侮亡之心亦日以益甚一旦禍發雖有聖人莫之能救假使當事者各通洋文則不獨自以知外敵之情而且自以自鑑而預爲之所矣其禍豈至此哉且中國今日將帥之乏才有不待深察而後知爲爾者約而論之除寥寥數公差強人意而外其餘則不外二途而已一則尅扣暴虐致軍心憤憤誓欲倒戈一則知恃兵衆而不知所以爲戰其出隊也如率赭衣而往棄市其心愈固死者愈多二者雖賢不肖大壞而敗軍僨事則一而已是故處今日而求練軍實知練兵非難而訓將爲難夫將而曰訓此中國前古所未有也周之方召漢之衞霍唐之褒鄂宋之韓岳舉未聞係何學堂出身此說固也然今日西洋之制其爲前古所無者豈徒訓將一端而已西洋兵有學醫有學農工商皆有學此皆中國之所無中國所有獨八股學耳又何足以爲典要耶今且無暇言其詳吾第知爲今日將領而不出於專門之學者必無當而已雖然其事尚有難者將領雖良猶之器也其調度之人外之而督撫將軍內之而軍機大臣而其權則總之　皇上今使將領皆知兵矣而　皇上與中外調度之大臣皆不知兵譬如一人之身其手足耳目皆靈而腦筋獨病顛倒昏亂茫不自知其人之能禦患捍災用以長存者又幾何哉然則總而論之中國今日治標最急之事莫如練兵練兵而不訓將則兵雖練無益將訓矣而　君相不知兵則將雖訓又無益也是故處今日而言強兵之道必自　皇上講武始矣倭既得高麗之後日與韓王談兵以謂兵者大權國主所宜獨握假使不習其事其弊有不堪言者亦此意也若中國猶謂兵者可不學而能操至高之論謂兵之運用在乎一心餉資爲無益也則非吾之所敢知矣且天下禍雖至近每未嘗至於眞不及救也而因循者先事既不肯圖臨事又常以無及而坐廢即如今日之事禍作者將一年矣假使去年五六月間使西南各省之總督恪按西法精練一軍三萬六千人每軍各募洋將數十百人爲教習則三月之久可使其兵整齊而馴習六月之久可使一軍千餘

人之將弁粗知戰守趨避之方至其事之較難如測繪如工程如製器則皆可借才而爲用夫如是至今年春始東方雖已失利而兩江閩浙兩廣雲貴四川陝甘湖廣有精練之七軍二十餘萬人隱然以與敵相待吾恐倭食之不下咽也議者將謂吾言之甚易而行之實難即此二十餘萬人器械子藥勢烏從出不知此中國自不爲耳事未嘗難也事裂以來我之絡頌其縻於軍械者已幾何矣假使去年中國將此購械之費分其半以購製械之機器募製械之洋匠擇要地通都以立廠令每月可出二三萬支槍數千支陸砲數十萬子藥此非難辦事也此日本村田鎗法也而我不爲爲者坐苟且闇昧無遠圖而要啜汁之利之人衆耳尚何言哉尚何言哉

耕耤上儀 ○三月十六日 皇上於卯刻詣 先農壇行耕耤禮由 內廷出乾清門 太和門 午門禮輿用校尉十六人肩荷以行 皇上御朝衣朝冠掛一百零八顆珍珠朝珠靖轎校尉皆穿紅綢駕衣禮輿左右御前大臣慶邸濤貝勒等朝衣團龍褂冠紅寶石頂跨刀騎馬隨行又有稽察之上虞備用處侍衛宋占魁張憲周二員管轄鑾儀衛官冠軍使玉衡思普一員兩旁步行輿前九龍黃雲緞曲柄傘一柄武備院司員會連福海順崇厚永祿文彩慶堃承連寶昌騎馬持行兩旁提爐十二對侍衛馬尚德解兆鼎李承恩徐海波陳邦榮張進國傅懋凱姚占鰲杜龍光鄭瑞龍李永陞林國俊拜唐阿文衡長臻春瑞熙齡玉潤文榮恩華吉祿恩春賽崇阿玉芳鍾秀輪侍步行再前有八駿馬金鞍玉鐙鵝黃韁轡胸垂紅纓每騎一官牽行係上駟院阿敦侍衛富祥阿恩慶麟貴玉奎齡寶圖塔布福春也八駿之前除鹵簿龍鳳扇孔雀豎斧鉞掌拳龍頭纓儀杖數十對外則三旗侍衛巴敦甫立豫甫大臣等數十員負長槍佩儀刀懸跨刀弓撒袋箭均騎馬排行聯若雁序肅若鵷班再前即爲金輅玉輅象輅革輅木輅以象背負寶瓶隨扈有豹尾槍儀刀棒弓擎箭拜唐阿富謙存志吉泰寶琛文治鍾泉嗜思哈玉順桂芳色克通額仲熙炳坤定昌恩和文龍壽祉文蓮康齡瀋通興昌鳳年錫瑞榮璋全陞書奎榮桂耆綿麟賢耆綿廣德銘文翰崇廉紹英文成順鳳凌玉照榮四十人自禮邸克邸莊邸誤貝子澤公濂公御前侍御內務府三旗滿漢侍衛各項官弁隨行者百數十騎皆跨刀挾弓貫矢出端門天安門大清門兩旁站有護軍前鋒宗室德隆宗室謙光奕功唐音布豐阿恒恩普佩刀持鞭每距數武肅然侍立至不陪祀之王公文武大臣皆朝服於午門前跪送正陽門有步軍統領榮振華大金吾崇副金吾年長石農劉金吾率領步營各汎劉參遊都守千把外委各員弁跪送由石路直南約五里之遙沿途一帶各巷口內結蓆棚外遮藍幛各有綠步官兵內外把守禁止閒人往來喧笑肅靜無嘩兩旁舖戶皆扃閉門戶每舖店門前立一人身穿袍褂跨刀持鞭蓋護軍營打街兵也及 聖駕詣 先農壇換八人亮轎肩至壇前 上步詣拜臺致祭 先農讀祝行禮樂部作樂於表後 上詣太歲殿拈香畢 具服殿總督內監恭備更衣傳用早膳御膳房按序以進賞膳畢更換黃龍袍至耕耤所舉行典禮畢 皇上乘亮轎至豐成宮御寶座 賞從行耕耤王大臣茶諸臣叩首跪飲謝恩 皇上仍禮輿出壇門入 正陽門甕城至關帝廟菩薩殿拈香廟內住持羽士跪迎門左拈香畢入大清門由舊路還宮至 上耕禮節候派出從耕王大臣應如何扶牛耕種再行詳錄

衝撞節麾 ○日前總辦團防事宜大臣會同五城院憲督飭五城司防各官練勇局哨官於前門外西城根地方高搭蓆棚設備公案閱視練勇刀矛火鎗操演之際比時旌旗飄颻適有某宗室乘坐馬車飛馳而過當經勇丁攔阻倚勢不服意欲逞兇旋經總辦團防大臣嚴諭哨官將宗室某拏獲解交琉璃廠團防 局究治沖撞之咎不知作何了結

緝獲眞盜 ○近以都門以封案層出步軍統領嚴飭各營認眞踩緝賞罰分明以故連日拏獲搶劫盜犯小閔等十三名業經訊明確供錄送刑部審辦已見邸抄頃悉三月初七日左翼番役在崇文門外太陽宮地方踩得騎驢人二名形迹可疑一再盤詰搜其身畔得洋鎗二枝利刃一把解交左翼官廳審訊據供曾在京北懷柔縣搶劫得贓分用潛逃來京等語當經轉解步軍統領衙門訊究諒不日一併咨送刑部按律懲辦矣

流民乞食 ○津郡城東北各村莊屢年被水淹沒困苦異常去年之水更甚於先年現屆青黃不接小民實無生計昨有大張庄劉安庄柳台等村老幼婦孺約有二百餘人來津俱在署督憲行轅吳楚公所前守候長跪乞食日暮尚未散去據若輩云在此露宿祇候憲駕出轅當必仰邀周濟云

恩施格外　○廣西臬憲胡雲楣方伯前在天津道任內政蹟多端至今民猶感戴客歲海氛不靖方伯督辦東征糧台各將領尤深欽佩自定武軍成隊以後每日打靶約賞二百餘吊文各勇丁努力爭先勉成勁旅並每月賞給每兵大米三斗以資鼓勵前調防新河兩營臨行每兵加賞洋蚨一元緞子睡帽一頂恩施格外有加無已無怪有口皆碑頌聲載道也

窩米獲案　○本埠五方雜處良莠不齊雞鳴狗盜之案層見疊出拿不勝拿辦不勝辦昨在閘口下拿獲窩米一犯年逾花甲邑侯李大令嫉惡如仇刻即提堂審訊某甲供詞狡展大令飭差動用嚴刑板櫈一條大磚一塊某甲猶能忍受堅不吐實即令班差嚴押看管候再覆訊云云噫人身似鐵官法如爐某甲雖能忍受嚴刑當亦難逃法網也

投河遇救　○昨有一少婦懷抱一子投入三岔河內經渡船救出不致葬身魚腹衆詢何故輕生據稱新安縣人夫在津手藝營生先前常寄錢回家去年家鄉水患夫又未寄分文飢餓難堪來津尋覓詎夫已隨營他往欲住無家欲歸不得言畢大哭衆憐其苦有解囊助之者亦代為斂錢者已得兩千餘文俾該婦携子住店云

途有餓殍　○天河所屬各州縣村莊頻年被水小民困苦流離莫能言狀赴津求食者絡繹不絕昨南門內守望總局南胡同內有餓漢一名年約三十餘歲撲地而臥頭戴白毡帽身穿藍布衣閉目無語微有氣息口吐白沫有某地方看守噫凶年饑歲流落異鄉是可慘已

慈幼善舉　○本埠南門內牛痘局創自咸豐年間至今已歷年所每年春秋兩季開局施種今屆開局之期富紳楊俊元等已于三月初十日開局令先掛號註明姓氏住址至二十五日辰刻施種刻下赴局掛號者絡繹不絕據局內人言每年可到六七十人之譜保嬰良策救活羣生富紳功德為無量矣

停柩令起　○本郡津民競尚浮華甲于他省每當父母之喪鋪引一切奢侈無比務虛文而忘實害將父母靈柩停于廟後久而置之度外漠不關心比比皆是現當清明佳節墳前祭掃之期昨某善士赴各廟察看見敗棺累累因飭住持僧令將廟後停柩速傳柩主一概起淨以妥亡靈倘若不遵即諏日移柩抬埋義地云

添工製造　○金陵城外製造局專造槍砲子彈魚雷水雷各項軍裝每年所出甚夥軍中取給向無缺乏之虞近來倭逆方張各處招募軍士數倍曩昔所需軍裝尤多若不加工趕造勢恐不給因於上月下浣加添夜工一班每晚六點鐘上工十二點鐘下工故日來所出軍裝為數甚鉅可以取之不竭云

江寧牌示　○二月廿四日江寧藩轅牌示沛縣馬光勛調省另有差委遺缺查有調補圻缺之揆壞迴避知縣王之全先行署理又六合縣員缺以正任知縣裘宗圻飭回本任　廿六日藩轅牌示照得昭文縣典史張源病故遺缺查有遇缺先典史楊嗣修堪以請補

京報節錄

上諭恭錄前報○三月初九日吏部　翰林院　廂藍旗值日　無引見　麟中堂英信張百熙與伯各假滿請　安　睿王等

宮門抄

搜檢覆　命　丞吉由薊州回京請　安　綿宜增潤奏請開缺　關防衙門奏十八日　大高殿　大光明殿拜表誤具于瀾公行禮

召見軍機　麟中堂　裕德

○○二品頂戴新授浙江按察使臣聶緝槼跪　奏為恭報微臣到浙接受臬篆任事日期叩謝　天恩仰祈

聖鑒事竊臣前在江蘇蘇松太道任內蒙　恩補授浙江按察使當經恭摺叩謝　天恩籲請　陛見光緒二十年二月初三日奉　硃批着來見欽此嗣又奉兩江總督臣劉坤一電飭承准總理衙門電寄奉　上諭邵友濂奏飭聶緝槼駐滬辦理台灣後路轉運着暫緩來京陛見欽此旋經浙江巡撫臣廖壽豐電奏浙防正當緊要辦事需人請電飭即赴新任以重職守當准總理衙門電開奉　旨廖壽豐電奏已悉着該撫傳知聶緝槼如無經手未完事件即行赴任毋庸來京陛見欽此欽遵轉行到臣當將經手事件交代清楚束裝起程茲於光緒二十一年正月二十七日馳抵浙省奉撫臣檄飭赴任二月初一日准署臬司王祖光將浙江按察使印信文卷移交前來臣當即恭設香案望　闕　頭謝　恩

祇領任事伏念臣猥以軨材備員江左涓埃未報兢惕時深茲復仰蒙 硃恩俾陳臬事受 恩愈重報稱愈難查浙江係瀕海要區臬司乃刑名總滙舉凡察吏勸民用人行政無一非職分所當爲況值此時事孔艱巖疆多故攘外必先靖內鋤奸方可安良如臣檮昧深懼弗勝惟有殫竭愚誠不辭勞怨遇事稟商撫臣認眞經理不敢稍涉因循以期仰答 高厚鴻慈於萬一所有微臣到浙接受臬篆日期並感激下忱謹繕摺叩謝 天恩伏乞 皇上聖鑒謹 奏奉 硃批知道了欽此

〇〇李瀚章片 再臣接准吏部咨光緒二十年十一月初八日內閣抄出初六日奉 上諭河南布政使着額勒精額補授張人駿着補授廣東按察使欽此等因恭錄咨行前來所有廣東按察使篆務應即委員接署查有廣東雷瓊道楊文駿廉正勤能實心任事前因勸辦借款 奏調來省堪以委署其遞遺雷瓊道篆務查有瓊州府知府胡勝明幹有爲應令暫行兼護除分檄飭遵外謹附片具陳伏乞 聖鑒再廣東巡撫係臣兼署毋庸會銜合併陳明謹 奏奉 硃批吏部知道欽此

〇〇李瀚章片 再署東安縣知縣章元烽另有差委所遺東安縣知縣篆務應行委員接署查有署高要縣知縣魏邦翰老成穩練吏治明悉堪以署理該員任內並無盜刦已起四參之案據藩臬兩司會詳前來除檄飭遵照外臣謹循例附片具陳伏乞 聖鑒謹 奏奉 硃批吏部知道欽此

〇〇李瀚章片 再捐納試用知府同知知縣等官到省一年期滿例應分別考察面試甄別具奏歷經遵辦在案茲查有新海防試用知府張文翰練達精詳吏治明習新海防試用同知汪鴻年年力富強明白吏事新海防試用知縣黃象奎吏治講求人亦穩妥均經詳加考察分別照章考試堪以各按本班序補據藩臬兩司具詳前來除將各該員詳細履歷開單咨明吏部外理合附片具陳再兩廣總督係臣本任毋庸會銜合併聲明伏乞 聖鑒謹 奏奉 硃批吏部知道欽此

〇〇奴才文璧跪 奏爲奴才病勢未能速痊瀝陳籲懇開缺調理仰祈 聖鑒事竊奴才前因感受風寒痰喘咳嗽當經請假荷蒙 皇上天恩賞假調理嗣因假滿病仍未痊復經續假三次赶即延醫調治現在假期又滿奴才喘嗽之症雖見輕減惟兩腿疼痛步履維艱據醫者云年近七旬氣血兩虧一時難望速痊伏思奴才由內務府郎中蒙 恩簡放武備院卿今福薄災生病體既難速痊實不敢以病軀戀棧久曠職守再四思維惟有仰懇 天恩俯准開去武備院卿缺俾得專心調治出自鴻施奴才不勝悚惶待 命之至所有奴才因病懇請開缺緣由謹繕摺具陳伏乞 皇上聖鑒謹 奏請 旨奉 旨已錄

陳雨蒼施醫 啓者有病之家無力延醫請於早辰九點鐘午後一點鐘下午六點鐘至海大道養病院後陳宅診視有不能就診者必須寫明住址及姓氏名號送至本宅方能撥冗往診本宅存心濟世門診 規一概不取分文

茲啓者本堂新刻津門孟篠帆孝廉平舒劉紫山選拔兩名士合刻賦鈔註釋詳明誠爲後學之津梁也更有壽照草堂重註七家詩並試帖舉隅二種大爲士林推重洵屬古學金針又有覇州吳河帥文安陳學士合輯水利叢書實爲目前急務凡有志於水利者無不以一見爲快至於各種書籍筆墨無不揀選精良善本以期近悅遠來凡刻詩賦文集善書等板刷印裝訂書籍自當精益求精工省價廉萬不敢稍涉含混有負賜顧 寓河北關上毘盧室義合主人謹啓

啓者本齋新收到殿板精本各種舊書數百種另備書目一本倘蒙博雅好古諸君 賞鑑祈 駕臨本齋購取可也另有新書開列 孔叢伯通德遺書 錢儀吉碑傳集 嚴可均全上古三代漢魏六朝文 通鑑長編紀事本末 春秋大事表 南宋文錄錄 山東攷古錄 金石屑 望堂金石 樊南文集補編 黎蒓齋續古文辭類纂 古玉圖 十種古逸書 順漢學堂叢書 秦漢瓦當文字金石聚 石印正續金石粹編 津門徵獻詩 文美齋謹啓

三月十二日輪船進口

德禮 輪船由上海 禮和行
禮順 輪船由上海 又
重慶 輪船由上海 太古行
怡生 輪船由上海 怡和行
和生 輪船由上海 又

三月十二日銀洋行情

天津九七六錢
銀盤二千九百二十文
洋元二千一百零七文
紫竹林九六錢
銀盤二千九百六十五文
洋元二千一百三十五文

直報

光緒二十一年三月十四日　第六十二號
西歷一千八百九十五年四月初八日　禮拜一

上諭恭錄　清明行樂說　吏部文章　履新例志
晋撫到京　藍榜先登　民爲邦本　道憲閱兵
轉示錄要　哀鴻徧野　寗船進口　方便行人
懲僧勸化　銀號新開　蘇藩牌示　京報節錄
告白照錄

上諭恭錄

上諭前因近畿一帶地方災歉業經迭降　恩旨賑撫兼施因念各旗王公等府莊田應收租息若遇荒歉之年亦應體查被災輕重情形酌照內務府官莊章程自行量減以示體恤該衙門知道欽此　旨上駟院卿着毓秀補授欽此　欽命頭場四書題　主忠信　優優大哉禮儀三百　居天下之廣居立天下之正位行天下之大道得志與民由之　賦得褒德錄賢　得廉字五言八韻　上諭盛京戶部侍郎着良弼補授欽此

清明行樂說

斗初指乙日恰在婁杏花沽酒之辰柳絮黏衣之候天衢則輕寒料峭燕子風微郊原則細雨繽紛龍蛇火滅蓋光陰荏苒又屆清明矣斯時也萬井新烟一林薄靄蘆港則鴨頭初漲花房則蝶粉輕黏碧草芳菲混江天而一色紅葩艷麗映裙屐以爭妍值此美景良辰凡宜及時行樂雖然行樂之境亦不同焉其或買南徐之棹登北冀之樓玉勒嘶風發狂歌而鳴羯鼓輕舸載月橫中流以揚素波陵三峽之危越九灵之險探山川之勝躡覽秦漢之故都此則豪士之行樂也其或對此落花依草之情野鶴翻雲之景不禁思風忽發言泉欲流於是登李杜之壇探陶韋之奧文場會友詩社聯吟含咀華既行吟楊柳之岸窮幽選勝復夜宴桃李之園此則文人之行樂也其或有尋杏之癖動獵艷之心芳草多情易惹風流之恨名花難得作狹邪之遊於是選艷於芍藥庭評香於枇杷門巷猜枚射覆設席肆筵大白狂浮小紅低勸三杯之令既過一闋之歌斯終此則俗士之行樂也其或閒雲瘦鶴相與追隨野鳥山花供其點染獨得山林之趣不履繁闠之場時而竹杖芒鞋聽黃鸝於郊外時而茶鐺酒榼觀白鷺於江干其情獨閒其致尤逸此則隱者之行樂也其或呼姨喚妹傳粉簪花踏青於桃葉渡邊拾苣於華林園畔紅裙則飄搖拂地綠袖則婉轉迎風步來貼地金蓮恍訝漢皋仙女蹴到凌波羅襪渾疑洛浦神妃斯能一種神情獨具十分韻致此則佳人之行樂也凡此數端其行樂之事不同而行樂之心則一若古人之行樂尤有令人神往者矣昔直家煮青精之飯藉資陽氣之先荊州鏤雕卵之盤相沿豪家之俗綵毬繡草唐中宗特賜侍臣柳絮梨花蘇子瞻寄懷佳節路花則玉顏人折原草則金絡馬驕開宴於曲江之亭打毬於月燈之閣城市鬪雞爲戲玉燭寶典詳其文親朋畫鴨相遺梁中歲時有其禮兩對踢而三角踢毬分白打之錢此鑽柳而彼鑽榆共取清明之火宰相則酴醿賜酒民間則楊柳插門禁烟介子之焚樵墓見開元之敕金門歲節競傳粥煮桃花藝而雖黃特詳粘團稞唐宮爲拔河之戲衰老晧踏地隨垣宋代作飛車之遊窈窕同踏歌把袂石泉槐火過冷節而俱新杏酪榆羹與春餳而並美推之韋莊詩云滿街楊柳綠絲烟畫出清明三月天好是隔簾花影動女郎撩亂送鞦韆則鞦韆之戲爲可傳也杜甫詩云朝來新火起新烟春色湖光淨客船繡羽銜花他自得紅顏騎竹我無緣則繡羽之遊爲自得也可見清明行樂古今所同所不同者雅俗之別奢儉之分耳然而非所論於今者之清明也冢突遼東千百里瘡痍滿目鯨吞渤海五千人鎧仗傷心砲飛

岡敵溝滿尸骸之積後隊驚譁雪尚擁干榆關沙亂走夫柳塞幾家野哭望斷征夫嵩口譏評虛勞餽餉更有哀鴻滿地食盡草根與樹皮膚知災象彌天孰預內修而外攘以此云樂樂自何來以此言憂憂實靡已不知向之以爲樂者今果何如也

吏部文章 ○吏部爲示傳事所有本部帶領引見之雲南新興州知州黃壽徽湖北歸州知州趙振聲雲南峩峨縣知縣羅會元新河縣知縣張石湖南漵浦縣知縣王樹屏湖北漢川縣知縣黃𪾢元雲南麗江縣知縣李星瑞山西鄉寧縣知縣雷光第湖北通山縣知縣高𪊨鍱直隸阜城縣知縣王伯鵾等均於本月十六日午刻赴吏科畫憑二十一日午刻赴部當堂領憑毋得自悞特示

履新例志 ○新簡上駟院卿毓京堂秀定於三月十七日辰時上任示仰闔署司員筆帖式供事官皂役人等至期一體謁見毋違特示

晉撫到京 ○山西巡撫張大中丞煦於三月初八日來京 陛見暫駐東安門外賢良寺廟內以備 召見現聞每日乘輿謁拜諸鉅公及互相答拜頗有應接不暇之勢云

藍榜先登 ○頃聞頭場有各省孝廉因途中泥濘難以前進於本月初七日下午始行來都不及赴禮部具呈初八日均携考具跪龍門者共計一百數十名己誤場期未蒙允許只可下科再來就試矣並聞頭場各省孝廉均於初十日午刻繳卷出闈至晚發出藍榜內載直隸廣東四川陝西甘肅河南湖北湖南浙江江西廣西等省各孝廉名下註明穢汚卷面描寫塗畫並交白卷字樣計共六十三名

民爲邦本 ○具稟靜海縣田繩武等稟爲屢被淹害再陳下情仍懇憲恩迅賜籌款修補子牙河東隄決口以免臨時再誤抑或統籌全局議修近隄以救河大青靜等縣數百村災民以廣大德而順輿情事竊因子牙河東隄自去年春令傳聞經苗委員查勘蘇庄窪決口數道緩至今春再議至小河村迤南迤北大隄險要之處雖奉 督憲批示仰憲天飭查明確籌議稟辦業經估計土方而青大兩縣主均未動工以致河水漲發仍由蘇庄汙決口建瓴而下並於小河村迤南迤北大隄各開決口數十丈青靜大三邑田廬又被淹害等於去年九月二十八日在前憲天轅下具稟當蒙批示子牙河東岸議修近隄實較堵築蘇庄口門爲便已據委員苗令勘明大概情形稟奉督憲批行籌賑局核議應候議明是否准辦再行飭遵爾等回籍候示毋庸屢瀆等諭等理宜聽候何得又瀆情緣現値時交暮春若不仍懇憲恩修補堵築子牙河東隄或於決口修築月隄以節經費抑或統籌全局議修近隄以免河套上下之苦倘河水再發靜邑地處下游舊水未去新水又來南泊九十餘村幾於靡有孑遺況小河村迤南迤北大隄自去年己奉前 督憲明文仰憲天飭查明確籌議稟辦以及上游決口在在均關緊要雖沐天恩浩蕩當 國家有事之秋各憲天體恤民艱仍然須發賑撫然堵築決口之費實較須發賑撫款項爲數甚微小民亦有生活之路又況 國家所寶土地人民政事等語捧讀憲天榜示大城縣文生傅作舟等批內有現値軍書旁午款項難籌茲據稟前情候再移會籌賑局查案核議仍候議明是否准辦再行飭遵等諭等管見所及莫若暫顧燃眉之急先將上游蘇庄汙與小河村迤南 北各決口迅賜派員堵築附近亦有乾土可取容俟籌議巨款修築近隄其老隄新隄歸爲唇齒相依庶水患可除訟端可息河大青靜等縣得以盡行種地均免偏枯之患矣似此屢被淹害不得不來轅再陳下情叩乞 欽命道憲大人恩准迅賜籌款修補子牙河東隄決口庶免臨時再誤抑或統籌全局議修近隄以救河大青靜等縣數百村災民以廣大德而順輿情實爲德便

道憲閱兵 ○客歲中營韓參戎統率津團左右兩營認眞教練成效昭然已紀前報三月十二日道憲呂庭芷觀察升坐大堂親自校閱左右兩營營哨各官以及兵丁人等齊赴道轅聽候點名捨刀糨日隊伍謹嚴尤喜各兵丁俱屬少壯足備干城之選聞是日發給犒餉歡聲雷動觀察諭令營哨各官仍當勤加訓練認眞操習勿稍懈怠云

縣示錄要 ○欽加三品銜賞戴花翎保薦卓異陞用道府在任候補直隸州天津縣正堂兼辦營務處李 爲出示曉諭事照得現値倭氛不靖津郡城廂內外兵勇雲集侯家後一帶向係人烟稠密之區往往有夜深尚不關閉門戶者以致常有遊勇成羣結伴更兼本地棍匪從中勾串難免不滋生事端設立團練舖民總分各局淸查地面之際亟應查禁以淸地方爲此合行出示曉諭自示之後無論軍民人等知悉務各於二更後早爲扃戶不准遲延如有不遵者一經該處舖民分局紳董巡夜時查出准其報由總局扭送來縣嚴辦不

貸各宜凜遵毋違特示○又爲出示嚴禁事案據口岸商人謙吉稟稱鹽坨爲通綱成本重地關係緊要理宜時加防護並四門各鹽店恐有附近無賴之人藉端滋擾請循照舊章賞差守護鹽坨彈壓四店並巡緝偷扒搗鹽等情除稟批示並飭差彈壓查緝外合行出示嚴禁爲此示仰津邑城鄉鹽坨及海河一帶居民人等知悉自示之後爾等務宜各安本分不得偷扒搗鹽與販漁利並在四門鹽店藉端滋擾倘有不法匪徒仍蹈前轍許該差役協同商巡地保人等扭稟送縣以憑照例懲辦如差役人等通同徇隱查出併究本縣言出法隨決不寬貸毋違特示

哀鴻徧野　○天津縣所屬村莊衛南衛東淀南淀北約共六十八村目今被水之地十有其半昨淀北三四村莊老少婦女齊赴縣署乞憐據稱退水之地播種春苗滿望稍蘇夙困詎昨渾河之水忽漲尺許又被淹沒實屬萬不得已不得不來轅乞命否則祇有坐以待斃等語噫天實爲之謂之何哉大令關心民瘼想必有良法以拯救之也

竄船進口　○竹雜兩貨爲本埠進口大宗生意客歲海波不靖津中各店屯積寥寥以致今春無貨出售徒深浩歎昨馬家口下停泊竄船一艘幸所帶竹雜兩貨尚多津商羣相爭買據船戶聲稱尚有數船指日抵津足可接濟津郡生意斷不至如春初之短絀也

方便行人　○京西北金頂妙峰山天仙聖母王三奶奶靈蹟昭垂有求必應歷年四月初一日起至十五日止天津闔郡人等設立進香大會沿路安設琉璃燈以便人行本屆大覺寺北安河兩路仍照舊章辦理行人可免迷路之虞德莫大焉

惡僧勒化　○昔人詩云慚愧闍黎飯後鐘可見僧人居心刁狡自古已然由今觀之更有甚焉昨有某僧在福林門首募化其宅門舊貼僧道無緣四字按照向章僧等當望而去之詎某僧覩此不覺大怒即將募化之木魚自行擦壞口出不遜之言一味訛詐福林知該僧必非善類難以理喩已赴琴堂呈控矣

銀號新開　○新任粵海關憲文權使於二月二十一日接印視事後所有徵收稅欵例由銀號傾銷已經新商承充即日開辦命名愼裕仍在舊豈欄拱日關舊店辦公從此愼厥關徵裕茲　國課當不若歷任之由官辦理徒滋弊端云

蘇藩牌示　○二月廿二日藩轅牌示照得金壇縣縣丞周紹棠據鎭江府詳請撤任遺缺查有補用縣丞馮詠芝堪以酌委署理

京報節錄

宮門抄　上諭恭錄前報○三月初十日戶部　通政司　詹事府　八旗兩翼值日　無引見　增潤謝准其開缺　恩　召見軍機　熙敬　張蔭桓　皇上明日卯正至　奉先殿　壽星殿行禮

○○奴才宗室福錕跪　奏爲假期又滿病尚未痊仍懇　天恩俯准開缺調理恭摺仰祈　聖鑒事竊奴才前因感受風寒猝患痰疾蒙　恩賞假數次嗣因病仍未痊於正月初三日奏請開缺本日奉　上諭福錕奏假期屆滿病仍未痊懇請開缺一摺福錕着賞假兩個月毋庸開缺欽此奴才跪聆之下感悚莫名當經具摺叩謝　天恩遵即延醫調治月餘以來已覺語言清爽步　雖未如常而行走漸能自持本擬兩月假滿即可銷假當差乃陡於二月二十日又復感受風寒牽動前患痰疾以致語言蹇澁精神恍惚步履維艱動轉須人扶掖奴才病勢若此焦急萬分誠恐一時未易就痊職守實難久曠況兩月假期又滿曷敢再行瀆請輾轉思維惟有據實陳明仍懇　天恩俯准開缺俾得奴才安心調治一俟就痊即當泥首宮門求　賞差使斷不敢稍耽安逸自外　生成所有奴才因病仍請開缺緣由謹專摺具奏請　旨奉　旨已錄

○○頭品頂戴江甯布政使奴才瑞璋跪　奏爲恭報奴才同任接印日期叩謝　天恩仰祈　聖鑒事竊奴才前於光緒二十年二月陛見回任後旋復遵　旨入都祝　嘏九月到京再覲　龍光荷蒙　召對欣聯鷺序遘値　昌辰恭逢　慶典禮成謹即虔請　聖訓復蒙　召見　諭勉有加　陛辭出都遵陸南下因沿途雨雪阻滯至二十一年正月杪馳抵江甯省城奉署督臣張之洞撫臣奎俊檄飭回任二月初四日准署布政使江甯巡道胡家　將藩司印信文卷委員齎送前來當即恭設香案望　闕叩頭謝　恩祇領任事伏念奴才猥以駑鈍渥荷　隆恩久紆藩條慚無裨補現値籌防緊要仰惟　宵旰焦勞凡在臣工益思振奮貪甯省地瀕江海藩司責重甸宣綦

吏所以安民首考廉能之最贍軍必先籌餉宜求財用之源奴才自顧庸愚敢忘報稱惟有隨時實事稟商督撫臣認眞辦理以期仰答高厚鴻慈於萬一所有奴才回任接印日期並感激下忱理合恭摺叩謝 天恩伏乞 皇上聖鑒謹 奏奉 硃批知道了欽此

○○降二級留任山東巡撫臣李秉衡跪 奏爲山東省歷年辦理河運出力人員懇 恩俯准給奬以示鼓勵恭摺仰祈 聖鑒事竊照江北江蘇漕糧每年辦理河運除南路運道歸河臣經管挑修外所有陶城埠迤北一帶向由東省經理自黃水穿運以後北路節節淤淺水乏來源籌辦尤爲棘手歷經委派東昌府督同沿河印委各員疏挑導引設法經營漕船行抵陶城埠往往進口維艱而黃衛兩河又不能同時並漲既進運口仍須候汛入衛苟非挑修得力動慮貽誤事機從前漕船回空遇有淺阻由南省委員自行挑挖嗣經改歸山東代辦上年又加郎家灣十里堡等處工段尤長各印委自春徂秋備極辛勤不無微勞足錄查辦理河運奏定章程三年保奬一次上屆光緒十七年前撫臣福潤奏保出力各員欽奉 諭旨允准在案迄今又歷三年核與定章年限相符長河千里而遙兩省分任其事自應各隨各段分別保奬以昭激勸現准河臣許振禕咨送將所屬出力人員奏請奬叙山東事同一律擬請承辦北路運河之直隷州用坐補齊東縣知縣秦浩然請加運同銜調署聊城縣事邱縣知縣凌芬分省補用知縣賀源清均請加同知銜分省補用縣丞舒培昌請俟補缺後以知縣用候補巡檢陳紹曾請加六品銜以上五員均係歷年承辦挑淤催趲漕船尤爲出力不敢稍涉冒濫合無仰懇 天恩俯賜照准給奬以示鼓勵出自 逾格鴻慈除將各該員履歷造册送部外謹會同河東河道總督臣許振禕恭摺具陳伏乞 皇上聖鑒 訓示謹 奏奉 硃批吏部議奏欽此

○○李秉衡片 再勞績保舉人員應於到省後予限一年察看甄別茲查有在任候補直隷州知州蘭山縣調署商河縣知縣宮本昂任候補儘先知州城武縣知縣趙昉熙沿河候補知縣傅培裕候補知縣李士緯葛之覃吳蘋辰陳伯和徐之瀛岳齡到省均滿一年例應甄別臣督飭藩臬兩司會詳前來臣因籌辦海防公出飭委藩司代驗看宮本昂年強才敏趙昉熙年強穩練傅培裕年強才練李士緯年力正強葛之覃事理通達人極安靜吳蘋辰諸凡穩練陳伯和趙公勤慎徐之瀛年強勤事岳齡年富才明堪以各升階本班分別補用除履歷清册咨部查照外謹附片陳明伏乞 聖鑒謹 奏奉 硃批吏部知道欽此

悅來洋貨號

啓者本號開設天津紫竹林大街自運各國洋貨發客各樣鐘表各樣料器各樣玻璃磚的彩畫鏡子各樣絨衣各樣絨襪各樣靴掖荷包各樣磁人各樣像譜各樣金邊鏡子各樣料壺磁壺洋酒各樣玳瑁梳篦洋琴大穿衣鏡等如蒙官商賜顧者格外減價消售

悅來鐘表洋貨號具

陳雨蒼施醫

啓者有病之家無力延醫請於早辰九點鐘午後一點鐘下午六點鐘至海大道養病院後陳宅診視有不能就診者必須寫明住址及姓氏名號送至本宅方能撥冗往診本宅存心濟世門診與規一概不取分文

告白 續永慶昇平 續施公案 萬年青初二三集 富貴錄 百寶箱 彭公案 第三才子 第一奇女 醉茶志怪 花月姻緣 續今古奇觀 巧合奇冤 醒心編 稱寶錄 開闢演義 五十名家手札 皆大歡喜 日本新政考 日本師船表 湘軍志 東三省地圖 日本地圖 中外東海詳細圖 楚軍馬步營制 後四才子 南北宋 東西漢 後英烈傳 草木春秋 後聊 後列國 子不語 說唐征西 飛龍傳 綠牡丹 笑中緣 七俠五義 前後七國 鐵花仙史 髮逆圖記 粉粧樓

文美齋謹啓

三月十四日輪船進口

通州 輪船由上海 太古行
明義 輪船由上海 信義行

三月十五日輪船出口

武昌 輪船往上海 太古行
和生 輪船往上海 怡和行
德禮 輪船往上海 禮和行

三月十四日銀洋行情

天津九七六錢
銀盤二千九百二十文
洋元二千一百零七文
紫竹林九六錢
銀盤二千九百六十五文
洋元二千一百三十五文

直報

光緒二十一年三月十五日　第六十三號

西歷一千八百九十五年四月初九日　禮拜二

上諭恭錄　論當務之急　禮闈紀事　坐扣三成
烈哉此女　英船被捉　澤及枯骨　代呼將伯
憲批三志　當商居奇　請加羊用　小火例志
廟會減色　土匪橫行　採金新議　專電彙錄
告白照登

上諭恭錄

上諭王文韶奏查明山東嵩武營軍陣亡將士請 旨分別優卹一摺所有單開之陣亡副將銜參將張奉先遊擊李世鴻賈君蕙都司張世寶都司銜守備王正中守備[illegible]得勝千總汪國柱歐邦書把總歐陽山顧家新張克萬外委張繼隆朱天壽蔡得升王九德王得勝劉殿順楊鴻舉六品頂戴李家中李發柏劉文翰均着交部照陣亡例各按原銜官階分別從優議卹傷亡把總劉得勝六品頂戴辛長得均着交部照陣亡例各按原階頂戴分別從優議卹記名提督楊壽山總兵銜副將李仁黨血戰捐軀忠勇昭著前經降 旨交部從優議卹楊壽山着准其於陣亡及原籍地方建立專祠並將李仁黨及陣亡各將士一併附祀以慰忠魂該部知道單併發欽此

論當務之急

邦國危亂之故不外兩途曰內憂曰外患外患有二曰逆藩曰強鄰斯二者強兵則可以服之而強兵之法在選將內憂有二曰權臣曰莠民斯二者立政則可以撫之而立政之道在任人然而內憂外患類啓於上慢殘下之朝斷不生於親上死長之世子輿氏曰殃民者罪不容死得民者斯得天下民政固如此其急也自古迄今人君無論智愚無不知民爲邦本民政尤首先重農商書曰先知稼穡之艱難爰知小人之依詩記豳風亦猶是也今也殿陛陳設農器之外無長物日晷以敬民時嘉量以重民食我 聖祖仁皇帝躬耕廣爲四推以示勤勞 高宗純皇帝時天下屢稔免錢糧者復累歲是我 朝蒞政之勤待民之厚伊古以來未之有也而民之効忠亦罔不竭力爲囊之臣服我 先者無論矣即近代粵匪捻匪之變有潰兵無逆民如杭州滄州之駐防効死弗去山左江右兩湖天津凡有賢宰義勇之處無不固若金湯是小民親上死長之情已概見矣邇來海氛不靖實以統帥不和將不知兵復不愛兵非關兵不用命也不觀宋聶諸軍與東撫台帥及徐牧團勇之師乎使他營軍皆如是外患何虞第恐大兵之後雖保不繼以凶年飢饉之餘不能不加以徭役誠所不堪設想耳否則東征雖不得力有損國威未搖國本況宋聶諸公已差足恃倘再遴選朝野聯絡友邦或借才於異地俗以能軍者數人則軍威一振外侮誠不足慮也今畿輔之慮所不可須臾緩者其事有三而武備不與焉文事不與焉賑恤亦不與焉何也武備以防寇盜而飢溺害民性命匕箸之地即戈矛文事以化俗情而僞儒壞民風俗縉紳之流實皆小賑恤以蘇困苦而奸吏妨民急務父母之實乃寇讎然則不可緩者果安在乎一在興民利一在舉善人一在選牧令何言民利之宜興也北方多平疇亦有澤國南北二泊東西兩淀淀泊病即河病一河病即諸河皆病下不暢行上必橫決不特陸耕傷稼穡即水產亦復嘆汗洋則宜勸疏利者其事一近都邑者習繁華入不敷出失恒產則失恒心平居無事僅可支持一有緩急頓形傾覆苟一傾覆何所不至則宜崇儉朴者其事二僻遠之區多強悍未免弱肉而強食小則竊盜大則劫奪違法干紀常猶不免一聞風鶴伏莽之輩迭起環生則宜嚴保甲者其事三

此稿未完

大禮闈紀事　○欽命乙未科會試知貢舉爲剴切曉諭事照得會試之年向有不肖士子於場前預先約定槍手代做文字而槍手又有包攬之人輾轉雇覓示以暗號進場時如遇有暗號之人與該士子同卷即平日不相識認亦可攀援接引代做文字以圖弋獲是不須買通聯號而槍替已在號中此等鬼蜮伎倆不惟可恨亦實可恥除分飭文武巡察官密訪嚴拿外爲此示諭各士子務須束身自愛毋得作奸犯科自蹈法網該督文武必須嚴密訪拿以除弊竇各宜凜遵毋違特示○功名富貴有命存焉俗所謂一命二運三風水四積陰功五讀書豈欺我哉本科會試頭場已登藍榜被貼者共有六十三名今聞二場污卷者五人落字者四人未完卷者二人患病不到者三人均貼登藍榜矣

坐扣三成　○戶部各堂憲會議現因軍需浩繁庫欵支絀請將本年春季京外各官應領俸銀及各營兵丁應領錢糧自本月爲始按其多寡一律坐扣三成以裕餉需俟軍務平靜再按十成開放已於三月初十日具奏並飛咨各省督撫府尹將軍暨在京各部院一體遵照

烈哉此女　○京師前門內西城根有曹姓女年已及笄雖小家碧玉而沉靜寡言宛似大家閨秀幼字陸氏子爲室近來女父母默察陸子遊蕩不務正業財產蕩然陰萌悔婚遣媒向陸示意陸亦念家徒四壁無力完娶冀索回原聘財禮聊濟燃眉之急計亦良得曹某遂爲女另擇佳壻有成說矣女知其事婉向雙親痛陳大義涕泣而道仍欲從一而終父不許女亦無如何竟於三月初九日以三尺白綾爲畢命之具迨父母覺已不及救當經鄰右報由北署驗明委係自縊身死塡明屍格錄供咨送刑部辦理誰謂繩樞甕牖中無深知大義者哉

英船被捉　○兵家有言驕極必敗日本之驕橫至今已云極已今日英國怡和洋行商船名益生者由上海來津駛抵大沽口外日本兵輪派人查驗見有生鋼數件竟指爲代華購運軍械將該船帶赴旅順矣噫日人向來信服英國今乃將英國船隻亦復如此看待其心目中向有餘子耶

澤及枯骨　○本埠義地西門外河東約有五六處坟有數千座之多每屆清明各善士籌欵修補善堂舊例也昨有某善士赴各義地踏看情形諏吉一齊修葺如有破棺殘骨先令補葺掩埋不准虛應故事九原有知當亦感戴已

代呼將伯　○昨有友來自東方談及災情令人惻然傷之據云去年山水漲發永平府屬均受其害惟灤州玉田豐潤樂亭昌黎開平等處尤鉅何則距山較近當水陡發之時聲如牛吼大有黃河自天上來之勢人畜湮斃者不計其數遲至秋杪登高一望尚且一片汪洋無數田園盡在洪波巨浸之中不但此也自倭氛滋熾四方大兵屯集關內外者不下百萬因需餉甚鉅糧價加倍昂貴小民遭此奇災雖糧價如故尚且不能餬口况米貴如珠其困憊之情更不堪設想現時該處世家大族瓦舍鱗鱗難覓購主無可奈何改作拆貨賤價出售富者既貧貧者更可想而知近聞設立人市女子年十五歲以上者每歲賣京錢一吊年未十歲者給錢即賣得錢者暫延殘喘賣去者不過逃生行見道路之間多係鳩形鵠面攜男抱女輾轉流離終日絡繹不斷其老病不能出門者死亡相繼村落皆墟戶口有限所存者不過三分之一其苦萬狀永平府屬從來水患未有如斯之慘者是殆山西山東之大災復見於茲也僕目擊時艱擬籌鉅欵以拯其危無如力與願違不過付之一嘆而已因憶及京津爲首善之區曩昔山東大水山西大旱官紳尙能籌撥二百餘萬往爲賑濟況該縣與順直各屬接壤更不忍漠然坐視而不爲之援手倘有仁人善士具菩薩心施金剛力俾億萬生靈拔之水火登之衽席是固小民之幸也僕不禁九頓首以求之　體善居士來稿

憲批三志　○欽命二品頂戴直隸分巡天津河間兵備道呂　示大成縣文生陳悅山呈批此案一年有餘贓賊一無破獲捕務疲屬廢弛候札河間府轉飭任邱縣上緊添差比捕勒限嚴緝贓賊務獲究報一面按限開揭請參附即回籍安　毋得逗遛多瀆○又批示寧津縣人李德馨呈批此案已據寧津縣錄案詳覆查閱該民人在縣具呈並所供各情核與現呈種種不符明係捏詞圖准且案經寧津縣屢次差傳該民人屢稱患病延不到案尤見情虛候行縣作速查案催傳集訊明確秉公核斷具覆該民人即回縣投審毋得逗遛○

籌賑總局　示據武清縣文生王雲舫等稟批查順屬被災州縣向由地方官稟請　尹憲撥款賑濟該生等所稟民情異常困苦請設法撫恤候行武清縣確切查勘稟請　尹憲查核辦理此批

當商居奇　○本郡城厢內外津民約有十餘萬戶除富紳有餘外極貧苦者十居其五每日仗質庫通融以資周轉由來久矣目今粮米雖源源而來皆被東路客人爭買而玉米麵仍未稍減每斤價錢六十餘文民食猶覺窘迫昨古皇菴西源成當有某甲持青布綿袄一件尋常可當五六百文刻僅付值二百文據當夥聲稱典舖無隙收存不得不然等語噫糧米貴而當價貶貧民又無可多當之衣一當如此他當可知際茲海氛不靖之時弱者將轉乎溝壑强者將不甘餓斃救荒較救兵爲尤急也

請加羊用　○高德椿充當羊行經紀已歷多年郡城各衙署輪流應差前春秋兩季需用浩繁皆高一手經理當此肉價較昂迴非昔比昨赴縣具稟據情呈請羊用之外請再加添若干未稔邑尊若何核辦也容訪續錄

小火例志　○本埠東門外天橋河沿劉姓于十四日早院內柴棚忽然烟燄大起經劉某瞥見急喊街市人等灌救幸石頭門坎子衆號水梢齊集登時撲滅未及延燒僅焚去柴棚一間餘俱無恙倘救之不力火借風勢風助火威又不知祝融氏如何逞虐也

廟會減色　○本埠天后宮建自宋代神靈赫濯香烟極盛三月初一日鬬廟之期上下西河御河一帶善男信女不遠數百里而來進香者人山人海而各項生意亦因而暢旺詎本屆自鬬廟至今已及半月各河之香船寥寥無幾而廟祝伺候拈香之人自朝至於日昃皆昏昏欲睡推詢其故蓋因順直各屬去年水災之後元氣未復今正復又被水民困難蘇救死扶病之不暇更何有於事神禱祝乎蒼蒼者天赫赫明神想終不至錮斯民於水國也

士匪横行　○處州府青田縣大路村地方王子煥者富戶也耕讀傳家父子均列庠序去年三月間被西杅溪之土匪將其子姪二人刦去致信勒贖王因無計可施不得已出洋四百元贖歸後即呈　縣尚未就獲不意今春二月十八日魚更三躍時又有土匪數十人衝門而入打開各房翻箱倒篋搜括一空又將十餘齡之女孩縳其手足拷問藏銀所在女已驚不能言以致被匪打傷共被搶去衣物金銀等件約值洋一千數百元該匪等直至四鼓始各放槍而去次日王姓開單具報縣署張邑尊准詞踏勘立即備文詳報溫處道宗湘文觀察一面移文鄰縣設法會拏不知果能弋獲否

探金新議　○基隆所産之金沙周圍數十里聽商買牌淘洗其事由基隆廳尊方樾亭太尊總理另有會辦一員前爲閔滌凡別駕年內奉文交卸憲委徐大令潤華接辦到差月餘因所收牌費欠旺於設局募勇等費入不敷用爰有新竹縣紳某援昔歲閩辦之例每年願繳牌費若干仍改官辦而爲商辦議將就緒又有粵人唐姓洞明五礦之學謂基屬産金之地不獨土中有之即石內亦有之特每一巨石若用人工鑿開殊費周折如以機器開之事半功倍署撫憲唐中丞俯納芻蕘聞已委營務處提調羅太守建祥爲金礦總辦唐爲石金總礦師擇期試辦覘他日見功與否再行定奪夫精誠所至金石爲開但使辦理得法自然成效可收從此裕國課而助餉需雖千萬資財何慮其無所出哉

京報節錄

宮門抄　上諭恭錄前報○三月十一日禮部　宗人府　欽天監　侍衛處值日　無引見　毓秀謝授上駟院卿恩　綿宜謝准其開缺恩　艮伯請假十日　巴克坦布續假十日　禮部奏派耕耤禮之王大臣　派出鄭王莊王端王熙敬松溎陳學棻榮惠長萃錢應溥顧璜李端棻汪鳴鑾　又奏派稽察中左門　派出奕功　召見軍機　毓秀

○○奴才榮祿等謹　奏爲遵保獲盜尤爲出力員弁籲懇　恩施獎勵以昭激勸恭摺仰祈　聖鑒事竊據北營叅將鵬展等督飭候補千總張成等會同西城副指揮李有益北城紳士黎瑞松等拿獲結夥持械施放洋鎗刃傷事主搶刦盜犯白梅仔即吳大又名梅二等一案又據該營千總王文煥等會同南城兼署正指揮盧光耀紳士張肇魁等拿獲施放洋槍持械搶刦盜犯鄭六兒等一案傳同被刦各事主解繳奴才衙門研訊供招先後奏交刑部審辦嗣准刑部訊明各犯定擬罪名白梅仔即吳大又名梅二李麻仔張小椿兒即張錫汶張

四鄉六兒張幅田狗仔均擬斬決梟示餘犯分別軍徒各罪名並聲明獲盜之員弁應由該衙門自行酌核請獎等因鈔錄原奏知照前來查原拿各案之員弁等均能不分畛域設法弋獲盜犯多名實屬緝捕勤能未便沒其微勞自應擇優保奏以爲長於緝捕者勸除隨同獲犯各員弁向由奴才衙門存記遇有應陞之階酌量補用協同獲盜之司坊紳董等官係由奴才等移咨各該城自行酌核請獎外謹將首先尤爲出力之守備張永泰擬請以都司補用候補千總袁得亮劉永祥均擬請以千總補用候補千總李榮擬請俟補千總後以守備補用候補把總王德寶擬請以把總補用步軍校隆福擬請　賞給四品頂戴委步軍校吉陞擬請俟補步軍校後　賞給四品頂戴六品頂戴把總邢厚源六品頂戴外委甯國棟劉餘蔭六品頂戴候補把總劉振剛趙鴻恩徐文通均擬請　賞換五品頂戴以示鼓勵之處出自

皇上逾格　恩施爲此謹　奏請　旨奉　旨已錄

〇〇張之洞片　再江甯布政使瑞璋前因遵　旨進京陛見現已回省應即飭令回任署藩司鹽巡道胡家楨署鹽巡道江甯府知府李廷簫應飭各回本任以專責成除分檄飭遵外謹會同江蘇巡撫臣奎俊附片具　奏伏乞　聖鑒謹　奏奉　硃批知道了欽此

〇〇閩浙總督調補四川總督臣譚鍾麟跪　奏爲遴員請補陸路副將恭摺仰祈　聖鑒事竊照浙江象山協副將陳勝文遺缺接准部咨輪用儘先人員臣於已收標留浙陸路儘先各副將內詳加遴選名次在前之倪祥福與是缺人地不宜王里仁同籍未經收標鄧連陞行查保案俱未便請補惟查有留閩浙儘先補用副將文占魁年五十四歲湖南沅陵縣人由行伍隨軍著績遞保兩江補用參將續於長門獲勝出力保奬光緒十年十一月十七日奉　上諭免補參將以副將留閩浙儘先補用收入督標中營候補咨准部覆註册在案該員年力正强戎事諳練以之補授斯缺洵堪勝任合無仰懇　天恩俯念浙江象山協副將員缺緊要准以該員文占魁補授俟部覆到日給咨送部引　見除飭取履歷咨部外謹會同浙江巡撫臣廖壽豐浙江提督臣張其光合詞恭摺具陳伏乞　皇上聖鑒飭部議覆施行謹

奏奉　硃批兵部議奏欽此

被災告憫啓　夫以豐邑本屬瘠磽之地而五圖尤爲汙下之區自光緒十五年連年旱潦民不聊生至去歲尤其可憫長春久値晴仲夏始逢皮雨乃淫雨連綿統計四十餘日洪濤汨沒被災二百多村良田變爲澤國嘉禾盡逐萍飄水但環村莫獲魚鰕之微料室如懸磬誰憐鴻雁之哀鳴豈無殷實之家至此亦云告糴雖有周恤之誼於今也盡乏鄰儲野草以充飢折屋梁以炊爨啼飢號寒嬉而遊者有幾米珠薪桂飽且煖者何人縱未易子而食實多鬻女爲生任使皇恩普布軫念灾黎依然道　相望野多餓殍嗟嗟自古荒年至斯而極所望　大德仁人畛域无分施濟衆之鴻慈即以拯一方之蟻命謹啓

敬啓者本館報紙原擬於二月間加足八幅以饜　閱報諸君子之目詎昨接滬上寄來鉛字生僻字數受到不少合用者仍屬寥寥礙難驟增八幅之數今定於十六日先將京報提出另用竹紙印作袖珍書式既可裝訂成書且可騰出京報地步一概排印新聞雖止報不足八幅而新聞則較從前八幅者有盈無絀一俟鉛字全數寄來仍照八幅印送　閱者幸垂覽焉　本館謹啓

陳雨蒼施醫　啓者有病之家無力延醫請於早辰九點鐘午後一點鐘下午六點鐘至海大道養病院後陳宅診視有不能就診者必須寫明住址及姓氏名號送交本宅方能撥冗往診本宅存心濟世門診與規一概不取分文

茲啓者本堂新刻津門孟筱帆孝廉平舒劉紫山選拔兩名士合刻賦鈔註釋詳明誠爲後學之津梁也更有青照草堂重註七家詩並試帖舉隅二種大爲士林推重洵屬古學金針又有瓚州吳河帥文安陳學士合輯水利叢書實爲目前急務凡有志於水利者無不以一見爲快至於各種書籍筆墨無不揀選精良善本以期近悅遠來凡刻詩賦文集善書等板刷印裝訂書籍自當精益求精工省價廉萬不敢稍涉含混有負　賜顧

寓河北關上毘盧室義合主人謹啓

三月十六日輪船出口

武昌　輪船往上海　太古行

和生　輪船往上海　怡和行

明義　輪船往上海　信義行

三月十五日錢洋行情

天津九七六錢

銀盤二千九百二十八文

洋元二千一百一十文

紫竹林九六錢

銀盤二千九百七十五文

洋元二千一百四十文

直報

第六十四號 禮拜三
光緒二十一年三月十六日
西曆一千八百九十五年四月初十日

上諭恭錄 論當務之急 婆心苦口 鼠牙興訟
珠聯璧合 小寓彼封 狹路相逢 再簡全權
榆關消息 稽古榜示 破除情面 駕馭宜嚴
抱石自沉 剝船官退 查短錢捆 敬惜字紙
又丁受刑 見所未見 行旅獲安 浙藩牌示
會白照錄 京報照錄

上諭恭錄

上諭步軍統領衙門奏拿獲迭次結夥持械搶刧盜犯請交刑部審辦一摺所有拿獲之王猪仔即王二等十名口着交刑部嚴行審訊按律懲辦至原拿此案之員弁着俟刑部定案時聲明請旨另片奏拿獲刧案逸犯暨拿獲聚賭人犯各等語逸犯王庫附小趙着交刑部歸案訊辦賭犯汪大等四十一名均着交刑部審明從重定擬以示懲儆該部知道欽此　上諭步軍統領衙門奏拿獲結夥持械搶刧盜犯請交部審辦一摺所有拿獲之周和尙即周永祥得子即如惠二名着交刑部嚴行審訊按律懲辦未獲之宋二閻大仍着嚴緝務獲毋任漏網欽此　貳場五經題　知崇禮卑崇效天卑法地　焬惟若疇圻父薄違農父若保宏父定辟　如山之苞如川之流　季孫行父帥師城諸及鄆　文公十有二年　大信不約大時不齊

論當務之急　續前稿

試先言勸疏利之事直省水利全局由北塘寗河一帶入海者少滙東淀至津門達海者多內除南北運河不能入淀北之永定河南之子牙河不宜入淀何也淀爲定水能容與不利衝刷永定子牙二水性濁入淀則溜散沙沉淤塞去路誠恐淀病則諸河皆病也雍正間廓淸淀池令引渾河別由一道入河勿使入淀飭相李公會面論司道各憲謂直隸地勢低平海潮頂㧓諸山河盛漲大至須有平鋪瀉漾之所王言憲論概以泊淀猶人臟腑可以行消使順朝宗之軌而欲治泊淀入海之勢必先擴達海之口欲擴達海之口宜多減入口之水譬之五馬爭途行於野則各不相妨行於巷則彼此窘步又如兩帆駢於中流爲風所吸皆不暢行故河誠爲治北水之急務也乃今之減河多而達海遲下不行上潰決者以泊淀皆淤淀河過窄荇藻繁蕪加以南北諸河盛漲皆與淀通上游翕受中不行消愈壅潰愈不順軌猶人溼熱傷脾淸濁相混能飮食不能傳變病脹鼓而水不利膀胱閉塞徒寬腸胃無與也去歲上派治河欽差先治永定永定己慶安瀾矣而南北運河淸河及子牙河猶復汎濫潰決北如香河玉田寶坻武淸南如文大靑靜受灾累歲冰天甫過桃漲旋來不及翻犂又成巨浸具中水性之狂滹沱爲甚子牙河則滹沱之下游新正河則子牙之下游諸河一漲勢與淀通海河潮汐時復牴觸一齊倒注楊柳靑衡洪南運河而新正子牙之上游潰決四出小民拚命互仇者官府或可禁止竊恐防民甚於防川激而生禍富亦求治者所不樂見此也然而治之亦非甚難也查子牙一河上承滏陽支流中接滹沱正派臧家橋以上南岸無隄任其漫溢臧家橋以下始有兩隄夾束咸豐同治間沱牙分道北行其時沱水己失故道自河間迤北衝入雄縣游衍文汗抵瓦頭橋下始入子牙下游之新正河故子牙以上無衝決之患光緒間饒陽開濬新河滹沱全勢不及入泊遂直灌子牙河下流兩岸時時潰決嗣因擬向沿流庄向東開闢經前靜尹陳公序東臯請飭相剗除河埝河套展足三百丈因時因勢費省民安水自暢行實與開闢無異數載安瀾豐稔陳公去後張公冰王履任以靜西子牙堤浸水與

黑龍港漲水爲災擬挑溝順水於八堡建閘因代未果陳張二公去後河工廢弛遂患衝決矣總之靜西水患實因沱牙合流所致倘以另疏一河工費浩繁廢棄田地自臧家橋以下即就一河套內分爲兩河使牙水依東堤北下沱水依西堤北下其擬開河形東與舊河相值處則濬舊河以納牙水另開沱道於西西與舊河相值處則濬舊河以納沱水另開牙道於東至津沱由紅橋以入海河牙由十二連橋中擇迎溜處加以挑濬引入海河其靜西黑龍港水與子牙隄浸水亦於八堡建閘附入新正以達海如此則沱牙各安正溜固爲善策如恐費巨第就子牙舊河裁灣切嘴挖淤左右量展二三丈如左無可展則並展於右右亦如之其挖淤量展之土近左隄則盡取以培左近右隄則盡取以培右適中則左右分培隄長河寬亦能暢行順軌又不然屢春修隄在河套內去隄腳十丈外挑方取土亦可固隄亦可消水一舉兩得果能實力行之非爲無益其他水之近河者引使歸河近泊淀者引歸泊淀諸河皆可照辦此因民力困乏國帑空虛暫行補苴之計差勝今之八堡雖已修閘而空小不暢上游隄既不修決口連歲至今不堵民不聊生猶汲汲講武備勤蒐于將使民枵腹荷戈乎抑執事者將固吾圉先使民坐以待水諺云恃漢水以爲池乎所謂因民利宜先勤疏利者此也　此稿未完

婆心苦口　○夫淫詞穢曲紅粉多蠱惑之緣而斷袖分桃青史嗤龍陽之穢況圖留秘戲擅妙手於寫生事屬閨房競傳情於油照凡此誨淫之事何非敗俗之端京師前門內鑾儀衛夾道居住廩生羅君叔焉憂之近日擬率同志三五人公禀琴堂籲請頒發明示諭令書市所繪手卷春宮及元通觀所設西洋鏡等一律禁止婆心苦口有益於風俗人心者良非淺鮮所望在上者見此禀之後風行雷厲奮始圖終庶幾類風力挽耳目不及狎褻之私孽海回頭士庶盡入純良之選則爲都地造福者豈復有涯涘耶

鼠牙興訟　○夫婦居五倫之三推其理實應在五倫之首蓋有夫婦然後有君臣有父子有兄弟有朋友苟無夫婦天地間幾無人類矣更何有君臣父子兄弟朋友哉此夫婦之不可不重也奈何世之反目者數見不鮮其人殆不明夫婦之道者歟蔣某住宣武門外炸子橋善調五味同類無能出其右者以故有易牙復生之譽焉有子已弱冠今春爲之畢婚以了向平之願方期佳兒佳婦琴瑟永調庶父母愛子之心可以稍慰詎新婦固生長名門頗有目空一切之概視其夫若不甚愜意者以是嘉耦轉爲怨耦三月十二日不知緣何細然反目始以唇鎗舌劍口角相爭繼竟以利刃覓欲置婦於死地幸父母在前未敢逞兇而婦之母家已聞警麕集大興閧罪之師當將蔣子辱毆不堪刻已控諸琴堂鼠牙興訟矣爲閭居上臨下者其將何以斷之哉

珠聯璧合　○都友來信云有候選姚令在京以五百金納一姬蠻腰素口窈窕動人頗稱素願會有事詣天津還京之日途遇一友下車爲禮遙見一姬與二媒媼同車馳過車中人酷肖其姬愕然駭異草草話別而返比至家則其姬固在姚疑團莫釋以言餂之曰爾先至耶媒媼又將嫁爾何處耶姬倉皇不知所對姚益疑乃遣傭急呼媒媼來詰即撮合其姬者也既來責以媒姬於何處媼答無之姚云適遇於途尚抵賴乎媼曰此乃貴姬之妹耳貌本相似無怪動疑姚曰若然可同來一覩乎媼即携女幷其父母同來貌果與其姬相似而風韻則又過之問價幾何曰三百金未許也姚驟然急開篋取五百金置几上曰與其姊同價可乎頃刻成交噫萍水相遭頓成嘉偶何物姚某獨占如許艷福哉云云按此事憶於某說部中見之而都友來函以爲實近日事是耶非耶姑錄之以博閱者一粲

小寓被封　○京師崇文門內蘇州胡同水磨胡同池子河一帶旗民所居向於鄉會試年𢹂將房屋騰出招租諸士子爲小寓以備赴試近便而旗民亦獲利三倍也三月十一日二場之期觀音寺胡同地方租寓之某士子尚有行李皮箱物件存在寓內忽有匪人十餘名手持洋槍器械突入室內先放洋鎗將房主嚇倒旋即傾箱倒篋將衣物銀兩搜掠一空攜贓逃逸房主驚後追喊該匪膽敢施放洋鎗轟傷幼孩一名傷勢甚重恐有性命之憂當由房主赴該管地面官廳禀報勘驗被盜情形詳報步軍統領衙門嚴飭上緊緝獲賊盜按律懲辦矣

狹路相逢　○京師爲古幽燕地人情剛猛孔武有力朋儕聚處各袖藏利刃若一言不合即拔刃相向雖經地面官嚴申例禁而風氣相沿牢不可破誠地方之害也三月初八日前門外火把廠地方有魏某與攔路虎王二素有嫌隙無意相逢彼此揪扭王二暗用利刃將魏肚腹扎傷多處血流如注經東河汛訪聞簽差查拿而攔路虎王二已鴻飛冥冥矣當即飭仵相驗傷痕訊辯是兇之犯務獲究辦

似此懸不畏法勇於私門實堪痛恨所望上焉者移風易俗化惡獍爲熊羆俾作鎖鑰都之選是則區區之意也夫

再簡全權 ○頃聞官場傳說總署以我中堂被刺受傷尚未全愈於十二日奏請　諭旨令簡往日本頭等參贊李經方爲全權大臣與中堂同辦議和事務云

榆關消息 ○昨聞劉峴帥自榆關啓節乘火車於今日晚五點鐘抵津所有本郡駐防各營及領標三營練兵等均整隊往接但來津何事不得而知頃又聞峴帥於十一日由關起程查看沿海各口因關外瞥見日船遊弋燃砲轟擊我軍山西隊伍疑其來攻已退至關上云

稽古榜示 ○兵部尚書兼都察院右副都御史署理直隸總督兼理糧餉河道長蘆鹽政督巡撫事雲貴總督部堂王　爲榜示事照得本部堂於二月二十日甄別稽古書院舉貢生監課藝業經評定等第姓名並獎賞銀兩數目開列於後須至榜者　計　開

正取十五名　趙元禮　程士珍　高增奎　陳自珍　陳奎齡　李廷霖　魏金題　董鴻恩　臧守義　董恩第　劉承蔭　徐曜奎　魏　震　李鶴鳴　劉秋濤　前二名各獎銀三兩　三名四名各獎銀二兩五錢　五名至七名各獎銀二兩　八名至十名各獎銀一兩五錢餘各獎銀一兩

副取卄五名　王春瀛　皮祖功　陳振鐸　樊蔭慈　金恩科　陳振藻　王新銘　于維賢　展桂丹　于長懋　陳學寰　董　煥　孫慶錫　王有聲　王開第　閻大受　董恩祥　李澂希　楊錦榮　王寰瀛　王志廉　于長藻　馮遇源　王復晉　王德崇　各獎銀五錢

次取四十名　李光奎　閻鴻業　宋汝霖　金其昌　王寶銘　劉鳳翰　林兆翰　辛蔭培　羅廷儁　王學勤　張鴻書　金汝弼　王榮第　辛壽培　馮濟霖　陳金栻　董恩嘉　劉寶和　劉儁祺　劉鳳書　高桂芬　閻鴻鈞　穆如濟　楊恩棣　郭翔藻　陳元齡　胡家祺　王鼎元　曹錫儁　田士瑞　楊葆儁　張春瀛　楊治鎔　李榮春　王德純　陳鴻齡　王樹昌　王　琦　唐肇彥　金文濂　各獎銀三錢

備取二十名　華世俊等准其應課

破除情面 ○各營軍米向例於月餉內每名扣銀九錢購買米糧以濟兵食其法甚便頃據訪事人云昨津勝軍王欽憲偕曹軍門商定本月放餉每名軍米祇扣五錢以示體恤札飭各營官遵照內有一營營官楊姓竟膽敢仍前扣九錢之數以致該營兵勇譁然繳還軍裝號掛皆欲告退事爲曹軍門所聞將楊姓傳去綁出欲正軍法經衆營官叩求免死責軍棍八百撤去營官乃該營小統領李某亦隨衆婉求軍門以該管下不能先事儆戒尚有何顏代爲說情亦責軍棍四十摘去頂戴以儆後效噫軍門此舉眞可謂之破除情面實事求是者矣

駕馭宜嚴 ○養兵以衛民而禦敵非使之擾民也近來因海氛未平兵勇雲集又新招若干營以資抵禦烏合之衆固不明戰守爲何事而恃衆妄行則又似生而知之者統領營官若不隨時留心駕馭若輩昏天黑地無事不爲如而細故滋鬧繼且搶劫爲能矣張家灣河西務一帶前有兵勇擾害民家姦淫婦女幾乎釀成大禍幸統領營官知覺尙早斬示一二人近甫稍爲寧帖而津門之某營兵勇遂日在侯家後一帶敲門打戶飛瓦弄棍致與土棍爲仇日肆尋毆書不勝書履霜堅冰至漸也始以娼寮爲魚肉藉以嘗試倘不知嚴加約束恐逐漸而加諸民戶則爲禍誠非細事己可不愼哉

抱石自沉 ○沿河各州縣連年水災頻仍貧民甚衆客秋間有水退之地種植秋麥而今春又異常寒冷當下種時地甚潮濕再加以厚雪麥苗易於受傷際此東作之時貧苦之家農器多在質庫牲畜多已變賣終以無力耕耘且又糧米昂貴餬口維艱聞楊汾港一帶有鄉民一家六口於本月初旬乘夜各懷巨石投水而死斯亦可憫之極矣

剝船窘迫 ○本年剝船各戶約有五千餘家有餘之戶甚屬寥寥每倚剝運糧石爲生每屆三月初旬海運沙船連檣北上剝船各分糧石裝運抵通稍資沾潤本屆海運不由沙船剝船戶皆無所事事衣物典盡甚有兩日一餐而不得者情形殊覺可憫想各大憲定設良法以拯斯風餐水宿之儔斷不至度外置之也

查短錢捆 ○各營所募之兵良莠不齊雖良者甚多而莠者亦復不少昨有某營關餉領出現錢若干捆每捆二十五吊文各加

分擔送交營官按名分給詎査驗捆數竟短少一捆營官駭異無力彌補祇得彼此均攤以銷此事噫圖一己之肥貽大衆之累其人尚復有人心乎倘營官査出定按軍法懲辦也

敬惜字紙　○天津賭風甚熾賭中之最易習染爲害最深而又於字紙有關者惟紙牌爲甚無論紳商士庶貧富老少男婦以及稚童幼女無不愛鬥紙牌此項紙牌乃刻木爲圖刷印成片再以素紙裱糊製造極其精巧因而人多貪耍惟牌上書寫名字每牌二三字不等用過或與兒童作玩耍之具或任意擲棄不甚愛惜以此蹧蹋字跡莫可究詰雖有正人苦口告誡難以挽回積習惟有斷其本源當不難自絕査此項造牌作坊多在南門內一帶可否由守望局嚴飭地方勒令該作坊將原板銷毀凡有字跡通行改爲花樣不准再有字跡倘其不遵即執之以法實爲敬惜字紙之一道或幷紙牌而禁之尤屬轉移風化之善政

兵丁受刑　○本埠侯家後天會軒胡同某小班前被某營兵劉姓四人擰砸吵鬧經小班班主赴縣喊控已紀前報日昨邑侯將該兵劉姓四人提堂嚴訊飭護院差弁將該四兵各重責蟒鞭一百仍飭差役押看管按例懲辦云

見所未見　○金陵近日天氣晴明惠風和暢南門外雨花臺一帶之施放紙鳶者莫不鈎心鬥角巧奪天工近聞有某公子特遣巧匠別出心裁札成砲臺式風箏一架於前日率帶多人抬赴雨花岡高處試放迨至半空似聞忽有刁斗金鼓之聲從空而下俄而五花八門各施巨砲響聲數里忽又旌旗招展鎗砲無聲一似整隊回營也者約歷四點餘鐘之久始徐徐收下仍帶回城一時觀者人海人山遠近畢集莫不嘖嘖稱奇謂眞覺見所未見云

行旅獲安　○揚州灣頭鎮至高郵馬棚灣鎮一帶湖面共百二十餘里烟波浩浩雲水蒼茫爲賊船出沒之藪然又行踪飄忽一望無垠來往商船大爲受害所出盜案經縣控府積牘如山張香帥聞悉其情特委水師營蔣副戎統帶舢板船十餘艇前往梭巡日夜不倦爲各鎮口駐防之隊以靖盜氛而安行旅幷出示曉諭來往商船每日太陽西墜須即停泊毋許夜行倘有不遵貪程趕路遇茲不測後悔莫及勿謂言之不預也刻下商民莫不照章行走彼草澤渠匪其亦可悔而改業矣

浙藩牌示　○二月初二日牌示諸暨縣丞候補知縣朱鑑章請補　平湖縣丞飭准補之徐德彰赴任　鎭海縣長山巡檢委試用巡檢孔昭漣署理　昌化縣典史缺委試用未入流黃承澤署理

浙紹朱鈍翁世擅岐黃脉方穩愼屢治大症及婦幼產痘著手回春仍寓彌勒菴

陳雨蒼施醫　啓者有病之家無力延醫請於早辰九點鐘午後一點鐘下午六點鐘至海大道養病院後陳宅診視有不能就診者必須寫明住址及姓氏名號送至本宅方能撥冗往診本宅存心濟世門診輿規一概不取分文

啓者本齋新收到殿板精本各種舊書數百種另備書目一本倘蒙博雅好古諸君賞
鑑新　駕臨本齋購取可也另有新書開列　孔叢伯通德遺書　錢儀吉碑傳集　嚴可均全上古三代漢魏六朝文　通鑑長編紀事本末　春秋大事表　南宋文錄錄　山東攷古錄　順金石屑　望堂金石　樊南文集補編　黎蒓齋續古文辭類纂　古玉圖　十種古逸書　漢學堂叢書　秦漢瓦當文字金石聚　石印正續金石粹編　津門徵獻詩　文美齋謹啓

敬啓者本館報紙原擬於三月間加足八幅以饜閱報諸君子之目詎昨接滬上寄來鉛字生僻字數交到不少合用者仍屬寥寥碍難驟增八幅之數今定於十六日先將京報提出另用竹紙印作袖珍書式既可裝訂成書且可騰出京報地步一概排印新聞雖正報不足八幅而新聞則較從前八幅者有盈無絀一俟鉛字全數寄來仍照八幅印送閱者幸垂覽焉

本館謹啓

三月十六日輪船進口

順和	輪船由上海	怡和行
連陞	輪船由上海	又

三月十七日輪船出口

牛庄	輪船往上海	太古行
和生	輪船往上海	怡和行
明義	輪船往上海	信義行

三月十六日銀洋行情

天津九七六錢
銀盤二千九百一十七文
洋元二千一百文
紫竹林九六錢
銀盤二千九百六十五文
洋元二千一百三十文

直報

第六十五號
光緒二十一年三月十七日
西曆一千八百九十五年四月十一日　禮拜四

上諭恭錄　論當務之急　耕耤禮成　議撤海軍
給發月餉　宿將出山　雲津官話　集賢諫規
礮車制勝　不戒於火　鶯燕羣飛　來信照登
得人者昌　巡工告示　黑旗大勝　告白照登
京報照錄

上諭恭錄

旨陝西道監察御史員缺着熙麟補授分發江西試用道盧宗儀四川道朱恩縉吉林知府王昌熾山西同知亦倬福建同知何錫驊陝西直隸州知州曾晛森湖北直隸州知州黃秉鈞直隸補用知縣汪嘉棨甘肅知縣李有益浙江知縣夏曰琖查蔭元湖北知縣惲元復劉綬齊廣東知縣張經年山西知縣祝家瑞浙江知縣趙協莘湖北知縣胡俊采四川知縣張仲友廣西知縣司徒龍廣東補用鹽大使周景銘俱照例發往擬補吏部筆帖式崇雯恒愛鳳崑俱准其補授兩廣小靖場鹽大使王湛兩浙三江場鹽大使丁廷和保舉江西候補知州尹葆東山東補用知縣楊雕祥俱照例用盛京刑部員外郎員缺着志增補授禮部主事員缺着存志補授盛京戶部主事着托雲泰補授光祿寺署丞着連得補授欽此　旨巡視西城事務着高燮曾去欽此　上諭前據御史鍾德祥奏京師地面棍徒衆多當經諭令步軍統領衙門順天府五城御史按照摺內所指各犯確切訪查茲據給事中德本等覆奏查明永定門外蕭松亭即係史目蕭光曜該員尙無劣跡可指亦未經人控告等語仍着該城御史隨時查看倘有不職情事即行參辦另片奏副指揮沈銘新巡緝操練認眞講求請開復摘頂處分等語着吏部議奏欽此

論當務之急　續前稿

試再言崇儉朴之事儉則易富奢則易貧朴則近實華則近浮昔者衛懿公好鶴鶴有乘軒者及戰國人授甲者皆曰使鶴鶴實有位祿余焉能戰未幾滅於狄宵濟衛之遺民男女僅七百人益之以共滕之民爲五千人立戴公以廬於曹文公徙楚邱大布之衣大帛之冠務材訓農通商惠工時僅三十乘不數年有三百乘衛以中興春秋之世楚最强亦最富其富强始於熊繹蓽輅藍縷以啓山林箴之曰民生在勤勤則不匱歷觀史册興王之始事事黜華崇實其君其民其儉朴大率類此獨是人情之好富也如好生畏貧也如畏死喜實也如喜馨惡浮也如惡臭而習俗所尙則趨奢華之易也甘如薺趨儉朴之難也苦如荼踵事而增此强彼勝欲甚於生惡甚於死家人童婦服飾出入相耀相形一不若人愧恥之狀無地自容法華經如來壽量品曰亦知拜跪問訊與之好藥而不肯服此何以故毒氣深入失本心故溺其由來實以都邑通衢闤仕宦商賈貴賤賢愚雜然萃處其財之取也不盡明故其棄也不甚惜且吏胥一怒而人懼則其財以懼而生娼優一笑而人喜則其財以喜而生於是取之盡錙銖用之類泥沙居其鄉者與共周旋偶一往來酬酢遂不禁尤而效之夫人之處世也蔡無論士農工賈必有所以治生者然後取舍進退乃可明大義以綽然自得降及屠沽書傭幕客舉凡自食其力可以餬口資生之途受之吾分不爲苟取其與伐檀之義一而已倘不量入以爲出但知恣情以揮霍迨牀頭金盡朝典衣爲晨炊暮乞米爲晚食無間其不能承家立業貽嘉謨於子若孫即此一人之身生平意氣銷鑠盡矣尙能修職業効尺寸於斯世耶然而奢華之漸風非倡之一人俗非成之一日

其勢駸駸如滄江之趨下雖得萬牛而力挽況自古國家定法止有治非分之誅更無賞儉朴之典罪不儉朴之刑雖孔子删詩不過存蟋蟀山樞聊以寄諷而及門之徒淵憲赤賜輩一任其富者自富貧者自貧華者自華朴者自朴初不以督責嚴譴遽令舍此爲彼齊而一之蓋欲移易其情必相其勢爲之風而化以漸苟不善化弊轉叢生更有意想不及者往歲某督憲力求儉朴遍示各屬嚴禁奢華閭閻毋得衣彩緞婦女毋得製豔妝一日公出途遇蓬蓽間少婦豔妝倚門突遣從者問爲誰氏子差遂鎖帶該氏並氏夫至督署候訊公意擬勸諭而督責之適回署公事旁午無暇晷爰置不問越數日有總戎稟謁請示氏夫婦一案作何處置公猛憶之問其人在否總戎對以現在候訊公遽傳至乃知氏夫爲瓦作工氏其新娶婦也故豔若是公面諭數語勸其易妝從儉朴遽釋之氏先歸知無家矣羞且憤夜自經氏夫因占蔟蘩亦自經蓋工人居僅一椽被逮後情若不能上達因典屋澆某貴官干總戎轉爲緩頰乃達憲聽也吁化之不可強爲也如是大抵上之於下宜因民之欲作其勢驅以術而使其自至下之於上往往不從其令而從其好昔齊桓服紫國人競尚紫今猶古也上有好者下必甚若魚就淵若爵歸叢況有鸇獺以驅之乎否則俟民之自爲風化縱一二詩禮家父兄之教常先子弟之率未必皆謹蓋一傳衆咻勢所必至一服飾也爲之朝異而夕不同一婚喪也破產傾家猶慳不給究之新婦入門不洽旬而奩妝盡歸典賣柩櫬棄野經數世而屍骸終就焚淹慘目傷情無能爲力此等情事城市極多鄉村尚少所以奢華之事行於鄉村或相與尤而責之儉朴之爲居於城市則相與非而笑之以鄉村多族居城市半流寓也語云王道行於鄉殆謂是歟故欲風成儉朴上之人無法可施惟有首力崇之則其下自相與崇之況今日萬國通商淫巧之物日出日奇禁之萬不能禁惟有物之於民無益者皆相率而不用則市肆自以無所售而不爲桓寬鹽鐵論曰異物內流則國用饒利不外泄則民用給今其時矣所謂因民力宜崇儉朴者此也

耕耤禮成　○三月十六日卯刻　皇上親詣　先農壇致祭　先農畢行耕耤典禮茲悉耤田方約四畝周圍均豎五色彩旗田之四隅結彩亭四座內陳穀麥豆田之中央又有衣花衣高擎彩旗者十數人鵠立兩行旁有老農耆民蒼顏白髮者二十餘人身披蓑衣頭戴草笠手持農具如刨種者然　皇上即前行耕耤之典左手扶犁右手持鞭御前侍衛二員前導牽牛牛係黃色覊紲悉黃絨繩結成犁具飾以黃油上繪金龍犁之兩旁又有侍衛二員傴僂向前手扶耒耜長石農少冢宰麟在前導引順天府孫燮臣大司空家鼐順天府府尹陳六舟大京兆彝李小川少京兆鴻達攜斗灑種　上親耕回隴往返八次旁有樂部和聲署吏作樂皆衣彩衣笙簫笛音韻悠揚並以禾歌十則以和洵一片承平雅頌聲也　上耕畢登觀耕台閱視公卿耕耤樂歌皆止派出鄭王莊王端王三邸亦躬扶犁把持鞭以耕牛係黑色赤覊紅紲灑種者順天府屬員扶掖耒耜爲農政牽牛爲牛吏耕五隴熙漱莊大司農敬淞壽泉大司寇桂榮迪甫少司馬恩長允升少冢宰萃錢子密少宗伯應溥陳桂生少司農學蔡李宓園少司寇端棻顧漁溪大銀臺瑛汪柳門少司空鳴鑾九人儀與三王相同惟九推九返皆不作樂和歌站道官兵三面環立迨三王九卿耕耤禮成後各部官向臺上叩頭鳴贊贊引畢　皇上仍由舊路還宮以崇典制

議撤海軍　○海軍戰艦既無廷臣議撤海軍衙門或謂與其撤海軍不如停止鄉會試一有用一無用也按中國海口未盡畀敵因辦海軍不善遽歸咎於海軍恐蹈因噎廢食之誚況僅防陸而不於海猶緝捕者不設於通衢而設於庭院此議恐未必能行耳

給發月餉　○親軍水師練軍各營前因糧餉不足有九關餉十關餉十一關餉不等現在各該營或調紮海下一帶防守要口或調赴前敵衣綏風餐露宿倍著辛勞昨督憲王夔石大帥諭令各統領等每月各營每兵發給月餉不准仍前短少以示體卹大帥久歷戎行深知士卒甘苦經此番訓諭各營無不士飽馬騰頌制軍大德無旣也

宿將出山　○前壽春鎮總鎮郭軍門寶昌於咸豐同治間隨忠親王征勦捻逆與陳大帥國瑞齊名而總鎮恪守軍律從未與人爭競在壽春鎮多年愛惜士卒調和黎庶偉績豐功爲歷任江督皖撫所倚任嗣以親老告養優游珂里捐廉施賑固無日不以國事爲念也茲因海氛甚熾廷旨趨令進京陛見日昨道出津門策騎北上有見之者皆曰軍門英氣卓犖不遜往昔若授以大軍定能滅茲醜虜也

雲津官話　○驛昌道恒黼見制軍事畢赴任前壽春鎮郭辭進京湖南撫標游擊譚鼎忠回湖南新授保定府遺缺大名府知府

榮銓來津見制軍後赴省候補同知程鴻賓赴獻縣修工翰林院楊崇伊辭行候補知縣王毓葵赴慶雲提案並奉宋宮保委辦後路糧台正定中軍游擊關保謁委前山東博山縣錢鍱奉關道委查醫院受傷兵勇奉天府尹善聯進京

集賢課規　〇欽加二品銜長蘆都轉鹽運使司鹽運使季　諭集賢書院舉貢生監知悉照得本年三月初二日本司考試集賢書院官課內有余超羣鮑友仁方居正黃永祥四名領卷未交携帶出場查該院專課外省士子係爲廣育人材講求實學領卷後自應在院繕作即使偶有患病等事不能完卷亦應報明值年委員將白卷呈繳再行出院何得擅自携出殊屬有違院規應行照案扣除不准再行應課以示儆戒而杜弊端各宜凜遵特示〇又諭集賢書院舉貢生監知悉案照本月十六日係齋課之期是日仍課一文一詩限次日黎明交卷另命經解史論詩賦等題限於二十二日午前交卷逾限不收合亟牌示爲此牌仰該舉貢生監知悉務各遵照示期十六日黎明持票赴院領卷無票者一概不給各宜凜遵特示

礮車制勝　〇昨讀本月初八十一十二等日貴報所登時文取士論練軍實二條洋洋數千百言剴切直書曲盡利弊閱竟不禁愉佩愚謂中華積弱之弊固在於精明練達之士徒銷磨於無用之詩文而近年大病又在於恪守成規牢不可破漸致彼盛我衰秉鈞衡者當此亂時尚不幡然易念似近迂矣外洋鎗精礮巨餉重令嚴斷非勇力刀箭所能敵況環逼臥榻鼾睡其意有在誰不知之而中華方且以甲乙科取文材以刀弓石取武士猶如持徑尺之蒿搏虓虎握盈掬之土堵狂瀾庸有濟耶余駑鈍不才値此否運同殷憤激願効愚忠現思得製造礮車一法可以衛我擊人每一營如置四五具則臨陣衝鋒較之浪戰似有把握若置之當關隘口更多裨益但需良鐵堅木精工創造不過百日可成一二十具如果試用有效隨即加工廓增惟造作之法非楮墨所可縷陳亦非圖說所宜詳盡愧余一介單寒無力試辦倘有心存救時者不妨先晤商之或信或疑均不遑計從來跛者履遲譬如以蹣跚之步遠涉千里人盡知其迂緩矣然與其枯坐不移一籌莫展則何若假以時日寬其程限究竟終有到期惟望當道諸公毋畏難苟安毋膠執成法博諮深慮總冀於事有濟士君子通權達變古賢哲反經行權皆所以治國平天下也另有紙上談兵數條容再續布　　腹笥散人奉狀

不戒於火　〇近來天乾物燥居家店戶各宜小心火燭稍不愼防爲害甚巨十五日夜三更時候南門外牛家柴廠不知火自何來柴堆忽然燄發光耀數丈勢將燎原焚去柴堆數座並延燒董姓草房兩間幸水會齊集赶緊撲滅尤幸其地烟戶無多否則將不堪設想已

鶯燕羣飛　〇本埠侯家后爲藏垢納汚之區鶯鶯燕燕畢萃於斯謂之坐排班南班京班涼房下處種種名目不一究之皆爲銷金鍋也自軍興以來各路兵勇雲集兼之本處招募亦實繁有徒彼此引誘皆至該地一擴眼界始尚暗中摸索若恐人知繼而互相標榜少不如意即敲檯拍桌摔砸相加近更變本加厲每於傍晚時或十餘人二三十人羣聚肆擾劈門毀窗無所不至各該班有實逼處此之患不得已陸續遷至紫竹林客棧暫住各客棧房舍有人莫能容之勢噫女閭三百固足以招徠客商當茲軍務倥偬似亦非地方之福而兵勇任意橫行當亦各該管帶官所應認眞究察也

來信照登　〇敬啓者茲因西友瑞乃爾於光緒十七年七月與威海戴孝侯觀察訂立三年合同爲砲法學堂總教習其合同內所定之條約皆學堂事務無一字云及戰事水師西員之合同皆明定與戰一條去年七月合同期滿戴觀察留之仍照舊約俟倭寇稍平再續立合同自七月後倭寇日漸猖獗瑞君屢請於舊約內增與戰一條即援水師之西員章程倘倭寇犯威願往前敵戴觀察云貴教習但赴各台查看砲位子藥預備妥齊足矣倘倭寇犯威則請退避不必增此一條雖如此言瑞君所有鉅細物件因恐人心驚慌終不敢稍爲搬移直至去臘二十五日倭人寇榮城始僅將緊急書箱數只寄往烟臺此時瑞君復以前意請而戴觀察仍如前言再諭於水師丁軍門及護軍張統領皆云必商于戴觀察至廿八日瑞君不得已連夜赴烟台見劉薌林觀察劉觀察允之然亦並未補入舊約之內惟聽劉觀察一言隨趕緊返威新正初二日到金線頂稍息即馳往南帮各台初五日南帮失守鞏軍孤而無救陣亡將士兩千餘名此後北帮各兵勇多不服本官指揮戴觀察之所以死難也一外洋教習其何能爲瑞君無奈進劉公島在黃島砲台頗有功及倭寇入劉公島若非丁

漢兩統領之死節則端君亦幾乎其難免矣正月廿四日端君隨丁軍門樞到烟臺二月二十四日始到天津嗣聞正月間貴館直報有云端乃爾逃走一說端君聞之頗懷寃抑因其在威之始末爲鄙所深知故託代爲表白是不得不爲貴館諸君子畧述原委焉　蕭幼推啓

得人者昌　○治國以得人爲本張香帥自建節以來隨地留意人材有一技之長者無不收入夾袋又深知西國人材皆自學問中來是以於粵東建水師學堂於鄂省設礦政學堂凡所以培植人材者無微不至移督兩江正值海疆有事江海防務需材孔亟因調粵省學生十名王考鳴張光熙陳恩成陳燮清沈正增崔光詒陳壽銘鄭碩簡鄭鈞成張元棟等分撥各要隘以資鎮攝各該處當有恃而無恐矣惟聞學生內尚有吳保和高傳柏二員暨沈正增一員向爲該學堂之魁首吳高二人不知何以遺漏不調

巡工告示　○大清各口巡工司畢　爲通行曉諭事照得本巡工司前奉　總稅務司赫　憲劄行以沿海沿江建造鐙塔浮樁等事或係創設或宜改移或有增添或須裁撤營造既有變更務即隨時彰明出示通曉各處俾得行江海船隻周知偏喻等因玆本巡工司查瓊州關稅務司所屬界內抱虎山地方水道下有暗礁新設警船浮一個合將其情形度勢開列於左　計開　一瓊州府海南島抱虎山之東南相距一千一百四十丈視岸上單樹爲南六十九度半西該處水直下有暗礁一段於朔望潮落時礁上水深一丈七尺現於礁之東北約離九十二丈新設黑色尖圓形警船浮一個上置黑色三角式藍帽浮下水深四丈九尺爲指明船隻由東進海南水道應行於浮之右邊前在急水門所設之第三浮業經裁撤不用　一凡以上所開度數均照羅經方向　一瓊州新設此浮之外另有前設第三第四兩浮凡船隻由南路進海南水道必須相離新浮及第三浮約一百八十三丈沿途亟當小心慎勿輕忽駛近船行宜向右沙可以時刻用錘探水深淺因左邊礁石參差測量難準必於右沙爲穩也如過第四浮約距六十丈外可免有悞　爲此合即遵行出示通曉各處船隻其務宜留心詳記以免疎虞勿忘勿忽切切特示　光緒二十一年三月初七日　第二百九十二號示

黑旗大勝　○本館昨日下午四點鐘接到台灣友人專電云初六日清晨有倭兵艦十餘艘進攻台南打狗港地方劉淵亭軍門督率黑旗大隊埋伏港口左右默無聲息一若無人境地敵艦見守台華軍寂無聲響以爲已先遁逃岸上砲台垂手可得各兵艦遂魚貫而進毫不准備豈料將抵港岸忽聞號砲一聲黑旗軍大砲水雷一時齊發當場擊沉倭艦五艘倭奴被擊落水死者無算餘艦亦祇得相率遁去來電如此因急錄之以快人心錄新聞報

陳雨蒼施醫　啓者有病之家無力延醫請於早辰九點鐘午後一點鐘下午六點鐘至海大道養病院後陳宅診視有不能就診者必須寫明住址及姓氏名號送交本宅方能撥冗往診本宅存心濟世門診與規一槪不取分文

玆啓者本堂新刻津門孟筱帆孝廉平舒劉紫山選拔兩名士合刻賦鈔註釋詳明誠爲後學之津梁也更有靑照草堂重註七家詩並試帖舉隅二種大爲士林推重洵屬古學金針又有冀州吳河帥文安陳學士合輯水利叢書實爲目前急務凡有志於水利者無不以一見爲快至於各種書籍筆墨無不揀選精良善本以期近悅遠來凡刻詩賦文集善書等板刷印裝訂書籍自當精益求精工省價廉萬不敢稍涉含混有負　賜顧　寓河北關上毘盧室義合主人謹啓

敬啓者本館報紙原擬於三月間加足八幅以饜　閱報諸君子之目詎昨接滬上寄來鉛字生僻字數変到不少合用者仍屬寥寥碍難驟增八幅之數今定於十六日先將京報提出另用竹紙印作袖珍書式既可裝訂成書且可騰出京報地步一槪排印新聞雖正報不足八幅而新聞則較從前八幅者有盈無絀一俟鉛字全數寄來仍照八幅印送　閱者幸乖覽焉　本館謹啓

三月十七日輪船進口

德禮　輪船由上海　禮和行

三月十八日輪船出口

連陞　輪船往上海　怡和行

和生　輪船往上海　怡和行

明義　輪船往上海　信義行

三月十七日銀洋行情

天津九七六錢

銀盤二千九百二十文

洋元二千一百五文

紫竹林九六錢

銀盤二千九百七十文

洋元二千一百三十五文

直報

光緒二十一年三月十八日　第六十六號
西歷一千八百九十五年四月十二日　禮拜五

上諭恭錄　論當務之急　肅府殯儀　功德無量
濫交宜戒　風狂似虎　王恩盖德　尤觸綮要
故智復萌　規制森嚴　道士送案　婪財逼嫁
嚴查偷漏　賊有賊智　緝捕宜勤　香船大減
瘟疫東行　西函彙錄　曾白照靈　京報照錄

上諭恭錄

太常寺題四月十四日常雩大祀視牲看牲奉　旨遣溥靜視牲錢應溥看牲欽此

論當務之急　續前稿

請更詳嚴保甲之事民莫苦於不能謀生又莫苦於不能安生待其已不安也而後有以安之其爲計也遲而難不如及其未不安也而先有以安之其爲計也速而易保甲之法誠安民之速而易者矣攷之周禮州長比長皆職爲目甚詳約與今之鄉長地方地保練總牌頭相似其名雖殊其事則一原其設立之意凡以使閭里小民各有所屬得隨考其德行道藝以備選舉論其秀者則升諸司馬驅其頑者則歸諸田野使安耰鋤而力南畝無事則同井者出入相友守望相助復編其戶之壯者卽主伯亞旅之儔爲伍兩卒徒之士屬諸司馬而春蒐夏苗秋獮冬狩因農隙以講武事此古者寓兵於農藉民爲兵之舊制事既不費餉亦不煩也其得力處尤在州長比長皆其鄉人與鄰里概屬戚友素有情誼以相爭兼有法律以相糾其才之能否彼此無所不深知其事之急難彼此不能不相保管子軌里連鄉實本諸此用以保其魚鹽之利以富以強比時兵農猶合之而爲一後世兵農乃分之而爲二自宋以保甲之法行其意則專爲民間弭盜計意謂民之莠民雖處莠不去則良不安猶苗之草穀並生草不除則穀不茂也且內地亂之所生類卽起於彼此相知相習之人方亂之初外人既不能遽搗其巢穴又不能時蹤其出沒若求諸同里左右與居之人則絲毫不能或掩矣往事治亂之源無暇覼縷近歲每讀邸抄畿輔內外刼竊之案時時夥見破賊案者概屬捕役充捕役者半係盜賊且爲捕者無不養賊並卽以養賊之大小衆寡判捕役之能否巧拙所養之賊果大且衆實名捕也故案無巨細無一不破於捕未聞一破於保甲其地其時非無保甲非保甲之眞不能捕實以城市之人半寓公比鄰多不相卹野處之人其富室及小康者幸得苟安類皆以無事爲福貧者則自謀食息且恐不暇何暇及此況水旱螟蝗歲常告遺流亡之後戶口分離力弱丁單勢幾不能衛一身焉能兼捍鄰里患卽身受其害亦付之命途多舛時運不齊犯而不校而已縱有一二任俠之子嘗抱不平其人之親友家人必皆以盜賊狡譎凶狠如蜂蠆之毒不可少觸爲戒以故官吏捕捉訪緝詢及閭巷閭巷之子畏賊盜株連仇攀皆相率隱忍諱莫如深緘口不道亦且不敢嚮邇勢必至情固然也而盜賊於是得力焉至於僻遠之區民情粗鄙風俗刁悍貪竊刦之利居然以盜藪爲利藪傳云其鄉風俗生男之家親朋以鋼鐵爲賀預爲小兒鑄劍刀以備用及兒稍長平居出入佩之遇事則殺人如斬草不爲意他鄉目其人爲刀手爲老槍或名爲天上謂其如天之黑夜無天瓔天若不道也一遇其人則避之不遑遑敢犯之耶又有甚者近臣貴戚之鄉其族黨藉名勢以招聚不逞名爲開巢或名響馬與三國甘興霸之錦帆金鈴相似其中固不乏貪饞無賴之輩而其有奇技異能者亦比比也往年直隸山東河南捻匪馬賊之變實卽此類若民之安正業勤工作者無論讀書知禮與否雖餓死亦不爲此而

此稿未完

若輩則一遇凶荒便如麻起致朝廷命將興師東馳西突遷延歲月靡費餉需比及事平相與邀請奬邺以高爵奇勳相誇耀其蹂躪之區屍骸遍野家破人亡血肉狼藉死傷之狀君不見號哭之聲君不聞也若初以保甲弭此盜不過數人數家一舉手而弭之有餘而民之坐視其成相率不問者非不知問不敢問也何也承平之日戢懼盜賊之衆多復畏䝉巢之勢力失主報盜卽親身尋至其巢親見所失之物亦不敢認認亦不還必具賄賂輸託巢主知交之強有力者備物價乃堪贖出否則頻年遍籲諸官無得也間有案關貴戚爲分緊要者則官遣名捕往辦名捕一行仍必賄買賊巢鄰右或與賊相知之人爲之窺伺指引謂之購線又必賄請該處力士爲幫手然後可冀弋獲以塞責其他處依然充斥也溯其由來皆以保甲不認眞之故保甲之不認眞以其編査之初視保結爲具文所謂鄉保地練者非臧獲卽匪棍間有不甚邪曲者亦斷非一方之端人正士半係市井游惰之徒藉此以行其私抑或應名頂替朋充無所不有而奸宄遂得匿跡於其中一旦作姦犯科初之爲地保出結者坐受其累所以鄉中良民遇若輩則避之遠之而又敬之畏訛索也其官之司是事者大抵皆來自上憲人情委任以濟其爲貧而仕之情以蘇涸轍本爲官計非爲民計是保甲於民非徒無益而又害之者不少也今城鄉竊刦頻頻僻遠之方戒嚴尤甚殺人奪財商旅裹足米物停滯市價沸騰民食愈缺徒使捕役巡兵紛紛相擾廪給虛糜皆以保甲之不嚴耳使其自官至役均舉本處德望素著之人以理其事則人情旣熟事亦關己明其賞罰稱其廪餼則保甲成盜賊緝民財裕矣所謂宜嚴保甲者此也

肅府殯儀　○肅邸之福晉上月初旬薨逝於三月十四日發引之期屆定崇文門內錦裕和槓房三班九十六名槓夫所用大槓抬桿俱飾上黃油摔杆均用黃絨繩捆紮上罩鴉黃雲緞團龍棺罩每班槓夫八十名約行半里卽爲換班肩抬槓前鑾駕龍鳳扇孔雀扇龍頭御棍九龍黃雲緞曲柄傘數柄方傘四柄亭轎宮車全副儀仗黃鷹戲犬獵夫雖設鼓樂三十餘名沿途並不作樂儀仗之前另設黃旛一架令槓夫四十八名肩抬至廣渠門外新黃莊永遠奉安龍在御河橋一帶經諸鉅公設擺路祭棚沿途奠醊並聞先期經步軍統領榮振華大金吾親督該管地面官弁清淨街道是日清晨會同英副金吾長副金吾親自步行彈壓地面嚴禁閒雜人等往來喧譁惟執紼者皆係王公貝子貝勒諸鉅公誠謂榮哀之至矣

功德無量　○惜字惜穀兩端在稍有知識者皆可優爲之何獨于地處輦轂人稱髦士竟任其飄茵墮溷而不一加顧惜耶是亦所不可解者矣咽闈都中有志難償客爲言棘闈積習客常九上春闈每試場後必見有殘編斷簡片紙隻字拋棄于矮屋之中固常俯而拾之而深嘆將伯之莫予助也至二三塲後各號內米團飯顆棄于簷頭厠上者尤多于恒河沙數令人不忍觸目是亟宜設法補救云云當卽質之會塲諸君曾亦從同且有甚焉查字之受斯刦也艮由士子入塲夾帶食物其字號單等項旣無暇檢點而米粥米飯雖蒙朝廷特頒厚糈往往士子以不堪適口皆轉而付之號軍故任其傾棄而不悔也然于惜字惜穀二事未免太不知愛惜矣故昨聞有某孝廉現欲聯名稟求禮部大宗伯乘此會試之際請卽咨照知貢舉轉行責成各委官一體查禁務求一字一句之文一飯一粥之米皆不准棄置草芥等若泥沙而後已固亦積功累德之一端也惟未識奢願能酬焉否耳

濫交宜戒　○五陵年少喜交游重然諾每於游戲徵逐恨相見之晚如生平之歡不知比之匪人貽害無窮後悔莫及也蔡某者向在京都前門外東北園開設文寶齋畫局裝點山林附庸風雅於輭紅塵裏執經雪夜問字花朝因與昌平州孫某訂交不知孫固樑上君子也月初孫寄衣箱一具於文寶齋中現被西河汎訪拏派役押同往起贓物株連蔡某一併解交步軍統領衙門訊究雖惧被牽連終有昭釋之日然已備受縲絏之災獄訟之苦矣是可爲濫交者戒

風狂似虎　○都下自三月十一日清晨天氣清和風光駘蕩居然清明節候千紅萬紫春色滿皇州也詎於十二三四等日每自一點鐘時忽由東北起烈風一陣始猶作羊角之扶搖繼竟逞虎威之呼嘯瞬息間飛沙揚塵漫天翳日蠻腰楊柳非秋而萬葉先零人面桃花未謝而千枝辭褪肆十封氏虐驚商角之齊鳴憶到漢皇歌聞雌雄而狂突經一時許方息恨余無蒲留仙妙筆不能草一檄聲其罪而討之至此風之爲妖爲怪抑或爲颶爲颱則非余之所敢妄擬者姑列報章以誌一時之變云爾

王照盡德　○欽差大臣頭品頂戴辦理南洋通商事務兩江總督部堂碩勇巴圖魯劉　爲曉諭事照得本大臣年前在京　奏

陳事宜八條內有請給津貼一條嗣以關內外兵勇雲集糧價日昂不獨遠省調來之勇糊口維艱即近地招募之營亦虞食貴咨呈　督辦軍務處擬請凡征調各營勇丁無論關外關內一律津貼米價四成其在糧臺領米者將來扣價少扣四成其由各軍自行辦米者將來於月餉外另給米價四成由各原省發餉者此項津貼由各原省核辦由部發餉者即將此項津貼歸部核辦明定章程以昭公允茲經督辦軍務處核准自本年正月初一日為始一律照辦又柴草一項按每營五百人每月津貼銀二百兩不及五百人者照數核減均由該各糧台隨向支給亦於本年正月分別咨行在案合亟出示曉諭為此示仰各營勇丁知悉自示之後爾等均應力圖報稱仰答　皇仁如果該統領營哨官尅扣侵吞圖飽私橐准爾等據實呈控本大臣定行徹底查究分別參辦決不姑寬特示

尤關緊要　○鹽山縣之狼坨子地方界當大河口較之祁口尤為緊要且為梟匪淵藪前年屢有梟匪明目張胆強搶鹽船等事益見該處民情刁悍刻下防務吃緊深恐不良之徒貪利藐法接濟敵人煤水亟宜重兵扼守嚴密確查勤為瞭望既可杜奸謀之未萌且可免敵人之窺伺想各大憲慮周思密必不遺此巖疆也

故智復萌　○本埠混混強橫異常悍不畏死屢經站籠正法者指不勝屈前經胡雲楣方伯在津道任內定辦理混混之法解獄十年自此稍為斂跡至今為時未久故智復萌昨河東過街閣著名混混劉某兄弟與同夥混混某甲素有仇隙劉某持刀將某甲腳面砍根剗除昨經邑侯李大令相驗屬實大令嫉惡如仇將劉某兄弟飭護院枷并重責鞭各一百鎖枷示眾想劉氏弟兄當不免於解獄矣

規制森嚴　○欽加二品銜長蘆都轉鹽運使司鹽運使季　為營規事照得本司募練蘆勇早已成軍所有酌定營規二十四條合行榜示為此示仰合營弁勇一併恪遵勿違特示　計開　一無事不准離營違者棍責三十　一平時步法槍法不用心操練者革　一輪派巡更站牆偷睡曠班者棍責八十臨陣時犯者斬　一應携器械擅自離身棍責八十　一所發子藥不加謹收管以致潮濕不能着火及玩忽拋棄者皆棍責四十如有遺失棍責八十　一臨陣聽號進止令進不進令止不止者斬　一遇敵進戰畏縮不前及詐病偷安者皆斬　一殺傷良人冒功者斬　一掌號聞令即掌號令止即止違者棍責三十臨陣違令者斬　一密傳軍令轉傳之人增減失實及以密令私告他人宣揚誤事者斬　一差探敵勢畏縮不往詭稱已去妄報虛實貽誤軍機者斬　一管守營門之人縱人擅入者棍責六十對敵時犯者斬　一臨敵營時黑夜無故驚呼疾走及亂營伍者斬白晝犯者棍責四十　一指稱夢見鬼怪造言惑眾者斬　一勇丁黃夜夢魘同棚之人即行喚醒如有隨聲應和擾及營伍者棍責六十臨敵營犯者斬　一張皇賊勢妖言邪說者斬　一結盟拜會挾制鼓眾者斬　一欺壓良民恃強買賣搶掠財物焚毀房屋姦淫婦女者悉斬以徇　一軍行各按隊伍以次而前有先後攙越者棍責四十踐踏田禾者棍責八十均插箭遊營　一疎防失火者棍責八十臨陣時軍營失火致誤大事者斬　一押運軍糧在途私竊者　責八十仍照追　一酗酒滋事及打牌押寶賭博者皆插箭遊營　一吸食洋烟者革　一平時不遵約束者責革

道士送案　○昨有北塘某營營兵押送道士一名歸府審訊某道士年約而立醫學頗精在北塘某營門出攤賣藥不知因何獲譴由該營營官派兵押送來津其中必有事故俟訪明再錄

焚財逼嫁　○覇州人楊姓因家鄉連年被水無從得食携妻女逃荒來津在獅子林河畔結一團焦棲處其內雇拉手車為生詎楊於二月間暴疾化去婦女無可養贍擬圖他適鄰媼王姓覩其女年已及歲因竭力聳恿令婦嫁女藉有依賴並為其覓快婿得彩禮錢二十千詎媼本非善類竟將彩禮乾沒十八千祇以二千文付之該婦知其吞錢事悔議王媼乃大肆雌虎之威以為爾若不聽命於老娘當令爾母女餓死連日不使該婦女出門討飯鄰人雖不平其事亦畏其勢莫敢贊一詞者噫婪財逼嫁並絕其生如王媼者尚可不殺耶

嚴查偷漏　○每屆三月間天后聖母皇會之期府屬一帶各行奸商以香會船為名坐二三婦女其中窩藏應稅客貨冀圖偷漏昨津海關道憲黃花農觀察諭令各卡差役人等仍按向章一律查驗以免漏稅而重國課云

賊有賊智　○諺云賊有賊智不智則不做賊斯言也于今益信上年畿南一帶屢有失竊騾馬驢頭等案可見該賊計謀之詭既已得贓更可乘以逃逸較步行迅速以致緝捕為難不易破獲因而賊胆愈熾茲據客言永清縣屬張家栴居住之李吉山者家世務農頗

前小有屢被宵小生心暗中計算無如李之門牆較峻不易翻越該賊竟用調虎離山之計將李之門前叢樹用巨斧砍劈作錚錚之聲李聞知以爲竊樹偕其弟李二拔關出門見有十數人各持刀械蜂擁齊上將李二揪倒用繩捆縛以二人看守羣即入院翻箱倒篋搜羅銀錢衣服布疋首飾多物至無可再搜始攜贓逃逸李見勢兇猛又恐其弟被傷未敢喊捕只得候其走後查點失物開具清單報案似此捆人搶物殊屬胆大惡極而其智聲東擊西亦頗可取鴻飛冥冥未知果能緝獲否也

緝捕宜勤 ○河間府屬之甯津縣盜賊甚多今聞該縣張宿庄農人張其忠者於某日夜間被賊撥門入院竊去小驢一頭張以現値東作之時正藉玆牲口之力豈可任其失去不覺憤極由後追趕詎該賊竟將張一拳打倒仍即牽驢而逸張無可奈何只得赴縣報案請緝噫一驢所値無幾惟連年被水成災鄉民業已困苦時屆耕耘之際一經失去驢頭實無力再行購買惟願有地方之責者認眞緝捕破獲數案之後該賊知無可逃匿自必斂迹小民受福爲無量耳

香船大減 ○本埠天后宮每屆三月十六日天后聖母送駕之期永豐屯如意菴住蹕三日十八日接駕還宮香烟極盛本屆以海疆有事各河船隻未敢前來香會頓覺減色昨御河一帶雖有香船數艘陸續來津盧船戶聲稱所來之船較往年已少大半不獨各行生意皆爲減色也而郡城男紅女綠寶馬香車兩廟仍形擁擠云

瘟疫東行 ○東洋新聞紙云自西歷三月八號起馬岐地方居民忽患吐瀉之症醫生不知病從何來乃請醫院中著名博士會同診視并將死屍破驗始知所患爲壽列拉之急病即華語霍亂者是也該醫等遂擬設法救治不使蔓延然聞有十八人同患此病竟死其十可知疫氣不能保其不散並聞首患此病之人實因至由華返倭之輪船中遊觀而起似乎疫氣即爲此船帶歸蓋天厭倭奴而欲假手以殲之矣

西函彙錄 ○昨西友接廈門來信云日人欲攻臺灣打狗埠此信一傳寓居臺灣之西國婦女幼孩大半遷徙爲避地之計言念及此不能不恨倭奴之鴟張狼跋也○廈門西人函述云臺廈爲閩南門戶倭人既據澎湖倘展輪趨廈誠屬易易守廈文武各官因兵力單弱上稟督轅請兵分紮督憲譚文卿宮保遂檄令統帶恪靖福靖兩營之洪鎭軍永安督隊往援並派鴻字正營弁勇同往防堵大軍既集當可安堵無虞矣○閩浙總督譚文卿宮保奉 旨調補四川總督缺新任閩督邊制軍到省交代即可起節西行聞邊制軍准於三月初旬抵省宮保業將行李衣箱派准補長福營守備張鍾押赴琛航輪船載回珂里

陳雨蒼施醫 啓者有病之家無力延醫請於早辰九點鐘午後一點鐘下午六點鐘至海大道養病院後陳宅診視有不能就診者必須寫明住址及姓氏名號送至本宅方能撥冗往診本宅存心濟世門診與規一概不取分文

敬啓者本館報紙原擬於三月間加足八幅以饜 閱報諸君子之目詎昨接滬上寄來鉛字生僻字數變到不少合用者仍屬寥寥礙難驟增八幅之數今定於十六日先將京報提出另用竹紙印作袖珍書式既可裝訂成書且可騰出京報地步一概排印新聞雖正報不足八幅而新聞則較從前八幅者有盈無絀一俟鉛字全數寄來仍照八幅印送 閱者幸垂覽焉

本館謹啓

三月十八日輪船進口

北直隸	輪船由上海	怡和行
圖南	輪船由上海	招商局
生義	輪船由上海	信義行

三月十八日銀洋行情

天津九七六錢
銀盤二千九百二十文
洋元二千一百五文
紫竹林九六錢
銀盤二千九百七十文
洋元二千一百三十五文

直報

光緒二十一年三月十九日
西曆一千八百九十五年四月十三日
第六十七號
禮拜六

上諭恭錄　論當務之急　五福齊備　羽化登仙
聞事二則　定期傳戒　萬惡淫首　冠蓋往來
會文甲乙　盡批照錄　盡美盡善　孝思不匱
一訊道士　是必有故　查封娼寮　閒遊滋事
備豫不虞　漢鎮茶市　倭電彙譯　英國軍電
督白照錄　京報照錄

上諭恭錄

上諭李秉衡奏查明威海失守死事各員情形一摺海軍右翼總兵劉步蟾記名總兵張文宣護理海軍左翼總兵楊用霖儘先都司廣東大鵬協右營守備黃祖蓮均能見危授命忠烈可嘉着照軍營陣亡例從優議卹至已革海軍提督丁汝昌總統海軍始終僨事前經降旨拿問獲咎甚重雖此次戰敗死綏仍着毋庸議卹該部知道欽此　上諭王文錦奏營官扣留米價發放遲延據實參一摺關內外各營前經劉坤一奏明津貼米價四成乃營帶津勝中軍右營儘先副將羊洪順於關放二月分正餉並未發給四成米價迨經查出始行補放實屬意圖弊混罔恤兵艱羊洪順着即革職永不叙用統帶記名提督李永元疏於覺查著摘去頂戴以示懲儆該部知道欽此

論當務之急　續前稿

何嘗乎善人之宜舉也今夫法不足以治天下法之所不及天下將歛而侮之且法必自有所不及也嘗觀一鄉之中恒人自私其財自惜其力與人有競而不犯科作德甚凉而不干紀既不近刑即無所罪雖於君臣父子夫婦昆弟朋友間其心將不可問其弊將不勝言秉國者已皆確知灼見然萬不能執三尺律未形之隱咎誅未萌之禍萌有善人者出其間即以無形之善化其無形之惡使其人如久近芝蘭與花俱香人不自知其香亦不自知其化而化已深矣昔王彥章居於鄉鄉之不肖姓字懼爲所聞陽城子居於[illegible]蕭公德而善良者其人且以三千計論語曰子游爲武城宰子曰汝得人焉爾乎所問何人謂得武城紳士中之善人耳孟子曰爲政不難不得罪於巨室所謂巨室亦巨紳中之善人耳是則善人佐政刑之不及以維風化於無形民之幸即國之幸也然善人之境遇不齊貧者不如富者之爲功於世大故富室宜使之安何以安之即以舉之者安之富者不如貧者之爲功於世其心誠其勢難則寒儒宜先有以卹之何以卹之即以舉之者卹之之二人者遇不同而德同德雖同而事又不同則差等者更不能無甄別以嘉其勞績何以嘉之仍即以舉之者嘉之而已請先爲安富室之議善者衆之師富者貧之母既富且善凡人所一切難行之善彼能具大力以舉之則養而兼教庶民賴之矣其人或因善而獲福則思其始必有以圖其終或既富而方穀則行其德必樂善而不知倦鄉之人感而化之若魚相忘於江湖功斯偉矣子輿氏曰仁言不如仁聲之入人深也善政不如善教之得民也詩曰於戲前王不忘夫前王已沒世矣而其所以百世不忘者曰君子賢賢而親親其小人樂樂而利利故仁聲善教之及人不特如無厚之入有閒將政與刑之勢不能入者善之氣入之氣之所不能入者善之聲入之幷氣與聲其所入豈有涯豈有艾也是以善成風俗之後雖無善政猶堪爲國古昔聖人知政之不能久恃子孫不能常賢也於是寶其善人養其善氣培其善俗政刑之外特舉風俗遺之後人使後世衰危之秋四國望之不敢啓妄心以相擾子孫而賢可藉善俗以中興子孫不賢猶恃善俗以延祚是善俗可救惡政也春秋之世魯最弱慶父難作齊使仲孫湫來省難仲孫歸曰不去慶父魯難未已公曰魯可取乎對曰不

可猶秉周禮周禮所以本也臣聞之國將亡本必先顛而後枝葉從之魯不棄周禮未可動也湫之所謂秉禮者誰與其時閔公君也甫八年當未知禮爲何物哀姜君母也棄位而奸慶父大臣也實即弑逆之賊文武之方策雖存而人亡政息禮將孰秉湫之所謂亦見其講於泮宮流於洙泗郁郁洋洋善氣善聲舉國成俗忠信以爲甲胄禮義以爲干櫓忠義之士必出其間彼哀姜慶父之一二人能亂其倫易其主奪其權必不能亂民風而易奪民俗善俗之所濟非淺鮮善人之所係豈淺鮮哉要之善俗之成也非一朝故善孽之長也可百世舅犯曰亡人無以爲寶仁親以爲寶楚書曰楚國無以爲寶惟善以爲寶非迂也不見夫帝堯之後數千年而有晉商王之後數百年猶有宋以迄今之朝鮮與衍聖孔公皆是也故善觀國者觀其政猶必觀其俗善爲國者於政加意於俗尤加意於善人則尤必加意焉然而善人而富其爲善有難焉者易曰富以其鄰依其居者固多喜詩云　以富人同其時者復多忌俗情澆薄貪得無厭朝乞其米暮貸其貲既恃爲不涸之源且得隴而望蜀偶不如意輒生怨咨以致極盛難繼因善被累猶未也既爲博施濟衆無賴不逞之徒勢必相因迭至又萬萬不能擇人而與抑或强盜游俠徑情借取執事者畏禍不敢不借及事有洩當路不肖之徒遂垂涎魚肉故入人罪冀濟名利之陰私情爲盜賊所憤思報不平爲官吏者復恃權力以强壓之因激成不可收拾之奏案小則塗炭一方大則危及數邑史册相望善人難作今古莫白其寃是豈關富室之咎歟毋亦不求安富室者之罪不容誅也故欲舉善人宜多方保護維持先使富者得安享其富何以安之獎其善舉之當途委以重任權力可假善情不壅於上聞則富者安貧者亦濟矣所謂急宜安富室者此也　此稿未完

五福齊備　〇崇文門外唐洗伯街王某之母享壽八旬晋二生丈夫子六人皆權什一之利守分營生無忝孝養孫曾林立並於去年得有元孫一人五世同堂去歲恭逢　皇太后萬壽典禮曾經請　賜旌表洵爲　熙朝人瑞今聞壽母於三月初一日撒手西歸十六日爲發引之期儀導極稱繁盛麻衣如雪幾不可以數計尤爲巨觀柩停崇文門外法華寺廟內擇日再行卜兆一時道旁觀者豔羨不置不愧爲福壽全歸云

羽化登仙　〇京師永定門外十里莊觀音菴僧人喜凡年逾古稀其徒德興年已不惑師徒終朝諷誦經咒苦力潛修可稱一塵不染聞於三月十五日師徒均無疾病同日同時圓寂附近隣居無不稱異說者以爲此僧師徒德性堅定可絕塵緣數十年如一日故能同登極樂世界彼和樣和障者不可同年語矣

闈事二則　〇本屆二場內有某號某孝廉終日不敢入號惟在衖內蹀躞往來如醉如癡自言自答或有時自批其頰自稱該死並脅去冬曾將婢女淩虐斃命特來尋仇報怨云云至夜依然宿於號舍之外强候至十三日辰刻開號時竟交白卷而出出場時猶有人見其狂態可掬聞者莫不毛骨悚然〇本屆頭場試卷初十日即發彌封所十一日發交謄錄所飭各書手從速抄謄字畫務須清楚如敢潦草塞責惟提該書手訊問頭場之卷已於十六日一律謄畢十七日即給發二場之卷云

定期傳戒　〇京師彰儀門內善果寺叢林也專備十方遊僧掛單供養之處今聞近畿一帶剃髮爲僧願受佛門戒者前往掛號註寫法名送堂傳戒定于四月初八日開壇先演名項戒律及一切儀節六月初八十五兩日始傳沙彌戒至比邱等候六月二十六日傳觀音戒功德始圓滿焉噫佛法之衰久矣徒以傳戒一事爲該教宗旨吾不知果能恪守清靜否似與八股取士無所差等多此一番擾擾耳何足貴哉

萬惡淫首　〇京師安定門外清虛觀地方居住某甲隱其名某商後裔也其家固稱富有而某甲又性好狹邪故凡淫女色而就孿童舍家雞而逐野鶩咸快然爲之其婦某氏雖賢屢諫而不醒悟月初又新雇一女僕年未三十薄有姿首情致妖冶大有春色撩人之態甲又屢挑之數日後深入溫柔鄉境作鴛鴦之野合其妻妾又百般勸阻以免門庭多故而致醜聲外揚無如甲淫蕩性成因此絮聒不休老羞成怒反公然令女僕抹粉塗脂明薦枕席婦知甲必無怨艾之一日乘甲與僕婦私會立數甲之罪而自吞洋烟以求畢命失志不願送浪子下場甲於是始大懼一面將婦竭力灌救得甦一面出多金遺婦命去而僕婦此時則非索得半生過活不肯遽行斷絕致連日紛紛擾擾聲聞外彰人多謂自尋苦惱云按戒私奴婢之文首推施愚山先生之作蓋於名分果報之間不憚詳哉言之且推及後世子

孫以發人深省洵淋漓痛快可當暮鼓晨鐘也

冠蓋往來　○新授貴州巡撫德靜山大中丞壽由安徽附輪來津進京陛見昨日抵埠船泊三岔河口即在薩寶實洋行門首預備聖安棚閤郡文武皆於今早前往祇送○翰林院編修吳絅齋太史士鑑自浙藉進京道出沽上同鄉拜謁頗不寥寂○前四川松潘鎮夏軍門毓秀進京○前廣東韶連鎮方瀚卿總戎友升由湖南來赴都○新授易州宮直刺昱交卸滄州回○候補縣孫天錦奉藩委解養廉銀兩到津○總理軍械所承敬甫觀察霖調委

會文甲乙　○欽加二品銜長蘆都轉鹽運使司鹽運使季　為榜示事照得本司閱定會文書院舉人大卷字課現已分別中乙酌定獎銀合行開列於後須至榜者　計開　舉人三十五名　姜擇善　劉嘉𣿬　李春澤　陸繼周　姜秉善　常文雋　華學淇　凌雲　金文彥　高振鋆　陳恩榮　王叔培　李錦源　高凌爵　孫維源　杜聯陛　宋文濱　陶喆甡　張昌言　周士廉　騰雲鵠　鄭文彩　張玉峴　龐奉垣　胡祖堯　高凌雯　蔡如梁　吳恒瑞　溫其玉　劉雲鵬　振　洵　陳錫年　佛勒混泰　第一名二名各獎銀三兩　三名至五名各獎銀二兩五錢　六名至八名各獎銀二兩　九名至二十名各獎銀一兩五錢　二十一名至三十五名各獎銀一兩

憲批照錄　○欽命二品頂戴直隸分巡天津河間兵備道呂　示靜海縣監生田繩武等稟　批此案前經稟奉　前督憲批行籌賑局核議在案茲據稟前情姑候據情移會　籌賑局察酌情形核議見復再行飭遵該監生等即回籍候示毋得逗遛多瀆　又示劉安莊鄉民劉明輝等稟　批前據該莊與蘆新河等莊兩次公同具稟業經本道移會　籌賑局自有斟酌毋庸屢瀆　又示東光縣人馮杜呈　批此案業經一年之久究竟正兇為誰未據訊詳仰東光縣速集應訊人等到案研審確情錄供通報㕘即回縣候質毋得多瀆呈抄存　又示劉承樹等稟　批此案兩造屢瀆不休虛實亟應澈究仰天津縣速將兩造所控人證按名勒傳到案具覆以免藉詞纏訟該監生等即赴縣候質稟抄存

盡美盡善　○本郡紳富商辦募勇保護土圩已兩紀報端聞欵項已籌有端緒請鄧善卿總戎為統率名其軍曰練勇擬由本郡火會招募每會各五十人共募八營以津人而衛津地各有身家即不啻各自保護法良意美無以復加不日即諏吉開招云

孝思不匱　○孝為百行之原富家子弟習於浮誇每多不實轉不若貧家子弟真性未漓猶知養生送死之道也昨城內鼓樓北有幼童一名年僅十齡左右頭戴孝帽肩佩白麻知為父母之喪者聲稱武清縣人父因病身故衣棺俱無叩乞憐憫云云見者憫之施給一二文十數文不等噫如此幼稚居然叩求施捨雖不免為人指教而其涕泗滂沱其真性猶在也詩曰孝思不匱永錫爾類其此幼童之謂乎

一訊道士　○北塘某營管兵押送道士歸府審訊已登昨報府憲沈太守提堂審訊某道士聲稱山東人自十六歲隨師在奉省遼陽城內關帝廟住持現因奉省兵荒來塘賣藥度日謀生太守因案情重大誘問許久並無別情飭差押班看管云

是必有故　○法堂公地也審案公事也以公地而辦公事人人得而觀之人人得而聞之天理人情之至也詎昨某員高坐堂皇聲色俱厲之時適堂下觀者實繁有徒某員嫌其嘈雜飭差驅逐獨某甲似於此地會心不遠目瞪神呆直立不動致被責二百入板鎖押看管噫斯人也豈亦效豐干之饒舌乎否則公地公事之間萬頭攢聚何祇甲違犯堂規遭斯嚴譴也

查封娼窯　○客歲大兵雲集本埠南門外向多娼窯經該管局段一概查禁地面為之靜謐不料今春娼窯續添已至數十家之多每夜各營兵勇絡繹不絕或持械傷人或任意毆打不一而足倘不嚴行查禁必至釀成巨禍昨城守營徐千戎查知其弊飭差役人等將城垣一帶娼窯一律查封噫該處賣娼之人多係村婦一經被人引誘一旦失節悔莫能追今千戎查禁保全人家名節不少功德豈淺鮮哉

閒遊滋事　○營盤重地豈容閒人遊耍況當操防之際不定何時操演倘被槍子擊傷悔已莫及乃昨有某甲者閒遊本埠西門

外之槐兵營不但不服攔阻並將看門營兵頭顱打破血流不止營兵邀集衆兵將其人獲住聲稱送官懲治不知作何了結

備豫不虞 ○淮揚一帶運河堤岸捍黃通運屹若長城料實工堅保斯民於衽席是以淮河以下高寶臺榆各處資爲保障邇來霜凍雪膠鬆搖剝落坍塌甚多雖未如斷岸之難行而一遇伏秋二汛黃水衝齧勢易不支修防轉形吃緊河工總局隨時巡護派員經管慎重職守當此頹剝堪虞危在旦夕不得不未雨綢繆即爲一勞永逸之計爰稟詳漕憲請令該尊松峻峯漕帥據稟聆悉准令修葺即着河工局員購辦工料將運河東岸各處殘缺凡臬之處概行動工修理務使址基堅固虹亘長隄與海塘而同峙行見夏水秋波安瀾可慶即春三桃放時曾艘北上牽挽徒步亦易徜徉前往備豫不虞洵古之善政也

漢鎮茶市 ○數日內各路茶商俱已抵漢較舊歲甚形踴躍連日各茶棧中輪馬盈門一面遣人入山開辦幷聞今年到者不下一百餘家現推廣幫資本爲首屈一指

倭電彙譯 ○本月初六日夜十一點鐘時橫濱來電云現北澎湖之倭兵頭伊東報其僞主言前月二十八日攻嫣宮島得之甚易次日派兵往攻顏宮島不一時亦竟佔踞並獲極重大砲九尊小砲及來福槍火藥子彈等物無數是役也華兵死者三十名被擒者六十名倭兵傷者十七名○又云倭兵艦已得魚翁島之砲臺澎湖全地皆爲倭踞○同時來電云今日大書院醫生司克力婆往視李傳相之傷據報可以漸愈幷聞傳相已能在室中行走○同日下午二點鐘時來電云槍擊李傳相之倭奴現經嚴訊知其早蓄殺心故倭廷定以監禁終身兼作苦工之罪 錄滬報

英國軍電 ○近日英京發來電報云英國本年陸軍支費現經核定列爲册籍送交下議院中公議而英廷之意則擬於本年內將駐紮埃及之兵減去一營來電又云近來英國招募兵軍一事諸人投軍甚爲踴躍而海軍一途則於本年內再添兵額五百名來電又云現在外將各處再行添設砲臺而香港一地亦在其內云

茲啓者本堂新刻津門孟籛帆孝廉平舒劉紫山選拔兩名士合刻賦鈔註釋詳明誠爲後學之津梁也更有詩照草堂重註七家詩並試帖舉隅二種大爲士林推重洵屬古學金針又有霸州吳河帥文安陳學士合輯水利叢書實爲目前急務凡有志於水利者無不以一見爲快至於各種書籍筆墨無不揀選精良善本以期近悅遠來凡刻詩賦文集善書等板刷印裝訂書籍自當精益求精工省價廉萬不敢稍涉含混有負 賜顧

寓河北關上毘盧室義合主人謹啓

陳雨蒼施醫 啓者有病之家無力延醫請於早辰九點鐘午後一點鐘下午六點鐘至海大道養病院後陳宅診視有不能就診者必須寫明住址及姓氏名號送交本宅方能撥冗往診本宅存心濟世門診與規一概不取分文

告白 續永慶升平 續施公案 醒世姻緣 彭公案 第一奇女 花月姻緣 巧合奇冤 續今古奇觀 後列國 後聊齋 三續聊齋 五虎平西南 挑燈新錄 雪月梅 玉蛟梨 後英烈傳 鐵花仙史 南北宋 髮逆圖記 五十名家手札 前後七國 醉 蔡荒怪 草木春秋 昇仙傳 楊家將 西湖佳話 萬年青初二集 文美齋謹啓

敬啓者本館報紙原擬於二月間加足八幅以饜 閱報諸君子之目詎昨接滬上寄來鉛字生僻字數交到不少合用者仍屬寥寥礙難驟增八幅之數今定於十六日先將京報從出另用竹紙印作袖珍書式既可裝訂成書且可騰出京報地步一概排印新聞雖止報不足八幅而新聞則較從前八幅者有盈無絀一俟鉛字全數寄來仍照八幅印送閱者幸垂覽焉

本館謹啓

三月二十日輪船出口

北直隷 輪船往上海 怡和行

圖南 輪船往上海 招商局

生義 輪船往上海 信義行

三月十九日銀洋行情

天津九七六錢

銀盤二千九百二十三文

洋元二千一百八文

紫竹林九六錢

銀盤二千九百七十文

洋元二千一百四十文

直報

光緒二十一年三月二十一日　第六十八號
西曆一千八百九十五年四月十五日　禮拜一

上諭恭錄　論當務之急　交結內侍　命案可疑
巡閱海疆　謠傳定議　紀律嚴明　捐貲備濟
不足爲訓　輔仁府課　犯官起解　死不足惜
代香善會　幼孩學窩　茶園滋事　澎湖軍信
不遺餘力　告白照登　京報照錄

上諭恭錄

上諭直隸天津道員缺着李興銳補授欽此　上諭裕祿等奏查明失陷蓋平縣城及熊岳牛莊兩鎮城廳行叅辦文武各官開單呈覽並自請議處一摺上年十二月閒蓋平熊岳相繼失陷本年二月閒牛莊又復失守該地方文武各官職司守土實屬罪無可辭蓋平縣知縣何守謙護理蓋州城守尉正黃旗防禦定保熊岳防守尉純德牛莊防守尉奇車布蓋州廂紅旗防禦三殷廂白旗驍騎校寶順正白旗漢軍驍騎校任國貴正紅旗驍騎校依善正藍旗防禦恩榮驍騎校恩綸熊岳廂黃旗驍騎校永福正黃旗巴爾虎防禦成名驍騎校沃合布正白旗驍騎校依忠阿正紅旗驍騎校蘇崇阿廂白旗防禦凌泰廂紅旗防禦祿寬正藍旗驍騎校松恒牛莊署正白旗防禦慶恩廂黃旗驍騎校銘崑正黃旗驍騎校恩銘廂白旗驍騎校德陞額牛莊巡檢兆齡均着即行革職交裕祿等分別按例審辦裕祿濟祿籌布未能周密亦難辭咎着一併交部議處餘着照所議辦理該部知道單併發欽此　上諭巡視中城御史恩順等奏遵旨籌議五城粥飯各廠擬請展限兩月一摺着照所請准將五城粥飯各廠一律展放兩月以惠窮黎餘着照所議辦理欽此　上諭裕祿奏查明營口等處失事情形分別叅辦並自請議處一摺本年二月閒營口告急記名提督蔣希夷帶領各營並未迎戰節節退縮猶復捏報戰狀任意欺飾厥咎甚重蔣希夷並所部營官副將蔣廣隆叅將鄧朝後都司桑友良守備曾自來趙玉龍均着一併革職即由王文韶拿解刑部分別治罪遊擊喬幹臣守備袁珍派守炮壘雷營未能實力守禦以致失陷均着革職解省按例治罪記名總兵馬占鰲都司王得意都司用守備徐廣林因衆寡不敵相率敗退亦屬咎無可辭着一併革職仍令帶罪圖功以觀後效試用同知署營口海防同知范樹升甫經到任惟地方被陷亦難辭咎着交部議處升任奉天府府尹奉錦山海道善聯守禦不力督率無方前據奏自請嚴議已有旨降一級留任仍着交部照例議處盛京將軍裕祿身任地方籌防未能周密着交部議處另片奏請將逗遛潛逃之佐領喜文等革職等語錦州正白旗佐領喜文候補知縣高嘉和復州知州金作墉均着即行革職以示懲儆該部知道欽此

論當務之急　續前稿

請再爲邮寒儒之識人之生也有一身卽有衣食不能絕世而遊有一室卽有妻孥不能棄家而遁憂天下之憂斷未有不憂己之憂者雖賢哉如回不改其樂屢空之下且閒爲邦亦以其有簞瓢也陋巷也有附郭之田五十畝郭外之田二十五畝也若以來朝無米爲明日事囂囂自得不過安貧知命人處於無可如何聊以無聊之思爲此無聊之語耳非篤論也儒而寒自奉定不能奢家用如何能裕仰不足事俯不足畜捐老幼而枵腹從公情固無有勢亦萬萬不能居野者橫經之外尙可秉耒以力田居城者研田之中閒或持籌以逐末左支右絀不能治己奚暇治人然既自命爲儒無不已飢己溺自任以天下之重者莘野渭濱古人如是今亦同情獨是儒術之日卑也假道德以要譽而不求聞達之科冀者半僞者亦半藉文章以干進而屈意逢迎之輩容之雖拒之亦難無論其不必邮也實欲遍邮而不能然而其

勢又有不能不邮者嘗見江湖等省劣紳把持公事向爲陋風道咸間粵匪竄擾蹤在辦團江右楚北四川近賊氛者團練尤盛其事多掌自局紳牧令或僅備員不與其事或與局紳扶同舞弊以肥己囊並以賄通邀獎致激成變屢煩　欽使如川省某牧一案設非張湘帥前爲該省學使迭次牘陳犯　顏直諫其寃將千秋莫雪其事將不可收拾如此之類他省雖差弊亦不小蓋軍需一項概用地丁往往儘留額征仍加津貼津貼之數且過於額征支銷項下勇糧軍裝器械外牧令火食或按月分酌給餘則盡爲局紳薪水其處詞訟除命盜大案牧令尚得與聞而婚姻田土私打門毆之件悉聽局紳判斷名爲排難解紛比時賊去賊來迄無定踪公事亦迄無定例肅清之後有滑州屬未經開濬先訂濬館濬館者何乃紳士浼上憲推荐於牧令者也大縣多至數十席致送脩金之後牧令不委以事亦不必盡識其人名爲乾脩從此開濬一任牧令浮收勒折無橈阻者舊例也北方雖無此風而紳士出入琴堂與於公事其才德品望優於一國者固不乏人而蠅營狗苟狐憑城而鼠憑社遇有公門內外交涉之件入而緩頰出而挑嗾勾串蠹胥喝詐鄉愚致斃人命或謀爲各項司事藉勢圖財甚或投入善堂名爲保民實則害民者亦有之如往年諸河漲決小民流亡死喪禾稼盡淹廬舍半沒傷心慘目之時紳與官復在靜邑南泊下口絕流而漁名爲十善堂籌欵致使泊水下口不能暢消上口經歲不堵任水漲落民困難蘇民既不能自謀堵築又不敢屢瀆有司災困情形不能備述聞者言者悲哽塡膺聲淚俱下其中司事半係寒儒無不自稱善士縱當路不爲籌邮欵其人亦自能漁射多方至把持書院乾沒賑欵等事猶末末也視此寒儒何益於君何益於民何須乎邮何貴乎舉曰此非儒儒之蠹也所謂儒者或閉戶自精非公不至或混迹草萊棲身下賤僅謀餬口苦其心志勞其筋骨餓其體膚然後如舜舉畎畝說舉版築鬲舉魚鹽仲舉於士敖舉於海奚舉於市焉舉者宜如何辨之亦惟如詢岳選衆之法問諸鄉鄰憑其夙昔考以言試以事辨其正與不正而已矣况今之津門諸善舉何一非善士所成成其事者富紳固多寒儒豈少且毀家抒難如楚於兎者比比也子文無後何以勸善所謂宜邮寒儒者此也　此稿未完

交結內侍　○前奉　廷寄交拿人犯朱子琴一名當經北城察院密派司坊前往前門外琉璃廠東北園關帝廟內將朱子琴解交管押詰訊一案係因與內侍交結赴　內廷講說子平得銀五十兩等情今將朱子琴驅逐回籍該相士籍隸楚北業於三月十六日起解矣

命案可疑　○京師前門外前靑廠地方七寶齋木廠孫某向充官工商人專管　內廷官工油飾彩畫等事素稱殷富日前該木廠唯房有一學徒年約十餘歲不知因何身死屍身業已風乾被地面官人訪悉挐獲解案責訊於三月十四日經北城司帶領吏仵相驗據報該屍兩眼睛並口中三寸之舌俱無驗有割挖傷痕該舖主孫某委爲不知堅不吐實未悉其中究因何情俟訪明再錄

巡閱海疆　○近日東洋船隻駛來北洋海面爲鬼爲蜮人心頗聳惶遽制憲王夔石大帥深謀遠慮恐沿海一帶或有疎虞定於二十三日率同司道乘坐快馬慈航仙航等小輪船赴北塘大沽等處查勘勘畢由輪車旋津

謠傳定議　○傳相徂東迄已匝月其間爲日之無賴行刺日主內懷愧恧允暫停戰二十一日而日之司兵柄者依然用兵侵入未到之地而臺灣復以爲不在停戰約內其居心之詐將誰欺乎且於我北洋各口陸續駛來兵輪今日七艘明日五艘是否戰艦不得而知其要挾我之成議無徵不至豈堂堂中國無一人有血性者乎今日謠傳紛紛有日本所需各欵限於今日定議否則已派兵在途直擣燕山之語豈眞我所備各軍皆腐朽之草木人乎思之不禁痛哭

紀律嚴明　○粵西臬憲胡雲楣方伯自定武成軍嚴申紀律勇丁等無不恪守營法昨方伯風聞有冒充定武軍人在侯家后一帶滋生事端挐交天津縣審訊經邑侯李大令研訊確係練軍前營勇丁已解營懲辦惟定武軍新招馬步等三營方伯以該勇初列隊伍恐良莠不齊不得不防其漸昨札飭天津縣並四門汛署謂如本營勇丁有敢在外滋擾之人即捆送來營按軍律懲辦云云噫方伯可謂得其要領者矣

捐復備濟　○督辦籌賑總局司道　爲出示曉諭事照得光緒五年津郡設立備濟社籌集公捐以作濟貧之用實爲備荒善舉天津籌河山東奉天江浙海船販貨來津者無論所裝何貨均按該船裝糧數目核計每淸斛一石捐銀五厘交備濟社紳董司事經收論

經　前直隸爵閣督憲李　奏明立案並由本局隨時出示曉諭各貨船照章遵辦在案茲聞裝載雜貨竹木等料各船陸續來津所有善捐銀兩仍應循舊交納以備賑濟合亟出示曉諭爲此示仰各行棧及客商一體遵照向年定章凡有海船裝運雜貨竹木等料來津經各行棧或卸或賣即向客商核明數目按每淸斛一石收糧平銀五厘將所收銀兩交備濟社司事查收付給收照爲據倘敢漏報船隻或隱數欺朦一經查出立將該行棧懲罰如有客商抗阻准其禀　縣究治決不寬貸各宜凜遵毋違特示

不足爲訓　○兩軍相見不鬭於郊野而鬭〃堂奧庸夫也威海失陷戰事甚苦右翼鎭軍等人已蒙褒䘏在朝廷固不失於仁厚而所以勵將士者則不足爲訓矣當日人犯威海時聞某大帥電請廷旨飭海軍在成山頭邀擊比時鐵甲快船尙有十四五號若果奮勇相敵勝負尙不可知乃畏葸性成不敢離威海一步俟日人攻破砲台始開砲攻擊敵勢已盛其何能濟昔人有言困獸猶鬭該軍竟甘以未損十船及砲台等一齊奉獻將獸之不若矣頃聞海軍中人言現有來繳關防印信者具禀當道歷叙戰事之難俟覓得其稿登諸報牘以質天下人之知公是公非者

輔仁府課　○天津府課輔仁書院生童題目　生題恭者不侮人儉者不奪人　童題狄仁之所欲者詩題賦得雷聲忽送千峯雨得峯字生五言八韻　童五言六韻　生應考者一百五十二人分超特一等次　超等取十五名　特等取二十五名餘者皆列一等
童應考者一百人分上中次等次　上取七名　中取七名　餘者皆列次取內

犯官起解　○記名提督蔣軍門希夷前月自營口敗歸因發餉滋鬧厥咎甚重昨經奉天軍憲咨交部制憲王夔石大帥委候補縣寶嵐村大令山押解晉京不戰而遁罪已無可逭而又尅扣軍餉恐軍門行將不免

死不足惜　○本埠北門外北浮橋各船艙乞丐之所也赤身而臥實繁有徒船夫以其餓夫也任其起居以示體䘏昨有丐者一名年約花信因餓斃於艙內船夫查知即傳該管地方討棺領埋噫以二十餘歲之人何事不可爲乃竟因餓斃命情雖可憫實不可憐苟非好懶好逸何至不得一飽斯人也殆亦天生之惰民歟何足惜哉

代香善會　○金頂妙峯山天仙聖母王三奶奶有求必應靈感非常津人最所信服奈距京二百餘里川資較昂每有香愿難償之感昨本埠各處設立代香會可以替人還愿分文不取自三月十五日起至二十七日止津中善端可謂無法不備矣

幼孩學竊　○本埠河北趙家塲擺渡口有小孩六七人年皆十齡上下每値米車麵車過渡當擁擠之時齊來偷竊習以爲常昨有某甲小車載芝蔴數石因擺渡窄狹暫留一石於北岸以期妥協不料被六七小孩偷竊已至三四升之多約値四五百文某甲無可如何即告知該管地方設法令其賠償噫幼年即如此做賊將來長成不知若何無賴殆亦生而知之者歟

茶園滋事　○本埠大兵雲集各營勇丁在茶肆滋生事端者無日無之昨協盛茶園有山西廚房某甲在座旁觀劇正在心會神合間忽有某營營兵數人擁擠而入將某甲擾動某甲不容營兵手持小刀即將某甲耳邊扎破幸園夥一齊擁出善爲解散茶座仍得安靜戲劇不至中輟云

澎湖軍信　○昨日連得本館派赴厦門訪事人於本月初二三日所發手書畧謂二月二十七日接澎湖某鎭軍電報云本日十二點鐘時有倭兵船十二艘來犯澎湖經砲臺上轟沉其二擊壞其二餘八艘即轉輪退出不知所之臺灣巡撫唐中丞接得告捷電音即傳電賞給守澎各將洋銀二萬圓○科麽沙輪船本定於二月二十二日開赴淡水忽稱接得臺北電報知倭奴已在基隆滬尾開砲禁船於是搭客即紛紛登岸迨四點鐘時仍鼓輪而去據云刻下臺北方預備戰事就滬尾基隆兩口安放水雷魚雷前者電音有悞此刻並未有倭船侵犯然厦門各富戶一聞此警已紛紛遷避不遑矣○臺澎淡水各處通至厦門之電綫忽於二月二十九日清晨九點鐘時中斷由澎湖以達臺南者亦不能通電想被倭奴所割截也然非有通倭漢奸指引倭奴亦何能下手○本月初二日有一商船由澎湖抵厦詢知二月二十七日倭船突來侵犯伊船於是日黎明時自媽宮島開出聞砲聲震地知已交兵迨晚始聞有倭船十數艘由澎湖後北灿頭大嶼北攻擊兩土山內各砲臺發砲以拒將二倭船擊破沉入波心後又到一船亦經砲臺飛彈擊壞船首勢已將沉各船倭奴急放八

杉板船來救將倭兵救入杉板受傷船旋沉入海中既而風浪滔天致杉板所救倭兵一百數十人漂至北灶沙離華軍正欲往拘而倭兵已登岸逸去是役也團勇營勇共死二十七人倭兵一百餘人全數受戮并聞另有一倭船受傷甚重及次晨伊船揚帆出口猶聞砲聲隆隆也〇初二日又接臺南電報云倭兵船潛由恒春縣南郊登岸是處及鳳山由劉淵亭鎮軍駐守鎮軍早已預爲之備迨倭兵登陸即出伏兵斷其歸路少焉地雷猝發得將倭兵轟斃千數百名此二月二十九日事也〇初三日午後爹利士輪船由臺灣安平回廈門據船主云西歷三月二十五號即華歷二月二十九日澎湖已被倭人所據并云倭兵船雖有沉壞者然或係觸水雷或撞於礁石所致非被礮臺上擊中嘻何傳聞異詞如此耶　錄申報

不遺餘力　〇張香帥節制兩江軍機密審敎戰有方無在不以厚集雄師爲本近又委劉學彥陶明國兩都戎乘輪赴宜昌一帶招募精忠報國之人分前後中左右五營俟兩都戎帶隊回來即當訓練成軍爲有備無患之計大約柳綠桃紅鶯聲欲老時始得回抵石頭城畔也〇兩江總督張香帥備防以來調兵遣將總在經心江陰爲江南門戶衝鋒大隊密紮如雲惟百密或恐一疏故香帥又委江蘇候補道辦理善後總局事務懋觀察前往查閱觀察即乘一壺宮輪迅至黃山之麓傳集各營點驗額數按冊勾稽以覘有無虛冒等弊刻已回稟銷差矣〇王軍門術慶在湖南招到霆慶雄兵五營統帶歸來暫在城北各廟分紮二月十六日香帥派城外保甲總局鍾觀察會同王軍門查閱簿冊唱點人數發給軍裝該兵均年富力强之輩身穿號褂大書兩江霆慶營虎勇字樣以此制敵何敵不摧

茲啓者本堂新刻津門孟篠帆孝廉平舒劉紫山選拔兩名士合刻賦鈔註釋詳明誠爲後學之津梁也更有靑照草堂重註七家詩並試帖舉隅二種大爲士林推重洵屬古學金針又有冀州吳河帥文安陳學士合輯水利叢書實爲目前急務凡有志於水利者無不以一見爲快至於各種書籍筆墨無不揀選精良善本以期近悅遠來凡刻詩賦文集善書等板刷印裝訂書籍自當精益求精工省價廉萬不敢稍涉舍混有負　賜顧　寓河北關上毘盧室義合主人謹啓

悅來洋貨號

本號開設天津紫竹林大街自運各國洋貨自鳴鐘時辰表絨毡絨毯磨料杈盤金邊鏡玻璃磚磨花描銀彩畫橫鏡呂宋烟捲飯單首飾玻璃磚彩畫茶几玳瑁梳篦表盒表架洋琴洋酒香水壺鼻烟壺等物格外減價消售發客

陳雨蒼施醫

啓者有病之家無力延醫請於早辰九點鐘午後一點鐘下午六點鐘至海大道養病院後陳宅診視有不能就診者必須寫明住址及姓氏名號送至本宅方能撥冗往診本宅存心濟世門診與規一概不取分文

浙紹朱鈍翁世擅岐黃脉方穩愼屢治大症及婦幼產痘耆手回春仍寓彌勒菴

告白　續永慶昇平　續施公案　醒世姻緣　彭公案　第一奇女　花月姻緣　巧合奇冤　續今古奇觀　後列國　後聊齋　三續聊齋　五虎平西南　挑燈新錄　雪月梅　玉姣梨　後英烈傳　鐵花仙史　南北宋　髮逆圖記　五十名家手札　前後七國　醉菩志怪　草木春秋　昇仙傳　楊家將　西湖佳話　萬年靑初二集　文美齋謹啓

敬啓者本館報紙原擬於三月間加足八幅以饜閱報諸君子之目詎昨接滬上寄來鉛字生僻字數交到不少合用者仍屬寥寥得難驟增八幅之數今定於十六日先將京報從出另用竹紙印作袖珍書式既可裝訂成書且可騰出京報地步一概排印新聞雖正報不足八幅而新聞則較從前八幅者有盈無絀一俟鉛字全數寄來仍照八幅印送　閱者幸垂覽焉　本館謹啓

三月二十一日輪船進口

怡生　輪船由上海　怡和行

三月二十二日輪船出口

南昌　輪船往上海　太古行
禮順　輪船往上海　禮和行
北直隸　輪船往上海　怡和行

三月二十一日銀洋行情

天津九七六錢
銀盤二千九百三十二文
洋元二千一百二十二文
紫竹林九六錢
銀盤二千九百八十文
洋元二千一百五十文

直報

光緒二十一年三月二十二日　第六十九號
西曆一千八百九十五年四月十六日　禮拜二

上諭恭錄　論當務之急　宗室旨試　壽寓宏開
曆種福田　恃勢欺人　換季日期　析津官報
稽古課題　湘勇來津　葬身魚腹　胡爲乎來
二訊道士　火灾例誌　準析平允　振聾發聵
夫宥奚尤　不見倭蹤　台南督電　告白照登
京報照錄

上諭恭錄

上諭前因已故浙江署餘杭縣知縣蔡秉澄虧短交代銀兩經浙江巡撫奏參革職交廣東巡撫嚴提該家屬解浙訊辦玆據馬丕瑤奏稱該故員之弟蔡秉灃盡攜任所貲財私逃回籍其兄蔡秉源蔡秉溶扶同隱匿屢催罔應實屬胆大妄爲候選同知直隸州知州蔡秉源着即革職查拿解辦監生蔡秉溶附生蔡秉灃着一併斥革餘着照所議辦理該部知道欽此

論當務之急　續前稿

請更爲嘉勞績之議積勞爲績績者功也爲其事必有其功非徒築城修圍捕蝗治水修隄丈田勸捐籌賑等務之爲功也其孝友睦婣任卹以及畸行碩德舉凡有益人國者皆爲功即皆爲績即皆宜嘉嘉者尙也嘉尙其事將以著其成勞以風於世耳善人之富者安之寒者卹之是亦即嘉之之意猶未也夫上德不德無所爲而爲善者什百千萬中不過一二人其中人者勸之則易從不勸則易阻舉善而教不能所以勸也故制法宜以中人爲斷今者嘉勞之舉無算矣內而　玉牒功臣實錄國史等館冊籍告成除在位官職蒙　恩外其供事各項人等無不同邀議叙所議之名非頂替即賄買頂替者亦仍須賄買外而孝廉方正優貢優生鴻臚序班槪因品學兼優而舉即前漢鄉舉里選之遺意每屆應舉之歲如優貢一途必歷學試歲科兩考始行考到正考合一省而計正取僅五六人副取亦五六人然後覆試會考　朝考每考制藝試帖外策論經古無所不有寫作皆須極佳孝廉方正一途分四等每等亦取數人一州縣用一教職用一頂戴榮身一僅給匾額如此詳愼誠所謂進賢如不得已者所取之人似應與尋常歲科鄉會各考迥不相侔矣及察其品學優者僅見餘子則士林中或附之不議議者則爲誹語以相詆衆亦無能爲之辨何者其考試之功令爲士子一人所萬不能爲遂相率而不爲且爲者一人皆須數人代作節節傳遞取與不取又視財力之大小以爲棄取習爲固然試官士子皆不爲怪數科中偶有一二寒士名下乃試官有爲而爲藉以爲之說者斯人眞幸而弋獲也又如州縣所舉請入鄉祠之忠義賢良半屬人情請託　聖朝寬厚爲懷決不吹毛求疵然今之詳請入　祠建立專祠者已奉　旨飭其毋濫矣明哉我　后刑固宜愼賞亦宜當所以勸也至於民間修隄治水國之財源民之性命胥賴乎此較之修圍捕蝗勸捐籌賑僅濟一時者其事務之緩急勞績之大小相去奚啻萬千邇來直省河决或因疏於隄防或因畏淹偷搶以鄰爲壑彼此殘傷命案屢見寃寃相報積不能平兩造之人非至親即好友何仇若是邀奬叙者有人被拖累者有人何以怒不威賞不勸每歲牧令傳諭紳民並請委員專司其事國帑之外派捐鄉民竭力防禦何以連年潰决連年爭訟其事非不能治而卒不一治下情非不許達而卒不一達者豈無故哉失疏濬與隄防事不認眞賞罰未施故耳試舉一事以爲證前大城靑靜三縣河決之處如蘇莊汙苦水堡臼洋橋楊家口小河沿莊之實在情形歷歷猶在目也自古無不爲患之河要在相度地勢隨時認眞爲治則灾可澹焉查子牙河迤北迤西

爲雄縣大城文安所屬地界以文洼爲大形如釜底有明以來屢被水患雍正間怡賢親王奉　旨治直隷河泊學士陳文安者王之隨員邑之名士也熟識地形擬以文汙督爲淀田鄉民爲貪目前苟安不從其治學士著爲貽規今之水利叢書中已詳其事光緒初當路者以子牙河爲患擬將子牙河向東抉關以瀉文水實則汙水萬無出處後又擬展河套劃河埝取土河內以築隄經前署督憲張於築隄之前出示曉諭套內勿種秋麥以備取土築隄即以築隄兼疏河一舉而兩得也及築時套內並不遵諭仍取隄外之土以致隄築而隄外之地愈掘愈低隄雖增高而易偷易決且楊家口一帶監修委員受套賄賂隄中暗藏函洞無數事爲牧童所洩隄外人查出數洞該員浼人求情含寢其事及河水將漲套內畏淹因將河埝偷開直撞大隄函洞復陷四五案已禀存道署去歲河水漫流入套蘇莊地處套內白洋橋居蘇下游套內舊有橫埝埝在某富紳田內然非富紳所築也紳爲一鄉善士爲楚南某郡太守蘇庄聚衆挾帶火銃來劃其埝兩造皆傷斃數人某紳以引　見回家適逢其會畏懼以死楊家口小河沿庄河決守隄者拆毀沿庄房屋以堵決口屋拆而決已莫禦河東下游諸村聚衆亦挾火銃聲言與楊家口諸村拚命其勢洶洶將成不測幸某富紳力勸衆人與楊興訟衆始解去之數紳者行賄舞弊之人罪實難逭排難解紛之士德實堪欽而罪無所罰德無所賞罪無所罰或可以畏災故從寬原宥德無所賞何能以陰騭事勸化愚頑是非嘉之不可何以嘉之亦惟此有司者先衆人而敬之重之遇事優禮逢人說項委以重任假以辭色則君子所願即爲小人所視矣若夫外洋諸國議院納賢之法則凡與國家有益無損無私爲公者不論士農工商皆可上書如果實有大功即可爲官名爲建白則又爲義之有可採者爲所謂宜嘉勞績者此也　此稿未完

宗室會試　○乙未科會試各省孝廉三場已畢三月十七日係宗室諸孝廉赴試之期先經宗人府咨送應試宗室共計一百三十五名造具花名清冊是日黎明經監試按冊點名魚貫而入歸號恭候題紙計試一場一文一詩十八日午前交卷較漢人考試尤爲簡便云

壽寓宏開　○三月十七日爲豫邸七旬大慶　皇上御賜無量壽佛二尊團龍袍褂二襲寗綢宮綢尺頭十數疋蜜蠟朝珠一掛紅寶石頂珠一座翡翠翎管搬指各二件各樣荷包活計十數色福壽字各二方對聯二幅用黃龍亭八乘派御前侍衛由東華門押送至豫邸府第豫邸恭設香案跪迎望闕謝恩畢隨將　御賜壽物另備黃案供奉並雇定四喜菊部演劇肆筵設席以備諸王公貝勒貝子諸大僚祝嘏洵極一時之盛

廣種福田　○順直所屬二十餘州縣自去夏洪水氾濫霪雨連綿雖不致偏地成災而房屋坍塌田廬淹沒者實屬不少去冬來京乞食者各善堂粥廠已患人滿今春二月間又疊次大雪寒氣逼人災民無處棲身倒斃於道路者每日計有數十名口均經五城指揮相驗備棺殮埋日前經五城院憲會議五城粥飯各廠擬請一律展放兩個月以惠窮黎仰蒙　皇上天恩允准業見邸抄茲聞已由倉場發給米石於四月初一起五月底止再行停杓然　皇恩雖廣而各粥廠飯廠弊竇難除亟宜實力整頓即如前門外打磨廠普善堂粥廠係新開路樂某創設專派聞茂齋爲稽查復派王某爲司事監視放粥樂某雖辦善舉諸事皆假手於人其中弊竇百出甚至有竊取　米攜回寓所販賣得利並以此米餵養雞犬各情人所共知殊難枚舉所望各善堂承辦諸君激發天良有則改之無則加勉廣種福田公侯萬代否則上蒼有眼報應昭彰愼勿貪區區之利自損其厚福也

恃勢欺人　○宗室滋事最干例禁屢經地方官嚴拿懲辦稍知斂跡乃羣不逞之徒平日倚仗宗室聲勢魚肉鄉民插圈壟事無所不爲至今故智復萌殊堪痛恨三月十九日西直門大街右翼官署相近地方有惠子者係宗室旗人也率領匪棍數十人各持器械將鄉民某甲共毆喊嚷辱罵之聲徹於遠邇比時正値右翼長石農副金吾辦公之際聞有嘈雜吶喊聲音即派箭手查問當經鄉民某中禀訴因地畝被宗室惠子勾結匪徒聚衆覇占反行共毆求請伸雪等因旋將惠子並匪徒十數人一併拿獲解交步軍統領衙門嚴行審辦諒不日專摺具陳送交刑部會同宗人府按律處治以儆兇頑已

換季日期　○署理直隷總督雲貴總督部堂王　示諭闔屬滿漢文武官員軍民人等知悉本署督部堂定於四月初一日換戴

京幅至期一體遵照毋違特示

析津官報 ○候補知府繆恒庵太守彝交卸宣化府署篆回○山東候補道嚴耕雲觀察道洪威海水師營務處候補道牛星齋觀察祀昞康濟輪船管帶候補道馬見甫觀察復恒由烟台來津○江蘇候補道羅少耕觀察嘉杰由山海關來同金陵○江蘇候補道曾觀察廣照由唐山來記名提督曾仲謀軍門維城由湖南來○前杭州織造芝甫尚衣英瑞由水路進京○山西道監察御史馮莘垞侍御錫仁自山海關來○候補知縣際安謝委武備學堂提調○新授天津道李勉林觀察興銳謝行知並請假五天○臬憲周到津

稽古課題 ○天津道課考試稽古書院舉貢生監題目 經文題 豈不懷歸畏此簡書 論題 甘延壽陳湯論 策題 問用兵之道不外主客奇正然何者爲主何者爲客何在爲奇正變動無定時轉移無定勢能一一區別言之歟殺敵致果不貫慓情然聖人有言臨事而懼莊子亦云兩軍相對哀者勝矣此中具有精意能推闡其義歟兵者不得已而用之故常存一不敢爲先之心然持重太過往往反落後著能明其得失歟行兵之道有依次而進者有越敵人所守之寨而先攻他處者然考之前史其由水路越攻者各有勝敗由陸路越攻者亦互有得失能約舉史事而析言之歟叙兵事莫詳於史記史記莫詳於淮陰侯傳然大罌渡軍囊沙壅水揆之事理果可信歟戚繼光紀效新書有立牌有圓牌有剛柔牌其制居何有謂剛柔牌可以禦礮子者然歟否歟古者兵法自爲一家近時無專習兵家者然學者考古論今必有心得其各以所知著於篇 應考者一百名分正副次等次 正取十名 副取十名 次取八名

湘勇來津 ○統領湖南恕字馬步等營曾軍門係曾文正公裔孫年十九歲英明卓犖氣象萬千所帶各軍由水路來津前晚兵艘數十隻停泊姚家灣一帶計馬步五營槍械精利軍令森嚴念一日早拔隊齊赴河東車站地方乘坐火車馳赴前敵云

葬身魚腹 ○昨晚二更後有某洋貨舖夥在浮橋迤南河沿大解忽見一人身穿青布大襖走至河邊自言遭此歲月飢荒難堪不如早死惟求神鑒聲音極其凄慘語畢撩衣遮面投入河內該舖夥猛吃一驚開口不得移時方嚷救人則其人已無踪影矣該夥逢人輒言見死不救咎無可辭十分愧悔云云噫其人行將投水所言尙覺斯文大約非粗鄙者流已可想見大凡極貧之人遭此儉歲果能勤盡力殺不至無以餬口惟是或係世家子弟或貿易體面中人亡業失事平日以顏面自誇不肯俯就微賤則不至坐以待斃即投入枉死城中斯人也果何人也吾不得而知之矣

胡爲乎來 ○自運河開通以來失足落水者百無一二亦水面之幸事也昨晚有無名男子浮屍一具於運河上游自西而東上身無衣僅穿月白單褲一條皮膚黴有青色觀者咸爲咤異倏流至三岔河口經救生會拴住三日如無屍親認領插標掩埋云

二訊道士 ○前北塘某營管兵押送道士歸府審訊一案已兩紀報端昨府憲沈太守偕張觀察在江蘇會館復又會審道士聲稱山東濱州人距城十八里世居後紀家村俗家紀姓自幼從師在奉天瀋陽城關帝廟住持募化爲生今因兵荒來埠賣藥等語兩尊加意研詰與前供相符並無別情飭縣看管候再訊問云

火災例誌 ○近來米糧既已昂貴柴草價值亦復繼長增高每百斤需津錢已至一千文之譜因此柴廠人等無不防範謹嚴恐遭火患乃南門外一帶柴草堆積之所屢聞火警被人暗算不問可知昨一更時分南關下頭孫家柴廠又報火警焚去柴堆四座餘尙無得亦云幸矣

準折平允 ○年荒歲儉不得已而賣妻鬻女其事甚屬可憐假非萬不能堪將同衾共枕人賤價出售則其人不足惜轉可恨矣據訪事云張姓者北鄉人有一母一妹娶妻孫氏年方二九因年景不佳携母妻來津寄居于家廠苦力度日氏亦以縫紉相佐一家五口尙不凍餒詎張忽於日前竟將孫氏出售得價津錢七千五百文事爲孫母家偵知氏母及兄約戚屬三五人與張母子理論張母子無言可答氏兄將張妹將去以爲爾還我妹我還爾妹如久不還我亦出賣經人說合不知作何了結噫孫兄可謂能事似此準折殊覺平允

振聾發聵 ○子不孝而女助母洵爲天理人情之至茲據訪事來言河東鹽坨白影碑有吳九者養小河船爲生現年二十餘歲毋年半百一妹年已及笄吳事母無狀母女相倚爲命日昨以細故吳又罵母母亦回詈吳竟胆敢伸手攫母止在危急妹忽躍出將吳耳

機住張口大嚼咬去半輪血流至頸三人攪作一團經鄰人勸解始各放手噫世風澆薄不孝之事日有所聞焉得人人有此妹咬厥耳輪喚醒痴聾哉

夫復奚尤　○軍營立法原極周密新募兵勇未成軍時用紅布書明某營某哨勇丁姓名縫於胸前令人一望而知使之不敢滋事至成軍後則號掛彰身尤易辨識無如若輩心術不良無論已成未成之軍一經入伍即恃勢凌人每多滋鬧出營後并脫去號衣即反穿號掛作勇兵之聲勢不示人以何營何哨以致肆無忌憚無從捉摸詎料本地土匪地棍亦效其裝束冒名滋擾撞騙無所不爲營勇生事之名益覺駭人觀聽如昨日有某營勇某甲與某乙同鄉而不同營偶然相遇即約會烟館中暢叙吐霧吞雲之際甲意甚得向乙言自投軍以來與家中寄過紋銀數兩現又積存數千錢正値種地之時擬寄回家用恨無妥便乙因言我營哨　亦係同鄉擬令我之至戚某丙回家取物何不趁此妥便交其帶去極爲妥當遂議定次日令丙訪甲當面交付而乙則於次日即赴海口當甲乙相商之際不意隔垣有耳次早即有所謂某丙者向甲取錢甲不之疑付之至日午所謂眞丙者又來甲言早經取去何以又來丙力白其無並言此事亦未對人說過甲始恍然然已莫及因至昨之烟館向館主饒舌幸多人理論甲亦莫可如何只得自認悔氣而已噫使甲輩不去號褂即無此種弊竇所謂欺人自欺夫復誰尤

不見倭踪　○有英兵艦名描老令者于昨午行抵本埠據船主述稱西歷四月三號即華歷本月初九日該兵艦駛至海州一帶洋面觀看並不見有倭船踪影並言該兵艦之駛抵海州甚形艱滯蓋因大霧漫天不能見物故也○太古公司之黃浦輪船於本月初五日由臺灣安平開行來滬前日抵埠據稱目下安平地方安靜如常惟旅居打狗之西人均擬束裝他徙臺澎往來之電線已被倭奴割斷

錄滬報

台南警電　○自澎湖失守後倭奴即分兵進犯打狗港被劉淵亭軍門連次擊退殺斃倭兵多名茲聞本埠官場接到台電云近日台撫唐薇卿中丞以台北防務吃緊特檄劉淵亭軍門帶兵回援軍門初以倭奴正在窺伺台南之際若不嚴加防備彼必乘虛以進因婉言商榷無奈撫憲不從軍門只得率帶部下黑旗兵兩營星馳回援詎倭奴一聞此信即用兵艦多艘乘軍門動身之後逕由安平登岸現聞安平已有失守之耗未知確否噫北方如此東海亦然豈中國氣運使然耶胡爲當事之措置顚倒一至此耶譯畢不禁擲筆三歎

錄新聞報

敬啓者本館報紙原擬於三月間加足八幅以饜　閱報諸君子之目詎昨接滬上寄來鉛字生僻字數交到不少合用者仍屬寥寥礙難驟增八幅之數今定於十六日先將京報從出另用竹紙印作袖珍書式既可裝訂成書且可騰出京報地步一槪排印新聞雖正報不足八幅而新聞則較從前八幅者有盈無絀一俟鉛字全數寄來仍照八幅印送　閱者幸垂覽焉

本館謹啓

三月二十二日輪船進口

西安　輪船由上海　古行太

三月二十三日輪船出口

怡生　輪船往上海　怡和行

三月二十二日銀洋行情

天津九七六錢

銀盤二千九百三十二文

洋元二千一百二十二文

紫竹林九六錢

銀盤二千九百八十文

洋元二千一百五十文

直報

光緒二十一年三月二十三日　第七十號
西曆一千八百九十五年四月十七日　禮拜三

上諭恭錄　論當務之急　突如其來　規復舊制
怒不畏法　議經書諾　王事靡甯　雲津官話
例示照登　頌聲載道　虎旅抵津　春撫放說
委任得人　鶯遷有日　未雨綢繆　三取課題
電光石火　馮車過陵　會白照登　京報照錄

上諭恭錄

上諭前據御史謝希銓督廷獻先後奏參兩廣總督李瀚章玩寇營私及總兵楊安典署副將黃金福道員陸維祺楊文駿知縣潘泰謙等款節經諭令馬丕瑤一併確查茲據查明覆奏此案李瀚章被參各節或查無實據或並無不合卽着毋庸置議惟該督年力就衰前因病奏請開缺當經賞假一個月着加恩准其開缺回籍調理雷瓊道楊文駿出入督署不避嫌疑貪酷輕佻難居民上瓊州鎮總兵楊安典漁利招權物議沸騰嗜好太深不堪造就僅予革職不足蔽辜楊文駿楊安典均着革職永不敘用新會縣知縣潘泰謙才具平庸前署韶連鎮總兵黃金福奔走附和武備懈弛均着開缺留省查看仍交部議處試用道陸維祺取巧躁進屢招物議着卽行革職以示懲儆餘着照所議辦理馬丕瑤此次查辦事件尚屬認眞所有廣東地方吏治民生一切事宜該撫務當盡心整頓切實籌辦以副委任該部知道片併發欽此　上諭國史館奏謄錄不敷辦公擬援案變通議敍章程以期踴躍一摺着吏部議奏欽此　上諭廣州將軍繼格着開缺來京另候簡用欽此　上諭兵部奏欽奉恩詔查辦軍臺廢員開單請旨一摺上年八月十六日特頒恩詔命將効力贖罪各員分別查辦茲據兵部查明請旨自應酌量辦理除軍務獲罪之章奏凱廖倫明文卜年無庸查辦未經查明下落之蘇錦堂不知去向之賈文貴未經咨報起解之許如龍周星詒並在途在營在籍在配脫逃之周啓江汪殿元周策勳索成曾昭仕解璐元李止鈞許懷清德馨許志耀奎英邊得勝賀永銘王勳春慶王得勝富昌李明哲張九園里善黎定攀邱瑞祥李振海孫同方譚飛麟吳蘭生興福周啓昌勝額圖榮陞杜振元成福張景堂杜光凱雙全哈達洪阿田福志梁步高張陞楷唐永福劉正興脫逃捏報病故之潘高陞分別飭催查拿及周元慶李占奎德陞萬桂佟澤沛侯玉春朱佩馨文鐸恩三均不准寬減外其文潤着加恩釋回方子文着加恩減免三年張永洪着加恩減免二年許洪範着加恩減免一年屆期卽行釋回以示朕法外施恩至意餘依議單二件併發欽此

論當務之急　續前稿

何言乎牧令之宜選也人莫不藉人以成其勢保其身而立於世天下之人衆矣强弱智愚生而有異何以有君臣父子人己內外之分人遂各安其分若天性使然因得以愚不皆死智不獨生弱不盡沒强不獨存者恃隨在之有司治之以安其食息生聚耳有司之官何所恃以施堂上之法堂下之刑民不敢短長於其後恃大憲之勢足以庇之耳夫大憲者其在內則坐廟朝以進退百官在外則樹旄旗羅弓矢武夫前呵從者塞途供給之人各執其物夾道而急馳旌節所臨巨砲隆隆聲震遠邇喜則賞怒則刑果何所恃而威若此恃天子耳天子何所恃而出其命行其意以成其勢將恃此大憲恃此有司乎抑亦恃此百姓乎子輿氏曰得乎諸侯而爲大夫得乎天子而爲諸侯得乎邱民而爲天子然則天子之與立者民而已百官有司凡以爲民也其官司之職重之又重者內而宰相外而宰官餘則佐此二者以出治

而成治可有可無無關輕重宰相近君君有心則宣之於民宰官親民民有隱則達之於君君民交則上下泰二宰得則君民交普天之下莫非州縣州亦有屬官皆縣也莫非牧令牧亦猶令實皆宰也宰賢則縣治縣治則天下治顧不重歟可不選歟何以選之選之使便於民便於職便於國而已何取其便於民也民者天下之至賤至微者也故曰小民曰細民動植之物細小者極易生亦極易滅草木蟣虱無處無有愈出愈繁刈其末則其本爲叢旁生怒發近其物則延及絜緼緣督縱橫然足一踏則立盡指一彈則立斃矣民之細小猶是也故欲保之必思有以養之如農夫之於苗如慈母之於嬰燥濕務適其宜痌瘝務通其意固不待苗之告於農夫嬰之告於慈母而農夫慈母無不知苗與嬰之甘苦者何也農夫慈母之心惟苗與嬰故能以心乎其心也民之爲業也起於力田極於孝悌其可以致君澤民揚顯父母者則謂之士而士出於農其牽車服賈以致洗腆者則謂之商賈其爲梓匠輪輿以贍俯仰者則謂之工皆農之餘也故國家敬天勸民之大典不外重農爲農民之宰者當體君心以爲心即當體民心以爲心天下之災水旱相仍困阨不保者由民之不善於力田也非民之無故不力田也未獲力田之時不得力田之樂因相率而趨於工商變爲僞士爲下走爲賤役焉飢寒有迫於身也而力田之事民則不能皆自爲也故設宰以爲之謀天下之變盜賊繁興殘殺不已由於民之不務於孝悌非民之生而不孝悌也不識孝悌之義莫盡孝悌之情因相習而即於離畔以犯上以作亂焉仁義未生於心也而孝悌之行民又不盡能自飭也故設宰官以爲之化何以謀之化之亦惟隨地隨時盡爲宰之心如農夫如慈母務使燥濕相宜痌瘝相關使民得盡力以遂其情而已矣無如宰之不能皆賢也其廉而矯者無間民事之宜不宜執己見任妄爲以顯其奇特昏而貪者無間民情之順不順昧人情恣慾念以飽其陰私其庸劣怯懦者又恐以爲民之心太長一切認真不隨流俗之事必得罪於惡衿見惡於上憲循官階偶有蹭蹬民又無能爲之力不如置民事於不問隨俗浮沉轉爲得計故凡如修隄治水捕盜治獄關於養民衛民化民安民之事悉付泛泛應酬絕不吃力絕不關心即一舉手可以救民一動念可以活民者一任民之號呼於側若聾若癡民困無由蘇矣又有甚者嚴酷性成喜於鍛鍊無察察之爲則不樂民隸其治如入荊棘手足無措及逢飢饉則誘罪歲凶不一籌畫致令民死於歲復死於官不得不棄其耰鋤流爲奸宄舍其寬厚即於刻薄沒其廉恥染於汙濁非民之咎宰之咎耳然而宰亦非必無賢良如寇恂西門豹其人者是在選人者有以擇之矣所謂牧令宜選其便於民者此也　此稿未完

突如其來　○三月十六日寅刻　皇上詣　先農壇舉行耕耤典　禮之先　御前侍衛將喊三籌之際天橋迤北突來一人背插黃旗腰跨單刀口中連聲吶喊求請發兵伊一人能敵海寇各營弁兵恐犯乘輿致獲應得之咎赶即將其人鎖拿未悉如何懲辦抑或因瘋所致均俟訪明再錄

規復舊制　○京師九城內外現經巡視街道察院鄭侍御思賀督飭街道鋪頭按段修理陰溝以洩積水因從前日久相沿奉行不力不但幽僻之處堵塞堪虞即通衢鬧市亦多年久失修現在無論堵塞與否統於清明後一律淘挖淨盡並經鄭侍御按段查驗必使溝水流暢百脈貫通以期規復舊制云

愍不畏法　○京師宣武門外一帶地方痞棍極多時向各街巷肆行訛詐種種惡習令人髮指雖經地方官嚴拏稍爲斂迹近日仍有混混李髯頭者於日前在粉房琉璃街響鼓廟西口外迤六所關烟館內尋衅擲碗一空旋經陳大冠解勸不服理論致將陳頭額眼角毆傷被陳大冠亦非善類前因強佔民女被人捉獲除淩楚外將其雙目以石灰揉瞎該痞棍雖已殘廢仍不斂跡遭李毆辱情更不甘即喝令王小兒殷九等各持鐵椎尋至騾馬市蒲州會館復經刑部王部郎喝令王小兒等用木棍鐵尺齊毆將李丫頭兩腿打折並將腿骨剔出李丫頭立即因傷斃命地面總甲查知將王小皃遲六陳大冠一併鎖拏稟請相驗屢次堂訊王陳均未承認兇首亦未交出兇器雖經陳敬菴指揮重責仍敢堅不承招今已詳城咨送刑部嚴行審訊諒不難水落石出也

譎譎畫諾　○日人與我傅相議約兩悉已定二十三日畫押我傅相於約成後即乘輪回國有二十三日畫押後即登輪之說未知確否果爾則憲節可於二十五六抵津矣其約雖何事關機密尚不得知日人果有信義則定約以後兵當遣撤瞻望南北杞人之憂尚不能已

王事靡盬 ○署制憲王夔石大帥巡閱海口已紀昨報今晨九點鐘礮聲隆隆洋號疊疊訪事人來言帥節率鎮道等位乘快馬慈航兩船駛赴大沽查看兩岸砲台再赴北塘云

雲津官話 ○山東登州鎮章鼎臣軍門高元辭行○前統新毅左軍李鎮軍家昌自前敵來回河南招勇○記名提督曾軍門維成辭行進京○奉天府尹善聯辭行進京 聖安棚在薩寶實洋行門前闔城文武各官皆詣祇送○幫辦湘軍糧臺户部員外郎毛實君副郎慶蕃自前敵來○留直補用副將夏其祥河工試用縣丞劉祥瑩俱稟到

例示照登 ○欽命二品頂戴代理天津新鈔兩關津海關兵備道黃 為出示曉諭事照得每屆 天后聖誕之期各處香船聯檣而至往往有奸商勾通船夫挾帶客貨及架使婦女恃衆闖關不服盤詰本應嚴拿懲辦惟念𨚫民由津回歸順帶食用之物在所不免是以本監督格外體恤凡香船載有零星物件均准免稅放行如有成箱成包大宗貨物應一體完納稅銀以杜弊混除派兵役分投盤查外合亟出示曉諭為此示仰各行棧店及進香男婦船户知悉自示之後爾等務各遵照示諭辦理勿得通同舞弊包攬偷漏倘敢故違除將商人嚴辦外仍將船户盡法究懲決不寛貸毋違特示

頌聲載道 ○湖南統帶馬步全軍曾軍門由山東德州價雇民船載兵北上因軍書旁午諭令舟子晝夜趲行不准延誤時日到津船價之外許另加重賞昨兵艘停泊姚家灣碼頭軍門各賞船户大錢十吊文果不失信據船户聲稱兵差向多尅薄如軍門者甚屬寥寥且紀律嚴明長途毫無騷擾等語嘖嘖無怪有口皆碑頌聲載道也

虎旅抵埠 ○貴州古州鎮丁衡三軍門槐統領馬步四營由德州取路乘船東上昨晚已有兩營抵楊柳青鎮其餘兩營不日即可抵埠所帶兵丁俱屬久練勁旅鎗砲等械色色精良勇往直前之槩較新募勇丁不啻霄壤聞各營齊集即乘坐火車馳赴榆關聽候調遣云

春撫放賑 ○楊柳青鎮連年疊遭水災貧民甚衆現值青黃不接來日方長實在困苦已極是以首紳石某顧念桑梓於前月稟請籌賑局接濟春撫當蒙憲允即撥發津蚨陸千吊由石紳請領到鎮會同地面文武官沿門查放計極貧者式千四百餘戶次貧者四千七百餘戶查點明晰遂於日昨在天齊廟公同散給極貧者大口每名一千文計共二千三百餘名口小口每名五百文計共一千八百餘名口至次貧者大口每名五百文計共五千四百餘名口小口每名二百五十文計共四千五百餘名口除原領六千吊之外尚短津錢一千餘吊皆由石紳集捐而成此次春賑乃公同查驗核實散放既無遺漏亦無冒濫該貧民等得以半月果腹矣

委任得人 ○楊村通判一席係朱珊淵太守丁憂遺缺現聞上憲已委張家口同知調署天津海防同知沈實甫觀察守誠調署所遺天津海防同知委李毓琳署理沈觀察歷任各缺實事求是愛民如子嫉惡如仇洵近時牧令中不可多得之員今調楊村別駕雖無民社之責而漕糧為 天庾正供剝運稽察在在皆關緊要觀察任之自必顆粒歸公米色精潔一洗從前漕運積弊也

鶯遷有日 ○李搏霄太守振鵬以名翰林為宰官身蒞津已逾四稔當初下車時因津民健鬪訟獄煩多御刑亂用重之義嚴厲風行混匪斂迹嗣以政成民和咸歌樂只去秋海上有事首創辦團保衛地方至今賴以安堵甚矣邑之貴有賢有司也頃悉太守昨奉憲札調署宣化縣篆大約不久即須交卸前赴上谷士紳相率而送牌傘者當又有一番熱鬧津邑係委前任靜海趙邑尊映辰署理想昔令尹之政必有以告新令尹也

未雨綢繆 ○本埠西營門內運河兩岸為漕船過路之區現屆漕船進口在邇邑侯李大令恐無知小民在河之兩岸建蓋房屋以及園墻籬笆侵佔縴道致碍人行昨飭差役人等嚴行查禁如再有以上侵佔情事從重懲辦云

三取課題 ○三取書院齋課 生童題目 生題孔子曰益者三友兩節 童題樂多賢友益矣 詩題賦得乞借春陰護海棠得陰字 生五言八韻 童五言六韻 分內外附等課 內課生十名 外課十名 附課四十名 內課童七名 外課七名 附課二十六名

新聞

電光石火　○東門外薇子胡同有水會公地本月二十日灤濟水局機會酬勞伍善並請各舖戶彩觴公賀有津海道署號房之夥不知何人所請甫經入坐不多時忽然倒地絕氣身死衆人向前援救已屬不及即着人至其家送信來人看明因病身死目用棺木領屍而去並未報官成案云

馮軍過陵　○馮萃亭宮保父子率帶百粵勁旅踰嶺取道江西前赴金陵然後北上勦王茲悉宮保之大二公子所帶數營已先到鎮江三公子相榮觀察已於初十日抵陵由漢西門進城借駐於淸涼山曾左二公祠當時觀者人海人山惟見三公子頭帶暖帽藍頂花翎身穿短衫單馬掛脚穿布褲草履而神采煥發望之儼然部下營哨官盡皆桓桓武士精悍過人所有兵丁均跣足草履行走如飛經過之處秋毫無犯營規嚴肅不愧節制之師此軍一出倭奴死期不遠矣　錄新聞報

白甲功遺　日昨友人謂予曰君知臺灣黑旗屢勝亦知金旅白甲得功乎予請其詳始知新懷軍趙統前營督帶尙玉和字鼎臣智勇兼優打仗身先士卒在金州北十三里台督白甲軍二百餘人大戰日人三日夜斃寇千餘人尤著者初八晚左膝穿通尙敗賊十餘里惜初九東門營軍失陷餘軍亦不戰潛奔寇由東門抵城都統急調周回隊都道寇受暗雷擊死無算周至城看衆寡不敵且戰且行不得已隨衆退旅十九寇又攻旅守旅諸將無敢迎惟周君仍督白甲軍大勝日人得首級槍物無數兵欲希賞皆經龔道驗明內殺賊首一人求情自正二鳥並獻金錢金表兵得私逃廿二日停兵廿三日周君又戰奈孤營無接許賞失旨故次日旅失可惜有一二人助周君不能至此刻下周君扼漢沽統領仁字等營聞日兵日昨探艘至怪頭沽知白甲軍守斯連夜遁去友曰請此觀之海南有黑旗海北白甲如當道者能知人授任實不難蕩除敵氛席捲東海矣予聞之錄作新聞庶英雄無憾埋沒耳

茲啓者本堂新刻津門孟筱帆孝廉平舒劉紫山選拔兩名士合刻賦鈔註釋詳明誠爲後學之津梁也更有靑照草堂重註七家詩並試帖舉隅二種大爲士林推重洵屬古學金針又有覇州吳河帥文安陳學士合輯水利叢書實爲目前急務凡有志於水利者無不以一見爲快至於各種書籍筆墨無不揀選精良善本以期近悅遠來凡刻詩賦文集善書等板刷印裝訂書籍自當精益求精工省價廉萬不敢稍涉含混有負　賜顧

寓河北關上毘盧室義合主人謹啓

陳雨蒼施醫　啓者有病之家無力延醫請於早辰九點鐘午後一點鐘下午六點鐘至海大道養病院後陳宅診視有不能就診者必須寫明住址及姓氏名號送交本宅方能撥冗往診本宅存心濟世門診與規一槪不取分文

告白　岑宮保介福圖　左文襄公奏稿　皇朝一統輿地圖　北洋中外沿海詳細圖　東三省圖　四國日記　俄遊彙編　四述奇　小方壺齋輿地叢鈔　萬國公法　公法便覽　日本地理兵要　日本外史　東藩紀要　中俄界約㪺註　中外交涉類要表　日本新政考　武備志兵書　登壇必究兵書　俄羅斯地圖　西國近事彙編　地球五大洲圖　亞細亞圖

文美齋謹啓

敬啓者本館報紙原擬於三月間加足八幅以饜閱報諸君子之目詎昨接滬上寄來鉛字生僻字數交到不少合用者仍屬寥寥碍難驟增八幅之數今定於十六日先將京報提出另用竹紙印作袖珍書式既可裝訂成書且可騰出京報地步一槪排印新聞雖正報不足八幅而新聞則較從前八幅者有盈無絀一俟鉛字全數寄來仍照八幅印送　閱者幸垂覽焉

本館謹啓

三月二十三日輪船進口

武昌　輪船由上海　太古行
明義　輪船由上海　信義行
順和　輪船由上海　怡和行
普濟　輪船由上海　招商局

三月二十四日輪船出口

西安　輪船往上海　太古行
禮順　輪船往上海　禮和行
怡生　輪船往上海　怡和行

三月二十三日銀洋行情

天津九七六錢
銀盤二千九百三十二文
洋元二千一百二十二文
紫竹林九六錢
銀盤二千九百八十文
洋元二千一百五十文

直報

光緒二十一年三月二十四日　第七十一號
西曆一千八百九十五年四月十八日　禮拜四

上諭恭錄　論當務之急　恩施逾格　同舟共濟
逞刁牽控　一場惡鬥　帥節並車　盡亦照登
募工程隊　兩地行查　局員無私　撤局有日
仍形壟斷　飢民蠢動　目無法紀　鎮拿賭徒
鄉團有用　當春開網　行同梟獍　乳媼竊物
告白照登　京報照錄

上諭恭錄

上諭王廉奏統兵大員積勞病故懇恩賜卹一摺前任浙江提督歐陽利見由武童于咸豐年間投効曾國藩水師軍營隨同克復岳州轉戰安徽江蘇湖北江西等省身經百戰卓著勳勞旋經因病開缺上年劉坤一調辦海防行至中途患病身故殊堪憫惻歐陽利見着照軍營立功後病故例從優議卹並將戰功事績宣付國史館立傳以彰忠藎該衙門知道欽此　上諭廣東南韶連鎮總兵員缺着郭寶昌補授瓊州鎮總兵員缺着中道發補授欽此　上諭廣東雷瓊道員缺緊要着該督撫於通省道員內揀員調補所遺員缺着馮光遹補授欽此

論當務之急　續前稿

何取乎其便於職也職也者執其事也牧令何事天子之事也天子以六部分位天下之事牧令以六房分位其屬之事易其名而不易其實中和親推上丁釋菜視天子有加勞無異典朝廷爲重其事也其官命名皆以知知也者知所屬之地理所屬之人情其利害某者當與某者當去其事宜某者當急某者當緩其風俗某者當因某者當革某某者何以興何以去何以緩急而因革之夕則思朝則行日夜勞心如謀一身之痛害疾苦無尺寸之膚不愛則無尺寸之膚不養所以考其善不善者豈有他哉於己取之而已矣考其事稱其職則有是官不稱其職則不特有官如無官抑且不如無官也無官則其民尚可自由有官而不稱其職則官所知者催科之外徧規耳勸捐耳辦差與支應干謁與情託賄賂耳於是左右親近執事之人相助爲理而刁生劣監訟棍蠹役遂夤緣朋比爲一網打盡之思百姓從此多事矣爲幕友者順之則可與分肥逆之則爲官所忌亦爲羣小所擠其正人君子以事事拂於心意惡見惡聞亦自辭而解館望而卻聘者正人去則讒諂面諛掊克之人進矣與掊克之人居官是職者即自顧名思義之心偶一動念左右將以各憲之節壽到任一切賀禮門包與夫娶津之需索以及在署束脩伙食應酬之費爲計喝之以須顧考成等語亦不知所考者何成也又有難者其官本以納貲而來明語人曰家貧親老無計可施不得不藉此一途以供菽水由是沿門托鉢到處掘羅計自入都出都到省門包旅費與候補賦閒之用度得缺到任之禮節隨封無從設措則借諸素不相識之長隨與其人即隨充門下以索此債其欵既鉅勢難遽償一切公事不能不任其顚倒莫可如何其於牧令之職便乎不便此種弊竇雖科甲出身世祿廕襲吏滿考放幕友議叙者亦所不免以故每題一好缺則羣相賀之曰某得某缺矣即不相識者亦或爲之喜或爲之妬題一苦缺則羣相憂之曰某某竟得苦缺矣即相識者亦且或爲之惜或爲之鄙彼以缺分好苦者其謂之何謂其缺之肥不肥耳以此居心何由稱職故諺有之曰某也去天纔有眼某也到地又無皮民之疾視至於如此抑又甚者士子起家寒賤深知物力維艱一旦得勢稱心如久旱逢甘涸可立待將千萬一紫標百萬一黃標手把牢盆許入萬不許出不遑問其爲國爲民

膏也奚知稱職至膏粱子弟公子王孫習慣驕奢恣情風月素未諳閭民之旨倚權逞勢任其縱橫貪諛獻媚者復多方爲之購辦曲眉豐頰輕聲而便體秀外而慧中飄輕裾颺長袖粉白黛綠者列屋而閒居妬寵而負恃爭妍而取憐倉赤之飢溺則罔知稅歛之徵收則無厭也然而門多故吏家有先聲既得權貴之援復習威儀之節歲逢計吏輒以卓異相推轉調轉升指日晉成方面廟堂故事衣缽相傳吏不知職爲何物矣若夫幕客習於申韓動多組織精於會計雅喜搜羅又況久爲吏胥喜於舞弊知法犯法誰能執法以爲利媒同寅共目爲能員富道且倚爲能吏謂較諸場冗昏昧事事任人妄爲而不一覺察者尚強人意也嗚呼百里侯封一方保障苟得善宰則生佛自在造福無窮以建生祠以祀名宦宜也非倖也昔歐陽公爲夷陵令見案牘之未判者訟獄之失平者沉冤之不照者不可枚舉因思彈丸一邑尚義胜如此況天下之大乎厥後官參政盡心弼亮遂爲一代名臣近代某巨公生平以未獲作令不得親嘗小民甘苦爲憾此意誠堪欽佩宰得如兩公者無不稱職矣何以選之與之言而試以事加以詢訪然後選之毋徒以一驗看一掣簽授之者冒然受之者茫然諉諸可知不可知之數付諸愛惜不甚愛惜之間則得矣所謂宜選其便於職者此也　此稿未完

恩施逾格　〇本屆乙未科會試舉人張寶琛等一百一十名因途中阻滯來京遲延已悞場期業在禮部具呈聲明先行會試再補覆試昨經補行覆試恭奉　上諭此次先行會試再補覆試舉人列入一等之張寶琛等十八名列入二等之胡騰逵等四十二名列入三等之許中等五十名業經加恩先行會試准其於本屆會試舉人一體辦理欽此現經禮部傳知該孝廉聽候曉諭一體殿試云

同舟共濟　〇日前恭奉　廷寄嚴拿已滿部書徐振雲一名當經步軍統領衙門派役前往前門外鐵廠地方鎖拏未獲徐振雲者即徐蓮卿也向充吏部考功司廣東甲綁承早已役滿因習於部務仍在京逗遛干預公事被某侍御參奏詎徐業已聞風遠颺其門首向貼敦彝堂堂號現已改爲修竹山房姚寓是否影射不得而知惟聞三月二十九日係徐振雲次子授室之期娶鄒湛庭之次女鄒亦係吏部驗封司外官科經承早經役滿在京與徐同舟共濟今番雷行風厲恐有射鹿得獐之舉也

逞刁牽控　〇朝陽門內南小街居住文某係廂藍旗人也於三月二十一日與榮某口角相爭赴該管地面官廳評理文於赴案候訊時諸多不遜該官廳看街兵德某未免將其申斥文遂赴步軍統領衙門以兵丁用言威嚇等詞呈控衙門因案關兵丁藐視牽涉官廳已咨送刑部訊辦噫似此刁狡成風諒大部當有以懲儆也

一場惡鬥　〇京師爲首善之區教化之所由出不料化日光天之下每多橫爭惡鬥之人若輩遊手好閒毫無正業逐隊於花柳場中取威定霸得則某妓寮爲叉桿則自命干城之將衆莫與京因之招尤取怨禍即隨之誠人心之蠹風俗之憂也三月二十日前門外百順胡同突有混混十數名因爭叉桿兩相械鬥鏖戰未久竟砍倒一人經地方官廳聞知前往禁制始肯罷手然被砍之人已名登鬼籙當經營汛差弁捉得兇手二人送將官廳去噫如此惡風若不嚴行懲治其爲患豈勝言哉

帥節蒞津　〇制憲王夔石大帥昨日乘坐輪船駛赴北塘大沽等處查勘兩岸砲台業紀昨報今日午後一點鐘帥節乘輪車回轅司城各官以及三營哨弁均於車站恭迓如儀

憲示照登　〇欽命二品頂戴代理天津新鈔兩關監督北洋行營翼長辦理通商事務兼管海防兵備道黃　欽命二品頂戴直隸分巡天津河間兵備道呂　爲出示曉諭嚴禁事照得天津海船甚奉販運米糧進出沽口赴關完納關稅上裕　國課下濟民食關繫至重不容牙行地棍人等藉端訛詐致虐稽查妨民食前經訂開海船販運糧米抵津卸載起運自帖各行任意需索額外增多更有不法匪徒並無官帖私立卸載行扛車行扦口行及斛斗行搖扇扛打擂稽查掛號等項名目訛索海船層層剝削以致商船畏累不前多行避入別口關稅因此短絀價亦因之增昂不獨擾害商民實於　國課民食大有妨礙節經出示嚴禁密訪拿辦嗣於光緒八年查有天津縣皂役柳起龍稅局革巡趙振鐸仍向各船私收前賞肆行擾害當飭天津縣立提該犯等嚴究重懲在案現值商船連檣進口誠恐尚有在官人役無業匪徒不知歛跡仍立各項名目歛錢索詐擾害商船合行重申前令出示嚴禁隨時密訪查拿外爲此示仰在官人役以及各色人等一體知悉嗣後遇有海船抵津起卸米糧等項需用經紀有帖各行只准照往酌減舊章取用錢文不得任意勒索額外增多

其無帖各行概行禁止不准※取絲毫規費倘有在官人役已革巡捕以及無業匪徒胆敢仍前私立名目訛索規費擾害商民一經訪聞或被商船指名控告定行嚴拿從重懲辦決不姑容各宜凜遵毋違特示

募工程隊　○※西兵法學有專家用能克敵致果無堅不摧※如工程隊一項專司築壘挖濠修補槍砲器械等事亦必實有技藝方得入伍是以軍行蒞止一切皆已預備斷不至倉猝無營壘可據兵心因而鎮靜也茲悉定武軍在河東小鹽店製造槍廠內招募工程營凡木匠鐵匠瓦匠抹匠務須手藝純熟性靈胆壯之人方能入選餘者概爲小工不日當可成隊該軍亦可謂知所取法已

兩地行查　○賣藥道士府憲沈太守已訊二次尚無別情三紀報端昨聞沈太守行文山東濱州查該道士原籍有無此人一面行文牽省城内關帝廟出家之所是否有此道士俟兩處覆文到日再行核辦云

局員無私　○玉皇閣前有名謝九孫士林者二人與十二段守望局局勇合謀在該處設立賭局抽頭分用爲十二段委員鄭大令查知稟明總局吳太守即蒙差派孫韓二武弁將謝九孫士林一並抓獲總局吳太守堂訊謝孫二人供認與局勇合謀聚賭不諱太守飭將謝九孫士林並合謀之局勇棍責送縣嚴辦云

撤局有日　○本郡紳富張少農部郎去冬因海疆不靖辦理鋪民總局團練三百人以備緩急所需車蓑口糧燈燭一切費用俱係部郎獨力捐賑說者以爲能繩祖武慕義之風實堪嘉尚鋪民操演按三六九等日在三義廟前領牌打靶數月以來頗堪寓目昨二十三日總局未經給牌亦未打靶聞係※和議有成該局行將凱撤據鋪民聲稱口糧之外多加半月以示體恤約於四月初五日停辦云

仍形龍斷　○本郡連年水患貧民謀食已非易易加之糧米價增窮困萬難支拄知顧全廉恥者惟有楞腹忍飢而志意不堅者或被誘搊於下流或轉入匪類偷竊奸拐滋生事端所在不免值此外侮未靖亟宜撫輯飢黎俾無腹心之患庶能專意强敵倘內地不淸稍有風聲不法之徒即不免乘間生事殊可慮也本埠糧價前經道憲俯念民艱不准揩賣抬價出示曉諭不啻三令五申比時該糧行以憲諭煌煌僞作公議之舉即誘之於米麪鋪不肯減價而米麪鋪又推之於※行謂糧行既不減價而米面舖麪價非輕時難自減以此互相推諉奸謀已可概見究以既奉　示諭不能不稍爲敷衍僅將玉麪每斤定價六十文餘糧概未少貶至今各處雜糧雖源源而來而該糧行利心甚熾忽於月之十八日將玉麪每斤仍增四文現仍六十四文並據聲稱以後仍有增無減似此奸商貪利不顧民艱抗違憲諭殊堪痛恨試問果眞糧缺增價情尚可原乃各該糧行無不囤積如山居奇龍斷民困不但不能少蘇至此尤覺吃重嗟哉奸商其亦知禍因惡積否耶

飢民蠢動　○近年直東兩省水旱兩災隨地都有天意使然非人謀之不善也茲聞山東曹州所屬數縣哀鴻遍野待哺嗷嗷該處民風素稱獷悍值此饑饉洊臻不免有搶掠情事東撫李中丞一面籌欵賑撫一面派員彈壓並聞駐紮新河之大名練軍三營二哨大名鎮戎李軍門大霆於前日奉札派往山東曹州防勦已拔隊開行噫海氛甫有頭緒內地復又肇生亂端何斯民之不幸也

目無法紀　○河東地藏菴一帶土匪地※鍋夥林立或包娼或聚賭變詐百出以致打降門毆無日無之殊非地面之福也昨有鄧某與楊某同爲某土娼之護花旛因之醋海生波積仇牛隙始而互相辱罵繼而拳脚交加楊憤極持鐵叉將　腿札傷入骨三分仍欲置之死地經其同類解紛始肯罷手暫行養傷不知終於作何了結嗚聚賭包娼已非善類胆敢持械相毆更屬目無法紀有地面之責者當亦有所聞也

鎖拿賭徒　○賭博本干例禁況現今外而加之以師旅內而因之以饑饉尤宜防範謹嚴以期地方安謐昨西門外芥園西有某茶館每日聚無業游民作葉子戲雖無因賭滋鬧之事而賭實盜媒允當防之以漸經楊靑司差役查知稟明方貳尹一併鎖拿驅逐云

鄉團有用　○滄鹽一帶界當濱海且又係長蘆南告出鹽之區上年秋海氛告警曾經道憲呂觀察會商運憲季都轉特派駱慕韶刺史集紳辦理鄉團刺史親履查勘該州縣要隘數處亟宜防守另行招募勇丁二百名星散駐紮既可防守隘口更覺聲息靈通詳奉照辦曾經前報查此項經費除由季都轉籌給數千兩外即由道憲籌欵辦理現因已有重兵駐防可無顧慮兼之欵無可籌將此項團勇

即行裁撤泂屬節省經費老成持重之見第該處素多梟匪時虞滋擾團丁集之不易數月以來操練精熟今一旦棄之未免可惜且所駐軍隊都屬客籍於地方形勢未必周知不若用本地人衛本地較爲得力也

當春開網 ○直隷沿海居民多以捕魚爲業每屆清明前後卽當出海名爲春網以及夏秋皆按時令捕治所謂三大網者是也其雇用船隻人工等項所需資本甚鉅然亦在乎該魚戶之時運泰否有三大網竟成巨富者卽如快魚一種爲天津鹹魚之首銷路頗廣所以例准携帶灘底泥鹽出海以爲淹魚之用本屆又值捕魚之期昨經魚行首戶鄭德瀛馮廷模循列稟請運憲飭委豐財場大使會同驗督地面文武查驗魚船出口已蒙核准照案辦理惟今春天氣極寒未悉出魚多寡且值海面不靖春網魚船極多該魚戶等是否良善尤不可不認眞查驗也

行同梟獍 ○東門外洋貨街有一無賴子在街面將其生母踢打並將衣服撕破來往之人皆抱不平俱各憤恨卽將此忤逆子羣相毆辱並詢伊母何以若此兇横據稱此子好賭不顧母食頃在賭塲中尋出不許伊賭錢所以被打云云衆人聞之皆以爲似此梟獍留之何用不如送官懲治以絶禍根相率扭至龍王廟鄉甲局云

乳媼竊物 ○城內某姓家男子外出祇婦女在家生有小兒愛如至寶雇用乳媼某氏同室居住凡婦存放重物之處該乳媼素所深知於某夜乘婦熟眠趁便竊之到手卽行逃逸業經報竊將原保媒媼馮姓者傳案羈押尚未究訊惟聞該乳媼年僅二十餘歲竟敢倫竊多贓砯屬胆大可惡世之喜用年輕婦女爲乳媼者尚愼旃哉

白甲功遺 日昨友人謂予曰君知臺灣黑旗優勝亦知金旅白甲得功乎予請其詳始知新懷軍趙統前營督帶周玉和字鼎臣智勇兼優打仗身先士卒在金州北十三里台督白甲軍二百餘人大戰日人三日夜斃寇千人餘尤著者初八晚左膝穿通尚敗賊十餘里惜初九東門楚軍失陷餘軍亦不戰潛奔寇由東門抵城都紛急調周回隊喜追寇受暗雷擊死無算周至城看衆寡不敵且戰且行不得已隨衆退旅十九寇又攻旅守旅諸將無敢迎惟周君仍督白甲軍大勝日人得首級槍物無數兵欲希賞皆經龔道驗明內殺賊首一人求情自書二鳥並獻金錢金表兵得私逃廿二日停兵廿三日周君又戰奈孤營無援許賞失言故次日旅失可惜有一二人助周君不能至此刻下周君扼漢沽統領仁字等營聞日兵日昨探艘至蟶頭沽知白甲軍守斯連夜遁去友曰請此觀之海南有黑旗海北有白甲如當道者能知人授任實不難蕩除敵氛席捲東海矣予聞之錄作新聞庶英雄無憾埋沒耳

陳雨蒼施醫 啓者有病之家無力延醫請於早辰九點鐘午後一點鐘下午六點鐘至海大街養病院後陳宅診視有不能就診者必須寫明住址及姓氏名號送至本宅方能撥冗往診本宅存心濟世門診與規一概不取分文

告白 本齋運到新譯各種兵書

克虜伯礮說　行軍測繪　海道圖說　攻守礮法
繪地法原　礮法心準　測地繪圖　營城揭要　營壘圖說　測候叢談　臨陣管見
列國陸軍制　英俄印度交涉書　開地道轟藥法　礮乘新法　礮法求新　前敵須知
礮法畫譜

文美齋謹啓

敬啓者本館報紙原擬於三月間加足八幅以饜 閱報諸君子之目詎昨接滬上寄來鉛字生僻字數交到不少合用者仍屬寥寥得難驟增八幅之數今定於十六日先將京報提出另用竹紙印作袖珍書式既可裝訂成書且可騰出京報地步一概排印新聞雖正報不足八幅而新聞則較從前八幅者有盈無絀一俟鉛字全數寄來仍照八幅印送 閱者幸垂覽焉

本館謹啓

拍賣告白

啓者準於本月二十八日禮拜一上午十點鐘在紫竹林高林洋行內拍賣各樣銅鐵貨物及各樣洋雜貨等件 貴客仕商如欲買者請早來細看面可也 特此佈聞

集盛洋行謹啓

三月二十四日銀洋行情

天津九七六錢
銀盤二千九百二十八文
洋元二千一百二十文
紫竹林九六錢
銀盤二千九百七十五文
洋元二千一百五十文

直報

光緒二十一年三月二十五日　第七十二號
西歷一千八百九十五年四月十九日　禮拜五

上諭恭錄　論鐵路濟運事宜　三月分缺單
好行其德　心勞日絀　大好身手　負妄而逃
相節將旋　速救倒懸　感恩知己　索解不得
分府課榜　懸不畏法　珠江春訊　會白照登
京報照錄

上諭恭錄

上諭此次先行會試再補覆試舉人列入一等之張實琛等十八名列入二等之胡鵬逵等四十二名列入三等之許中等五十名業經加恩先行會試准其於本屆會試舉人一體辦理欽此　旨遣文會試滿洲取中九名蒙古取中四名漢軍取中六名直隷取中二十二名奉天取中三名山東取中十九名山西取中十名河南取中十七名陝西取中十四名甘肅取中九名江蘇取中十五名安徽取中十名浙江取中十四名江西取中十五名湖北取中十三名湖南取中十三名四川取中十四名福建取中十三名廣東取中十三名廣西取中十一名雲南取中十一名貴州取中十一名欽此　上諭前因已革提督蔣希夷所部勇丁在天津河東地方因欠餉滋鬧當飭令王文韶確查具奏茲據奏稱營口失守該軍並未力戰相率潰逃此次帶勇來津尚不妥爲遣散復敢虛冒餉額任意尅扣以致全軍鼓譟幾釀事端等語蔣希夷前因營口失守經裕祿參奏業經降旨將該員革職拿解交刑部治罪茲據王文韶所奏各節情罪尤重着交部俟該革員解到後歸行審訊按律定擬具奏餘着照所議辦理欽此　旨廣州將軍着保年補授欽此　上諭譚鍾麟着調補兩廣總督四川總督着鹿傳霖補授欽此

論鐵路濟運事宜

甲午夏五銓生漫書於惜分陰室

竊聞弊宜決去政貴因時苟利於民不妨易轍溯自機輪之器肇始泰西海上颼輪流通百貨千里一瞬官民便之若鐵路火車需費過鉅創造維艱且道路蕩平無須捷徑圖不必嗜奇趨異也至內地之運河上達　皇都下通吳會飛芻挽粟懋遷有無公私倚爲利者久矣自咸豐六年黃河北徙竄截運渠遂致中道淤梗然壽張屬之十里舖以南臨清以北猶然舟楫通行也惟陶城埠起至臨清其間二百里之河道借濟於黃即受淤於黃旋淤旋濬旋淤久已上下嗟吁矣論者謂宜仿用鐵軌飛輪以通難通之路爲永逸之謀且路短而費亦無多從此上下公私受利甚鉅謹疏管見條列於左　鐵路五利　一利漕運鐵路既成不但現運之十八萬石可以飛輓迅速現在海上有事海運多梗全漕即可復歸河運所謂因時制宜有備無患也其利一　一便客商自運河艱滯估舶寥寥皆指此節爲畏途矣鐵路既成凡南北貨物仍可遷轉如意必有帆檣銜尾之觀於商務大有起色其利二　一增關稅南北貨既流通可於適中要路添設分卡照章榷稅從此歲增巨欵其利三　一便接濟水旱偏災　盛朝不免直隷山東河南江南四省牙錯往往此豐彼歉糴價不平者由於輸轉艱遲也鐵路既成居汶衛淮濟之中四通八達接濟便速移粟移民指揮如意其利四　一濟貧乏自漕運歸海瀕河二千里閭小民失業啼饑號寒不知凡幾即濟甯東昌臨清素稱繁富之區亦索然減色鐵路既成則千帆鱗集仍復舊觀沿河一帶可養億萬窮氓即從前著名之碼頭亦依然繁華景象矣其利五　造鐵路五不必慮　或慮鐵轍火車需欵甚鉅當此　大帑支絀豈易言乎　答曰南自東阿之陶城埠起至臨清止以直路計之不足二百里築路造車約欵得二百萬金已足或籌公欵或借洋欵以每歲所增之關稅數萬每歲所省之挖河

費五萬每歲鐵路所入之運腳除開銷外亦約可得數萬又每年因借用黃流以致漫決成災處甚多既須蠲緩又須放賑及事後修築經費一出一入爲數亦鉅綜此四項分年攤還子母遞減不過十餘年即償清矣如因海上用兵經費支絀聞山海關一帶有餘剩造成之鐵軌鐵車似可由津運至臨清應用一水可通尤爲工速費省此不必慮者一　或慮鐵路成後凡食力之小民不歎失所乎　答曰臨清至陶城埠二百餘里本非陸路衝道恃此輦負爲生者無多果能南北路通帆輪絡繹轉可養無數食力之民且不但南北緯路也左至濟南右達汴梁假道往來者必倍蓰於前舟車互易需人更多豈復有失業者乎此不必慮者二　或慮南漕至十里舖渡黃易舟而車及抵臨清入衛又易車而舟層層轉遞不虞淹滯乎　答曰火車一時辰能行二百里除去裝卸工夫或一日一往返或兩日一往返固好整以暇也假使全漕舝舶魚貫今十里舖闢另設渡黃巨艦以次裝車固甚便捷逮抵臨清或入衛之船倉猝不能齊集宜用寄頓之法好在臨清猶存舊倉十八大厫只須修葺儲敷暫貯之用然此直以全漕而論若僅現運之糧數似可省此停頓緣衛河巨舟載千餘石者甚多糧既陸續而來船亦可陸續而集固不難預先布置也即使稍稍停候較之現今之候水開壩動輒數旬不已遲速相懸乎此不必慮者三　或慮漕糧輾轉裝卸不致耗乎　答曰既有周折宜仿海運用蔴袋裝米便無顆粒之耗且舟車上下之間亦易於負運此不必慮者四　或慮創始守成經營非易量入償出把握甚難設辦理不善不致有初鮮終徒糜巨欵乎　答曰事有章程而不亂權必專一而後成果能奏請　僉官簡派大員以總大綱吏擇就近地方官之有才幹者經理終始詳定條例明立賞罰自興工以迄告成凡經徵釐稅稽查往來理料漕糧之轉運綜核輪車之出息皆由地方官稟命大員隨時通變庶使用人理財肘無旁掣計功論罪責有攸歸以每歲所入之多寡定分年攤還之遲速則巨欵不致無着以一定之規條覈各司之功過則始終何患紛歧而事可要於長久利可擅於無窮矣此不必慮者五

借黃濟運積弊論　慨自黃河竄運以來運河已成兩截不得已而暫借黃流爲涉川之用然水去沙留歲濬歲塞挑挖之艱難已極巨欵之枉費可嗟而且漕艘南來由運渡黃由黃入衛節節推挽艱險萬分有時溜急觸閘則船立破碎　船觸石閘及兩舟相碰立碎之事無歲不有失米攤賠官固受累尤可憫者船戶之身家性命毀於頃刻是以南船視爲畏途非恣其帶貨漏稅則無敢應募者矣　有時水小膠淺則候汛淹遲津吏之汗走悚惶運員之焦愁躑躅以及舟人怨苦商旅咨嗟其狀已難罄述尤可懼者借流濟運必開攔黃之壩倘遇黃流湍悍之時稍不謹慎則上下近河之區立成巨浸　十八年陽穀聊城所轄運河三處漫決受災甚廣此其明證緣水入閘河無路消洩又值衛渠夏汛方盛二水頂托勢益抬高以致恩縣館陶武城等邑之衛隄先後決口災及鄰疆若臨清則兼轄兩河右絀左支被災更重當黃流倉猝而來高出舊隄數尺搶護不遑且與衛水混併洄漩冲刷勢力愈橫田廬盡沒慘不勝言　又如聊城之白家窪等莊地址低窪歲被浸淹即漕船過後亦不敢洩留爲回空濟舟地步坐令白家窪等莊田禾毀敗枵腹長吁雖屬一隅莫非赤子此虐政之宜早除也更宜慮者邇來黃河本有北移之勢萬一攔黃啓壩不愼水勢建瓴而下怒冲入衛必挾大溜北趨不但東昌臨清等處皆爲魚鱉而且地勢愈北愈卑必至釀成　畿輔之憂若津沽之形同釜底本古昔逆河入海之道更有不堪設想者智者燭患未萌所當預塵杞憂也若築鐵路則種種患害不除自絕且令運河之血脈不通而實通矣又山左水患頻仍災民無告鐵路工興既可代賑且路成後沿河多謀食之方此鐵路之餘利一也又中下游河防遇有險工採辦東昌臨清一帶樹椿稭料兼可運至陶城埠上船順流而下轉運迅速無誤要工其餘利二也又游河之鹽運可省車牛任載之勞其餘利三也由是利源日裕推廣可期南至清江不及千里東至濟垣僅二百餘里雙輪迅達月盛歲新餘力可推支分條貫則千秋之利皆自此基矣　再鐵路濟運之議甲申年因法越事起海防戒嚴曾有條議者奉　旨
着前山東巡撫陳安議奏覆其時原議自臨清造至十里堡止中有黃河之隔而黃河遷徙無常橋渡地行均難保其不無冲刷遂爾藉此中止現在造至黃河北岸而止則此層可不必慮矣

光緒二十一年三月分缺單　○主事吏部稽勳司崔澄寰呈請分發　知州廣西永甯龔嘉相修墓　知縣山西定襄韓克嵒近
廣東英德凌文焴故　府檢校江蘇江寧王榮奎故　典史四川灌縣吳譽青近　驛丞趙瑋捐升

好行其德　○京師某縣令訊案好用刑求無論命盜輕重杖責動至累百盈千即戶婚田土細故紛爭而用刑亦非見血不止皂

班周其深憫人犯宛轉於桁楊之下因穴杖頭預藏羊肉於內俾於行杖時血隨濺出得從末減階下囚之陰被其德者殊非淺鮮云彼高坐堂皇而以兩部肉鼓吹爲盡心民事者不知有何面目以對斯役也

心勞日絀　○京師前門外北橋灣地方某糧店前因欠項山積點金乏術避債無台鋪主滕某曾將房屋契據押借某宦一千五百金嗣由某宦查知所押契據係屬贋鼎稟由大興縣傳究滕被燃犀燭照自知罪無可逃已於三月十九日畏罪自盡當經南城司相驗詳城矣彼作僞之徒其以爲龜鑑也可

大好身手　○三月二十日步軍統領衙門兵丁在西華門大街富興糖坊拏獲迭次行竊賊犯八名逮案審訊該犯等具好身手被捕時縱横跳盪如游龍如飛隼此截彼竄左拏右攫殊不易著手幸兵丁拚死相搏始得就縛行至皇城拐角毛家灣地方該犯等乘間逃逸赶即追至興化寺街復又擒獲縲紲捆綁然後解到衙門俟訪明供狀若何再行錄報覩此强横情形即可知必非善類矣

負妾而逃　○安某者正紅旗人也有一妻一妾寓宣武門內皮庫胡同其妻特氏一子已經授室妾許氏僅掌珠一顆年已八齡食指多而生計蹙逋負山積遂棄髮妻並子媳如敝屣之不若只携一妾一女於三月二十日黄夜潛逃海角天涯不知去向債戶如蜂屯蟻聚悉索欠項急於星火妻子一籌莫措痛不欲生正不知有無性命之憂也按安某既騙他人復遺禍於妻子其居心尚可問哉錄之以見人心之日漓風俗之日澆也

相節將旋　○我傅相冒不測之險身入虎穴一再抗論不得已而定約紓國禍而奠金甌誠哉社稷臣也二十三日晝諾以後不欲片刻躭延立即乘輪返旆本埠官場有於今日赴大沽祇迓者所望霓旌速返重振乾坤彼夫差覆越勾踐沼吳豈異人任哉近聞都門言者於定約後封章論事横肆譏評殆亦無恥之甚者矣果有嘉謨奇策何不於未定約之先一二日侃侃直陳詳籌方畧庶得有補時艱乃默無一言形同仗馬事定後以陳腐舊套以爲盡職自詡丰裁徒亂人意有何益耶昔蘇氏有言養貓捕鼠蓄狗防奸患在不鳴不吠吾則以爲貓既不能捕鼠狗既不足防奸又何取其亂鳴亂吠也哉噫

速救倒懸　○灤州玉田寶坻豐潤等處連年被災民生困苦情形本館前已疊據來函登報茲有人自該處來者據稱現值青黄不接草根樹皮俱已剝盡老幼男婦童稚均挖泥土而食周圍數百餘村每日斃於道路者四五百人較之從前豐稔奇荒口外七廳災象有過之而無不及情形之慘有非筆墨所能形容者幸近日唐山礦局張燕謀觀察首先設法請欵開設粥廠俾災民得以餬口惟地廣人衆來日方長雖經南洋大臣劉峴帥奏截東漕署督憲王夔帥捐廉二千兩仍屬杯水車薪無濟於事且關外兵荒流民源源進口亦皆待哺嗷嗷若不速籌接濟恐終不足以濟沉災云云等語噫近年水患頻仍畿東各縣被災尤巨客之所述猶不及其萬一所望長官仁阜義士慈祥廣集公欵寬籌義賑速拯斯倒懸之民多一分則多活一人早一日則少死十百不禁代衆灾民百頓首以求之

感恩知己　○鄭誠齋軍門崇義淮軍將領中後起之彥英資卓犖謀勇兼優性復伉爽不屑齷齪攢營之事前統水師營時與士卒共甘苦紀律精嚴兵弁無或敢出外滋事者調防大沽尤能愛惜士卒威惠兼施各兵弁皆樂於效死蓋軍門輕財尚義凡營伍剋扣兵餉空額不補之弊一洗而空至兵勇之技藝嫻熟者猶出私財時加獎賞是以萬衆一心誦聲載道今爲提憲聶功廷大帥所賞拔調往行營差遣委用想軍門感恩知己定有一番展布也

索解不得　○英國怡和行益生輪船在大沽口外被日本兵船搜查帶往旅順已紀前報茲悉該船所裝並非鋼件係某洋行代其大員所購洋槍子彈被日兵查出按公例捕捉先至旅順將搭客逐令登岸已有來津者全船貨物則押令駛往東洋以憑核辦噫日人向來信服英國英國亦優待日人乃開釁之始首將英國高陞船擊沉在朝鮮復將英使夫婦凌辱今又將益生船捉去當日領事在津啓行時海口於重慶查人英復爲之出氣英之於日可謂仁至義盡矣試問所信服者何在和好者何事而英堂堂大國竟任其一再凌辱不一究問豈眞恃盈保泰不欲輕啓釁端耶索解人而不得矣

分府課榜　○欽加三品銜補用道在任候補府正堂直隸天津鹽漕河捕清軍府馮　爲考課榜示事照得本清軍府考取會文

書院正副舉人等第姓次以及獎銀數目合行列榜曉示須至榜者 計開 正取六名 高凌雯 李春澤 劉恩源 王炳奎 任嘉技 李春棣 第一名獎銀四兩二名三名各獎銀三兩 四名至六名各獎銀二兩四錢 副取十名 陶喆甡 侯維申 王銘愍 劉汝驥 姜秉善 王兆泰 劉嘉琛 張雲鴻 陳繼周 [illegible]陳恩榮 第一名至五名各獎銀二兩 六名至十名各獎銀一兩六錢 大取六十四名 王叔培 高凌霨 李鴻春 朱懋昌 孫星橋 劉福田 胡祖堯 林向滋 善學淇 楊月村 姜擇善 李錦源 龐鴻垣 牛桂榮 曹葆珣 王錫嘏 常文騰 劉嘉瑞 陳 桂 趙承恩等 第一名至二十名各獎銀一兩餘無獎

愍不畏法 〇本埠好勇鬥狠之風甲於他省稍有嫌隙即恃刃尋毆愍不畏法紀不勝紀昨西門內陳某雜貨舖因與某營兵口角爭吵陳某竟敢恃強持刀將某兵脣心砍傷血流不止經該管營總查知將陳某一同送縣邑侯李大令相驗屬實令具保辜限十日飭護院某差弁將陳某重責鎖押俟傷痕平復再行核辦云

珠江春訊 〇馬玉山中丞撫粵以來籌策邊防整頓吏治凡事認眞講求不遺餘力十七日撫憲乘坐輪船出洋巡視魚珠虎門各砲臺歸途復至黃埔勘閱水柵按水柵設自彭剛直公督兵時與張香帥殫心竭力布置嚴密爲塞海屯兵之要隘因潮汐衝激橋閘漸形損壞撫憲欲重加修建蓋以粵防倚此爲長江天塹焉又十六日爲考試各官月課之期撫憲親自點名在內堂扃試嚴密關防並派各員監視日省月試勤求吏治古之良法也撫憲援古證今實事求是從此吏治庶幾蒸蒸日上矣〇自前任學政徐花農太史愛取幼童學重門閥多有年僅七八齡或十三四齡幼童文字未通即倖列膠庠者由是無知乳臭粉飾衣裝紛紛報考希圖上進粵省文風爲之一變玆新學憲惲次遠文宗洞悉其情急矯其弊於按臨肇郡特懸牌示云本院奉 命視學務在培養人材各屬幼童年紀太小文理未清者不可希圖倖進即文理稍有可觀爲父兄者亦不妨令其磨練數年以冀養成大器何必亟亟應試開少年躁進之習本部院爲愛才起見故不憚諄諄示諭也惲文宗心存教育務取眞才其與外博虛名內謀厚利者何啻判若天淵耶〇商務公所自蒙撫憲批示周詳諄諄勸導後衆商莫不力圖報効遂定二月十六日聯集各行會議將所派借欵陸續呈繳無如是日到會者僅二十餘人七十二行未及其半且依違兩可仍存觀望之心未盡適從之意不得已令各行商暫歸從本行妥爲務臻通融至善亦維持商務之大局也 錄新聞報

玆啓者本堂新刻津門孟筱帆孝廉平舒劉紫山選拔兩名士合刻賦鈔註釋詳明誠爲後學之津梁也更有青照草堂重註七家詩並試帖舉隅二種大爲士林推重洵屬古學金針又有覇州吳河帥文安陳學士合輯水利叢書實爲目前急務凡有志於水利者無不以一見爲快至於各種書籍筆墨無不揀選精良善本以期近悅遠來凡刻詩賦文集善書等板刷印裝訂書籍自當精益求精工省價廉萬不敢稍涉含混有負 賜顧 寓河北關上毘盧室義合主人謹啓

陳雨蒼施醫 啓者有病之家無力延醫請於早辰九點鐘午後一點鐘下午六點鐘至海大道養病院後陳宅診視有不能就診者必須寫明住址及姓氏名號送交本宅方能撥冗往診本宅存心 世門診與規一概不取分文

告白 本齋運到新譯各種兵書 克虜伯礮說 行軍測繪 海道圖說 攻守礮法 繪地法原 礮法心準 測地繪圖 營城揭要 營壘圖說 測候叢談 臨陣管見 列國陸軍制 英俄印度交涉書 開地道轟藥法 礮乘新法 礮法求新 前敵須知 礮法畫譜 文美齋謹啓

敬啓者本館報紙原擬於三月間加足八幅以饜 閱報諸君子之目詎昨接滬上寄來鉛字生僻字數交到不少合用者仍屬寥寥碍難驟增八幅之數今定於十六日先將京報提出另用竹紙印作袖珍書式既可裝訂成書且可騰出京報地步一概排印新聞雖正報不足八幅而新聞則較從前八幅者有盈無絀一俟鉛字全數寄來仍照八幅印送 閱者幸垂覽焉 本館謹啓

拍會告白

啓者準於本月二十八日禮拜一上午十點鐘在紫竹林高林洋行內拍賣各樣銅鐵貨物及各樣洋雜貨等件 貴客仕商如欲買者請早來細看面拍可也特此佈聞 集盛洋行謹啓

三月二十五日銀洋行情
天津九七六錢 銀盤二千九百二十八文
洋元二千一百二十文
紫竹林九六錢 銀盤二千九百七十五文
洋元二千一百五十文

直報

光緒二十一年三月二十六日　第七十三號
西歷一千八百九十五年四月二十日　禮拜六

上諭恭錄　論當務之急　傈直須知　嚴杜規避
農家失火　厚德獲福　相節元旋　皇恩浩蕩
太平水社　節烈堪嘉　工匠勁豁　縣示照登
南漕將到　殊堪憫惻　淹斃人命　渠堂滋事
稻草缺短　澎湖戰事　倭奸案發　倭茶販俄
英國電報　告白照登　京報照錄

上諭恭錄

上諭步軍統領衙門奏緝獲交拿人犯請交刑部會同宗人府審辦一摺所有拿獲之宗室凱三即凱辛宗室國存即小國業經該衙門送交宗人府收管其王三元變喜二名着交刑部會同宗人府一併審明辦理欽此　上諭步軍統領衙門奏拿獲迭次持械搶刦盜犯請交部審辦一摺所有拿獲之康六爾即康汶詳康詳爾即康泳安唐大禿子即老切李羣爾即李春元康小禿爾即馬林史大六名着交刑部嚴行審訊按律懲辦未獲之康小八爾金五胡升頭任七頭金馬子李拴柱頭白秋頭七名仍着嚴緝務獲毋任漏網至原拿此案之員弁着俟刑部定案時聲明請旨該部知道欽此　旨京口副都統着吉陞補授欽此

論當務之急　續前稿

何取乎其便於國也牧令者今爲知州知縣之職古則侯伯子男之君也君其國則子其民治一邑如治一家家之居山者知拏禽猛獸之爲害則罔藩籬設陷穽張網羅以制之居澤者知波濤漲落之爲害則崇基址排木樁堆草填維舟艇以待之非特可以取山澤之利實將以爲家室之謀猶居城市者虞竊兒之偷故高閈閎厚墻垣壓管鑰此等故智事屬尋常婦孺皆知不必有過人之智而後知也牧令豈婦孺之不如今郡邑之介寇仇鄰盜賊者不少胡不知衞倘云力有不足責以守土之義不近人情彼官以知名者謂何何於邑之關津隘口營寨市鎮左右鄰封與夫紳民孰爲緩急足恃之人尚未有知知之尚未預籌即果豫籌之雖一時力有未充其與知而不知知之而不盡心一籌者其受害終當有間其知而不知與知之而不一籌者將毋以城守有營汛堵有營聲勢甚大可以恃而無恐乎昌黎有曰鹿之於豹非不巍然大也而鹿卒成禽猛怯之資殊也今城守防堵之兵如前所云宋聶諸軍其得力處在務獲民心戰之本也將猶知此況爲牧令牧令果得民心易兵革以耰鋤制梃可以打秦楚前所云謝公徐牧其人也民何異兵兵何如民今夫民不知信不可與居安民不知義不可與處危無事則欺其上臨難則叛其官者信義未孚於先也欲民知信在牧令之事事踐言欲民知義在牧令之事事不貪今則貪人多忘事民蒙口惠不獲實恩則怨生怨之而卒無所得則詐僞詭譎之術起今之尊官無盡藏與微賤爭刀錐禁民求取則其法密陰濟己私則其術又多小民最愚獨以伺在上之私則最智閭閻冒寒暑忍凍餒男女老幼晝夜操作少積贏餘將尺寸升斗以入市胥隸必從而稅之稅之不已復作官價以差派採買不啻拊背扼吭剝諸身奪之口而莫可如何民以是知上之眞不我愛也所謂民之父者乃循例之稱口類尊親心實隱恨父母子民之義久已消歸烏有矣不見夫兵燹之區逃避田野者擄脅之會猶可望宥以生官兵差役之人難得正命而死乎昔子羔爲衞政刖人之足衞亂子羔走郭門刖者守門曰於此有室子羔入追者罷子羔曰吾親刖子之足此乃子報怨之時也何欲逃我刖者曰君之治臣也先後治臣以法欲臣之免於法也臣知之獄決罪定臨當論刑君愀然不樂臣之所以脫君也由是言之有

哀矜之意民至死而不忘有刼奪之心民無時而不痛今與古不異民無二心也往者順屬文大兩縣飢民男婦千百成羣北走京師幸大僉吾先知於都門外迎立粥廠給以資斧遣散回籍又大城縣年飢鄉民赴縣請賑婦女闖入縣署內外無非飢民邑宰揮之不能去幸城守營某君久於其任甚得民心一言而民皆歸里信義之孚與不孚於此可見焉使兩令待民之心如城守某君之心則文大飢民何至擾及　帝都都民幾爲驚動其不便於國者孰甚頃聞山東曹州所屬數縣哀鴻與雞鶩爭食不免搶掠經東撫李中丞一面籌欵賑撫一面派員彈壓昨已登報辦起之初約皆州縣不善辦理致勞國家添兵轉餉左右防勦迨至銷平不知又殘傷幾許矣至若據邑以叛如公山陽虎輩抑或厚施於民意圖跋扈如齊之陳氏以家量貸公量收私其民直私其地者近代罕有其事蓋近代之制權不歸於一官官不久於一任故州縣之勢不能叛其才亦鮮能爲叛臣然而材力不具人地不宜考課無方誅求無厭此又選牧令者之過非獨牧令之過也

撤直須知　○內廷　上書房師傅向例春分後於申正散直秋分後於申初散直將散直時刻告知管門太監按日登記其管理部院在上書房行走大臣如遇有部院應辦事務及奉　旨特派事件應早散直者亦將因何早散直緣由告知管門太監隨時登記以備查覈

嚴杜規避　○吏部查陵寢掌關防郎中　盛京戶部銀庫掌關防監督黑龍江銀庫主事三項缺出行文各該衙門咨取均不得以無員保送聲覆其保送人員於引　見時咨報患病告假者照侍班不到例查議再遇此項缺出仍以該員保送如有連次患病告假者即行參辦以杜規避

農家失火　○三月二十二日夜時鐘甫報九下忽聞鑼聲四起火警又傳當即出爲探詢知爲彰儀門外菜圃營地方某農家柴垛兆焚如之禍聞該場園積柴共計十餘垜四野無鄰不識如何失慎罹此飛災霎時烈焰熊熊上燭霄漢十餘垛柴草半已延燒比時城門已閉雖有衆水會聞報麕集爭先前往惟時方夜半不得出城撲救祗得各返各局次早訪悉幸經鄰鄉人衆齊力救熄祗剩穀草一垛如魯靈光殿巋然獨存矣

厚德獲福　○前門內迤西四元井地方居住常壽者爲藍旗人也家道頗裕性好濟急扶危於正月下澣置買房屋一所二月初旬遷居其內詎每至夜半聞有鬼聲啾啾徹夜不息迨三月中旬舉家不能安枕有疑爲狐作祟者並無形迹而聲音日益加厲人皆莫明其故三月二十二日常壽備辦酒筵邀集知己多人擬作長夜之飲以覘其異至魚更三躍聞牆壁中作雛雞喞喞聲當即令人破壁驗視見牆垣下有磁缸五個缸口皆蓋石板發而視之則纍纍者皆不動尊也於是闔家狂喜以爲雖意外之財出自天賜座客亦皆稱賀聞者莫不以常君平日存心忠厚是以得此厚報鬼聲亦從此寂不復聞云據訪事函述若此是否果有此事不得而知蓋亦有聞必錄例也

相節元旋　○傅相由馬關元旋已恭紀昨報昨晚八點鐘輪船抵口今晨五點鐘駛入海河相節暨隨員人等俱換坐快馬輪船於十點半鐘到埠同城各官有在車站祗迓者有在薩寶實洋行茶坐恭迓者皆得以覘望顏色爲幸　相國雖遭奸人行刺而吉人天相社稷有靈得以平安痊愈面上著槍子處微有痕迹精神已復舊觀矣

皇恩浩蕩　○去秋天津縣所屬被水村莊經邑侯李大令稟蒙府憲沈太守轉詳蒙督憲李傅相奏明緩征各村莊開列于右

安　光　常家堡　郝家堡　徐家堡　三河頭　東　堤　西　堤　插房子　趙家圈　高家場　楊家河　安家莊　線兒河
大柳灘　劉招莊　劉安莊　孟家莊　李家場　南麻疙疸　北麻疙疸　大楊莊　小楊莊　趙家莊　大明莊　姚家莊
張獻莊　二閣莊　朱唐莊　孫家莊　小賀莊　小朱莊　李辛莊　何家莊　辛侯莊　韓盛莊　小馬庄　范家庄　荒草坨
李明庄　貫兒庄　大河庄　何家庄　歡　坨　劉快庄　西堤頭　大畢庄

太平水社　○新府憲鄒岱東太守設立太平水社倡捐水缸一百口擺列城外各街以濟要用各街人等亦捐辦數十口以備不虞近來火警寥寥太平水社徒有其缸無人顧問惟東門外洋貨街自備太平水桶十餘個水常盈溢無事時備路人止渴有事則互相挑用於街市行人大有裨益惟望有水缸處仰承憲志多備清水歷久不替實方便之一大端也

節烈堪嘉　○總辦軍械局大沽船隖候補道顧廷一觀察元爵深情厚貌平易近人歷蒙上憲委辦要差精於會計利析秋毫是以各上憲皆相倚任而觀察精神亦從茲銷耗矣三月初九日因病出缺如夫人王氏年僅花信觀察夙所鍾愛雖生有丈夫子二人年僅數歲而大婦在堂嫡室于亦舉孝廉因於觀察故後即吞食金飾於初十日徇節觀察生前既獲乎上身後復得寵姬相從富無遺憾於九原也

工匠勃谿　○大沽船塢總辦顧觀察前因病請假接替者恐不能盡如己之用心因荐候補府周太守傳經會辦隖事太守提調武備學堂頗著聲望今茲會辦船塢自必綽有餘裕昨聞塢中工匠有滋事之說不知究因何事俟訪實再爲登報

懸示照登　○欽加三品銜賞戴花翎保薦卓異陞用道府在任候補直隸州天津縣正堂兼辦營務處李　爲出示曉諭事案查官地民房租銀向係分別樓瓦灰土草房按間納租如有添蓋改建等事亦應呈明增租以副報解無如日久年湮房戶輾轉售賣遷移及新添改建房之戶希圖隱瞞租項延不呈報更有疲玩措不納租之戶以致租與虧短不敷報解現奉　道憲催提積欠租銀急須籌議歸補所有在官地內添蓋房間改建拆毀之戶雖免無隱匿漏租者自應分晰查明飭令認完租項除諭飭書差前往查辦外合行出示曉諭爲此示仰津城內外各地方及在册納租各房戶人等知悉爾等即各將本名下應納租銀官地房間據實指銀查看按照樓瓦灰土草房租銀按間完納毋得隱匿致虧租項如有添蓋改建者准其呈明各具切實認狀稟送本縣以憑註册催征抵補積欠倘敢隱匿抗違一經查出定追從前租項併治以應得之罪決不寬貸慎勿觀望遲延凜遵毋違特示

南漕將到　○本埠剝船五千餘戶因海運較遲暫泊情形殊爲岌岌昨馬家口下停泊沙船一隻據該船戶云海運南粮已進樞北上指日可抵津沽等語各該船當有生色矣日前道憲呂庭芷觀察飭楊村廳傳令各省剝船齊集河口聽候撥用蓋已悉南粮已經北來故有是諭日來剝船之到埠者已陸續不斷浮家泛宅爲生者其樂當何如也

殊堪憫惻　○本埠南門外馬集前昨有一老翁年逾古稀身穿月白綿袄綿褲頭戴青布夾帽一頂在道旁坐臥滿面病容不料於夜晚病斃身上衣服不知被何人剝去僅留破帽一頂遮蓋隱處赤條條一絲不掛仰面朝天是可慘已

淹斃人命　○剝船船戶郭禿子兄弟二人僅有一子愛如掌珠禿子於去秋亡故子已二十餘歲仍領剝船運糧爲生昨與剝船夥某因素有嫌隙兩相口角正爭吵間不料船檔橫一木棍將郭子拌倒落水赶緊雇小搖船一隻設法撈獲業已斃命昨縣委某大令帶件作人等赴場相驗實係淹斃身死飭差將夥某帶縣歸案審訊云

澡堂滋事　○本埠北門外雙街口李某澡堂昨有某甲洗澡遺箱內錢票八吊文被洗澡之劉某拾去李某查知向索劉某不服轉羞惱成怒將堂內琉璃一切搗碎李某情有不甘已赴琴堂理論云

稻草缺短　○客歲山海關一帶所屬村莊被水較廣兼之關內外大兵雲集不僅糧米價值日漸增長即稻草一項價亦昂貴現每斤東錢一百餘文各營爭買以致缺短異常據馬夫聲稱有連日無草之語噫彼蒼者天人既不得飽食畜亦終日忍飢大兵之後必有凶年其斯之謂乎

澎湖戰事　○台灣之澎湖地方於二月二十四日有倭船八艘駛至茲接台北訪事友來書云台北離距澎湖尚遠平日官場皆用電報往來署撫憲唐大中丞聞警後立即電致澎湖總鎮周靜山鎮軍振邦暨會辦澎防統領定海等營朱上泮太尊加意防範詎經迭接該處覆電雖事關軍務局外人未能深悉然參以各處來電詈謂倭船自二十四日駛至後未敢近泊均在口外一帶游弋迨將周圍形勢覽悉始致書我軍訂於二十七日辰刻開戰查澎湖四面皆海東西南北大小港口共數十處其最關險要之地有沙帽山毋猪水鎮暨港井子垵金龜頭西嶼各海口共建砲臺三座一在沙帽山一在西嶼一在金龜頭有定海右衛隊防軍宏字等共十三營分投駐紮聞是日開戰之初倭船列隊以進皆向東首沙帽山砲臺攻擊是處爲朱太尊扼守之地又有砲隊營帶宋尚傑守戎督率砲兵數百人防堵兩軍相見後彼此各以巨砲相施其聲隆隆勢若貫珠無如敵船在驚濤駭浪中所擊之砲非力不能及即騰空而起仍落於海我軍經宋守

飛量準施放數炮已將倭船擊沉兩隻並有兩隻受傷旋即飛駛出口不知下落敵見其鋒甚銳懸旗止戰我軍亦奏凱暫息電致臺北撫轅中丞立發犒賞銀二千兩以鼓士氣午後敵將受創各船復整隊夾攻至夜圖由北首登岸經各軍合力兜截逆風而退二十八九等日復與戰兩晝夜之久未分勝負當該船欲至臺澎之時原稱共有十六艘初因窺覘澎湖地小逕分數艘至臺南恒春一帶游弋至聞挫敗之信忽又兜轉合力進犯惜是處至臺北電線不知如何中斷廿九日以後軍報不通須賴臺南轉致然屢接劉淵亭軍門及直臺陳仲英觀察各電皆謂我軍力頗足恃無奈澎地孤懸海外諸大憲欲發救兵一時無從調往深慮軍火匱乏因從臺北迭將洋槍及開花炮子委員由陸路運至臺南思雇民船接濟無如跋涉須時十分焦灼迨本月初二日聞朱太尊已因支持日久力偶不繼身受炮傷其地雖尚獨無恙終恐敵人多方誘我全力以搏反客為主惟望當軸諸公於無可設法之中或助以重兵或予以精械俾澎湖可守即全臺不致震驚云云按是函係訪事友於本月初六日在澎湖所發是則初六以前　地固猶未失守可見被佔之信尚未的確一俟接有續音再當飛報

倭奸案發　○倭報云有一德國輪船由倭國出口被倭兵船所獲細加查檢並無軍火意欲釋去倭兵官見德國輪船船主情有可疑再行檢察始得大箱一口內儲洋槍五百枝係運往上海者遂將洋槍扣住送至橫濱細加訊問知由橫濱某德商裝運并與東京大村商店串通其槍即在倭邦製造因不合海軍之用由海軍省售與大村大村即繕就合同畧謂此槍售價每枝銀八角並不出售惟鎔化成鐵以供製造他物之用不料大村竟稍加修整倩德商售與上海華官每枝得銀五圓倭官遂於二月二十九日派巡捕及兵士至東京將大村店中各人一併拘獲東京各商聞之大為譁噪謂似此辦理恐各商大壞聲名云　錄申報

倭茶販俄　○日本東京前有倭人糾集股本設立公司歸日本商務大臣保護欲販運茶葉往俄國銷售以擴商務茲聞該公司已取道往俄境查勘茶務情形其人即帶日本茶葉到俄國澳爹沙埠交俄人試驗頗稱合用故該公司現擬分派代理人在俄之歷士高基輔及那哥律諸埠開設茶樓以銷售倭茶或謂倭茶泡製雖得其法而味實劣薄遠遜華茶恐俄人未必能當意也　錄新聞報

英國電報　○叻報載英京電報云英國管理印度事務大臣現經電致印督令其趕備兵軍前往芝打剌地方救援駐紮之英國時珍不得稍有遲緩云云又二十七日復接英京續電稱現在印屬巴沙華地方已調集大隊兵軍欲往救助英國駐紮芝打剌之禮時珍及其所帶之隊云○又風聞英國有某守備率領印兵五十四名在於芝打剌地方協助某酋之兵巡哨乃該隊忽被亂黨圍攻致遭所害云所聞祇此其詳尚不得知也　錄新聞報

敬啓者本館報紙原擬於三月間加足八幅以饜　閱報諸君子之目詎昨接滬上寄來鉛字生僻字數交到不少合用者仍屬寥寥碍難驟增八幅之數今定於十六日先將京報提出另用竹紙印作袖珍書式既可裝訂成書且可騰出京報地步一概排印新聞雖正報不足八幅而新聞則較從前八幅者有盈無絀一俟鉛字全數寄來仍照八幅印送　閱者幸垂覽焉

本館謹啓

三月二十六日銀洋行情

天津九七六錢

銀盤二千九百二十八文

洋元二千一百二十文

紫竹林九六錢

銀盤二千九百七十五文

洋元二千一百五十文

直報

光緒二十一年三月二十八日　第七十四號
西曆一千八百九十五年四月二十二日　禮拜一

上諭恭錄　論當務之急　不容推諉　吉事有祥
不值一笑　軍政舉劾　雲津冠蓋　縣示照登
綏征接錄　居心剝削　言頗近理　三村送傘
到任有期　疑是桃源　被竊上控　僧尼同教
告白照登　京報照錄

上諭恭錄

上諭令俊着調補陝西巡撫江蘇巡撫着趙舒翹補授欽此　上諭前因劉秉璋奏參代理秀山縣知縣教習知縣鄭子元貪鄙妄爲請革職永不敘用未將鄭子元貪鄙實在劣跡詳細聲敘諭令確查具奏茲據奏稱查明鄭子元擅釋教匪姚復乾案內餘犯多名致有焚燒擄搶情事又派委不安本分之貢生陳新之等經管三費賓興各局紊亂章程浮支濫發並勒索前任知縣王壽松錢文貪鄙妄爲確有証據該員聞已被參潛回陝西原籍等語四川教習知縣鄭子元着即革職永不敘用並着陝西巡撫將該革員押解到川訊究追贓以儆官邪餘着照所議辦理該部知道欽此

論當務之急　續前稿

在初定選例者以爲慮甚周防甚密不知徒善徒法之不足以行政也方選之先由正途登仕版者制藝試帖之外無所知制藝試帖之中除部詞華聲調法律之皮膚其於聖賢修己治人一切力行經世之端未之知亦未之學風簷寸晷中偶以詩文數語博高第其佳者則大魁則詞林次則留部又次則以知縣即用用其制藝治民即試帖治民耶然君民上下於此等則敬之重之不問其才之能否品之端否也此選之一途也次則爲大挑大挑者鄉舉孝廉三科後與於挑亦以制藝試帖進者其挑也二三王大臣在上憂孝廉在下按牌次進每牌數人大臣目逆而頤指之曰前幾人去或後幾人去不去者則入挑年貌壯者則爲縣令又一途也次則爲委用委用者在吏部各項投供揀發揀選之班之數班者多出於情賄人故以即用大挑爲重然皆未有以言以事試其作令之才者及到省也習爲趨承奔走形勢得其門者憲委以美謂之試用試用期滿選其善奔走者委以好缺濟其貧也人習爲常莫之或怪及其蒞任視事也既須典獄又須試士又須撫字又須催科又須緝盜又須事上憲辦流差欵委員和城紳而到任之節壽賀禮門包差費與應解起運錢米之分數以及觀風之獎賞孤貧之卹賞幕友之脩金尤爲至緊至要至地方應興應革事宜則以其於各憲城紳己身之有益無益者爲斷如此則口碑載道上下均喜其能次則捕盜斷獄第犯稍近於平餘事之治與不治不必問亦無庸過問也其任之居會垣郡城者則以伺候上憲爲第一政無論爲憲諭否也憲之門丁幕客戚屬偶一傳呼飛輿立至不呼而至者幹員矣兼以南北之衝津梁要害各省過客皆須首縣辦差爲牧令者於是報往迎來不遑寢食叩頭屈膝稟見稟安之際惟有是是唯唯一辭莫贊身坐輿內計慮千條某憲所囑何語所索何物今日如何支應明日如何支應爲民爲國之心無時可用其驗命案勘工程身實不得不一至心實無暇及此也如此一二年則對調推升轉瞬爲憲果其政之素優歟夫聖門四科不皆長於政事今之優於政者何多也非政之優胥格然也且其官是省也其親屬既皆回避其籍貫須在五百里外親屬皆避轄其政者孰爲可依可信之人五百里外未必爲相習相安之俗又須照例代理止三月署事止一年任實缺者不滿期亦

嘗對謂無論其無心爲國卽有心爲國方矢其心旋罷其事政何由成以爲防弊乎防其親屬不能防其師生防其居遊不能防其情託一切無益之公徒使簿書之吏挾例詐財老人歲月妨賢病國職此之由此皆選人者不詢以言不試以事不重其職不久其任致使爲牧令者不敢自重不敢自期不敢自恃因循苟且與俗浮沉視官塲如傳舍毫不關心第恐一日賦閒將雛莫哺茫茫宦海何以爲家無惑乎官與國不相屬民與官不相屬大勢之去非一日矣猶憶勝國州縣一官往往與侍御史互相推轉頗有深意可取也所謂選牧令宜便於國者此也且夫北直之民利非無可因營田墾荒開礦紡織等務不勝舉也善人之目不一二數也助賑助餉之外樂善未嘗少倦也牧令之材在朝在野者比比也然而事皆不治者非國帑之不足用之不得其當耳無論近年製船製械設局之鉅欵已有定章者不必計卽以現在所添之冗兵所增之冗員與議和所需之兵費易之以爲民治水修堤營田懇荒開礦紡織並厚加善人之奬賞多增牧令之薪俸養其廉以資辦公將見君民上下一體同心並可爲安置凱撤勇丁之地如此而他族敢窺中土而起釁者吾不信也　此稿已完

不容推諉　○軍機大臣查各部院承辦案牘滿漢司員俱係公同書押議行若因檢查漢字成案滿員竟不預其事由此推諉則漢員亦必以滿文案件自行諉卸且畛域一分則滿漢各司其局其中偏徇把持尤易滋生弊端不可不防其漸今嚴行稽查始知相沿陋習之非其各部院似此者恐復不少嗣後各衙門無論滿漢案件俱專派滿漢司員各一人公同檢查辦理以重公牘

吉事有祥　○桂公居宣武門內舊刑部街爲某大僚後裔少女公子許字徐蔭軒中堂之少公子二月十九日爲于歸吉期先一日送妝有花梨紫檀楠木頂箱立櫃條几桌橙太師倚鑲牙八寶牀壽丈穿衣鏡鑪鼎鐘簴種種貴重之物計共八十餘擡而衣箱首飾不與焉有當道諸鉅公陪送十九日辰刻徐少公子乘綠呢八人大轎十字披紅帽插金花隨同八擡彩輿全副儀仗並龍鳳燈三十二對官銜牌六十四對由台基廠口宰相府起迎迓至舊刑部街桂宅行親迎之禮是日滿朝文武皆詣相府賀喜冠裳鏘濟笙管嗷嘈天上神仙府人間宰相家見者聞者不勝豔羨

不值一笑　○扶乩一事由來已久分厥等類約有數種文人韻士遊戲三昧每好借神仙鬼怪之說以逞其虛無惝怳之談於是乎文詞詩賦均託名乩仙以冀傳誦一時此爲最上一等然事出無稽已爲大雅所斥其次則神道設教藉以勸人爲善然利少害多其意雖美其法殊爲不良再其次則書符治病如近時各廟宇之仙方大半爲乩壇所判藥品錯雜寒熱並用此則無益有損已干左道惑人之律最下者則莫江湖遊方之流假扶乩之名以爲騙錢之地論情可惡論罪可誅凡此數種其品雖稍分高下其實則均極荒唐蓋專事扶乩者名扶手又名飛手報字者名宣訓錄字者名錄訓此四人必須稍通文理聯絡一氣始能當之若易以目不識丁之人便不能成一字卽此一端其爲謬妄假託可想而知就令扶乩者並無弊端眞有神靈附之則上界仙人斷無一請卽到日與凡人相接之理卽有之亦不過山妖木怪之屬依人而靈若果如此亦當嚴禁以防異端之誣世惑民況萬萬無此情理乎乃世人以耳爲目往往篤信不經而都中近時此風尤爲盛行現因兵發傳聞某大僚求仙降乩判曰到中不算苦　三四加一五　大路紅燈照　那時才算苦似此隱語已傳徧都門都人士俱未能解姑錄登報知不值博雅君子之一笑也

軍政舉劾　○兵部職方司案呈查各省武職自提鎭至於千把總每屆五年軍政卽由各該管上司詳查出具考語認眞甄別且每屆二年半例當詳查應舉應劾先期呈報茲查直隸省自光緒十八年軍政迄今已屆二年半卽由該管詳細查明如果有才能出衆勳績卓著無積習者准其舉薦由督撫考驗據實咨部或有貽悞難期振作以及年老疲弱劣蹟已著者亦卽據實叅劾此乃軍政要務不得稍有弊混其應舉應劾均應造具履歷送核其無應舉應劾之員亦應聲明等情由部行文知照

雲津冠蓋　○統領勝字全軍賈制軍門起勝因公來津○神機營文案派管槍砲廠候補府余子言太守仁來津○布政使銜湖北候補道錫章由鄂省來進京○候補府鄭太守業斆奉委赴前敵威武軍行營公幹○署容城縣知縣曹鵬謝委○北河大挑知縣際平赴灤州公幹○奉派西藏辦理測繪繙譯事宜候選同知直隸州知州同文館副教習斌衡自京來赴西藏○古北口提督聶軍門到津○候補道葉元琦回籍○候補府繆恒庵太守彝赴唐山放賑○調署楊村通判張家口同知沈守誠謝委

縣示照登 ○天津工程總局 天津縣正堂李 爲會示曉諭事照得津郡城濠每年春間由局僱夫挑濬引清刷濁歷經照辦在案查自去冬濠內封凍居民傾倒拉圾漸形淤塞茲值春仲地氣融化穢氣薰蒸業經僱夫疏挑以便汲水惟濠內汚穢向來運至河沿一帶附近村莊自來裝運培壅田園洵屬兩有裨益合行出示曉諭爲此示仰附近各村一體知悉即自備車船來津載運由局縣發給布旗執照倘有棍徒阻攔訛索准爾等來局縣指控定即拿究不貸毋違特示

一綏征接錄 ○蘆新河 桃花寺 小桃花口 達子辛莊 董新莊 屈 店 丁平莊 王秦莊 劉 園 馬 廠 李家樓
上蒲口 下蒲口 小 街 龐家嘴 李家嘴 小丁莊 小閻莊 南 倉 小趙莊 雙 街 常家莊 趙家庄 沙家庄
周家庄 柴 樓 楊家堤 胡 庄 郎 園 梁家嘴 邵公庄 佟家樓 新 庄 侯 庄 王家庄 大覺菴 大梁莊
小梁莊 楊家莊 趙家莊 大卞莊 小卞莊 華家莊 曹家莊 楊五莊 侯家台

居心剝削 ○各項生意典當最爲得利亦最穩妥何則以物質錢錢不歸而物在可變價以償也當例值十當八常年二分至爲公允然各省當商金銀器皿向可十當七八其餘衣飾物件值十當五即係公道已極蓋因近年各典當嚴定章程櫃上所當之物何人經手底簿即註明何人名字以備滿期出賣折本則由其人賠補賺錢其人即得餘利以致人顧其私值十祇當三四貧民已覺難堪本屆歲值軍荒米珠薪桂居人之恃長生庫爲生活者十居七八乃昨日源成當藉詞少典各典鋪均跟。效顰以此時少貶典價將來變價定獲厚利噫際此飢荒民貧欲死而各該典當居心盤剝祇圖一己之肥不恤衆民之苦縱不能值十當八亦必須當五六且開典當之人家必巨富倘宜設法濟貧保全桑梓斷不於此孳孳謀利該主管者又何必從中剝削苦此飢民耶噫忍矣哉

言頗近理 ○昨由前敵營中人奉差來津公幹與人談及某大帥總統諸軍實事求是前曾密飭心腹妥員詳查各營利弊亟嚴札戒勉不啻三令五申讀之令人感悚現在尅扣等弊較前差勝兵勇每月正餉加至四兩二錢平色參差尚屬細事惟錢賤食貴一身費用已覺不敷何能顧及家口是以沿路不免騷擾兼之發餉無一定日期更不免左支右絀若統領營官再唯利是視則兵勇更有所藉口無怪關外百姓恨兵勇甚於恨賊怕兵勇甚於怕賊每有一二兵勇官人獨行道路鄉民必致之死地昨有某軍糧台某員因事回津衣履與衆不同離營甫經一日經過村莊知其爲營中人羣起爭毆已將其跟丁四名擊斃二名某員見機較早將洋縐棉袍與鄉民易一布袄貼給洋銀六元緞帽易一氈帽貼給洋銀四圓扮作客商始全性命似此情形兵民之不相安已可概見刻下軍務雖已了結而聚有多營一時難以遣撤各該營若能淨絕弊竇再發餉之期每月定一准日既不尅扣又不因循則兵勇自知畏懼或有懸不畏法之徒殺之有名自無擾害鄉村之事兵亦民也民爲邦本兵民相安足禦外侮不生內奸云云等語本館聞其言頗近理次其說而紀之

三村送傘 ○本邑侯李搏霄大令在任已逾四載除莠安良在在昭人耳目今鶯遷有日闔郡紳民咸深感戴昨宜興埠天齊廟南倉三村恭送萬民傘一柄其額曰恩同召杜四字衣冠齊楚笙管嗷嘈赫耀街衢觀者如堵僉稱恩之感人己非一日云

到任有期 ○前靜海縣趙大令在任數載興利除弊政績嘖嘖人口所最愜人意者每逢子牙河水漲發親履堤工出貲堵禦田禾可獲有秋至今靜民猶深感念茲調署天津縣任聞大令於四月初二日在省起程初八日接印任事邑侯李大令在津清理交代事畢即赴宣化新任前後兩令尹賢聲後先相埒津人士咸以生佛頌之

疑是桃源 ○昨侯家後有不知何營兵勇數拾名各持紅呢套腰刀在各娼寮小班尋樂該勇丁行經廟胡同李姓住宅疑是桃源搶門直入該宅有男僕某應門向其理論不但不服反將該僕毆打拔刀並將大門砍斫幸有衆街鄰出爲解說欲將該勇送官始各逃散該宅已知會鄰右赴練甲局報案聞次日該勇復到江叉胡同孟琴寶小班內擰砸一空各鳥獸散去云

被竊上控 ○本埠五方雜處良莠不齊鷄鳴狗盜之徒隨處都有前者紫竹林大街春元棧房夜間被妙手空空兒撥門入室竊去物件若干及驚醒時賊已遠颺職員馬德巨將失單赴縣呈控至今旬餘贓賊尚未弋獲昨馬又赴津海道轅遞禀經道憲黃花農觀察飭令仍候天津縣赶緊緝獲察酌辦理云

僧尼同教　〇僧尼名雖異而教實同凡尼初爲尼習學經典須由僧人傳授非德性堅定四大皆空一塵不染者不堪爲尼者師而今之爲尼之師者固無論其定與不定空與不空也茲聞西頭紅寺廟有新出家之小尼年方十七八歲將十萬八千根煩惱絲一刀斬盡遁入空門以懺前生寃業亟欲演習經典特拜南門西湧泉寺住持清遠爲師昨具毘盧帽登雲履及汗巾襯錢等物詣該寺向僧頂禮清遠坐受叩拜命入弟子之列至其若何傳授當有成法想該僧翻過觔斗坐穿蒲團暮鼓晨鐘定有一番醒覺也

茲因近來樂善不倦者種種不一有助捐賑有無名施財有明施衣食有買鳥魚放生有修菴觀寺院有救衆生危急施醫施藥有修橋補路有口積餘德常云善言有齋戒自修方寸有敬惜字紙此等善舉皆可累積騭德二字當時又可除勉兵災士農工商均當惜字先任本津蕭大令出示各舖戶禁止用字作樣條茶店尊示均改花樣如今某行號自置火柴名曰洋取燈此小盒上面有花樣又有字號二字自花樣無用二字相配各香燭店舖脂粉盒號花樣竟有住脚字號貼在小盒以上居家幼女童男常常頑戲小盒紙牌等然後拋落初牛頑童焉知惜字二字其由皆在某行號所出之舉也余每見大街各巷糞土尿坑不净之處遺堆字紙小盒併紙牌等物觀者令人可慘可憫今登報聲勸　君所有小　浮字者用花樣亦得馳名置造皆高財源自招　諸君仍然照常余得暇一刻作了一篇讒言與吾無干無非指明眼前之德不費之惠自思之　府署西直報分處梁子亨啓

茲啓者本堂新刻津門孟筱帆孝廉平舒劉紫山選拔兩名士合刻賦鈔註釋詳明誠爲後學之津梁也更有青照草堂重註七家詩並試帖舉隅二種大爲士林推重洵屬古學金針又有霸州吳河帥文安陳學士合輯水利叢書實爲目前急務凡有志於水利者無不以一見爲快至於各種書籍筆墨無不揀選精良善本以期近悅遠來凡刻詩賦文集善書等板刷印裝訂書籍自當精益求精工省價廉萬不敢稍涉含混有負　賜顧　寓河北關上毘盧室義合主人謹啓

悅來洋貨號

本號開設天津紫竹林大街自運各國洋貨電鍍銀銅菓盤花籃洋取燈盒小刀子西洋花針花燈像片鏡框洋琴洋酒酒鑽絨女工盒大抬頭鏡燈罩鐘表首飾梳篦表鍊玻璃磚茶几等　格外減價消售發客

陳雨蒼施醫

啓者有病之家無力延醫請於早辰九點鐘午後一點鐘下午六點鐘至海大道養病院後陳宅診視有不能就診者必須寫明住址及姓氏名號送至本宅方能撥冗往診本宅存心濟世門診與規一概不取分文

告白　續永慶昇平　續施公案　醒世姻緣　彭公案　第一奇女　花月姻緣　巧合奇冤　續今古奇觀　後列國　後聊齋　三續聊齋　五虎平西南　挑燈新錄　雪月梅　玉蛟梨　後英烈傳　鐵花仙史　南北宋　髮逆圖記　五十名家手札　前後七國　醉菉志怪　草木春秋　昇仙傳　楊家將　西湖佳話　萬年青初二集　文美齋謹啓

敬啓者本館報紙原擬於三月間加足八幅以饜閱報諸君子之目詎昨接滬上寄來鉛字生僻字數交到不少合用者仍屬寥寥碍難驟增八幅之數今定於十六日先將京報提出另用竹紙印作袖珍書式既可裝訂成書且可騰出京報地步一概排印新聞雖正報不足八幅而新聞則較從前八幅者有盈無絀一俟鉛字全數寄來仍照八幅印送　閱者幸垂覽焉　本館謹啓

三月二十八日輪船進口

重慶	輪船由上海	太古行
開封	輪船由上海	太古行

三月二十九日輪船出口

公義	輪船往上海	招商局
山東	輪船往上海	招商局
生義	輪船往上海	信義行
明義	輪船往上海	信義行
連陞	輪船往上海	怡和行

三月二十八日銀洋行情

天津九七六錢

銀盤二千八百八十五文

洋元二千零九十文

紫竹林九六錢

銀盤二千九百三十文

洋元二千一百二十文

直報

光緒二十一年三月二十九日　第七十五號
西曆一千八百九十五年四月二十三日　禮拜二

上諭恭錄　興亡論　三月分選單　親書卷面
投供須知　督操認眞　善堂不善　天網恢恢
白晝搶刧　教練有方　憲示照登　學海課目
死猶不捨　命案提訊　局勇停辦　賞差保圪
姑妄言之　臺北軍情　營白照登　京報照錄

上諭恭錄

旨那蘇烏勒濟德爾森均着加恩賞給四等侍衛在大門上行走欽此　旨光祿寺少卿員缺着溥興補授詹生信恕世煦熙啟成棫俱以文職用截取御史曾廣獻郎中張海鵬何剛德俱照例用主事張懋澄着交部記名以直隸州知州用保舉山西候補知府豫臨着照例用欽此　上諭崧蕃奏特參尅扣兵勇口糧各員請旨革職一摺雲南選用知州曾紹枚等管帶營勇扣餉不發雖經飭令補發清楚未便稍事姑容所有管帶副右營選用知州曾紹枚會帶臨平右營副將銜補用遊擊張顯福總兵銜補用副將崔金斗着一併革職以示懲儆該部知道欽此　上諭前據御史李念茲奏參山海關副都統宜貴貪劣各款當經諭令劉坤一查明覆奏茲據奏稱原參該副都統巧立名目恣意開銷各節雖查無確據惟奉旨添練新軍輒以額兵湊數舊隊頂充已屬不合甚至勒派免關操費需索行旅錢文實屬罔利營私貪鄙無恥宜貴着即行革職發往軍台效力贖罪山海關督糧通判夏詒垣支放兵米按照定章亦無餽送宜貴銀兩情事即着毋庸置議餘着照所議辦理另片奏請飭山海關副都統高門革除積弊等語嗣後行旅過關乃應照章稽察惟不得需索留難致滋擾累該衙門知道欽此　上諭劉坤一奏侍衛所部兵勇搶奪車輛滋擾市面請旨革職等語分統神虎營之侍衛依勒洪阿尅扣車價致車輛聞風逃避幾誤兵運要需又復任令兵勇勒換銀錢種種擾累殊屬荒謬侍衛依勒洪阿着即革職以示懲儆該部知道欽此　上諭胡聘之着調補浙江布政使山西布政使着員鳳林補授趙爾巽着補授安徽按察使欽此

興亡論

天下興亡之迹前後相代彼此相因此治之日即彼亂之秋此建之邦即彼滅之國此附之衆即彼棄之民故傳曰不有廢也何以有興要之世無時不可以清明民無人不可以仁壽此固古今之大較也而致此之由則有二因循與振作而已矣因循之弊不一端其大者莫甚於賂敵遷都振作之舉不一政其要者莫切於生聚教訓其勢則在於善變變之事善與否則視乎君臣之德而君臣之一德與否則視乎人君之身而人君之身修與否則又視乎其心之愚與明其力之柔與強愚則必柔柔則無不愚明則必強強則無不明君明則臣明君強則臣強不特可使臣之明與強也即天下之民亦無不可使之明與強而欲易愚柔者以進於明強其道又莫要於知三近三近者孔子所謂好學近智力行近仁知恥近勇者斯三者尤以知恥爲急務性理所謂必有恥則可教也夫古今以忠孝節義全其君臣父子之倫使之各盡其事各守其業各安食息者何恃乎恃賢愚貴賤無人不有恥之一字存於念流離顛沛無時不有恥之一念動於心也果有恥也則無不振作果無恥也則無不因循蓋自天子至庶人譬之一身身之中自有氣一氣相呼一氣相應氣之動與不動則有機相其勢而激之則其機自感無不通激之以振作之氣則天下事皆有可爲激之以因循之氣則天下事事無一可爲矣此其機明者知之愚者昧之強者強之柔者弛之愚柔而無恥者則終於愚而柔愚柔而有恥者則進於明且強此又古今興亡之機之大較也試舉往事一二以爲鑒爾

此稿未完

光言其因循者三代以前去今過遠時勢迴殊者無論也禹之功德美哉遠矣至桀恃祖功德恣情昏虐自比於如天之有日湯誓曰時日曷喪予及汝偕亡民欲與之偕亡故湯以得衆而得國湯之民即桀之民也詩云魴魚赬尾王室如燬雖則如燬父母孔邇文之世歸化者六州武一戎衣而有天下不期而至者八百國是周之民即殷之民也世未有易民而治者周至春秋上承文武成康之學廟陳四代之鼎彝府藏百世之典籍朝有世臣野有世農肆有世工市有世商萃數十世之力數十世之功扶持保衛以成爲上安下全之風俗而君臣因循人亡政息及平王東遷大勢去矣厥後周鄭交惡交質王子胡爲質於鄭鄭公子忽爲質於周繻葛之役射王中肩諸侯或爲之平其事如與國之求和者然周寖以亡矣秦强六國割地以緩須臾之死今日賂之明日復來至地無可割鄰無可依一二小國始思叛秦遂恐爲秦滅割地事秦者如抱薪以救火薪不盡火不息也秦則專任法制以斬㯶平民二世因循於始皇之法而速其禍是亦不知審勢而善變者也故秦以孤立而亡漢懲秦弊大封侯王高帝之世反已九起武帝懲大國之禍分裂諸侯逮新莽篡而劉氏子孫竟莫如何陵遲至獻委任權奸事事受制卒以滅亡魏晉侵削諸侯四方微弱因其政而不知變朝之權臣野之匹夫遂遞變而爲亂如劉聰石勒慕容垂符堅姚與赫連等不可勝數元并吞之而南方未服元氏自分爲周齊周并齊而授之隋隋取梁滅陳並誅滅謀臣舊將其因任法令也過於秦故其亡亦視秦爲速唐除隋亂其制甚善開元後强兵悍將爲天下患天寶之際慮有外變府兵四出萃於范陽德宗朝禁兵皆戍趙魏是以祿山朱泚亂及京師而莫之禁然而夷狄之患周秦已有漢唐以公主和番史雖書之以爲辱而匈奴猶未敢長驅大進於中原者彼知中原皆可與敵故仍有所忌耳五代之際中原無君晉唐苟一時之利以子行事匈奴割地輸邊以幽燕資其强大孺子繼立大臣外叛匈奴寇中原兵不血刃而京師不守自是始輕中原矣夫人之情勝則狃狃則敗宋蘇文公已言之匈奴狃於石晉之勝而不知自强故及宋有景德之敗神宗仁宗習其勢而政無其實敵已知之猶與宋議和者以謂我能勝中國未必能滅中國中雖敗而我亦勞不如犯之要之且與議和歲得中國金錢數十萬我日益富中日益貧然後乃可大逞其欲也至宋徽欽爲金所虜畏而南渡宋以亡矣猶憶春秋之世文公九年范山言於楚子曰晉君少不在諸侯北方可圖也夫晉靈即位之初未聞失德內而欒郤胥原日陪日侍外而宋衛陳鄭時聘時覲范山遠居方城漢水何以知晉靈之可輕北方之可圖豈山之智獨出於晉之諸君子乎東萊呂氏曰以地以勢則近者詳而遠者畧以情以理則近者蔽而遠者明晉之變幸者靈公恩賞之所及則蔽於愛而不知卿大夫者靈公政令之所及則蔽於尊而不知列齊盟者靈公兵威之所及則蔽於威而不知也又曰晉主夏盟三君矣靈於諸君禮物未改其舊惟其心不在於諸侯故幣雖厚而人見其薄禮雖備而人見其畧儀雖華而人見其猝上與下偶一因循已啓可圖之窺伺況如漢唐之以公主和番晉唐以子行事匈奴宋以地事金甚至以姪孫之名加諸皇帝之上復畏而避之其時雖有忠憤之臣如岳韓諸人誓雪宋恥者不一用而獨用和事議爲求安乎果可安乎

光緒二十一年三月分選單　○主事吏部稽勳司趙鑾揚直隸甲　知州廣西永寧李鴻賓山東監　知縣山西定襄戴書銘江西附　廣東三水雷培株陝西副　英德朱治和雲南舉　湖南祁陽林鑑中福建甲　山東昌邑張驤四川甲　府檢校江蘇江寧馮驥四川監　典史四川灌縣周詒本浙江文童　四川鹽亭孫士衡順天監

親書卷面　○欽命乙未科會試提調延　爲剴切曉諭事照得本屆舉行乙未科繙譯會試所有京旗各省駐防舉人於三月二十六日起至四月初六日止取具各旗圖片親身赴部塡寫卷面毋得假手書吏代塡毋得違悞特示

投供須知　○吏部出示云所有在部投供候選各員現屆節交夏令今奉堂諭自四月初一日爲始所有應行赴部投供呈遞互結供狀每月初一日均改於辰刻一律親身赴部投遞毋得違誤

督操認眞　○三月二十五日神機營操演之期該隊弁兵謹候　慶邸暨全營翼長點名畢然後按陣圖操演王大臣翼長諸公均在南苑住宿三日認眞督操非若從前虛應故事仰見我　國家於整軍經武之規正不敢以尋常例操不加教練也

善堂不善　○京師沙十園地方廣育堂收養嬰孩爲保赤善舉司其事者宜如何愼重乃近來並不認眞辦理堂規雇乳婦若干口每口應給被褥工食冬間應給新布棉衣皆屬定例而去歲竟將散放災黎之棉衣每名各給一身而於報銷之時隨意浮冒並將乳婦

戮十口之工食盡飽私囊所收嬰孩餓斃甚夥俱以柳條筴成中裝堂後門抬出掩埋暴殘之慘令人不忍覩現爲尹憲訪悉嚴飭司事與君將歷年經費據實造册報銷以憑查核倘能澈底清查規復舊制黃口小兒荷再生之德已

天網恢恢 ○都中風俗强悍每因一言不合即拔刀相向雖 國法森嚴不稍寬貸而此風終不可戢三月二十二日德勝門外關廂地方有楊某與丁某始而口角繼而揮拳負者奔逃勝者追趕丁將楊按倒在地隨用利刃相刺楊受傷甚重登時殞命而丁則鴻飛冥冥不知所之矣當經該管地面總甲訪聞報案旋經北城兵馬司李副指揮備文詳報次日據陳敬菴指揮帶領吏仵相驗已死男子楊某肚腹等處刃口層疊傷痕數處委係因傷身死驗畢飭傳屍親先爲棺殮候嚴緝兇手獲案懲辦正在訪拏之際詎丁某於二十五日午前獨行至關廂迤北校場地方形似瘋癲自言自語將行兇情節盡情說出當被官人鎖拏解案管押詳城咨送刑部按律審訊矣

白晝搶刦 ○鄉村人家嫁娶不同城市中人奩妝預先備辦每於吉期之前十日購買應用各物比比然也董某者永定門外管家村人務農爲業生有二女長女已適人次女亦定於本月二十九日于歸於二十一日清晨由措得白鏹八十餘金赴京師前門外東小市置買粧奩詎行至地藏菴地方忽來暴客數人先將董所攜布袋奪落復將董掀倒在地惡狠狠以利刃行刺隨即携銀狂奔轉瞬影形不見董四顧無人狂呼救命迨居人聞聲出視該匪已渺如黃鶴董即赴遊戎署報案經捕差詢其搶刦之犯係何面目據云彼時被盜砍傷疼痛難支未能詳審但只見一人脚穿花鞋酒氣猶醺醺偪人等語當蒙遊戎飭差嚴拿務獲究辦噫王法如是之嚴而愍不畏死者仍多若恒河沙數輦轂之下層見疊出可慨也已

教練有方 ○練兵練勇首重紀律嚴明於以見管帶官之節制昨傳相節旋所有津中三營練軍蘆勇親兵水師等均整隊恭迓其蘆勇左右兩營由該營出隊前赴河東各勇丁身軀無不雄壯器械亦極精良步伍整齊軍規嚴肅無參差錯落無嬉笑諠譁較他營尤爲出色詢係中軍韓錫三遊戎廷貴所統帶遊戎自統此軍一日兩操躬自教練視勇丁如子弟教之之法亦如子弟之於父兄用能成此規模指臂相應若練兵練勇皆以此爲法則何敵不摧何堅不破耶

憲示照登 ○欽命二品頂戴代理天津新鈔兩關監督北洋行營翼長辦理直隸通商事務兼管海防兵備道黃 爲出示曉諭事照得集賢書院專課外省舉貢生監本年四月分輪應本道主課茲定於四月初二日親詣局試是日仍課一文一詩限當日交卷不准繼燭另出經文策問題二道經解史論題二道懸示院中由各該士子領卷回寓擬做限初八日午前交卷逾限不收合亟出示曉諭爲此示仰該舉貢生監知悉務各遵照示期携帶筆硯是日卯刻齊集集賢書院聽候點名局試此係專爲外省士子而設其天津本籍之人原有間津各書院可考不得冒名濫入如查有籍貫不符及點名不到者定即扣除其各遵照特示

學海課目 ○鹽運使課 學海堂師課經古題目 虞庠在國之西郊解 設經義治事兩齋以題爲韻 廣蘇子瞻王者不治夷狄論 擬顏延年三月三日曲水詩序 擬杜諸將五首 准於三月二十六日交卷過期不收現有生員遞稟請緩日限改期三十日交卷

死猶不捨 ○河東西方菴有武弁張某者係在正定鎭徐見農軍門邦道營中某哨哨官上年因在前敵打仗畏縮被宋帥軍法梟首當將斬時將所有鋪蓋衣物等件並銀百兩托鄉友陳姓帶回家中俾資贍養家口詎陳回津後心存不良僅將張弁之鋪蓋倩人送去其餘銀物一概留匿侵吞以爲死無對証計亦良得乃陳自此忽得心疾每自言自語若與人爭辯已非一日昨聞徐軍門有差官來津辦公並[illegible]張家詢及此事知陳所爲該差官已在營務處代爲具稟將陳拘案訊追究辦云

命案提訊 ○本埠西門外永豐屯地方紀兗子吞烟斃命已列前報昨邑侯李大令提案覆訊趙某一味刁狡不認威逼大令飭差重責手板二十下提籠鎖押候再訊問云

局勇停辦 ○客歲海氛不靖邑侯李大令創辦鋪民局勇約有六十餘處每月各街鋪戶捐錢以資經費該勇雖無大用處以之彈壓地方頗稱安謐現因農忙在邇中外又有輯和之意聞於月之前後各街局勇一併停辦云

實差保比　○本埠鹽坨爲通綱成本重地關係緊要向有無賴之徒乘隙偷扒碼鹽私販漁利雖屢經拿獲送案懲辦而愍不畏法難絕根株昨口岸商人謙吉等赴縣具稟賞差彈壓以資保護坨鳴等因邑尊准如所請經此番整頓諒不至任意偷扒致傷血本也

姑妄言之　○本埠東洋車通宵達旦絡繹不絕昨夜深更時有某甲由西關乘坐洋車一輛行至西門城角車內忽然無人拉車第一時毛骨悚然昏迷倒地幸有舖民下夜見之喊救已甦今早拉車人等紛紛議論以爲見鬼殊覺可笑彼車夫曾營終日至夜半已神昏力倦而猶貪此蠅頭到處招攬坐位竟有手拉車而足趑趄東倒西歪者焉知非車夫行至西南城角時睡入黑甜鄉其人已到家歸去及醒來忽不見人疑爲見鬼耶此理之必然者不必異也

臺北軍情　○台北自澎湖失守後防務吃緊基隆滬尾等處各路雄師數十營分守要隘已似星羅棋布惟倭奴自北洋以迄澎湖曾從後路抄襲詭詐是其常技今查得離台北約數十里地有名南嵌者雖非通商埠岸而輪船亦可下椗前經中丞檄調中路義勇數營以在籍之工部主事邱君逢甲統率赴防又委補用協鎮陳向志副戎統帶向字艮字等營會同扼守其後路有龜崙嶺者爲南嵌以至台北屏障亦爲扼要之處因又飛檄向在大嵙崁之記名總鎮余石泉鎮軍統領屯隘等營並着另招砲隊數百人據嶺以守兼爲南嵌接應至前駐新竹之防軍一營亦歸鎮軍節制按鎮軍向隸左文襄公舊部老成練達智勇兼優以之駐守是處一人當關萬夫莫開其亦可高枕無憂矣然倭人自踞澎湖後將兵輪分遣台南之旗後海口有本月初四五開戰之信迨初六日本館電詢派駐台北訪事友據云尚未開戰舊倭軍初聞李傅相在敵國已有停戰之議故偶爾中止越日又聞北洋停戰三禮拜台澎不在此例則又耽耽虎視相傳初九十二兩日仍須兩軍相見至台北官場雖亦迭接各處警電謂有倭輪二十八艘至此旦因大稻埕一帶洋商茶葉樟腦兩業甚眾恐其有妨商務不欲使進雷池一步連日又聞倭廷已飭各洋商就近將在臺生　估價約值若干謂俟得臺後當如數賠還噫臺南北雄師自數十營兼以唐中丞暨楊西園劉淵亭兩軍門皆爲當今名將又豈澎湖可比倭奴至此送死無疑何尚昧昧作此妄想惟軍情瞬息千變倭奴狡詐百出防患未然是所望於當軸諸公　錄新聞報

三月二十九日輪船進口

重慶	輪船由上海	太古行
禮順	輪船由上海	禮和行
利運	輪船由上海	招商局
和生	輪船由上海	怡和行

三月三十日輪船出口

開封	輪船往上海	太古行
通州	輪船往上海	太古行

三月二十九日銀洋行情

天津九七六錢
銀盤二千八百八十五文
洋元二千零九十文
紫竹林九六錢
銀盤二千九百三十文
洋元二千一百二十文

直報

光緒二十一年三月三十日　第七十六號
西歷一千八百九十五年四月二十四日　禮拜三

上諭恭錄　興亡論續前稿　三月分教職單　嚴定腰牌
狐仙捉賊　死不足惜　遁入空門　差役遇怪
霓旌暫止　湘軍領餉　憲批彙登　祝融肆虐
幸未被封　保衛民生　愼勿放青　拿獲逃兵
斥革懲辦　背後攫物　輪船失事　團練漁戶
澳疫再述　會白照登　京報照錄

上諭恭錄

旨山海關副都統着桂祥調補廂黃旗蒙古副都統着官祥補授欽此　上諭奎煥奏揀員請補戴琫一摺後藏戴琫員缺着擬正之汪曲結布補授該衙門知道單併發欽此

興亡論　續前稿

若夫振作之舉其氣機又有可據以明者孟子曰恥之於人大矣為機變之巧者無所用恥焉不恥不若人何若人有是恥之一念用以振作有餘矣然恥之念可生善亦生不善其恥過遂非者無論也春秋晉敗秦師於殽獲百里孟明視西乞術白乙丙以歸文嬴請三帥許之先軫朝問秦囚公曰夫人請之吾舍之矣先軫怒曰匹夫力而拘諸原婦人暫而免諸室墮軍實而長寇讎亡無日矣不顧而唾既而悔且恥無以為地箕之役軫曰匹夫逞志於君而無討敢不自討乎免冑入狄師死焉軫身為元帥總三軍之衆輕棄其身驕敵遺笑其與自經溝瀆者何異夫恥心一動勁疾如回風無以持之雖萬斛之舟為之沉溺所以用之善不善者無他禮義血氣之辨而已果禮義也匹夫身弱力單事關君父不共戴天如仇牧之於南宮長萬勢雖不敵義實難已為閔公身罹其害猶可說也若先軫則不善用恥矣如恥之莫若師文王莫若師武王文王以方百里起武王一怒而安天下之民書曰天降下民作之君作之師惟曰其助上帝寵之四方有罪無罪惟我在一人橫行於天下武王恥之取凶殘張殺伐光于湯此武王之勇也然人第知武王之勇不知散鹿臺之財發鉅橋之粟東征以綏厥士女者武之心仍文王父母之心也特當其時則奮發振作益以昭人耳目耳蓋天下治亂之機係乎民無以謀生則無所不為飢寒有以迫之也無以安生則仍無所不為私慾有以蠱之也斯二者謀其飢寒尤急禁其私慾猶易也何者歲縱屢豐貧民終多於富室較數歲而定其中十年之內豐無二三凡遇凶年富室已十不存一况兼兵燹富尤難保所以自古變亂未有不乘於歲凶者以飢寒之民心易搖也善為治者生聚為首教訓次之用武之時民食為首兵餉次之不善為治者反是卒之民食缺餉源竭餉源竭則士無戰心昔孔子與子貢論政曰必不得已則去兵夫時不得已正後世增兵之時何反去兵誠以兵衞民食以保民信時不得已每多增制之憂因變益兵變已而兵如故因事加賦事罷而賦猶存每見衰亂之時君憂餉而不憂兵民苦兵而不苦寇乃知以不生不息之財養不耕不戰之兵不如留餉以務民政即可藉民以為兵也孔子去兵之說非無由矣至小民好勝之心激之即發如矢在弩歷觀史册國家之興其振作必先生聚而次教訓不獨文武為然也昔有窮篡夏后緡方娠逃出自竇歸於有仍生少康焉為仍牧正有田一乘有衆一旅能修其德而益其政卒復夏祚懿公好鶴鶴有祿位而民飢衞滅於狄宵濟遺民僅七百人益以共滕之民為五千人立戴公以廬於曹文公徙楚邱布衣帛冠務材訓農通商惠工不數年有三百乘衞以富庶楚莊圍鄭鄭伯肉袒牽羊以迎莊王曰其主能下人必能信用其民矣夫有報人之志而不能下人

者此匹夫之剛也故勾踐困於會稽范蠡教之設戎約辭行成以喜其民以廣侈吳王之心然後臥薪嘗膽生聚十年教訓十年乃沼吳若是則生聚教訓皆急務矣至以恥而激民義氣以振作者尤衆也僖公十年邢人狄人伐衛圍菟圃衛侯以國讓父兄子弟及朝衆曰苟能治之燬請從焉衆不可而後師於訾婁狄師還定公八年晉師將盟衛侯於鄟澤涉佗成何曰衛吾溫原也焉得視諸侯將歃涉佗捘衛侯之手及捥衛侯怒欲叛晉次於郊大夫問故公以晉詬語之且曰寡人辱社稷其改卜嗣寡人從焉大夫曰是衛之禍豈君之過也公朝國人使王孫賈問焉曰若衛叛晉晉五伐我病何如矣皆曰五伐我猶可以能戰乃叛晉晉請改盟弗許不獨此也唐之代德何君也昏庸猜虐民困其暴天下應不復有君臣之義及播遷流離中用柳伉陸贄之言貶損自責以感激天下大下遂疾首痛心爭先赴敵不越月踰時而歸二君於故都夫二君之橫斂征徭抑塞殘酷民怨深矣乃偶一感之而君臣之義機立動氣莫遏以君之恥爲己恥性之發於天者然也天下之物固有罝之則不可見觸之則不可禦者兄弟鬩牆外禦其侮此類是也然則恥之一念可以生勇可以振作其於興也不難矣且夫君者大也大行健則動而不息故日月明星辰燦滋爲雨露震爲雷霆一生一殺而萬物得歲功是人君之德亦惟以剛健明察決其機率一二大臣以爲表則事事振作興也勃焉矣彼夫無事掇拾遺文補苴故事有事則遇事射利陰肥己私藉勢淩人其下輾轉以相欺亦遂輾轉以相承順廉愈寡恥愈鮮人有貪心是生怖境人無奮心是生暮氣以此出治事事苟且時時偷安拱手待亂惟恐以剛而致變不知變急者禍小變遲者禍大武侯述昭烈託以討賊之語誠爲千古龜鑒願世世念之思之莫忘也至於恃春秋鼎盛好大喜功如書生騎劣馬山澤夜行僕夫復從而驅策者當更有說是在輔弼之良與不良矣

光緒二十一年三月分教職單 〇正諭順天昌平李純禧廣平廩 直隸曲周張以功天津廩 江蘇吳縣陳崑威常州 湖北公安亢長青襄陽 廣西養利姚善鏞慶陽上林劉卓人潯州 四川冕寧劉堃成都俱舉 西昌王文燮眉州歲 山西臨汾白煥章汾州歲 湖北棗陽柳麟材武昌廩 訓導奉天康平孫紹宗保定拔 順天三河賀爾恒深州歲 密雲蘇綝宗河間 江蘇宿遷袁鼎和揚州 安徽五河焦家松甯國 山東平陰鄒染卿萊州 河南嵩縣高攀桂許州 浙江宣平包祖陰杭州 廣東清遠區榮清肇慶 四川眘陽張慎修眉州俱舉 福建甯洋林慶增福州歲 復論安徽英山張際昌潁州 望江孫仲嶧潁州宿松萬來復鳳陽 山東商河趙作梅登州 浙江奉化高崧臣湖州俱廩 江西會昌秦鼎升南康舉 湖南常甯鄧丙明桂陽拔 廣西荔浦農春元鎮安附 復訓直隸大名王景三順天 山東蘭山郭學瀛登州 陝西鳳翔賈士杰西安 湖北棗陽張開南武昌襄陽左質謙德安俱廩 廣西太平梁佐清潯州附 雲南景東高永和臨安舉 貴州松桃謝顯模大定舉

嚴定腰牌 〇月前欽奉 上諭禁門重地理宜嚴肅前因值班官兵稽查不力閑雜人等擅自出入迭經降旨申禁第恐日久懈生特再行申諭兩翼前鋒八旗護軍各統領嚴飭該官兵等隨時認眞查察實力奉行不准閒人任意來往倘有不遵約束之人即行查拏究辦以重門禁欽此已見邸報現奉總管內務府大臣諭 景運門 隆宗門 東西華門 東西闕門 午門 端門 天安門 東西長安門 神武門值班護軍嗣後遇有各部院官員出入值差之時先至該門護軍值班處親遞職名以備呈報至有閒雜人等認眞盤詰並行知各部院八旗都統造具值差書吏姓名年貌籍貫清册咨報內務府按名註册發給火烙印信腰牌以備稽查如赴 內廷承當要差者必須佩帶腰牌始行放進如無腰牌即行攔阻以重門禁

狐仙捉賊 〇北方狐仙素著靈異蒲柳仙聊齋志異雖寓言八九而間亦實有其事者都門此風尤盛家家供養無或不虔蓋亦神道之設教也頃都友來信云宣武門外替兒胡同江右謝公祠地方近日有樑上君子六人每日夜間在房上坐臥不料冲撞狐仙覓於三月二十六日夜間五人無故被縛均倒臥街前不省人事經西城練勇局哨弁勇丁巡夜至此見其形迹可疑當即喚醒盤詰音語支離旋將樑上君子五人一併鎖拿解案研訊確情未悉所犯何案如何訊究俟訪明再行續錄

死不足惜 〇京師右安門外居人朱某娶妻李氏性情潑悍不孝於姑三月二十四日以勃谿咬傷姑體痛喊失聲鄰人齊來解救氏知罪無可逭入房自盡報請地方相驗該氏死不足惜而朱不能教訓釀成不測罪亦不容誅矣

遁入空門　〇三月二十三日在廣渠門內南興隆街地方見一衣衫藍縷者扭一少年尼一再囉唣尼云我爲女子身遇人不淑嫁一丈夫不能庇其兩餐星霜一宿以致呑氣忍聲削髮遁入空門試問有何不斷之恩不絕之義而來纏我死生路隔之人乎暋其哲那環不顧而去因念此尼臨厓撒手斬截塵緣當非漫無兒女心腸者計當其在家作苦時節仰疏嘗藿掃葉添薪止不知嘗盡多少苦處挨盡多少折磨要皆如過耳之風逐下流之水既無轉念之情又無出頭之日不得已而挺而走險出此盡頭一著諒亦仁人君子所當鑒其苦衷者故謂之忍人則可若怪其目蕭郎爲路人則夫也不良孰任其咎歟

差役遇怪　〇大興縣差役楊某同夥三人奉命持票下鄉拘拏案犯於三月二十三日黃昏時起程道經東直門天時昏黑楊某前行二人籌燈隨後楊朦朧間見一紅衣女郎年約二八秀曼可人倚墻而立見楊則嫣然含笑楊疑其私者趨前迫之女郎旋緣城而登捷若猿猴下視楊招以手楊心動即越城相從二夥異之飛躡其後行至城樓楊撲倒在地不省人事二夥驚怪舁之歸家灌以薑汁微有生機亦一異也

霓旌暫止　〇日前探聞欽差大臣節制關內外各軍兩江督憲劉峴莊大帥定期二十八日由榆關動身乘火車來津行館已勘定江蘇海運局本郡各官暨各營隊伍俱預備赴車站接差茲悉又得電信憲節此行又復中止想關外必有要務是以稽留不克來津也

湘軍領餉　〇辦理湘軍東征糧台新授直隸藩憲陳札委候補州吏目蘇江兆賚文前赴戶部請領前新疆藩憲魏所部各軍三月分餉乾運費等項銀二十萬兩蘇君奉委刻即捧檄起程赴京俟戶部發出即押解來津交納云

憲批彙登　〇署直隸總督雲貴總督部堂王　示具稟浙江舉人張華燕等批據請補考集賢書院是否與定章相符候行津郡司道查核辦理此批〇又示具稟安省附貢生陸毓尭等批據請補考集賢書院是否與定章相符候行津郡司道查核辦理此批〇又示監生李承泰稟批據稟已悉候行籌賑局迅速核明辦理具覆此批

祝融肆虐　〇本月二十九日鐘報九點見紅光燭天知爲火警派人往探係襪子胡同被灾由廣立順廣貨舖內小樓起火往西燒至萬盛灰店迤西往東燒至河沿往南燒至石頭門坎廣茂居往北燒至天后宮將天后宮廟前戲樓燒燬天后宮內鐘鼓樓並前配殿亦皆被焚約計被災者有八十餘家惟有恒益茶葉舖燒去房屋八十餘間貨值十萬餘兩次則起火之廣貨舖貨物亦值十萬餘兩被燒罄盡其餘各舖不知多寡雖經各火會奮力撲救火勢東竄西突直至黎明祝融氏始霽威罷手亦近年之非常巨災已

幸未被刦　〇河北大街恒元阜銀錢舖於本月二十八日有遊勇數名闖進該舖口稱取錢該舖夥向索錢帖遊勇云錢帖於早間與爾爾何忘記舖夥答稱未見該勇即將攔門櫃推倒直撲銀錢櫃意欲搶奪幸舖夥邀同隣右阻止即報四段守望局委員謝少棠大令隨帶勇丁捉拿該遊勇見勢不佳已飛奔逃逸

保衛民生　〇日前北河河口忽漫尺許經道憲呂庭芷觀察派委夏大令前往履勘已將河口情形詳細稟報蒙飭僱工赶緊堵築日內即可竣事麥田可獲有秋觀察之保衛民生刻不容緩已可概見其念切民瘼已

慎勿放青　〇津南一帶連年河流漫溢民生困苦難支去歲秋後地尚積水耕種秋麥十之一二及至今春天氣又異常寒冷麥苗不免受傷現値春深麥正滋長之際詎昨有某營兵勇驅馬十數匹竟在麥地放青該地主忙向攔阻奈該兵不理甚至跪求始將牲口牽去而次日仍復在該處踐踏該地主合家跪求微特不走該兵弁反言天下之地即許天下人行坐若不在此防堵亦無暇在此溜馬該地主既不知該兵勇姓名又畏其勢只得任其所之踐踏約有數畝噫民情艱窘已屬至極若再遭此踐踏更無生計況馬踏田地咎有攸得惟望該管者嚴行查禁以恤民艱德莫大焉

拿獲逃兵　〇自客歲海上軍興各營潰兵逃勇絡繹不斷已紀不勝紀昨河北關口有某營逃兵一名曾見有同營哨弁恐被查問忽跳入河內幸關口有救生會用鉤撈獲該營哨弁即將此逃兵帶回營中不知如何核辦容訪明再錄

斥革懲辦　〇前西門內雜貨舖陳洛與團勇許永年鬥毆已紀前報昨陳洛之母陳王氏赴道轅呈控道憲呂庭芷觀察接閱之

下門悉各情批飭許永年自殘妄控已屬不合而陳洛拒傷差役亦屬目無法紀移該管營總將許永年並帮同滋事之于永奎一併斥革並仰天津縣集訊明確從重懲辦勿稍寬貸云

背後攫物 ○某署內差官某君之少公子昨晚携同僕人行至東門內文學迤西大街突由背後來人將某公子之小帽眼鏡搶去並搗之以老拳幸未跌僕其僕立刻飛步追趕當時拿獲將人贓一併送縣即蒙堂訊據稱姓李名受誠係湖南湘鄉人氏其餘供詞甚屬含糊因天色已晚未便詳訊飭即管押是否係小綹等輩抑係另有別情容探明再錄

輪船失事 ○本月十八日下午二點鐘有瑞典國輪船名拿拉由長崎來滬行經吳淞進口時適有一輪出口拿拉因避讓該輪致觸前經沉底之飛馬輪船登時洞穿幾至沉沒幸船中各人當時救起得慶無恙亦云幸矣

團練漁戶 ○浙省漁戶惟寧波府屬鎮海定海最夥故辦漁團以甯屬爲先由撫憲廖穀帥札委員弁前往試辦頃聞官場傳說省垣錢塘江亦須開辦是處鼇子門形勢險要江底礁石縱橫流沙之積聚者朝潮夕汐無一定之區非漁戶不能詳悉水線漁人如有船隻俟潮落時乘船捕魚不分晝夜其家室則搭蓋茅棚寓於龕赭兩山之麓或有以船爲家者此漁戶中之貧戶也通計僅得二三十戶開辦後更須招募沿海居民擬每船十二人舵工二人兼司帆索划槳六枝以六人司之司砲者四人左右前後置砲四尊給槍四桿苦竹槍十桿各人俱佩苗葉刀先就各戶漁船試辦每船給官價十六千文俟有成效再造船隻其形若尋常砲船辰未兩時操演兩次進退疾徐皆需合度惟取散而不取整取分而不取合以防敵人之砲火也至演放槍彈則水中立一直木上繫以鐵圈四枚圈上隔以紅布槍彈能穿過鐵圈爲準惟砲隔日一演其法與演槍髣髴每日放四時僅至砲前作虛勢而已漁人更有絕技能水上游弋且入水至深東西飛渡祇一二里之遙水面不見蹤跡藏於水底能歷數刻之久若身段瘦削者入水愈久潮來時亦能迎潮拍水不爲潮捲入江心此即俗稱弄潮鬼也傳聞如此究不知若何辦理耳 錄申報

澳疫再述 ○香港西報云頃接澳門來信云華人所住之處疫症流行葡官擬籌良法以遏之不知能免如去年香港之事否

茲啓者本堂新刻津門孟箴帆孝廉平舒劉紫山選拔兩名士合刻賦鈔註釋詳明誠爲後學之津梁也更有青照草堂重註七家詩並試帖舉隅二種大爲士林推重洵屬古學金針又有覇州吳河帥文安陳學士合輯水利叢書實爲目前急務凡有志於水利者無不以一見爲快至於各種書籍筆墨無不揀選精良善本以期近悅遠來凡刻詩賦文集善書等板刷印裝訂書籍自當精益求精工省價廉萬不敢稍涉含混有負 賜顧

寓河北關上毘盧室義合主人謹啓

本直報分處寓城內天津府署西三聖菴西紫氣堂梁子亨便是 諸君賞鑒閱報賜一字函隨送不悞敝處由上海寄津 新聞報紙 字林滬報 代送申報各樣報紙均有 士庶官商賜顧多蒙賞閱

直報分處梁子亨謹啓

陳雨蒼施醫 啓者有病之家無力延醫請於早辰九點鐘午後一點鐘下午六點鐘至海大道養病院後陳宅診視有不能就診者必須寫明住址及姓氏名號送交本宅方能撥冗往診本宅存心濟世門診與規一概不取分文

告白 岑宮保介福圖 左文襄公奏稿 皇朝一統輿地圖 北洋中外沿海詳細圖 東三省圖 四國日記 俄遊彙編 四述奇 小方壺齋輿地叢鈔 萬國公法 公法便覽 日本地理兵要 日本外史 東藩紀要 中俄界約斠註 中外交涉類要表 日本新政考 武備志兵書 登壇必究兵書 俄羅斯地圖 西國近事彙編 地球五大洲圖 亞細亞圖

文美齋謹啓

三月三十日輪船進口

怡生 輪船由上海 怡和行

四月初一日輪船出口

重慶 輪船由上海 太古行

開封 輪船往上海 太古行

利運 輪船往上海 招商局

三月三十日銀洋行情

天津九七六錢

銀盤二千八百八十五文

洋元二千零九十文

紫竹林九六錢

銀盤二千九百三十文

洋元二千一百二十文